진리는 나그네·
노래여 천년의 노래여

이어령 전집

14

진리는 나그네·
노래여 천년의 노래여

아카데믹 컬렉션 2
문화론×시가론_고전에 담긴 지적인 여행과 모험

이어령 지음

21세기북스

추천사

상상력과 흥의 근원에 관한 깊은 탐구

박보균 | 문화체육관광부 장관

이어령 초대 문화부 장관이 작고하신 지 1년이 지났습니다. 그러나 그의 언어는 여전히 우리 곁에 남아 새로운 것을 볼 수 있는 창조적 통찰과 지혜를 주고 있습니다. 이 스물네 권의 전집은 그가 평생을 걸쳐 집대성한 언어의 힘을 보여줍니다. 특히 '한국문화론' 컬렉션에는 지금 전 세계가 갈채를 보내는 K컬처의 바탕인 한국인의 핏속에 흐르는 상상력과 흥의 근원에 관한 깊은 탐구가 담겨 있습니다.

선생은 우리 시대를 대표하는 지성이자 언어의 승부사셨습니다. 그는 "국가 간 경쟁에서 군사력, 정치력 그리고 문화력 중에서 언어의 힘, 언력言力이 중요한 시대"라며 문화의 힘, 언어의 힘을 강조했습니다. 제가 기자 시절 리더십의 언어를 주목하고 추적하는 데도 선생의 말씀이 주효하게 작용했습니다. 문체부 장관 지명을 받고 처음 떠올린 것도 이어령 선생의 말씀이었습니다. 그 개념을 발전시키고 제 방식의 언어로 다듬어 새 정부의 문화정책 방향을 '문화매력국가'로 설정했습니다. 문화의 힘은 경제력이나 군사력같이 상대방을 압도하고 누르는 것이 아닙니다. 문화는 스며들고 상대방의 마음을 잡고 훔치는 것입니다. 그래야 문

4

화의 힘이 오래갑니다. 선생께서 말씀하신 "매력으로 스며들어야만 상대방의 마음을 잡을 수 있다"라는 말에서도 힌트를 얻었습니다. 그 가치를 윤석열 정부의 문화정책에 주입해 펼쳐나가고 있습니다.

선생께서는 뛰어난 문인이자 논객이었고, 교육자, 행정가였습니다. 선생은 인식과 사고思考의 기성질서를 대담한 파격으로 재구성했습니다. 그는 "현실에서 눈뜨고 꾸는 꿈은 오직 문학적 상상력, 미지를 향한 호기심"뿐이었다고 말했습니다. 그는 마지막까지 왕성한 호기심으로 지知를 탐구하고 실천하는 삶을 사셨으며 진정한 학문적 통섭을 이룬 지식인이었습니다. 인문학 전반을 아우르는 방대한 지적 스펙트럼과 탁월한 필력은 그가 남긴 160여 권의 저작물로 남아 있습니다. 이 전집은 비교적 초기작인 1960~1980년대 글들을 많이 품고 있습니다. 선생께서 젊은 시절 걸어오신 왕성한 탐구와 언어의 발자취를 따라가다 보면 지적 풍요와 함께 삶에 대한 진지한 고찰을 마주할 것입니다. 이 전집이 독자들, 특히 대한민국 젊은 세대에게 문화 전반을 아우르는 교과서이자 삶의 지표가 되어줄 것으로 확신합니다.

100년 한국을 깨운 '이어령학'의 대전大全

이근배 | 시인, 대한민국예술원 회원

여기 빛의 붓 한 자루의 대역사大役事가 있습니다. 저 나라 잃고 말과 글도 빼앗기던 항일기抗日期 한복판에서 하늘이 내린 붓을 쥐고 태어난 한국의 아들이 있습니다. 어려서부터 책 읽기와 글쓰기로 한국은 어떤 나라이며 한국인은 누구인가에 대한 깊고 먼 천착穿鑿을 하였습니다. 「우상의 파괴」로 한국 문단 미망迷妄의 껍데기를 깨고 『흙 속에 저 바람 속에』로 이어령의 붓 길은 옛날과 오늘, 동양과 서양을 넘나들며 한국을 넘어 인류를 향한 거침없는 지성의 새 문법을 만들기 시작했습니다.

서울올림픽의 마당을 가로지르던 굴렁쇠는 아직도 세계인의 눈 속에 분단 한국의 자유, 평화의 글자로 새겨지고 있으며 디지로그, 지성에서 영성으로, 생명 자본주의…… 등은 세계의 지성들에 앞장서 한국의 미래, 인류의 미래를 위한 문명의 먹거리를 경작해냈습니다.

빛의 붓 한 자루가 수확한 '이어령학'을 집대성한 이 대전大全은 오늘과 내일을 사는 모든 이들이 한번은 기어코 넘어야 할 높은 산이며 건너야 할 깊은 강입니다. 옷깃을 여미며 추천의 글을 올립니다.

시대의 언어를 창조한 위대한 상상력

'이어령 전집' 발간에 부쳐

권영민 | 문학평론가, 서울대학교 명예교수

이어령 선생은 언제나 시대를 앞서가는 예지의 힘을 모두에게 보여주었다. 선생은 한국전쟁이 끝난 뒤 불모의 문단에 서서 이념적 잣대에 휘둘리던 문학을 위해 저항의 정신을 내세웠다. 어떤 경우에라도 문학의 언어는 자유가 되어야 한다는 신념으로 문단의 고정된 가치와 우상을 파괴하는 일에도 주저함 없이 앞장섰다.

선생은 한국의 역사와 한국인의 삶의 현장을 섬세하게 살피고 그 속에서 슬기로움과 아름다움을 찾아내어 문화의 이름으로 그 가치를 빛내는 일을 선도했다. '디지로그'와 '생명자본주의' 같은 새로운 말을 만들어 다가오는 시대의 변화를 내다보는 통찰력을 보여준 것도 선생이었다. 선생은 문화의 개념과 가치의 중요성을 일깨우고 그 새로운 방향을 제시하면서 삶의 현실을 따스하게 보살펴야 하는 지성의 역할을 가르쳤다.

이어령 선생이 자랑해온 우리 언어와 창조의 힘, 우리 문화와 자유의 가치 그리고 우리 모두의 상생과 생명의 의미는 이제 한국문화사의 빛나는 기록이 되었다. 새롭게 엮어낸 '이어령 전집'은 시대의 언어를 창조한 위대한 상상력의 보고다.

일러두기

- '이어령 전집'은 문학사상사에서 2002년부터 2006년 사이에 출간한 '이어령 라이브러리' 시리즈를 정본으로 삼았다.
- 『시 다시 읽기』는 문학사상사에서 1995년에 출간한 단행본을 정본으로 삼았다.
- 『공간의 기호학』은 민음사에서 2000년에 출간한 단행본을 정본으로 삼았다.
- 『문화 코드』는 문학사상사에서 2006년에 출간한 단행본을 정본으로 삼았다.
- '이어령 라이브러리' 및 단행본에서 한자로 표기했던 것은 가능한 한 한글로 옮겨 적었다.
- '이어령 라이브러리'에서 오자로 표기했던 것은 바로잡았고, 옛 말투는 현대 문법에 맞지 않더라도 가능한 한 그대로 살렸다.
- 원어 병기는 첨자로 달았다.
- 인물의 영문 풀네임은 가독성을 위해 되도록 생략했고, 의미가 통하지 않을 경우 선별적으로 달았다.
- 인용문은 크기만 줄이고 서체는 그대로 두었다.
- 전집을 통틀어 괄호와 따옴표의 사용은 아래와 같다.
  『 』: 장편소설, 단행본, 단편소설이지만 같은 제목의 단편소설집이 출간된 경우
  「 」: 단편소설, 단행본에 포함된 장, 논문
  《 》: 신문, 잡지 등의 매체명
  〈 〉: 신문 기사, 잡지 기사, 영화, 연극, 그림, 음악, 기타 글, 작품 등
  ' ': 시리즈명, 강조
- 표제지 일러스트는 소설가 김승옥이 그린 이어령 캐리커처.

차례

진리는 나그네

II 한국의 고전

노래여 천년의 노래여

진리는 나그네

지적인 여행 혹은 탐험기

"소문난 잔치에 먹을 것 없다"는 속담은 고전 작품을 읽을 때에
도 해당된다. 이름난 고전으로 널리 알려져 있는 작품이지만 막상
읽어보면 난해하거나 쉽게 접근할 수 없는 벽을 느끼는 경우가 많
기 때문이다. 내 자신도 어렸을 때 세계의 고전을 읽으면서 그런 회
의를 많이 느꼈다. 그러나 성장한 뒤에 고전을 꼼꼼히 다시 읽어보
고 비평 서적을 대하면서 고전 작품을 접하는 사람들의 태도에 문
제가 있다는 사실을 발견하게 되었다. 가령 셰익스피어의 『햄릿』
을 읽기 전에 이미 사람들은 "죽느냐 사느냐 그것이 문제로다(to be
or not to be that is the question?)"이라는 그 유명한 대사를 먼저 알고 있
는 경우가 많다. 그리고 『베니스의 상인』을 직접 읽어보지 못한 사
람들도 인색하고 몰인정한 사람을 일러 샤일록 같은 사람이라고
말한다는 것을 알고 있다. 이렇게 유행어처럼 인구 회자되어온 몇
마디의 말, 정형화된 캐릭터의 선입견을 갖고 고전을 대하기 때문
에 고전을 읽는 재미난 부문을 그냥 스쳐 지나가게 될 경우가 많다.

'죽느냐 사느냐'의 그 대사 때문에 햄릿을 복수를 주저하고 있
는 회의주의자로 생각하고 있는 파리한 지성인의 특성을 이해하
고 있지만 그런 고정관념 없이 그 작품을 읽어가면 결코 그가 우
유부단한 사람이 아니라는 사실을 알게 된다. 그리고 샤일록은
돈만 아는 수전노라기보다는 유태인이므로 돈놀이꾼으로 짓밟
혀온 자신의 명예와 크리스천들의 위선을 고발하려는 저항적인
인간의 모습을 찾아볼 수도 있다.

  고전은 그만큼 다양한 해석과 다원적인 가치를 지니고 있는 것
이기에 시간과 공간을 뛰어넘어 오늘에 이르게 된 것이다. 그래서
나는 모든 고정관념에서 자유롭고, 새롭게 고전을 읽는 방법을 생
각하고 실제로 나그네처럼 그 고전의 마을들을 탐방해본 것이다.

  그러므로 이 책은 지적인 하나의 여행 혹은 탐험기라고 봐도
무방하다. 물론 여기 수록된 글들이 일반 독서층을 대상으로 한
『독서신문』의 연재글이기 때문에 작품 선정이나 그 비평 방식 에
있어서 깊이와 일관성이 결여되어 있기는 하지만, 오히려 그 편
이 고전을 새롭게 접근하는 데 좋을 것이라고 스스로 자부하 면
서 이 묵은 책을 다시 정리하여 "이어령 라이브러리"의 하나로
상재하게 된 것이다.

2003년 6월

이어령

I
서양의 고전

1. 진리는 나그네일러라

한 권의 책을 읽는다는 것은 바로 나그네가 한 마을을 지나는 것과 같은 일이라고 나는 생각한다. 세계 문학을 읽는다는 것, 그것은 세계와 인류의 마음, 안개에 싸인 신비한 그 상상의 나라를 떠돌아다니는 긴 여행이다. 그래서 나그네와 같은 입장에서 나는 세계의 여러 문학 작품들을 읽어왔다.

하지만 말이 나그네지, 나그네의 입장이라는 것도 다 다르지 않겠느냐고 묻는 사람이 있을 것이다. G. 스미스도 『세계 시민』에서 말하고 있다. "자기와 다른 사람들을 개선하려고 나라를 떠나는 자는 철학자지만, 호기심이란 맹목적인 충격에 따라 이 나라에서 저 나라로 가는 자는 방랑자에 지나지 않는다"라고…….

그러나 나는 이런 말에 반대한다. 세상일은 그렇게 밤과 대낮처럼 두 개로 구분해서 생각하는 일은 좋은 것이 못 된다. 사람들은 어둠과 광명이 함께 얽혀 있는 황혼의 시간 속에서도 살고 있다는 것을 잊어서는 안 될 것이다. 아무리 뚜렷한 목적을 가지고 길을 떠나는 나그네라 해도 누구나 조금씩은 방랑하게 마련이다. 김만중金萬重의 『구운몽』을 읽어본 사람이면 알 것이다. 양소유楊小遊가 집을 떠나는 것은 과거를 보기 위해서였다. 그런데도 그는 그 과거길에서 우연히 어사의 딸 진채봉秦彩鳳이와 계랑桂娘이라는 기생을 만나게 된다. 그래서 그는 최초로 여성과 그 사랑에 대해 눈을 뜬다. 그것은 애초의 여정에는 없었던 일종의 방랑이 아니었겠는가. 어느 면에서는 애초의 여행 목적이었던 과거보다 이 사랑의 방랑이 더 중요한 의미를 지니고 있었는지 모른다. 여행을 하다가 애초의 목적을 잊어버리거나 수정해버리는 것이 나그네의 특징이기도 하다.

루소는 청년 시기에 리옹에서 파리까지 도보 여행을 한 적이 있었다. 그가 파리를 가려 한 것은 고다르라는 스위스인 대령을 만나기로 되어 있었기 때문이다. 루소는 근시안이었지만, 이렇게 자신을 위로하면서 빛나는 미래를 그려본다. '어느 책엔가도 숌베르 장군은 지독한 근시안이라고 되어 있다. 그리고 보면 루소 장군이 근시안이어서 안 되란 법도 없지.'

그런데 그는 길을 걷다가 아름다운 숲과 파란 냇물이 흐르는 골짜기를 보고 넋을 잃는다. 눈앞에 나타난 이 목가적인 전원 풍경을 바라보면서, 그는 시끄러운 도시 생활 속에서 명예의 티끌을 좇는 '루소 장군'의 꿈을 영영 포기하고 만다.

이것이 바로 나그네의 현실이다. 그리고 책을 읽는 마음이기도

하다. 우리는 리포트를 쓸 목적으로, 또는 어떤 지식을 얻기 위해서 의무적으로 책을 읽을 때도 있다. 그러나 읽다가 보면 애초의 동기와는 다른 방랑을 하게 된다. 여행이 그렇듯이 독서 역시 중요한 것은 목적보다도 그 과정이라고 할 수 있다. 한 권의 책갈피 속에는 한 가닥 길처럼 예견할 수 없는 사건이 잠복해 있는 까닭이다.

"참된 여행자에게는 항상 방랑하는 즐거움, 모험심과 탐험에 대한 유혹이 있게 마련이다. 여행한다는 것은 방황한다는 뜻이고, 방랑이 아닌 것은 여행이라 할 수 없다고 생각한다. 여행의 본질은 의무도 없고 일정한 시간도 없고 소식도 전하지 않고 호기심 많은 이웃도 없고 이렇다 할 목적지도 없는 나그넷길인 것이다. 진짜 나그네는 자기가 이제부터 어디로 갈 것인가를 모르는 법이고, 나무랄 데 없는 훌륭한 여행자는 자기가 어디서 왔다는 사실을 모르고 있는 사람이라 할 수 있다. 그는 심지어 자기의 성명이 무엇인지도 모르는 것이다."

이것은 임어당林語堂의 말이다.

누군들 방랑하지 않고 길을 떠나랴

여기에 '참된 여행자'란 말을 '참된 비평가'라고 바꿔놓고 '여행'이란 말을 '독서'로 고쳐놓는다 해도 별 탈이 없을 것이다. 그러나 조심할 것은 스미스의 말을 인용할 때 나는 방랑자의 의미를 강조했지만, 임어당의 나그네에 대해서도 또 나는 반대로 단순한 호기심만의 방랑이 아니라 나와 타인을 개선하는 철학자로서의 나그네를 강조해야 될 입장에 있다는 점이다. 목적 있는 여행을 말이다.

나그네는 길을 만든다. 여행과 길은 떼어낼 수 없는 쌍둥이다. 여행하고자 하는 마음에서 길이 생겨나는 것이니까! 만약 나그네가 모두 단순한 방랑자였다면 길은 생겨나지 않았을 것이다. 황량한 죽음의 사막에 실크 로드를 연 사람들은 단순한 모험심과 새로운 대지를 보고 싶어서 떠돌아다닌 방랑자들은 아니었다. 그 사막 너머로 상품을 팔아 돈을 벌겠다는 뚜렷한 목적과 의지를 지니고 있었던 상인들의 발자국이 그 길이 된 것이다. 석가모니도 예수도 공자도 모두가 다 대여행가들이었다. 그들의 여행 역시 나와 타인들을 구제해야겠다는 종교적인 목적이 있었다. 석가모니가 세상을 돌아다니며 설법을 한 그 행적을 살펴보면 그 당시 상인들이 장사 목적으로 돌아다닌 코스와 일치한다. 공자도 마찬가지였다. 호기심과 멋만으로는 문학을 즐길 수는 있어도 탐구의 길을 열 수는 없다. 아무리 방랑자라 해도 여행에는 목적지란 것이 없을 수 없다.

결론을 말하자면 나그네란 목적이 있어도 조금씩 방랑(무목적)에 빠지게 마련이고, 또 일정한 목적이 없이 집을 떠나도 길을 걷다

보면 하나의 목적이 생겨나게 된다는 이야기다. 문학 작품을 읽고 감상하고 비평하는 데 있어서도 그와 같은 일이 벌어진다. 그러나 목적 있는 여행이든 방랑으로서의 여행이든 나그네의 마음에는 공통점이 있다.

갈증 속에서 우물터의 새 의미를

거기에는 여행 자체에서 얻어지는 다 같은 열매가 있다. 나는 그것을 더 강조하고 싶다. 가령 이 시를 읽어보자.

지름길 묻길래 대답했지요.
물 한 모금 달라기에 샘물 떠주고
그러고는 인사하기 웃고 받았지요.

평양성에 해 안 뜬대두
난 모르오

웃은 죄 밖에.[1]

---

1) 김동환, 「웃은 죄」

이 낯선 나그네의 향방이나 목적을 묻는다는 것은 어리석은 일이다. 그는 어디로 가고 있을까? 왜 그는 그의 고향을 떠났는가? 이렇게 묻기 전에 지금 우리 눈앞에 서 있는 그 나그네는 '목이 마르다'는 것이다. 그리고 거기 우물이 있고 한 여인이 서 있다. 목마른 나그네에게 있어 그 우물이나 여인은 벌써 고향의 그것은 아니다. 그는 갈증을 가지고 있기 때문이다. 한곳에 머물러 있는 사람들은 갈증의 의미를 모른다. 갈증, 그것은 나그네만이 가질 수 있는 고통스러운 특권이다. 그 갈증이 있기에 고향에서는 결코 맛볼 수 없었던 우물물의 의미와 그리고 한 여인의 웃음과 만날 수가 있는 것이다. 그는 고향에서 참으로 멀리 떨어져 있지만 그의 갈증은 어느 때보다도 그의 고향으로 가까이 다가서고 있는 것이다. 우리는 이러한 갈증을 갖고 세계의 문학을 찾아다니자는 거다.

한 사람의 모습을 생각해보자. 그의 얼굴은 오랜 여행으로 땀에 배어 있고 지쳐 있지만 우물물처럼 신선한 생기가 숨어 있다. 먼 길을 걷기 위해 그의 어깨에 멘 괴나리봇짐은 단출해 보이지만, 그 안에는 보이지 않는 많은 물건이 그득 차 있는 것 같다. 그런 역설의 모습을 한번 생각해보자. 나그네는 그런 역설을 지니고 있는 사람이다. 나그네처럼 지쳐 있으면서도 생기에 가득 차 있는 사람을 우리는 본 적이 없을 것이다.

나그네의 짐은 가볍다. 많은 것을 가져서는 안 된다. 우리나라 속담에 "길을 떠나려거든 눈썹도 **빼어놓고 가라**"는 것이 있지 않은가? 거추장스럽고 짐이 되는 것은 모두 버려야 길을 떠날 수 있다.

나그네에게는 재산을 쌓아두는 곳간이 필요 없다. 오히려 그런 것을 거부해야 한다. 그러나 나그네의 짐은 언제나 눈으로 보는 것보다 항상 더 크고 무겁다. 그가 지나온 많은 마을과 그 시간들이 그의 짐을 참으로 무겁게 해줄 것이기 때문이다. 지금부터 우리가 떠나야 할 그 길도 마찬가지다. 피로로써 생기를 얻고 짐을 버림으로써 새 재산을 얻는 역설의 여행이 시작되는 것이다.

많은 마을을 지나 편견에 도전한다

더 구체적으로 말하면 대체 지쳐 있다는 것은 무엇이며, 자기가 들고 있는 짐보다 항상 더 무거운 재산이란 무엇인가?

"여행은 쾌락이 아니라 고통"이라고 카뮈는 말한 적이 있다. 한 가지의 나무에만 앉아 있는 새는 피로를 모른다. 동시에 그 새는 생기도 또한 없을 것이다. 문학 작품을 읽는다는 것은 새가 날갯짓을 하여 허공을 나는 것과 같다. 상상의 날갯짓 말이다. 그것은 우리를 지치게 한다.

시장에서 물건 값을 깎고 있는 사람들, 봉급 날짜만을 기다리고 있는 지방 관리들은 한 나무의 가지에 꼭 매달려 있다. 다른 말로 바꾸면 현실의 체제 안에 갇혀 지내는 사람들은 참다운 피로를 모른다. 마치 방 안에 갇혀 있는 사람은 방 안의 냄새를 맡을 수 없는 것처럼 피로해도 그 피로를 모른다.

우리는 상상의 날갯짓을 통해서 그 일상적 세계, 두꺼운 체제의 벽을 돌파하고 신선한 바람을 호흡한다. 우리나라 사람들이 여행을 흔히 바람을 쐰다고 하는데 정말 적절한 표현인 것 같다.

나그네가 지닌 공통점이라면 그 밖에도 더 많을 것이다. "자기 집을 한 번도 떠나보지 못한 자는 편견에 차 있다"란 말처럼, 나그네는 긴 여행을 통해서 거꾸로 그 편견을 없애간다고 할 수 있다. 이것도 역시 나그네가 지닌 특성의 하나다.

나그네는 '편견에의 도전자'라고 생각할 수 있는 것이다. 나그네는 몸과 마찬가지로 그 정신도 자유에 뿌리박고 있다고 할 수 있다. 우리에게 제일 결여되어 있는 부분이 바로 이 점이라고 나는 가끔 생각한다.

양 떼를 몰다가 얻은 새로운 진리

우리나라 사람들은 농경 국가였기 때문에 여행의 의미를 모르고 산 민족이라 해도 과언이 아니다. 농사를 지으려면 한곳에 머물러 있어야 한다. 씨앗을 뿌리고 그 곡식이 자라 여물 때까지 농부는 그 자리를 떠나서는 안 된다. 그러나 유목민들은 양들을 몰고 초원을 향해 자주 밖으로 나가야만 한다. 한자리에 머물러 있다가는 양들이 더 뜯어 먹을 풀이 남아 있지 않을 테니까.

페니키아 같은 상업 민족은 더 말할 것도 없지만 그리스도 그랬었다. 알다시피 그리스는 무수한 섬으로 이루어져 있고 그 땅이 척박해서 농산물이 충분하지 못했다. 인구가 자꾸 불어가는데, 먹을 양식이 없다. 그래서 바다 밖으로 나가야만 했던 것이다. 여기에서 그들은 양식만 해결한 것이 아니라, 남의 문화와 접함으로써 사물을 생각하고 바라보는 눈이 넓어지게 된 것이다. 그들이 미처 상상하지 못했던 사실이나 여러 가지 다른 풍습들을 체험함으로써 조화에 찬 그리스 문화의 높은 탑을 쌓아 올린 거라고 풀이하는 학자들도 많다.

그들은 흑해의 북쪽 크리미아에까지 가서 처음으로 추위라는 것을 경험하게 된다. 그들은 뜨거운 물을 흘리면 지면이 녹고, 찬물을 흘리면 굳어지는 이상한 나라라고 경탄을 했다. 이런 경이의 체험이 모든 사상 면에까지 미쳐 편견을 극복해가는 다양한 문화를 형성하게 되었다.

우리나라에서도 실학 사상이 싹틀 때에는 빈번히 중국을 왕래하는 사람이 많았고, 박연암朴燕巖같이 기행문을 쓰는 일이 많았다. 역시 새로운 사상은 편견에 도전하는 나그네로부터 싹튼다고 할 수 있다.

지금 이 자리에서 할 이야기는 아니지만 르네상스 역시 나그

네들이 제일 많이 모이는 항구 도시를 중심으로 해서 싹텄다는
점을 보더라도 수긍이 가는 일이다.

박연암은 북경北京에 가서 코끼리를 본 것을 계기로 『상기象記』
라는 글을 쓴 적이 있다. 소·말·닭·개만 알고 있는 사람들의 이
론은 코끼리에게 들어맞지 않는다고 말했다. 그는 코끼리를 통해
그 당시 사람들의 편견에 도전했던 것이다.

그래서 '진리는 나그네'란 말도 있지 않던가. 진리는 한곳에 사
로잡혀 있지 않는 것, 절대적인 것이 아니라 변화하는 것이다. 그
리고 그것은 섭렵하는 것이다. 구하고 떠나며, 떠나서 다시 구하
는 것이다.

진리는 나그네인 것이다. 그렇다. 나는 그러한 나그네로서 세
계 문학을 이야기하고 싶다. 나그네의 마음을 가지고 문학의 그
많은 마을들을 유랑해보려고 한다.

내 아이야 내 누이야 생각해 보렴
그 즐거움을 그곳에 가서
함께 살며, 한가로이 사랑하며 사랑하고 죽고
너를 닮은 그 나라에서……
거기 모든 것은 질서와 미美, 정숙, 오만, 그리고 쾌락……

보들레르처럼 『여행에의 초대』를 쓸 작정이다. 그러면 우리는

어디에서부터 그 여행을 떠날까? 역시 그리스가 어울릴 것 같다. 전설 같은 호메로스가 하나의 나그네가 되어 전설의 마을을 떠돌아다니며 전설 같은 이야기로 시를 읊은 『일리아스』, 그 신비한 세계에 먼저 발을 들여놓기로 하자.

2. 문학의 고향 호메로스
— 『일리아스』와 서사시의 세계

천千의 웃음으로 빛나는 에게해의 전설

"『일리아스』의 서사시 한 장만을 읽기 위해 우리가 이 세상에 태어났다 하더라도 억울할 게 없다"고 실러는 말한다. 공연한 허풍이 아니다. 『일리아스』는 세계 그 자체이며 모든 생의 의미가 깃들여 있는 인생 그 자체다. 그런데 이렇게 위대한 작품을 쓴 시인 호메로스가 과연 누구인지 그것을 확실히 알고 있는 사람은 하나도 없다. 이 우주와 자연을 만든 신과 마찬가지로 참으로 위대한 것을 창조한 사람은 으레 미지의 구름에 싸여 있게 마련인가 보다.

호메로스의 경우만이 아니다. 『이솝이야기』라면 연필을 빨고 있는 초등학교 아이들도 다 안다. 그러나 막상 그 우화를 지은 이솝의 신분에 대해서 말하라면 누구도 '거북이와 토끼의 경주'처럼 쉽게 이야기할 수가 없다. 다만 '얼굴색이 까만 노예 출신이었다'는 말만이 어렴풋이 전해지고 있을 뿐이다. 그 바람에 엉뚱하게도 그가 인도인이었을 거라는 설이 있는가 하면, 또 아프리카 인들은 그를 흑인 동포라고 주장하기도 한다.

이태백李太白도 셰익스피어도 마찬가지다. 이솝과는 반대로 이태백은 얼굴색이 유난히 희었다는 이야기가 있다. 그래서 이번에는 무례한 서양 친구들이 동양의 그 시성詩聖을 백인의 후예로 만들어 2000년의 명예를 찬탈하려고 한다. 그리고 보면 인류의 문화유산 가운데 최고 최대의 서사시로 첫손 꼽히는 『일리아스』의 작가가 무사할 리 없다.

'천千의 웃음으로 빛난다'는 그에게 해변의 일곱 도시가 호메로스 탄생지의 명예를 놓고 서로 다투었다 해서 조금도 이상할 것이 없다.

제가끔 '호메로스야말로 자기 고향 사람'이라고 우기는 바람에 오늘날까지 그리스에는 그 일곱 도시만이 아니라 식민지까지 합쳐 열일곱 이상이 넘는 지방이 호메로스의 출생지로 전해지고 있다.

그러나 그중에서 제일 유력한 곳은 스미르나(지금의 이즈미르)와 키오스다. 특히 키오스는 호메리다이homeridae(호메로스의 자손)라 하여 대대로 호메로스의 시를 낭송하는 것으로 업을 삼고 있는 음유시인吟遊詩人들의 무리가 살고 있었던 곳이다.

하지만 모두가 전설에 지나지 않는다. 그리고 과학적인 증거가 없으면 자기 아버지도 믿으려 하지 않는 학자들에겐 호메로스가 실존 인물이라는 것조차도 의심거리로 되어 있다. 볼프라는 학자는 『일리아스』도 『오디세이아』도 처음부터 완성된 시가 아니라 여러 개의 단편적인 음송시들을 기원전 6세기 중엽 때, 페이시스트라토스가 집대성한 것이라는 학설을 발표해 세상 사람을 놀라게 했다. 이런 극단적인 주장이 아니라도 호메로스는 개인의 이름이 아니라 시인의 한 집단을 지칭한 이름이라고 말한 사람도 있고, 또 비록 그가 한 개인이라 해도 여러 개의 시를 모아 완성시킨 편찬자에 지나지 않는다고 추리한 학자들도 많다.

호메로스가 장님 시인이란 것도 호메로스를 연구하는 학자들에겐 역시 하나의 전설에 지나지 않는다. 사람들이 호메로스를 맹인이라고 생각한 것은 "시인이란 내적인 빛에 충만하여 다른 사람들에게 보이지 않는 사실을 꿰뚫어볼 수 있다"는 상징적 발상법에서 비롯한 산물이라고 하우저 교수는 풀이하고 있다.

무엇인가 깊이 사색하려고 할 때 사람들은 으레 장님처럼 눈을 감는다. 호메로스를 장님이라고 한 것은 그래서 "잘 보려면 눈을 감아라"라는 역설적인 격언이 생겨난 것과 마찬가지의 경우다. 『오디세이아』의 작품에서도 시인 데모도고스가 호메로스처럼 맹인으로 그려져 있는 것을 보더라도 알 수 있는 노릇이다. 위대한 시인을 장님이라고 생각한 것은 그리스인들이 일반적으로 품고 있었던 시인관, 즉 시인에 대한 하나의 이미지로 볼 수가 있다.

그뿐만이 아니다. 호메로스를 장님이라고 생각한 전설은 사실적인 전기 이상으로 중요한 의미를 던져주고 있다. 우리는 거기에서 '예술가는 무엇인가 육체적으로 결함이 있는 사람으로부터 생겨난다'는 선사 시대의 한 사고의 유물을 찾아볼 수 있기 때문이다. 그리스 신화를 보면 솜씨 좋은 대장장이 신神 헤파이스토스가 절름발이로 되어 있지 않은가. 신은 다 아름답게 그려져 있는데 유독 헤파이스토스 신만을 불구자로 만든 것은 무슨 까닭인가? 그것은 다름 아닌 시·조각 그리고 모든 예술품을 만드는 사람은 군무에 종사할 수 없는 사람들 사이에서 나오는 것이라고 생각한 선사 시대의 예술관에서 비롯된 것이다. 호메로스를 장님으로 만들어놓은 전설에서 우리는 그와 똑같은 예술관을 찾아낼 수가 있다.

그리고 보면 전설을 허황한 거짓말이라고 웃어넘길 것이 아니다. 호메로스에 대한 전설은 과학적인 사실의 기록보다 더 그 시인을 잘 밝혀주는 하나의 조명이 된다. 현대라 해도 무엇인가 위대한 업적을 남긴 사람들의 생애에는 으레 전설적인 요소가 따르게 마련이다. 그리고 그 전설의 요소가 사실보다도 그 인물을 더 잘 설명해주고 있다는 것을 우리는 알고 있다.

빛은 책상이나 의자 같은 사실이 아니다. 그러나 그것은 어둠에 파묻혀 있는 사물의 얼굴을 겉으로 드러내게 한다. 전설은 그러한 빛인 것이다. 호메로스의 전설은 그리스의 파란 하늘과 에

계해의 푸른 바다를 비추는 햇살처럼 실존하지는 않으나 그 근원 속에 잠재해 있는 많은 의미를 밝혀준다.

고향으로 돌아가지 못하는 시인

전설의 호메로스는 많은 도시를 유람하다가 고향 키메로 돌아가 정착하고자 한다. 그러나 그 고향 사람들은 그를 멸시하여 호메로스라는 별명으로 부르고 푸대접을 한다. 호메로스는 장님이란 뜻이라 했다. 이것이 사실이든 아니든 그 이야기 속에는 사실보다 더 진실한 진리가 숨어 있다. '선지자는 고향에 돌아가지 않는다'는 것은 어느 시대 어느 장소에서도 발견되는 서글픈 아이러니다. 석가모니도 다른 곳에서는 대환영을 받지마는 고향을 찾아갔을 때에는 미친 사람이라고 놀림을 받는다. 예수도 암탉같이 품 안에 품어주려던 그의 고향 예루살렘을 울면서 떠나야만 했다. 공자도 그를 알아주지 않는 노나라의 땅을 떠나 낯선 변방의 고장들을 방랑했다.

인류의 영광이라 할 수 있는 서사 시인 호메로스 역시 생전에 그의 고향에서는 발붙일 곳을 찾지 못했을 것이다. 시인은 어느 시대이고 망명자의 운명을 갖고 이 세상에 태어난다. 우리는 그 전설에서 시인과 현실의 영원한 그 역설적인 관계를 바라볼 수가 있다. 고향으로 돌아갈 수 없는 시인 호메로스는 바로 모든 시인의 운명을 상징한다.

그의 죽음 역시 그랬다. 그의 죽음에 대해서 많은 전설이 있지만 한결같이 그는 망각 속에서 객사한 것으로 되어 있다. 그중에는 이런 전설도 있다. 백발의 이 눈먼 노시인은 지팡이를 짚고 이 마을 저 마을을 떠돌아다니다가 '이오스'의 섬에서 객사를 한다. 호메로스는 델포이의 무당으로부터 이런 예언을 들은 적이 있었던 것이다.

"이오스는 그대 어머니의 고향, 그대의 죽음을 받는 것도 이 섬이니라. 다만 아이들의 수수께끼를 조심하라……."

호메로스가 늙어서 이 섬에 들렀을 때 그는 해변에서 돌아오는 고기잡이 아이들과 만나게 된다.

"무엇을 잡았니?" 하고 호메로스는 묻는다.

"잡은 것은 다 놓아두고 잡지 못한 것은 모두 가지고 온다"는 것이 아이들의 대답이었다. 호메로스는 그 뜻을 몰라 되풀이해서 묻는다.

끝내 아이들의 수수께끼 같은 말을 풀지 못한 호메로스는 자기의 죽음이 가까워온 것을 알게 된다.

아이들은 물고기를 잡다 돌아온 것이 아니라 해변에서 이蝨를 잡았던 것이다. 누구나 해변가에서 돌아오는 아이들을 보면 고기를 잡고 있었던 것으로 알 것이다. 그러니까 "잡은 것은 놓아두고 못 잡는 것은 가지고 온다"는 말을 들으면 당황하지 않을 수 없다. 호메로스도 그랬다.

이 전설 역시 항상 '죽음의 숙명'이라는 인간의 약점을 생각하며 살아온 그리스의 인간관을 반영한 그 주제곡主題曲이라 할 수 있다. 위대한 시인 호메로스도 어리석은 다른 사람과 마찬가지로 죽음을 피할 수는 없었다. 마치 그 자신이 『일리아스』에서 그려낸 아킬레우스 같은 불멸의 영웅도 죽음 앞에서는 통곡을 하고 우는 초라한 인간으로 돌아오듯이…… 예지의 시인도 죽음의 덫처럼 던져진 아이들의 그 단순한 수수께끼를 풀지 못한 채 묶이고 만다.

이태백처럼 고래를 타고 하늘로 올라가는 해피 엔딩의 그 동양 사상과는 피부 빛이 다른 이야기다. 위대한 인간, 초인적인 인간도 약점을 가지고 있다는 현실의 인식, 그것이야말로 호메로스의 『일리아스』, 그리고 그리스 문학을 키운 씨앗이 아니겠는가?

또 다른 전설은 호메로스의 죽음을 이렇게 전한다. 호메로스 그 노시인이 아직도 어디엔가 살아 있다는 소문을 듣고 한 청년이 그를 찾아 나선다. 키클라데스 군도群島에서 슈포라덴 군도에 이르기까지 돌아다녔지만 허사였다. 그러던 어느 날 그 청년은 도중에서 폭풍우를 만나 우연히 어느 섬에 표착하여 양을 치는 목동을 만나게 된다.

"호메로스라는 사람을 아느냐?"고 물으니까 목동은 이렇게 대답한다.

"소아시아에서 온 거지 말예요? 언젠가 올리브 상인이 그 거지를 이곳에 내버리고 갔는데 바로 여기에 있어요."

더러운 움막집, 분뇨 냄새가 풍기는 양의 건초더미 한구석에 백 살이 넘은 늙은 거지 하나가 누워 있었다. 그는 장님이었다. 청년은 그에게 포도주를 주었지만 마시지도 못한 채 긴 수염으로 술방울을 흘려버린다.

"당신이 시인 호메로스입니까?"

아무 대답이 없었다.

"당신이 호메로스입니까?"

그러자 그 더러운 거지, 버림받은 채 죽어가고 있는 늙은 거지의 입술이 갑자기 움직이기 시작했다.

"오디세이…… 성스러운 아폴론의 축전을……."

들릴 듯 말 듯하게 한 가닥 노래가 흘러나왔다. 노인은 몇 번 입술을 움직이다가 영원히 굳게 다물고 말았다.

그때 청년은 본 것이다. 숨이 넘어가는, 그리고 최후의 그 숨결이 몇 마디 노래로 끊기어가는 싸늘한 입술에 갑자기 한 마리의 나비가 날아와 앉는 것을…… 하얀 나래에 피처럼 새빨간 반점이 찍힌 한 마리의 우아한 나비가…… 마지막 한 방울의 꿀을 빨듯이 호메로스의 입술에 황홀하게 앉아 있던 그 나비야말로 오늘날 호메로스의 화신이라고 불리고 있는 '아폴론 나비'였던 것이다.

시인이 다 말하지 못한 영혼의 그 언어가 한 마리 나비로 화하여 하늘로 날아간다. 전설이 아니다. 우리는 지금도 『일리아스』나 『오디세이아』의 서사시에서 호메로스가 풀지 못한 수수께끼, 그리고 나비가 되어 날아가버린 그 최후의 언어들을 보는 것이다.

호메로스에 대해서는 더 이상 길게 이야기하지 말자.

그가 누구였든 그의 작품 『일리아스』와 『오디세이아』가 바로 그 호메로스인 까닭이다.

아킬레우스의 방패에 그려진 인생도人生圖

표면적으로 보면 『일리아스』는 전쟁의 이야기, 영웅들의 이야기다. 『일리아스』만이 아니다. 서사시는 삼각의 의자처럼 으레 전쟁과 영웅 그리고 민족이라는 소재 위에서 성립된다. 그러나 『일리아스』를 단순한 영웅 찬가, 전쟁 묘사 그리고 민족의 영광을 노래 부른 것이라고 생각한다는 것은 잘못이다.

앞에서도 언급한 대로 그것은 어디까지나 표면적인 소재일 뿐 그 잎과 가지 속에 묻혀 있는 줄기는 있는 그대로의 인간, 그 총체적인 생의 인식이라는 데 있다.

『일리아스』의 구성이 인간의 전면성全面性에 있다는 것은 아킬레우스의 방패에 그려진 그림을 보면 금세 알 수 있다. 헤파이스토스 신이 아킬레우스의 새로운 출전을 위해 새로운 갑옷과 방패를 만들어준다. 그가 다시 방패를 든다는 것은 이 서사시의 주제에 대한 결론에 속하는 부분이고 모든 이야기를 완성시키는 매듭과 같은 상징성을 띠고 있다. 그러므로 그 방패에 그려진 그림은 『일리아스』 속에 펼쳐진 그 세계를 반영시킨 거울이라고 볼 수도 있다.

그 방패의 그림은 다섯 개의 다른 층으로 분할되어 있다. 중앙의 높이에는 하늘과 땅이 배치되어 있고, 하늘에는 피로를 모르는 영원한 태양과 만월과 별이 아로새겨져 있다. 다른 층에는 두 개의 아름다운 도시가 있는데, 한쪽 도시에서는 결혼식이, 또 한쪽 도시에서는 사람들이 피를 흘리며 쓰러져가고 있는 전쟁이 벌어지고 있는 그림이다. 또 하나의 층에는 풍성한 밭에서 농부가 밭을 갈고 있다. 거기에서는 술을 마시고 포도밭에서 포도를 따며 노래를 부르는 소년들의 모습이 아로새겨져 있다. 다른 또 하나의 층에는 목장의 풍경이 펼쳐진다. 사자가 암소를 물어뜯고 있는데 목자와 개가 그것을 구출하기 위해 달려간다. 그리고 옆의 층에는 궁정에서 벌어지고 있는 무도회의 즐거운 장면이 전개되어 있다. 그리고 방패의 가장 외측에는 모든 것을 둘러싸고 있는 오케아노스의 대하大河가 흐른다.

천체와 바다에 둘러싸여 있는 인간 생활의 양상이 모두 그려져 있는 셈이다. 도시와 농촌, 전쟁과 평화, 결혼과 죽음, 공포와 춤, 이렇게 복잡다단하고 대조적인 생활이 하나의 방패 속에서 새롭게 통일되고 조화를 이루며 재현되어 있다. 바로 이것이 『일리아스』 속에 그려진 인생의 모습이기도 하다.

『일리아스』는 결코 하나의 해답을 요구하는 O×식 시험 답안지로 요약될 수가 없다. 아킬레우스는 영웅이다. 그리스에서 으뜸가는 영웅, 반신반인半神半人이라고 할 수 있는 강자다. 그러나 아킬레우스는 강한가? 그는 강하고도 약한 자로 그려져 있다. '아킬레우스의 발뒤꿈치'란 말을 사람들은 잘 알고 있을 것이다.

바다의 신인 그의 어머니가 영생의 스틱스 강물에 몸을 적셔주었기 때문에 그는 불사의 존재가 된다. 그러나 어머니의 손에 쥐어져 있던 발뒤꿈치에는 물이 묻지 않았다. 그래서 그는 동시에 발뒤꿈치를 맞으면 별수 없이 죽을 수밖에 없는 존재가 된다.

이 이중성은 『일리아스』의 도처에서 발견된다. 그렇기 때문에 아킬레우스는 오늘날 우리가 생각하고 있는 영웅상英雄像과는 아주 다르다.

화가 나면 어린애처럼 싸움을 하지 않겠다고 보챈다. 분하면 바다를 향해서 어머니를 부르며 엉엉 통곡하고 운다. 천하의 장사라고 하기보다는 귀여운 어린애 같은 생각이 든다. 너무도 솔직하고 위선이란 것이 없기 때문에, 때로는 치기만만하기까지 하다. 그러나 단신 트로이 군을 몰아세우고 헥토르를 쫓아 일격에 무찌르는 그 초인적인 용장을 누가 감히 약한 어린애라고 부를 것인가?

이 점이 바로 『일리아스』를 이해하고 비평하는 데 놓쳐서는 안 될 부분이다.

모순 속의 진실

현대인들은 한 면밖에는 보지 못한다. 매사를 논리적으로만 통일시키려고 한다. 강한 것은 강한 것, 약한 것은 약한 것, 개인은 개인, 집단은 집단이다. 낮을 이야기하기 위해서는 밤을, 밤을 그리기 위해서는 낮을 제거해버린다. 인생을 이상적으로 보는 사람은 그 꽃밭만 보고, 부정적으로 보는 사람은 꽃밭에서 기어다니는 벌레만 본다. 꽃과 동시에 벌레를 보는 전면적인 시선으로 바라다볼 줄 모른다. 『일리아스』의 세계는 아킬레우스가 든 방패의 그림처럼 천체와 인간의 마을이, 결혼과 죽음이, 전쟁과 평화 그리고 도시와 농촌이, 모순하는 그 두 얼굴들이 함께 조화를 이루며 그려져 있다. 표현 하나만을 봐도 그런 것이다. 오디세우스 장군의 우렁찬 목소리를 호메로스는 이렇게 묘사한다.

"소나기와 같은 언변이 마치 겨울날 함박 같은 눈송이가 휘날리듯 이 무겁고 또 부드럽게 쏟아진다."

언뜻 보기에 이러한 비유에는 통일성이 없는 것처럼 느껴진다. 그의 목소리는 소나기와 함박눈으로 비유되어 있기 때문에 이 두 개의 이미지는 서로 상충한다. 하나는 여름, 하나는 겨울…… 우리는 소나기와 함박눈이 함께 공존하지 못한다는 사실을 알고 있다. 그런데 이런 모순이 『일리아스』에서는 하나의 조화를 이루며 인간의 전면적인 체험을 형성해간다.

호메로스의 양면적 진실은 군사들이 싸우는 묘사에서 더욱 여실히 드러나 있다. 군사들이 싸우는 광경을 호메로스는 여러 가지 비유를 써서 표현하고 있다. 때로는 나무꾼이 나무를 베는 것, 때로는 몰려오는 바다의 파도, 그리고 밭에서 곡식을 베는 농부나 애들에게 등을 얻어맞으면서도 여전히 옥수수를 뜯어먹는 고집 센 나귀의 행동으로 비유하고 있는 것이 그것이다.

이것을 분석해보면 유목민의 생활, 농부의 생활, 뱃사람들의 생활, 사냥꾼의 생활, 여러 층의 생활 체험을 토대로 전쟁을 묘사하고 있다는 사실을 알게 된다. 그리고 이러한 다양한 생활 체험에서 우러나온 묘사는 전쟁을 그리면서도 독자에게는 그들이 두고 온 고향에서의생활, 평화로웠던 일상생활의 이미지를 연상시켜준다. 이러한 비유 때문에 피비린내 나는 전투를 보면서도 우리의 눈 하나는 참으로 멀리 떨어져 있는 그들의 고향 생활을 동시에 바라보게 된다. 이것이 호메로스의 위대성이다.

가장 남성다운 영웅들이 경주를 벌일 때 호메로스는 그것을 어떻게 표현했는가? 정반대의 이미지를 사용한다. "아이아스가 앞을 달리니 바싹 뒤따라 오디세우스가 간다…… 길쌈하는 여자가 날을 건너 북을 달릴 때에 가슴에 바디집을 잡는 정도로 가까이

온다." 여자의 길쌈에다 그것을 비유했던 것이다. 그래서 우리는 우리도 모르는 사이에 그 영웅들만의 이야기를 들으면서도 그들에게도 처자식이 있다는 것을 잊지 않는다.

묘사만이 아니다. 세상을 바라보는 눈 자체가 그렇다. 아킬레우스는 그가 가장 사랑하는 친구이며 가장 신뢰하는 부하이기도 한 파트로클로스의 죽음을 서러워하는 대목에 이런 대화가 오고간다. 복수를 하기 전까지는 식사를 절대 하지 않겠다고 아킬레우스는 말한다.

"동지여! 먹지 말고 주린 채로 싸우라는 겁니다. 설욕을 한 다음에야 충분한 만찬을 받겠소이다. 그러기 전에는 물 한 방울 밥 한 술도 내 목에 넣을 수 없소이다. 왜? 내 동지는 죽어 내 막사에 누워 있고 창에 맞아 갈가리 찢겨 발은 문을 향해 놓여 있소. 벗들은 에워싸고 울고 있으니 내 그런 것에 개의할 수 없소이다. 오직 죽음·피 그리고 사람의 괴로운 신음뿐!"

아킬레우스의 이 말에 오디세우스는 이렇게 대답한다.

"배[腹]라는 놈은 고약한 설움꾼이라, 굶고는 장사도 제대로 못 지내는 법이오. 쓰러진 자가 너무나 많았소. 날이면 날마다 꼬리에 꼬리를 물고 한시인들 희생, 상실에서 어찌 놓여날 틈이 있었던가? 아니지요. 우리는 마음을 졸라매고, 매일 그날로 죽는 사람을 묻고 눈물을 흘려야 하지요. 하지만 아! 전쟁의 공포에서 살아남은 자는 먹고 마시는 것을 잊을 수 없을 것이며, 그래야 무장도 더 든든히 할 수 있을 뿐더러 피로해도 지지 않고 꾸준히 적과 싸울 수 있는 것이오."

　서러워서 식음을 전폐하는 인간, 그것도 인간의 진실이지만 그러면서도 역시 초상집에서도 밥을 먹어야 하는 것이 살아남은 자의 현실이다. 아킬레우스는 낭만주의자며 오디세우스는 현실주의자다. 호메로스는 어느 편인가? 어느 한쪽을 두둔하지 않는다. 이 두 인간을 한자리에 대면시켜놓는 것으로 인간의 현실을 더 깊고 온전하게 한다.

　아킬레우스가 헥토르를 쓰러뜨려 백척간두의 위기에 처한 그리스군을 구하고 사랑하는 전우의 그 원수를 갚는 순간 우리는 손뼉을 치지 않고는 견디지 못할 것이다. 그러나 헥토르의 죽음을 서러워하는 그의 아내 안드로마케의 통곡 소리가 트로이 성城 안에서 흘러나올 때, 우리는 눈시울을 적시지 않을 수 없다. 어떤 전쟁이고 그 이야기는 아군과 적군이란 게 뚜렷이 설정되어 있다. 한쪽이 승리할 때 한쪽은 패배하게 마련이다. 작자가 어느 쪽에 서느냐로 독자는 기뻐하기도 하고 슬퍼하기도 한다.

　그러나 호메로스의 전쟁 이야기는 그렇지 않다. 독자가 트로이 성 바깥쪽에 서 있게 하면서 동시에 그 안으로 끌어들인다. 그렇기에 쓰러진 헥토르의 시체를 보며 독자는 기뻐하고 동시에 서러워한다. 그리스인의 입장에서 노래하면서도 어째서 호메로스가 그리스와 트로이의 양군을 똑같이 그토록 공평하게 그려갔는지의 그 비밀을 알게 될 것이다.

전쟁을 그리면서 평화를, 영웅을 그리면서 그 나약함을, 승리를 그리면서 패배의 서러움을, 또 누구도 피할 수 없는 인간의 숙명을 말하면서도 인간의 무한한 그 능력과 용기를…… 이렇게 모순하는 두 세계를 조화시키고 통일해간 『일리아스』의 위대성은 어디에서 비롯된 것인가?

무엇이 구슬을 꿴 실인가?

호메로스의 서사시 『일리아스』는 총 1만 5000행이나 된다. 6세기 중엽 아테네 시에서는 4년마다 파나테나이아의 큰 잔치가 열렸다. 그때 대중 앞에서 시를 전부 낭독하도록 법제화되어 있었는데, 그 시간만 해도 무려 스물다섯 시간에서 서른 시간이나 걸렸다고 한다. 한 사람이 전부 읊자면 목청이 쉴 것이기 때문에 교대로 바꾸어 불렀다는 이야기도 있다. 그러나 이렇게 방대한 서사시, 몰턴 교수의 계산에 따르자면 본 줄거리에서 독립된 삽화만 해도 80개가 넘는 그 복잡한 이야기들을 호메로스는 놀랄 만한 구성력으로 통일시켜 놓았다.

그렇기 때문에 『일리아스』를 이해하기 위해서는 그 무수한 구슬을 꿴 실[糸]이 무엇인가를 살피는 데서부터 시작되어야 할 것이다.

호메로스는『일리아스』를 옛날이야기를 하듯이 엮어가지는 않았던 것이다. 만약 호메로스가 이야기의 줄거리에 중점을 두고 영웅과 신과 그리고 그 전쟁을 연대기적으로 서술해갔다면 틀림없이 그것은 오늘날 서양 야담 책으로 어느 대본 서점의 한구석을 차지하고 있었을 것이다.『일리아스』를 트로이 전쟁을 그린 연대기적 문학으로 보면 그처럼 싱거운 이야기도 없다. 전쟁 이야기의 결론은 옛날이나 오늘이나 어느 편이 이기고 졌느냐에 있다. 그런데『일리아스』는 그리스군과 트로이군이 줄다리기를 하듯 일진일퇴하는 전황의 되풀이로 일관되어 있다. 왜 싸움이 벌어졌으며 그것이 어떻게 끝났는가 하는 개전과 종전에 대해서는 거의 관심이 없다. 이야기는 트로이 전쟁이 일어난 지 9년째에서부터 시작하여 트로이 성 함락 직전에서 끝나고 있다. 이야기의 재미로 본다면 오히려 파리스가 헬레네를 약탈해서 트로이 전쟁이 일어나게 되는 실마리, 혹은 아킬레우스가 죽은 뒤 오디세우스가 목마를 끌고 철옹성을 쳐부수는 그 클라이맥스에 있을 것이다. 그러므로 스토리상으로 보면『일리아스』는 통일성이 결여된 미완성 작품이라고 할 수밖에 없다.

그래서 독자는 불만을 품고『일리아스』의 전편과 후편을 찾으러 다닐 것이다. 하지만『일리아스』는『큐프리아(트로이 전쟁의 발단을 그린 서사시 : 현존하지 않음)』와『오디세이아(전쟁이 끝난 후 오디세우스 장군의 귀환담)』가 없어도 여전히 독립된 하나의 서사시로서 완벽한 예술성을 지니고 있다. 독자의 관심은 시간을 타고 전개되는 사건의 줄거리, 퍼스터가 월터 스콧의 역사 소설을 맹렬히 비난한 것 같은 and then …… and then(그래서 또 그다음엔, 그래서……)의 궁금증을 푸는 데 있는 것은 아니다. 왜냐하면 호메로스는 '아킬레우스의 분노'에 초점을 두고 이 서사시를 구성해갔기 때문이다.

사건은 시간의 거미줄을 타고 진전되는 것이 아니라 영웅 아킬레우스의 분노 속에서 용해되어 흐른다. 호메로스는 이 서사시에서 시간 같은 것에는 별로 신경을 쓴 것 같지 않다. 무사들의 방패 하나만 보아도 시대성이라는 것이 무시되어 있다. 미케네 시대의 방패와 수세기가 지난 호메로스 시대의 방패들이 시대를 가리지 않고 한 전쟁터에 그대로 등장한다. 무기 박물관이 아니고서는 있을 수 없는 일이다.

호메로스는 시간성에 무관심했다

헬레네도 문제다. 시간을 생각하는 사람이라면 10년 동안이나 전쟁을 치르는 사이에 이 절세 미녀의 아리따운 얼굴에 잡혀가는 그 주름살에 결코 초연할 수는 없었으리라. 그러나 호메로스는 10년이라는 세월과 헬레네의 아름다움 사이에 아무런 관련성을 두고 있지 않다. 20대의 헬레네나 40대 가까운 헬레네나 호메로스의 서사시에서는 조금도 변화가 없는 것이다.

더구나 괴상한 것은 가장 중요한 인물인 아킬레우스의 나이가 몇이냐 하는 것이다. 트로이의 왕자 파리스가 헬레네를 약탈해간 사건은 아킬레우스 부모가 결혼하던 때의 일이다. 결혼식 피로연에서 그 사건이 발단된 것이기 때문이다.

그런데 헬레네를 탈환하는 트로이 전쟁에서 아킬레우스는 어엿한 그리스의 제일 장부로서 출전을 하고 있다.

그러나 『일리아스』를 읽는 독자들에겐 호메로스와 마찬가지로 그러한 시간의 문제는 대수로운 허물이 되지 않는다. 거듭 말하지만 『일리아스』는 연대기적인 기록에 흥미가 있는 것이 아닌 까닭이다. 그 서사시의 첫머리에 씌어 있듯 "이야기의 실마리는 성난 사나이(아킬레우스)에서부터 풀린다". 작자나 독자의 가장 큰 관심은 분노로 해서 출전을 거부한 아킬레우스가 그 싸움터에 과연 다시 나가느냐 안 나가느냐에 달려 있다.

『일리아스』는 아킬레우스가 주인공이지만 그가 직접 등장하는 장면은 맨 첫머리와 마지막 대목이다. 그런데도 『일리아스』를 읽는 독자들의 머리에서는 전편을 통해 한번도 그의 존재를 잊을 수 없게 되어 있다. 그리스군들이 이기든, 트로이군이 우세할 때에든, 독자들은 '만약 이럴 때 아킬레우스 장군이 나와 싸우기만 한다면……' 하는 생각을 안 가질 수 없기 때문이다.

분노와 명예, 그 영웅의 세계

이야기의 발단도 종말도 모두 아킬레우스의 분노에 얽혀 있다. 그러므로 사건보다 그러한 사건 자체를 이끌어가는 그의 분노가 무엇이냐 하는 데 우리의 시선이 집중될 수밖에 없다. 무엇이 그를 화나게 했으며, 무엇이 그 화를 달래게 했는가? 여기에 『일리아스』의 주제를 푸는 열쇠가 있는 것이다.

아킬레우스가 화를 낸 것은 총대장 아가멤논이 그가 전리품으로 분배받은 부리세이스를 빼앗았기 때문이다. 겉으로 보면 여자 문제지만, 좀 더 캐보면 어떤 물질적인 가치로 헤아릴 종류의 것이 아니라는 점을 느끼게 된다. 그것은 목숨을 걸고 싸운 그 싸움의 대가인 것이다. 따라서 그것은 다른 어느 것과도 대체할 수 없는 절대적인 의미를 가지고 있다. 그래서 전리품은 타인이 손을 댈 수 없는 귀중한 것이다.

사실 호메로스의 영웅들은 죽음을 두려워하는 인간들이다. 그들은 누구보다도 삶을 사랑한 사람들이고, 누구보다도 인간적인 모든 욕망이 강했던 사람들이다. 그들이 죽을 줄 알면서도 싸움터에 나가서 용감할 수 있었던 것은 그들의 인간적인 긍지 때문이다. 그것이 그들이 가장 소중하게 여긴 명예다. 자신의 생명을 바쳐서라도 지킬 가치가 있는 것이 '명예'라고 그들은 생각했던 것이다. 명예를 더럽히지 않기 위해서 그들은 죽음의 위험을 무릅쓴다. 그리고 그 명예를 증명하는 것이 바로 전리품이다. 따라서 전리품은 그들의 목숨의 대가이며 위험의 보상이었던 것이다.

아킬레우스에게 있어서 부리세이스는 전리품이었고, 그 전리품은 어느 누구도 손을 댈 수 없는 아킬레우스 자신의 명예였다. 거기에 아가멤논이 손을 댄 것이다. 전리품을 빼앗긴다는 것은 병졸에게 있어서도 견딜 수 없는 모욕이다. 그건 지위가 아무리 높은 아가멤논이라고 해도 결코 건드릴 수 없는 개개인의 생명의 대가이기 때문이다. 아킬레우스의 분노는 결국 명예를 짓밟힌 무사의 분노다. 그것은 이역만리의 타향까지 싸우러 온 무사가 싸움을 포기할 만큼 대단한 사건이었던 것이다. 아킬레우스 자신의 입을 통해서도 나타나 있듯이 그와 트로이 사람들과는 아무런 이해관계도 원한도 없는 처지다. 아킬레우스가 그리스군의 선두에서 트로이 군사를 무찌르는 것은 민족을 사랑하는 고결한 애국심의 발로이기에 앞서 순수한 개인의 명예, 후세에 불멸의 그 이름을 남기고자 하는 욕망이었다. 그랬기 때문에 아가멤논에게 자신의 명예가 짓밟혔을 때, 그 분노를 풀기 위하여, 즉 자신의 명예를 찾기 위해서 그는 오히려 자기편이 패배하기를 원했던 것이다.

명예와 육신, 그 두 개의 죽음

그는 실제로 바다의 신인 어머니 테티스에게 이렇게 하소연을 한다.

"아, 어머니시여, 제가 요절할 운명을 지고 태어난 것은 사실입니다. 천상의 우리 신이신 올림포스 제우스 신께서 그 대신 명예를 주시기로 하시지 않으셨나이까. 그런데 어찌 털끝만 한 명예도 베풀지 않으셨나이까. 어머니시여, 아가멤논 왕이 저를 모욕하나이다. 몸소 저의 전리품을 빼앗아 자기 스스로의 배를 채우나이다. 어머니, 제우스 신께 엎드려 그의 무릎을 잡고 원하소서. 그리하여 트로이군을 도와 아카이아(그리스)군이 살육에 쫓겨 함대로 물러가게 하소서……. 동포 중에서 최고의 인물을 존중하지 않음으로써 존귀한 대왕 아가멤논으로 하여금 과오를 범한 것을 깨닫게 하소서."

이것이 호메로스의 영웅상이다. 슬기로운 독자라면 아킬레우스는 단순한 호전자가 아니라는 것을 알 것이다. 그는 싸움 자체가 아니라 명예를 얻으려고 한다. 이 요절의 숙명에서 그가 벗어날 수 있는 길은 단 한 가지 명예를 얻는 길밖에 없었기 때문이다. 명예를 위해서라면 창칼을 내던질 수 있다. 그가 출전을 거부하는 것은 전쟁터에 뛰어드는 것과 똑같은 논리다. 행동은 정반대이나 명예를 위한다는 목적에 있어서는 동의어다. 그렇기 때문에 『일리아스』는 전쟁의 이야기라기보다는 죽음을 걸머지고 사는 인생 자체의 이야기다. 어떻게 사느냐의 문제인 것이다.

『일리아스』에는 시체로 산을 이루고 그 피로 냇물을 이루는 다른 전쟁과 조금도 다를 것이 없는 장면 묘사가 끝없이 되풀이된다. 그러나 우리가 그 시체 더미에서 발견할 수 있는 비극은 전쟁의 비극이라기보다 전쟁을 통해 얻을 수밖에 없는 남자의 명예, 그러한 명예를 추구하지 않고는 견딜 수 없는 '죽어야만 하는 인간'의 모습이다.

제우스는 트로이, 그리스 양군을 일진일퇴시키면서 마치 풋볼 경기를 구경하듯이 재미있게 바라다본다. 이 인정머리 없는 제우스 신도 '죽을 수밖에 없는 인간'의 운명을 생각하는 그 순간에서만은 이렇게 외치는 것이다. "이 땅 위를 거니는 생물 가운데 가장 처량하고 불행한 것은 인간밖에 없다"고.

아킬레우스의 모든 행동은 다음과 같은 그 자신의 고백에서 입증된다.

자기에게는 두 개의 죽음이 있다는 것이다. 고향에 머물러 범인으로 살아간다면 장수를 할 수가 있다. 그러나 육신의 생은 길지만 명예를 얻을 수 없다는 것이다. 전쟁터에 나가 공을 세우면 일찍 요절하지만 그 이름은 영구히 남을 것이라는 것이다. 하나는 육신의 죽음이요, 또 하나는 명예의 죽음이다.

아킬레우스는 이 두 죽음 사이를 방황하고 있다. 숙명을 피할 수는 없으나 인간의 의지로써 선택은 할 수 있다. 이것이 그의 자유이며 인간으로서의 결단인 것이다.

결국 아킬레우스란 무엇인가? 아킬레우스가 영웅이라는 것은 무엇인가? 그것은 다름 아닌 명예의 죽음보다 육신의 죽음을 택하는 자임을 의미한다. 그것이 아킬레우스로 상징되는 호메로스의 영웅상이다.

안드로마케의 탄식

그러나 호메로스는 아킬레우스의 분노(명예 의식)를 통해 얻으려는 영웅적 생만을 제시하지는 않는다. 『일리아스』의 영웅들 옆에는 반드시 헬레네를 위시하여 많은 여성들이 등장하고 있다. 그리고 그 여성들은 한결같이 영웅들과는 반대의 생, 명예보다는 남편과 사랑하며, 들에서 곡식을 거두는 평범한 일상적인 생을 희구하는 사람들이다. 헬레네는 성 밖에서 벌어지던 9년 동안의 그 길고 긴 전쟁을 보면서 무엇을 하였던가? 그 장면을 그녀는 수틀에 옮기고 있었던 것이다. 피의 냄새도, 무사들의 외침도, 언제 죽을지 모르면서도 시체에서 전리품을 빼앗는 그 어두운 장면도 헬레네의 손끝에 잡히면 그녀의 미모와 마찬가지로 오색실로 채색된 미美로 바뀌어버리고 만다.

아킬레우스가 그의 명예를 위해 탄식하는 것과, 안드로마케가 출전하는 남편의 소매 끝을 잡고 평화로운 생활을 위해 탄식하는 두 모습은 얼마나 대조적인가? 안드로마케에게 필요한 것은 명예가 아니라 남편에의 애정이며 어버이로서의 의무다. 안드로마케는 눈물로 볼을 적시면서 남편에게 말한다.

"당신의 용기가 당신의 멸망이 되겠소이다. 당신은 당신의 어린 자식, 그리고 곧 과부가 될 불행한 아내를 가엾게 여기지 않으시나요…… 그리운 남편, 그러니 나를 가엾이 여겨 성 뒤에 머무르시오…… 무화과나무에 가장 쉽사리 기어오를 수 있는 성에다가 당신의 부하들을 파수 보게 하옵소서."

그러나 헥토르의 대답은 비겁한 자가 될 수 없다는 것이었다. 헥토르가 마지막으로 그의 어린 자식을 끌어안을 때 아이는 투구 쓴 아버지가 무서워 놀라 달아난다. 여자에게나 아이에게는 그 명예의 무구武具가 슬픔이요 놀라움에 지나지 않는다. 헥토르가 전쟁터에서 아킬레우스의 창끝에 찔려 죽는 순간 그의 아내는 무엇을 하고 있었던가. 그녀는 길쌈을 했고 넓은 자색 천에다 아름다운 꽃을 수놓고 있었다. 그리고 그 남편을 위해 목욕물을 데우고 있었던 것이다. 그러므로 헥토르가 죽은 것을 알자 안드로마케는 이렇게 탄식했다.

"그대 몸을 개가 물어뜯겠지. 벌레가 끓겠지. 집에 있는 침모, 집안사람들이 만든 따뜻한 리넨 옷도 다 버리고 알몸으로…… 그대 물건 다 태워버리리다. 그대 몸에 접할 길 없으니 다 쓸데없는 것."

영웅의 명예는 죽어서 살지만, 여인들의 모든 일과 그들이 짜는 리넨 옷은 죽음과 함께 끝나버린다.

호메로스의 문학은 장례식

이런 관점에서 보면 『일리아스』는 두 개의 공간으로 분할된다. 트로이 성 안의 세계와 성 밖의 그 벌판. 성 안은 여성들로 상징되는 미와 사랑과, 연약하긴 하나 생활의 평화가 있다. 그러나 성 밖에는 명예의 전리품을 얻기 위해 치고, 쓰러지고, 죽이고, 죽는 영웅들의 세계가 있다. 그것은 남성들의 세계다. 전쟁터는 무도회장이 아니다. 이것을 더 확대시켜보면 다름 아닌 두 세계의 충돌, 단순한 트로이와 그리스군의 싸움이 아니라 미(사랑)와 명예의 싸움이라는 것을 알 수 있다. 위대한 호메로스는 그것을 민족 대 민족의 싸움만으로 그리지 않았다. 트로이는 미의 세계, 그리스군은 명예의 세계로 각기 상징해주고 있다.

트로이군은 영웅들(헥토르, 프리암 왕, 파리스)도 용감하다는 것뿐만 아니라 자비와 덕망과 아름다운 모습으로 부각되어 있다. 파리스는 전쟁을 하다 말고 헬레네와 사랑을 하기도 한다. 그리고 그는 헬레네(아름다움)를 위해서는 비굴한 짓도 서슴지 않는다. 명예보다도 헬레네다. 여러 말이 필요 없을 것이다. 트로이군을 돕는 신들은 미의 여신 아프로디테이며 전아한 아폴로라는 것이 그것을 증명해준다.

호메로스는 영웅이 아니고 시인이다. 약탈하고 죽이는 영웅들을 그리면서도 시인으로서의 미와 평화를 갈구하는 일을 잊지 않는다. 그리고 이 모순을 융합시킬 수 있었던 것은 『일리아스』의 마지막 장면, 장례식이다.

아킬레우스의 분노로 시작하여 장례식으로 끝나는 이 서사시에서 우리는 미와 명예가, 평화(휴식)와 전쟁이 장례라는 그 의식을 통해 결합된 상징성을 볼 수 있다. 이 장례식의 세계에서만은 적과 적이 무릎을 맞대고 서로를 이해한다. 함께 눈물을 흘린다. 아킬레우스는 원수인 헥토르의 시체를 그의 부왕에게 돌려주고 위로까지 한다. 장례식이 열리는 동안은 싸움을 하지 않을 것을 맹세한다. 이 장례식을 통해서 우리는 미와 명예가, 전쟁과 평화가 그리고 생과 사가 어울리는 통일된 하나의 형식(form)을 발견하는 것이다. 이 의식이야말로 호메로스의 문학 형식이다.

『일리아스』에는 종교적인 또는 도덕적인 구제란 것이 없다. 『일리아스』의 신들은 선악 의식이란 것조차 없다. 제물을 많이 바치는 쪽을 편들거나 정실에 의해서 그 전세를 결정짓는다. 그렇기에 트로이 전쟁은 신들의 부정에서 비롯된 것이라고 할 수 있다. 뿐만 아니라 제우스 신도 인간의 죽음에 대해서만은 권한이 없다. 그의 아들이 죽는 것을 애통하게 여기면서도 죽음으로부터 그를 구제해줄 수가 없다.

이것이 그리스의 신이다. 이런 신을 믿는 인간들이 기독교와 같은 영생, 죽음으로부터의 구제를 생각했을 리 없다. 신은 있어도 이 세상은 죽음의 허무와 부조리가 지배한다. 인간이 할 수 있는 일은 성대한 장례식뿐이다. 장례식은 죽음의 슬픔과 그 공포에게 하나의 형식을 부여한다. 마치 호메로스의 서사시가 허무한 인생에 영원한 하나의 형식을 부여했듯이…….

3. 사포의 탄생
―서정시의 본질과 그 의미

레스보스의 동성애와 서정시

여성들끼리의 동성연애자를 '레즈비언'이라고 부른다. 그것은 놀랍게도 사포가 태어난 고향, 레스보스 섬에서 유래된 말이다. 레스보스 섬은 예부터 음악의 섬, 예술의 섬으로 이름난 곳이다. 음악의 아버지라는 테르판도로스의 섬이며, 서정시의 선구자인 사포와 알카이오스, 양대 시인이 태어난 고장인 것이다. 그러나 레스보스 섬은 예술의 섬으로만 이름이 높았던 것이 아니라 여성들의 동성연애로서도 또한 불멸의 이름을 남긴 고장이기도 하다.

그렇다면 여성들의 동성연애와 사포의 서정시에는 무슨 특수한 관련이라도 있었던 것일까? 그 관계를 따져본다는 것은 참으로 흥미진진한 일이다. 레스보스 섬이 서정시의 고향이며 동시에 여성들의 동성애를 낳은 고향이 되었다는 것은 단순한 우연만은 아니었던 까닭이다.

『여성론』을 쓴 베벨의 증언을 들어보면, 사포가 태어나던 기원전 6세기의 레스보스 섬에는 예술과 함께 여성들의 동성연애가 한창 꽃을 피우고 있었다는 것이다. 그리스가 좁은 섬들로 이루어진 도시국가라는 사실은 누구나가 다 아는 일이다. 그렇기 때문에 늘 양식이 부족했고 현대인들처럼 가족계획으로 인구 조절을 하지 않으면 안 될 형편에 있었다. 인구 과잉의 공포감 때문에 고대의 그리스인들은 여자와의 친밀한 관계를 꺼려했다는 것이다. 그 근엄한 소크라테스가 남색男色을 높은 교양의 표시라 하여 찬미를 했고, 인류의 존경을 독점한 대석학 아리스토텔레스도 "아내를 멀리하고 차라리 소년들과 사랑을 하라"고 남색을 권장했다. 즉 그리스인들의 남색 예찬은 모두가 인구 과잉의 공포감에서 생겨난 풍습이었다는 것이다.

남색의 유행이 과연 식량 문제에서 비롯된 것인지 그 원인은 확실치 않지만, 그리스의 남성들이 남색에 빠져 있었다는 것만은 분명한 사실이다. 이러한 분위기 속에서 그리스의 여성들이라고 가만히 있었을 리 없다. 여인들도 동성애를 즐겼고, 그러한 풍습은 레스보스 섬의 여인들 사이에서 크게 유행하고 있었다는 것이다.

아프로디테에 바치는 열정
이러한 연유에서 베벨은 인류 최초의 서정 시인인 사포를 레즈

비언의 대표자로 지목하고 있다. 그리고 사포 자신이 노래한 〈아프로디테에게 바치는 송가〉를 바로 그 동성애의 증거품으로 제시했다.

> 꽃의 왕좌에 앉아 계신 그대 전능한 지배자
> 오! 물거품에서 태어난 제우스의 딸 슬기로운 당신
> 내 소원을 들어주옵소서.
> 비탄과 참을 수 없는 번뇌 속에서 오, 여신이여
> 차라리 이 몸을 멸하게 하옵소서.

베벨은 이 시를 단순한 송가가 아니라 육감적인 열정을 열렬하게 노래 부른 변태적인 동성애의 변형으로 본 것이다.

그러나 이러한 주장은 사포의 명예를 훼손하는 것이라기보다 오히려 서정시의 탄생을 해명하는 데 중요한 단서가 된다. 왜냐하면 서사시는 남성들의 동성연애에서 생겨났고, 반대로 서정시는 여성들의 동성연애에서 탄생했다고 말할 수 있기 때문이다.

전쟁이란 무엇인가? 영웅들끼리의 동지애란 무엇인가? 서사시의 원형은 바로 남색적인 데서 찾아볼 수가 있다.

사포가 사랑과 미의 여신인 아프로디테를 노래 부른 것 이상으로, 호메로스는 아킬레우스와 그의 전우 파트로클로스와의 사랑을 노래 부르고 있지 않는가?

아킬레우스가 그의 여인 부리세이스를 아가멤논에게 **빼앗겼**을 때에는 단지 분노했을 뿐이었다. 그러나 파트로클로스를 잃었을 때에는 통곡을 하고 울며, 출전을 거부했던 자신의 분노에 대해 죄책감을 느낀다.

헬레네 다음으로 아름다운 열두 여인을 주겠다고 해도 싸움터에 나가기를 거부했던 아킬레우스가 파트로클로스의 죽음을 보고는 원수를 갚기 위해 자진 출전을 한다.

"올림피아 주신께서 저에게 모든 은혜를 베푸셨나이다. 그러나 파트로클로스가 죽은 지금 그런 게 다 저에게 무슨 소용이 있겠나이까? 내 생명이나 다름없게 아끼던 그 사람…… 그가 갔습니다."

어머니에게 이렇게 호소하는 아킬레우스의 탄식은 여인을 잃은 한 남성의 독백과 조금도 다를 게 없다.

『일리아스』를 읽으면서 가장 기이하게 느끼게 되는 것은 같은 남성끼리의 사랑과 의리에는 그토록 투철하면서도 이성인 여성에 대한 사랑은 거의 찾아볼 수 없다는 점이다. 그러므로 자기의 아내 헬레네를 찾기 위해 벌인 전쟁이면서도 메넬라오스가 헬레네를 그리워하며 한시라도 그녀 곁에 다가서려는 애정의 번민같은 것이 그 서사시에는 단 한 줄도 나타나 있지 않다.

메넬라오스는 헬레네에 대한 애정보다도 그녀를 약탈해간 파리스 왕자에 대한 복수심, 그리고 훼손된 명예를 되찾으려는 그 감정만을 토로하고 있다.

창에 찔린 아프로디테의 피

무엇보다도 『일리아스』 가운데 등장하는 여신들을 보자. 이 서
사시에서 가장 많이 얼굴을 나타내고 또 찬양을 받는 것은 전쟁
의 여신인 아테나다.

사포가 그토록 심취하여 노래 부른 아프로디테가 『일리아스』
에서는 무력하고 미미한 존재로 그려져 있다. 『일리아스』의 주역
은 헤라와 아테나 여신이지, 사랑과 미의 여신인 아프로디테가
아니다. 그녀는 단역에 지나지 않는다. 트로이 편을 들고 있는 그
여신은 결국 패배자로 그려져 있는 셈이다.

이렇게 『일리아스』의 서사시 속에서 아프로디테의 존재는 빛
을 잃고 거의 무시되어 있다. 무시되어 있는 것이 아니라 오히려
비참하게 그려져 있다.

아프로디테는 전쟁터에 나와 트로이군을 도우려다가 그리스
의 장군인 디오메데스의 창에 찔린다. 디오메데스의 창은 미의
여신들이 만들어준 영원불변의 신의神衣를 찢고 아프로디테의 아
름다운 팔목에 상처를 낸다. 겁 많은 이 여신은 울며 달아난다.
신 가운데 이처럼 인간에게 봉변을 당하고 피까지 흘리게 되는
것은 오직 아프로디테뿐이다. 디오메데스가 그 여신을 향해 이렇

게 외친 것을 보아도 서사시 속에 등장하는 여성의 위치가 어떤 것인가를 엿볼 수 있다.

"그대 제우스 따님이시여! 전진에서 발을 떼시라! 약한 여인들을 속이는 것만으로 충분치 않으신가! 만약 그대가 다시 전쟁터에 발을 들이려고 한다면 멀리서 그 방향만 귀담을지라도 전쟁이 그대를 몸서리치게 하리라!"

전장은 남성들의 세계다. 이러한 서사시의 세계에서는 여성적인 사랑과 미의 여신은 어울리지 않는다. 결국 서사시의 흥미는 남성 대 남성의 싸움이거나 그 사랑인 동성애적인 데 있다고 할 수가 있다. 『일리아스』의 서사시 속에서 여신 가운데 가장 여성적인 아프로디테가 푸대접을 받고 있다는 것과는 달리, 아테나 여신은 대단한 존경을 받고 있는 것도 그 때문이다.

아테나는 말이 여신이지 남성과 다를 게 없다. 제우스 주신主神의 명령까지도 어겨버리고 싸움터의 한복판에서 극성을 피운다. 헤라와 아테나는 일종의 여걸로서 올림포스 동산의 거친 치맛바람이다. 아테나는 여신이면서도 군신軍神 아레스(남자)를 일대일로 상대하여 완력으로 물리친다. 그러므로 그리스의 영웅들이 아테나에게 의지하여 싸우고도 그들의 사랑을 바치는 것은 남색적인 행위로 풀이될 수가 있다. 『일리아스』의 영웅들은 대부분이 여성 경멸론자들이라는 것을 알 수 있다. 적을 마주하여 싸울 때에도 여성을 욕하는 대목이 많이 나온다.

"왜 우리는 말썽 많은 여자처럼 서로 물고 뜯어야 하느뇨! 여인들은 마음을 저미는 원한을 품고 한길까지 뛰어나와 거짓이고 사실이고 되는 대로 욕지거리하는 동물이지⋯⋯."

저녁 별과 함께 오는 세계

서정시는 이렇게 서사시의 세계에서 버림받은 쓰레기터에서 피어난 장미라고 할 수 있다. 여류 시인 사포가 서정시의 명예를 독점하고 플라톤으로부터 '열 번째의 뮤즈'라고 칭찬을 받게 된 것은 결코 우연한 일이 아니다. 그리고 아테나에 눌려 빛을 잃었던 아프로디테 여신이 사포의 시 속에서 주신 제우스보다 높은 자리를 차지하게 된 것도 우연이 아니다.

사포는 레스보스의 수도 미틸레네에서 작은 서당을 열고 소녀들에게 노래와 춤과 리라(현금의 일종), 예의 작법 등을 가르쳤다. 그녀의 시는, 영웅들이 방패와 창에 명예를 걸고 싸우는 전쟁터가 아니라, 줄치마를 입고 오랑캐꽃을 머리에 꽂는 연약한 소녀들 틈에서 태어난다. 그녀의 시선은 늠름하고 거칠고 위대한 남성들의 세계를 향해 있는 것이 아니라, 소녀들의 순수한 애정, 아름다운 육체 속에 머물러 있는 그 감각의 세계 속에 있다.

저녁 별은

빛나는 아침이 사방으로 흩어놓은 것들을
모두 떠났던 제자리로 돌아가게 한다.
양을 돌려주고 산양을 돌려주고
어린아이를 또 어머니의 품속으로 돌아가게 한다.

사포의 이 「저녁 별」을 읽을 때 우리는 호메로스의 유명한 시구 "새벽 여신의 장밋빛 손가락"을 연상하게 될 것이다. 『일리아스』에서는 이러한 표현이 수없이 되풀이된다. 새벽은 잠자던 병사들이 일어나 새로운 전투를 시작하는 시각이었기 때문이다. 그러나 어둠이 오면 그 전쟁도 끝나고, 서사시의 세계도 문을 닫는다.

사포의 세계는 이와는 정반대다. 저녁 별이 떠오를 때 조용히 열려지는 사랑의 세계인 것이다. 양도 산양도 어린아이도 어머니의 품속으로 돌아가는 시각, 대낮의 욕망으로부터, 그 싸움으로부터, 말하자면 하나의 집단으로부터 생명의 근원인 나 자신의 고향으로 돌아간다. 한마디로 말해서 호메로스의 서사시가 새벽의 장밋빛 손가락에서 시작되는 것이라 한다면, 사포의 서정시는 저녁 별의 눈짓으로부터 막이 열리는 것이라고 말할 수 있다.

무구武具가 아니라 꽃이다

『일리아스』에서 가장 아름답게 묘사되어 있는 것은 전사들의 무구다. 아킬레우스의 투구는 헬레네보다도 아름답다. 아킬레우스는 헥토르에게 빼앗긴 자기의 갑옷을 '그 아름다운 갑옷, 신비하고도 신비한 것'이라고 표현한다. 『일리아스』 속에 나오는 영웅들은 적의 갑옷을 벗기기 위해 싸우고 있다 해도 과언이 아니다. 헤파이스토스가 만든 아킬레우스의 갑옷은 서사시가 발견한 미의 결정이다.

그러나 사포가 노래하는 것은 무구의 아름다움이 아니라 꽃이었다. 사포는 산으로 가는 소 치는 아이들의 발굽에 짓밟히는, 그러면서 그 이지러진 흙 속에서 보랏빛 꽃을 피우는 히아신스의 아름다움을 노래 부르고 있다. 난폭한 전쟁, 욕망의 노동, 그것을 소 치는 아이들의 발이라고 한다면, 사포는 그 발굽 밑에서 피어나는 꽃의 의지 속에 인간의 생명과 고귀한 사랑을 보았던 것이다. 그렇기에 서정시는 서사시가 끝난 자리에서 생겨난 것이다.

남성들에 의해서 짓밟힌 꽃을 발견하는 것이 레즈비언으로 상징되는 사포의 시다. 서정시는 무구를 버린다. 남자인 경우에도 서정시의 영역을 개척한 아르킬로코스는 호메로스적인 영웅의 명예를 거침없이 내버렸던 것이다. 그는 전쟁터에서 방패를 내버리고 온 것을 노래 부른 시인이었다.

내가 숲 사이에 버리고 온 저 훌륭한 방패,

하는 수 없는 일이었다.

지금쯤 사이오이족의 누군가가 그것을 주워가지고 기뻐하겠지.

그러나 내 몸은 살아 있다.

죽음으로부터 도망칠 수 있었다.

대체 방패 같은 것이 무슨 소용이냐.

더 좋은 것을 살 수 있을 것이다.

아르킬로코스는 전쟁터에서 방패를 버리고 온 무사다. 이것은 호메로스적인 무사에게 있어서는 최대의 치욕이다. 그러나 아르킬로코스는 그다지 부끄럽게 생각하지 않는다. 왜냐하면 방패는 다시 돈을 주면 살 수 있는 물건이지만, 생명은 한번 버리면 되찾을 수 없다고 생각했기 때문이다. 방패를 버리고 명예를 버리고 그가 찾은 것은 대체 무엇이었던가? 우리는 그것을 분명히 말할 수는 없다.

그러나 그가 찾으려 한 것은 서사시적인 세계에 속해 있는 것이 아니라는 점은 분명하다. 방패로 상징되는 서사시의 세계에서는 찾을 수 없는 새로운 가치, 그것을 그는 서정시에서 찾으려 했던 것이다.

파리스의 사과와 사포의 사과

호메로스의 서사시는 파리스의 사과에서 시작된다. 결혼식에 초대받지 못한 불화의 여신 에리스가 그 분풀이로 손님들에게 순금의 사과를 던지면서 '세상에서 가장 아름다운 여인에게 주라'고 한 데서 트로이 전쟁은 발단된 것이다. 헤라, 아테나, 아프로디테가 이 사과를 차지하기 위해 서로 경쟁을 벌인다.

이때 그 심판역을 맡은 트로이의 왕자 파리스는 아프로디테에게 그 영예를 준 대가로 그리스 제일의 미녀 헬레네를 차지하게 되었다. 이래서 헬레네를 빼앗기게 된 그녀의 남편과 시숙인 아가멤논이 주동이 되어 그리스의 연합군을 이끌고 트로이 성을 치게 되는 것이다.

이러한 전쟁이 아니었던들 영웅들의 그 무용담은 생겨나지 않았을 것이다. 아무리 용감한 아킬레우스라 해도 전쟁이 없는 한 영웅의 명예를 얻을 수는 없다. 불화의 여신이 던져준 그 사과에서만 서사시의 세계는 펼쳐지게 마련이다. 그 사과를 차지하려는 싸움에서 『일리아스』는 생겨난다. 사과는 경쟁에서의 승리, 즉 명예를 뜻하는 것이기 때문이다. 그리고 그 명예의 사과는 사람들의 눈에 띌 때만이 값어치가 있다.

그러나 사포가 노래한 사과는 사람의 손길이 닿지 않는 숨어 있는 사과, 말하자면 일종의 소외된 사과다.

보아라, 빨간 사과 하나

나뭇가지 드높은 곳에 물들어 있는 것을

아주 높은 마들가리에.

사과 따던 사람이 보지 못했음인가

아니 못 보았기에

아무의 손길도 닿지 않은

빨간 한 알의 사과.

　사포의 사과는 뭇사람의 시선에 내던져진 파리스의 그 사과가
아니었다. 숨어 있는 사과, 너무 높기에 잊혀져버린 사과, 외로움
속에 남아 있는 사과였다. 호메로스가 미처 따지 못하고 버려둔
그 사과, 그것은 사포의 몫이었다. 이 붉은 사과는 영웅들의 것이
아니다. 집단의 것이 아니다. 순수한 한 개의 영혼 속에서 타오
르고 있는 수줍은 소녀의 사랑, 결코 전리품이 될 수 없는 평범한
한 생명 속에 깃들여 있는 사랑의 결정이다.
　이 사과에는 감촉이 있다. 남몰래 홀로 익어가는 감성의 희열
이 있다. 롱기노스의 말대로 영혼·육체·청각·미각·시각·색채
등의 감각을 불러일으키는 사포의 서정시, 그 미의 결정은 나뭇
가지에 숨어 있는 한 알의 사과로 나타난다.

어머니, 베를 짤 마음도 생기지 않아

사포의 탄생, 그것은 한 여인의 탄생이며 동시에 서정시의 탄생을 의미한다. 서사시는 위대한 세계다. 투쟁이 있고, 분노가 있고, 용기와 모험이 있다.

아킬레우스는 어머니를 향해 명예를 달라고 외친다. 방패를 달라고 한다. 분노를 풀 수 있는 싸움의 기회를 달라고 한다. 평범한 사람으로 죽지 않기 위해서 영웅다운 운명을 달라고 하소연한다. 이것이 서사시의 목소리다. 그러나 사포는 어머니를 향해 무엇이라고 하소연했는가?

서정시의 목소리는 참으로 나직하다, 십만 대군으로서도 어찌할 수 없는 한 개인의 내면 속에서 흘러나오는 불멸의 목소리였던 것이다.

　　보세요, 어머니
　　정말 나는 말예요
　　베를 짤 마음도 나지 않아요
　　다정한 그 사람이 잊히지 않는
　　그리움에 가슴이 짓눌리어서.

트로이 성을 치자는 이야기가 아니다. 그 성은 바깥에 있는 것이 아니다. 창과 방패와 말들이 아니라, 하나의 정서, 감정 그런 정감 속에서 벌어지는 싸움인 것이다. 지극히 작은 것이지만, 한 민족과 역사의 움직임과는 아무런 관계가 없는 사건이지만, 사랑을 아는 개인에게 있어서는 트로이 전쟁보다도 한층 더 중요한 것이다. 전리품이 없는 전쟁이며, 후세에 이름조차 남길 수 없는, 영광을 모르는 싸움이다. 호메로스의 영웅들은 결코 이러한 전쟁터에서는 영웅일 수가 없다.

사포의 탄생으로 하여 또 하나의 세계는 열린다. 새벽이 아니라 저녁놀 속에서 뜨는 별, 다투어 따가는 사과가 아니라 외롭게 잊혀진 사과, 투구가 아니라 짓밟힌 흙에서 피어나는 한 떨기의 꽃, 사포가 선택한 이 서정시의 세계는 남성들이 그 호메로스의 영웅들이 모르고 있었던 사랑과 개인의 내면적인 세계인 것이다.

봄을 알리는 절묘한 소리, 꾀꼬리 소리

이렇게 노래 부른 사포의 시야말로 서정시의 봄을 알리는 레스보스 섬의 나이팅게일, 그 자신의 출현을 의미한 노래였는지도 모른다.

4. 역설의 활과 참여
—소포클레스의『필록테테스』와 비극의 세계

반대하는 것이 협조하는 것이다

활[弓]의 힘은 무엇인가? 그것은 사냥이나 전쟁으로 향해 있다. 어두운 방 안, 습기 찬 지하실 속에서는 쓸모가 없다. 활은 우리를 벌판으로, 숲으로 끌어낸다. 그리고 활을 든 자는 자기의 심장을 겨누는 것이 아니라 항상 타자他者를 겨냥하게 마련이다. 그 과녁은 바깥에 있다.

활은 참여의 힘인 것이다. 사냥터나 전쟁터로 나가려 할 때 인류가 최초로 발견한 것은 활이었다. 가족을, 사회를 그리고 한 국가를 지키기 위해서 활을 든 용사들의 모습, 그것은 개인이 아니라 사회와 한 역사에 참여하는 자의 상징이다. 활은 쓰러뜨리고 또 제어한다. 한 개인을 집단과 결합시킨다. 활은 참여의 깃발인 것이다.

그러나 대체 그 활의 힘은 어디에서 오는 것일까? 나와 타자와의 과녁 사이에 벌어져 있는 공간을 정복하는 활의 힘은 어디에서 생겨나는 것일까? 팽팽한 활시위의 그 긴장은 무엇이며, 날아가는 화살의 그 속도는 무엇인가? 헤라클레이토스는 그것이야말로 역방향을 향해 나가려는 것들의 신비한 '결합'이라고 말한다. 활의 양극은 제각기 다른 방향으로 뻗어나가려는 힘을 가졌기에 비로소 활시위의 결합이 생겨난다. 그것은 역설의 힘이다.

또 화살을 당기는 사람을 보았는가? 화살을 전진시키기 위해서 궁수弓手는 오히려 그것을 뒤로 잡아당긴다. 뒤로 잡아당기기 때문에 그것은 앞으로 나간다. 활시위의 긴장된 그 매듭이나 화살의 그 탄력이나 활의 모든 힘은 반대 속에서 통일과 조화를 이루는 역설에서 생겨난다. 그렇기에 헤라클레이토스는 이 활의 역설에서 이러한 진리를 끄집어냈다.

"반대하는 것이 협조하는 것이며, 서로 다른 것에서 가장 아름다운 음률이 생겨난다. 그리하여 모든 것은 다툼 속에서 태어난다."

이 진리는 속에 음악과 인생과 그리고 민주주의의 정신이 깃들여 있다. 그리스인들의 경우가 아니라 바로 현대인들이 믿어야 할 종교가 있다.

사수의 운명과 소포클레스

소포클레스의 비극 『필록테테스』는 다름 아닌 이 활의 미학이며 역설의 미학이다. 어째 소포클레스는 그 많은 트로이 전쟁의 영웅들 아킬레우스, 오디세우스 그리고 아이아스와 데미니데스 같은 그 영웅들을 다 제쳐놓고 필록테테스를 택했는가? 호메로스의 서사시에서는 서너 줄밖에 나오지 않는 그 영웅, 더구나 전쟁의 막바지에 겨우 참전하게 된 필록테테스에게 흥미를 가졌는가? 그것은 다름 아닌 '활의 역설'에 눈을 떴기 때문이다.

필록테테스는 그리스군에서 으뜸가는 사수다. 그의 손에는 백발백중 한 번도 겨냥을 해서 빗나가본 적이 없는 불패不敗의 활이 있다. 활이 그의 운명이었고 그의 생명이었다. 그리고 소포클레스는 필록테테스의 그러한 운명과 사수의 생애 속에서 다른 트로이 전쟁의 영웅들이 갖고 있지 않는 색다른 역설을 본 것이다.

필록테테스는 반신반인半神半人인 영웅 헤라클레스로부터 활을 받는다. 그 활은 처음 궁사弓師 아폴론이 헤라클레스에게 선물로 주었던 것으로 절대 표적을 빗나가지 않는다는 신궁神弓이다. 아내가 보낸 독의毒衣로 전신에 독이 번져 그 고통을 견디지 못한 헤라클레스가 오이타 산상山上에서 분신자살을 하려고 했을 때 그 장작불에 불을 붙여준 대가로 필록테테스는 그 불패의 활을 물려받는 영광을 차지한다.

그래서 세계에서 으뜸가는 궁수가 된 필록테테스는 그리스 연합군의 일원으로 트로이를 치기 위해 떠난다. 그가 만약 다른 영웅들과 마찬가지로 그 일행에 끼어 트로이 전쟁에 곧장 참여하게 되었더라면 결코 그는 소포클레스의 흥미를 끌지는 못했을 것이다.

이 활의 영광을 지닌 궁수는 원정 도중에 불치의 상처를 입게 된다. 원정군이 크리세라는 작은 섬에 이르렀을 때 신에게 공양물을 바치지 않으면 안 될 일이 벌어진다. 그때 필록테테스는 신전에 다가서려다가 독사에게 발을 물리고 만다. 독이 번지자 그는 통증을 참지 못해 울부짖었고, 화농한 상처에서는 악취가 풍겨 나온다. 그 때문에 그리스군들은 제식도 올릴 수 없게 되고, 그 고약한 냄새와 신음 소리로 도저히 그와 함께 원정을 계속할 수 없게 된다. 원정군은 상처 입은 필록테테스를 무인도인 람노스에 버리고 트로이로 향한다.

람노스 섬이 상징하는 것

남들은 모두 떠났다. 그들은 목적지인 트로이에서 조국의 명예를 걸고 싸우고 있다. 그러나 필록테테스는 10년간이나 외롭고 황량한 섬에서 홀로 떨어져 있다. 남들이 트로이 성을 공략하고 있을 때 그는 혼자서 조금도 낫지 않는 자기 상처의 아픔과 싸우고 있는 것이다. 이것이 다른 영웅과 다른 필록테테스의 운명, 그 영광의 활을 가진 사수射手의 운명이었다. 대체 그 운명의 의미는 무엇이겠는가?

그는 불패의 활과 함께 불치의 상처를 가지게 되었다. 그는 헤라클레스로부터 그 영광스러운 활만 물려받은 것이 아니라 독 묻은 그의 고통까지도 함께 받은 결과가 되어버렸다. 그 활을 지닌 자는 그 고통이 있어야 한다. 그것이 활의 운명이고, 필록테테스 자신의 운명이다. 이 활과 상처는 서로 대립되고 모순된다.

불패의 활은 그에게 집단, 즉 조국을 위한 전쟁에서의 승리를 약속하고 있다. 그의 활은 트로이의 벌판에 있을 때만이 값어치가 있다. 그러나 불치의 상처는 집단으로부터 그를 떼어놓고 만다. 그리스군은 상처 때문에 그를 버리고 간 것이다. 상처는 필록테테스에게 참전과 정반대의 것, 집단으로부터의 이탈과 소외의 운명을 준다. 불패의 활은 트로이의 벌판으로 그를 이끌어가려 하고, 상처는 람노스의 외로운 섬에 머물게 한다.

무엇 때문에 사수 중의 사수인 필록테테스에게 이러한 운명을 주었는가? 어째서 한 인간에게 영광의 활을 주고 동시에 고통의 상처를 주었는가? 그러나 소포클레스는 이러한 모순의 운명이야말로 도리어 사수로서의 그를 완성시켜갈 수 있다는 것을 우리에게 보여주고 있는 것이다.

상처가 없었더라면 그는 람노스 섬의 고독을 알지 못한 채로 한 집단 속에 끼어 트로이 전쟁에서 싸웠을 것이다. 이러한 참여라면 완전치 못하다. 필록테테스가 버림을 받았기 때문에 10년 가까이 외로운 섬에서 혼자 생활했기에 비로소 발견한 또 하나의 세계가 있다. 그 섬에는 오직 자기밖에는 아무도 없다. 상처의 고통을 참지 못해 울부짖는 것도 필록테테스며, 그 비참한 소리를 들어줄 사람도 다름 아닌 자기다. 그가 후에 그 섬을 찾아온 네오프톨레모스 소년에게 말한 것처럼, 그는 자기를 버리고 간 그리스군에 대하여 분노를 느낀다. 전쟁도, 조국의 영광도, 친구도 결국 무의미한 존재에 지나지 않는다는 것을 그는 자신의 상처를 통해서 깨닫는다. 집단을 위해서 무자비하게 제거되는 개인의 의미, 그것을 그는 황량한 무인도에서 배우게 된다. 나뭇잎으로 만든 침대, 생나무의 밥그릇, 옷은 해지고 상처를 두른 붕대는 말라 비틀어져 있다. 이것이 자기인 것이다.

필록테테스는 트로이 전쟁에서 이기고 지는 그 영광을 다투는 무리들이 오히려 어리석게 생각되었을지도 모른다. 그는 생에 있어 또 하나의 귀중한 싸움을 알았기 때문이다. 그것은 자기 상처와 싸우는 일이다. 고통과 고독을 견디어가는 싸움 속에서 그는 내면의 세계를 응시한다. 바깥에 있지 않고 자기의 상처 속에 밀물처럼 밀려오는 고통의 그 내부 속에 표적은 있다.

"그놈은 이따금씩 돌아온다. 마치 먼 여행에서 지쳐 돌아오는 것처럼."

필록테테스는 고통을 이렇게 표현한다. 그러한 말투 속에서 고통에 대한 묘한 애정까지 숨어 있는 것 같다. 상처의 고통이야말로 내부 속에 있는 자기 자신인 것이다. 그가 무인도에서 10년 간이나 같이 살아온 것은 다름 아닌 이 상처의 고통이다.

활과 상처의 결합 속에서

그러나 활과 상처의 모순하는 이 궁수의 운명이 최대의 갈등을 일으키는 데서 도리어 통일을 이루고 결합되어간다.

트로이 전쟁은 10년이 가도 끝나지 않는다. 천하의 영웅인 아킬레우스도 아이아스도 모두 죽었다. 그리스의 원정은 실패로 돌아갈 수밖에 없다. 이때 트로이군의 예언자를 꾀어내 아킬레우스의 아들 네오프톨레모스를 불러 아버지의 그 투구를 입히고 필록테테스가 가지고 있는 활을 가져오지 않는 한 그리스군은 절대로 이기지 못할 것이라는 사실을 알게 된다.

그리스군(집단)은 상처 때문에 그를 버렸고, 이번에는 그 활 때문에 그를 찾아가지 않으면 안 된다. 한 집단과의 관계를 볼 때, 필록테테스야말로 완전히 분열된 인간이다. 그리스군은 그리고 그의 조국은 그를 부르고 또 그를 배격한다. 필록테테스의 입장에서 본다면 그는 활을 가졌다는 집단으로 돌아가야만 하고, 상처를 지녔기에 그는 또 그들로부터 벗어나야 한다.

오디세우스는 네오프톨레모스를 꾀어 필록테테스로부터 활을 몰래 훔쳐오라고 한다. 왜냐하면 자기를 버리고 간 그리스군을 위해서 필록테테스는 다시 싸우려 하지 않을 것이기 때문이다.

뿐만 아니라 그리스군(오디세우스)이 필요한 것은 그 불패의 활이지 상처가 아니다.

그러므로 조국을 위한 싸움에서 이기기 위해 속임수를 쓴다는 것은 조금도 죄가 아니라고 오디세우스는 생각한다.

이러한 오디세우스는 소외의 '섬'을 모르고 참전했던 모든 장군들의 공통적인 사고방식이라고도 볼 수 있다. 필록테테스 자신도 만일 뱀에게 물리지 않고 순조롭게 참전을 했더라면 오디세우스와 같은 사람의 편이었을 것이 분명하다.

오디세우스는 모른다. 외부와 절연된 무인도에서 자기 상처만을 응시하고 10년 동안 살아온 한 개인의 내면, 하나하나의 인간 속에 깃들여 있는 절대 고독의 의미를 모른다. 그저 싸움에 이기기 위해서는 수단 방법을 가릴 것이 없다는 실리주의자다. 집단은 알아도 개인에 대한 인간적인 이해—한 인간을 독립된 인간 그 자체로서 이해하는 그 애정을 그는 모른다.

그렇기 때문에 오디세우스는 필록테테스의 활을 훔치기 위해 속임수를 쓰는 것쯤은 예사로 생각한다. "나는 몰래 숨어 있을 테니, 너 혼자 필록테테스에게 가서 그를 속여 활을 훔쳐오라"고 천진난만한 소년 네오프톨레모스에게 말했던 것이다. 자기도 그리스군들에게 아버지의 갑옷을 빼앗긴 희생자라고 거짓말을 해서 그를 안심시킨 뒤에, 활만 가지고 도망쳐오라는 말에 그 소년은 이렇게 말한다.

"거짓말을 해도 비열한 짓이 아니라는 말입니까?"

오디세우스는 그 말에 이렇게 대답한다.

"거짓말이 우리에게 구제 수단이 되었을 경우에는……."

정치성이냐 인간성이냐

네오프톨레모스는 소년이다. 노회한 오디세우스처럼 정치적이기에는 너무나 순진하다. 그는 인간의 순수한 마음, 그 근원 속에 있는 사랑을 가진 자다. 그렇기 때문에 필록테테스를 보는 순간 활을 훔쳐야겠다는 생각을 잊고 그의 고독과 고통에 대해 깊은 동정을 품게 된다.

필록테테스를 만나 그의 비참한 이야기를 듣는 순간, 그리고 그의 발작을 보는 순간 그의 마음은 달라진다. 상처 입은 한 인간을 진심으로 이해한 것이다. 네오프톨레모스는 '활과 상처'를 동시에 바라본다. 그의 활을 가져오려면 그의 아픔도 우리 것으로 소유하지 않으면 안 된다는 것을 알게 된다. 그것은 서로 떼어낼 수 없는 것임을 알고 모든 것을 고백한다. 싸움에 참여하자는 것이다. 그리고 그곳에 가서 상처를 고치자는 것이다.

필록테테스는 끝내 참전하기를 거부했으나, 오디세우스의 간계와는 다른 그 소년의 순수한 인간적인 애정과 이해에 감동되어, 마침내 트로이를 향해 돛대를 올린다. 필록테테스는 활과 상처의 이율배반을 극복한다. 즉 참여와 이탈은 활대의 그 역방향이 네오프톨레모스라는 활시위에 의해 맞추어졌을 때 비로소 그의 화살은 소리를 내고 날아간다. 결정적인 시기에 그의 활(참여)은 적군의 왕자인 파리스를 쏘아 죽이고 그리스를 승리로 이끈다. 그리고 자신의 상처도 고치게 된다.

사회적인 추방 속에서 고립을 당했었기 때문에, 그 의미를 알았기 때문에 필록테테스는 오디세우스와는 달리 참된 트로이 전쟁의 참여자가 된 것이다. 그리고 활(집단)과 상처(개인)의 모순되는 대립이 네오프톨레모스와 같은 애정, 순수한 관심 속에서 매듭을 지었다는 것은 무엇을 상징하는가? 우리(집단)를 구제하는 수단이면 거짓도 정당화할 수 있다는 오디세우스적인 정치성보다 그것을 초월한 순수한 인간성이 보다 강한 힘을 불러일으킨다는 진리다.

폴리스의 성벽에서 진리는 끝나는가

우리는 사회 참여, 특히 예술가의 사회 참여에 대해서 수없이 논쟁을 거듭했다. 그러나 활(참여)의 역설을 모르고는 진정한 참여의 의미가 무엇인지를 알아내기는 힘들 것이다.

오디세우스는 트로이 전쟁에 직접 참여한 사람이다. 그렇기 때문에 그것은 언제나 결과만을, 실적만을 그리고 그 수단에 대해서만 열정을 갖는 인물이다. 이것은 진정한 의미에 있어서의 참여라고 말할 수 없다. 인간이 부재하는 참여이기 때문에, 차라리 그는 전쟁 속에 매몰되어 있었다고 하는 편이 옳다. 그러나 필록테테스의 활은 불치의 상처를 가졌기에 자신을 완성시킨 참된 참여의 활이 된 것이다.

소포클레스는 당시 아테네 시민의 정치 현실에 대한 하나의 의문, 즉 정치적 정의와 보편적·절대적인 인간의 정의에 대한 논쟁에 대해서 이렇게 답하고 있다.

"인간의 정사正邪는 단순한 정치적 주장에 의해 결정되는 것은 아니다. 일개의 인간으로서 어떻게 살며 어디에서 그 죽음의 장소를 발견하는가에 의해 결정된다. 나는 극작가로서 이러한 히로익heroic한 참된 의미로서의 옳은 인간을, 말하자면 모든 것을 다 벗겨놓아도 궁극의 모습으로 옳다고 보여지는 인간상을 그려야 할 의무를 지니고 있다."

소포클레스의 인생관은 폴리스의 성벽 안에 제한되어 있었던 것은 아니다. 오디세우스에게는 폴리스의 성벽이 바로 그의 신념과 행동이 끝나는 성벽이다. 그러나 필록테테스나 네오프톨레모스는 그렇지가 않다. 필록테테스는 불치의 상처, 그 고립의 섬을 통해서 불치의 활을 제대로 사용할 수가 있다. 참여는 고립 속에서 완전하다. 그의 원정은 이탈을 통해서 달성된다. 모순되는 것, 반대되는 것, 이렇게 서로 다른 두 개의 세계가 합쳐지는 데서 아름다운 화음이 생겨난다.

오늘날의 예술가, 특히 한국의 예술가는 정치가와 마찬가지로 반대도 협조라는 그 역설을 발견하지 않으면 안 된다.

우리의 사회 의식, 정치 의식 그리고 그 역사에 참여하기 위한 사수가 되기 위해서는 자신의 상처를 들여다보지 않으면 안 된다. 10년 동안이나 외로운 섬에서 고립의 울부짖음을 겪지 않으면 안 된다. 이 섬을 거치지 않고 그대로 트로이로 참전할 때, 그것은 하나의 예술가라기보다 오디세우스와 같은 계략가, 인간의 의미를 모르는 기계와 다름이 없다.

실상 소포클레스의 희곡처럼 목마를 만든 오디세우스보다는 천진하고 순수한 네오프톨레모스, 한 인간의 구제가 그리스의 전 민족을 구제하는 것 못지않게 귀중하다는 것을 안 네오프톨레모스가, 결과적으로는 그 전쟁을 승리로 이끌어간 것이다.

활만 가지려 하고 상처는 가지려 하지 않는 인간들이 얼마나 많은가? 활과 상처의 대립이 있기에 오히려 생의 활시위는 당겨지고 우리의 화살은 표적을 찌른다. 참여의 활은 이탈의 섬에서 난다. 소포클레스는 이러한 활의 역설을 통해서 참여의 참된 의미를 우리에게 보여주고 있다. 그리고 그것이야말로 극의 본질이다. 호메로스의 서사시는 필록테테스의 활 쪽이라 한다면, 서정시는 필록테테스의 상처를 노래한 것이라 볼 수 있다.

그리스의 비극은 이렇게 서사시(활 집단)와 서정시(상처 개인)의 두 전통을 결합시킨 것이라고 말할 수도 있다.

5. 웃음과 자유의 발견
　—아리스토파네스의 『리시스트라테』와 희극의 세계

술과 행렬의 노래

포도 수확이 끝나면 그것으로 맛진 포도주를 빚어 술통에 담근다. 술이라면 으레 잔치(축제)가 연상되지 않는가! 더구나 매사를 신과 결부시켜 생각하기를 좋아했던 그리스 사람들이 술 담그는 이 좋은 철에 가만히 앉아 있었을 리 만무다.

포도 농사를 지은 토민土民들은 으레 그런 철을 맞이하게 되면 술의 신인 디오니소스를 위해 큰 잔치를 벌였다. 얼큰히 취해 바깥으로 뛰어나온 토민들은 행렬을 지어 거리를 누비고 다녔다. 남자 생식기의 목각木刻을 달아매 놓은 긴 장대를 들고 다니는 머슴, 제물이 담긴 광주리를 인 계집애들, 그리고 즉흥적인 노래를 합창하며 떠들어대는 사람들…… 그 광경은 꼭 개구쟁이 아이들이 떠들썩하게 동네 골목길을 지나는 것과 같았을 것이다.

그리고 그들이 부르고 다닌 노래가 과연 어떤 것이었는지 능히 짐작이 간다. 한 해의 농사를 끝낸 농민들은 전쟁터에서 돌아온 전사들처럼 해방감에 들떠 있었을 것이고, 거기에 또 얼큰하게 술에 취해 있다. 예나 지금이나 농민들은 순박해 보여도 선비들로부터 학대받기가 일쑤이기 때문에, 그들의 마음은 평소에 참아온 불평과 억울함과 아니꼬운 일로 가득 차 있다.

술을 마시고 한두 사람도 아닌 마을 전체가 모인 그 행렬에서 이런 불만이 밖으로 터져 나오지 않을 리가 있겠는가? 그래서 내로라하는 사람들에게 퍼붓는 욕설과 비웃음과 비판, 그리고 외설적인 걸쭉한 육담이 즉흥적인 노래로 튀어나왔을 것이다. 이따금 그 행렬은 그들을 놀리는 구경꾼들과 한바탕 익살을 부리며 말싸움을 벌였을 것이라는 것도 상상하기 어렵지 않은 일이다.

'마을의 디오니시아'라고 부른 잔치 속에서 바로 그 그리스의 희극이 탄생하게 된 것이다. 오늘날 '코미디'란 말은 그리스어의 코모디아Komodia에서 비롯한 것이고, 그 어원을 보면 Komos(행렬)란 말과 Ode(노래)란 말이 합쳐진 것이라 한다.

또 어떤 사람은 '행렬의 노래'가 아니라 촌락[Kome]의 노래[Ode]라고 주장하기도 한다. 어느 편이 옳든, 그리스의 희극은 도시 한복판에 사는 귀족들이 아니라 그 변두리에서 포도 농사를 짓는 마을 사람들의 노래, 그리고 한자리에 가득하게 모여 잔치를 벌인 것이 아니라 데모대들처럼 사방으로 떼를 지어 돌아다닌 술꾼들의 노래에서 발생된 것만은 분명하다. 그리고 그것이 희극의 정신을 상징하는 원형질이라 해도 지나친 말은 아닐 것이다.

육체는 웃음의 분수였다

희극의 정신, 그것은 문학의 한 양식이라기보다 인생을 살아가는 한 태도라고 할 수 있다. 그리스 희극을 대표하는 아리스토파네스의 『리시스트라테』를 놓고 한번 생각해보자.

이 희극은 펠로폰네소스 전쟁으로 아테네가 암담한 구렁텅이에 빠져 있던 기원전 411년에 상연된 작품으로 알려져 있다. 그 희극의 주제도 바로 전쟁에 대한 증오와 평화에의 갈망이다.

그런데 우리가 우선 주목해야 할 것은 아리스토파네스가 이 반전극反戰劇에서 섹스를 무기로 사용했다는 점이다. 우선 그 줄거리부터가 그렇다. 아테네와 스파르타의 내란을 보다 못해 부인들이 팔뚝을 걷고 평화를 위해 나선 것이다. 그러나 부인들이 가지고 있는 유일한 무기는 섹스밖에 없다. 아테네의 여인들은 바로 그것을 이용했다. '리시스트라테'라는 아름다운 한 부인의 발의로 아테네와 스파르타의 부인은 동맹을 맺고 '섹스 스트라이크', 즉 남자들이 전쟁을 끝내지 않는 한 절대로 그들에게 잠자리의 즐거움을 맛보게 하지 말자는 '성性의 압력'을 가했던 것이다. 섹스를 무기로 한 평화 작전이니만큼 연극의 도처에서는 창칼이 마주치는 비탄의 소리가 아니라 자연히 외설적인 웃음이 쏟아져 나오고 있다.

망측스러운 장면과 관능적인 재담이 다반사로 등장한다. 비극이나 서정시에서는 그냥 쓰레기터에 내버릴 말들이 희극의 세계에서는 호기당당하게 아랫목을 차지하게 된다. 리시스트라테가 아테네의 앞날을 걱정하여 존엄한 평화 회의를 여는 첫머리부터가 그렇다.

> 리시스트라테 : 하지만 여기 오라는 건 그보다 훨씬 중대한 일이래도.
> 크로니케 : 그래 왜 우릴 불렀지? 어떤 일인데.
> 리시스트라테 : 아주 크지.
> 크로니케 : 그리고 굵어?
> 리시스트라테 : 그럼 굉장히 굵고 말고.
> 크로니케 : 그런데 왜 아직들 모이질 않았지…… 제기랄.

리시스트라테는 평화의 문제를 놓고 '크고 굵은 것'이라고 하는 말인데, 크로니케는 엉뚱한 것(섹스)을 연상하고 좋아하는 대목이다. 말만 그런 것이 아니다. 실제 분장에 있어서도 마찬가지다. 여인들이 '섹스 스트라이크'를 하니까 남자들은 이에 못 견뎌 안절부절못한다. 그래서 스파르타로부터 사절이 나타나는 장면은 그들의 분장을 모두 남근男根이 돌기된 상태로 해놓아 눈 뜨고 보지 못할 지경이다.

직접적인 것이 아니라 해도 아리스토파네스는 이 희극에서 남근을 목각으로 새겨 장대에 매달고 다닌 그 디오니소스제祭의 행렬과 같은 성기 상징性器象徵을 수없이 사용하고 있다.

아테네의 부인들이 오랜 논란 끝에 남자들과 잠자리를 같이하지 않겠다는 결론을 얻고 서약을 하는 장면만 해도 그렇다. 평화를 위한 서약을 남자들처럼 방패(전쟁의 상징이며 남근)에 할 수는 없다고 한다. 그래서 다시는 물이 그 안으로 들어갈 수 없도록 술잔을 엎어놓고 그 위에 술을 부어 맹세를 하는 것이다. 두말할 것 없이 엎어놓은 술잔은 '여성의 것'을 상징한다.

아테네의 여자들이 1,000달란트의 군자금이 들어 있는 도시의 심장 아크로폴리스 신전으로 몰려가 문을 잠그고 농성을 하자 일대 공방전이 벌어진다. 이때 남성들은 큰 통나무에 불을 붙여 문을 태우고 그 연기로 부인 데모대를 내쫓으려고 한다. 여인들은 물동이로 물을 퍼다가 이 통나무에 끼얹는다.

이 장면만 보면 페퍼 포그를 쏘고 투석전을 벌이는 학생 데모 진압 광경이 연상되겠지만, 이것 역시 남성 대 여성의 성기 상징물인 셈이다. 통나무와 불은 남근이고 물동이와 물은 여근女根─공방전 자체가 성적으로 그려져 있다.

왜 아리스토파네스는 평화를 주장하는 데 섹스를 사용했는가? 전쟁이 죽음의 상징이라면, 그와 가장 대조를 이루는 것은 융합과 생의 상징인 섹스일 것이기 때문이다. 시골의 디오니소스제에 남근을 들고 다닌 것은 주신酒神 디오니소스가 곡물을 잘 자라게 하는 번식과 풍년의 신이었기 때문이다. 남근은, 섹스는 원시 때부터 번식과 생의 풍요를 상징한다. 전쟁은 사람을 죽이고 성교性

춪는 생명을 낳는다. 성으로 상징되는 이 육신은 죽음을 거부하고 삶의 희열인 웃음과 평화의 분수였던 것이다. 아리스토파네스는 이 근원적인 육체의 웃음을 통해서 가시적인 정치의 옷, 위선의 옷, 문화의 옷, 생명 없는 그 죽음의 옷을 벗겨갔다.

물구나무선 가치에 진실의 꽃이

힘없는 여인들이 전쟁을 평화로 이끌어간 위대한 힘을 발휘했다. 아리스토파네스의 이런 희극을 읽으면, 그리스인들은 여성 숭배자였다고 생각할는지 모른다. 그러나 사실은 그렇지가 않다. 바로 이런 희극이 공연되는 아테네의 노천극장은 여인들의 출입 금지 구역으로서 근처에 얼씬도 못했다. 그리스인들의 조각을 보면 아름다운 여신들의 모습으로 가득 차 있지만, 실제의 여성들은 여간 푸대접을 받았던 것이 아니다. 지식인들이라 해도 열이면 아홉이 여성을 경멸하는 자들이었다. 그들은 '만약 여자를 만든 신이 있다면 그 집을 찾아내 그가 가장 못된 해악害惡의 창조자임을 알려주고 싶다'라고 폭언을 퍼부었다.

아리스토파네스는 『리시스트라테』의 이 희극을 위시하여 『부인의회(에크레시아)』 『테스모포리아의 제례祭禮』 등의 작품에서 여성을 통해 남성들의 편견과 압제를 비판하고 있다. 선배 작가인 에우리피데스가 그 앞에서 여성을 비방하고 공격한 데 대한 저항심도 있었지만, 약자를 통해 강자를 공격하는 풍자 정신이야말로 희극의 본질을 이루는 것이었기 때문이다.

희극은 물구나무선 가치관의 나무에서 열리는 꽃이라 할 수 있다. 학대받은 여성과 마찬가지로 그의 희극에서 전쟁의 위기를 구출하는 것은 아킬레우스 같은 위대한 영웅이 아니라 힘없는 농사꾼들이다. 『리시스트라테』는 여성에 의해 내란이 종식되지만, 『평화』라는 희극에서는 농부에 의해서 쫓겨난 평화의 여신이 되돌아오게 된다. 아티카의 농부들로 이루어진 합창단의 그 북소리는 평화에의 열망으로 가득 차 있다.

우리나라의 풍자적인 판소리계 소설도 마찬가지다. 양반보다도 상인이, 상전보다도 방자가 더 훌륭하게 그려져 있다. 단순한 약자의 동정이 아니다. 학대받는 사람들, 평소에는 힘없고 못난 것처럼 보이는 그들과 위대한 자, 힘 있는 자들의 그 자리를 뒤바꿔놓았을 때 강력한 풍자적인 웃음이 생겨나게 되는 까닭이다. 현실의 허盧를 찌르고 그것을 비판하기 위해서는 편견으로 가득 찬 외면상의 권위, 인습적인 고정관념을 뒤엎어야 한다. 그래서 약자 속에 숨어 있는 강한 힘과, 천한 것 속에 감추어져 있는 고귀성을 발굴해낸다. 만약 이러한 희극 정신이 없다면 사회는 언제나 같은 체계 속에서 콘크리트처럼 굳어져 갈 것이다.

아리스토파네스가 평화를 주장하는 데 여성의 힘을 빌려온 것은 짓밟힌 여권을 옹호한다는 단순한 이유보다도 통념화된 고정

관념에 반론을 제기하는 '영원한 반대자' 그것이 희극 작가의 의무라고, 비판 정신의 생명이라고 생각한 탓인지도 모른다. 희극에서 들려오는 그 웃음소리는 다름 아닌 혁명의 소리에 대한 메아리였던 것이다.

전쟁에서 이탈하는 문학자

『리시스트라테』는 반전극이다. 『리시스트라테』가 2000년이 지난 오늘에도 이따금 무대에 오르고 풍자적인 영화로 윤색되어 상영되는 영광을 차지하게 된 것도 현대인이 자나 깨나 전쟁의 위협에서 벗어나지 못하는 강박 관념을 지니고 있는 까닭이다.

물론 호메로스의 서사시 속에서도 전쟁에 대한 비판이 나오지 않는 것은 아니다. 제우스는 전쟁의 신 아레스를 미워하여 밤낮 전쟁을 일으키는 놈이라고 야단을 치기도 한다. 그리고 헥토르의 아내 안드로마케의 탄식은 바로 반전反戰의 탄식이었다.

서사시 이전에 있었던 영웅시의 작자들은 자기 입장이라는 것이 없었다. 영웅들은 오직 찬미하기만 하면, 그리고 그 영웅들의 마음에 그 노래가 흡족하게 들리기만 하면 그것으로 그들의 임무는 끝났다. 이러한 영웅시에 비해 이미 서사시만 되어도 작자는 영웅의 입장이 아니라 시인 자체의 자기 입장에서 노래하고 있다. 그러나 희극에서처럼 노골적인 전쟁 비판을 한 문학 양식은 그 이전엔 없는 일이었다.

문인들이 국가나 사회에 매몰되지 않고 국외자局外者로서 그것을 비판하기 시작한 것은 희극과 함께 대두된 것이라고 보아야 할 것이다. 즉 아리스토파네스는 전쟁 위주의 문학, 전쟁에 봉사하는 문학을 반전 방향으로 뒤엎어놓는 데서 문학의 새 기능을 찾았다. 이미 『리시스트라테』에 나오는 여인들은 안드로마케처럼 전쟁터에 나가는 남편의 투구 자락을 붙잡고 눈물을 흘리는 소극적인 여인들이 아니다. 전쟁에 대한 태도에 있어서 『일리아스』의 여인과 『리시스트라테』의 여인들의 차이야말로 전쟁에 대한 작가적 태도의 변화를 의미하는 것이라 해도 무방할 것이다.

『리시스트라테』는, 전쟁 장면을 수틀에 옮겨놓는 트로이의 여인이 아니라, 양모로 실을 만드는 원리를 이용해서 평화의 방법을 주장하고 나선 개혁론자다.

리시스트라테 : 당신네가 조금이라도 머리가 있다면 우리가 실을 만지듯 정치를 했을 거예요.

관리 : 어떻게 말이야?

리시스트라테 : 먼저 우리는 털실 원사原絲에서 기름기와 때를 빼내거든요. 그것처럼 나쁜 시민들을 골라서 몽둥이로 쫓아내는 거예요. 그런 자들은 우리 도시의 찌꺼기니까. 또 직업이니 직장이니를 찾아서 모여드는 사람도 철저히 가려야 해요. 다음에 실을 고르게 하기 위해서

한 바구니 속에다 쓸어 넣는 거예요. 체류 외국인이건 우방인이건 국외자건 모두가 뒤섞여서 식민 도시는 따로 떼어놓은 실타래로 생각하구요. 그러고는 각 실의 실마리를 찾아서 한중심에 모아 커다란 한 덩어리로 감아서 그것으로 국민은 튼튼하고 훌륭한 웃옷을 짜내는 거예요.

전쟁은 위대해 보인다. 영웅은 초인처럼 보인다. 그러나 평화는 얼마나 평범한가. 실타래를 만지는 여인은 얼마나 범속해 보이는가? 그러나 아리스토파네스는 전쟁의 위대성이나 영웅의 초인성보다는 범속한 여인의 가사 편을 찬미한다. 실을 만지듯이 정치를 하라고 외친다. 아리스토파네스의 시선은 영웅을 찬미하는 것이 아니라 그 가면을 벗기는 데서 진실하고 평화로운 일상적인 생의 모습을 찾으려 한다.

희극에는 자유가 필요하다

『리시스트라테』는 여신의 이름이 아니다. 서사시나 비극에서 흔히 볼 수 있는 신화 속의 이야기가 아니라 아리스토파네스의 바로 이웃에서 함께 숨쉬고 있는 한 여성의 이름인 것이다. 리시스트라테는 '전쟁을 푸는 여인'이란 뜻을 가진 한 아테네 부인의 이름, 정확하게 말하자면 작자 자신이 만든 이름이다. 이야기도 아리스토파네스가 살고 있는 시대에 겪었던 전쟁을 소재로 한 것이다. 그가 이 희극에서 쓰고 있는 말도 당시의 유행어와 아테네에서 쓰인 시체時體 말이었다.

희극이라고 신화의 세계를 단절시킨 것은 아니다. 오히려 더 환상적인 세계, 거대한 갑충을 타고 하늘의 올림포스를 비행하는 것 같은 황당무계한 이야기가 더 많이 나온다. 그러나 모든 환상이나 그 허구는 지상에서 벌어지고 있는 시사성과 깊이 연관을 맺고 있다는 데 주목을 해야만 된다. 희극은 언론적인 성격, 이를테면 그리스의 저널리즘이었다. 그랬기 때문에 정치적 자유가 없어도 훌륭한 서사시와 아름다운 서정시 그리고 깊이 있는 비극은 나올 수 있지만 희극만은 절대로 탄생될 수가 없다.

희극의 선구자 수사리온이 메가라 지방에서 온 사람이라는 것을 봐도 알 수 있다. 수사리온의 고향인 메가라는 기원전 6세기경부터 그 정치가 민주적이어서 개인 생활이나 공적인 사회 생활에 대해 자유로 풍자할 수 있는 융성한 기풍이 있었다.

지금과 같은 총력전은 아니라 해도 한 민족이 전쟁을 벌여 먹히느냐 먹느냐의 운명에 서 있을 때 평화를 주장한다는 것은 보통 정치적 자유가 없이는 꿈에서도 상상하기 힘든 일이다. 더구나 연극은 몰래 지하 출판을 하는 것과는 다르다. 알다시피 비극과 마찬가지로 희극 역시 국가가 관장하는 비용으로 공연되었다. 극장에는 시민이 모여서 그것을 바라본다. 정치든, 사랑이든, 사회든, 무엇인가를 비판하면 바로 비판받는 사람이 그 극장의 어느 한 자리에 앉아 있게 마련이다. 그러니 예술성도 문제지만 정치적인 자유가 더 중대한 창작의 여건이 안 될 수 없다.

그리스의 희극은 예술의 재능보다도 그들이 이룩한 민주주의의 위대성으로 보는 편이 한층 더 정직한 견해일 것이다. 보장된 자유라 해도 압력은 있다. 희극을 쓰려면 예술적 재능보다 용기가 앞서야 한다.

아리스토파네스가 『리시스트라테』를 쓸 무렵 아테네는 가장 어려운 상황 속에 있었다. 이때 평화를 이야기한다는 것은, 전쟁에 참여한 군사들을 비웃는다는 것은, 정치가들의 어리석음을 비판한다는 것은, 무도회에서 바람기 많은 여인에게 농담을 거는 것과는 다른 일이다.

아리스토파네스가 당대의 정치 권력을 쥐고 있었던 크레온을 공격하는 희극 『무사武士』를 상연할 때의 일을 생각해보라. 가면 제작자들은 겁을 집어먹고 크레온과 닮은 가면을 만들기를 거절하지 않았던가! 그때 아리스토파네스는 자기의 얼굴을 크레온과 비슷하게 분장하여 직접 무대 위에 올랐다. 뿐만 아니라 아리스토파네스가 스스로 고백하고 있듯이, 아테네의 관리들이 델로스 동맹 도시에 대해 얼마나 부정을 했는가 하는 폭로극을 상연했다가, 500인의 평의회에서 규탄을 받아 하마터면 지옥행이 될 뻔했던 일도 있었다.

희극이 정치적 자유의 산물이고 그 기법은 정치적 압력과 작가의 표현의 밸런스에 있다는 것을 뒤집어 생각해보면 희극의 진가가 무엇인가를 알 수 있다. 그것은 영원한 본질의 세계를 다루는 것이 아니다. 희극은 지금 눈앞에서 벌어지는 사태에 대한 고발이며 그 변혁이다. 서사시도 서정시도 비극도 인생의 '큰 차이'에 관심을 갖는다. 그러나 희극만은 '작은 차이'에 집념하는 예술, 내일보다 오늘이 문제이고, 관념보다는 육체가 앞서는 문학이다.

문학에는 '눈물로 만든 것(비극)'과 '웃음으로 만든 것(희극)'이 있고, 그 눈물과 웃음의 양대 기능 속에서 우리는 우리 자신의 마음을 일깨워간다고 할 수 있다.

정치적 자유를 상실했을 때, 그리고 시민이 사회 감각을 상실했을 때, 희극의 꽃은 시들고 만다. 그리스의 고희극古喜劇이 신희극新喜劇으로 넘어가는 과정에서 우리는 그것을 엿볼 수 있다. 4세기 말기의 그리스는 정치에 대해서 관심들이 없어져 가고 있었다. 그리고 희극 작가에 대한 탄압이 벌어지고 있었다. 그리스의 정치 권력은 쇠퇴해갔지만 통상 무역으로 부르주아가 태어나게 된다. 그래서 신희극은 정치나 권력에 대한 공격을 피하고 힘없는 외국인, 노예, 거지, 난봉쟁이들에 대해서만 공격의 화살을 돌리게 되었다.

결국 아리스토파네스의 『리시스트라테』에서 우리가 발견할 수 있는 것은 웃음과 자유 속에서 펼쳐지는 사회 개혁에의 의지다. 굳어가는 사회, 부정의 사회, 편견에 찬 권력의 사회, 생명력을 잃어가는 사회를 향해서 웃을 수 있는 자유, 그것이 희극의 세계다. 그 웃음의 파괴력이야말로 어쩌면 창조력 이상의 빛을 발하는 예술인이 가질 수 있는 영원한 무기일는지 모른다. 아테네의 여인들이 가지고 있었던 섹스 그것처럼……

6. 고난과 그 부조리의 해석
―『구약성서』의 「욥기」와 헤브라이즘

인간은 신의 모습을 조각한다

"만약 소나 말이나 혹은 사자가 손을 가지고 있었더라면, 그래서 그 손으로 그림을 그려 인간들과 같은 작품을 만들어낼 수 있었더라면, 말들은 말처럼 생긴 신들의 모습을, 소들은 또 소를 닮은 신들의 모습을 그려냈을 것이다."

이것은 크세노파네스의 말이다. 같은 사람이라 하더라도 에티오피아인들은 신의 얼굴색이 자기네들처럼 까맣다고 주장할 것이고, 트라키아인들은 눈이 파랗고 머리카락이 빨간 신을 주장할 것이라고 그는 생각한다.

그리스의 그 변화 많은 자연과 마찬가지로, 그리고 그들의 다양한 그 생업과 마찬가지로, 그리스인들이 생각한 신의 모습은 하나가 아니라 여러 가지였다. 산이 있고, 골짜기가 있고, 언덕이 있고, 들판이 있고, 바다에는 올망졸망한 섬들이 떠 있다. 제각기 다른 특징을 지닌 그 변화 많은 자연 속에서 그들은 제가끔 다른 신들의 모습을 찾아냈던 것이다. 자연의 조건이 그러니까 그들의 생업 역시 한 가지가 아니라 농업·목축·수렵·상업 등으로 다양하게 어우러져 있었다. 한 사람이 농사도 짓고 목축도 했다. 그러니까 다른 생업에 대해서 편견을 갖는 일이란 없었다.

그리스의 신들은 그들의 생업처럼 어떤 권능을 독점한 것이 아니라 서로 분립된 재능을 다양하게 구사하고 있다. 제우스는 하늘을 지배하고, 포세이돈은 바다를, 그리고 하데스는 명부冥府(땅속, 죽음의 세계)를 지배한다. 민주주의 원리 그대로 그리스 신들은 이렇게 삼권 분립이 되어 있었고, 제우스 대신大神이 그중 행정 수반과 같은 구실을 했다.

그러나 단조한 지형의 그 황야에서 오직 유목 생활만을 하며 종교를 형성했던 이스라엘 사람들은 그리스의 신들과는 전연 다른 절대 유일의 신 여호와를 마음속에 그리고 있었다. 그렇기에 『구약성서』를 보면 농경민에 대한 편견이 그대로 드러나 있다.

카인과 아벨이 공물供物을 바쳤을 때 신은 아벨 것만 받고 카인의 것을 거절했다.

인간주의 입장에서 볼 때, 카인의 살인은 그의 공물을 거절하고 아벨만을 편애한 신에게도 책임이 있다. 누구든 재물을 바치기만 하면 비위 좋게 받아들이는 그리스의 신들과는 다르다.

어째서 신은 카인의 공물을 받지 않았는지 그 이유도 또한 명기되어 있지 않다. 카인은 농사꾼으로 곡식을 바쳤고, 아벨은 목

양자로 양을 바쳤기 때문이라고만 되어 있다. 결국 유목민의 신은 농경민의 공물을 무시해버린 것이라고 풀이될 수밖에 없다.

그리고 노아의 자손들이 들판에 바벨의 도시와 탑을 쌓았을 때 신은 그것을 부숴버리고 만다. 그 이유 역시 유목민의 신이었기 때문이라고 클라크는 주장하고 있다. 유목민들은 도시에서의 정주 생활을 혐오했다. 그 때문에 바벨의 탑은 카인과 마찬가지로 악으로 규정한 것이다. 농업만을 생업으로 삼고 있었던 메소포타미아에서 악신을 유목민의 것이라고 생각한 것과 정반대의 발상법이다.

가도 가도 지평의 변화가 없는 불모의 땅, 목마른 땅, 풀을 찾아 양 떼를 몰며 떠돌아다닌 그들이 어떻게 낙천적이며 인간주의적인 그리스의 신과 같은 것을 상상할 수 있었겠는가?

「욥기」가 제시하는 몇 가지 조건

종교나 신화는 문학의 수원지다. 서구의 문학, 그 언어의 강하를 지배해온 두 개의 큰 수원지를 흔히 사람들은 그리스 신과 기독교 정신에 두고 있다. 헬레니즘과 헤브라이즘이 바로 그것이다. 고대의 그리스인들이 생각한 신과, 헤브라이인들이 믿고 있던 신은 여러 가지 면에서 대조적이었고, 서로 다른 신들의 그 모습은 신전의 제단에서만 나타난 것이 아니라, 문학 작품의 도처에서도 그 옷자락을 드리우고 있었던 것이다.

그렇다면 헬레니즘의 근원이며 그 대표작인 호메로스의 서사시에 맞설 만한 헤브라이즘의 작품으로 우리는 과연 어떤 것을 뽑아낼 수 있을까? 보는 사람의 주관에 따라 다르겠지만, 우리는 아무래도 기원전 500년경에 씌어진 구약의 「욥기」를 내세울 수밖에 없다.

바이블 가운데, 독립된 하나의 문학 작품으로 완벽한 형식을 갖추고 있는 것, 그리고 한 개인의 뚜렷한 성격을 부각해낸 것은 「욥기」 이외의 것을 찾아내기 힘들 것이기 때문이다.

무엇보다도 호메로스가 그린 영웅과는 달리 욥은 고난을 이기는 영웅(수난자)이라는 점에서 그런 것이다. 아킬레우스는 육신의 영웅이고 욥은 정신(영혼)의 영웅이다. 그리스인이 생각한 이상적 인간은 영웅상 속에서 구했지만, 헤브라이 사람들은 성자상에서 그것을 구했다.

『일리아스』가 아킬레우스의 분노로부터 시작되어 있는 것과 달리, 「욥기」는 욥의 찬미로부터 시작된다. 또 아킬레우스는 그리스에서 으뜸가는 인간 아가토스라고 되어 있다. 이때의 아가토스는 무사武士와 전사戰士로서 최고의 소질을 뜻한 것이며 육체적으로 강한 것을 의미한다. 그렇기 때문에 도덕적인 면은 전연 포함되어 있지 않다. 「욥기」의 첫머리에도 역시 욥은 "동방 중에서 가장 큰 자"라고 표현되어 있다. 다 같이 으뜸가는 사람으로 그려져 있지만, 욥은 육체적인 강자로서 '큰 자'가 아니라 '순진하고 정직하여 하나님을 경외하며 악에서 떠난 자'였기 때문에 가장 큰 사람이라는 것이다. 이때의 경우에는 아가토스와는 반대로 육체적인 힘은 전연 포함되어 있지 않다.

아킬레우스나 다른 영웅들이 신에게서 사랑을 받는 것은 제물을 많이 바쳤거나, 혹은 핏줄(혈연)을 나누었거나, 과거에 서로 돕고 도와준 그 정실 때문이다. 테티스가 제우스에게 청탁을 드릴 때에도, 그에게 강조한 것은 옛날 제우스를 도와주었던 자기의 공적을 생각해달라는 것이었다. 엄격하게 말해서 신과 인간, 그리고 인간과 인간과의 관계는 현세적인 이해관계로 맺어져 있다.

그러나 여호와가 욥을 사랑하는 것은 이해관계를 떠난 절대적인 '믿음'이었다. 그 증거로서, 욥을 자랑하는 여호와에게 사탄은 이렇게 말한다.

"욥이 어찌 까닭 없이 하나님을 경외하리까? 주께서 그와 그 집과 그 모든 소유물을 산울로 두르심이 아니니이까."

즉 신을 받드는 욥을 사탄은 '기브 앤 테이크'의 현세적인 이해관계로서 본 것이다.

그리스 신들의 경우라면 이런 말을 듣고 조금도 화내지는 않을 것이다. 원래가 '까닭 없이'가 아니라 '까닭 있는' 경외로써 인간과 그 관계가 지탱되고 있기 때문이다.

이해관계를 초월한 가치, 행·불행의 개인적인 이해득실의 공리성을 떠난 것, 주고받는 상인적인 거래가 아닌 '까닭이 없는' 헌신—그런 세계가 여호와의 신이 내세우고 있는 것이었기에 사탄은 욥을 찬양할 때 '까닭 있는' 경외라고 반론을 제기한 것이다.

트로이 전쟁이 일어난 것과 그것을 한번 비교해보면 얼마나 대조적인 일인가를 금세 깨닫게 된다. '미美의 사과'를 놓고 세 여신이 다툴 때, 파리스 왕자가 그 심판을 맡는다. 여신들은 파리스를 자기편으로 만들기 위해 서로가 '명예'를, '부귀'를 그리고 '미녀'를 주겠다고 뇌물 공세를 편다. 파리스는 파리스대로 그 가운데 헬레네를 주겠다는 아프로디테의 말에 제일 구미가 당겼기 때문에 약속을 받고 정실情實 심판을 한다. 신도 인간도 모두가 부정不正이다. 신들이 이 때문에 양파로 갈라져 제각기 그리스군과 트로이군을 응원하는 것도 처음부터 끝까지 서로 자신의 이해관계에 얽혀 있던 것이었다.

여호와는 그것과 정반대다. 욥을 한가운데 놓고 여호와와 사탄이 대립하게 되었을 때 여호와는 욥이 동방에서 가장 큰 자라는 것을 증명하기 위해서 도리어 욥의 소유물을 빼앗는다. 자기와 욥(인간)과의 관계가 현실적 이해를 초월했을 때만이 값어치가 있는 것이었기 때문이다. 여호와가 사랑하는 욥에게 영광이 아니라 도리어 수난을 주는 의미가 바로 그 점에 있었던 것이다.

수난의 플롯

『일리아스』의 서사시는 아킬레우스의 분노 속에서 발단하며 전개되어갔고 또 그것으로 매듭을 짓는다. 그 서사시의 구조를 짜가는 날줄과 씨줄은 분노의 그 실이었다. 그러나 「욥기」는 수난의 고통이었다. 「욥기」의 이야기는 하루아침에 그의 소와 양 그리고 종을 비롯해서 모든 재산을 잃는 수난으로부터 시작된다. 자기의 집과 자식까지도 모두 잃는다. 생활의 모든 평화가 그에게서 사라진다. 「욥기」의 줄거리는 작은 것에서 큰 것으로 그 수난이 점차 확대됨에 따라서 진전되어간다. 그리고 욥의 그 내면적 변화 역시 그러한 수난 속에서 이루어져 간다. 재산을 잃고서도 욥은 신을 원망하지 않는다. 재산(물질)을 위해서 신을 경외했었더라면 그는 양 한 마리가 죽는 수난을 겪더라도 곧 신을 멀리했을 것이다.

이것은 헤브라이 사람들이 생각한 신이 현세의 욕망 충족을 위한 개인의 기복적인 종교가 아니라는 것을 의미한다. 그들은 인간 생명의 존재 의의를 신의 모습을 통해 규명하려 했던 것이다. 삶의 궁극적인 가치, 왜 태어났으며, 그 생명은 무엇을 위해 존재하며, 죽음은 또한 어떤 의미를 갖는가 하는 인간 본질의 의미 부여에 그들이 믿는 신의 손길이 있음을 시사한 것이다.

그러므로 욥은 물질적인 수난을 이겨낸다. 하지만 자기의 물질적 소유물이 아니라 생명 그 자체의 의의를 빼앗아갔을 때 비로소 욥은 그 수난 앞에서, 즉 발바닥에서 정수리까지 악창이 나게 했을 때에도 욥은 신을 원망하지 않는다. 재 가운데 앉아서 기와 조각을 가져다가 몸을 긁고 있는 비참한 욥의 모습을 보고 그의 아내가 "하나님을 욕하고 죽으라"고 했을 때에도, 욥은 "하나님께 복을 받았은즉 재앙도 받지 아니하였느냐"고 끝내 자신의 육신까지 파멸케 한 그 신을 원망하지 않았다. 그랬던 욥이 무엇 때문에 분노를 했는가? 그리고 그 분노는 아킬레우스의 분노와 어느 점이 달랐던가? 여기에 「욥기」의 종교적인 의미만이 아니라 그리스적인 서사시와 다른 문학적인 또 다른 의미가 숨어 있는 것이다.

지상과 천상을 향한 시선

「욥기」는 문학적인 모든 양식을 내포하고 있다. "우스 땅에 욥이라 이름하는 사람이……"로 시작하는 1장은 소설의 양식이다. 그리고 종들이 차례차례 나타나 '소와 나귀를 빼앗겼습니다' '양과 종이 불타 죽었습니다' '낙타가 죽었습니다' '자녀들이 죽었습니다'라고 고하는 장면은 연극적인 양식이다. 그러나 3장째에는 완전히 극시적인 양식으로 바뀐다. 1장과 2장까지는 내레이션으로 사건의 진전을 서술하여 완벽한 상황 설명으로 되어 있고, 그러한 상황 속에 처해진 욥의 내면으로 그 극이 파고들면서 그 톤은 서정적인 고백성과 토의적인 극성劇性을 띠고 연전한다. 사건으로 보나 주제로 보나 그 형식으로 보나 3장째부터가 「욥기」의 본질상 '노른자위'에 해당하는 부분이다.

사건 면에서 보면 수난을 받은 욥의 소식을 듣고 그의 친구 세 사람이 찾아온다. 처음 그들이 욥을 보았을 때 눈물을 흘리고 조문과 위로를 하며 일곱 밤 일곱 날을 그와 함께 앉아 있다. 이것을 본 욥이 처음으로 신을 향해 원망의 소리를 하게 된다.

신이 내린 그 병고 때문에 욥이 신을 비난하는 것으로 믿고 있는 사람들이 많지만, 그것은 그 글을 제대로 읽지 못한 탓이다. 이미 병든 후에도 그는 아내가 신을 욕하고 죽으라 할 때 결코 그 입술은 범죄치 않았다고 분명히 기록되어 있다. 줄거리를 따져볼 때, 욥의 변화는 그의 친구들이 찾아와 함께 일곱 밤 일곱 날을 지난 후에 생겨난다.

지금까지 욥은 신과 자기, 즉 수직적인 면으로만 인생을 그리고 모든 우주를 바라다본 것이다. 그러나 그의 친구들과 함께 있으면서 욥은 처음으로 수평적인 것, 즉 인간과 인간의 관계로 그 사고를 시작한다. 쉽게 말하면 하늘로 향한 수직의 시선이 친구들의 방문으로 지상의 수평으로 옮겨진다.

그러므로 신을 수평의 차원, 즉 지상의 같은 평면 위에서 바라다보게 된다. 이때의 욥은 순간적으로 그리스적인 것과 유사한 차원에서 신을 보게 된다. 인간의 육체와 현세적인 논리로써 신의 행위를 해석하게 된다는 것이다. 그렇기 때문에 수평적인 사고의 특성인 분노, 불합리를 거부하는 분노를 느끼게 된다.

아킬레우스의 분노처럼 욥의 분노 역시 천지를 뒤흔들 만큼 강하다. 참고 견뎌오던 욥이 분노를 토로한 것은 자기의 탄생을 저주하는 것이었다. 신에 대한 부정이 바로 그러한 생명(탄생)의 부정으로부터 시작되는 까닭은 무엇인가?

'생명은 신이 창조한 것'이라는 게 헤브라이즘의 본질인 까닭이다. 그러므로 인간의 생이 고난이라는 생각이 들었을 때에는 신의 존재 자체에 대한 회의로 나타나게 마련이다.

"나의 난 날이 멸망하였더라면, 남아를 배었다 하던 그 밤도 그러하였더라면, 그날이 캄캄하였더라면, 하나님이 위에서 돌아보지 마셨더라면, 빛도 그날을 비추지 말았더라면, 유암과 사망의 그늘이 그날을 자기 것이라 주장하였더라면, 구름이 그 위에 덮였더라면, 낮을 캄캄하게 하는 것이 그날을 두렵게 하였더라면, 해의 날수 가운데 기쁨이 되지 말았더라면, 달의 수에 들지 말았더라면, 그 밤이 적막하였더라면, 그 가운데서 즐거운 소리가 일어나지 않았더라면……. 그 밤에 새벽별들이 어두웠더라면, 그 밤이 광명을 바랄지라도 얻지 못하여 동틈을 보지 못하였더라면 좋았을 것을……."

탄생을 합리화할 수 없는 그 부조리

이 격렬한 저주는 일종의 반어법으로써 역기대逆期待의 감정을 나타내주고 있다. 이 저주를 분석해보면 왜 나에게 생을 주었는 가, 왜 내 탄생을 축복해주었는가 하는 것이다. 광명보다 어둠이, 생보다는 죽음이 고통을 겪고 있는 인간에게는 도리어 자비가 아니겠는가?

결국 욥의 회의는 '생명을 창조한 힘'의 그 비윤리성이며, 이러한 부조리의 발견은 욥이 그리스인들처럼 인간주의적 입장에 서서 생의 현실을 내다보는 시점의 변화에서 비롯된 것이다. 욥은 악해진 것이 아니다. 다만 그 수난을 세 친구들과 자리를 같이했을 때, 수직적인 시선을 수평적인 것으로 바꿔본 것뿐이다. 개인의 불행에 대한 저주라기보다는 인간의 입장에서 볼 때 마땅히 생겨나는 의문이다.

"어찌하여 곤고한 자에게 빛을 주셨으며 마음이 번뇌한 자에게 생명을 주었는가?"라고 외치는 욥의 소리는 마치 '인생에서 가장 행복한 것은 태어나지 않는 것'이라던 그리스의 철인들, 그리고 그런 사상을 이어받은 로마의 루크레티우스가 "어찌하여 사계四季를 통하여 고뇌는 끝나지 않는가? 계절은 죽음으로 가득 차 있는가? 보라. 자연이 견딜 수 없는 진통을 겪으며 태내에서 세상의 밝은 곳으로 내놓은 갓난아이는 마치 광도狂濤에 희롱당하는 수부水夫와도 같이…… 이토록 불행한 인생을 견디지 않으면 안 되는 것처럼 슬픈 울음으로 허공을 채우나니……"라고 노래 부른 것과 다를 것이 없다. 만신창이가 된 욥의 귀는 갓난아이가 태어나면서 우는 그 탄생의 울음소리를 장례식의 종소리로 듣고 있었던 그리스인의 청각과 조금도 다를 것이 없게 된다.

"나는 먹기 전에 탄식이 나며, 나의 않는 소리는 물이 쏟아지는 것 같다"는 그 욥의 고통은 육체로부터 오는 것이 아니라, 인간의 탄생을 합리화할 수 없는 부조리, 그 실존에의 눈뜸에서 오는 것이라고 풀이되어야 한다.

회의懷疑의 어둠은 어떻게 태어나는가

탄생을 저주하는 욥의 소리를 듣자, 그를 위로해주려고 왔던 친구들이 태도를 바꿔 격렬히 욥을 비난한다. 여기에서 욥과 그 친구들 사이에 토론이 벌어진다. 「욥기」의 특징은 바로 이 극적인 대화에 있다. 만약 그 친구들의 비난이 없었더라면 신을 불신하는 욥의 회의는 더 이상 심화되지 않았을 것이다. 「욥기」의 구성 역시 그의 친구들 하나하나와 토론을 벌이는 과정으로 엮어진다. 신에 대한 회의가 생기게 된 것도, 그리고 그 의식이 심화되고 더 격렬히 발전되는 것도, 모두 그를 에워싼 친구(인간)들과의 관계 속에서 이루어졌다는 점을 우리는 좀 더 주목해둘 필요가 있다. 그것은 욥이 '신과 인간의 관계'로 세상을 보아오던 것을 이제는 '인간과 인간의 관계'로 보기 시작했다는 증거며, 그러한 관점이 그의 회의주의를 싹트게 하고 발전시켜간 요인이 되었다는 사실을 뜻한다.

그의 친구 엘리바즈가 자신의 탄생을 저주하는 욥의 말을 듣고 그 불경함을 비난했을 때 욥은 또 한 번 분노한다. 이때의 분노는 '신에게 버림받은 자신'이 아니라 자신의 분함과 고통을 이해해 주지 않는 '인간으로부터의 버림'이라는 그 단절감에서 비롯된 것이라고 할 수 있다. 그렇기에 욥은 자신의 분함과 재앙이 얼마나 큰 것인가를 설명한 다음, 인간의 우정이 덧없음을 한탄했다.

신을 떠난 인간주의적인 지향

"피곤한 자, 곧 전능자를 경외하는 일을 폐한 자를 그 벗이 불쌍히 여길 것이어늘, 나의 형제는 내게 성실치 아니함이 시냇물의 마음 같고 개울의 잦음 같구나." 그러고는 욥은 그러한 친구(인간)들을 "고아를 제비 뽑으며 벗을 매매하는 자"라고 욕한다. 이 말을 뒤집으면, 절망과 고뇌를 함께 나눌 수 있는 인간을 그는 기대했던 것이고, 그러한 기대는 그 생의 고난을 통해서 인간 서로가 이해하는 휴머니즘의 소망을 암시한다. 신을 떠난 욥의 인간주의적인 지향은 "사람이 무엇이관데 주께서 크게 여기사 그에게 마음을 두시고 아침마다 권징하시며 분초마다 시험하나이까?…… 사람을 감찰하시는 자여, 내가 범죄했던들 주께 무슨 해가 되오리까!"라는 욥의 절규 속에 잘 나타나 있다.

신은 신, 인간은 인간이다. 잠시도 그 가시 속에서 헤어나지 못하는 신과의 관계를 끊고 파멸이든 행복이든 인간은 인간 스스로 생존해가기를 원하는 '자유'에의 선언이다. '탄생의 저주'는 신과 인간의 관계를 스스로 끊는 '단절'의 선언으로 발전된다. 욥은 "주께서 나를 부지런히 찾으실지라도 내가 울지 아니하리라"라고 말하는 것이다. "나귀가 풀이 있으면 어찌 울겠으며, 소가 꼴이 있으면 어찌 울겠는가?" 욥은 울고 있는 자신에게 죄가 있는 것이 아니라 풀(신)이 없는 벌판의 인간 현실에 잘못이 있는 것이라고 생각한다.

또 하나의 다른 친구 빌닷은 욥의 말을 듣고 신을 옹호한다. "너에게 죄가 있기 때문에 고난을 당하는 것"이지 결코 "전능하신 이가 공의를 굽게 한 것"이 아니라고 반박을 한다. 빌닷은 악한 자는 멸하고 선한 자는 흥한다는 신의 권선징악을 믿고 있으며, 그래서 인생이 합리적인 것이라고 믿는다.

욥도 그 이전에는 그렇게 생각했었다. 그러나 자기의 수난을 통해서 욥은 생의 합리성을 믿지 않게 된 것이다. 신의 행위를 인간의 논리로써 따진다. 그는 신의 권능을 믿는다. 그의 힘이 얼마나 크고 무서운가를 안다. 그러나 신의 '권위'를 이미 합리적인 것으로 여기지는 않는다. 그렇기 때문에 "주께서 그 막대기를 내게서 떠나게 하시고 그 위엄으로 나를 두렵게 하지 않는다면……
내 마음의 괴로움을 말하겠다"는 것이다. 그리고 그 괴로움이란
자기가 겪는 육체적인 고통이 아니라 무죄한 자가 수난을 당하고
악한 자가 도리어 행운을 누리고 있는 이 세계의 부조리에 대한
절망이다.

"이 땅(세계)은 어두워서 흑암 같고, 죽음의 그늘이 져서 아무 구
별이 없고, 광명도 흑암 같다"는 것이다. 「창세기」에서 보면 혼돈
을 질서로 바꾸어놓은 것이 곧 신이다. 광명과 어둠을, 육지와 하
늘을 구분하여 갈라놓은 것이 신이다. 욥은 의義와 불의, 악과 선
이 뒤범벅이 된 이 세상을 무질서한 '혼돈'으로 내다본다. 그렇기
에 그는 신을 부정할 수밖에 없다.

절망의 언어가 향하고 있는 곳

욥의 절망적인 부르짖음 속에서 우리는 피가 뚝뚝 흐르는 인간
의 생생한 리얼리즘을 본다. "의롭고 무죄한 자가 어째서 수난을
당해야 하느냐." 욥은 자신이 당하는 고통보다도 그 고통을 당하
게 되는 이유를 알 수 없다는 절망을 느낀다. 이러한 욥의 절망적
인 언어는 단순한 개인의 신세타령과는 구별되어야 한다.

우리는 아가멤논에게 부당한 대우를 받고 그와 언쟁을 벌이고
자신의 억울함을 어머니에게 하소연한 아킬레우스의 말을 기억

하고 있다. 그것은 순전한 개인의 명예와 개인적인 운명에 대한 분노요 슬픔이요 절망이었다. 그랬기 때문에 아킬레우스의 분노는 집단에서 자기 자신을 떼어놓는다. 그는 그리스의 연합군으로부터 떠나 전쟁을 거부하는 것이다. 동족이 쓰러져가고 있는데도 아킬레우스는 도리어 자기편이 지기를 바라고 있다. 그래야 자기를 무시한 아가멤논이 자기 잘못을 후회하고 모욕받은 자기의 명예가 회복될 수 있기 때문이다.

욥은 어떤가? 욥의 절망은 아킬레우스의 그것과 어떻게 다른가? 우리는 헬레니즘과 헤브라이즘의 차이를 거기에서 분명히 인식할 수가 있다. 욥의 절망은 자신의 탄생을 저주하는 데서부터 시작되지만, 그의 친구들과 변론하는 그 과정 속에서, 그 절망은 인간의 본질 자체에 대한 것으로 심화된다.

"나무는 소망이 있나니 찍힐지라도 다시 움이 나서 연한 가지가 발하여 새로 심은 것과 같은데, 사람은 죽으면 그저 소멸되나니 그 기운이 끊어진즉 그가 어디 있느뇨."

욥은 나무보다도 못한 인간의 생명, 덧없이 사라지고 마는 죽음에의 절망으로 향한다. 자기가 겪는 수난과 고통이 개인의 영역에서 머무르지 않고, 인간 전체가 지니고 있는 본질적인 생의 문제, 보다 더 인간 대 신의 문제로 그 절망의 언어는 발전되어가고 있는 것이다.

휴머니스트로서의 욥과 그 슬픔

그렇기 때문에 「욥기」의 문학적인 갈등은 개인의 불행과 그 비참한 운명에서 오는 것은 아니다. 신을 거부하는 욥의 자세에서 우리는 눈물겨운 한 휴머니스트의 모습을 본다. 인간의 대변자요 인간의 옹호자다. 그랬기 때문에 욥의 절망은 이중적으로 가중되어 있다. 인간의 입장을 옹호하기 위해서 신에게 대드는데, 같은 인간인 그들의 친구는 도리어 욥을 이해하지 않고 신의 이름으로 그를 규탄한다.

욥의 소외감은 신과의 거리보다 이러한 인간들과의 거리에서 더욱 절실성을 띠게 된다. 왜 그는 신을 원망하는가? 신이 자기의 재산을 잃게 하고, 그리고 자기의 육신을 병들게 했기 때문만은 아니다. 악과 가난을 방치한 신, 그 때문에 겪고 있는 현실의 모순에 대한 항거다.

"밭에서 남의 곡식을 베며, 악인이 남겨둔 포도를 따며, 의복이 없어 벗은 몸으로 밤을 지새며, 추위에 덮을 것이 없으며, 산중 소나기에 젖으며, 가리울 것이 없어 바위를 안고 있느니라. 어떤 사람은 고아를 어미 품에서 빼앗으며, 가난한 자의 옷을 볼모잡음으로 그들의 옷이 없어 벌거벗고 다니며, 주리면서 곡식단을 베며, 그 사람의 담 안에서 기름을 짜며, 목말라하면서 술틀을 밟느니라. 인간의 많은 성 중에서 사람들이 신음하며 상한 자가 부르짖으나 하나님이 그 불의를 보지 아니하시느니라."

목말라하면서 술틀을 밟고 있는 불쌍한 노동자들, 그 가난한 자들이 악인들에게 짓밟히고 있다. 이러한 불의가 저질러지고 있는데도 신은 어째서 외면을 하고 있는가? 욥의 이 항변 속에서 우리는 신 없는 순교자의 모습을 볼 수가 있다. 그러나 인간의 편에서 있어도 욥은 그지없이 외롭다. 이웃을 위해서 그는 사랑을 바치고 있지만, 그의 벗들과 이웃은 그를 멀리한다.

"모든 사람이 내게 외인外人이 되었구나. 내 친척은 나를 버리며 가까운 친구는 나를 잊었구나. 내 집에 우거한 자와 내 계집종들은 나를 외인으로 여겨 내가 그들 앞에서 타국 사람이 되었구나……. 내 숨을 내 아내가 싫어하며 내 동포들도 혐오하는구나. 어린아이들이라도 나를 업신여기고 내가 일어나면 나를 조롱하는구나. 나의 친구야, 너희가 나를 불쌍히 여겨라. 너희가 어찌하여 하나님처럼 핍박하느냐."

시인으로서의 '욥'

욥의 절망은 두 번째의 절망으로 나타나 있다. 신을 사랑할 수 없는 욥, 신을 부정하는 욥, 그에게 남은 것이 있다면 인간에 대한 믿음과 그 사랑이다. 그런데 그의 친구들과 아내와 모든 이웃은 병든 자기를 불쌍히 여기지 않고 도리어 핍박을 하고 있다. 인간을 위한 대변자가 되려고 하는데도 인간들은 그를 비웃고 조롱한다.

"나의 원망이 사람을 향하여 하는 것이냐? 어찌 내가 조급하지 않겠느냐. 너희는 나를 보아라. 놀라라. 손으로 입을 가리우라."
신을 원망하는 자기를 이해해주지 않고 도리어 비난하는 친구들에게 욥은 이렇게 말한다. 자기처럼 아무 죄도 없는 자가 불행을 당하고 있으며, 악한 자들이 거꾸로 권세와 평안을 누리는 이 현실, 그것을 보고는 왜 놀라지 않느냐는 것이다. 그 답답한 마음— 욥은 인간의 증인이 되고 싶은 것이다. 자기의 불행과 수난의 고발자가 되고 싶은 것이다. 만신창이가 되어 신의 모순과 비정을 인간 앞에 고발하는 산 증거물로서 제시하고 싶은 것이다. 그는 외친다.

"너희는 나를 보라."

무죄한 자가 겪고 있는 처절한 아픔을 공중 앞에 드러내 보이는 것, 그래서 그 비극과 절망을 증명하는 것, 욥은 수난의 상처와 그 고통을 이렇게 하나의 인간 표현으로써 드러내 보이는 것을 마지막 생존의 존재 이유로 삼고 있다. 욥은 그런 면에서 하나의 시인이다.

"나의 말이 곧 기록되었으면, 책에 씌어졌으면, 철필과 연鉛으로 영영 돌에 새겨졌으면……."

이 욥의 의지는 바로 시인의 의지가 아니고 무엇이겠는가? 허무를 기록한다는 것, 절망을, 고통을, 외로움을 영원히 마멸되지 않는 돌 위에 문자로 남겨놓고 싶다는 것, 그것이 욥의 마지막 희망이고, 이웃에 대한 마지막 의무라고 할 수 있다.

여기에서 우리는 철저하게 신으로부터 이탈하여 하나의 휴머니스트로서의 고발자요 시인으로 변신해가는 욥의 정신적 편력의 과정을 엿볼 수가 있다. 외적인 면에서 볼 때 욥은 재산도 친구도 자기의 육신마저도 상실해버린 인간, 가장 불행하고 어두운 인생의 밑바닥으로 끝없이 타락해버리는 절망의 인간으로 보인다. 그리고 이러한 욥의 절망적인 언어는 그와 논쟁을 하던 친구들을 압도해버린다.

그의 친구들과의 변론에서 욥은 이긴다. 슬픈 승리다. 그는 신의 부조리를 증명했고, 인간의 허무와 절망을 그들 앞에 자신을 증거로 하여 입증한 것이다. 「욥기」를 하나의 문학 작품으로 볼 때 그것의 카타스트로프catastrophe(대단원)는 바로 욥 앞에서 더 이상 그의 친구들이 말을 못하고 침묵하는 그 순간이다. 그것이 또한 특이한 구성법이라 할 수 있다.

그가 재난을 당하는 사건에 클라이맥스를 둔 것이 아니라, 오히려 그것을 받아들이는 내면적인 변화에 그 드라마의 정점을 두고 있기 때문이다. 인간은 누구도 욥의 변론에 해답을 줄 수가 없다. 그의 말은 다 옳다. 논리적으로 보나, 현실의 그 상황으로 보나, 물증으로 보나, 신을 재판하는 욥의 항고를 누구도 꺾을 수 없다. 만약 「욥기」가 여기에서 끝났더라면 헬레니즘의 문학과 같은 차원에 머물러 있었을 일이다.

변론을 넘어선 곳에 출현하는 신

이때 신이 나타난다. 신이 이 변론에 참여하는 것이다. 그것은 욥의 끝없는 질문, 그 격렬한 비판에 대해서 대답할 자는 오직 신밖에 없다는 것이다. 이것은 무엇을 의미하는가? 이 현세 속에서 일어나고 있는 모든 삶의 문제를 인간 중심인 것으로 풀이할 때에는 어떤 해답도 나올 수가 없다. 그야말로 욥의 탄식밖에는 발견될 것이 없다. 인간은 인간의 머리나 현세적인 생활 체험만으론 신의 의사를 심판할 수 없다는 사상이다. 여기에서 그리스 문학과는 근본적으로 다른 또 하나의 문학 세계가 전개된다.

욥 앞에 나타난 신은 그에게 무엇이라고 말했는가? 불의가 이기고, 의가 핍박을 받으며, 죄 없는 자가 고난을 당하고, 악한 자가 세력을 누리는 이 모순의 인간 세계를 신은 무엇이라고 설명했는가? 욥의 언어는 인간의 언어였다. 우리의 가슴을 치며 피를 끓게 하는 절실한 리얼리즘의 언어였다. 그런데 신의 언어는 전연 그 차원이 다르다. 인간주의적인 입장에서 볼 때 신은 아무것도 설명해준 것이 없다. 욥의 애타는 그 고뇌를 풀어줄 만한 어떠한 논리적 해결을 찾아볼 수가 없다. 마치 아이들이 부모에게 따지고 대들었을 때에 말문이 막힌 그 부모가 권위로 누르려고 하는 태도 이상의 것을 우리는 찾지 못한다.

"나는 너를 낳아준 부모다." 이 한마디 말로써 아이들의 입을 틀어막으려는 것과 마찬가지로, 여호와의 이 천지를 누가 만들었으며 그때 네가 곁에 있었느냐고 따진다. 뿐만 아니라 하마나 악어를 본 적이 있느냐고 묻는다. 그 교묘한 생물을 열심히 자랑한다. 그것을 다 자기가 만들었다는 것이다. 인간의 능력으로는 감히 상상할 수 없는 이 우주의 신비, 그 모든 창조물을 만든 창조자의 의사를 어떻게 네가 심판할 수 있느냐는 것이 신의 해답일 뿐이다.

그러나 우리는 신의 권위주의로만 이것을 해석할 것인가? 사실 욥의 심각한 고뇌와 모순의 세계를 향해 파고드는 그 어투는 웅변 이상의 것이다.

앞뒤의 조리가 분명하며 진지하고도 성실한 태도로 시종일관해 있다. 그의 말투는 비장하다기보다도 장엄하기까지 하다.

여기에 비해서 자기가 만든 창조물을 일일이 예거하여 자랑하는 신은 어린애처럼 유치하고 생색을 잘 내는 아녀자의 허영심 같은 것까지를 느끼게 된다. 아무 말도 못하고 머리를 숙인 욥은 단지 그의 전능한 힘 앞에 무릎을 꿇은 포로처럼 비친다. 적어도 그리스적인 관점에서 볼 때에는 그렇게 보인다.

악마와 내기를 하기 위해서 아무 죄도 없는 욥을 괴롭힌 신, 그리고 더구나 그 내기에서 이긴 것은 악마가 아닌가? 왜냐하면 욥은 악마의 말대로 '까닭 없이' 신을 경배한 것이 아니었다. '까닭'을 빼앗겼을 때 욥은 신에게 저항을 했다.

그러나 그것이 바로 헤브라이즘의 독특한 사상이며 인생을 바라보는 시점이다. 욥은 그 회의를 통해서 참된 신의 모습을 보게 된 것이다. 신으로부터 탈출했을 때, 이미 그는 신에게로 귀환하고 있었던 것이다. 헤브라이즘 문학은 이러한 역설의 땅 위에서만 이해될 수가 있다.

형식 논리를 초월한 세계, 거기엔 신이 있다. 인간의 테두리를 벗어났을 때 비로소 이해되는 지복至福의 경지가 있다. 신학이라기보다는 문학적인 그 플롯의 전개 과정을 통해서 볼 때 그 세계는 더욱 명확하게 드러나게 된다. 욥이 만약 그 수난을 겪지 않았더라면 공리적인 것, 기브 앤 테이크의 그 현세적인 신밖에는 갖지 못했을 것이다. 논리로만 증명되는 신, 인간화된 그리스 신들과는 다를 것이 없었을 것이다. 그러한 신 이상의 것을 알기 위해서는 인간의 논리에 의해서, 이해관계에 의해서 철저하게 신을 파괴해야 된다. 그 파괴 속에서 파괴되지 않는 신, 그것이 진짜 신이다. 인간 이상의 신인 것이다.

기독교 문학의 역설

자, 이제 결론을 이야기하자. 욥이 고난을 당했을 때, 그의 이

웃들은 그에게 무엇을 해주었나. 친구들까지도 그를 이해해주지 않았고, 아내까지도 그를 배신했다. 이해관계로 맺어진 인간들은 모두가 그랬다. 자기가 돈이 있었을 때, 그래서 남들을 도와줄 때에는 모두 그를 경애했었다. 그런데 그 기브 앤 테이크의 관계가 끊어졌을 때에 아내는 그의 숨길을 피했고 물론 종과 아이들까지도 달아났다. 욥은 그 소외감 속에서 무엇이라고 외쳤는가? "너희는 날 왜 불쌍히 여기지 않는가?" 이 말을 하는 순간 욥은 벌써 새로운 신 앞으로 다가서고 있었다.

　신에게서 가장 멀리 탈출했을 때 욥은 신에게 가장 가까이 다가서고 있었던 것이다. 인간과 인간의 사랑은 공리적인 관계가 끊어져도 남는 것이어야만 한다. 욥이 "날 불쌍하게 여기지 않고 어째서 핍박을 하는가?"라고 말했을 때 그는 인간에게서 무엇을 기대했는가? 현실적인 이해관계가 없어도 남의 불행을 외면하지 않는 인간이었을 것이다. 그 사랑이었을 것이며 의義였을 것이다. 신을 향한 인간의 사랑과 의도 그런 것이어야만 한다. 재산은 불타고 육신은 썩는다. 주고받는 그 관계는 다 허물어져 버리고 마는 현세의 관계가 아닌가? 그 관계 이상의 것, 그 이상의 힘만이 영원한 생의 가치가 될 것이다. 보상을 받지 않아도 옳기 때문에 해야 되는 것, 이롭든 이롭지 않든 지켜야 되기 때문에 지키는 것, 그것이 절대 윤리다. 상대적인 변화에 따라 좌우되지 않는 그 힘이 있는 이상 세상은 물거품이 아니다.

착한 자가 남이 겪지 않은 불행과 그 수난을 겪었기 때문에 욥은 남들이 알지 못한 절대적인 그 가치의 세계를 발견할 수 있었다. 이것이 신의 소명召命이다. 그렇기 때문에 우리는 욥을 보면서 뒤에 올 예수를 생각하게 된다. 예수의 고난과 그 사랑은 필연적인 것이다. 남들이 그에게 무엇을 주었기 때문에 예수는 사랑을 준 것이 아니었다. 공리적이 아닌 순수한 사랑을 증명할 수 있는 길은 오직 그의 고난밖에는 없었다. 가장 무죄한 자가 십자가에 못박혀야 한다는 것, 이 수난의 극치, 그것이 부활을 가능케 한다.

드라마가 지니는 플롯의 패턴

그러므로 헤브라이즘 문학의 원천이라 할 수 있는 바이블의 이야기는 모두 같은 플롯의 패턴을 지니고 있다. 「욥기」가 보이고 있는 그 스토리의 패턴은 「창세기」의 선악과 이야기와 꼭 같은 것이라고 할 수 있다.

(A) 아담, 이브는 에덴 동산에서 행복하게 살았다.

(B) 악마의 유혹으로 선악과를 따 먹었다.

(C) 그래서 낙원을 쫓겨나서 고난의 생이 시작된다.

(D) 그러나 인간은 신의 은총 속에서 언젠가 낙원으로 돌아온다.

이러한 스토리의 전개는 「욥기」에서도 마찬가지다.

(A) 욥의 평화로운 생활
(B) 악마와의 내기에 의해서 재난을 당한다.
(C) 욥은 평화를 잃고 고난 속에 산다.
(D) 다시 신에게로 돌아와 옛날보다 더 행복하게 산다.

「욥기」만이 아니다. 예수의 생애 자체가 그렇고, '탕자 돌아오다'의 이야기, 삼손의 이야기, 요나의 이야기 모두가 그런 것이다.

삼손의 경우에는 이렇다.

(A) 눈(광명)과 힘
(B) 데릴라(악마)에 의해 눈이 먼다(실명).
(C) 다시 힘을 회복한다.

그리고 요나는 신의 명령을 어기고 도주한다. 도주하던 길에 고래 뱃속으로 들어가 신이 명한 니느웨의 고장에 이른다. 즉 탈출(추방 실낙원)이 복귀로 나타나는 역설의 플롯은 헤브라이즘 문학의 전통을 이루는 패턴이라고 할 수 있다. 탕자가 집을 떠나 고생한 끝에 다시 집으로 돌아온다. 탕자가 집을 거부하여 떠난다는 것은 새로운 집의 의미를 알고 다시 돌아오게 된다는 것과 같은 행위다.

이 순환—실낙원에서 복낙원으로 이르는 고난 의식, 이것이 「욥기」의 줄거리며 헤브라이즘의 문학적 이미지의 특성이다. 그러기에 도스토예프스키의 『죄와 벌』에서도 신을 떠남으로써 신에 이르는 욥의 역설을 볼 수가 있다. 라스콜리니코프의 인간주의적인 항변(초인 사상)은 욥의 항변인 것이며, 그가 다시 대지에 입을 맞추고 신의 의미를 깨닫는 그 어두운 해피 엔딩은 「욥기」의 마지막과도 같다.

'낙원—실낙원—복낙원'의 그 플롯, '탈출이 복귀'라는 그 역설의 문학, 그것이 욥과 아킬레우스의 차이다.

7. 네가 원하는 바를 하라

— 라블레의 『가르강튀아와 팡타그뤼엘』과 르네상스 문학

생은 유쾌한 향연이다

우리는 그 허풍스러운 소설 『가르강튀아와 팡타그뤼엘』에서 르네상스의 새벽을 알리는 가장 유쾌한 종달새의 울음소리를 들을 수가 있다. 거인 가르강튀아의 탄생은 바로 르네상스적 인간의 탄생이기도 했다.

사람이 이 세상에 태어날 때에는 누구나 울음을 터뜨린다. 그래서 그 고고의 성聲을 로마의 시인 루크레티우스는 '조종弔鐘의 소리'에 비유했다. 죽음과 함께 태어나는 인간의 생명이기에 아이들의 울음소리를 그 시인은 축복의 소리가 아니라 어둠과 고난에 찬 비탄의 목소리로 들었다. 칸트도 인간은 어째서 울음소리를 내며 이 세상에 태어나는가에 대해 말한 적이 있다. 아이들이 분만될 때의 그 첫 울음소리가 어쩐지 자기에게는 분노의 소리로 들린다는 것이었다.

그러나 라블레는 그 탄생의 첫소리부터가 전연 다른 색다른 한

인간을 창조해냈다. 거인 가르강튀아는 보통 아이들처럼 울면서 태어난 것이 아니었기 때문이다. 그는 어머니 뱃속에서 나오자마자 호쾌한 목소리로 외친다.

술을 달라고…… "아! 마시고 싶다. 아! 마시고 싶다." 이것이 라블레의 상상력 속에서 태어난 그 거인의 첫마디였다. 그는 인간의 생을 고통과 비탄 그리고 죄의 어둠에 가득 차 있는 가시밭길로 생각하지 않았다. 인간이 태어난다는 것은 생의 향연, 유쾌한 그 술잔치에 초대되는 것으로 본 것이다.

이렇게 태어난 거인 가르강튀아에게 젖을 먹이기 위해서는 1만 2,913마리의 소가 필요했고 그의 속옷 하나를 만들기 위해서는 900오느(약 1,000미터)의 옷감이 있어야만 했다. 그리고 최초의 3년 동안은 마시고 먹고 자고, 자고 마시고 먹는 일뿐이다. 그가 커서 파리로 유학을 갈 때에는 코끼리만 한 여섯 마리의 말을 타고 간다. 보스 지방을 지날 때 파리를 쫓기 위해 말들이 꼬리를 한 번 쳤더니 숲의 나무들이 전부 쓰러져 평원이 되더라는 것이다. 파리에 도착한 가르강튀아는 노트르담 사원의 대종을 떼어 말 목에 걸기도 한다. 노트르담의 그 큰 종이라 해도 이 거인에게 있어서는 한낱 목에 다는 방울에 지나지 않는다.

거인이 되고 싶은 꿈

이 터무니없는 라블레의 과장 속에서 우리는 거인이 되고 싶은 르네상스인의 꿈을 바라볼 수가 있다. 중세의 어둠 속에서 인간은 육체의 근육을 상실했다. 중세의 언어는 남성적인 근육을 잃은 언어였다. 인간은 난쟁이들처럼 미비한 존재로 바뀌고 그 대신 사원이 거인처럼 커가고 있었다. 잃어버린 이 언어, 그리고 그 육체의 발견이 라블레에게 있어서는 가르강튀아와 같은 이미지로 나타나게 된 것이다.

거인의 상상력은 무한한 자기 확대를 의미한다. 먼 데서 예를 구할 것까지 없다. 우리가 『삼국유사』를 펼쳐 신라 통일 직전의 설화를 보면 거기에도 역시 '거인의 꿈'이 나타나 있다는 것을 알 수 있다. 알천공이 대호大虎의 꼬리를 붙잡아 땅에 메어쳐 죽인 이야기, 신장이 11척이나 되고 절로 행차할 때 돌층계를 밟으니 돌 셋이 한꺼번에 부서졌다는 진평대왕眞平大王의 설화가 바로 그러한 예다.

그러나 라블레는 단순한 육체적 거인만을 그리는 데서 그치고 있지 않다. 가르강튀아나 그가 사백 살 때 낳았다는 아들 팡타그뤼엘은 다 같이 온 천하를 편력한다. 자기가 태어난 좁은 고장에 갇혀 있지 않고 미지의 나라를 찾아다니며 끝없이 움직이고 있다는 사실이다. 그래서 이 거인은 한자리에 솟아 있는 산이라기보다 무한한 수평선을 향해 출렁거리는 파도라고 하는 편이 옳다.

특히 팡타그뤼엘의 이야기가 그렇다. 라블레 자신도 그런 말을 했지만, '가르강튀아'를 '일리아스'라고 한다면 '팡타그뤼엘'은 '오디세우스'에 해당된다. 돈벌이를 하는 방법은 63가지를 알고 있고, 그것을 쓰는 법은 무려 213가지나 통달해 있는 거지 파뉘르주를 길벗으로 하여, 팡타그뤼엘은 북빙양을 넘어 인도를 향한 모험의 방랑을 한다. 타라스 항을 떠난 그들은 오디세우스처럼 수많은 미지의 섬을 떠돌아다니게 된다.

그 하나하나의 섬은 주민들의 풍습이나 자연 경치, 그리고 사회 제도가 모두 다르다. 등대와 대리석의 높은 탑이 있는 아름다운 섬, 폭풍이 부는 섬, 사람들이 바람만 먹고사는 뤼아의 섬, 철학자의 섬, 칼이나 낫과 같은 연장들이 주렁주렁 열매처럼 매달려 있는 이상한 나무들이 우거져 있는 무인도……. 팡타그뤼엘의 이 편력의 모험담은 생의 체험에 대한 자기 확대를 의미한다. 즉 이 거인의 이야기는 외모만 거대한 것이 아니라 그를 에워싸고 있는 세계, 그 생의 영역에 있어서도 또한 거창하다. 물론 이 섬들은 인간 사회와 인간의 관념을 비유적으로 나타낸 알레고리의 섬이지만, 우리는 거기에서 관념이든 실재의 땅이든 끝없이 넓어지려는 공간의 확충과 그 개방성을 찾아낼 수 있다.

하나의 고정 개념이나 편협한 지식에 얽매이지 않고 울타리 없는 지식의 초원, 왕양한 생명의 미친 듯한 욕구가 팡타그뤼엘의 편력으로서 상징되어 있다. 그가 파리에서 유학을 하고 있던 시절에 그의 아버지 가르강튀아와 주고받은 그 서신에서도 르네상스의 거인들이 그 육체에 못지않게 정신도 거인임을 알 수가 있다.

배울 수 있는 모든 것을 배우라는 것이다. 라블레 자신이 그러했다. 만약 그가 현대인처럼 명함을 찍어가지고 다녔다면 그의 직함 때문에 이름을 박을 자리가 남아 있지 않았을 것이다. 그는 라틴어와 그리스어를 배웠고, 천문학과 수학을 그리고 법학을 배웠다. 퐁트네 르 콩트의 수도원에서 말이다. 후에는 박물학을 배웠고, 특히 식물학에 있어서는 전문가적인 지식을 지니고 있었다. 승려이며 의사이며 철학자이고 동시에 그는 소설가다.

마셔라, 마셔라 – 술과 문학

자기 자신을 확대하려는 것, 푸른 덩굴처럼 생명을 증진시키려는 것, 사원寺院의 탑 속에 유폐되어 있는 패쇄적 생활에서 탁 트인 지평을 향해 뛰어나가는 생의 개방성, 이것이 육체적으로 나타날 때에는 거인이 되고, 공간적으로 나타날 때에는 대여행가가 되고, 두뇌의 문제로 나타날 때에는 파뉘르주처럼 이동 백과사전과 같은 박식한 인간이 된다. 넓고 크고 탁 트인 인간, 이것이 라블레가 그린 가르강튀아와 팡타그뤼엘인 것이다. 르네상스의 그 챔피언들인 것이다.

그러한 르네상스의 정신이 라블레의 문학에 있어서는 술로써 결정된다. 소설의 서두는 '유명한 술꾼들이여!'라는 부름 소리로 시작하여 '마셔라!'라는 말로 끝나고 있다. 말하자면 술에서 시작하여 술에서 끝나는 이야기다. 가르강튀아의 탄생이 '술을! 술을!' 하고 시작된 것처럼, 팡타그뤼엘이 인생에 대하여 마지막 얻은 결론 역시 '술을 마셔라'는 것이었다.

팡타그뤼엘과 파뉘르주가 편력의 길을 떠나게 된 것은 '결혼을 해야 되느냐, 하지 말아야 되느냐' 하는 해답을 구하기 위해서였다. 무녀에게 물어보고, 시인에게도 물어보고, 현자·신학자·철학자·의사·법사法師 등을 찾아다니며 이 문제의 해답을 구하려고 한다. 심지어는 벙어리에게까지 물어본다. 아무런 해답도 얻지 못한 그들은 길거리에서 미치광이를 만나게 된다. 그가 내민 빈 술병에서 하나의 신탁神託을 발견하게 되는 것이다. 이 인생의 난문제를 풀 수 있는 것은 오직 술병의 신이라고 생각하게 된다.

중세기의 기사들이 생의 문제를 해결하기 위하여 성배(예수님이 마지막 마신 술잔, 즉 종교의 상징)를 찾아다닌 것과 마찬가지로 이들은 술병의 신을 찾으러 다닌다. 그들은 갖은 고생 끝에 술병의 신을 모셔둔 신전을 찾아내고, 거기에서 주신을 받드는 춤과 저 중세의 거룩한 성가聖歌와는 다른 노래를 듣는다.

성스러운 술병으로부터 드디어 하나의 해답이 내려진다. 아류스튜스에게 죽임을 당한 암소 고기로부터 생겨난 꿀벌의 소리와도 같은, 활시위를 떠난 대시大矢의 소리와도 같은, 그리고 여름 소나기와도 같은 소리가 들려온다. '마셔라' 파뉘르주는 이 소리를 듣고 '건배'라고 외치며 노래를 부른다. 그것은 결혼하라는 뜻이며, 인생을 술로써 즐기라는 해답이었다.

라블레가 승직僧職을 쫓겨난 이유를 알 만하다. 가르강튀아의 서문에서도 그는 "술의 향기여, 오 그것은 식욕을 돋우게 하고 유쾌하고 소망스럽고 천래의 맛이며⋯⋯"라고 신을 예찬하듯 그렇게 술을 예찬하고 있다. 사실 그의 고향 투렌은 미주美酒의 산지로서 이름 높은 곳이다.

그러나 우리는 좀 더 술의 상징성을 생각해보지 않으면 안 된다. 그 의미를 생각하지 않을 때 라블레의 문학은 단순한 술주정꾼의 문학으로밖에 비쳐지지 않을 것이다. 술은 가장 육체적인 것이며 동시에 가장 영적인 것이다. 영혼과 육체를 함께 즐겁게 하는 음식은 술밖에 없다. 그가 갖고 싶은 것은 바로 이 술의 언어였다. 영육靈肉을 다 같이 해방시켜주는 그 전율 그리고 자기의 확대, 술을 마신 순간 자기는 거인이 되며, 슬픔과 고통의 억압은 사라진다. 술은 자유와 욕망과 해방의 언어였던 것이다. 술은 잠재되어 있는 것을 끌어낸다. 그기에 인간을 긍정하는 자, 왜곡되지 않은 자연을 숭배하는 자, 현실의 한계를 넘어서려는 자, 그들의 기도는 한 방울의 술에 의해서 성취된다.

텔렘의 승원僧院 속에 있는 것

가르강튀아와 팡타그뤼엘의 소설을 하나의 건축으로 완성시킨다면 텔렘의 사원이 될 것이다. 가르강튀아가 피르로콜의 난을 평정한 후 그를 도운 장 법사法師를 위해 세워준 그 텔렘의 승원 말이다. 술의 상징성을 시각화하고 제도화한 것이 바로 그 승원이라고 할 수 있다. 그것은 종래의 것들과는 전혀 다른 승원이다. 영육이 함께 사는 자유로운 천지로서 모든 금제禁制의 율법은 사라지고 '네가 원하는 바를 행하라(Fait ce que voudra)'는 오직 하나의 계율만이 있는 승원이다.

그렇게 학대받던 중세의 여성들도 이 사원에 들어오면 남자와 동등해진다. 중세의 사원을 지배했던 일면성·불관용·엄격·완미頑迷·광신·현학·율법·주의·전제·생의 부정······ 이러한 억압과 제약에서 벗어난 자연 충동 그대로의 해방감이 찬송가를 부르는 승원이다. 만약 프로이트가 이 텔렘의 승원을 보았다면 그 문패에 '인간 잠재의식의 사원' 리비도라고 붙였을 것이다.

문학은 두 개의 리듬을 갖는다. 섬세하고 자기 속박적인 금욕의 문학과, 또 하나는 그것을 부수고 거칠게 속박의 사슬을 푸는 해방의 문학, 이것을 흔히 불문학 연구가들은 라틴적인 것과 골루아적인 것으로 대비시킨다.

라블레의 문학은 후자에 속한다. 언제나 이 골루아적인 문학은 풍자적인 웃음, 인간을 긍정하고 자연성을 긍정하는 저 비틀림이 없는 웃음, 남성의 수염을 가진 웃음, 근육을 가진 웃음, 그러한 웃음소리에서 창조의 원동력을 가져오는 문학이다.

인간이 웃는 동안

중세 천 년은 인간이 웃음을 잃어버린 시기다. 경건한 승려들은 웃지 않는다. 권위에 둘러싸여 있는 왕은 웃지 않는다. 하인 앞에 군림하는 귀족들은 웃지 않는다. 어두운 방 안에서 고정관념을 지키고 앉아 있는 편협한 학자들은 웃지 않는다. 초상집의 사람들은 웃지 않는다. 그러면 대체 누가 웃는가? 호탕한 저 웃음은 얼굴이 붉은 서민들의 것이며, 부끄럼 없이 육체를 드러내고 있는 야인들의 것이며, 생의 호흡을 가슴으로 들이마시는 자, 욕망을 배로 충족시키는 튼튼한 위장을 가진 자들의 것이다.

라블레는 중세의 희박한 그 자연의 공기에 찌들어버린 인간의 폐활량을 넓히기 위해 웃는 발성법부터 발견해낸 예술가요 철인이다. 라블레는 『가르강튀아』의 서문에서 자기가 쓰고자 하는 소설의 특징을 이렇게 설명하고 있다.

이 책을 읽는 벗들이여! 독자여! 흥분하지 말라. 이 글을 읽고 분개해서는 안 된다. 악한 것도 해독을 끼치는 것도 씌어져 있지 않다. 사실 여기에서 값어치 있는 것은 아무것도 당신들은 찾아내지 않게 될는지도 모른다. 하지만 웃는 일에 있어 이 이상 가는 책은 없다. 웃는다는 것, 그 밖의 것은 내 관심을 끌지 않는다. 나는 그대들을 아프게 하고 괴롭게 하는 것들을 보고 있기 때문이다. 울리는 이야기보다는 웃기는 이야기를 쓰자. 웃는다는 것은 인간의 특권이 아니겠는가. 웃으며 지내자.

인간이 웃고 있는 동안 인간은 자유 그것이다. 왜냐하면 운명의 결정론자들은 결코 웃을 수가 없기 때문이다. 15세기 때의 이탈리아의 휴머니스트, 서른한 살에 죽었다는 젊은 플라토니스트 비코의 그 연설 한 토막을 들어보자. 남들이 신의 권위를 이야기하고 있을 때 그는 인간의 권위를 말했다.

"그대 인간은 어떠한 한계에도 제약됨이 없이 스스로의 손으로 그대 본성의 한계를 정하라……. 그대가 그대 자신의 조형자가 되어 어떠한 형태든 되게 하라. 그대가 원하는 그대로 그대 자신의 모습을 만들어낼 수가 있다. 그대는 짐승과도 같은 천한 모습으로 타락할 힘도 지니고 있다. 그런가 하면 또 그대의 혼과 판단력에 의하여 신과도 겨룰 수 있는 고매한 모습으로 자신을 바꿀 수 있는 힘도 역시 지닐 수가 있을 것이다."

주어진 것을 바꿀 수도 있다는 것, 인간은 만들어진 것이 아니라 스스로 만들어가고 있는 존재라는 것, 자기가 다름 아닌 자기의 창조자라는 것—이것이 르네상스의 인간들을 도취하게 한 술이며, 그 가능성을 구한 텔렘의 승원이며, 가르강튀아, 그 거인의 웃음소리다.

라블레의 15분간

가르강튀아는 라블레 자신이다. 라블레가 언제 태어났는지 확실치 않으므로, 라블레 연구가들은 그가 쓴 작품의 주인공 가르강튀아의 탄생을 가지고 그 작가의 탄생한 해를 추측해내고 있는 것을 보더라도 알 수 있다. 그래서 라블레에 대한 전설적인 일화는 라블레가 쓴 작품의 요약판이라고 말하는 사람들도 있다.

프랑스 사람들은 음식을 먹고 난 후 그 돈을 치르는 데서 곤란한 일이 생겨나는 경우에 "라블레의 15분간"이란 말을 곧잘 쓴다.

이 속담의 연유는 라블레가 왕의 사절로서 이탈리아에 갔다 돌아오던 길에 여비가 한 푼도 없이 다 떨어졌던 삽화에서 생겨난 것이라 한다.

리옹에서의 일이다. 숙박비도, 또 파리까지 갈 차비도 그에게는 없었다. 곤경에 처한 라블레는 그냥 주저앉지 않고 하나의 계책을 꾸몄다. 의학 발표회를 한다는 명목으로 리옹의 의사들을 불러놓고 횡설수설한 끝에 국왕과 왕비와 그 일가족을 독살시킬 수 있는 독약을 자신의 손으로 만들었다고 공포한다. 관원이 달려왔을 것은 두말할 필요도 없다. 이 제1급 국사범國事犯을 엄중히 경계를 하면서 파리로 호송한 것이다. 라블레는 숙박비는 물론 편안하게 호위병까지 대동하고 프랑수아 1세의 면전까지 무사히 여행을 끝마친다. 왕은 라블레의 이야기를 듣자 크게 웃으며 융숭하게 술대접을 해주었다는 것이다.

물론 이것은 믿을 수 있는 일화가 못 된다. 그는 일생을 팡타그뤼엘처럼 유랑하면서 살았지만, 리옹은 그가 가장 오래 살았던 곳이고 책도 모두 이곳에서 출판되었다. 그런데 하필 리옹에서 여비가 떨어져 이런 군색한 짓을 했을 리가 있겠는가? 그러나 어떤 곤궁에서도 위대한 가능성을 찾아냈다는 것은 라블레다운 이야기다. 그의 작품이나 그 자신의 일생이나 그것을 한마디로 요약한다면 그것은 '위대한 가능성'이다.

그는 어디에서나 말한다. 작품 속에서도 '푀테트르Peut-être(아마 되겠지), 푀테트르'라고. 죽음까지도 그에게 있어서는 최후가 아니라 또 하나의 '그랑 푀테트르(위대한 가능성)'였다.

일화를 보면, 그는 마지막 임종을 하는 순간 뒤벨레 추기경에게 이렇게 말했다고 한다.

"나는 지금 그랑 푀테트르를 찾기 위해서 떠나는 길입니다. 그것은 까치집 속에 있을 겁니다……. 자, 그러면 막을 내리십시오. 희극은 끝났습니다."

빅토르 위고는 「마리옹 드 로름Marion de Lorme」이라는 연극에서 루이 13세와 어릿광대가 다음과 같은 말을 주고받는 장면을 그려 주고 있다.

왕 : 어떨까? 나도 원하면 지배자가 될 수 있겠나?

어릿광대 : 몽테뉴 같으면 왕의 말씀을 듣고 'Que sais-je(제가 무엇을 알겠습니까)'라고 대답했을 것이며, 라블레 같았으면 'Peut-être(아마 그렇게 되겠지요)'라고 말하겠지요.

라블레의 문학은 푀테트르의 문학, 위대한 가능성의 문학인 것이다. 이 가능성을 짓밟는 모든 속박과 규제를 제외하고는 인생이 다 그의 것이다.

가르강튀아의 거인은 푀테트르, 즉 그 가능의 세계 속에서 숨쉬는 라블레 자신의 르네상스인의 유쾌한 자화상이었다.

롱사르는 이렇게 그의 묘비명을 썼다.

포도나무가 자랄 것이니라.

숨이 넘어갈 때까지 마시면서 산, 저 호인好人 라블레의 위胃에서 배에서.

인간주의 문학은 라블레의 허풍스런 그 웃음소리에서 언제나

부활한다. 우리가 이제는 그 포도 덩굴을 거두어야 할 때가 온 것
이다.

8. 악에 적신 순수의 손가락

― 프랑수아 비용의 시와 근대 문학 정신

신은 무엇을 먹고사는가

생각해보아라. 신은 무엇을 먹고사는가? 대체 신의 양식은 무엇인가?

우리는 먼저 식물의 생명을 생각하지 않으면 안 된다. 식물들은 저 생명이 없는 것들, 거친 흙과 물과 바람과 태양빛 속에서 푸른 생명의 양식을 가져온다. 기적과도 같은 일이다. 어떻게 숨쉬지 않는 무기물에서부터 그토록 풍부한 꽃의 표정, 그리고 그 생명의 신장身長을 키워가는 것일까?

여기에 또 동물이 있다. 그 짐승들은 무엇을 먹고사는가? 네 발굽으로 달리는 말의 그 지칠 줄 모르는 정력, 솜보다 부드러운 순결한 털로 생명을 감싸고 있는 양들의 숨결, 그리고 망루와 같은 기린, 사색하듯이 몇 번이나 반추를 하고 있는 소와 같은 가축들……. 그 짐승들의 먹이는 식물의 생명이다. 꽃을 먹고사는 초식 동물의 생명은 식물들이 그 잎사귀와 열매 속에 감춘 푸른 생명으로부터 비롯된 것이다.

그리고 또 하나의 짐승들, 늑대나 표범이나 사자들은 초식 동물들의 염통 속에서 자신의 피를 가져온다. 그것들이 마시고 있는 양식은 이미 푸른 수액樹液이 아니라 말이나 양들의 붉은 액체인 것이다. 육식 동물은 초식 동물에게서 그 생명을 가져온다.

인간은 그 모든 생명체로부터 생명의 양식을 얻는다. 양의 염통을 꺼내 먹은 표범의 염통을 다시 꺼내 먹는 자가 인간이다. 생명은 이렇게 '……으로부터' 생겨나는 가혹한 질서를 갖는다. 흙이 수액이 되고, 수액이 양들의 피가 되고, 양의 피가 표범의 피가 되고, 표범의 피가 인간의 피가 된다. 먹히는 자보다 언제나 먹는 자의 그 생명체는 의식이나 감정·신경·지식, 그 모든 것의 수준이 사다리의 층계처럼 높아져 간다.

표범을 잡아먹을 수 있는 인간은 표범보다 슬기로워야 한다. 마찬가지로 신들의 식탁에 바쳐진 인간보다 신은 슬기로워야 하는 것이다. 지고한 영혼, 짧은 지성, 뜨거운 그 탄식과 눈물, 인간들이 흘리는 그 정신의 혈액을 하나의 술잔으로 마시고 있는 신들, 우리는 그 식탁을 잠시 들여다보는 것만으로 현기증을 느낄 것이다.

채찍을 맞지 않은 가장 여린 고기라 할지라도 인간들이 바치는 그 속죄양의 기름 같은 것으로 신들의 공복을 채울 수 있겠는가? 그러나 인간이라 할지라도 모두가 다 신의 양식이 되는 것은 아니다. 미천한 토끼나 다람쥐라 하더라도 가장 연하고 탐스러운 풀이나 열매부터 가려서 먹지 않는가? 신들은 인간의 가장 큰 고뇌, 가장 높은 지성, 가장 순수한 마음, 그러한 인간들 영혼의 혈액이 아니면 외면을 할 것이다. 신들의 식탁에 오른 가장 값진 한 방울의 술, 가장 연하고 아름다우며 투명한 그것은 대체 누구의 것일까?

프랑수아 비용, 그 시인의 생애와 그의 시의 언어들이야말로 신들의 향연에 바쳐진 그 한 방울의 술이며 기름이었다. 에드가 앨런 포, 보들레르, 랭보, 베를렌 그 누구보다도 가장 앞서 신들의 향연, 그 식탁에 바쳐진 영혼의 제물—그것이 프랑수아 비용이다. 신들은 무엇을 먹고사는가? 신들의 그 지고한 영혼을 키우기 위해서는 대체 어떠한 먹이가 있어야 하는가? 그런 궁금증이 들 때마다 우리는 프랑수아 비용의 고뇌를 생각한다.

나는 상처이며 동시에 칼이다

프랑수아 비용은 시인이며 동시에 범죄자다. 그는 파리 대학(소르본)을 졸업하고 1452년에 메트르(장인)의 칭호를 얻은 지식인이다. 본명은 몽코르비에 또는 데 로주였지만, 어렸을 때부터 그를 길러준 사제 기욤 드 비용의 성을 따라서 프랑수아 비용으로 일생을 지내게 된다.

그의 성명만이 아니라 생애 자체가 복잡다단했다. 그는 파리를 사랑했지만 한번도 그곳에서 안주한 적이 없다. 1455년 6월에 한 승려를 과도로 살해하여 파리에서 도망가지 않으면 안 되었고, 이듬해 1월 국왕으로부터 사면을 받아 파리에 돌아오자마자 콜레주 드 나바르의 성당에 들어가 공금 500에큐를 훔쳐 또다시 파리를 떠나 피신하지 않으면 안 되었다.

대도적단 코큐단과 관계가 있었다는 말도 있다. 이리하여 10년 동안의 방랑 생활이 시작된다. 살인범으로 절도범으로 프랑스의 중부 지방을 방랑하고 있었던 프랑수아 비용은 메트르의 칭호를 가친 지식인이었고 「르 레Le Lais」라는 시를 쓴 시인이었다. 그의 순수한 손가락이 악에 적셔졌을 때, 궁정시나 쓰고 다니던 그 건전한 시인들은 감히 상상할 수조차 없었던 생채기의 언어를 발견해냈던 것이다.

그는 세 번이나 파리에서 추방되었고, 마나세의 토굴 속에서 동물도 견디기 어려운 영어圖圄의 몸으로 세월을 보내기도 했다. 마지막에는 파리 검찰청에서 교수형의 선고까지 받은 일이 있다. 파리 고등법원에 상고上告하여 겨우 10년 뒤 파리에서의 추방을 선고받은 것으로 낙착되었지만, 1464년 2월 세 번째로 파리를 떠난 비용의 뒷소식은 아무도 모른다. 비용의 연구가들은 마치 흔적조차 남아 있지 않은 폐로廢路를 찾아다니듯이 그의 파란 많은 생애를 추적하고 있지만, 실상 우리는 그의 죄명과 그가 방랑했던 그 많은 길들의 이름을 알려고 애쓸 필요는 없다.

"아, 슬플진저. 나의 그 열광적인 젊음의 날에 학문에 전념하고 올바른 사회 속에 내 몸을 맡기기만 했었던들 지금쯤은 가정을 이루었을 것이다. 푹신한 침대에서 잘 수도 있었을 것을! 그런데 나는 악한들처럼 배움의 세계를 버렸던 것이다. 지금 이 글을 초抄하며 생각하면 오장이 끊기는 아픔뿐……."

그 자신의 말대로 후회하고, 또 악에 몸을 적시고, 한탄하고 또다시 악의 길을 걷는 두 명의 비용을 보는 것만으로 족하지 않은가? '나는 울면서 또한 웃노라'라는 비용의 탄식에서 우리는 천사와 악마에게 찢기운 인간 실존의 고뇌를 본다. 보들레르도 말하지 않았던가! '나는 상처이며 동시에 칼이다'라고.

중세 천 년 동안 사원 속에 갇혀 선의 정화수로 몸을 씻고 있었던 그 인간들이 결코 알지 못했던 생의 비밀을 비용은 단지 손가락 하나를 악에 적심으로써 자기의 운명으로 삼고 만 것이다. 생의 이중성, 그 모순성의 심연深淵, 비용만큼 악이 무엇인지 모르는 사람은 따라서 저 기도의 그 처절한 갈망도 모를 것이다. 1년 동안의 도피 생활로부터 파리로 돌아오게 된(1456년) 비용은, 파리 속에서만 안주하고 있었던 그들이 결코 알지 못하는 새로운 파리를 볼 수 있었다.

그의 최초의 시 「르 레」가 씌어지던 밤도 그해 12월 크리스마스의 밤이었다. 최초의 범죄와 방랑에서 최초의 시가 생겨난 것이다.

생 자크가街에 면한 포르트 루주(붉은 대문) 이층에서 스물다섯 살의 이 젊은이는 실연을 한 남자로서, 한 범죄자로서 펜을 들고 한 줄의 시를 써야만 하는 인간의 의미를 생각한다. 소르본의 종탑에서 매일 밤 들려오는 안젤라스의 종소리를 누가 그 비용처럼 들었을 것인가? 악에 의해서만 요염해지는 생의 얼굴, 비용은 그것을 통해서만 이루어지는 순수한 기도의 언어를 획득할 수밖에 없는 처형된 인간의 운명 앞에서 떨고 있는 것이다.

> 다른 것은 주지 않는다.
> 내 정원에서 꺾은 버들가지 한 움큼밖에는
> 형벌이야말로 최선의 시여施與
> 이것을 받고 미적거리지 말라.
>
> ─『유언집』

그러나 그는 이 시를 써놓고 바로 며칠 뒤 또다시 파리를 떠나야만 하는 범죄를 짓는다.

콜레주 드 나바르에서 그의 악당 친구들과 함께 공금을 훔쳤던 것이다. 그의 시는 이렇게 범죄와 범죄를 끊임없이 이어가는 고리쇠이기도 했다. 그의 인생은 범죄와 방랑의 끊임없는 되풀이였고, 그 생의 부채를 청산하기 위해서 그는 시를 썼다. 마치 농민들이 가을철에 들판에서 수확을 하는 것처럼, 그는 악과 방랑의 밭에 뿌려진 가장 떫은 곡식을 수확하는 시기가 필요했다. 그것이 그에게는 시를 쓴다는 것이었다.

우유 속에 든 파리는 잘 안다.

사람은 옷으로 안다.

청천晴天과 우천雨天은 안다.

열매는 나무로 안다.

나무는 수액을 보면 안다.

모두가 같은 것이면 잘 안다.

취업중인지 파업중인지 잘 안다.

무엇이든 안다. 자기 일만을 제외하고서는.

—『단장시斷章詩』

나만 모르고 다 안다

비용의 고민은 자기가 가장 가까운 자기를 모른다는 데 있다. 자기 바깥에 있는 것은 다 안다.

말과 나귀를 구별할 줄 알고, 보헤미안의 죄와 로마의 권력도 안다. 환상과 꿈의 매듭이 어떤 것인가를, 그리고 모든 것을 멸하는 죽음까지도 안다.

그런데 자기 일은 자기가 모르는 것이다. 외부에 있는 것은 대낮이고, 자기 내면에 있는 것은 한밤의 어둠이다.

비용의 문학은 바깥에서 자기 실존의 내부로 시선을 옮기고 그 어둠에 싸인 자기 고뇌를 받아들이는 데서부터 시작한다. 그것이 그가 근대인의 최초라고 불리어지는 까닭이며, 15세기 때의 시인이면서도 문학사적으로는 오히려 19세기 후반에 넣어야 알맞게 되는 이유다.

자기 자신이 그런 시제詩題로 시를 직접 쓴 것이 있지만 그의 시 전부가 '마음과 몸의 문답가問答歌'라고 할 수 있다. 분열된 두 개의 내가 선택한 그 언어들은 가장 하등한 언어와 가장 고급한 언어가 함께 어깨를 맞대고 있는 세계다.

비용은 시어만 봐도 알 수 있다. 오줌, 똥, 음모陰毛와 같은 언어와 함께 신, 강탄降誕, 순교자란 말이 나오고, 거지들의 구걸 언어와 교회의 기도서가 같은 항렬을 이루고 공존해 있다.

두 시집의 이름이 모두 유언집이었고, 첫 번째 시 「르 레」 역시 자기가 죽고 난 뒤의 유품을 나누어주는 유언 내용으로 되어 있다. 자기 실존의 정당화, 그것을 풀이할 수 있는 유일한 언어는 바로 유언이었던 것이다.

비용은 수없이 자기 자신의 묘비명을 썼고, 죽기도 전에 유언을 말하는 시를 썼다.

여기 이 지붕 밑 다락방에 잠들어 있는 자, 사랑의 신의 화살에 맞아 쓰러진 남자, 프랑수아 비용이라고 불리는 이름, 가난한 한 학도다.
한 뼘의 밭두렁도 가진 적이 없는 사람, 세상 사람들이 알고 있는 것처럼 탁자, 걸상, 빵, …… 모든 것을 나누어주었느니라…….

돌이켜보는 것, 자기 삶을 돌이켜보는 것, 생의 종말·죽음의 벼랑에서 생을 돌이켜보는 것, 그리고 결산하는 것.
그것이 바로 유언으로 상징되는 그의 시이며 하루하루의 생이었다. 그는 "유언서의 해설과 주석, 그리고 그 정의와 모든 서술, 유효기간의 설정은 그 자신의 자필이어야 한다"는 극히 법률 문서 같은 시구를 남기기도 했다.
유언은 대필을 할 수 없는 것이다. 자기 생은 남이 규정하고 대신해줄 수 없다. 이 구절에서도 우리는 비용의 시는 유언이고 그 유언은 자필이어야만 한다는 그 실존의 절규를 느낄 수가 있다.

지난해의 눈은 어디로 갔느뇨
가난과 죽음 그리고 혼란─이것은 전쟁과 페스트로 퇴폐한 프랑수아 비용 시대의 특징이기도 했다. 하나의 원리나 원칙으로 자기의 생을 합리화시킬 수 있는 질서 속에 자신을 더 이상 내맡길 수 없다는 것을 안 프랑수아 비용, 결국 그에게 있어서 모든 것은 금세 녹아 없어지는 눈으로 보여진다. 인간의 육체도 그 의미도 하나의 역사도 사회까지도 그것은 푸짐하게 내렸다가는 흔적도 없이 사라지는 눈발인 것이다.

가장 순수한 생명은 가장 순수한 그 눈처럼 흔적을 남기지 않는다. 비용의 탄식은 사라져버린 그 눈들의 흔적을 찾는 데 있다.

> 나에게 말하라 어느 들가에
> 로마의 미희美姬의 플로라가 있는가
> 알키피아도는 그리고 타이스는
> …………
> 냇물가, 연못의 그 언저리에서
> 부르면 응답하는 나무의 혼 에코(메아리)
> 그 모습은 벌써 이 세상 것이 아니어라
> 아, 지난해 내린 눈은 지금 어디 있는가
>
> ─『유언집』

비용은 그리스나 로마의 가희 미녀, 그리고 사랑의 순교자인 아벨라르와 엘로이즈, 루앙의 형틀에서 사라진 잔 다르크, …… 그들이 다 지금 어디에 있는가라고 묻는다. 그러한 물음은 지난

해에 내린 그 많은 눈들이 지금 모두 어디에 있는가라고 묻는 것과도 같은 일이다.

비용은 그것을 알고 있다. 그러나 '사라져버린 것'과 '없는 것'은 결코 같을 수가 없다. 분명히 우리 앞에 있었던 것, 지금은 없다 해도 분명히 우리 앞에 존재하여, 즐겁게 하고 슬프게 하고 위안과 분노와 모든 욕망을 불러일으키는 것…… 생은 그렇게 우리 눈앞에 눈처럼 내리고 있다. 누가 이것을 부정하겠는가? 그러면서도 눈이 녹듯이 생은 언젠가 사라지고 말 것이다.

비용은 죽음의 허망성을 노래하면서 생 자체를 애초부터 부재하는 것으로는 생각지 않는다.

「비용, 내 빈곤을 생각하면서」라는 시에 그 생의 모순이 나타나 있다. 자기는 가난한 집에 태어났다는 것이다. 어렸을 때부터 가난했고 아버지 역시 가난뱅이다. '빈곤은 우리를 쫓아다닌다'고 그는 말한다. 그 가난은 조상의 무덤 속에도 있다. 이러한 숙명적인 빈곤, 그것이 비용의 생이다.

벗어날 수 없는 이 빈곤을 탄식하면서 자기의 마음은 자기를 향해서 위로의 말을 한다. '인간이여, 재산이 없다고 서러워하지 말라'고. 샤를 7세 때의 거부 자크 쿠르도, 생전에 왕의 자리에 있었던 사람도 모두 죽으면 모두가 가난해지는 것이라고. 몸에 떨어진 수의를 감고 썩어가는 백골뿐이라고. "죽으면 그 땅에 발자취도 없다"는 다윗의 송가를 인용하기도 한다.

그러나 비용은 그러한 말에서 빈곤의 슬픔을 합리화하고 해결하지는 못한다. 그는 그 시를 다음과 같이 끝맺고 있는 것이다.

더 이상 말하지 말라. 죄 많은 내가 말할 만한 일이 아니다. 신학자에게 맡겨라. 그것은 설교자의 역할이니까.

생은 설교로써 풀어지지 않는다는 것을 비용은 주장하면서도, 자기의 마음은 또 자신에게 그러한 설교를 한다. 눈처럼 녹아버리는 생이라고 체념해버린다면 거기에는 고통이 없다. 빈곤의 서러움도 없다.

마찬가지로 '눈'을 영원히 녹지 않는 것으로 생각하고 그 허망한 것에 매달려 사는 집념 속에서도 서러움은 없다. 비용의 생은 두 개를 동시에 갖고 있다. 눈은 녹는다는 것을 알면서도 그에 대한 집념을 버릴 수가 없고, 그에 집념하면서도 녹아버리는 허망성에 체념하지 않을 수 없다.

내가 죽어도 산은 움직이지 않아

보편적인 진리로는 자기를 해명할 수도 없고 자신의 고뇌를 자위할 수도 없다. 비용은 비용 이외의 것에 관심이 없는 듯이 보인다. 그가 싸워야 할 것도 비용 자신이며, 그가 함께 붙들고 울어야 하는 것도 비용 자신이다. 그의 시적인 대상은 언제나 자기다. 자기 유언장을 작성하는 것이 자기 생존 이유의 전부이며 시를 쓰는 전부의 열정이다. 그렇다면 그러한 자기 문제와 외부와의 관계는 어떤 것인가?

그는 분명히 그의 시 속에서 말하고 있다. 자기의 죽음에 의하여 이 세상이 좀 더 행복해진다면 죄인으로서 깨끗이 자살이라도 하겠지만, 그는 자기의 생도, 삶도, 선도, 악도 인간의 세상과 단절된 것이라는 것을 뼈저리게 느낀다. 아무런 관련이 없다. 세계와 나, 그 사이는 어떤 필연의 탯줄 같은 것으로 연결되어 있는 것이 아니다.

그냥 혼자인 것이다. 떨어져 나간 혼자인 것이다. 절대 고독자로서 비춰주는 자기, 비용은 고립된 실존의 삶이라는 것을 깊이 깨닫고 있다. 그래서 그는 이렇게 말한다.

"늙으나 젊으나 아랑곳없다. 불쌍한 남자가 홀로 죽는다 해도 산은 움직이지 않으리. 뒤로도 앞으로도."

짐승은 타락하지 않는다

비용의 영혼은 타락해가면서 높아져 가고 있다. 순수한 영혼의 손가락을 위해서는 그것을 악에 적셔야 한다는 역설.

동물에는 없는 비극이다. 동물은 타락하지 않는다. 인간만이 타락할 수가 있고 인간만이 후회를 한다. 그 어둠에서 투명한 언어가, 그 탄식과 아픔에서 일찍이 어느 짐승도 가져보지 못한 영혼의 양식이 생겨난다. 신만이 거두어 그 식탁에 차리는 가장 농도가 짙은 술이, 신이나 마실 수 있는 이 한 방울의 술이 빚어지기 위해서 비용은 다시 떠나야 한다. 그토록 안주하고 싶었던 파리를, 자기의 생을, 그리고 모든 사랑과 욕망에서……

그의 전기에는 다만 그가 1463년 1월에 파리에서 추방당해 어디론가 떠났다고만 기록돼 있다. 라블레는 그가 후일에 포아투에 나타나 어느 인정 많은 수도원 창 밑에서 회개의 날을 보냈다고 허풍 섞어 이야기하고 있지만, 어디까지나 가르강튀아 같은 전설에 지나지 않을 것이다. 우리가 알고 있는 것은 그가 단지 떠났다는 것이며 신들의 잔칫상에 인간만이 가능한 저 연하고 맛진 영혼의 술을 바쳤다는 것이다.

9. 눈물과 상복의 사이

—셰익스피어의 『햄릿』

넝마를 걸친 셰익스피어

런던 거리에 셰익스피어가 나타났다. 예수처럼 부활을 한 것이다. 그런데 그는 갈가리 찢겨진 넝마 같은 옷을 입고 있었다. 사람들은 이상해서 물어보았다. 당신처럼 위대한 대시인이 대체 이게 무슨 꼴이냐고? 셰익스피어는 슬픈 얼굴로 대답한다.

"지난 수백 년 동안 시인·비평가를 위시하여 많은 사람들이 이렇게 내 옷을 찢어갔기 때문이오."

이것은 영국의 유머다. 정말 셰익스피어가 남긴 작품이 그의 옷이라면 수백 년 동안 그 많은 사람들이 인용하고 표절하고 들춰내고 하는 바람에 넝마가 되었을 것이 분명하다. 비단 표절만이 아니다. 지금까지 셰익스피어에 대해서 씌어진 비평이나 연구 서적을 모아놓으면 웬만한 도서관 한 채를 지을 수 있을 것이다.

양만이 문제가 아니다. 별의별 이론들이 다 많고, 구구한 주석이 범람한다. 학자들은 물꼬를 제 논으로 대듯이 셰익스피어 하나를 놓고 제가끔 자기 주장으로 끌어들이기 위해 줄다리기를 한다. 만약 셰익스피어가 부활하여 런던 거리에 나타난다면, 옷만 거지꼴을 한 것이 아니라 온몸도 상처투성이가 될 것이다.

무엇보다도 전기 자체가 그렇다. 현재 알려져 있는 윌리엄 셰익스피어는 정규적인 고등 교육을 받은 적이 없다. 일곱 살 때 그래머 스쿨(공립 초등학교)에 들어간 것으로 되어 있지만, 얼마 후 그의 아버지 존은 장사에 실패를 하여 공납금을 낼 수 없을 만큼 가난뱅이가 된다. 그리고 보면 이 대시인이며 극작가인 셰익스피어는 초등학교도 변변히 졸업 못 한 것 같은 눈치다.

스물한 살 까지 고향 '스트랫퍼드 어폰 에이번'에서 지낸 셰익스피어의 생활을 보더라도, 전연 독학을 해서 라틴어에 통달을 하고 로마의 고전을 읽었으리라는 흔적을 발견할 수 없다. 그는 열여덟 살 때 여덟 살이나 손위인 '앤 해서웨이'와 결혼을 하고, 6개월 만에 바로 아이 하나를 낳았다. 혼전 정사婚前情事를 한 것이 분명하다. 도덕적인 문제가 아니라, 공부보다도 사랑에 더 바빴다는 증거다.

믿을 만한 일화는 못 되지만, 그가 고향을 떠나 런던으로 오게 된 것은 토머스 루시의 숲에서 동네의 악동들과 사슴을 훔쳤기 때문이라고 한다. 그 당시에 이런 짓을 하면 3개월의 징역과 그 사슴 값의 3배에 해당하는 배상을 물어야 한다. 아주 근거가 없지도 않은 것은 그의 희곡 『헨리 4세』 제2부와 그 밖의 다른 작품

속에서도 그를 못살게 군 루시를 풍자한 대목이 나온다. 이것도 무슨 도덕적인 면에서 문제를 삼자는 것이 아니라, 동네 처녀와 사랑을 하고 사슴이나 훔치던 그가 라틴어로 씌어진 고전 작품과 학술 서적을 읽었다고는 믿을 수 없는 의심의 재료가 된다는 이야기다.

런던에 와서도 그가 극장과 인연을 맺은 것은 말을 타고 구경 온 관객들의 마차를 마구간에 끌어가는 마부직에 지나지 않았다. 지금으로 치면 극장 앞 주차장에 세워놓은 자가용 자동차를 지켜주는 수위 정도다.

퀴즈 문제화한 셰익스피어

대개 이러한 사연 때문에, '셰익스피어가 진짜 그 작품들의 작자가 아니다'라는 설이 생겨나기 시작한 것이다. 작품 속에 나타난 그 풍부한 고전 인용과 해박한 지식은 일조일석에 얻을 수 있는 것이 아니다. 도저히 사슴을 훔쳤다가 쫓겨난 시골 출신 마부의 힘으로 그런 걸작들이 씌어졌다고는 믿기지 않는다. 그러므로 진짜 작가는 당대의 석학인 프랜시스 베이컨이었고, 단지 셰익스피어는 이름만 빌려준 것이라는 가설이 생겨났다. 이 때문에 심지어 사전에는 '프랜시스 베이컨 윌리엄 셰익스피어'라고 두 성명을 합쳐 부른 것까지 등장했다.

베이컨뿐만이 아니라, 셰익스피어 비재설非在說을 주장하는 이론 가운데는 옥스퍼드 백작, 라프란드 백작, 다비 백작, 펜부르크 백작 부인, 시인 말로와 그의 친구 월터 롤리 경…… 좀 더 기발한 것은 엘리자베스 여왕의 이름까지 등장하는 것이 있다. 즉 당시의 점잖은 귀족들이 자기 이름으로 극작을 발표하는 것을 꺼렸기 때문에 셰익스피어의 이름으로 발표했을 것이라는 주장들이다. 작품으로 미루어볼 때, 그 작자는 궁전 생활을 한 귀족이었거나 라틴어에 통달한 박식가임이 분명하기 때문이란 것이다.

그 작품들을 셰익스피어가 직접 쓴 것이라고 믿고 있는 학자라 해도 그들이 주장하는 전기는 그의 희곡 못지않게 다양하다. 그가 군인이었을 것이라고 말하는 사람, 법률가, 수부水夫, 또는 외국에서 온 이방인(이탈리아, 북유럽 등)이라는 설이다.

그것은 스트랫퍼드의 시골에서 살다가 런던에서만 살아온 셰익스피어의 경력을 가지고 어떻게 그 많은 도시와 여러 나라의 풍속을 그렇게 생생하게 그려낼 수 있겠느냐 하는 의문점에서 대두된 이론들이다.

반농담 삼아 한 말이긴 하지만 하도 구구한 이론들이 많기 때문에, 프랑스의 작가 릴라당은 "그가 프랑스 사람이라고 생각한다면 간단히 문제가 풀릴 것"이라고 비꼬는 어조로 말한다.

그는 프랑스 이름으로 자크 피에르인데, 영국으로 건너가자 영국식 발음으로 불려져 '자크'가 '셰이크'로 되고 '피에르'가 '피어'로 되었다는 이야기다. 그래서 셰익스피어를 셰이크(잡는다), 스피어(창), 즉 '창잡이'란 괴상한 풀이로써 그의 조상이 변방 지대의 무인武人이었을 것이라고 추리하여, 프랜시스 베이컨 윌리엄 셰익스피어의 그 거추장스러운 이름을 붙일 필요가 없다는 것이다.

최근까지도 이러한 셰익스피어 논쟁은 거듭되고 있어서 그의 무덤을 파헤쳐보자는 안까지 대두된다. 어쨌든 셰익스피어는 편안치가 못하다. 그것을 미리 예감했던지, 그의 고향 교회에 묻힌 셰익스피어 무덤 묘비명에는 익살맞게도 "이 무덤을 파헤치는 자에게 재앙이 내릴진저"라고 되어 있다.

이러한 셰익스피어 연구에 대해서 마땅치 않게 생각한 사람들 문제를 오히려 단순화하려고 노력한다. 스티븐슨은 "셰익스피어에 관해 확실하게 알려져 있는 모든 사실은 그가 스트랫퍼드 어폰 에이번에서 나서, 결혼하고 아이를 낳고 런던에 와서 배우가 되어 시와 희곡을 썼다. 그 뒤 고향으로 돌아가 유언장을 작성하여 죽고 땅에 묻혔다"고 간결하게 정리를 했다. 그 외의 사실은 다 믿을 것이 못 된다는 것이다. 또 에머슨은 "셰익스피어가 유일한 셰익스피어의 전기자다"라고 선언한다. 너무나도 작품의 본질과 관계없이 연구가 성행되는 것을 보고 그가 남긴 작품이 곧 그의 인격이요 그의 인생이라는 것을 강조하고 싶었기 때문이다.

햄릿은 과연 창백한 인텔리인가

그러면 작품에 대한 해석은 어떤가? 그것 역시 산중산이다. 오죽하면 '셰익스피어, 그것은 하나의 자연이다'라는 말이 나왔겠는가? 하나의 자연으로서의 그 나무를 보라. 보는 사람에 따라서, 또 그것을 각자 이용하는 사람에 따라서 그 의미는 얼마든지 달라진다. 여름의 행인에게 있어서는 나무란 양산처럼 그늘을 주는 것이며, 겨울의 행인들에게는 불을 지필 수 있는 난로처럼 보일 것이다. 목재 상인들은 집짓는 재료로, 수리 사업자水利事業者에겐 홍수와 가뭄을 막는 제방이다. 식물학자가 보는 나무와 화가가 보는 나무가 다 다르다.

이렇게 자연은 떠내도 떠내도 의미의 우물이 솟아난다. 자연물의 진정한 의미는 자연물 그 자체인 것처럼, 셰익스피어의 문학도 문학 그 자체로 우리 앞에 존재할 뿐이다. 괴테가 "셰익스피어는 무한이다!"라고 소리친 그 심정도 마찬가지다. "신 다음으로 가장 많은 것을 창조한 것은 셰익스피어밖에 없다"는 뒤마의 말도 역시 그의 작품을 하나의 자연물로 바라보고 있다는 것을 뒷받침해준다.

그러나 많은 비평가와 학자들은 자연을 자연 그대로 놔두라고 하지 않는다. 하나의 의미, 하나의 정의를 내리기 위해서 그 가지를 치고 뿌리를 뽑아 절단한다.

『햄릿』하나만을 놓고 봐도 그렇다. 햄릿에 관한 가장 중요한 문제의 제기는 '그가 숙부 클로디어스가 자기 아버지를 죽인 것을 안 후에도, 그리고 복수할 것을 맹세하고서도, 어째서 그는 그 숙부를 곧 죽이려 하지 않는가?' 하는 것이었다. 이 문제에 답하기 위해서 셰익스피어 학자들은, 햄릿을 사실 이상으로 심약하고 파리한 인텔리로 만들어놓았다. 왜냐하면 그는 이지의 과잉으로 행동의 무력자, 이를테면 사색만 하고 실천을 하지 못하는 내성적인 성격 때문이라고 풀이했기 때문이다. 그래서 오늘날까지도 햄릿이라면 파리의 지식인, 행동이 거세된 우울한 사색인의 대명사로 곧잘 쓰이고 있다.

그러나 『햄릿』을 아무 선입견 없이 있는 그대로 읽어보면 결코 그는 행동력의 상실자이거나 내성적인 의지 박약자가 아니라는 것을 알 수 있다. 파수꾼들은 벌벌 떠는데 햄릿은 대담하게 유령을 향해 다가간다. 커튼이 움직이는 것만 보고 확인도 하지 않은 채 햄릿은 재빨리 억울한 폴로니어스를 칼로 찔러 죽였다. 어디 머뭇거리는 데가 있으며 심약한 데가 있는가? 그는 또 해적과도 싸우고 레어티즈와 결투하여 거뜬히 해치운 일류 검객이다. 파리한 인텔리이기는커녕 차라리 씩씩한 무인의 기상을 느끼게 하는 장면이 여러 차례 나온다.

햄릿은 폭언을 잘한다. 그래서 남에게 무안을 잘 주는 독설가이기도 하다. 마땅찮으면 거침없이 내뱉는다. 이제는 왕이 된 숙부 앞에서도 무례할 정도로 바른말을 한다. 아버지의 죽음을 생각하며 우울한 표정을 짓고 있는 햄릿을 향해서 왕(숙부)이 "그 얼굴에 핀 구름 어찌하여 걷히지 않는가?"라고 말했을 때 햄릿은 그 면전에다 대고 이렇게 날카롭게 쏘아붙인다. "천만의 말씀, 볕을 너무 받아 눈부시어 어쩔 줄을 모릅니다."

이런 예를 들면 끝이 없다. 복수를 서두르지 않는 햄릿의 행동을 풀이할 목적으로, 셰익스피어의 연구가들은 흡사 클로디어스처럼 그의 찌푸린 얼굴만 보고, 햄릿의 그 근육이 있는 풍자적 답변에 대해서는 귀를 틀어막고 있다. 그러니까 비평 서적에서 나온 햄릿은 반쪽만 햄릿으로 축소되고 만다.

'셰익스피어는 무한이다'라고 감탄한 괴테 자신의 「햄릿론論」 자체가 그런 것이다. 말하자면 행동하는 햄릿을 제외하고 사색하는 햄릿만을 강조한 것이 괴테의 햄릿론인 셈이다. 얼마나 많은 사람들이 셰익스피어의 햄릿을 보지 않고 괴테의 햄릿과 투르게네프의 햄릿만을 바라보고 있었던가?

법학자들과 문화 지리학자의 햄릿

왜 복수를 실천에 옮기지 않고 머뭇거리는가? 또 다른 학자들은 이에 대한 해답으로 법학상의 이유 또는 문화 지리학적인 풀이를 한다. 햄릿의 성격 탓보다 증거 불충분에 이유가 있다는 견해다. 만약 현대의 법정에 클로디어스를 끌어내다가 재판을 한다면 틀림없이 이 사건은 증거 불충분으로 기각이 되고 말 것이다. 숙부가 그의 아버지를 살해했다는 것은 유령이 말한 것이기 때문에 전연 신빙성을 인정할 수 없다. 뜬소문과 근본적으로 다를 게 없다.

유령은 실체가 아니다. 하나의 환각幻覺, 하나의 환청幻聽에 지나지 않는다. 햄릿도 그것을 알았기 때문에 연극 구경을 시켜 숙부와 어머니의 안색을 살핀다. 그러나 그 결과, 역시 심증心證일 뿐 숙부가 죽였다는 객관적인 증거가 될 수는 없다. 여기에 주저의 의미가 있다. 이러한 이론으로 보면 햄릿은 법의식이 투철한 선량한 소시민이다. 오히려 법보다도 정치적 각도에서 볼 때 문제가 더 커진다. 왕위 계승권으로 보면 마땅히 성장한 햄릿이 부왕의 뒤를 이어야 하지 않는가!

그러나 이러한 법해석들은 모두가 셰익스피어의 『햄릿』을 신문의 정치·사회면 기사로 전락시키고 있는 데 지나지 않는다.

문화·지리학적인 해석은 어떤가? 원래 『햄릿』은 덴마크의 왕자 이야기로서 북유럽의 전설에서 그 소재를 가져온 것이다. 알다시피 바이킹이 설치던 북유럽은 신화·전설 등이 모두 전투적이며 상무적尙武的이다. 거칠고 야만하다. 이러한 북방계 전설에 속해 있는 햄릿은 나약한 사색인이 아니라 무인적인 기질을 가진 주인공으로 그려져 있었다는 것이다. 그것이 남쪽으로 내려와 영국의 문화권으로 들어오자 자연히 남방계적인 섬세하고 단정하고 내성적인 성격이 가미되어 이중성을 띠게 되었을 것이라는 점이다. 즉 원천은 북방계적이고 형성은 남방계적인 것으로 되어, 햄릿이 성격과 그 행동이 이중적으로 되었다는 풀이다.

작품상에 나타난 햄릿의 성격을 어느 한쪽으로만 보지 않고 양면으로 고찰한 것은 온당한 관찰이지만, 그 분석에 있어서는 셰익스피어를 단순히 전설을 수집하여 기록한 서기쯤으로 생각한 흠이 없지 않다.

매사에 뛰어들기를 좋아하는 프로이트파의 심리학자들이 어떻게 입을 다물고 가만히 있겠는가? 프로이트의 정신분석학을 셰익스피어의 작품 분석에 곧잘 적용한 오토 랑크는 『이마고』라는 잡지에(1916년) 정식으로 햄릿의 정신 진단을 하고 있다.

드디어 햄릿은 정신병원의 침대 위에 눕는 신세가 된다. 왜 그는 아버지의 복수를 주저했는가? 랑크는 그 수수께끼를 풀기 위해서 프로이트의 주제곡인 오이디푸스 콤플렉스의 해부도를 사용한다. 프로이트에 의하면 누구나 어렸을 때 어머니의 젖을 빨면서 성애를 느낀다는 것이다. 그러니까 아버지는 어머니의 사랑에 대한 가장 큰 라이벌이 되는 것이며, 성장함에 따라 아버지의 권위와 사회 윤리의 그 슈퍼에고superego(초자아)에 눌려 어머니에 대해서 느꼈던 성애는 억압되고 만다. 이것이 오이디푸스의 콤플렉스이며, 인간은 자신도 모르게 이러한 콤플렉스에 영향을 받고 있는 행동을 한다는 것이다.

이 해괴망측한 이론에 의하면, 인간은 젖을 빨던 어린 시절에 누구나 실연失戀을 하게 되고, 그 좌절감에서 은근히 아버지를 미워하는 잠재의식을 갖게 된다는 것이다. 그러면 요즘처럼 어머니의 젖이 아니라 우유의 비닐 젖꼭지를 빨고 자라나는 아이는 어떻게 되는가? 고무 콤플렉스에 걸린단 말인가? 이런 의문은 접어두고 오토 랑크의 햄릿을 살펴보자.

햄릿이 숙부를 죽이지 못하는 것은 오이디푸스 콤플렉스의 갈등 때문이라고 그는 설명한다. 즉 의식의 표면에서는 복수심에 불타고 있지만, 무의식의 내면에서는 도리어 자기의 잠재적인 원망, 아버지를 살해하고 어머니를 차지하려는 그 오이디푸스적 콤플렉스를 발산하고 있다는 주장이다. 숙부에게서 무의식의 자신을 발견하고 거기서 자기의 잠재적인 욕구를 충족시킨다. 겉으로 보면 숙부는 원수지만, 정신분석학적으로 본 심층 심리의 세계에서는 도리어 숙부는 자기와 한편이다.

그런 관점에서 보면 햄릿의 주저는 바로 의식의 표면과 잠재의식의 싸움 속에서 비롯되는 것이라 할 수 있다. 그 숙부가 이제는 제2의 아버지가 되자 햄릿의 질투는 폭발된다.

그렇기 때문에 그는 사건을 분석하면서 '그 더러운 이부자리(숙부의) 속에 그렇게도 재빨리 달려 들어간' 어머니에 대한 슬픔을 토로한다. 햄릿은 좌절된 성애의 격정을 오필리어에게 옮기지만, 여기서도 또 사랑의 장애물에 부딪친다.

그것이 바로 오필리어의 아버지 폴로니어스인 것이다. 랑크는 폴로니어스를 '제3의 아버지'의 화신이며, 제1과 제2의 아버지가 모친과의 성애를 방해한 것처럼 그 제3의 아버지는 어머니의 대리인 오필리어를 소유하는 것마저 방해하고 있는 것으로 내다본다. 햄릿의 각색으로 상연된 극중의 그 연극 장면도 랑크는 정신분석학적인 방법으로 풀이하고 있다.

그 연극은 그의 아버지를 죽이는 장면을 재현한다. 표면으로 보면 숙부와 그의 어머니에게 보이기 위한 것이지만, 무의식 심리의 측면에서 보면 햄릿 자신이 그것을 보고 싶어 하는 욕망이 작용했기 때문이다. 즉 그 연극을 통해 아버지의 살인자이며 어머니의 남편인 자기를 상상한다. 이렇게 해서 그는 그 자신도 모르고 있는 오이디푸스적 원망을 승화昇華 속에 실현한다는 거다. 그 증거로서는 햄릿이 그에게 있어 어머니의 대리인 오필리어의 곁에 누워 그 연극을 바라보면서 시종일관해서 음담패설을 늘어놓는 장면을 보라는 것이다.

결국 어머니가 죽고 난 뒤, 오이디푸스적 장애가 사라지고서야 햄릿은 비로소 숙부를 죽일 수가 있었다.

왜 하나의 질문만 하는가

오토 랑크의 정신분석학적인 풀이를 모두 다 받아들인다고 치

자. 그래도 문제는 남는다. 과학적인 풀이는 될지 모르지만, 우리가 요구하고 있는 것은 햄릿의 정신 치료에 있는 것이 아니라는 점이다. 랑크는 흥미가 있을지 몰라도 벌써 그것은 예술의 세계에서 너무 먼 거리에 있다.

왜 이러한 잘못이 일어나는가? 분명한 오류는 하나다. 어떻게 해석하든 해석 자체가 옳고 그름에 오류가 있는 게 아니라 물음 그 자체에 잘못이 있었기 때문이다. 어째서『햄릿』을 읽고 '왜 복수를 주저했는가?'라는 그 물음, 그 궁금증만을 품느냐 하는 데 우리는 회의를 느끼지 않으면 안 된다. 셰익스피어의『햄릿』은 '복수를 왜 서둘러 일찍 하지 않았는가?'를 보여주기 위해서만 거기 그 무대 위에 있는 것은 아니다.『햄릿』은 많은 물음을 던진다. 자연 그것처럼 사방팔방에서 물음을 던지고 있다.

다른 물음은 다 제거하고 오로지 복수의 행동에만 초점을 두기 때문에 햄릿의 기형적인 이미지가 투영된다. 있는 그대로의 햄릿에 보다 가까운 물음을 찾는 것만이 왜곡된 햄릿에 다시 생명을 주는 길이 될 것이다.

만약 '복수의 행동'에만『햄릿』의 골자를 둔다면, 셰익스피어는 좀 더 이 연극을 추리 소설식으로 전개했을 일이다. 복수라는 액면의 사건에만 신경을 쓰는 한『햄릿』의 인간상은 늘 말썽거리가 되고 만다. 왜 복수를 주저했는가? 그러한 물음에 대한 가장 현명한 답변은 그가 곧 복수를 했더라면『햄릿』은 1막도 끝나기 전에 벌써 이야기가 끝나버려야 할 것이기 때문이다.

온당한 물음, 그리고 보다 중요한 것은 숙부가 아버지를 살해했다는 사실을 몰랐던, 즉 아버지의 유령을 만나기 전의 햄릿을 좀 더 조심스럽게 바라보는 일이다.

복수의 행동을 감행하느냐 마느냐의 문제가 제기되기 이전의 상태부터 햄릿은 이미 고민을 가지고 있다. 복수를 에워싼 사건(아버지의 살해)은 애초부터 지니고 있던, 어쩌면 그 부왕이 살아계실 때부터 지니고 있던, 햄릿의 사상·성격·행동을 더 발전시키고 끌어내기 위한 줄거리의 한 기복, 더 정확하게 말하면 부차적인 의미밖에 되지 않는다는 것이다.

그러므로 우리의 물음은 '왜 복수를 주저했는가?'라고 묻기 전에 그 사건이 아니라도 햄릿은 행복했는가, 햄릿은 무엇을 마땅치 않게 생각했는가의 근원적인 문제로 옮겨와야 한다. 숙부를 복수하는 사건은 둑과 마찬가지다. 햄릿이 강이라면, 이 둑을 막기도 하고 터놓기도 할 때 그곳을 흐르는 물길은 달라지겠지만, 그렇다고 해서 강물의 본질이 달라지지는 않기 때문이다.

그리고 해답은 간단하다. 유령을 만나기 전에 이미 햄릿은 그의 숙부와 의견 차이를 갖고 있다. 다시 말해서 불만을 토로한다. 단순히 형수를 가로챘다는 것, 어머니가 아버지를 쉽사리 잊었다는 그 비탄만이 아니었다.

상복을 벗어버리고 아버지를 잃은 슬픔을 잊으라고 할 때 햄릿은 이렇게 말한다.

"이 검정빛 외투, 격식에 맞게 그럴싸한 상복, 개울처럼 괴는 눈물, 수심에 찬 얼굴 모습, 그 밖의 천 가지 겉치레, 만 가지 꾸밈도, 어머님 저의 진정을 드러내는 것이 못 됩니다. 하긴 그럴듯하게 보이겠죠. 이런 것은, 그까짓 연극 누구라도 합니다. 그러나 이 가슴속에 괸 것은 그따위 슬픔의 겉치레와는 다를 거예요."

햄릿이 슬퍼하고 분노하고 또 절망하고 있는 것은 자기가 입은 상복과 자기 마음속에 괸 눈물의 사이, 그 허전한 단절의 공간이다. 상복은 겉에 드러나 있는 것이고, 슬픔은 자기 마음속에 있는 감정이다. 이 감정을 표현하기 위해, 그 눈물을 표현하기 위해 사람들은 상복을 입는다. 그것은 관습이요 약속이다. 이 외부의 의상과 내면의 감정이 일치되지 않는 것, 또 일치할 수 없다는 것, 햄릿은 그것을 안다. 그런데 주위의 모든 사람은 상복이 눈물을 표시한 것으로 받아들이며 살아가고 있다. 거기에 대해서 아무런 회의도 불편도 느끼지 않는다.

햄릿의 연극은 아버지의 원수와 그 원수를 갚으려는 자의 사이에서 벌어지고 있는 드라마라기보다 바로 이 상복과 눈물의 사이, 그 갭에서 일어나는 인간의 드라마다.

상복과 눈물 사이에 공백과 단절이 있는 이 글의 비극과 웃음을 살펴보자.

겨울밤의 반딧불

햄릿이 부왕의 유령을 만나던 밤은 몹시 추운 날이다. "살을 에는 바람, 몹시 차구나"라고 햄릿 자신이 말하고 있다. 겨울인 것 같다. 그런데 뒤에 가서는 "날이 새는 모양, 저 반딧불도 희미해진다"라는 대사가 나온다. 대체 살을 에는 겨울밤에 무슨 반딧불이 있다는 말인가? 셰익스피어의 문학이라 해도 이런 실수는 도처에서 발견할 수 있다. 『줄리어스 카이사르』에서도 벽시계가 종을 치는 대목이 나오는데, 카이사르가 살고 있던 로마의 그 시대에는 아직 종을 치는 시계가 발견되지 않았던 때다. 그의 문학을 사실의 기록에서만 본다면, 그의 위대성은 안개처럼 걷히고 만다. 숨이 금방 넘어가는 사람의 입에서 정말 그렇게 유려하고 아름다운 대사가 흘러나올 수 있을까?

햄릿의 성격도 마찬가지다. 밥을 먹고 잠을 자며 세수를 하는 그런 사실적인 한 인물의 성격으로 그를 관찰한다면 겨울밤의 반딧불 같은 모순을 많이 발견하게 된다.

비록 실수이긴 하나 폴로니어스를 죽인 햄릿의 태도는 피도 눈물도 없는 냉혈한으로 그려져 있다. 쥐 한 마리를 죽인 것과 조금도 다를 게 없다. 우유부단하고 나약한 그 햄릿이라면 마땅히 놀라야 하며 당황해야 되고, 또 살인의 죄의식에 번민을 해야 된다. 물론 숙부 앞에서 자신을 위장하기 위해 미친 척하느라고 한 소리이긴 하지만, 햄릿은 자기가 죽인 폴로니어스의 시체를 구더기

밥이라고 야유하기까지 한다.

여기에 바로 문제가 있는 것이다. 지금까지 많은 학자들은, 햄릿의 비극은 햄릿의 성격에 있다고 풀이해왔다. '햄릿의 성격'이라고 할 때 그것은 어디까지나 한 개인의 성격을 의미한다. 그러므로 그렇게 해석하고 있는 사람들은 햄릿을 사실적인 한 인물로 보고 있다는 이야기가 된다. 우리가 햄릿의 그 성격과 행동을 사실적인 것으로 보느냐, 그렇지 않으면 상징적인 인간의 본질로 보느냐 하는 관점에 따라 작품 전체의 의미가 달라진다. 전자는 복수에 얽힌 햄릿의 고뇌가 되고, 후자의 경우는 예술적인 햄릿의 고뇌가 된다. 전자의 것은 누구나 다 아는 이야기지만, 후자의 것, 예술가로서의 한 고뇌를 나타낸 햄릿의 이야기는 아마도 생소하게 느끼는 사람이 많을 것이다.

미소를 지으며 악을 저지르는 세계

장례식에 나타난 햄릿은 상복을 입고 있다. 상복은 죽음에 대한 슬픔과 그 고뇌의 마음을 나타낸 형식이다. 그는 마음(내용)과 상복(형식)이 영원히 일치할 수 없는 단절을 발견한다. 표현의 세계와 마음속에 은폐된 생의 세계는 서로 동떨어져 있다. 이것들이 서로 배신하기도 하고 서로 기만을 하기도 한다.

햄릿은 상복으로 상징되는 그 형식의 세계와 마음에 괴어 겉으로 드러내 보일 수 없는 인간 실존의 세계 사이에서 방황한다. 쉽게 말해서 '마음의 세계'와 '표현의 세계'가 서로 다른 것을 인식하고 그 갈등 속에서 그것을 좁혀가려는 것이 햄릿의 생이며 바로 또 '예술가의생'이라고 할 수 있다.

햄릿이 무엇 때문에 그렇게 고민하는가를, 그리고 무엇에 대해서 격분하고 있는가를 가만히 분석해봐라. 속과 겉이 분열되어있는 것은 햄릿만이 아니다. 이 세상 모든 사람들이 분열되어 있다. 부왕의 유령을 만나 그의 숙부가 살인을 한 사실과, 어머니가 아버지를 배신한 것을 알았을 때 햄릿은 이렇게 말한다. "미소를짓는 천하에 더러운 악당…… 미소를 지으면서도 악당은 될 수 있다"고.

단순히 악이나 배신에 대한 분노라기보다 겉으로는 미소를 지으면서 악을 저지르고 있는 것, 즉 겉(표현)과 마음(내용)이 상반되어 있는 행동에 증오를 느낀다. 윤리성보다도 표리가 다른 인간의 이중성에 대한 노여움이다.

오필리어를 미워하는가

어머니나 오필리어를 비난하는 대목도 마찬가지다. 미모(外)와 정절(內)은 같은 것이 아니다. 미소를 지으면서 악을 저지르듯이 아름다운 얼굴을 하고 부정을 저지르는 것이 여인이다. "미모가 정절을 불의로 타락시키기는 쉽지만 미인을 정절하게 만들기란 그리 용이한 게 아니다"라고 그는 오필리어를 향해 말한다. 어머니의 부정을 보고 그는 오필리어 역시 겉과 속이 다른 여성의 하나라고 생각한다.

아무 죄도 없는 오필리어를 미워하는 이유는 무엇인가? 햄릿은 단순히 숙부나 어머니를 미워하는 것이 아니라, 인간이면 누구나 다 가면을 쓰고 있다는 사실, 마음에도 없는 소리를 하며, 곧 깨어지고 말 맹세를 하는 그 표리부동한 인간 존재를 숙부와 어머니를 통해서 확인하고 증명한 것뿐이다. 그렇기 때문에 아버지를 배신한 것은 어머니지만, 거기에서 그는 여인들 전체의 본질을 본 것이며, 숙부에게서는 남성들 전체의 모습을 본다. 그러므로 어머니와 오필리어를 같은 존재로 보고, 숙부와 폴로니어스를 동일시한다.

어째서 햄릿이 아버지를 살해한 숙부와 어머니만을 미워하지 않고 폴로니어스와 오필리어에게까지도 증오를 보내는가 하는 데 문제의 핵심이 있다. 왜냐하면 그가 복수를 한다는 것은 숙부를 죽이는 것으로 끝나지 않는다. 그가 죽여야 할 것은 악이 미소로 나타내지는 세계, 배신과 부정이 화장을 한 예쁜 얼굴로 나타나 있는 세계 자체다.

오필리어를 향해서 햄릿이 말하는 다음 대사를 보라.

"다 알고 있어. 너희들(여자)은 하나님께 받은 얼굴을 두고서 연지곤지 다 칠하여 딴판으로 만들지 않나, 엉덩이를 흔들고는 춤을 추지 않나, 알랑대는 걸음걸이를 걷지 않나, 하나님이 만든 것에 별명 붙이기 예사이고, 심지어는 음탕한 것은 멋대로 저지르고서는 '아뇨' 한마디로 시치미를 떼고……."

그러므로 햄릿은 어머니 한 개인을 문제 삼지 않는다. 어디까지나 그와 같은 여성의 대표일 뿐, 어머니가 그의 눈앞에서 사라진다 해서 그러한 여성의 가식이 없어지는 것은 아니다. 햄릿만이 그렇게 생각하고 있는 것은 아니다. 숙부나 폴로니어스나 레어티즈 같은 사람들도, 속과 겉이 다른 것이 인간의 행위라는 것을 잘 알고 있다. 간사한 폴로니어스는 "마귀의 본심을 신심의 탈과 경건을 가장한 행동으로 사탕발림하는 일은 탓해야 할 노릇이지만 세상에 흔해 빠진 수작이지"라고 그의 딸에게 말했다.

왕(숙부)은 곁에서 그 말을 듣고 "과연 그렇다. 그 한마디가 내 양심을 아프게 채찍질하는구나. 지분을 처발라 곱게 단장한 창녀의 볼이 사실은 추하다지만, 그럴싸하게 꾸민 내 말 뒤에 숨어 있는 이 내가 한 짓의 추함은 어떤고……" 이렇게 자책을 한다.

『햄릿』에 등장하는 인물들은 모두가 이 세상을 햄릿과 마찬가지로 불신과 의혹의 눈으로 바라다보고 있다.

"그분의 오죽잖은 호의일랑 그저 한때 기분, 청춘의 객기로만 생각해두어라. 봄 한철에 피는 오랑캐꽃, 일찍 피긴 하지만 그만큼 지는 게 빨라서 오래 가질 못하는 법, 그 때문에 향기 사라지면 그만이란 말야.”

이 대사를 햄릿이 말했다고 해도 조금도 어색하지 않을 것이다. 그러나 인간의 사랑, 그 애정을 회의적인 것으로 바라다보고 있는 이 대사는 레어티즈가 오필리어를 향해 한 말이다.

이런 충고를 들은 오필리어 역시 또 이렇게 응답한다.

“……그러나 오라버님, 세상에 흔히 있는 저 죄받을 목사처럼 남에겐 험한 가시밭길을 천당길이라고 대주면서, 자기는 망나니 방탕꾼, 환락의 꽃밭길을 어정대고, 제 입에서 나오는 설교는 아랑곳도 않는 짓일랑 마세요.”

오필리어도 설교가의 말을 액면 그대로 받아들이지 않는다. 그녀 역시 햄릿처럼 속 다르고 겉 다른 것이 이 세상 목사들이라고 생각하는 것이다. 그럴듯한 말을 늘어놓고 있는 오빠까지도…….

순응자, 처세가의 삶

그러나 햄릿이 다른 인물들과 다른 점이 하나 있다. ‘인간은 겉과 속이 달라 믿을 것이 못 된다’는 그 사실을 보통 인간들은 그대로 받아들이고 거기에 맞추어 세상을 살아가려 한다. 그것이 처세술이다.

폴로니어스와 그의 아들 레어티즈의 말은 탁월한 처세가의 말이란 것을 알 수 있다. 그들은 내용과 표상의 괴리에 대해 고민하는 사람이 아니라, 그런 현실에 어떻게 자기를 적용시키느냐 하는 실제가들이다. 레어티즈는 오필리어에게 진실한 사랑이 무엇인가를 가르쳐주는 게 아니라, 다만 겉만 보고 거짓 사랑에 빠지지 말라고만 충고한다.

"봄철 어린 꽃의 봉오리조차 트기도 전에 자벌레는 쑤시고 들어가고, 인생의 청춘은 이슬 어린 아침나절에 가장 심하게 독기를 타는 법이다."

여기까지는 햄릿의 시선과 조금도 다를 것이 없다. 그러나 다음 말이 문제인 것이다. '그저 경계해야 한다. 청춘이란 제 발에 제가 걸려들어 곁에 누구 하나 얼씬하지 않아도 넘어진단 말야.'

레어티즈는 아름다운 꽃밭에 자벌레가 돌아다니고, 이슬 어린 아침에 실은 독기가 제일 많다는 생의 배율, 그 모순을 알고 있지만, 그런 생에 대하여 비관하거나 혹은 그것을 고쳐보려고 고뇌하지도 않는다. 오직 '경계하라'는 것이 그의 결론이다. 레어티즈의 세계란 회의는 있어도 비판과 거역이 없는 세계다. 이것이 예술가와 다른 처세가의 세계인 것이다.

폴로니어스는 간사하고 아첨 잘하는 수다스러운 인물이다. 간

신급에 속하는 폴로니어스의 행동은 세상일을 너무도 잘 알고 있기 때문에 그러한 어릿광대짓을 하고 다니는 것이지 결코 속이 없어서가 아니다. 그의 아들이 덴마크를 떠날 때 폴로니어스는 훌륭한 충고를 한다. "마음속을 함부로 입 밖에 나타내지 말 것이며 섣부른 생각은 행동에 옮기지 말라……"로 시작하여 "요컨대 무엇보다도 나 자신에 충실할 것"으로 끝나는 폴로니어스의 말은 산전수전을 다 겪은 노회한 체험자가 아니면 하지 못할 말들이다. 오히려 마음을 감추고 생각을 행동으로 옮기지 않는 것이 이 세상을 살아가는 데 귀중한 처세술이 되는 것이다. 왜냐하면 인생이란 그렇게 되어 있으니까……. 모순을 거역하는 것이 아니라 폴로니어스에게 있어서는 도리어 철저하게 순응하자는 것이 생의 철학이다.

햄릿은 그러기 때문에 폴로니어스나 친구를 파는 간신배들이 "세상 돌아가는 대로죠"라고 인사말을 하는 길덴스턴과 로젠클랜스를 야유한다. 햄릿은 처세가와 정반대의 인물, 즉 생의 내용과 형식의 일체감을 동경하는 예술가이며 혁명가이기 때문이다. 가식된 인간의 현실, 존재의 알맹이를 가리고 사는 가면을 벗기려고 한다. 그는 상복을 믿지 않는다. 순응이 아니라 거역이며, 추종이 아니라 저항이다.

가면 뒤의 것

첫째, 햄릿은 폭로하려고 한다. 속과 겉이 다른 배율의 세계를 들추어내려고 한다. 복수를 하는 것보다 햄릿의 열정은 숙부와 어머니의 비밀을, 그 악덕과 배신을 겉으로 드러내 보이게 하는 데 더 열정을 갖고 있는 듯이 보이는 것도 이 때문이다. 부왕의 원수를 갚는 데 있어서는 아무런 이해관계도 없는 폴로니어스를 왜 그토록 햄릿은 잔인하게 골려주고 있는가? 무슨 감정이 있는가? 폴로니어스의 간사스러운 마스크를 벗겨보자는 것, 아첨·수다스러움·음흉, 이 모든 것이 바로 햄릿이 비수를 대고 찔러야할 적이다. 다음과 같은 유명한 대사가 바로 그것이다.

> 햄릿 : 저기 저 구름이 보이나? 낙타같이 생겼군.
>
> 폴로니어스 : 네, 영락없는 낙타 모양이군요.
>
> 햄릿 : 아니 족제비같이 보이는데.
>
> 폴로니어스 : 등 언저리가 족제비 같군요.
>
> 햄릿 : 아니야, 고래야.
>
> 폴로니어스 : 네, 흡사 고랩니다.

폴로니어스는 '자기'라는 것이 없다. 이것이 아첨 잘하는 신하, 관리들의 본성이다. 햄릿은 자기 속은 다 파묻어두고 남의 비위나 맞추는 속물들의 본질을 겉으로 드러내는 데서 어떤 즐거움을 맛본다. 이와 똑같은 대사가 뒤에도 나온다.

오즈릭 : 하도 더워서요.

햄릿 : 천만에, 대단히 추운걸, 북풍이 부니까.

오즈릭 : 아닌 게 아니라 꽤 춥군요.

햄릿 : 하지만 몹시 무더운걸, 체질 탓인가?

오즈릭 : 과연 몹시 무덥군요.

투르게네프는 이러한 햄릿을 어린애다운 기질이라고 말한다. 거기에 비해서 폴로니어스는 의젓한 어른이라는 것이다. 그까짓 것 구름이 어떻게 생겼으면 대수냐는 것이다. 비위를 거슬리지 않기 위해 햄릿이 원하는 대로 그냥 맞장구를 쳐준다. 동양식으로 말해 폴로니어스는 관대하고 덕이 있으며 달관한 수양가라고 말한다. 그러나 작품 전체의 뜻을 볼 때, 폴로니어스는 현실에 순응하는 처세가일 뿐이라는 것을 알 수 있다.

햄릿에게 있어 진실이란 것은 속과 겉이 함께 조화해서 빈틈이 없는 세계다. 폴로니어스의 세계는 거꾸로 자기 자신을 위장하고 가식함으로써 철저하게 겉과 속을 괴리시키는 세계다. 후자의 세계, 그것은 속인들이 살아가는 일상적인 세계, 상복의 형식이 지배하고 있는 세계다.

이 가슴이 터져도 입은 다물어야 해

햄릿 자신은 어떤가? 그 자신도 속인들과 마찬가지로 자기의 마음을 그대로 겉에 드러낼 수가 없다. 자신도 자기를 은폐하며 좋은 것이든 나쁜 것이든 있는 그대로의 것을 표현할 수 없다는 콤플렉스에 걸려 있다. 첫 장면부터 그는 숙부 앞에서 "이 가슴이 터져도 입은 다물어야 해!"라고 말한다. 그 역시 일상적인 세계에서 살아가기 위해서는 자신을 위장해야 된다. 또 진실을 표현하고 싶어도 능력이 없음을 안다. 햄릿은 오필리어에게 보내는 연애 편지에서도 그것을 걱정한다.

> 진실이야 아무리 허위라도
> 행여나 의심 마오 나의 사랑을
> ……음률에 서투르고 이 애타는 정회를 시로 읊조리는 재주를 갖지
> 못함이 한스러우나 부디 믿어주오.

그가 고민하는 것은 마음에 고인 눈물을 상복이 표현할 수 없다는 것이다. 그것이 편지를 쓸 때에는 생각과 언어의 갭으로 나타나고, 말을 할 때에는 마음과 이야기("아니 구변이 좋았다면 이보다 더 절실하게 호소할 수 있을 것일세"라고 햄릿은 로젠클랜스에게 말했다), 그리고 숙부를 향한 복수로 나타날 때에는 관념과 행동의 배율로 나타난다. 감정과 표현, 의지와 행동, 이러한 내용과 형식의 갈등에 고뇌를 느

끼는 햄릿은, 한 줄의 시를 쓰고 한 가락의 노래를 창조하는 예술가와 같은 것이다.

그 증거로 햄릿은 모든 허위, 가식 등을 부정하고 있지만, 그가 긍정하고 또 이상으로 생각하고 있는 두 개의 사실이 있다. 첫 번째가 연극에 대한 것이다.

햄릿은 연극을 좋아한다. 그 자신의 입을 통해서 그 이유가 분명히 밝혀져 있다. "내용을 맛있게 하려고 양념을 마구 치거나, 겉멋을 부려보려고 말투를 건방지게 하는 일이 없고, 여문 솜씨에 재미있고 건전하고, 손질에서 온 것이 아니라 천성의 아름다움에 차 있는 연극을 좋아한다"는 것이다. 즉 가식이 있는 연극을 싫어한다. 연극으로 치면 숙부와 어머니, 폴로니어스 같은 주위의 속인들이 바로 그가 싫어하는 가식의 연기자들인 셈이다. 그가 원하는 연극은 요컨대 '동작을 대사에다, 대사를 동작에다 맞추어야 한다'는 것이다. 즉 내용과 형식의 일치, 인간의 생으로 보면 그것은 진심이며 예술로 보면 그것은 미美다. 그것은 꾸밈이 아니라 자연의 절도, 지나침도 모자람도 없는 그러한 표현을 햄릿은 강조한다.

'자연의 거울'로서의 연극

무엇보다도 연극의 목적이란 '자연에다 거울을 비추는 일, 선은 선 그대로, 악은 악 그대로 있는 그대로를 비추는 일'이라고 정의한 데 있다. 햄릿이 배우를 극진히 대접하라고 하는 것을 보면, 그가 이 세상에서 유일하게 긍정적인 눈으로 바라보는 것이 있다면 그것은 연극뿐이라는 점을 뒷받침한다.

그 까닭은 인간 사회는 모든 것이 가식과 위장으로 덮여 있고, 있는 그대로가 아니라 그것을 왜곡해서 보이는 데 있다. 연극과는 정반대다. 이 말을 뒤집어보면 그가 이 세상에서 원하는 것, 그리고 자기 자신이 되고자 원하는 것, 그것이 바로 연극의 목적과 같다는 사실을 시사한다. 햄릿의 목적은 부왕의 복수라기보다, 연극의 목적, 자연을 비춰내는 거울로서의 기능을 수행하는 데 있는 것이다. 그런데 그것이 뜻대로 되지 않는다. 그것이 그의 고민이다. 모든 예술가의 고민처럼, 그가 맹세를 하고서도 복수를 하지 못하고 있는 것은, 곧 그가 연극의 기능을 다하지 못하는 것이며, 자기가 증오하고 있는 세상 사람처럼 자기의 감정이나 의사를 거울처럼 드러내놓지 못하고 있다는 사실을 의미한다. 그러므로 연극을 보고 감동을 해서 눈물을 흘린 햄릿은 배우를 보며 이렇게 외친다.

"만약 저 친구(배우)가 나만큼 원통한 심사의 동기며 대사를 갖는다면 어떻게 할 것인가. 무대를 눈물로 흠뻑 적시고 소름 끼치는 대사로 구경꾼 귀를 찢기라도 할 것이 아니겠는가! 죄 있는 자는 미칠 것이요, 무고한 자도 두려움에 떨고, 무지한 자는 그저

어리둥절…… 그럼에도 불구하고 아 나는 얼빠지고 미련하기 이를 데 없는 인간, 꿈속이나 헤매면서 대사는 저버리고 입은 봉창이 되어버렸는지…….”

이보다 분명하게 햄릿의 의도를 드러내놓은 대목은 없다. 햄릿은 이 생의 ‘배우(예술)’로서 살고 싶은 것이다.

복수를 한다는 것도 그에게는 진실을 들추어내고 은폐되어 있는 것들을 있는 그대로의 자연으로서 거울에 비춰주는 일이다. 숙부의 야망과 어머니의 배신, 눈물 뒤에 가려진 음흉한 웃음을 들추어내는 일이다. 그런데 그것이 되지 않는다. 성격 탓이 아니다. 예술에 있어 의도가 그대로 결과로 나타나지 않는 것처럼, 그래서 예술가가 고민을 하고 불만을 느끼고 뼈를 깎듯이 열정을 불어넣은 자기 작품에 스스로 좌절을 하듯이, 햄릿도 이 생에 대하여 그러한 태도를 보이고 있다.

자기는 진실을 나타내는 배우가 되고 싶은데 현실적으로는 폴로니어스와 다름없이 자기 속셈을 감춰야 한다. 숙부에게 자기 의도를 들켜서는 안 된다. 남에게 자기 마음의 비밀을 알려서는 안 된다. 그의 위장은 아첨이 아니라 ‘미치광이 짓’으로 나타난다. 미친 체하고 진실을 말하는 수밖에 없다. ‘배우로서의 자기’를 원하지만 현실 속의 제압 밑에서는 ‘미치광이인 나’로밖에 자기를 드러내놓지를 못한다.

미친 체하는 햄릿은 폴로니어스와 같은 자기 은폐와, 모든 것을 비춰내는 최고의 배우, 그 가운데 있는 중간적 존재다. 여기에 그의 방황이 있고 끝없이 어디엔가로(배우) 향해 발돋움치는 그 노력이 있다. 자기를 배우로서 완성시키려는 것과 현실에서 그것이 좌절되는 실패……. 그는 일상적인 가식의 세계를 거역하고 또 거역하지만, 동작에 대사를, 대사에 동작을 맞추는 자연의 거울이 되지는 못한다. 그것이 바로 복수를 하려고 노력하지만 그것이 뜻대로 이루어지지 않는 그 사건에 의해서 상징된다.

또 하나 그가 긍정하고 있는 것은 그의 친구 호레이쇼다. 호레이쇼는 아첨을 모르는 진실한 인간이며 속과 겉이 다르지 않은 유일한 인물이기 때문이다. 운명의 피리가 아니라 자신이 자기의 피리를 부는 주인, 천박한 말로 하면 주체성이 강한 인물인 것이다. 그가 연극에 매혹당한 것이나 호레이쇼에 깊은 우정을 보이는 것은 다 같이 겉(형식)과 속(내용)이 일치되어 있는 그대로의 자연, 그 모습을 드러낸다는 데 있다.

결국, 햄릿이 마지막에 복수를 하게 되는 것은 자기 자신이 속에 있는 것을 완전히 겉으로 드러내어 그것을 완성시킨 예술가의 완성을 의미한다. 그는 비로소 미친 체하는 것을 그만두고 자기 내심과 행동의 일치를 보였기 때문이다.

이런 각도에서 『햄릿』을 읽어보면, 단순한 복수담이나 정신분열자의 이야기가 아니라는 것을 알 수 있다. 오랜 고뇌 끝에 자기를 완성시켜가는 한 예술가, 그래서 마지막에 하나의 걸작을 창조한 생의 예술가에 대한 이야기라고 볼 수가 있다.

10. 포샤의 오판

—셰익스피어의『베니스의 상인』

샤일록은 과연 황금충黃金蟲인가

돈밖에 모르는 사람을 샤일록이라고 부른다. 돈을 위해서는 피와 눈물도 거부하는 냉혈한 샤일록은 그러한 자들의 대명사로 통하고 있다. 두말할 것 없이 샤일록은 셰익스피어의 희극『베니스의 상인』에 등장하는 한 인물이다.

셰익스피어는 정말 샤일록을 돈밖에 모르는 황금충으로 그려는가? 그 희곡을 다시 정독해보면 우리가 흔히 생각하고 있는 샤일록과는 거리가 멀다는 것을 알 수 있다.

하긴 샤일록 자신이 스스로의 입을 통해서 '돈이 곧 자기 생명'이라고 말한다. 재산을 몰수하겠다는 포샤의 판결에 대해서 그는 이렇게 항변하고 있는 것이다.

"아니올시다. 내 생명이고 뭐고 죄다 가지고 가시오. 생명은 살려둬서 뭐하시렵니까. 집을 떠받치고 있는 기둥을 빼앗아가는 것과 마찬가지가 아닙니까. 제가 의지하고 살아가는 재산을 빼앗아가면 그게 바로 제 생명을 빼앗는 것입니다."

이름난 유대의 고리대금업자라는 그 직업만으로도, 그리고 외동딸이 도망을 쳤는데도 딸 생각은 티끌만큼도 하지 않고 훔쳐간 보석에 대해서만 한숨을 내쉬고 있는 것이다. 샤일록이 미다스 왕 같은 황금광이라는 것은 의심할 여지가 없다. 더구나 사람들은 그가 안토니오에게 "기일 내에 빚을 갚지 않으면 과태료 대신 한 파운드의 살을 떼내겠다"는 조건부로 돈을 빌려준 데 대해서, 더욱더 그런 확신을 갖게 될 것이다.

그러나 실은 그것이 문제다. 차용 증서에 씌어진 그 비인도적인 조건은 샤일록이 '황금의 벌레'라는 것을 증명하는 것이 아니라 거꾸로 그가 돈보다도 귀중한 것을 가지고 있는 한 인간이었다는 것을 입증하고 있는 자료다. 만약 기일 내에 돈을 받아낼 심산으로 그가 그런 조건을 내걸었다면 흔히 생각하고 있는 그 상식론에 표를 쳐주어야 한다.

그런데 샤일록은 오히려 안토니오가 기일 내에 3,000다카트나 되는 거액을 갚지 못하게 되기를 원하는 것이다. 자신의 말대로 '인간의 몸에서 베어낸 살 한 파운드는 양고기나 쇠고기 아니 염소고기보다도 가치가 없으며 소용이 없는 것'이다.

돈이 아니라 인간을

그가 만약 돈만 아는 사람이었더라면, 돈 이외의 가치를 모르는 벌레 같은 인간이었다면, 안토니오가 파산을 당했을 때 자기도 통곡을 했어야 하며, 또 재판정에서는 원금의 3배를 내놓겠다는 바사니오의 제의를 기쁜 웃음으로 받아들였을 일이다. 오직 추구하고 있는 것이 돈이었다면 말이다.

그런데 어째서 샤일록은 자기의 채무자인 안토니오의 배가 파선해서 하루아침에 거지가 되어버렸다는 소식을 듣고 '그것 참 기쁜 소식이로구나!'라고 소리쳤는가? 어째서 원금의 3배를 주겠다는 데에도 그는 한마디로 거부하고, 팔아야 엿값도 안 되는 한 파운드의 인육을 달라고 고집했는가? 베니스 천지를 준다 해도 샤일록은 자기의 결심을 바꾸지 않겠다고 한다. 대체 무슨 힘이 그에게 그런 결심을 시켰는가? 돈 때문인가? 물론 아니다. 한마디로 그는 안토니오에게서 받은 모욕, 예수교도로부터 수모를 당해온 유대인의 억울함을 풀자는 것이었다. 즉 샤일록은 자기의 종족과 자기의 인간적인 프라이드를 돈보다 더 귀하게 여기고 있었다는 방증이다. 그는 처음부터 돈의 이자가 목적이 아니라 안토니오에 대한 앙갚음이 목적이었다.

샤일록은 말한다.

"놈(안토니오)의 꼬리만 한번 잡는 날이면 내 가슴에 품고 있는 이 묵은 원한을 단단히 풀어줄 텐데. 놈은 우리 성스러운 민족을 미워하고, 상인들이 가장 많이 모이는 자리에서 날 욕하고, 내 상거래를, 또 나의 정당한 이익을, 놈은 이자라고 일컫고 욕한단 말야. 저놈을 용서해줄 바에야 우리네 종족이 저주를 받아도 좋아!"

샤일록은 종족과 자기의 인간적인 프라이드와 그리고 자기의 사업을 내세우고 있다. 단순한 고리대금업자라면 자기의 종족과 자기의 프라이드를 팔아서라도 금리를 치게 했을 일이다.

안토니오에 대한 원한은 곧 베니스 사람들(기독교인들)로부터 괄시를 받아온 소수 종족인 유대인(유대교인)들의 원한이라고 할 수 있다. 안토니오는 샤일록을 개처럼 발길로 차고 침을 뱉었다. 샤일록은 3,000다카트를 버리고 그 대신 복수의 길을 택한다.

왜냐하면 그는 자기가 개가 아니라는 것을, 노예가 아니라는 것을 증명해보이고 싶었기 때문이며, 겉으로는 물욕이 없는 체하면서도 궁하면 비굴하게 유대인의 문전에 와서 굽실거리는 예수교도의 허위를 벗겨버리고 싶었기 때문이다. 이러한 샤일록은 '돈'이 아니라 '인간'에의 회복을 외치고 있다.

"글쎄 난 유대인이오. 유대인은 눈이 없단 말이오? 유대인은 손도 없고 오장육부도 수족도 감각도 감정도…… 아무것도 없단 말이오? ……유대인이 예수교도를 당치도 않게 모욕한다면 가만히 견디고 있을 거요?"

학대받은 소수 종족의 인간 선언이다. 차라리 그는 인종 차별에 항거하는 순교자라고 하는 편이 옳을 것이다.

포샤의 재판은 정당한가

샤일록은 수전노의 상징으로 통용되고 있는 것과 마찬가지로, 포샤의 재판 또한 명재판이라고 사람들이 믿고 있다. 그러나 그 것 이 얼마나 어거지의 정실情實 재판이며 법을 희롱한 폭력적인 판결인가는 이미 독일의 법철학자 예링이 날카롭게 밝혀주고 있다.

"그 증서는 사회의 양속에 위배되는 점을 내포하고 있으므로 그 자체가 이미 무효다. 그러나 그 증서를 유효라고 인정을 해서 재판을 연 마당에 있어서는 신체에서 한 파운드의 살을 떼내는 권리를 인정받은 자(샤일록)에게 대해서 그것을 행사할 때 당연히 흐르게 될 피의 유출을 막아서는 안 된다. 그것은 천한 둔사이며 통탄할 궤변이다."

예링의 이 같은 견해는 문학적인 문제가 아니라 법이론의 문제다.

그렇긴 하지만, 포샤의 재판은 지금까지 문학보다도 그 기지 있는 재판 그 자체 때문에 사람의 입에 오르내리지 않았던가? 누구도 피를 흘리지 않고 인체로부터 살을 떼낼 수는 없다. 그러므로 이미 그 증서에 단서가 붙어 있지 않다 해도, 한 파운드의 살을 떼내는 데 합의를 보았다면 마땅히 그것을 집행할 때 피를 흘리게 되는 것에 대해서도 동의를 한 것으로 보아야 한다.

나무를 판 사람이 증서에 흙이란 말이 없으므로 그 뿌리에 한

점의 흙도 묻혀 가서는 안 된다고 고집하는 경우와 다를 것이 없다. 포샤의 재판은 분명한 오판이며, 지금 다시 법정에 서야 할 것은 샤일록이 아니라 포샤와 셰익스피어다.

셰익스피어의 실수인가? 법의 문제를 떠나 문학적인 입장에서만 따진다 하더라도 포샤가 교활한 사람인 것은 틀림없다. 포샤는 그들에게 정숙한 여인이라는 평을 받고 있지만, 실제 작품에 나타난 성격을 분석해보면 속임수를 잘 쓰는 교활한 여성이며 또 형식주의자라는 것을 알 수 있다.

포샤는 안토니오 못지않은 인종 차별주의자다. 피부 빛이 검은 모로코 왕이 구혼을 청하고 그녀의 초상화가 들어 있는 궤짝을 맞히는 시험에서 실격을 했을 때 포샤는 이렇게 말하는 것이다.

"시원스럽게 내쫓았어…… 얼굴 빛깔이 저런 분은 모두 저렇게 골라주었으면 좋겠어……."

뿐만 아니라 포샤는 아버지의 유언 때문에 싫어도 하는 수 없이 구혼자들에게 그 궤짝을 내미는 것이다. 형식에 얽매여 있는 여인이다.

결국 이러한 형식주의자가 자기의 욕망을 달성하기 위한 방법이란 간계밖에 쓸 도리가 없다. 그것이 바로 교활하게 형식을 이용해서 남편 친구인 안토니오를 구하고 끝내는 남편까지도 꼼짝 못하도록 얽어놓는다.

남장을 하고 몰래 재판관으로 나타난 포샤는 남편의 눈까지 속인다. 재판의 대가로 결혼반지를 달라는 짓궂은 청을 했던 것이다. 이렇게 해서 남편의 약점(반지를 죽을 때까지 지니고 있겠다는 자기와의 약속을 어긴 것)을 잡는다.

물론 악의는 아니지만, 그리고 또 그것이 후에 자기의 정체를 밝히기 위한 수단의 하나로 이용된 플롯상의 행위긴 하지만, 포샤의 교활성은 부정될 수 없다. 이러한 성격이 그 재판에서도 잘 나타나 있다. 명재판이라기보다 포샤의 교활하고 형식주의적인 성격의 일면을 보여준 사건이다.

금 · 은 · 연鉛 그 금속들의 이미지

이렇게 따져가면 『베니스의 상인』은 어떻게 이해되어야 하며, 대체 또 무엇을 택할 것인가 하는 의문이 생긴다. 줄거리 자체가 통일성이 없어 보이기까지 한다.

『베니스의 상인』은 조각보처럼 여러 삽화가 어울려 한 편의 희극을 이루고 있다. 그중에서 또 유명한 삽화, 구혼자를 선택하는 포샤의 세 궤짝 이야기까지 등장하여 더욱 그 내용은 어수선하다. 즉 구혼자들은 포샤를 얻기 위해 제비를 뽑는다. 금·은·연으로 된 세 궤짝 중에 포샤의 초상화가 들어 있는 것을 맞힌 사람이 그녀의 신랑감이 된다.

표면으로 볼 때 그것은 이 작품과 아무런 관련성이 없는 듯이 보인다. 연극의 줄거리를 재미있게 꾸며간 단순한 삽화인가?

그런데 프로이트는 이 문제를 꽤 심각하게 다루고 있다. 어느 의미에서는 그 구혼자의 경우처럼 금·은·연의 세 궤짝 이야기야말로 이 작품을 푸는 중대한 퀴즈 문제다.

프로이트는 우선 궤짝이 여성의 성기를 상징한 것이라고 풀이한다. 정신분석학적 입장에서 볼 때 무엇을 넣어두는 기물은 모두 여성 성기의 상징이라는 것이다. 그렇게 보면 이 세 궤짝이란 다름 아닌 세 여성, 즉 '금의 여자', '은의 여자', '납의 여자'가 된다. 남자들은 어느 여성을 좋아하는가? 더 쉽게 말하자면 여성의 성격을 금속의 이미지로 나타낸 것이라 할 수 있다.

포샤의 초상화는 납[鉛]으로 된 궤짝 속에 들어 있었으니까 결국 포샤는 '납의 여자'다. 프로이트는 금과 은은 번쩍이는 것, 시끄러운 것이지만, 납은 숨어 있는 것이라 말한다. 숨어 있는 것, 그것은 곧 침묵하는 것이다.

바사니오가 포샤를 보았을 때 "당신의 창백함은 웅변 이상으로 내 마음을 움직인다"라고 말하는 것을 보더라도 알 수 있지 않느냐는 것이다. 납은 창백하다. 그 말은 곧 '꾸밈이 없는 당신의 모습은 다른 두 금속(금·은)의 떠들썩한 성질보다 내 마음을 감동시킨다'는 말이나 다름이 없다. 프로이트는 이러한 이론을 잠재적인 무의식의 세계로 끌고 들어가 납은 죽음이며 포샤는 죽음의 여신, 저 운명의 여신 가운데 막냇동생인 죽음의 여신과 같은 것이라는 결론을 끌어내고 있다.

정신분석학으로 풀이해볼 때 그것은 가장 두려운 것을 가장 아름다운 것으로 바꿔놓으려는 무의식적 자기표현이라는 것이다. 반동 형성으로 나타난 미녀, 사랑하는 애인의 그 밑을 파보면 죽음의 그림자가 나타난다. 바사니오가 포샤를 택한 것, 말하자면 납의 상자를 연 것은 겉으로는 사랑을 얻은 것이지만 무의식적으로 보면 죽음의 욕망이 되는 셈이다.

프로이트의 글을 읽으면 정말 정신병원에 가야 할 사람은 프로이트라는 생각이 든다. 이러한 풀이도 마찬가지다.

그러나 우리는 그와 다른 의미에서 이 삽화를 중시하지 않으면 안 될 것 같다. 정신분석학적인 풀이보다도 액면 그대로 보자.

모든 사람은 납보다는 은을, 은보다는 금을 더 좋아한다. 그 외양을 보고 말이다. 그런데 셰익스피어의 희곡에서는 그것이 완전히 거꾸로 되어 있다. 금보다는 은이, 은보다는 납이다. 상식과 일반적인 규준을 뒤엎어버린 역전된 가치관…… 그것은 세속적인 상식이나 고정관념에의 도전이다. 반짝거린다고 다 금은 아니다. 겉모양만 보고 사물을 판단하지 말자. 초라한 납, 경멸하는 납 속에 진실이, 행운이, 아름다움이 깃들여 있다.

가장 대중적인 금속의 가치, 금·은·연으로써 인간의 가치를 상징해준 삽화다. 정확히 말하자면 대중적인 통념을 뒤엎은 가치관이다.

편견에의 도전이 그 주제다

『베니스의 상인』, 그것이 바로 포샤의 세 궤짝이라고 해도 좋다. 그 연극을 바라보는 관객은 상자 앞에 모인 포샤의 구혼자와 똑같은 체험을 하게 된다. 궤짝을 열 때까지는 흔히 지니고 있는 귀금속의 확고한 고정관념과 같은 편견을 가지고 세상을 내다본다. 셰익스피어는 그러한 관중에게 마술사처럼 상자를 하나하나 열어 보인다.

관객들은 모로코 왕처럼 가장 귀한 것이 분명 금 궤짝 속에 들어 있을 것이라는 생각을 가지고 있다가 번번이 배신을 당하는 자기를 느낀다. 상식과 편견에 동요가 일어난다. 의외의 궤짝 속에 인생의 행운이 들어 있다. 구혼자들은 납의 궤짝을 열어 행운을 얻은 바사니오를 보고 놀랐을 것이 틀림없다. 『베니스의 상인』을 보면서 놀라는 관중도 그와 같다. 셰익스피어가 노린 점이 바로 그것이다.

가치를 뒤엎는다. 백이 흑이고 흑이 백이다. 납이 귀하고 금이 천한 세계, 그런 놀라움 속에서 편견이, 무비판적으로 받아 내려온 고정관념이 깨어지는 소리가 들려온다. 그것이 그의 희극에서 생겨나는 웃음이다.

웃음을 정의한 베르그송의 말대로 전도轉倒에서 생겨나는 그 웃음소리. 셰익스피어에게 있어 중요한 것은, 샤일록의 인색이나 유대인의 서러움이 아니다. 안토니오와 바사니오의 우정이나 기독교인의 허위성도 아니다. 포샤의 현명함이나 교활성도 아니다. 역지사지 바꿔놓은 것, 그러면 모든 것이 금 궤짝에서 납 궤짝으로 물구나무를 서는 일이 벌어진다.

조금만 조심해서 읽어보면 알 것이다. 구절구절마다 베니스인들은 '유대놈!'이라는 말을 쓴다. 등장인물들은 '무엇 때문에……'라는 논리적인 이유가 아니라 '유대놈이기 때문에……'라는 인종적인 편견을 앞세우고 있다. 셰익스피어는 샤일록이라는 한 개인, 안토니오나 바사니오라는 그 인물들을 그리고 있다기보다, 그가 무대 위에 올려놓은 것은 '유대인' 대 '기독교인'이라고 할 수 있다. 그리고 유대인은 기독교인에 대한 편견을 갖고 있고, 기독교인은 유대인에 대해 편견을 지니고 있다.

안토니오는 법정에서 샤일록에게 아량을 보여달라는 바사니오를 향해 "제발 자네가 지금 유대인하고 문답하고 있다는 걸 명심하게"라고 말한다. 이러한 사실에 대해 샤일록은 샤일록대로 "예수쟁이 남편이란 이런 거란 말야. 나도 딸이 하나 있지만 바라바스의 자손에게 시집보냈으면 보냈지 예수쟁이는 딱 질색이거든"이라고 야유를 한다.

그들은 한 개인을 보지 않고 그들이 소속해 있는 종족을 본다. 인종에 대한 편견이 상호의 비판을 한다. 유대인만이 아니다. 셰익스피어는 기독교인도 비웃는다.

"우리 예수교도도 이미 충분한 수효이고 서로 의좋게 살아가려면 겨우 지탱할 지경이 아녜요. 이렇게 예수교도를 만들면 돼지 값이 오를 거예요. 모두들 돼지고길 먹게 되는 날엔 돈을 아무리 내더라도 돼지 불고기 한 점 못 얻어먹는 날이 오고야 말 거예요.”

이 말은 하인 란스롯이 샤일록의 딸에게 한 소리다.

그렇기 때문에 유대인을 동정한 것같이 보이면서도 가혹하게 그려져 있고, 예수교인을 찬미한 것처럼 보이지만 그 위선과 독선이 들추어져 있다.

이러한 관점에서 보면 포샤의 재판에 대한 진의가 무엇인지 명백하게 드러난다. 알다시피 세 궤짝을 놓고 신랑감을 고르는 이야기나, 빚 대신 살을 베는 이야기는 셰익스피어 전부터 민담처럼 전해 내려오는 흔해 빠진 이야기다. 그런 줄거리 자체에 셰익스피어가 정열을 쏟은 것은 아니다. 그것을 토대로 새로운 것을 창조한 부문만이 셰익스피어의 것이고, 그가 노린 과녁이 된다.

‘피 한 방울 흘리지 않고 살을 떼내라’는 기지 역시 셰익스피어의 독창물은 아니다. 자신도 그것을 알고 있다. 그가 재판 장면에서 보여주고 싶은 것은 포샤의 판결이라기보다 제 꾀에 제가 넘어가는 샤일록의 아이러니컬한 상황이다.

‘증서대로 하라’고 우긴 것은 샤일록 자신이었다. 증서가 그에게는 금 궤짝이다. 자비를 베풀어 의사를 데리고 오라니까, “어디 그런 말이 증서에 씌어 있나요?”라고 샤일록은 반문한다. 이것이

수분 후면 완전히 뒤바뀌어버린다. 금 궤짝이 열리자 기대했던 예상은 정반대로 뒤엎어진다. 증서대로 하면 자기에게 절대적으로 유리하다는 생각이, 실은 자기를 옭아매 놓은 밧줄이 되어 나타나는 것이다. 증서에는 피라는 말이 씌어져 있지 않기 때문이다.

흥미는 법이론도 아니요, 명재판을 한 그 기지도 아니다. 이롭다고 생각해서 자기의 주장을 관철한 것이 그만 자기를 파멸케 하는 역전의 운명, 바로 그 점에 초점이 있다.

"명판사 다니엘의 재래再來로다!"라는 말은 샤일록이 한 소리였다. 그것이 바로 상황이 역전되면 그래쉬아노의 말이 되는 것이다.

인생 오판의 재심 청구

유대인과 기독교인의 관계에 있어서만이 역전의 웃음이 생겨나는 것은 아니다. 인간의 심리, 부부의 맹세, 심지어 음악 소리까지 아이러니의 의미를 내포한다.

스토리에는 통일성이 없다. 샤일록의 이야기를 하자는 것인지, 포샤의 이야기를 하자는 것인지, 그렇지 않으면 안토니오와 바사니오의 우정 관계를 말하자는 것인지, 어느 하나를 잡아도 줄거리의 전개는 일관성이 없다.

그러나 금 궤짝이 납 궤짝만 못하고 납 궤짝이 금 궤짝보다 귀한 그 아이러니의 톤은 전편을 지배하고 흐른다. 연약한 아녀자가 남성보다도 더 재능이 있다.

"세상만사가 손에 넣고 즐길 때보다 찾아 쫓아다닐 때 더 열을 올리는 법이야. 깃발로써 장식된 배가 본국 항구를 출범할 땐 기생 같은 바람에 껴안기고 포옹되어 그 얼마나 늠름한 탕아 같으냐! 또 돌아올 때의 늑골은 풍랑에 시달리고 돛은 창녀 같은 바람에 해어지고 찢어져서 누더기를 걸친 말라빠진 거지같이 된 꼴이란 꼭 탕아 같지 않던가?"

떠날 때와 돌아올 때…… 기대와 결과…… 그 사이에서도 아이러니는 벌어진다. 맹세가 굳을수록 파약破約은 얼마나 빨리 오는가? 그것이 반지를 에워싼 바사니오와 포샤에 그대로 나타나 있다. 그러므로 사건과 줄거리에 현혹되는 한 『베니스의 상인』은 영원히 닫힌 궤짝의 외관만을 바라보는 것과 다름이 없다.

『베니스의 상인』에서 결국 우리는 무엇을 보는가? 금 궤짝 속에 들어 있는 텅 빈 무無, 그리고 납 궤짝 속에 들어 있는 가득 찬 행운—이 역전된 아이러니 속에서 인간을 전면적으로 바라보는 시선의 교정술이다. 웃음이 우리의 시선을 고쳐준다. 유대인을 바라보는 눈, 기독교도를 바라보는 눈, 아내와 하인과 그리고 모든 인생을 바라보는 그 편견의 눈을……. 그것은 인생 오판의 재심 청구인 것이다.

11. 모험적 인간 라프카디오
—앙드레 지드의 『교황청의 지하도』

검은 음악

   벗이여 우리 모두가 젊었던 시절, 그때 우리는 괴로웠었다—마치 위독한 병처럼 우리는 우리의 청춘 그것을 앓고 있었다. 우리가 뛰어든 그 시대는 모두가 그러하였다. 크나큰 내면적 퇴폐 그리고 분열의 시대였다. 그것이 모든 나약함을 가지고 그러나 또한 가장 억센 힘을 가지고 젊은 영혼들을 뒤흔들고 있었다. 분열—그리고 불확실성이 이 시대의 특성이었다. 아무것도 이제 꿋꿋한 다리 위에 자기 자신의 굳은 신앙 위에 서 있는 것이라곤 없다. 사람들은 내일만을 위해서 살아간다. 그 다음날들은 믿을 수 없는 것이었기에 이렇게 우리들의 길 위에선 모든 것이 위험스럽다. 더구나 겨우 우리가 디디고 선 이 얼음장마저 너무도 얇아져 가고 있을 뿐이다.

—니체 『권력에의 의지』

분명 그렇다. 세기말의 암울한 계절은 위독한 하나의 질환과도 같은 것이다. 혹은 하나의 '검은 음악'과도 같다. 폐허의 동굴 속에서 울려오는 그 '검은 음악'과도 같다. 폐허의 동굴 속에서 울려오는 그 검은 음악, 황혼의 매력과도 같이 모든 사람들의 마음을 적시고 멍들게 한 그 불신의 검은 음악 그것은 바로 거대한 운명의 함정 속에 빠져 신도, 과학도, 도덕도 그리고 재생의 희망마저도 불신했던 세기말적 인간이 사슬에 묶여 절그렁거리던 그 음향이다. 세기말의 인간들은 썩어가는 영혼을 질척한 인공의 향수(쾌락)로 적셔보려 했지만 도리어 그 유독한 향수 속에서 익사하고만 것이다. 이렇게 해서 19세기는 대체로 끝났다. 하나의 세기는 가도 또 하나의 세기는 온 것이다.

　그리하여 절망의 진구렁으로부터, 그 문명의 분열로부터 필사의 투쟁이 생겨나고 있다. 부패한 웅덩이에서 온갖 새로운 생물들이 생겨나듯이, 혹은 썩어버린 과육 속에서 잠자고 있던 생명의 씨가 눈을 뜨듯이, 세기말의 그 퇴폐야말로 금세기의 새로운 인간을 탄생시키는 온상이 되었다. 거름은 언제나 썩은 것이다. 구세기의 합리주의가 썩은 것이 세기말적 인간들이며, 이 부패한 인간들을 거름으로 하여 새싹이 틔어난 것이 세기초의 인간들이다. 세기말의 부식한 영혼에서—그 침울하고 불길한 검은 음악의 선율에서 또 하나 다른 낭랑한 새로운 음악이 음모처럼 서서히 창조되어가고 있었던 것을 우리는 본다.

거기 새로 마련된 광장 위에 20세기의 챔피언들은 줄지어 선 것이다. 이제 그들은 인간들처럼 운명의 끈에 끌려다니는 괴뢰가 아니라, 모든 행동, 모든 사상, 모든 신념을 '제로'의 지점으로 환원시킨 것이다.

새로운 삶을 계획하기 위해서 운명을 백지장으로 만들어놓는 것―그리고 그 위에 자신의 자유와 생을 시험해보는 것, 그리고 출발하는 것, 먼 지평선을 향해 사라져가는 한 떼의 캐러밴(대상)처럼 떠나가는 것―때 묻은 자기 도시에서, 자기 가정에서, 자기 방 안에서, 자기 사상에서 뛰어나가는 것―이것이 금세기적 인간들이 최초로 발을 내디딘 해방의 모험이었다. 결국 그들은 이렇게 외치고 싶었던 것이다. '프로메테우스여! 너의 사슬을 풀라!'

합리주의의 법규와 사회 인습과 정해진 운명의 끈과 고정관념의 견고한 틀과 이러한 사슬을 풀고 프로메테우스(인간)는 자유로워지고 싶었던 것이다. 그리하여 거기 모험적 인간이 출현한다.

그들은 이미 호모 루덴스의 경우처럼 있는 생을 즐기고 주어진 생을 마음껏 향수하는 그런 소극적 태도로 생에 임하지 않는다. 호모 루덴스는 삶을 소비하기 위해서만 존재하는 사람이다. 주어진 것을 최대로 누려가는 일종의 유산 탕진으로서의 생활이다. 그러나 '모험적 인간'은 거꾸로 새로운 것을 발견한다. 주어진 유산 같은 운명에는 언제나 '농[弄]'이라고 소리지르고, 새것을 창조하는 것이라면 이미 있는 것을 거침없이 내던질 줄 안다.

그들은 그들을 둘러싼 현실과 그 한계를 돌파하기 위하여 '새로운 사태를 열망하는 동물(bestia cupidisoima rerum novarum)'이 되는 것이다.

모험가는 잠시도 쉬지 않는다. 움직이고 거부하고 뛰어들고, 그러면서도 아무 결과도(실리적인 것) 기대하지 않고 아무것에도 사로잡히지 않는 데서 그 모험의 생명이 있다. 그리하여 모험적 인간은 절망하지도 않을 뿐 아니라 후회하지도 겁내지도 않는다. 따라서 모험가는 으레 향수에 사로잡히는 일이 없다. 생은 뒤에 있는 것이 아니라 앞에 있다. 돌진하기 위해서, 자신의 자유를 증명하기 위해서 가벼운 몸차림으로 과거와 서슴지 않고 메별訣別한다. 그러므로 모험적 인간이란 자기 운명의 창조자이며, 반전통주의자이며, 반지성주의자이며, 반개성주의자이며, 실험적 인간이며, 따라서 유쾌한 하나의 해방인이다.

이러한 '모험적 인간'—20세기적 그 인간상은 '다다이스트', '미래파', '쉬르레알리스트' 등의 예술가에서 직접 찾아볼 수가 있다. 혹은 생명의 줄타기 곡예사처럼, 혹은 『아라비안나이트』의 마술사처럼, 혹은 아프리카의 탐험가나 스페인의 투우사처럼 그들은 유쾌한, 결코 지치지 않는 위태로운 모험 속에서 살려 했다. 때 묻은 지폐와 같은 언어를 낡은 문법에서 해방시켰다. 틀에 박힌 빵 조각 같은 상상력을 그 인습적인 생활에서 해방시켰다. 생산주의의 천박한 기계 속에서 자로 재단된 그 생을 해방시켰다. 결국 이들에게 있어 예술은 프로메테우스의 사슬을 푸는 해방의 기술이며 그 모험의 해머였던 것이다.

그런데 이러한 모험적 인간들—20세기적 인간상을 단적으로 예고하고 증명하고 실천한 대표적인 인물이 있다. 그 모험가나 신비한 다다이스트들의 선구자로 알려져 있는 자크 와시에(이 다다이스트는 서간문을 제외하고는 글 그 자체도 경멸하여 쓰지 않았다)가 "그는 독서도 하지 않았을 뿐 아니라 암살과 같은 유쾌한 경험 이외에는 결코 쓰지도 않았다. 그리고 부패한 우리 늙은 보들레르의 마술적 서정주의도 없다"라고 찬미한 바로 라프카디오[2]라는 소년이다.

라프카디오의 출발

우리는 금세기적 인간상, 즉 모험인들을 살피기 위해 우선 이 라프카디오의 유년 시절부터 따지지 않으면 안 된다. 라프카디오가 '모험인'이라면 그러한 인간의 성격과 행동을 낳기 위해서 어떤 보이지 않는 손이 작용했을까? 그는 왜 그러한 인간이 되지 않으면 안 되었을까 하는 그러한 물음에 답하지 않으면 안 될 것이다.

---

2) 앙드레 지드의 작품 『교황청의 지하도』의 주인공.

새로운 시대의 반역아는 하늘에서 그냥 떨어지는 것은 아니다. 타조의 알이 햇빛에 절로 부화한다 해서 그를 낳아준 모태를 부인할 수는 없는 일이다. 그런데 무엇보다도 우리의 관심을 끄는 것은 라프카디오가 사생아라는 점이다. 사생아란 다분히 상징적인 의미를 지니고 있기 때문이다. 부계를 잃어버린 존재—이것이 이미 새로운 세기의 인간상을 낳은 가장 큰 전제가 되는 조건이다.

우연한 탄생—그 사생아야말로 모든 역사, 모든 문명, 모든 사회적 도덕과 몌별하고 자기 자신의 독자적인 생을 발견할 수 있는 모험을 감행할 수 있는 존재다. 애초부터 사생아는 그런 자유를 타고난 것이다.

"자유란 우열을 의미하는 것이다. 신이 없다면 모든 것은 허용될 수 있다. 신이 없는 인간은 자유다"라고 도스토옙스키의 한 주인공은 말했다. 이 말은 우리 라프카디오에게 있어 이렇게 고쳐질 수도 있는 문제다. '아버지(전통 : 역사)가 없다면 모든 것은 허용될 수 있다. 인간은 무엇을 해도 자유다.' 그래서 자크 리비에르가 "역사 같은 것은 존재하지 않는다는 것, 어떠한 것도 일으켜주지 않는다는 것, 그러니까 역사는 하나의 예술이며, 그것을 쓰기 위해서는 응축하고 경련을 일으키지 않으면 안 된다는 것을—나는 주장한다"라고 말할 때, 거기에는 수세기 전부터 인간이 정성을 들여 만들어낸 이해의 도구에 의하여 세계를 이해하는 것을 거절하는 모든 것을 자기 자신의 직관적 방법에 귀납시키는(알베레스) 사생아적·금세기적 인간관이 선언되어 있는 것이다. 사생아에게 있어서 이미 거룩한 '가문의 문장, 말하자면 역사와 전통'은 아무런 의미도 될 수 없다.

라프카디오의 생은 호적부에 적혀 있지 않다. 그의 생은 문서화될 수도 없고 또한 역사적[家系]인 소급에 의해서 합리화될 수도 없다. 그것은 삼각형처럼 규정되고 순경처럼 등록되어 있지 않는 생이다.

사생아로서의 라프카디오는 전통적인 학교교육도 받지 않았. 아니 그런 학교교육을 참을 수 없었던 그는 합리적인 '허구의 성(근대적인 학문과 모릴)'으로부터 도망쳐 나오고 만 것이다. 그는 다만 그의 주변에 정체 없이 왔다가는 사라지는 아저씨들(그 어머니의 정부들)로부터 조금씩 그의 생의 비밀을 몸소 체험하여 눈뜨기 시작했다.

재정가인 헤르부르크 남작한테는 환전, 할인, 이자, 대부, 심지어는 투기까지를 배웠다. 그는 거기에서 근대적인 합리주의와 그 자본주의의 냄새를 몸에 익힌 것이다. 그리고 새얼코스키 공작과 바르디한테는 여러 나라의 말과 유희와 쾌락을 배웠다. 장기놀이부터 트럼프, 호이스트와 그 속임수, 마술 그리고 곡예까지도 배운 것이다.

라프카디오의 이런 접촉은 구세기의 합리주의로부터 세기말의 유미적(호모 루덴스)인 기류까지 단숨에 호흡할 기회를 준 것이다. "요술을 써서 재미없는 물건이란 하나도 없는 법이야"라는 바르디의 말은 헨리 경(도리언 그레이의 스승격인 인물)을 연상케 한다.

그러나 우리가 잊어서는 안 될 것은 그가 사생아라는 점이다. 라프카디오가 "뭐 이런 일은 모두 그렇게 제 본성 깊이 파고 들어가지는 않았으니 안심하십시오"라고 스스로 고백하고 있는 것처럼, 사생아인 그는 그 자신으로서 설계한 생을 향해 비약을 꿈꾸고 있다. 오히려 그 주변의 그런 인간들 때문에 자기가 이 생에 대하여 하고자 하는 모험을 한층 더 구체적으로 느끼게 되었는지도 모른다. 그러자 다시 파비안 경(역시 그의 어머니의 정부)과 만나게 되고 거기에서 '야만인 그대로의 생활'을 하게 된다. 이것이 바로 반전통적이며 반이성적인 그리하여 자연 발생적 인생을 향해 한 걸음씩 다가가는 라프카디오의 첫 무대가 되어준 셈이다.

'야만인 그대로의 생활'—듀이노의 해안—옷 하나 걸치지 않은 알몸뚱이가 되어 소나무 그늘 밑, 바위 사이 개울 깊이, 또한 바닷속에서 헤엄치고 노를 젓고 하면서 그는 근대 문명의 여백 지대에 사는 것이다. 그가 파비안에게서 그런 자연 발생적 원시의 생을 배웠다면, 한편 그의 친구 프로토스에게선 그러한 생의 모험과 반역의 정신을 발견했다고 할 수 있다. '나는 비약할 준비를 하고 있어'라는 프로토스의 말이 단적으로 그것을 증명한다. 그리고 '이 세상에선 자기의 참된 표정을 보이지 않는다는 것이 중요한 것이다'라는 프로토스의 지론이 라프카디오의 극단적인 에고이즘을 만들기도 한다. 이러한 토양에서 그는 대체로 생에 대한 자기 태도와 그 어렴풋한 윤곽을 잡을 수 있게 된 것이다.

라프카디오는 내일의 모험(생명의 비약)을 위해서 일단 세속적인 자기 생활을 진공화한다. 이러한 생활의 진공화는 그가 정부 카로라와 살고 있는 방 한 칸을 보아도 알 수 있다. 이 방을 최초로 방문한 사람은 줄리우스라는 소설가였다. 줄리우스는 외교관인 그의 가친의 명령으로 라프카디오의 이 방을 방문한 것이다. 그는 부재중이었다. 여기서 줄리우스는 아버지의 편지대로 라프카디오의 신분과 생활을 탐지해내기 위하여 그 방의 주변을 샅샅이 살펴본다. 그러나 책상 위에 놓여 있는 대니얼 디포와 라스키의 소설, 그리고 사진 한 장(두 남녀와 발가벗은 어린아이)만이 놓여 있는 그 방에서는 좀처럼 그 방 주인 라프카디오의 신분과 생활을 짐작할 수가 없다.

라프카디오는 범죄자가 그 범행의 흔적을 남겨놓지 않기 위해 세심한 노력을 하는 것처럼, 그의 정신적인 지문이 결코 주위에 묻어 있지 않도록 조심하고 있기 때문이다. 그러니까 밖으로부터 그의 내부를 알아낼 수 없다는 것은 주위의 사물로부터 완전히 해방되어버린, 다시 말하면 생활을 진공화하고 있는 그의 한 태도를 암시해주는 일이다.

'자기의 참된 표정을 남에게 보이지 않는다'는 그 신념은 그의 고립을 궁극에까지 몰아넣고 만 것이다. 자기가 자기 생의 완전한 주인이 되기 위해선 외부와 자기와의 사이를 진공의 벽으로 막아놓는 작업이 필요하다. 사실 줄리우스는 그의 책상 서랍에서 몰래 그의 수첩까지 훔쳐보았지만 별로 이렇다 할 실마리를 발견하지 못한 것이다. 그는 책을 읽지 않을 뿐 아니라 쓰지도 않는다. 이러한 라프카디오의 성격에서 우리는 금세기적 인간의 한 특징을 엿볼 수 있다.

그는 소설가인 줄리우스에게 이와 같은 말을 한 일이 있다.

"쓴다는 일이 어찌하여 저를 불유쾌하게 하는가를 아시는지요! 후에 정정한다든지 지운다든지 분석하기 때문입니다……. 일단 지나간 것은 진정 개선할 수 없는 것입니다. 그와 같이 나중에 다시 붓을 댈 수 있다고 생각하는 것은 쓰는 일을 어느 쪽도 아닌 더러운 회색으로 만들어버리는 것이 아닙니까? 그런데 생활에 있어선 그런 일이 처음부터 허용되어 있지 않습니다. 저에겐 그것이 생활의 유일한 매력이라고 생각됩니다."

그리고 또 그는 서책에 대해서 이렇게 생각하고 있다.

"쓰는 사람은 많지만 읽는 사람이 있어야지. 그것은 오늘의 현상이야. 독자는 점점 줄어들고…… 다른 사람이 말하듯, 첫째 내가 그런걸…… 결국에는 파탄이 오고 말지. 무서울 정도로 혹심한 파탄이…… 사람들이 인쇄물을 바다에 던져버릴 거야. 그리고 기적이 일어나지 않는다면 가장 좋다는 책들도 나쁜 책들과 마찬가지로 바닷속에 가라앉고 말는지도 몰라."

19세기인들이 절대시하던 '독서(서책)'의 붕괴—그것을 예고한 라프카디오는 현대의 매스컴을 이미 체득한 것이다. 그러므로 그는 일기장에 자기만 아는 몇 개의 암호 같은 글만을 두서없이 적어놓았을 뿐이며, 책이라고는 『로빈슨 크루소』나 「알라딘」 정도의 홍미물밖에는 읽지 않았다. 그래서 라프카디오의 사상은 서책(전통적인 기존 사상)과도 관계없으며, 따라서 그의 글은 그의 생활이나 사상을 표현한 것도 못된다. 남에게 관심만 파는 인간—이를테면 줄리우스 같은…… 그는 그의 소설 평에 신기할 정도로 예민하다. 그것은 그가, 남이 자기를 어떻게 생각하는가 하는 것이 내가 나 자신을 어떻게 생각하는가 하는 것보다 궁금해하는 인간형임을 말해준다—의 일기였다면 쉽사리 그 일기를 쓴 주인공의 성격, 신분을 알아냈을 것이다. 그러나 그는 자기의 글에서마저 자기를 옭아매어 두지 않는다.

라프카디오가 돌아왔을 때 그는 자기 수첩을 들여다보고 있는 줄리우스를 목격하게 된다. 그리고 줄리우스가 나가자 그는 송곳으로 자기 허벅다리를 몇 번 찌른다. 이것은 라프카디오가 '고립(생활의 진공)'을 얼마나 존중하고 있는가를 암시하는 행위다. 자기 자신의 한 표정이 남에게 발각되었다는—자기 생의 일부를 남이 들여다볼 수 있는 틈을 주었다는 그 실책에 대한 일종의 자기 징계다. 그리하여 라프카디오는 자기 생활의 유일한 증거물인 사진과 수첩마저 태워버리고 만다. 타인의 시선으로부터 자기 자신의 존재를 빼어내는 것, 그리하여 고립하는 것—이 속에서 라프카디오는 자유를 발견해내려고 했기 때문이다. 왜냐하면 인간은 타인의 시선과 사물에 얽매여 있는 한 자신과 그 사상은 항상 그것들에 의하여 제약을 받게 되고, 따라서 그 생은 그러한 상관성에 의하여 조종되는 조종 인형이 되어버리고 말기 때문이다.

라프카디오는 거꾸로 자기의 시선 속에 남을 지배하고 그 운명을 묶어놓기를 희망한다. 이렇게 되면 자기는 신처럼 자유로운 존재가 된다. 그러기 위해서 그는 그의 표정(존재)을 감춘다. 고립을 주장하면서도 라프카디오가 구세기적인 감상주의로 떨어지지 않는 이유가, 혹은 루소적인 도피주의에 사로잡히지 않는 이유가 바로 여기에 있다. 동시에 그는 자기의 무한성(자유)을 나타내는 유일한 방법은 온갖 제한을 박차고 위험한 생활(모험)에 처하는 것이라는 니체이즘의 사고까지를 지니고 있는 것이다.

라프카디오는 줄리우스의 뜻밖의 방문에 의해서 그 진공의 생활이 흔들린다. 그러나 거꾸로 줄리우스의 정체를 알아냄으로써 그는 그 패배를 승리로 이끌어간다. 왜냐하면 비밀이 폭로된 것은 자기가 아니라 바로 상대방이며, 그 시선에 얽혀버린 것은 라프카디오가 아니라 줄리우스 자신이 되어버렸기 때문이다. 라프카디오는 줄리우스라는 인물을 알아냈고, 그가 바로 자기의 이복형이라는 의외의 사실까지 발견해낸 것이다. 즉 줄리우스의 아버지 발라레올은 라프카디오의 아버지이기도 했던 것이다.

수수께끼는 풀렸다. 자기가 누구의 아들이라는 것을 알았다. 그러나 줄리우스는 라프카디오가 자기 이복동생인 것을 꿈에도 모르고 있지 않은가! 죽을 때까지.

"……어제까지는 제가 이 세상에서 가장 말이 없는, 흉금을 터놓지 않고 움츠리고 있는 그런 인간이라고 생각했습니다. 그러나 우리들은 갑자기 서로 알게 된 것입니다. 그래도 이제 두 번 다시 그러한 일로 되돌아가지 않는 게 좋을 것이라고 생각합니다. 저는 내일, 아니 오늘 밤이면 옛날의 제 비밀 상태로 돌아가고 말 것입니다."

라프카디오는 자기의 운명 속에 직조되어 있는 그 교묘한 인과관계를 찾아내고, 이 인과의 끈을 풀어버림으로써 다시 옛날의 비밀 상태로 돌아갈 수 있게 되었다. 왜냐하면 이 세상에서 자기가 발라레올 백작의 사생아라는 것을 알고 있는 유일한 인간은 바로 발라레올이라는 생부生父 자신이기 때문이다. 그런데 라프카디오는 어딘가 숨어서 자기 생의 비밀을 알고 있을 그 생부의 정체와 동시에 그 생부 발라레올이 운명하는 것을 보게 된 것이다. 여기에서 라프카디오는 완전히 과거를 청산했다.

'공간적인 고립', '시간적인 고립'—이제 그를 속박할 인과관계의 끈이란 이 세상 어느 곳에도 존재하지 않는다. 이제 라프카디오의 생은 라프카디오만의 것이 된 것이다. 프로메테우스는 사슬을 풀었다. 그는 자유로운 자기 선택에 의해서 운명을 이렇게도 만들 수 있고 저렇게도 만들 수 있다. 아무도 그의 생을 간섭할 수 없다. 절대화된 비밀은 절대화된 자유를 의미하는 것이니까!

라프카디오를 억누르고 있던 그 보이지 않는 손도 발라레올 백작의 죽음과 함께 사라지고, 그리하여 라프카디오에겐 자유로운 출발만이 있다.

"자, 드디어 때가 왔다. 닻을 올려 출범할 때는 바로 지금이다. 어디서 불어오거나 그 바람은 순풍일 것이다. 어찌 되었든 그 노인 곁에는 있을 수가 없으니까, 더욱 먼 곳으로 갈 준비를 하자."

이렇게 해서 라프카디오는 새로운 생의 아침을 향해 출발한다. 고립의 대합실 문을 나선 라프카디오에게 길은 아무 데나 있고 자유는 어디에나 충만해 있다. 남의 제약을 하나도 입지 않고 그는 그의 의사에 따라 그 자신의 운명을 선택할 가능성을 손에 쥔 것이다. 보이지 않는 손(신), 전통, 타인과의 관계 등에 끌려다니던 구세기적 인간과의 메별, 라프카디오는 사슬을 푼 프로메테우스가 코카서스(카프카스)의 출옥에서 벗어난 것처럼 인간을 둘러싼 그 한계 상황의 지평을 돌파한다.

프로메테우스는 사슬을 풀었다. 라프카디오는 그의 무한정한 자유와 그 무한정한 가능성을 시험하는 첫 모험을 감행한다. 라프카디오에게 있어 그 모험이 바로 유명한 그 '동기 없는 살인'으로 나타나게 된다.

"……훌륭한 꼭두각시의 모험이야. 그렇지만 실이 너무 뚜렷이 눈에 띄지 않는가! 거리에서 만나는 놈들은 모두가 비겁한 놈과 시시한 녀석들뿐이지. 라프카디오, 나는 너에게 물어보겠다. 그래 그런 우스꽝스러운 일을 심각하게 받아들이는 것이 신사가 할 짓이란 말인가! 자! 짐을 꾸리자! 시간이 됐다—신세계로 도망해야지. 땅 위에 맨발자국을 찍어놓고 유럽으로 떠나자!"

라프카디오는 이러한 자문자답의 독백 속에서 자기가 하고자 하는 일을 결정짓고 만다. 꼭두각시의 끈(프로메테우스의 사슬)을 끊기 위하여, 낡은 유럽의 질식할 것 같은 위선의 문명에서 탈출하기 위하여 봇짐을 꾸린다.

그런데 대체 그 신세계는 어디에 있으며 또한 그 신세계란 어떠한 것인가? 아메리카인가! 어느 미개지의 원시림 속에 그 신세계가 기다리고 있는 것인가! 인간의 그 손때 묻지 않은 그 무인연의 허허한 벌판은 어디서 기다리고 있는 것인가! 새로운 인간의 운명과 해방된 영혼을 쟁취하기 위해서 라프카디오는 어디로 향하여 그 출범의 노를 저을 것인가!

동기 없는 행위
라프카디오의 그 신세계란 인간의 지역을 도피한 산림 속에 있는 것이 아니라 도리어 인간들이 혼잡하게 웅성거리고 있는 도시, 떠들썩한 그 거리 속에 있다. 즉 '동기 없는 행위'에 의해서만 그 신세계는 드러난다.[3] 인간의 행위는 규정되어 있다. 모든 인과의 끈 속에서 벌어지고 있는 것이다. 무수한 저 직공들은 밥을 먹기 위하여, 가난한 자식들의 학자금을 벌기 위하여 움직이고 있는 것이다. 명예욕을 위해서, 사랑이라든지 증오라든지 질투라든지 하는 감정의 충격에 의해서, 또는 사소한 이해관계에 의해서 오늘도 그들은 움직이고 있다.

동기 없이 인간은 움직이지 않는다. 인간이 살아가는 데에는 무엇이든지 어떤 동기의 끈에 얽매여 있는 것이다. 이 말은 인간이 그에게 동기를 만들어준 어느 누구(절대적인 존재)의 의지에 사로잡혀 있는 노예임을 의미한다. 그래서 라프카디오가 이러한 동기의 끈에 얽힌 생으로부터 자유로워지기 위해선 '동기 없는 행위'의 모험을 하지 않으면 안 된다. 아무 동기도 없이 한 사람을 죽일 수 있다면 라프카디오는 신이 될 수 있는 것이다. 왜냐하면 동기 없는 행위란 곧 그 동기의 숙명 속에 갇혀 있는 '인간의 해방'

---

3) 자유를 확인하기 위해 '동기 없는 행위'라는 테마로 커다란 문제를 야기시킨 실험적인 소설 『교황청의 지하도』의 마지막 페이지에는 다음과 같은 라프카디오의 말이 있다. "오오, 욕망의 명백한 진실이여, 너의 희미한 어둠 속에 내 정신의 망령들을 밀어넣어 주겠다." 이 말은 결국은 좌절한 라프카디오가 새로운 생을 향해 걸어나가는 것을 암시하고 있다.

을 의미하는 것이니까! 주인의 의사가 아니라 자기 의사에 의해서 행동하는 노예가 있다면 이미 그 노예는 노예가 아닌 것이다. 노예는 자기 뜻대로 행할 수 없기 때문이다. 인간은 일종의 노예로서 정해진 레일 위를 굴러가는 바퀴다. 한 인간의 생애란 이 정해진 레일을 향해 질주하는 무의미하고 단조로운 과정에 불과하다.

그러므로 이 레일(인간관계)에서 이탈하는 것은 '동기 없는 행위'를 통해서만 가능한 것이며, 그 동기 없는 행위를 통해서만 인간은 자기 자신의 자유를 시험할 수 있는 것이다. 이리하여 라프카디오는 여행 도중에 열차 속에서 플레리소와르라는 아주 생면부지의 인간을 아무 이유도 없이 죽이고 만다.

'이유 없는 살인'—라프카디오는 아무것도 모르고 앞 의자에 앉아 있는 플레리소와르를 죽일 것을 결심했다.

"내가 천천히 열둘을 셀 때까지 벌판에 불이 보이지 않으면 이 자의 목숨은 살아나는 거야. 이제 세어야지! 하나……둘……셋……넷……여덟……아홉……열……불이 보인다."

플레리소와르는 비명도 지르지 못한 채 죽고 말았다. 동기 없는 범죄! 그는 생각한다.

"경찰이 다루기에 얼마나 애를 먹을까! 나는 사건들보다도 나 자신에 호기심을 품고 있으니까. 자기가 모든 것을 다 할 수 있다고 생각하는 자가, 진짜 그 일에 부닥치면 꼬리를 사리고……. 생각하는 것과 실제와는 터무니없는 거리가 있는 법이지. 장기를 두듯이 다시 하자고 할 수는 없는 법이니까! 모든 그런 위험을 미리 생각하면 장난에 흥미가 나지 않아!"

그런데 그는 실제로 행하고 말았다. 동기 없는 행위를 감행했다. 아무 죄도, 아무 관계도 없는 인간을 골패짝을 떼듯이 우연에 맡기어 죽이고 말았다. 그는 어떤 가책도 두려움도 느끼지 않고 태연하다. '동기 없는 행위'가 인간의 한계를 넘어선 행위인 것처럼, 그의 감정은 역시 인간의 한계를 넘어서고 있기 때문이다. 경찰은 라프카디오를 체포하기 어려울 것이다. 왜냐하면 경찰은 인간의 한계 안에서 움직이고 있는 인간들이기 때문이다. 즉 범죄(행위)에는 동기가 따르는 법이다. 동기를 가진 인간의 행위는 공식적이며 기계적인 것이기 때문에 그 단서만 잡으면 수학 문제를 풀어나가듯이 풀릴 수 있다. 그러나 상식적인 행위 밖의 그 행위에서 전개된 이 살인 사건을 어떻게 그 합리적인 추리로 해결지을 수 있을 것인가?

그것은 우연한 춘사椿事와 같다. 예를 들자면 어느 한 사람이 길을 가는데 갑자기 벽돌장이 떨어졌다고 가정하자. 그래서 그 사람은 죽었다. 사람들은 이 우발적인 사건을 살인이라든지 범죄라든지 하는 말로 부르지 않는다. 그 시각에 그 지점을 통과한 그의 운이 나빴다고만 말할 것이다. 그것은 그대로 플레리소와르에게도 적용된다. 동기 없는 살인은 마치 아무런 이유 없이 떨어진 우연한 벽돌장과 같다. 이러한 우연이 어느 인간의 운명을 좌우했다면 그 우연은 신만이 책임질 일이다. 그런데 여기에서의 우연은 바로 라프카디오다. 그러므로 라프카디오는 이런 우연을 행함으로써 자기 존재가 인간 밖의 지역으로 탈출해 있음을 증명한다. 마치 신의 영토와 같은 신세계에……. 인과의 지배 없이 행한 그 동기 없는 범죄는 라프카디오에게 무한한 자유, 구속 없는 해방감을 준다.

'동기도 목적도 없는 플레리소와르의 살해는 인간의 한계를 돌파한 자기의 가능성을 증명하기 위해서 또는 자신을 둘러싼 성곽의 하나를 파괴하기 위한 것(앙드레 베르주)'이다.

현대의 인간들은 이와 같은 구체적인 '동기 없는 행위'를 열망하고 있다. 그것은 때 묻은 그 합리주의의 인간 영토에서 멀리 떠나고자 하는 열망이다. 모리아크의 『테레즈 데케이루』, 카뮈의 『이방인』에서도 이 동기 없는 행위는 그대로 연장된다. 뿐만 아니라 소위 그 이유 없는 반항이라는 오늘의 틴에이저와도 그것은 일맥의 혈연을 맺고 연결된다.

동기 없는 행위의 분석

오늘의 문학에는 이와 같은 '동기 없는 행위'를 동경하는 주인공들이 많이 등장하고 있다. 필리프 수포의 『오라스 피루엘르의 여행(Voyage de Horace Pirouelle)』속에서도 이러한 환상적인 열망이 되풀이된다. '제발 동기 없는 행위를, 제발 한 번이라도 동기 없는 행위를⋯⋯'이라고 비는 것이다.

이 '동기 없는 행위'란 마리탱에 의하면 '신의神意'와 같은 것이며, 수포에 의하면 '가능성'이며, 라크르텔에 의하면 하나의 전체에서 떨어져 나간 운석으로서의 나의 창조다. 따라서 앙드레 베르주의 의견을 좇는다면 그것은 자기가 전능 전권의 인간인 것을 신하에게 증명하기 위해서 아무 이유 없이 남의 목을 잘라 보이는 절대적 지배자의 행위이기도 한 것이다. 우리는 라프카디오의 그러한 동기 없는 행위의 그 아슬아슬한 모험에서 다음과 같은 사실을 엿볼 수가 있다.

즉 ① 이성에 반항하는 정신—우연의 발견 ② 한계 상황으로부터의 해방—자유의 시도 ③ 기성 질서에의 반항—새로움의 연구, 즉 오리지널한 물物의 탐구 ④ 무한정한 개성의 비약—비개성적 세계에의 도전 ⑤ 권태로부터의 비정서적 도피 등이 그것이다.

결국 라프카디오의 동기 없는 행위는 이상 다섯 가지의 성격을 방증하는 행위이다. 따라서 그것이 곧 모험적 인간이라는 금세기적 인간성을 채색하는 페인트다.

첫째로 '이성에 반항하는 정신'—이 말은 르네 크르베르가 창안한 용어다. 그러나 이러한 '이성에의 반항'은 현대 인간들이 슬로건처럼 내세우고 부르짖던 말이다. 파피니가, 우나무노가 그리고 베르그송이 그랬다. 라프카디오 자신도 그렇다. 한림원 학사나 되기를 원하는 철저한 상식인(합리적 인간)인 소설가 줄리우스에게 말했던 것이다.

"저로서는 당신의 소설에 등장하는 인간들이 먹고사는 그 논리의 뒤섞인 잡탕(이성)을 먹는 것보다는 차라리 굶어 죽는 편이 좋다고 생각합니다."

그리고 자기 자신을 '시종일관한 모순적인 인간'이라고 서슴지 않고 말하기도 한다. 이것은 라프카디오가 반이성적 인간임을 직접적으로 암시해주는 말이다.

동기 없는 행위는 어디까지나 합리적인 이성의 행위를 의미한다. 그것은 기하학적 질서 속에서 비단 올처럼 짜여지는 필연성에 의해서 구세기적 인간들은 행동해왔다. 그러니까 동기 없는 행위란 그와 반대로 모순적인 행동을 의미하는 것이며, 그 결과를 예측할 수 없는 반이성적인 행위를 뜻하는 것이다. 이 비합리 행위가 현대 인간 속에 실현되고 있는 것은 라프카디오의 살인으로 대표된다.

둘째로는 '한계 상황으로부터의 해방'이다. 이것은 어느 시대, 어느 지역의 인간들에게나 절실한 문제였다. 죽음 또는 인간의 감정, 그리고 본능, 이러한 제약 속에서 무한의 하늘을 동경해왔다. 도리언 그레이도 그 한계 상황(늙는다는 것 : 미의 멸망)에서 탈출하려고 애썼고, 그 방법이 유미적인 생활 태도로 나타나게 되었던 것이다. 그런데 현대의 인간들은 그것을 상상적인 불합리의 세계(초현실적) 속에서 얻으려 한 것이다. 초현실주의자의 그림처럼, 방 안에 나무가 있고, 시계가 엿가락처럼 녹으며, 기린의 허벅다리에 서랍이 달린 그런 세계를 꿈꾸었다. 모든 사물이 질서 정연하게 있는 자리에 있지 않고 그 숙명의 인력권 밖으로 뛰어나오는 환상—그 환상적인 행위가 곧 동기 없는 행위 속에서 가능해지기 때문이다.

결국 그것은 기성 질서에 대한 일종의 반항이기도 한 것이다. '이래이래야 된다'는 그 카리스마적 질서가 현대에 이르러 어떤 질식감을 일으킨 것이다. 그들은 새로운 공기가 필요했다. 검은 것을 희다고 말하고 싶은 심정, 하늘을 땅이라고 하고, 땅을 하늘이라고 말하고 싶은 역설적인 관념이 결국은 동기 없는 행위를 만들어낸다. 그러한 행동을 통해서 질서가 바뀌고 세계의 계획이 뒤엎어지는 혼란을 보고 싶었던 것이다. '혼란'—기차 시간표처럼 빈틈없이 짜여진 인간 질서—여기에 동기 없는 행위의 폭탄을 던짐으로써 사람들은 그 질서가 무너지는 그 혼란의 광경을 은근히 기대했던 까닭이다.

현대 인간은 '신기를 탐하는 정신(cherche de nouveau)'의 열병에 걸려 있었고, 그 열병이 라프카디오와 같은 범죄를 저지르게 한 것이다.

사실 동기 없는 행위는 신화의 세계에 잘 나타나 있다. 대부분의 신화는 모험에 관한 것들이며, 또한 그 대부분의 모험은 동기 없는 행위로 전개되어가고 있다. 피에르 그리마르가 지적한 대로, 헤라클레스의 무익한 무훈이라든지, 갖은 고생 끝에 겨우 황금의 사과를 얻었지만 그것을 도로 그 본나무에 붙여버리고 말았다는 헤스페리데스의 이야기들이 그 일례다.

그들의 무익한 노력, 목적 없는 행위는 곧 탈출과 자유에 대한 인간 욕구를 반영시킨 것이다. "순간이라도 좋으니 필연적인 순응과 그 구속에서 벗어나 살기 위해서 사는 것, 이것이 신화의 연속성이다"라고 한 베르니 여사의 말을 믿는다면, 우리도 신화와 동기 없는 행위의 밀접한 연관성을 따라서 시인하지 않을 수 없다.

그렇다. 그 때 묻은 바벨의 탑, 인간의 기성적 질서를 부수고 그 위에 무한한 개성을 다시 구축하려는 의지가 현대의 한 풍조였다. 근대의 산업 문명과 기계주의 또는 분업화된 그 사회에 있어서 개인은 그의 존재 이유를 상실해갔다. 하잘것없이 위축해가는 개성의 의지를 잃었다. 이 개성을 다시 회복하기 위해서 그들은 기행奇行을 발견한 것이다.

우리는 현대 소설 아니고도 이 동기 없는 행위를 실사회에서도 곧잘 발견할 수 있다. 한 가족 제도에 있어서 어린아이들의 존재다. 곧잘 무시되고 또한 그들의 개성은 제압받기가 일쑤다. 그래서 그들은 엄청난 일을 저지르고 싶어 한다. 그 사건이 크면 클수록 자기의 힘(개인의 힘)이 얼마나 큰 것인가를 증명하는 데에 도움이 된다. 이것을 사회에다 옮겨놓아 보라. 아무 이유 없이 남몰래 송전선을 잘랐다고 가정하자. 그날 밤의 도시에는 불이 꺼지고 수만 명의 인간들이 그 어둠의 제약을 받게 된다. 이때 그런 행위는 그에게 신과도 같은 무한한 개성의 힘을 일깨워준다. 자기는 무엇인가 변화시킨 것이다. 이럴 수 있는 것으로 바꿔놓은 것이다.

이 통속적인 예를 형이상학적인 높이에까지 끌어가면 무동기의 행위를 해명하는 열쇠가 나타나게 된다. 결국 근대적인 커뮤니티 속에서 상실하는 개성의 가치를 회복시키기 위한 심정이 무동기의 행위에 뒷받침이 되어주고 있다는 점이다. 그러므로 라프카디오나, 프로토스(『교황청의 지하도』에 나오는 또 하나의 인물 : 그는 교황청의 교황은 가짜고 진짜 교황은 감금되어 있다는 유언비어를 퍼뜨렸다)는 비개성적인 세계에 도전하기 위한 모험으로 동기 없는 행위를 저질렀다.

그런데 바로 이런 행위가 세기말적인 부도덕한 행위와 어떻게 다른가가 끝으로 문제된다. 그것의 가장 큰 차이는, 세기말적인 간들이 감정에 의해서 권태로부터 도피하려 한 데에 비하여, 현대 인간(라프카디오)들은 정서 없이 행동에 의해서 그것을 감행하고 있다는 점이다. "보들레르는 최상급의 정서적 모험을 꿈꾼다. 그리하여 무한정한 욕망에 몸을 맡겨 권태로부터 벗어나려고 했다

(베비트)."

　그러나 라프카디오는 독창적인 모험의 행위로서 헐고 낡고 답답한 일상적 세계의 권태로부터 해방되려고 한 것이다. 그러므로 라프카디오는 센티멘털리스트가 아니다. 오히려 명랑하고 싱싱해 보인다. 지하실적 인간처럼 우울한 표정을 짓는 일도 없고, 결코 어떠한 세속적인 이해관계에 얽매여 바둥거리는 일도 없다. 그것은 '감정도 필요성도 없는 행위'이기 때문이다.

　그러니까 어린아이처럼 천진난만하다고 하는 편이 오히려 적합하다. 모험가에겐 '감정'보다도 '행위'가, '이성'보다는 '경험'이, '안전'보다는 '위험'이, 그리고 '낯익은 풍경'보다는 '새로운 풍경'이 생명이다. 바로 이것이 오늘을 사는 '모험적 인간'의 속성이다.

　'프로메테우스여! 사슬을 풀라!'

　이것이 오늘을 사는 인간들의 외침이다.

12. 메시아와 걸인의 노래
— 현대 소설의 인간 이미지, 플로베르의 『보바리 부인』

에마가 마지막에 본 것

마담 보바리의 죽음이란 이제 많고 많은 화제에 불과하다. 너무나 많은 사람들이 너무나 오랜 세월을 두고 되풀이해온 이야기다.

『시골 풍속(Mœurs de Province)』이라는 그 소설의 부제副題가 암시하듯 사실상 그것은 19세기 중엽의 프랑스 농촌을 배경으로 했을 때만이 생채를 띠게 되는 것인지도 모른다. 이제는 승합 마차 제비가 달리고 오메의 무면허 약국이 있는 한산한 그 거리나, 혹은 금사자집 여인숙, 이오니아식 기둥의 면사무소, 산장 언덕 밑의 묘지 그리고 루앙시市를 드나들던 농민들의 의상과 그 풍속들은 옛날의 그날이 아니다. 시골길이라 하더라도 아스팔트가, 그리고 그 위에는 세단이 달릴 것이다.

프랑스의 농민들은 이제 트랙터로 밭을 갈고 저녁이면 TV와 적당한 음악을 감상할 수 있게 되었다. 자동차만 있다면 결코 고독하지 않다고 말하는 그들이고 보면, 오늘의 에마는 정체된 시골 분위기 때문에 간통하는 일이란 없을 것이다.

플로베르가 가장 탁월한 솜씨로 그려낸 농업공진회의 연설 장소도 수정되어야 한다. "여기에 포도나무가 있도다. 저기에 능금주를 만들 사과나무가 있도다. 저편에 채소가, 또한 저편의 저편에 치즈가⋯⋯." 그때의 참사관은 농민들 앞에서 이렇게 웅변조로 농산물 증산의 의욕을 돋우기만 하면 되었다. 그러나 이제는 포도를 재배하기보다는 그것을 소비할 시장에 대해서, 토마토를 증산하는 것보다는 그것을 수송하는 비용에 대해서 더 걱정하지 않으면 안 된다. 가스코뉴 지방의 농민들처럼 그들은 지금 팔리지 않는 포도주를 쌓아두기가 바쁘고, 마르망드에서 1킬로당 4프랑 정도로 매매되는 토마토가 파리에서는 75프랑으로 팔리고 있는 그런 실정이기 때문이다.

그런데도 불구하고 우리는 아직도 에마 보바리의 이야기 가운데서 새로운 화제가 오늘에도 그냥 적용되는 그 새로운 이미지를 발견할 수가 있는 것이다. 그것은 바로 그녀의 임종 장면이다. 현대 소설은 에마 보바리가 임종하는 자리에서부터 시작된다고 말할 수가 있다. 소설의 작법이나 혹은 그 사건과 그 내용에 있어서만 그런 것은 아니다.

배신당한 애정, 벗을 길 없는 부채 때문에 에마는 물심양면에서 다 같이 파산하고 만다. 비소를 핥고 절망 속에서 죽어가야만 했다. 그때, 그 암흑의 절벽 밑으로 떨어져 갈 때 에마 앞에 마지막 어른거리던 하나의 초상, 하나의 목소리는 무엇이었던가? 그녀가 임종할 무렵 그녀를 구제하기 위해서 달려왔던 고명한 그 의사들이었던가? 사실 의사 카니베와 라리비에르 박사는 모든 환자들에게 신의 출현과도 같은 감동을 불러일으키는 존재였다. 더구나 라리비에르 박사는 플로베르가 『보바리 부인』 가운데 존경을 바친 유일한 인물로서, 전 의학계가 떠받드는 비샤 학파의 위대한 외과 의사로 그려져 있다.

그러나 아니다. 스스로 죽음을 택한 에마 보바리에게 대체 그런 명의가 무슨 소용이 있었겠는가? 의사가 그녀를 구제할 수 없었던 것과 마찬가지로, 에마도 그들에게서 구제의 길을 발견하지 못했다. 다만 에마는 의사들 앞에서 독을 저주하기도 하고 또는 빨리 죽게 해달라고 애원했을 따름이다.

그렇다면 의사들이 포기하고 그대로 돌아간 후에 성대(聖帶)를 가지고 찾아온 푸르니지앙 사제의 그 얼굴이었던가? 물론 에마는 무릎을 꿇고 경문을 외고 있던 그 사제의 보랏빛 에툴(옷단)을 보자 기뻐했다.

에마는 거기에서 구원의 행복에 대한 환각과 함께 망각했던 젊은 날의 그 법열을 찾아냈기 때문이었다. 그리하여 사제가 내린 십자가상에 한 생애를 통해 가장 뜨거운 사랑의 키스를 하기도 했고 회한의 눈물을 흘리기도 했다.

그러나 역시 에마가 마지막 본 그 환상은, 마지막 들은 그 목소리는 사제가 그리고 신이 아니었다. 신은 에마의 영혼을 구제할수는 없었다. 사제란 시체의 냄새를 맡고 찾아오는 까마귀에 지나지 않는 것이었다.

그렇다면…… 그렇다면 이 세상에서 아무것도 믿지 않고, 아무것도 사랑하지 않고, 아무것도 기대하지 않은 채 그녀는 죽어갔는가? 죽음의 암흑 속에 최후의 숨길을 돌리던 순간에, 바로 그최후의 순간에 에마가 보고 들은 것은 대체 무엇이었던가?

그것은 바로 헐벗고 병든 한 걸인의 모습이요 목소리였던 것이다. 그것은 조종弔鐘처럼 울리는 라틴어의 기도문을 압도하면서울려 나왔다.

보도 위에도 무거운 사보(나무신)의 소리와 지팡이를 끄는 소리가 들려왔던 것이다. 그러고는 하나의 쉬어 터진 목소리가 이렇게 노래 불렀다.

화창한 날의 따사로움에
아가씨는 사랑의 꿈을 꾼대요

(Souvent la chaleur d'un beau jour
Fait rêver fillette à l'amour)

에마는 전기가 통한 시체처럼 벌떡 일어났다. 풀어헤친 머리카락, 굳어버린 눈, 헤벌어진 입술을 하고.

　　낫으로 베어낸 보리 이삭을
　　쉬지 않고 모두들 모으느라고
　　보리 이삭 우거진 밭고랑 향해
　　나네트 아가씨는 허리 굽혀요

　　(Pour amasser diligemment
　　Les épis que la faux moissonne
　　Ma Nanette va s'inclinant
　　Vers le sillon qui nous les donne)

봉사다! 에마는 소리쳤다. 그리고 에마는 웃기 시작했다. 거지의 추악한 얼굴이 도깨비처럼 영겁의 어둠 속에 나타나 있는 것을 보는 듯싶어 잔인하게 광포하게 그리고 절망적으로 웃어젖혔다.

　　한데 그날은 강풍이 불어
　　짧은 속치마가 날아올랐대요!

(Il souffla bien fort ce jour-là

Et le jupon court s' envola!)

경련이 일어나면서 에마는 요 위에 쓰러졌다. 모두들 그녀 곁으로 다가섰다. 이미 그녀는 살아 있지는 않았다. 이렇게 에마 보바리는 죽었다. 마지막 듣고 본 것은 의사도 사제도 아니라 바로 추악한 걸인, 그녀의 정부를 만나러 루앙시를 드나들 때 언제나 마을 언덕길에서 어깨에 남루한 옷을 걸치고 이상한 노래를 부르며 구걸하던 그 눈먼 걸인이었다. 영겁의 어둠 속에 우뚝 서 있는 걸인의 얼굴.

그 추악하게 이지러진 끔찍한 얼굴, 모자를 벗어 들고 아무에게나 손을 뻗치며 구걸하던 그 걸인의 목소리, 무엇을 탄식하는지도 모르는 희미한 그 애소哀訴처럼 어둠 속으로 길게 꼬리를 끌며 사라지는 그 걸인의 목소리, 마부가 내려치는 가죽 채찍 밑에서 진흙 구렁으로 떨어져 간 그 걸인의 모습, 에마가 최후에 본 그 걸인의 환상이야말로 바로 자기 자신의 모습이었던 것이다. 그리고 영겁의 암흑 속에 서 있는 그 걸인의 얼굴이야말로 오늘도 또다시 되풀이해야 할 우리의 슬픈 화제인 것이다. 그것만은 한 세기가 지났으되 조금도 달라지지 않았다. 다만 에마 보바리는 비소를 핥고 빈사 상태의 환각 속에서 그 걸인과 서로 만났지만, 우리는 지금 생생한 정신으로 그러한 걸인의 얼굴, 그러한 걸

인의 목소리를 보고 듣고 있다는 점이 다를 뿐이다. 한층 더 분명
히……

걸인의 이미지

에마와 같이 우리가 오늘도 여전히 바라다보아야 할 그 걸인의
얼굴은, 그 걸인의 목소리는 무엇일까? 다시 말하자면 에마 앞에
나타난 그 걸인의 이미지(상징성)는 무엇일까? 여기에 대해서 많은
설명은 필요 없다.

마담 보바리의 임종 장면을 훨씬 더 확대적으로 해석해보면 누
구나 그에 대한 해답을 얻을 수 있겠기 때문이다.

우선 걸인의 환상과 대조적인 의사와 사제의 상징성부터 따져
보자(그녀가 임종할 때 처음엔 의사가, 다음엔 사제가, 마지막에는 걸인이 나타났다). 두
말할 것 없이 의사는 인간의 병을 고치는 사람이다. 즉 육체를 구
제하는 존재다. 그것은 과학과 물질에 의한 인간의 해부를 상징
하는 것이며, 해부도와 같은 날카로운 안광眼光, 이성에 의해서 인
간 일체의 허위를 척결해내는 힘이다. 한마디로 말하면 의사의
이미지란 과학적인 힘에 의한 인간 육신의 구제를 뜻한다.

그런데 그와는 반대로 사제란 인간의 영혼을 구제하는 자이다.
의사는 육체의 병을, 사제(승려)는 영혼의 병을 고친다고 말할 수
있다. 즉 그것은 종교의 세계로서 초월적이고 계시적이고 직관적

인 신비의 세계다. 그들은 해부도와 같은 이성이 아니라 성체 예배나 기도와 같은 신심에 의해서 인간 영혼을 구제하려고 하는 것이다. 근본적으로 그것은 신의 이미지라고 할 수 있는 것이다. 그렇다면 걸인의 이미지란 무엇인가.

첫째, 머리에 떠오른 것은 의사와 사제에 다 같이 반대되는 이미지를 내포하고 있는 존재란 점이다. 의사와 사제는 영육이란 면에서 대립되어 있지만 구제자란 면에서 서로 일치된다. 그런데 걸인은 바로 그 구제자란 개념에 있어서 그것들과 상반된다고 할 수 있다.

의사와 사제는 타인을 구제하려 드는 자이지만, 걸인은 거꾸로 타인에게서 구제를 받으려 하는 자이다. 더 정확히 말하면 구제를 원하는 자이면서 실은 구제의 길이 끊겨져버린 자이다. 버림받은 자이며 홀로 있는 자인 것이다. 그것은 본질적으로 인간의 가장 절망적인 상태를 상징해준다. 그러면서도 그 고립과 절망 속에서 끝없이 타자의 것을 구해야 된다. 그것도 어느 한 대상이 아니다. 범신론자처럼 무수한 대상으로부터 무엇인가를 얻어내야만 된다. 아무에게나 모자를 벗어 내밀 듯, 그리고 또 몇 푼의 돈이 아니면 학대와 모욕을 받듯, 그것은 '구걸과 거절', '접촉과 분리'의 부단한 부조리의 되풀이다. 말하자면 아무도 구제해주지 않기 때문에 영원히 구제의 갈망 속에서 살아야 하는 그 역설이 바로 걸인의 행동이라고 할 수 있다.

둘째로 걸인은 '바 뉘 피에'(va nu pieds)라는 프랑스 말 그대로 맨발로 세상을 걸어가는 자이다. 아무것도 가진 것이 없다. 끝없는 빈곤, 텅 빈 자신의 공동만을 들여다보고 산다. 자기 혼자 자기를 염려하며 살아가지 않으면 안 된다. 그러므로 걸인의 상징성은 '영霧의 인간', '나족裸足의 인간'을 의미한다. 물질적으로나 정신적으로나 발가벗은 몸 하나밖에 남아 있지 않은 그런 존재를 상징한다. 한마디로 말해서 그것은 무의 상태이다. '너싱nothing'이라고 외치는 것, 그것이 걸인의 목소리이다. 더 이상 아무것도 해낼 수 없이 된 극한 속의 형자形姿, 그 영겁의 어둠 앞에 떠오른 추악한 얼굴, 그것이 걸인의 얼굴이다.

우리는 그 얼굴에서 도덕적인 점잖은 위장이나 포식한 교양의 게트림이나 백만 달러의 유산 상속자의 여유 있는 교만한 웃음을 티끌만큼이라도 찾아낼 수 없다. 그것은 가진 자가 아니라 갖고 있지 않는 자의 이미지이며, 가식물로 은폐된 자가 아니라 바닥까지 파헤쳐 내놓은 폭로된 자의 이미지이다.

셋째로 걸인의 목소리는 다름 아닌 유랑자의 목소리인 것이다. 그는 한곳에 머물러 있지는 않는다. 아무 데도 속해 있지 않기 때문이다. 가정이란 것도 없고, 교구란 것도 없고, 고향까지도 그에게 있어서는 무의미하다. 아니 고향을 상실한 자이다. 그리고 그를 정착케 할 어떠한 의미도 부여되어 있지 않다. 무거운 사보의 소리를 울리며 지팡이를 끌고 떠돌아다니기만 하면 된다.

걸인의 이미지는 유랑의 이미지, 즉 우연과 불안과 자유 속을 방황하는 모든 자의 그 이미지이다. 항상 '무엇으로부터 떠나려는 자'의, 그리고 또 항상 '무엇으로부터 쫓기고 있는 자'의 상징이다. 그 깃발은 남루하지만 항상 나부끼고 있다. 그것이 쫓기는 것이든, 스스로 버리고 떠나는 것이든, 그것이 우울한 편력이든, 싱싱한 출발에의 모험이든 여기에서 논의될 것은 아니다. 어찌되었든 간에 걸인의 이미지 가운데는 유랑하는 자의 빛과 그늘이 서려 있다는 점에 대해서 우선 주목해주기 바란다.

이렇게 걸인의 이미지는 ① 구제를 구하는 자 ② 무의 상태에 놓인 나자裸者 ③ 불안정한 유랑자 등으로서 설명할 수 있다. 그러나 걸인으로 상징되는 이 모든 인간상들을 한마디로 요약하자면 그것은 '패배자'의 형상인 것이다. 찢긴 자, 꺾인 자, 타락해버린 자……. 자기 탓이든 어쨌든 패배된 인간, 그것을 우리는 걸인의 얼굴이요 그 노래라고 할 수 있을 것이다.

메시아의 소멸과 현대 소설의 주인공들

사실 현대 소설에서 주인공들은 대부분 이상과 같은 걸인의 이미지를 띠고 있다. 그 점에서 의식적이든 무의식적이든, 그리고 작든 크든 마담 보바리가 임종한 그 자리에서 그들은 탄생한 자들이다.

에마가 숨을 넘기며 바라다본 걸인의 이미지는 현대 소설의 구석구석을 지배하고 있다는 것이다. 옛날의 작가들이 그린 것은 사제나 혹은 의사의 얼굴이었다. 말하자면 고대 작가나 현대 작가들이 그린 초상은 구제를 구하는 자의 것이 아니라 구제를 내거는 자의 것이었다. 그들이 전달한 목소리는 복음자나 예언자의 음성이었던 것이다.

소설의 효시라고 말할 수 있는 서사시의 주인공들은 불사의 존재인 신이 아니면 영웅들이었다. 타자로부터 무엇을 구하는 자가 아니라 악마의 성에 겹겹이 갇혀 있는 공주를 구원해주는 기사들의 이야기처럼, 타자에게 무엇인가를 시여施輿하고 있는 자들이다. 계몽적인 근대 교양 소설의 주인공들은 도덕적이나 이성적인 면에 있어서의 교훈자요 지도자들이었다. 어느 나라의 소설사를 뒤져보아도 그것은 거의 공식화되어 있는 사실이다. 신화와 로맨스 문학 그리고 옛날의 그 해피 엔딩의 소설 순으로 그것은 전개되어왔고, 그 주인공들은 대체로 신, 영웅, 왕, 기사, 마술사, 지도자 등의 계층으로 전이되어왔다는 사실을 우리는 알고 있다.

그리고 19세기의 리얼리즘에 이르게 되면 위대하지도 않고 타락되지도 않은 평범한 일상적 시정인市井人이 그들 주인공의 의자를 대신하여 앉게 된다. 그러니까 날이 갈수록 작중 인물들은 신의 위치로부터 점차 하강하여 일상인의 위치에까지 내려앉게 된셈이다. 그리하여 현대 소설의 주인공들에게서 우리가 듣는 것은 저 패자들, 에마가 마지막 더듬었던 눈먼 걸인의 목소리이다. 신 (종교)의 이미지나 의사(과학)의 이미지는 이미 부르봉 왕가의 초상 화들처럼 희미해져 버리고 말았다. 에마와 마찬가지로 영혼이나 육체나 다 같이 파산 선고를 받고 파국에 직면한 현대인에 있어 서 그것은 아무런 의미도 되지 않는다. 마지막 그들의 마음을 흔 들어놓은 것은 사제도 의사도 아닌 오직 패배한 자기 자신의 투 영이다. 이 자기 초상, 자기 계시의 목소리, 그것이 바로 현대 작 가들이 만들어내고 있는 인간상이다.

모세와 헤라클레스와 아서 왕의 모습이 판치던 시대는 지났다. 지금은 위대한 거인의 모습이 아니라, 무엇인가를 끝없이 구하 고, 끝없이 거절당하고, 끝없이 방황하고, 끝없이 절망하며, 끝없 이 전락해가는 헐벗은 지적 걸인들이 등장하고 있는 시대다. 그 것이 곧 현대 소설의 한 단면이라고 볼 수 있다.

앙드레 베르주 식으로 우리는 20세기 초의 소설 제목을 죽 늘 어만 놓아도 그것을 짐작할 수 있을 것이다. 즉 현대 소설에 나오 는 인물들은 '불명료'한 '빈 가방' 같은 인물들이 '상실한 육체'를 비틀며 끝내는 버림받은 편주片舟처럼 '표류'하고 있는 것이다.

메시아가 소멸한 현대다. 다만 구제를 꿈꾸는 자들만이 남아서 희끄무레한 영겁의 어둠 속에서 헤매고 있다. 구걸을 되풀이하는 것만으로 살아가는 걸인의 운명과 같은 것이다.

우리는 그 전형적인 예를 카프카 소설의 주인공들, 특히 『성城』

에 있어서 K 같은 인물에서 찾아볼 수가 있다. K는 유랑자(나그네)이며 독신자이며 아무것도 소유하고 있지 않은 자이다. 따라서 『성』의 촌락에 있어서 그는 완전히 고립되어 있다. 촌락의 주민들은 그를 회피하고 냉대하고 경계한다. 누구에게도 의지할 수가 없다. 그러한 타자들의 틈바구니에서 K는 잠자리와 일터(측량사)를 얻기 위해서 노력하지 않으면 안 된다. 즉 K는 구걸자이다. 거부하는 타자(성)와 접근하여 구제를 받지 않으면 아니 되는 자이다. 하지만 성에 이르는 길은 아무 데에도 없다. 썰매를 타고서도, 편지를 써서도, 혹은 몇 시간씩을 문전에서 기다려보아도 성 사람(구제자)을 만날 수는 없다. 여기에서 '구걸과 거절', '접근과 분리'의 그 영원한 모순의 쟁투가 전개된다. 절망의 드라마가⋯⋯.

우리는 그처럼 중대한 의미를 띠고 있는 그 성의 정체가 무엇인지를 모른다. 소설 속에서 성은 끝까지 그 모습을 드러내고 있지 않다. 그러므로 우리가 볼 수 있는 것은 구제의 힘을 지니고 있는 사람들이 아니라, 구제를 받으려고 애쓰는 K뿐이다. 그것은 패자로서의 비참한 얼굴이다. 단절, 고립, 기아, 방황, 모멸 그러나 끝없이 두리번거리며 정체 모를 대상(성 : 구제)을 향해 구걸의 손을 벌려야 된다. 쫓고 기다리고 저항하는 K의 이지러진 그 모습뿐이다.

구제를 찾아야만 한다. 그러나 이미 메시아는 사라져버린 지 오래다. 제신諸神들의 이미지, 영웅과 천사와 기사들의 그 찬란한 이미지가 지배하던 시절은 이제 아니다. 그것들은 정확히 말해 소멸했다기보다는, 있어도 이제는 인간과 무관한 존재가 되어 버린 것이다. 누가 자기의 구제자인지 그것이 분명치 않다. 그것이 불명하기 때문에 K의 욕망(구원 : 성에 접근하려는 투쟁)은 한층 더 강렬해진다. 『성』을 카프카의 『신곡』이라고 부르는 것도 이 때문이다.

그러나 단테의 『신곡』은 질서(지옥과 연옥과 천국)와 안내자(베아트리체)와 천국(삼위일체)의 이미지가 기하학적으로 설계된 건조물처럼 뚜렷이 제시되어 있지만, 카프카의 그것은 편력하는 자의 모습만 선연하고 구제의 대상은 짙은 안개에 가려 보이지 않는다.

『성』에는 세 가지 계층의 인물이 있다. 가장 높은 지대에는 성이 있고 그 속에는 귀한 인간들(구제자)이 살고 있다. 다음에는 성의 문턱에 널려 있는 촌락의 농민들이다. 그들은 성 사람들의 지배하에 있다. 마지막 계층은 K처럼 다른 고장에서 들어온 예외적 인간이다. 카프카는 이 세 계층 가운데서 제일 하위인 K를 그렸다. 그런데 신화가 전설이나 로맨스 문학의 시대 혹은 계몽주의 시대 같았으면 위대한 성 사람(절대적 질서)들만 그렸을 것이고, 근대의 리얼리즘 소설이면 촌락의 농민들(일상적 질서)만 그렸을 것이다.

프라이의 말을 빌리면 K는 아이러니 모드에 속하는 작중 인물인 것이다. 말하자면 그것은 걸인의 이미지이다. 인간의 밑바닥에 있는 것, 인간의 실존을 상징하는 이미저리이다. 성과 촌락의 사람들은 엄격한 계급, 선험적이고 본질적인 법규 밑에서 살아가고 있다. K는 여기에 속해 있지 않기 때문에 비참하긴 하지만 모든 것을 바라다볼 수 있는 아웃사이더의 눈을 가지게 되는 것이다. 이 같은 걸인의 이미지는 바로 인간 조건의 이미지로서 사용되어 있다고 할 수 있다. 즉 실존하는 인간의 상징이다.

우리는 현대 소설을 읽을 때마다 도처에서 K와 비슷한 인간(걸인적인 이미지)들을 만난다. 『말테의 수기』에 나오는 말테 브리게가 그렇고, 『구토』의 로캉탱이 그렇다. 그들은 도시 위에서 표류하고 있는 자들이다. 직업도 가정도 없는 독신자인 그들은 언제나 고립되어 있으며, 또 K의 그것처럼 불확실한 사물과 타자들의 성벽에 의해서 포위되어 있다. K처럼 치열하지는 않으나 실존을 초극하려는 내면의 드라마를 읽을 수 있다. 절망적이지만 어둠 속에 촉수를 세우고 구제의 길을 찾아내려고 의식의 광망이 번뜩인다. 유적지流謫地와 같은 자의식의 황야에서 끊임없이 무엇인가를 구하고 있는 메타피지컬(형이상학적)한 구걸자들이다.

카뮈는 '우리에게 친숙하기 쉬운 자기상自己像으로부터의 예측할 수 없는 전락을 부조리 의식의 한 형태'라고 말한 적이 있다. 걸인의 이미지는 바로 그와 같은 전락을 명시한다. 우연히 뒤에서 들려온 여인의 웃음소리를 듣고 클레망스(카뮈의 『전락』의 주인공)는 갑자기 일상적인 감정과 도덕률 뒤에 숨어 있는 위선과 자기기만을 발견한다. 그는 전락하기 시작한다. 그것을 우리는 걸인처럼 변모해가는 클레망스의 모습에서 찾아볼 수가 있다.

장 게롤의 소설 『나는 타인의 사랑을 살 것이다』의 주인공도 역시 부랑자이다. 파리에서 살고 있는 이 무명의 무산자는 완전한 고독과 비참 속에서 K처럼 떠돌아다닌다. 이와 같이 생의 거점을 상실한 인간형들은 현대 소설의 우울한 하나의 상표로서 등록되어 있는 것이다.

에마가 걸인의 이미지 속에서 마지막에 남은 자기 자신의 초상을 보듯이, 우리는 그러한 부랑자나 무숙자나 독신자 가운데서 인간에게 남아 있는 최후의 것들을 바라보게 된다. 가면을 버린 인간이다. 그러나 걸인의 이미지라고 해서 모두 부정적이고 어둡고 비참한 것은 아니다. 현대 소설의 또 다른 지류에는 같은 '걸인의 이미지'이지만 긍정적이고 밝은 건강한 것들이 있다. 마크 트웨인의 『허클베리 핀의 모험』에 연원을 두고 있는 인간형들이다. 허클베리는 고아이며, 부랑자이며, 무산자이지만, 정력적이고 모험적인 행동의 불꽃을 지니고 있다. 의지할 데가 없는 황야이지만 그들은 행동한다.

헤밍웨이의 작중 인물들이 모두 그런 것이다. 역시 그가 다루는 인물들도 허무와 극한 속에 던져져 있는 우연적인 존재들이다. 그러나 투우사와 수렵꾼들에겐 근육이 있다. 항상 죽음과 직면하고 있으면서도 만년설에 뒤덮인 킬리만자로의 높은 산봉우리의 이미지를 잃지 않고 있는 자들이다. 웃는 거지들이요, 생명의 자유를 노래하는 구걸자들이다. 허무라는 그 공복 때문에 도리어 그들은 움직인다. 이 공복을 채우기 위해서 아프리카의 밀림이나 투우장이나 카리브해의 파도와 그리고 계집과 술이 예비되어 있다.

여기에서 걸인의 원시성과 아무것에도 구속되어 있지 않는 고립성이 긍정적으로 강조된 것이다. 허클베리의 미국적인 전통과는 또 다른 의미에 있어서 서구에서는 앙드레 지드의 인간상이 그렇다. '모든 것을 지나치는 길에 바라다보아야 된다', '잠시도 한곳에 머물러 있지 말라', '책을 불사르라', '집에서 뛰어나오라', '소유하지 말라……' 지드는 이렇게 걸인적 이미지를 생의 이미지로 권장하고, 그것을 긍정적인 방향에서 그려가고 있다. 고립은 자유로서, 방랑은 새로움의 탐구로서 뒤집힌다. 동전의 표리가 바뀌는 것처럼 『교황청의 지하도』에 등장하는 라프카디오는 부랑하는 사생아이지만 도리어 싱싱하고 건장해 보인다.

이렇게 어두운 걸인의 이미지와 밝은 걸인의 이미지는 서로 대조적인 양상을 띠고 현대 소설을 관류하고 있다. 물론 그 근본적인 휴머니티의 터전을 무의 상태로 보는 것에는 차이가 있다.

걸인의 후예들

오늘도 마찬가지다. 케루악은 『노상路上에서』라는 작품에서 신종 미국 성인聖人의 대정력大精力을 가진 딘을 창조해냈다. 그리고 그 딘은 비트 제너레이션의 영웅이 되었다. 그런데 바로 이 딘은 걸인의 자식이었던 것이다. 딘의 아버지는 빈민촌 래리머가의 거지 중에서도 상거지였다. 화물 열차를 타고 떠돌며 철도원 식당에서 설거지나 해주고, 빈민굴의 밤의 골목길을 비척거리며 돌아다니다가 그 누런 이빨이 하나씩 차례로 빠져 서부의 시궁창에 떨어지고, 결국엔 석탄 더미에서 숨을 거두게 되는 걸인—이것이 딘이 가끔 생각해내는 아버지의 추억이다.

자신도 걸인과 오십보백보. 그는 잠시도 쉬지 않고 떠돌아다니며 걸식을 한다. 순수한 방랑길이 그의 인생인 것이다. 무엇이든 주면 주는 대로 기꺼이 받아먹는 기아의 걸인처럼 딘은 모든 것을 삼키려 한다. 자연을…… 대지를…… 재즈를…… 섹스를…… 지저분한 골목길의 풍경과 계집들을…….

비트의 문학에 등장하는 인물들은 모두가 그 같은 '걸인의 자식'들이다. 앵그리 영맨의 소설도 하나의 걸인극이다. 케루악의 『노상에서』가 자동차의 방랑기라고 한다면, 존 웨인의 소설 『서둘러 내려오라』는 직업을 전전하는 방랑기다. 그 주인공 람리는 유리창 닦기, 밀수단의 앞잡이, 병원의 청소부, 스페어 운전사 등…… 수시로 직업을 바꾸며 떠돌아다니는 인간인 것이다.

또한 프랑스의 장 주네는 『도둑 일기』에서 역시 또 '걸인의 이미지'를 추구하고 있다. 걸식, 도둑, 방랑, 이 감옥에서 저 감옥으로 옮겨다니는 순례자다. 한 반세기 동안, 현대 작가가 창조해낸 인물들이 이렇게 직접 간접으로 걸인적인 이미지를 띠고 있다고 할 수 있다. 희극이나 비극이나 주인공들은 걸인적 상태에서 방황하는 것으로 되어 있는 것이다. 결국 오늘의 인간들은 전락한 걸인의 목소리에서 자기 계시를 받고 있는 것인지도 모른다.

좌절과 상실 속에서 구제의 길을 더듬고 있는, 그러한 메시아의 얼굴은 어느 곳에서도 보이지 않는 이 현대의 상황 속에 우리는 자신을 걸인으로서 투사하고 있다. 절망의 상이며 패배의 상이지만 그것을 통하지 않고서는 자기상의 재구성이 불가능하다.

문제는 현대 작가들이 어떻게 그 걸인의 이미지를 지양시키고 어떻게 윤택 있는 것으로 채색하느냐에 있다. 즉 에마가 잔인하게 광포하게 절망적으로 웃으며 바라본 그 걸인의 초상을 앞으로의 작가들은 어떠한 눈으로 바라볼 것인가에 문제성이 있다. 에마는 오직 절망 속에서 절망의 초상, 절망의 목소리를 들으며 죽었다. 그 '절망과 패배의 상'은 해부도같이 예리한 의사(이성)의 눈보다도 더 강렬한 것이었으며, 목쉰 절망의 음성은 라틴어의 기도문보다도 한결 높은 것이었다.

현대 작가는 어떻게 이 '절망의 상'을 통과하는가에 대해서 고민한다. 신이나 영웅이나 지도자들의 이미지는 낡은 필름처럼 이

제 잘 보이지가 않는다. 걸인의 이미지에 새로운 조명을 가하지 않고 미래의 인간상을 만들어낸다는 것은 적어도 오늘날에 있어선 허위에 속한다.

앞에서 말한 대로—걸인의 이미지에도 K의 부정적인 이미지와 같은 어두운 흐름이 있고, 또 한쪽에는 허클베리처럼 긍정적인 이미지의 밝은 흐름이 있다. 장 주네의 것이 전자의 것이라면, 잭 케루악의 것은 후자에 속한다. 주네가 만든 인물이나 케루악이 창조한 인물이나 오늘의 비평가들은 다 같이 성자란 별명을 붙여 부르고 있다. 걸인의 자식들은 오늘날 성자의 이미지로서 승화되어 가고 있는 것인지 모른다.

어두운 얼굴이든 밝은 얼굴이든, 쉰 목소리든 낭랑한 목소리든 걸인의 자식들은 크나큰 내면적인 빛, 행동적인 불꽃을 가지고 스스로 신(구제자)이 되려는 것이다. 인간의 구제자는 밖에서 발견되는 것이 아니라 인간의 자화상 가운데서 찾아내야 한다고 믿고 있다. 그리하여 걸인의 이미지 속에 여하튼 구제의 빛을 던질 것인가를 모색하는 것이 현대 작가가 창조할 모럴인 셈이다.

비탄과 외로움만을 전달해준 걸인의 목소리가 새로운 인간의 탄생을 예고하는 예언자의 목소리로서 울려오는 날, 소설은 또 한 번의 혁명을 겪게 되는 것이다. 거기 미래의 인간상이 태아처럼 어두운 역사 속에서 태동하고 있음을 우리는 안다.

13. 투우사적 인생론

—헤밍웨이의 『위험한 여름』

"새는 죽을 때 그 울음이 슬퍼야 하고, 사람은 죽을 때 그 말이 선해야 한다"는 말이 있다. 그러나 이 훌륭한 격언도 세기의 타이탄 헤밍웨이에겐 적용되지 않는다. 세상을 떠나기 1년 전 그는 『라이프』지에 하나의 소설을 발표했지만, 우리는 그 소설 속에서 그의 어느 작품보다도 우렁찬 불패의 인간상을 다시 한 번 목격했기 때문이다.

그것이 곧 헤밍웨이 문학에 찬란한 종지부를 찍게 한 『위험한 여름』이다. 그것은 이 노대가의 '백조의 곡'이 되기에 실로 손색이 없는 완벽성을 지니고 있다. 우선 그 형식부터 그렇다. 사람들은 흔히 헤밍웨이의 소설 형식으로 해서 문학과 저널리즘의 경계선이 사라지고 말았다고 한다. 그런데 이와 같은 특징이 가장 잘 나타난 것이 바로 『위험한 여름』일 것이다.

1935년에 발표한 『아프리카의 푸른 언덕』처럼 그 작품 역시 하나의 기행문이며 르포르타주이며 동시에 픽션인 그런 소설이다. 헤밍웨이란 이름이 직접 작품 속에 나타나기도 하고, 또는 그모든 이야기의 줄거리가 허구 아닌 실화로 되어 있다. 따라서『아프리카의 푸른 언덕』이 수렵기이고, 『심해의 낚시질』이 어렵의체험기이듯이, 이『위험한 여름』은 그가 직접 스페인에서 겪은투우 관람기라 할 수 있다.

그러나 수렵, 낚시질 그리고 투우가 그에게 있어 하나의 문학작품을 쓰는 것과 조금도 다를 것이 없는 것처럼, 그러한 르포르타주 또한 픽션과 아무런 차이가 없는 것이다. 그러니까 헤밍웨이가 다루고 있는 사실은 그 사실 자체가 곧 문학이며 따라서 문학 자체가 곧 하나의 사실이라 할 수 있다. 여기에서 저널리즘과픽션의 일체성이 나타나게 된다.

그렇다. 『위험한 여름』은 평범한 스페인의 여행기일는지 모른다. 그리고 분명 명성 있는 투우사의 투우 광경과 그들과의 교분을 적은 일편의 르포르타주일는지도 모른다. 하지만 우리는 이『위험한 여름』에서 사실 깊숙이 숨어 있는(문학적 허구 이상의) 상징적 세계가 비재秘在해 있음을 발견한다. 그리고 갑작스럽게 엄습해오는 생의 구렁 속에 빠지게 된다. 이것이 헤밍웨이에게서 맛볼 수 있는 새로운 소설의 맛이다. 허구와 공상의 날개를 타지 않고서도 헤밍웨이는 예술의 상징적 지경에 우리를 몰아넣는다. 카프카의 그것과는 정반대의 작업을 통해서 도달한 상징의 세계로……

그는 투우사 안토니오와 미겔에 대해서 이야기하고 있다. 작가의 상상력 속에서 변형되고 채색된 그런 인물로서가 아니라, 신문 기자의 스냅 사진에 포착된 그대로의 사실적 인물이다. 그들은 투우복을 입고 팜플로나의 광장에 나타나 거친 황우 앞에서 붉은 물레타를 휘두르고 있다. 헤밍웨이는 그것을 지루한 기록영화처럼 거의 주관 없이 치밀하게 묘파해내고 있다. 때로는 병실에 누워 있고 때로는 해수욕장에서 수영하기도 하는 안토니오의 생활을 집요할 정도로 같은 '카메라 눈'에 의해 포착해가고 있다.

그런데 팜플로나의 피 묻은 광장, 돌진하는 황소, 물레타를 펼치는 그 투우사, 그리고 혹은 침묵하고 혹은 함성을 지르는 객석의 관객들은 모두 상징화된 생의 축도로서 우리의 마음을 적시고 있다. 황소는 죽음이다. 무無다. 그리고 인간의 헤어나올 수 없는 숙명이다. 그리하여 이 정면에서 물레타를 펼치고 직면해 있는 안토니오는 이미 투우사가 아니라 인간의 철학 그것이다.

그렇게도 치밀하게 그렇게도 냉정하게 투우의 신을 그리고 있지만, 우리의 이성은 벌써 투우사 안토니오와 작가 헤밍웨이를 구별할 수 없이 되어버린다. 죽음 앞에서만, 그 죽음의 함정 속에서만 비로소 하나의 율동과 하나의 힘을 창조해내는 안토니오의 투우술―그 장엄한 고전적인 미는 곧 죽음이 탄생시켜놓은 헤밍웨이의 모든 문학이며 모든 인간의 의미다. 죽음(무)에 도전할 줄 아는 투우사만이 투우사다. 죽음에 도전할 줄 아는 작가만이 작가이다. 죽음에 도전할 줄 아는 인간만이 인간이다. 여기에서 헤밍웨이의 투우관은 예술관으로 직결된다.

더구나 헤밍웨이는 안토니오의 투우와 그 프로세스를 고속도 촬영을 함으로써 그대로 죽음에 미끄러져 들어가는 인간 정신(불굴 불패)의 추상성을 시각화했고, 안토니오와 스타일리스트 미겔의 두 투우사를 시종일관 대조시킴으로써, 그리고 그 주변에 한낱 곡예사에 불과한 사이비 투우사들―뿔을 변조시킨 가짜 황우와 싸우는 비굴한 투우사를 배치해놓음으로써 인생의 전모를 그대로 팜플로나에 압축시켜버렸다.

무→행동→무의 등식, 즉 죽음 그 속에서 행동을 발견하고 다시 그 행동 속에서 무를 산출하는 그 끝없는 순환―그러나 그 순환 속에서만이 인간의 긍정성을 찾아낸다는 허무적 행동주의의 헤밍웨이 사상이 안토니오를 통해 전형적으로 표현된 셈이다. 그러니까 이 노대가는 『노인과 바다』에서 보여준 산티아고 노인보다 한층 더 강렬한 긍정적 인간을 최종작 『위험한 여름』을 통해 완성시켜놓았다고 할 수 있다.

인간은 죽는다. 그러나 패배하진 않는다. 그러므로 헤밍웨이의 허무는 유리관 속에 든 미라가 아니라 오히려 산실 속에서 건강한 태아를 잉태하고 미소짓는 산모다. 마치 황우(죽음 : 무) 앞에서만이 상상할 수 있고 희열의 율동을 창조할 수 있는 안토니오의 물레타, 그 패스처럼.

헤밍웨이는 이 『위험한 여름』을 통해서 『태양은 또다시 떠오른다』 이래로 수십 년 동안 모색해온 가장 아름답고 가장 긍정적인 한 인물을 드디어 조상해냈다. 그리고 그의 가장 이상적인 소설의 형식(허구를 통하지 않고서도 허구 이상의 이미지네이션을 창조해낼 수 있는)을 조상해냈다. 그것이 일견 스페인의 기행문이나 투우사 안토니오의 단순한 스케치처럼 보이는 범작 『위험한 여름』의 비범성이다.

그리고 어쩌면 사르트르가 화가 틴토레토를 통해 자기의 정신적인 자서전을 쓴 것처럼, 헤밍웨이는 투우사 안토니오를 빌려 자기 예술과 인생의 그 자서전을 마지막으로 기록해둔 것인지도 모르겠다.

그러나 『위험한 여름』의 계절이 결코 헤밍웨이의 서거와 더불어 지나가 버리고 만 것은 아닐 것이다. 돌진해오는 죽음 앞에서 인간은 오늘도 홍포를 휘두르는 투우사의 정열을 저버리지 않고 있기 때문이다.

II
한국의 고전

1. 박의 사상

—『흥부전』과 선악 의식

흥부의 인간상

한국인이라면, 자기 성명은 몰라도 흥부와 놀부를 모를 사람은 없을 것이다. 그만큼 그 두 인물은 한국인의 생활과 마음속에 깊이 뿌리박고 자라온 소설의 주인공이다. 허구虛構의 인물이라기보다 그들은 언제나 우리의 한 이웃으로서 선과 악을 대표하는 인간의 두 말뚝 노릇을 해왔다. 흥부는 착한 사람의 대명사요, 놀부는 악인의 상표처럼 통용되어왔다.

그러나 흥부의 선과 놀부의 악에 대해서 우리는 알려진 것만큼은 그리 깊이 따져보지 못했던 것 같다. 일종의 고정관념으로 그저 흥부는 착하고 놀부는 악하다고만 인식해왔던 것이다. 그러나 만약 흥부와 놀부의 성격이나 행동을 좀 더 자세히 분석해보면, 한국인은 어떠한 형의 인물을 선한 사람으로 보았고, 또 어떠한 형의 인간을 악인으로 보았는지를 뚜렷하게 밝혀낼 수 있을 것이다.

선에도 여러 종류가 있고 악에도 그 모습이 다양하다.[4] 결국 선악의 두 인간상을 대표하는 흥부와 놀부의 인간상 속에 선악을 바라보는 한국인의 특성이 잠재되어 있다고 할 수 있다.

우선 흥부의 윤리관부터 관찰해보기로 하자. 흥부는 마음씨 착하고, 부모를 섬기기에 효행이 지극하며, 또한 동기간의 우애가 극진하다고 했다. 인간의 선 가운데 효孝·제悌를 가장 중시한 유교적인 윤리의식을 단적으로 나타낸 말이다.

우리가 착하다고 하는 것은 곧 그 기준이 부모를 잘 섬기고 동기간에 우애가 극진한 데 있었다. 그것은 인간의 선악을 가족관계에 두었다는 말이기도 하다.

실제로 소설에 나타난 흥부의 선행을 추적해보면 더욱 그러한 특징이 두드러지게 나타난다.

놀부는 부모가 물려준 재산을 독점하고 흥부를 내쫓는다. 그때 흥부는 어떠한 반응을 보였는가? 흥부는 자기 생계의 위협보다도 형제의 우애를 먼저 근심한다. 즉 경제적인 면보다도 형제가 떨어져 살면 돈목지의敦睦之誼가 없을 것이라는 우애의 균열 때문에 괴로워하는 것이다.

---

4) 고대 소설에서는 동서를 막론하고 선과 악을 대표하는 두 인간의 전형성이 나타나 있다. 문학 용어로는 그 선역善役을 프로타고니스트라 하고, 악역惡役을 안타고니스트라 한다.

뿐만 아니라 놀부의 말에 결국 흥부가 순종하게 되는 것도 만일 소란히 굴어 남이 알라치면 형의 흉이 더 드러날 것이라고 생각한 탓이다. 그러고 보면 흥부가 착하다는 것은 물질적인 이해관계를 떠나 형제간의 우애를 지켰다는 것과 동일한 말이 된다.

표면적으로는 조금도 탓할 것이 없지만, 흥부의 입장을 현실적으로 따져보면 그렇게 간단히 착하다고만 칭찬할 수가 없다. 생활의 거점을 상실하고 처자식이 굶는다 하더라도, 흥부에게 가슴 아픈 것은 그러한 경제적 고통보다도 혈육을 나눈 형과 헤어져 살아야 한다는 쓰라림이다. 자기 이익보다는 형의 체면을 더 중시하는 흥부의 자기희생은 물론 갸륵한 마음씨다. 부모가 물려준 재산의 분배를, 그 권리를 흥부가 주장하고 나섰더라면, 그리고 또 처자식을 부양해야 되겠다는 한 어버이로서의 의무를 수행하려고 했다면 과연 그 결과는 어떻게 되었을까? 흥부는 형과 다투어야만 했을 것이고, 최소한도 놀부의 추방령을 거역하거나 소송을 벌이거나 했을 일이다.[5]

---

[5] 정철의 「훈민가」를 보면 형제간에 송사를 하지 말라는 것이 강조되어 있다. 현실적으로 유산 문제는 혈육의 불화를 낳는 가장 직접적인 원인으로 되어 있다. 그렇기 때문에 앙드레 모루아는 유산을 둘러싼 싸움과 간통이라는 것이 없었더라면 프랑스의 소설은 존재하지 않았을지도 모른다고 비꼰 적이 있다. 한국의 고대 소설에 유산 문제로 형제간에 격렬한 알력을 보이는 소재가 없는 것을 보면 우리가 얼마나 윤리적인 생활을 강조해왔던가를 짐작할 수가 있다.

흥부가 우애를 지켰다는 것은, 그리고 순순히 그 집에서 쫓겨 나왔다는 것은 다른 각도에서 관찰해보면 상속이라는 자기의 권리를 포기했다는 것이며, 어버이로서의 의무를 지키지 않았다는 것이며, 이 세상에서의 생존권을 저버렸다는 결과가 된다. 그가 착하다는 말은 결국 자기에게 충실치 않았다거나 자기의 권리·의무에 대해서 소홀했다는 말로도 표현될 수 있다. 자기 아내와 아들보다도 형을 더 사랑했다는 이야기일 수도 있다.

그것은 자기가 권리를 주장하고 처자식에 대한 의무를 지키려는 것은 착한 것이 아니라고 생각한 것과 마찬가지다. 여기에 바로 『흥부전』의 비사회적 선인 개념善人槪念이 있는 것이다.

오늘날에 있어서도 그렇다. 흥부처럼 자기 권리를 포기하는 것이 선으로 통용되고 있는 현상을 우리는 가끔 목격할 수가 있다. 가정에서든 학교에서든 직장에서든 자기에게 주어진 권리를 내세우는 것을 오늘날의 한국인 역시 『흥부전』의 옛날 독자들과 마찬가지로 별로 달갑지 않게 여기고 있다. 도리어 나쁜 일이라고 믿는다. 노동법을 내세우는 사원이나 자기의 권리를 위해서 투쟁하는 사람을 도덕적인 면이나 인격적인 면에서 비난하는 경우가 많이 있다.

그렇기 때문에 한국인에겐 대체로 법의식이 부족하다. 법을 따지고 소송을 벌이는 것을 악한 일이라고까지 생각한다. "아무리 법이 그렇기로서니 형제간에, 부부간에, 사제지간에 그럴 수 있느냐"고 말한다. 권리·의무보다도 인간관계의 정을 더 존중하고 있기 때문이다.

이렇게 흥부의 선은 권리·의무에 반대되는 것으로 설정되어 있음을 알 수 있다.

다음에는 또 어질고 착하다는 흥부의 생활 태도를 살펴보자. 그러면 우리는 무능력한 것이 착하다는 말과 동의어로 쓰여졌다는 사실을 발견할 수 있을 것이다. 흥부의 착한 마음씨는 곧 굶주림과 추위 속에서 떠는 마음과 직결되어 있다. 가난하다는 것이 한국인에게는 하나의 선이었던 것이다.

오늘날의 작품을 보더라도 능력 있고 경제력 있는 사람이 선한 주인공으로 등장하는 예란 거의 없다. 집에 냉장고나 자가용만 있어도 이미 그는 악인이라는 꼬리표가 붙는다.

아랫배가 나온 사장은 놀부와 같은 악인이고, 사흘에 한 끼니도 때울 수 없어 피골이 상접한 요구호대상要救護對象의 실직자라야 흥부 같은 선인이 된다.[6] '빈貧=선', '부富=악', '무능력=선', '능력=악'이라는 도식주의적 인생 산술이, 제비가 행운의 박씨를 물어다 준다는 허황된 기적을 믿지 않는 오늘의 과학적인 작가에게서도 그대로 이어져 내려오고 있다.

---

[6] 비니는 『시인의 일기』에서 극단한 선은 다름 아닌 악이라고 말한 적이 있다. 흥부의 선도 이상의 관점에서 보면 하나의 악이라고 말할 수 있을 것이다.

『흥부전』을 보면 아무리 선의로 해석해도 흥부가 게으르고 무능력한 사람이라는 것은 부정할 수가 없다.

놀부에게 쫓겨난 흥부가 "건너 산 언덕 밑에 가서 움을 파고 온 식솔이 모여 앉아 밤을 새우고 곰곰이 생각하여도 갈 곳은 전혀 없으니 자리를 옮기지 말고 이곳에다 몇 칸짜리 초가집이라도 얼기설기 짓고서 사는 수밖에 다른 변통은 없기에 집을 지으려 하더라"란 구절에서도 그가 얼마나 게으르고 비활동적인 인간인가를 촌탁할 수 있다. 좀 더 적극적인 사람이었다면 집 지을 자리를 물색이라도 해보았을 일이다. 그러나 흥부는 쫓겨나서 밤을 새운 그 자리를 옮기지 않고 주저앉은 그 자리에 그냥 집을 짓는다.

뿐만 아니라 흥부가 집을 짓는 거동을 보면 정말 혼자 독립해서 일가를 이루기에는 너무나 한심한 가장이라는 것을 알 수 있다. 그는 '민첩 청산에 들어가서 크나큰 아름드리 나무를 와르릉 둥탕 지큰둥 베어내어 안방 대청 사랑채 중채를 네모지고 번듯이 입구자로 짓는 것이 아니라 낫 한 자루 지게에 꽂아 지고 묵은 밭을 쫓아다니며 수숫대와 뺑대를 베어가지고 돌아와서 비스듬한 언덕 위에 집터는 괭이로 깎아 다지고 말직으로 얼기설기 엮어 한나절도 안 걸려서 다 지어놓은 것'으로 되어 있다.

말하자면 수숫대로 지은 판잣집인 셈이다. 그나마 집을 다 지어놓고 보니 수숫대가 반 짐이 그저 남아 있었다는 대목을 보아도 흥부는 게으를 뿐만 아니라, 그 스케일조차 얼마나 옹색했던가를 짐작할 수 있다.

산림법도 없었던 그 옛날에 흥부는 어째서 나무를 베어다 집을 지을 생각을 하지 않았던가? 그가 간 곳은 산이 아니라 밭이었고, 나무가 아니라 수숫대였다. 흥부가 그렇게 해서 세운 집은 하루의 편안을 위해서 10년을 고생하는 그의 근시안적이고 안이한 생활 태도, 그리고 주변머리가 없는 무능력을 그대로 노출시킨 것이다.[7]

한나절에 지은 집, 자기가 베어온 수숫대도 다 쓰지 못하고 지어놓은 집, 발을 뻗고 누우면 발목이 벽 밖으로 나간다는 허술하고 좁은 집, 잠결에 기지개를 켜면 두 주먹은 벽 밖으로 나간다는 그 흥부의 집—이 집의 구조야말로 흥부라는 한 인간 정신의 구조이다.

이렇게 무성의한 집을 지어놓고서도 흥부는 그 불편한 집에서 하룻밤을 자고 일어나고서 "누군 팔자 좋아 대광보국 숭록대부 삼공육공 되어 고대광실 좋은 집에 부귀공명 누리면서 금의옥식에 싸여 있고 이 몸 팔자 어이 이리 곤궁하여 말[斗]만 한 오막살이에 이 한 몸을 못 담으니 지붕 마루로 별이 뵈고…… 문 밖에서

---

7) 시조에 "십 년을 경영하여 모옥茅屋을 지었는데"운운하는 이른바 초려삼간의 동경과 흥부의 그것은 엄격히 구별되어야 한다. 흥부는 풍류 정신 때문에 그와 같이 초라한 집을 지은 것이 아니다.

가랑비 내리면 방 안에는 굵은 비요 앞문은 살이 없고 뒷문은 외만 남아 동지섣달 눈바람이 살 쏘듯이 들어오고 어린 자식 젖 달라고 자란 자식 밥 달라니 차마 서러워 못살겠다"고 대성통곡을 하고 우는 것이다.

자기의 무능과 게으름은 생각지 않고 흥부는 수숫대로 지은 집만을 한탄하고 있다. 모든 것을 팔자로 돌리려는 흥부의 의타적인 생활 태도를 보면 대체 무엇이 착한 사람이냐는 회의가 앞선다.

먹일 만한 양식도 없으면서 자식은 연년생으로 낳는 것을 보아도 흥부는 무책임하기 짝이 없다. 마땅히 처자식을 양육할 의무를 다하지 못한 흥부를 오늘의 입장에서 보면 그것도 분명히 하나의 악에 속하는 일이다. 그런데 어째서 우리는 이러한 흥부를 선한 인간상으로 설정하고 또 그에 대한 애정과 이상을 품었던 것일까? 『흥부전』에는 이러한 흥부를 "청산의 유수 같고 곤류산 백옥 같으니 성덕을 본을 삼고 악한 일 멀리하네 물욕에 탐이 없고 주색에도 무심타"고 극구 찬양하고 있다.

"흥부가 이럴진대 부귀를 바랄소냐"의 결론을 보면, 착한 사람은 흥부처럼 가난할 수밖에 없다는 인생론이다. 그러므로 흥부의 게으름도 물욕이 없는 성덕으로 보았던 것이다.

흥부가 얼마나 착한가를 묘사하는 방법으로 흥부가 얼마나 가난한가를 보여주고 있는 것이 그 소설의 수사학이었다. 생에 대해서 소극적이고 게으르고 무능력한 것을 선한 인간상의 속성으로 본 까닭은, 인간이 속세에서 잘살아보려고 노력하는 그 자체가 하나의 악이라고 간주했기 때문이다. 흥부의 남루한 옷, 굶주리고 옹색한 살림이야말로 착한 자의 훈장이었다.

흥부를 유교적인 윤리로 보아도 본받을 만한 가치가 별로 없다. 물론 놀부에게 횡포를 당하고서도 형의 악행을 숨겨준다는 것은 흥부의 덕을 보여준 예라고 할 수 있다. 그러나 그 우애마저도 매우 소극적이다. 말하자면 수동적인 우애로서, 형의 잘못을 고쳐주거나 깨어진 형제의 화목을 다시 고쳐보려는 적극적인 의지는 어디에서고 찾아볼 수가 없다.

흥부의 가난은 부귀영화를 버리고 참된 인생을 살아보려는 은자隱者의 가난이나 강태공의 때를 기다리기 위해 초야에 묻혀 있는 가난과도 다르다. 그리고 가난하고 불행한 사람들을 도와주기 위해 자기가 소유하고 있는 모든 것을 보시하여 스스로 헐벗은 생활을 하는 보살의 빈곤과도 다르다. 유교나 도교나 불교의 가난은 착하고 어질고 옳게 살기 위해서 스스로 선택한 가난이지만, 흥부의 그것은 잘살고 싶어도 그 뜻을 이루지 못하는 빈곤이었다는 데 문제가 있다. 다만 가난하다는 것밖에는 별다른 윤리성이 없다.

국가나 그리고 인간 사회에 있어서 흥부 같은 사람은 아무것도 기여해준 바가 없다. 이웃을 돕다가, 나랏일을 근심하다가, 진리의 도나 자신의 열반을 구하려다가 가난해진 것이라면, 우리는 그 가난 속에서 선의 가치관을 찾아볼 수 있지만, 흥부의 가난 속에서는 오직 그의 무능력밖에는 발견되는 것이 없지 않은가.

선이란 단순한 성격일 수는 없다. 그것은 하나의 가치이며, 인간에게 작용하는 힘이며, 내일의 역사를 만들어가는 에너지여야만 한다. 흥부에게는 그런 것이 도시 엿보이지 않는다는 것이다. 흥부가 이 세상에 태어나 무엇인가를 해준 것이 있다면 부러진 제비의 발목을 고쳐주었다는 것뿐이다. 물론 형제의 우애를 내세운 것은 유교적인 윤리관이 짙은 것이고, 제비를 구한다는 것은 다분히 불교적인 중생에 대한 자비에 가까운 것이라 볼 수 있다. 그러나 처자식도 변변히 보호하지 못하는 흥부가 제비 다리까지 보살펴준다는 것은 어찌 보면 주제넘은 일 같기도 하다. 겉으로 드러난 그의 유일한 선행은 제비 다리를 고쳐준 일이었지만 그것 역시 인간 사회에 대한 선행이랄 수는 없다.

흥부의 선은 이웃을 돕고, 불행한 인간의 생명을 구하고, 착한 자를 괴롭히는 인간악으로부터 착한 사람을 보호하는, 그러한 사회적 윤리 의식과는 거리가 멀다. 인간 중심의 선이라면 도리어 참새라도 잡아 굶주림 속에서 죽어가는 인간을 먹여주어야 된다.

흥부는 제비를 도와주었지만 인간에게서는 언제나 도움을 구걸해가면서 산다. 흥부가 남의 매를 대신 맞기 위해서 감영으로 간 것은 예수처럼 남의 죄를 대신하기 위하여 스스로 고난의 십

자가를 걸머지는 인간애 때문이 아니었다. 그것은 일종의 구걸 행위로서 매를 대신 맞고 자기 식구가 먹을 양식을 구하자는 것이었다. 그가 주걱으로 뺨을 얻어맞았을 때, 또 한쪽 뺨도 때려달라고 말한 것은 원수를 사랑하라고 말한, 그래서 오른쪽 뺨을 때리거든 왼쪽 뺨도 돌려주고 웃옷을 벗기거든 속옷까지 벗어주라는 기독교적인 무한한 관용 정신이 아니었다. 그가 얻으려 한 것은 주걱에 묻은 밥풀이었다. 흥부가 착한 것은 사실이지만, 그 착한 것이 인간 사회를 기준으로 해서 볼 때에는 도리어 피해만 끼치는 기생충 역할밖에 하지 않는다는 것을 알 수 있다.

역설적으로 보면 흉악한 놀부 때문에 흥부는 그나마 자립해서 살아야 한다는 독립 의식을 깨닫게 된다.[8]

흥부가 형 놀부의 집에 구걸 갔다가 매를 맞고 돌아오자 그는 아내와 품을 팔아 살아가자고 다짐을 한다. 흥부가 노동을 하기 시작한 것은 형에게 의지해보려는 희망이 완전히 좌절된 순간에서부터 시작된다. 동기간의 우애라는 것이 우리나라에는 물질적 의존성 그리고 경제적인 자립성을 해치는 역할을 해왔었다. 인정을 추구하는 것은, 애정을 존중하는 것은 아름답고 따스한 일이

[8] 아나톨 프랑스는 『에피큐르의 동산』에서 "악은 필요하다. 만약 악이 존재하지 않는다면 선도 또한 존재하지 않을 것이다. 악만이 유일한 선의 존재 이유다"라고 말하고 있는데, 『흥부전』의 경우에서도 우리는 놀부의 필요악을 느끼게 된다.

지만, 그것이 현실 생활로 번역될 때에는 남에게 의존해서 살려는 자립성의 결여로 나타날 때가 많다.

흥부야말로 조선적 인간상의 상징이다. 다리 부러진 제비에게도 가슴을 아파하는 섬세하고 착한 인정주의로 세상을 살아가는 한국인들, 그러나 자주성이 없어서 모질게 살아가는 자기 책임감과 의무감과 독립적인 의지가 없어서 남의 인정에 의지하고 구걸하며 사는 가난한 선인, 남에게 폐만 끼치는 착한 인간들, 남을 돕고 이끌어가고 지켜주는 선이 아니라 처자식을 굶주리게 하고 남의 집 문전을 기웃거리며 심지어는 매까지 동냥질하는 선이었다.

흥부의 우애와 무욕과 인정의 꽃밭에는 의존적이고 무능하고 비굴한 벌레들이 있었던 것을 감출 수는 없다.

놀부의 재평가

우리는 흥부를 통해서 한국인의 선한 인간상의 정체가 무엇이었던가를 살펴보았다. 이제 놀부로 눈을 돌리면, 그와 정반대로 한국인이 생각한 악의 인간상이 어떠한 것이었던가를 발견하게 될 것이다.

그러므로 흥부의 얼굴을 보기 위해서는 놀부의 얼굴을 보아야 하며, 놀부를 알기 위해서는 흥부의 마음을 알아야 한다. 물의 특징은 불을 볼 때 명백해지고, 불의 성질은 물을 알았을 때만이 더욱 확실히 파악할 수 있는 이치와도 같다.

흥부가 가난하다는 것은 인생을 살아가는 그의 선한 태도와 밀접한 관련성이 없다. 그와 마찬가지로 놀부가 경제적으로 유복하다는 것과 그의 악과는 우리가 생각하는 것만큼 밀접한 연관성이 없는 것이다.

흥부는 남을 돕기 위해서 자기의 재산을 나누어주고, 또는 부귀와 권세가 인간을 번거롭게 하는 것이라 하여 자족의 경지를 찾아 빈곤해진 것이 아니라는 사실은 이미 앞에서 밝힌 바 있다. 그와 마찬가지로 한국인이 생각해낸 놀부의 악 역시 하나의 성품에서 오는 것일 뿐, 자기 이익을 추구하거나 개인의 영화 영달을 이루고자 하는 그 목적과 수단에서 오는 악이 아니다.

『흥부전』에는 흥부가 착하다는 예증은 매우 간단하나, 놀부의 악을 그린 악의 예증은 실로 서른일곱 가지나 된다. 그러나 이 다채로운 악의 메뉴를 훑어볼 때 그것이 샤일록이나 스크루지의 그것과는 매우 다르다는 것을 알 수 있다.[9]

그러나 놀부의 악은 악을 위한 악이라는 점이 더 많다는 데 특징이 있다. 초상난 데 춤추기, 불난 데 부채질하기, 우는 아기 똥

---

[9] "세상에는 악을 위해서 악을 하는 자는 없다. 모두가 악에 의하여 이익·쾌락·영예를 얻으려는 생각 때문에 악을 한다." —『프랜시스 베이컨 수필집』

먹이기, 우물곁에 똥 누어놓기, 애호박에 말뚝박기, 옹기장수 작대 치기 등등 놀부의 소행은 다만 심보가 나쁘다는 것뿐이요, 자기의 경제적 이익을 추구하는 생활 수단의 이해관계와는 아무런 관련이 없다.

우는 아기에게 똥 먹이는 것과 아이들의 드롭스에 유해 색소를 넣어 돈벌이를 하는 오늘의 악은 근본적으로 다르다. 흥부의 선이 본래의 성품에 있었던 것처럼, 놀부의 악 역시 타고난 성격에 지나지 않는다. 한마디로 말해 한국인이 생각한 선악의 개념은 인간 사회의 가치관이 아니라 하나의 생래적인 성품이었다는 점이다. 놀부는 남을 해치고 있다. 그러나 남을 해침으로써 자기의 이익과 목적한 바를 달성하려는 것이 아니다. 옹기장수의 작대기를 쳤다고 해서, 남이 잠자는 데 소리를 질렀다 해서, 남이 목욕하는 데 흙을 뿌렸다고 해서 자기에게 어떤 이익이 될 만한 일은 아무것도 없다. 단순히 심리적인 쾌감을 맛볼 뿐이다.

사실 놀부의 악은 한국인의 독특한 용어로서, 우리는 그것을 심술이라고 부른다. 심술은 '무상의 악'이다. 흥부의 선이 사회성을 지니고 있지 않는 것과 마찬가지로, 놀부의 악 역시 사회성이 아니라 순수한 개인적인 심리에서 비롯하는 심술이라는 점에서 공통점이 있게 된다. 이렇게 선도 악도 역사 속에서 나타나는 것이 아니라 선천적으로 주어진 것으로 파악된다. 요컨대 사회성이나 주체성이 없다. 서른일곱 가지로 고발된 놀부의 악을 훑어보면 어디까지나 남을 괴롭히고 골려주고 낭패를 시키는 데 있다. 타인에 악의 주체를 둔 심술이라고 할 수 있다. 따지고 보면 이 세상에 놀부 아닌 사람이 없다. 심술이란 인간이 지니고 있는 한 속성이기도 하다.

어린아이들이 노는 것을 가만히 관찰해보라.[10] 남이 애써 만든 물건을 부수고 그들은 손뼉을 친다. '면종 난 놈 쥐어박기, 눈 앓는 놈 고춧가루 넣기, 이 앓는 놈 뺨치기'의 놀부의 행위는 성인의 악이 아니다. 차라리 초등학교 학생 같은 귀엽기까지 한 순진한 악행이라고 보는 편이 옳다. 초등학교 학생들이 집단적으로 예방주사를 맞고 난 다음 날이면 아이들은 누구나 놀부처럼 남의 아픈 주사 자리를 건드리는 장난들로 그 교실은 활기에 넘친다. 인간은 무의식적으로 누구나 다 놀부인 것이다. 위태롭게 옹기장수의 지게가 가는 작대기 하나로 버티어져 있는 것을 보면 어떤 사람이든 무의식 속에서는 그것을 발로 차보고 싶은 충동을 느낀다. 불난 광경을 보면 겉으로는 동정하는 체하면서도 실상 속으로는 더욱 불길이 높아지기를 은근히 희망하는 것이 인간의 마음

---

10) 심리학자들은 아이들의 심리 분석을 통해서 공격적이고 파괴적인 인간 본능의 악을 설명해주고 있다. 아이들의 장난감을 보면 평화적인 것보다는 총이나 칼 같은 공격적인 것이 더 많다는 것을 알 수 있다. 선악이라고 부르기 전에 인간의 무의식 속에는 누구나 공격과 파괴의 영감을 간직하고 있는 것이다.

이다. 이러한 악은 인간이 살아 있다는 증좌이며 인간 생존의 현실감을 느끼게 하는 감정이다.

악에는 여러 가지 종류가 있으나, 크게 공리적인 것과 심리적인 것과 윤리적인 것으로 나누어볼 수 있다. 그런데 한국인의 악인상은 바로 놀부처럼 심리적 본성에서 오는 악이라는 데에 그 특징이 있었다고 할 수 있다.

이제는 많이 달라졌지만 지금도 한국 사회를 지배하고 있는 악의 근원은 공리적이거나 윤리적인 것보다도 심리적인 면에서 오는 시기·질투·심술에서 생겨나는 것들이 압도적이다. 돈을 벌기 위해서, 출세를 하기 위해서, 자기의 야망이나 향상을 위해서 남을 해치고 괴롭히는 시장 속의 악이라기보다, 까닭 없이 자기와 아무 이해관계가 없는데도 남을 헐뜯고 방해하고 골려주는 심리적 충동에서 악행을 하는 사람들이 많은 것이다.

그렇기 때문에 인간의 자유의식과 결부된 서구의 악, '신을 거역하고 인간이 멋대로 자기의 운명을 결정한다'는 인간주의적 악과는 다른 것이 있다. 경제적 목적이나 권력의 수단으로 사용된 지배 욕망의 악, 그리고 자유를 얻기 위해 반역하는 그 악에서 그들은 식민지를 개척했고 제국을 만들었으며, 노예의 착취로써 호화로운 궁전을, 도시를, 공장을, 은행과 시장을 세웠다. 악은 무엇인가를 생산한다. 선도 악도 그들에게 있어서는 생산적인 것이었다. 그러나 한국인이 생각한 선악은 사회적인 것이 아니었다는 데에서 선과 악의 대결이 새로운 인간상과 새로운 역사를 만들어 가는 용광로의 불꽃 같은 구실을 하지 못했던 것이다.

그런 점에서 차라리 흥부보다는 놀부 쪽에 기대를 걸어보자는 사람도 없지 않아 있는 것이다. 우선 놀부는 살아 있다. 비록 악이라 해도 흥부처럼 생명력이나 현실성이 거세되어 있지 않은 인간이다. "형제는 어렸을 때는 같이 살아도 성장하면 따로 살아야 한다"는 놀부의 말 속에서는 비록 재산을 독점하고자 하는 둔사遁辭이긴 하나 분립과 자주와 독립 속에서 자기가 자기 주인이 되어 세상을 살아가야 한다는 근대의 인간주의 정신이 깃들어 있다. 흥부는 의지하려 하고, 놀부는 홀로 서려 한다. 선은 함께 화합하려는 데 있고, 악은 따로 분립하려는 데 있다. 이런 관점에서 보면 인간의 역사엔 이 종합과 분립의 두 요소가 다 같이 필요하므로 선악도 또한 다 같이 필요한 것이라는 논법이 가능해진다.

또한 놀부에게는 적극적인 행동으로 자기 가능성을 추구해가려는 의지력이 있다. 그는 제자리에 주저앉지 않는다. 제비가 물어다 준 박씨에서 황금이 쏟아져나왔다는 말을 듣고 그냥 아우를 부럽게만 생각하고 있는 그런 사람이 아니다. 놀부가 악하다고는 하나 공으로 굴러떨어진 아우(흥부)의 재산을 송두리째 먹어치우려는 뻔뻔스런 악한은 아닌 것이다.

부자가 된 흥부의 집에서 그는 다만 장롱 하나만을 들고 나왔을 뿐이다. 그가 흥부네 집으로 갈 때만 해도 '도둑질을 해서 그가 부자가 되었다면 가산의 절반만 **빼앗아오리라**'고 했었다. 즉 그는 전 재산을 약탈해올 생각은 없었던 사람이다. 놀부가 아우의 비밀을 알았을 때 그는 자기 힘으로 흥부처럼 되고자 한 것을 보더라도 그의 적극성과 자주적인 성격을 찾아볼 수가 있다.[11]

『흥부전』에서는 놀부가 혹독하게 풍자되어 있으나, 엄격히 따지고 보면 놀부를 악의 표상으로 낙인찍을 만한 근거는 별로 없다. 장자 상속 시대에 부모의 재산을 홀로 차지한다는 것도 그렇게 큰 악이라고는 볼 수 없다.

놀부는 제비를 기다릴 때 제비를 먼저 찾아주는 사람에게 꼬박꼬박 돈을 지불했으며, 구렁이를 찾아다닐 때도 품삯을 주었고, 박을 타는 데도 인부들에게 많은 돈을 주었다.[12] 오히려 남에게 속아 부당하게 돈을 빼앗긴 쪽은 놀부 쪽인 것이다. 제비에게 폭행을 했다고는 하지만 제비를 죽인 것은 아니다. 처음부터 제비를 해칠 생각은 없었다. 결과적으로도 제비에게 큰 피해를 준 것도 없다. 기껏해야 병 주고 약 주는 격이니 제비로 보아도 손익 계산은 제로다.

---

11) 놀부가 흥부 집에 갔을 때에도 그의 악은 일종의 심술로 나타나 있다. 흥부의 부를 탐내기에 앞서 놀부는 그것을 시기한다. 탐낸다는 것과 시기한다는 것은 근본적으로 다르다. 전자는 공리적 타산이요, 후자는 감정적 반응이다.

12) 놀부는 박을 탈 때 겁을 먹고 그것을 더 이상 타지 않으려는 곱사등이, 언청이에게 많은 돈을 주기도 했다.

놀부에게 죄가 있었다면 억지로라도 구하려는 적극적인 의지와 부를 탐하려는 욕망이었을 뿐이다. 놀부는 행동적인 인간이다. 제비가 오기를 가만히 앉아서 기다리지는 않았다. 때를 기다리는 사람이 아니라 때를 부르고 만드는 사람이다. 제비가 보이지 않으면 찾아다니고, 제비가 집에 들지 않으면, 구렁이가 나타나지 않으면 잡아서 끌어들이고, 제비 다리가 부러지지 않으면 스스로 그것을 부러뜨린다. 놀부의 태도는 수동적인 것이 아니라 능동적인 것이며, 받아들이는 것이 아니라 쟁취하는 것이다.

흥부적 인간은 아무리 더워도 부채질조차 하지 않을 사람이다. 그는 앉아서 바람이 불어오기만을 기다릴 것이다. 이것을 우리는 어질고 착하다고 했다. 놀부는 더우면 창문을 열고, 바람이 불지 않으면 자기 자신이 바람을 만든다. 부채를 만들고 선풍기를 만들고 에어컨디셔너를 만들 사람은 흥부 쪽이 아니라 놀부 쪽일 것이다. 우리는 그것을 악이라고 불렀다.

놀부는 또 좌절하지 않는 끈질긴 인간이다. 웬만한 사람이면 박을 하나 타고 곤욕을 치렀으면 두 번 다시 그 박을 타려 들지 않았을 것이다. 고난과 공포 그리고 불안 속에서도 놀부는 외친다. '또 하나의 박을⋯⋯.' 비록 그것이 파멸이고 불운의 계속이라 해도 놀부는 또 하나의 박을 찾아 톱질을 한다.[13]

13) 멜빌과 헤밍웨이의 정신도 바로 그것이다. 파멸할지언정 패배하지 않는다는 정신, 불

우리는 이러한 놀부를 옳다고는 말할 수 없다. 바닥 없는 욕망과 분별없는 행동은 분명히 비극이랄 수밖에 없다. 그러나 그것이 인간의 현실이 아닌가. 인간의 문명을 부정하고 역사의 발전을 회의의 눈으로 바라본다 하더라도, 인간의 현실을 움직여온 것은 놀부의 톱질과도 같은 것이 아니었던가. 인간들은 박을 탄다. 기대와 희망은 박이 뻐개지는 순간 절망으로 바뀐다. 그러나 역사의 챔피언들은 그 절망에 굴하지 않고 또 다른 박을 무수히 톱질해왔다.

만약 흥부가 아니라 놀부에게서 한국인들이 인간의 진실을 구하려 했다면 멜빌의 에이허브 선장과 말로나 헤밍웨이의 불패의 인간상들이 『흥부전』에 이미 등장했을 것이고, 지금 우리는 남의 매를 맞으며 외국 차관을 하기에만 바쁜 흥부의 가난을 면했을지도 모른다.

현실 속의 제비는, 무능력하고 자기 권리를 포기하고 수숫대 집이나 짓는 게으른 흥부의 집에 집을 짓지는 않을 것이다. 다만 착하다는 이유 하나만으로는 행운의 박씨를 물어다 주지는 않을 것이다. 우리에게 물어다 준 현실의 박씨는 더 큰 가난, 나라를 빼앗아간 외적, 전쟁이라는 모진 매였다.

행한 결과를 가져올지라도 끝까지 추구하려는 마음, 그것이 바로 현대의 행동주의 문학에 나타난 인간의 의지다.

그러나 아마 독자들은 또 하나의 결론을 생각할 것이다. 『흥부전』을 읽으면서 단군 신화의 한 대목을 상상했을 것이다. 미련하고 바보 같은 곰은 마늘과 쑥을 먹으며 어두운 동굴 속에서 백 일 동안의 고난을 겪는다. 그러나 표독스럽고 능력 있고 사나우며 힘센 호랑이는 끝내 그 고통을 참지 못하고 동굴 속을 빠져 달아나 버린다. 흥부는 곰이며 놀부는 한 마리의 호랑이였다는 것을, 그리고 끝내 눈부신 아침 햇살 속에서 자랑스러운 행운의 인간으로 변한 것은 놀부 아닌 흥부라는 것을 보았을 것이다.

결국 어째서 우리는 흥부처럼 가난하고 보잘것없고 어리석으며 주변 없는 그에게 승리의 트로피를 들려주었는지를 이해할 수 있을 것이다. 반대로 능력이 있고 적극적이며 행동적이고 영리한 놀부가 패배의 고배를 마시도록 한 이유를 그렇게 그려간 한국인의 한 사고방식의 비밀을 깨닫게 될 것이다.

우리는 고난에 순종하는 것, 인간보다 더 큰 의사에 따르는 것, 자기를 내세우지 않는 것, 일시적인 행복을 추구하지 않는 것, 어려움 속에서도 소박한 인정미를 잃지 않는 것, 남과 싸우는 것이 아니라 자기의 고통과 싸움으로써 자신의 온갖 생명력을 억제하는 것, 동굴의 어두운 시련을 참고 견디는 것, 그러한 것을 선한 인간으로 보았던 것이다. 여기에 한국인의 위대한 장점과 또 그만큼 크나큰 치명적인 단점이 있었다는 것을 『흥부전』을 통해 다시 한 번 바라다볼 수가 있을 것이다.

형제의 상징과 그 윤리

형제는 인간관계를 형성하는 가장 기초적인 단위라고 볼 수가 있다. 그렇기 때문에 인류의 사랑이나 불화를 옛사람들은 형제간의 우애와 갈등으로 비유하는 일이 많았다.[14]

카인과 아벨의 싸움은 단순한 형제간의 갈등이라기보다 인간 사회의 경쟁의식과 투쟁과 살육을 암시하는 것이라고 볼 수 있다. 형제는 가장 가까운 사이이면서도 언제나 갈등의 요인을 지니고 있기 때문에, 그와 같은 형제 의식은 곧 한 민족과 국가, 즉 동족끼리의 사랑과 미움의 관계로 확대되기도 한다. 말하자면 한 가족에 있어서의 형제는 한 국가에 있어서의 동족과 같은 함수관계를 지니고 있는 것이다. 그렇기 때문에 어느 나라의 문학이든 형제관계를 소재로 한 것은 모두가 그 시대와 사회의 인간관계를 나타내주는 상징성을 지니고 있다.[15]

우리나라의 「형제투금설화兄弟投金說話」만 해도 그렇다. 고려 공민왕 때 한 형제가 길을 가다가 아우는 황금 두 덩이를 주웠다.

---

14) 오륜五倫에도 형제는 들어 있지 않다. 그것은 부자나 군신만큼 중하지 않아서 없는 것이 아니다. 오륜 중에 형제의 윤은 속하지 않는 것이 없다. 마치 금·목·수·화·토 오행 중의 토와 같은 구실을 하고 있는 것이다. 선과 후 모든 질서의 근본이 된다.

15) 『제해기齊諧記』를 보면 이런 기록이 있다. "전진田眞이란 사람이 있었는데 형제간에 분가를 하면서 마당에 서 있는 자형화紫荊花를 분근分根해 가자고 했다. 이튿날 그 꽃은 고사枯死하고 말았다. 이것을 본 전진 형제는 분가할 것을 포기, 다시 단란하게 살았다."

아우는 그것을 한 덩이씩 형과 나누어 가졌는데, 강가에 이르러 배를 타고 건너게 되자 아우는 문득 제 손에 든 금을 강물에 던져버렸다. 형이 이상스럽게 생각하고 그 까닭을 물었더니 아우가 대답하기를, 금을 줍기 전까지는 형을 사랑하고 위하는 마음이 조금도 변함이 없었으나 금을 나누어 갖고 난 후에는 갑자기 형을 미워하고 시기하는 마음이 들더라는 것이다. 형이 없었으면 그 금을 자기 혼자 모두 차지할 수 있었을 것이라는 생각이 들었기 때문이다. 그리고 보니 금은 불상지물不祥之物이라 강에 던지지 않을 수 없었다는 것이다. 형이 그 말을 듣고 너의 말이 옳다고 하여 자기 역시 금을 강에다 던져버렸다.

우리는 이 설화에서 형제간의 사랑과 돈의 대립을 찾아볼 수가 있다. 그들은 사람의 욕망과 물질의 욕망이 서로 양립할 수 없고, 그 때문에 인간은 그중 어느 하나를 버려야만 된다는 선택의 불가피성을 시사하고 있다. 형을 물에 빠뜨리거나 그렇지 않으면 금을 물에다 던지거나 양자 중에서 하나를 택해야만 하는 것이 인간 현실의 한 조건임을 상징해준 이야기다.

그러므로 아우가 강에 금을 버렸다는 것은 물욕보다도 형제간의 우애를 더 중시했다는 결론이 된다. 카인과 아벨의 설화와는 달리, 여기에서는 형제간의 우애가 갈등을 이기고 승리의 월계관을 쓰게 된다. 그러나 이 설화를 좀 더 분석해가면 『흥부전』의 한 비밀을 풀 수 있는 여러 가지 암시적인 열쇠를 찾아낼 수가 있을 것 같다.

첫째로 이 설화를 보면 우연히 황금을 주웠다는 데 문제가 있다. 자기 노력으로 얻은 돈이라면 문제는 좀 더 달리 전개될 수 있었을 것이다. 물질을 생산으로 보았다면 이 형제는 돈 때문에 서로 분립되기보다 서로 협동할 수 있는 계기가 되었을지도 모른다. 돈을 주웠다는 것은 그때의 사회상으로 바꾸어 말하면 부친으로부터의 재산 상속이라고 말할 수 있다. 우연히 주운 돈처럼 농토와 집이 그들에게 굴러떨어지는 것이다. 이때의 재산이라는 것은 생산적인 것보다 나눈다는 데에 더 많은 관심을 갖게 될 수밖에 없다. 하나의 유산을 서로 나누어 갖기 때문에 형제에게 분할되어 갈수록 그 재산은 줄어들어 가기만 한다. 한 사람의 농토가 다음 대에 상속될 때에는 형제에게 분할되고, 그것이 다음 대로 가면 다시 재분할되어 가는 탓으로, 그러한 상황 속에서는 형제란 자연히 재산의 라이벌일 수밖에 없고, 아무리 우애가 돈독하더라도 이러한 분할 과정에서는 영세화할 수밖에 없었던 것이다.

『흥부전』의 비극도 여기 있다. 흥부와 놀부 형제는 아버지에게서 물려받은 재산에 의존해서 살아간다. 한집안에서 두 형제가 산다는 것은 마치 주어진 두 덩이의 황금을 나누어 갖는 것이나 다름이 없다. 좀 더 잘살기를 원한다면 형이 아우를 혹은 아우가 형을 내쫓고 그 유산을 혼자 갖는 길밖에는 별도리가 없다. 「형제투금설화」에서 돈을 주운 것이 형이 아닌 아우로 설정된 것은 까닭이 있다. 형은 힘이 세고 또 신분이 높기 때문에 그것을 독점해 버릴 가능성이 많다. 만약 형이 그 금을 주웠더라면 마땅히 형의 권리로써 황금을 독점해버렸을 것이고 그 결과는 『흥부전』과 같은 것으로 되었을 일이다. 말하자면 『흥부전』에서는 돈을 주운 것이 아우가 아닌 형이었다. 즉 장자 상속에 의해서 놀부는 집과 그 농토의 소유권을 장악하고 있었다.

『흥부전』은 부모가 물려준 재산을 독점하려는 데서부터 갈등이 생겨난다. 놀부는 세간과 논밭을 다 차지하고서 저 홀로 잘 입고 잘 먹으려 했기 때문에 흥부네 식구를 내쫓고 만다. 사실 우리는 놀부에 대해서 많은 편견을 가지고 있지만, 장자 상속의 그 당시 사회 풍속으로 볼 때 놀부의 악은 어디까지나 그러한 경제적 여건에서 생겨난 데 지나지 않았음을 이해해야 한다.

"형제라는 것은 어려서 같이 살되 처자를 갖춘 다음에는 각기 떨어져 사는 것이 떳떳한 법이니 너는 처자를 데리고 나가 살라." 그리고 "형제란 수족 같으니 우리 단 두 형제가 흩어져서 살면 돈 목지의가 없을 것이니 형님은 다시 생각하옵소서" 하는 흥부의 말에 "이놈 흥부야, 잘살아도 내 팔자요, 못살아도 내 팔자니 형을 어찌 허구한 날 뜯어먹고 매양 살려 하느냐"란 놀부의 말에는 조금도 그 논리에 모순이 없다. 아우에게 부모의 재산을 나누어 주지 않고 혼자 독점해버린 분배의 불공평성이 비난받을 초점일 뿐이다.

　결국 가난이나 부귀나 부모에게서 물려받은 재산에만 의존하려 한 데서 그와 같은 형제의 불화가 생겨나게 된 원인이라고 할 수밖에 없다. 사실 그와 같은 가족 경제의 상황에서는 누구나 형은 놀부와 같아질 수밖에 없고 아우는 흥부처럼 될 수밖에 없는 것이다.

　『흥부전』은 그렇기 때문에 형제간의 우애를 권장한 소설이면서도 그것을 순수한 정신의 세계에 두지 않고 유산 분배라는 물질적 조건에 두었던 것이다. 놀부를 악하게 흥부를 착하게 그린 성격 설정에 있어서도 상속권자인 장자의 횡포를 막으려 한 데 그 의도가 있다고 볼 수 있다. 우애를 지키려면 재산권을 가지고 있는 실권자인 형의 태도 여하에 있다. 결국 『흥부전』의 독자는 흥부가 아닌 놀부와 같은 입장에 있는 사람들이다.

　여기에서 재산은 곧 형제의 우애를 갈라놓는 불상지물이라는 사상이 생겨나게 된다. 카인과 아벨의 싸움은 신의 사랑을 얻으려는 데서 시작되었지만, 흥부와 놀부의 불화는 재산을 독점하려는 데서 온 비극이다.

　『흥부전』뿐만 아니라 그리스를 비롯하여 유럽의 여러 나라 전설을 보더라도 연장자인 형이 아우를 해치는 이야기가 많이 등장한다. 그리스의 삼형제 이야기와 『구약성서』의 요셉 이야기는 『흥부전』과 마찬가지로 형에게 수난을 받던 아우가 마지막에는 성공을 거두고 행복하게 된다는 줄거리로 공통적인 주제를 나타내고 있다.

이렇게 형보다 아우를 착하게, 그리고 행운으로 그 앞날을 축복해주는 것은 강자를 견제하고 약자를 구원해주려는 현실적인 힘의 밸런스를 유지하려는 의도가 없지 않다. 그러한 사회적 배경을 염두에 둘 때만이 흥부와 놀부의 인간상이 무엇을 의미하는지를 깨달을 수 있고, 어째서 부자는 악한 자, 빈자는 착한 자라는 도식주의적 인간관이 생겨났는지를 통찰할 수 있고, 그리고 또한 한국인의 경제관념이나 전통적으로 내려온 가난의 철학을 이해할 수 있게 될 것이다.

유교적인 윤리의 밑줄기라고도 할 수 있는 효제는 모두가 가족을 중심으로 한 윤리인 것처럼, 가난이나 부귀와 같은 경제관 역시 가족 경제를 토대로 한 것이었다.[16]

그렇기 때문에 흥부나 놀부는 사회성이 아니라 한 가족을 배경으로 한 인간상이라 할 수 있다.

흥부는 아무리 가난해도 그 빈곤의 원인은 나쁜 형을 두었기 때문이라는 한계 이상으로 나갈 수가 없다. 사회 제도의 모순이

---

16) 중국에서는 형제 동거를 가장 이상으로 생각하고 있다. 그래서 9대 동거니 5대 동거니 하여 가족 경제·가족 법률이 형성되었고, 그 집단을 가리켜 이가부李家府, 왕가부王家府, 사가부謝家府 등 성씨별로 불렀다.

나 인간 문명과 결부되어 있지 않은 흥부의 가난에서 우리는 인간관계를 경제에 두지 않고 가족적인 우애에 두었던 조선 사회의 한 단면을 보는 것이다.

금 두 덩이를 주어서 형제가 그것을 자본으로 하여 합심해나가는 적극적인 우애 관계, 즉 돈이 우애를 해친다고 생각하는 것이 아니라, 우애는 부를 만들어나간다는 적극적 사고방식이 우리에게는 무엇보다도 결여되어 있었다. 소극적 윤리관에서는 돈을 강에 던질 수밖에 없다. 그러니 경제적 인간이라는 것이 탄생될 수가 없다. 우리는 흥부의 인간상에서 과연 무엇을 구할 수 있는가?

인간의 행복을 물질에 두지 않았다면 그것은 별문제다. 그러나 분명히 『흥부전』의 결론은 박에서 금은보화가 쏟아져나온다는 것으로, 물질을 경시한 것이 아니고 도리어 부귀영화에 인생의 결승점을 설정해놓은 소설이다. 소박하게 말하자면 착해야 돈을 번다는 사상이 숨겨져 있다. 시조에서 볼 수 있는 청빈낙도 사상과는 다르다.

그런데도 부귀에 이르는 길을 경제적인 물질적 법칙에 두지 않고 인정적인 선악의 인과 업보에 두었다. 그랬기 때문에 밭을 갈고 땀을 흘리는 노력의 결정이 아니라, 제비가 물어다 준 은혜의 박으로부터 생겨난 부이다. 착한 자는 하늘이 돕는다는 천우天佑의 사상이다. 윤리의 법과 경제의 법은 원래 분립되어 있는 것이면서도 그것을 한 줄기에 묶어두려 한 데서 결국 흥부와 놀부 같은 인간관계가 생겨난 것이었다.

표현의 논리

한국인에게 있어 가난은 운명과도 같은 것이었다. 죽음을 피할 수 없듯이 가난도 또한 피할 수 없는 인생의 한 조건처럼 생각해 왔다. 시조를 보나 소설을 보나 가난과 싸워 이기는 것보다는 어떻게 가난 속에서도 만족하게 살 수 있을까 하는 적응에의 노력이었다. 그래서 시조 작가들은 안빈낙도의 풍류나 고고한 풍류와 자행자족하는 빈곤 철학을 노래로써 읊어갔다. 말하자면 쓴 나물 데운 물이 고기보다 맛이 있다거나, 솔불보다는 달빛이, 방석보다는 낙엽 위에 앉는 것이 한층 더 아취가 있는 것이라고 간주했다. 요즘 표현으로 옮긴다면 냉장고에서 꺼내 먹는 맛없는 과일보다는 우물물에 채워둔 수박을 먹는 편이 더 맛있고 시원한 것이라고 말하는 것과도 같다.

그러나 『흥부전』에서 그려진 가난은 그렇지 않다. 빈곤과 생활고는 인간 현실의 단면을 그대로 보여준 것이다. 흥부는 자신의 가난을 죽림칠현적인 풍류나 자족의 경지를 즐기는 도가풍의 자행자족하는 것으로 생각지 않는다. 도리어 흥부는 가난에서 벗어나려고 몸부림치고 있으며, 의식주를 위해서는 매품이라도 팔아

야 한다는 현실성이 있다.[17]

그런데도 웬일인지 흥부의 가난은 매우 리얼리스틱하면서도 읽는 사람으로 하여금 눈물보다는 웃음을 자아내게 한다. 세계의 어느 작품엔들 『흥부전』처럼 독특한 그런 가난을 그릴 수 있었을까? 흥부의 가난은 인류가 지닐 수 있는 최저의 누더기라고 할 수 있다. 그런데도 어째서 그러한 가난이 비참하고 슬프고 처참한 고통으로 느껴지지 않고 한 폭의 만화를 보듯이 우습게만 느껴지는가. 눈물을 웃음으로 표현한 한국 문학의 한 특성이 『흥부전』만큼 잘 살아 있는 작품도 드물 것 같다.

사실 착한 사람은 잘되고 악한 사람은 멸한다는 『흥부전』의 주제는 그리 대수로운 것이 아니다. 『흥부전』을 읽는 재미는 밖에서 보물이 쏟아져나오거나 혹은 거꾸로 악귀가 곤장을 들고 튀어나오는 그런 환상적인 장면도 아니다. 우리의 관심은 흥부의 가난을 비참하게 그릴수록 도리어 웃음이 솟구치게 되는 그 기묘한 표현술에 있다. 절망적인 얘기를 하면서도 이 작자는 독자를 웃기는 것이다. 가장 처절하고 빈곤한 생활을 파헤쳐가면서도 그것을 천진난만한 해학의 세계로 바꾸어놓는 마술적인 솜씨를 보여

17) 공자는 "질서가 잡혀 안정된 나라에서 가난하고 천하면 그것은 부끄러운 일"이라 했다. 우리는 여기서 선에서의 빈부와 악에서의 빈부를 볼 수 있다. 동시에 난세에의 현실성과 처세에의 현실성으로 구분되어 있는 것을 볼 것이다.

주고 있다.

흔히 서구인들이 말하는, 좀 더 구체적으로 말하면 체호프가 말하고 있는 것 같은 눈물 속의 웃음이라는 그들의 유머의 기법과도 또한 다르다. 눈물 속의 웃음은 현실의 비극을 높은 차원에서 굽어볼 때 생겨나는 웃음인 것이다. 명예와 권세와 부귀를 다투려고 사람들은 아귀다툼을 한다. 거기엔 눈물이 있고 심각한 고뇌와 절망이 있다. 그러나 현실의 시점에서 바라보면 비극적이기만 하던 인간의 현실이, 일단 차원을 바꾸어 신과도 같은 구름 위에서 굽어보면 잔잔한 하나의 웃음으로 바뀌게 된다. 이것이 체호프의 웃음이다.

그러나 『흥부전』의 웃음은 그렇지가 않다. 어디까지나 인간 현실의 같은 흙의 차원에서 생겨나는 풍자적인 웃음이다. 그리고 또 지상의 웃음이면서도 서구의 풍자적 웃음, 냉소적 웃음에서 볼 수 있는 비판적이고 공격적인 그런 가시 돋친 웃음도 아니다. 실례를 들어보자. 흥부의 가난은 매우 논리적인 분류로 분할되어 있다. 즉 빈곤의 상황이 의식주라는 생의 3대 요소에 따라 묘사되어 있다. 우선 처음에 등장하는 것은 흥부의 주거 생활이다.

안방을 들여다보면 어찌나 너르던지 발을 뻗고 누워보면 발목은 벽 밖으로 나가는지라 차꼬를 찬 놈이나 다름없고, 방에서 멋모르고 일어서면 모가지는 지붕 밖으로 나가는지라 회자수에게 붙잡혀 칼 쓴 놈이나 다름없고, 잠결에 기지개를 켤 양이면 발은 마당 밖으로 나가고 두 주먹은 벽으로 나가고 엉덩이는 울타리 밖으로 나가는지라 오가는 동리 사람들이 출입할 때 걸린다고 이 궁둥이 불러들여라 할 지경이다.

　흥부의 집이 얼마나 비좁고 옹색하며 초라한 것인가를 설명한 대목이다. 그러나 이 묘사의 과장법은 이중적인 효과를 동시에 달성케 한 예다. 즉 얼마나 그 방이 좁고 옹색한가를 과장법에 의해서 나타내고자 한 것이면서 동시에 독자 감정에는 해학적인 느낌을 불러일으키게 하는 작용을 하게 한다.

　발목이 벽 밖으로 나가고 목은 지붕 밖으로 나간다는 말은 흥부의 빈곤을 전달해주면서도 그 비참성을 웃음에 의해서 중화시켜버리는 독특한 묘사법이다.[18] 흥부는 대성통곡하지만 독자는 허리를 쥐고 웃는다. 그렇다고 흥부를 동정하지 않는 것은 아니다. 아니 웃으면서도 독자들은 흥부의 빈곤을 충분히 자기의 빈곤인 것처럼 실감할 수가 있다. 다만 그 가난을 받아들이는 감정이 현실에서는 비참하게, 작품에서는 즐겁기까지 한 웃음으로 도착되어 나타난 것뿐이다. 이러한 웃음이 없었다면 『흥부전』은 참

---

18)　웃음 속에는 광의의 진리가 있다. 비참을 비참의 극으로 모는 것이라기보다 웃음의 극으로 모는 것을 『흥부전』에서 본다. 이것이 곧 노회老獪다. 단순히 해학으로만 끝나는 것이 아니라 해학의 뒷면에 숨어 있는 긴박한 세계를 본다.

으로 숨막히는 프롤레타리아 문학의 한 대목과 다름없는 것이 되었을 것이다.

흥부의 의식 생활을 그린 대목 역시 마찬가지다. 입을 옷이 없어 아이 어른 할 것 없이 벗고 있는 모습을 멱 감는 냇가 같다고 표현한 것이 바로 그것이다. 방이 좁아 벽 밖으로 나가는 것을 차꼬를 찬 놈 같다거나, 천장이 낮아 일어서면 목이 지붕 밖으로 나가는 것을 회자수(사형 집행하는 관리)에게 붙잡혀 칼 쓴 놈이나 다름없다는 그 비유법은, 가난에 허덕이는 절망적인 인간상을 낙천적으로 바라다본 정신의 여유에서만 생길 수 있는 것이다.

사흘에 한 끼니도 때울 수 없거늘 의복을 감히 어찌 바라리요. 주야로 궁리하되 별 계책이 없더니 '옳다구려! 수가 있네' 하고 모두 다 몰아다가 한 방 속에 집어넣고 큰 멍석 한 잎을 얻어들여 구멍일랑 자식 수대로 뚫고 내려 씌워 덮으니 대강이만 콩나물 솟듯 내밀리것다. 그래도 밑천은 가렸다고 좋아라 하던 차에 한 녀석이 똥을 누러 갈 양이면 여러 녀석들이 후배後陪로 뒤따르는데 그 처신에 온갖 맛난 음식을 제각기 찾고 있더라. 한 녀석이 내달으며 '애고 어머니, 고깃국에 국수 좀 말아 먹었으면' 또 한 녀석이 '애고, 나는 벙거짓골에 고기를 지지고 달달 좀 먹었으면.'

리얼리즘의 대가 플로베르를 보고 어느 비평가는 심장이 없는

작가라고 말한 적이 있었다. 조금도 동정하지 않고 한 인생의 참
상을 객관적으로 그려갔기 때문이다. 플로베르가 심장이 없는 사
람이라면, 『흥부전』을 쓴 작가도 역시 심장이 없는 사람이다. 흥
부의 가난은 차마 눈물 없이는 볼 수 없는 극한적인 생활고이기
때문이다. 아닌 말로 도둑의 마음을 도둑 맞을까 두려운 가난이
다. 『흥부전』 작자는 동정의 눈물은커녕 즐거운 피크닉 풍경이라
도 그리듯 그의 가난을 희화화하고 있다.[19]

심지어는 월트 디즈니의 만화처럼 생쥐까지 동원시켜서 흥부
의 가난을 희극적으로 그려가고 있다. "생쥐 이 집에서 쌀 알맹이
얻으려고 열서넛 움직이다 다리에 종기 나서 파종하고 앓는 소리
세 동리에 떠도니 어찌 아니 슬플쏘냐"고 했지만, 슬프다는 말 자
체가 이 경우에서는 아이로니컬한 웃음을 자아낸다.

정말 『흥부전』의 작자에겐 심장이 없었을까. 그렇지 않으면 흥
부를 미워하고 그 가난을 고소하게 생각한 까닭일까? 천만의 말
이다. 흥부가 『흥부전』의 프로타고니스트protagonist(선역)로 설정되

---

[19] 노怒를 희喜로 묘사한 방법은 동動을 정靜으로 대하는 수단과 같다. 삼국 시대에 제갈
량은 오로五路에서 적군이 쳐들어오자 연못가에 가 고기 노는 것을 구경하고 있었다. 후주
後主는 울며 달려가서 빨리 조정으로 가 긴급 협의를 하자고 종용했다. 그러나 제갈량은
"지금 사로 병四路兵은 막았습니다. 일로 병만 막으면 됩니다" 했다. 떠드는 속에서는 좋은
안이 나올 수 없다. 동動을 동으로 다루다가 안 되는 경우 정靜으로 다루어진다. 이 정은 희
喜와 같은 것이다.

어 있는 것만 봐도 작자는 흥부의 편이라는 것을 알 수 있다. 그런데 어째서 이 작자는 가장 엄숙한, 그리고 절실한 흥부의 가난 앞에서 어릿광대 놀음을 하는 것인가. 왜 비극적인 터치로 『흥부전』을 쓰지 않고 처음부터 풍자적인 필법으로 흥부의 생활을 그려나갔던가.

흥부가 형 놀부의 집에 구걸을 하러 갔을 때 매를 맞고 돌아오는 장면이 있다. 양식을 구걸하러 갔다가 도리어 매만 맞고 돌아오는 억울하고 부당한 현실까지도 분노가 아닌 웃음으로 그려간 것은 또 무엇으로 설명할 수 있을까. 흥부의 아내는 매를 맞아 비틀거리고 오는 흥부를 보고 술대접이나 받고 취하여 돌아오는 줄로만 알고 "동기간이 좋은 게로세. 큰댁에 가더니 술에 잔뜩 취해 오시는구려"라고 말한다.

여기에 앞서 말한 모든 비밀을 푸는 열쇠가 있다. 『흥부전』의 웃음은 하늘과 땅, 물과 불, 어둠과 대낮의 그 극단이 마주칠 때 생겨나는 웃음인 것이다. 말하자면 『흥부전』은 인물부터가 극단적인 대조를 이루고 있다. 한편은 너무 착하고, 한편은 너무 악하다. 그러면서도 그들은 한 핏줄을 나눈 근본이 같은 형제다. 인생을 이렇게 대칭적인 것으로 놓고 볼 때 감정의 세계 역시 슬픔의 극은 웃음의 극과 맞선다는 사실을 알게 된다. 비참한 흥부의 가난을 눈물로 그리지 않고 거꾸로 웃음에 의해서 대조해놓은 그것 역시 인물 성격을 대칭적으로 그린 것과 맞먹는 수법의 하나라고 하겠다. 조심해서 읽어보라. 『흥부전』은 완전히 대칭 구조로 그려나간 작품이란 것을 알 수 있을 것이다.

매를 맞는다는 행위 자체가 그렇지 않은가. 매라는 것은 고통이다. 남을 응징할 때 사용하는 것이다. 그러나 그 매조차도 두 갈래로 대조되어 있다. 놀부에게 얻어맞는 매는 고통의 매지만, 형수에게 얻어맞는 주걱뺨은 즐거운 매이다. 경우에 따라서 매조차를 원해서 맞으려는 매가 있음을 이 『흥부전』은 제시해주고 있는 것이다. 형수가 아프라고 때린 매가 흥부에게는 원하는 매가 된다. 거기에 묻은 밥풀이 그의 마음을 즐겁게 하기 때문이다.

이러한 경우를 확대시킨 것이 바로 김 부자의 매를 대신 맞으러 가는 장면이다. 매 한 대에 한 냥씩 생기는 매값을 벌기 위해 영문으로 들어가는 흥부에게 있어서 매는 고통이 아니라 희망이다. 많이 맞을수록 많은 돈이 생긴다. 매를 피하는 것이 아니라 오히려 매를 구하는 흥부…… 이렇게 『흥부전』의 작가는 인간의 모든 성격, 모든 행동, 모든 의미, 생활의 온갖 것을 상대적인 대칭표로 그려나가고 있다. 가난은 매의 고통보다도 더욱 고통스럽다는 것을 흥부를 통해 우리에게 보여주고 있다.

이보다 어떻게 더 절실히 가난의 의미를 파헤쳐낼 수가 있을 것인가. 쌀이 생긴다면, 가족의 입을 옷이 생긴다면, 굶주린 자식들의 눈물이 그친다면, 가죽과 살을 저미는 곤장의 아픔도 그에게는 하나의 희망이요 구제일 수가 있다. 가난은 아픔의 본능마저도 거세해버릴 만큼 강인한 것이다.

매를 맞고 비틀대는 모습이 어째서 술에 취하여 비틀대는 그 모습과 그처럼 닮은 데가 있는가. 어째서 고통 속에 걷는 흥부의 상처 진 걸음걸이가 주흥에 겨운 술주정꾼의 걸음걸이로 보여지는가. 가장 슬픈 몸짓이 가장 즐거운 몸짓과 동일하게 보인다는 것, 이것이 인간의 아이러니이며, 그냥 통곡만 할 수 없는, 비극이 둔갑된 희극이다.[20]

흥부는 매를 맞으려고 애쓰는데, 김 부자는 매를 피하려고 버둥댄다. 흥부는 매를 맞으러 갔지만, 김 부자는 공교롭게도 특사가 되어 나온다. 흥부는 매값도 못 받고 돌아온다. 딴 사람들은 매를 맞지 않으려고 애쓰는데 흥부는 남보다 매를 맞으려고 애를 썼고, 특사가 내리자 다른 죄인들은 환성을 지르는데 흥부는 낙심천만으로 풀이 죽는다. 심지어 향청 언저리를 지나치다가 환자를 받는 데서 매를 맞는 것을 흘낏 보고 "거기는 매풍년이 들었다마는"이라고 말하여 매복조차 없는 자기 신세를 한탄한다. 집에 돌아오자 또 아내는 매를 맞지 않고 돌아왔다고 경사 났다고 춤을 추는데, 흥부는 그 거동을 보고 비 오듯 눈물을 흘리며 통곡

---

20) 해 지는 곳을 비곡悲谷이라고 한다. 그것은 해 지는 곳이 얼마나 깊은지 사람이 무서워 굽어보지 못한다는 뜻에서 취해진 것이다. 심대하고 준극峻極한 것을 가리켜 비悲라 할 수 있다.

한다. 똑같은 일을 두고 한쪽에서는 웃고 한쪽에서는 우는 것, 한쪽에서는 피하고 한쪽에서는 원하는 것, 이것이 바로 『흥부전』의 대칭적 미학이다.

더 많은 말을 할 필요는 없다. 동쪽이 있으면 서쪽이 있고, 남쪽이 있으면 북쪽이 있다. 『흥부전』도 꼭 그와 같아서, 한쪽의 이야기로 다른 쪽 이야기를 찾아볼 수 있도록 전편의 소설 구조가 음양의 대조를 이루고 있다. 그것을 알기 위해서 제비와 박이 흥부 쪽으로 나타난 것과 놀부 쪽으로 나타난 것이 얼마나 뚜렷한 대조법으로 그려져 있는지를 살펴보면 될 것이다.

① 흥부집에 제비가 들어왔을 때 흥부는 그 제비를 내쫓으려고 한다. 이왕이면 부잣집 안전한 곳에 집을 짓도록 하기 위해서. 그런데 거꾸로 놀부는 놀부의 집을 피해 가는 제비들을 몰이꾼을 시켜 억지로 몰아들인다.

② 흥부는 박에서 금은보화가 나오는 것을 보고서도 마지막 박을 타려고 하지 않는다. 놀부는 타는 박에서마다 곤욕을 당하고서도 마지막 박을 끝까지 타려고 덤벼든다.[21]

③ 흥부의 박에서 차례차례 나오는 것은 약, 온갖 세간과 피륙, 집과 곡식과 종들, 선녀의 후첩들이고, 놀부의 박에서 나오는 것

---

21) 선善의 세계에서는 조그마한 행복이라도 크게 느껴진다. 그러나 악의 세계에서는 실현될 수 없는 욕망에서 무한한 욕망을 추구하려 든다. 그것은 물욕의 세계이기 때문이다.

은 이와 대조적인 양반, 노승, 소경 상제, 무당, 장사꾼들, 초라니 탈, 사당 걸사(남사당패), 왈패들, 소경들, 대장군, 빈 박과 똥이 들어 있는 박 등이다.

선은 단순한데 악은 복잡하다는 것은 이미 흥부와 놀부의 성격 묘사를 하는 데 있어서도 마찬가지로 되어 있다. 흥부의 착한 점은 마치 흥부의 박처럼 서너 가지 예로 요약되어 있는데, 놀부의 악행은 30여 가지로 나열되어 있다. 흥부의 박은 동자와 신선이 나와서 재산을 주는 데 비해, 놀부의 박은 횡포한 자들이 나타나 재산을 약탈해간다. 특히 재미난 것은 흥부의 박에서 나오는 품목에서 우리는 조선 시대의 인간들이 무엇을 소유하고 싶었나, 또 무엇을 행복으로 삼았나의 그 순서를 알아볼 수 있고, 놀부의 박에서는 한국인이 누구에게 시달려왔는가를, 또 어떤 인간들 때문에 재산을 탕진했는가를 분석해낼 수가 있다.

흥부와 놀부가 박을 타는 장면은 서로 다른 음과 박자가 어울려 하나의 교향곡을 이룬 음악이라고 해도 과언이 아니다. 박을 하나 탈 때마다 한쪽에서는 희열이, 한쪽에서는 공포의 서로 다른 음률이 크레센도로 고조되어간다.[22]

---

22) 선은 형상形上의 것이고, 악은 형하形下의 것이다. 그 형상의 것은 늘 상上으로 발전해 가지만, 형하의 것은 아래로 줄달음쳐 타락해간다. 양자에 서로 작용이 있을 때 선과 악의 거리는 더욱 멀어진다. 흥부는 계속 위로 올라오고 있지만, 놀부는 계속 아래로 떨어지고 있다.

더구나 흥부와 놀부가 마지막 남은 박을 탈 때의 피날레는 가히 일품이라 할 수 있다. 재산이 있고 노비가 있고 장생불사의 선약仙藥이 있어도 남자의 욕심은 미녀를 갖고 싶은 법이다. 그것이 없다면 인간의 행복은 절름발이이다. 흥부에게도 제왕이 거느린 미희美姬를 주어야 할 텐데 같이 고생한 조강지처 흥부의 아내를 생각할 때 차마 그럴 수가 없다. 이 딜레마 역시 『흥부전』에서는 기묘한 대칭법으로 해결시켜주고 있다. 마지막 박을 놓고 흥부의 아내는 타지 말자고 한다. 그는 그만큼 무욕無慾하고 청렴하다. 그 것을 타자고 주장한 것은 흥부다. 결국 그렇게 해서 타게 된 박에서 미희가 나왔으니 그건 흥부가 책임질 것이다. 흥부가 욕심을 내지 않았더라면 그의 아내는 시앗을 두지 않아도 좋을 뻔했다. 무욕에서 행운이, 욕심에서 불행이 나오는 호대조好對照가 흥부와 놀부의 박 장면뿐 아니라 같은 흥부의 박을 타는 장면에서도 제시되어 있다.

놀부의 마지막 박에서 똥이 나오는 것은 한국인의 전통적 징벌로서, 더러운 것으로 악을 다스리려는 사회 풍습의 한 반영이라고 볼 수 있다. 우리는 악을 더러운 것으로 보았고, 선을 아름다운 것으로 보았다. 선·악의 개념을 미·추의 개념으로 나타낸 것이 한국적 사유 방식의 한 특징이라 하겠다. 불륜한 짓을 한 사람에게 똥을 퍼 먹이는 습속은 간음한 여인에게 돌을 던지기만 했던 구약 시대의 헤브라이 사람들과는 여러 가지 면에서 다르다.

육체적인 고통만이 아니라 오물에 의한 고문은 일종의 더러움을 깨닫게 하는 육체·정신의 양면적인 응징 수단이었다. 즉 선의 최고 표상은 아름다운 미희였고(미녀는 육체적 쾌감과 정신적 쾌감을 동시에 준다), 똥은 악의 최고의 표상으로서 나타난다(인분 역시 정신과 육체적 불쾌감을 준다).

선의 궁극과 악의 궁극을 『흥부전』은 미희와 인분으로 대조시켜놓았다.[23]

결국 『흥부전』의 표현법은 마치 음양설처럼 인간의 모든 생활을 대칭적으로 그려준 데 그 특징이 있고, 거기에서 우리는 한국 정신의 한 구조적 특성을 찾아볼 수 있다. 선과 악, 행과 불행, 눈물과 웃음, 기대와 절망, 구제와 박해, 인간의 성격도 감정도 행위도 모두가 양립 조화하여 하나의 모순의 음악처럼 흘러나오는 것이 바로 『흥부전』의 미학이다.

---

[23] 『가어家語』에 보면 이런 말이 있다. "악한 사람과 같이 있으면 생선전에 가 있는 것 같고, 선한 사람과 같이 있으면 난실蘭室에 앉아 있는 것 같다"고.

2. 허위와 진실의 사이
―『배비장전』의 세계

도덕의 가면

장자莊子가 노나라의 애공哀公을 만났을 때 애공은 이렇게 말했다.

"노나라에는 유자儒者가 많지만 선생과 같은 학문을 하는 자는 적은 것 같군."

"천만에, 노나라에는 유자가 너무 적어 큰일입니다."

"하지만 노나라의 학자들은 모두 다 유복儒服을 입고 있는데 어째서 유자들이 적다고 하는고?"

그러자 장자는 다시 대답한다.

"유자가 둥근 관을 쓰는 것은 하늘의 시時를 안다는 뜻이고, 네모난 구두를 신고 다닌다는 것은 땅의 형을 안다는 뜻이고, 허리띠에 결을 다는 것은 어떤 사태에 직면하여 결단하는 것을 존중하는 뜻이라고 들었습니다. 그러나 참으로 유덕有德한 군자는 반드시 그와 같은 복장을 하고 다니지 않으며, 그 같은 복장을 하고 다니는 자가 반드시 도를 안다고는 할 수 없습니다. 당신이 만약 내 말에 납득이 가지 않거든 국중國中에 포고령을 발하여, '유도儒道를 모르면서 유복을 입고 다니는 놈은 사형에 처한다'라고 말해 보십시오."

과연 애공이 포고령을 발하고 닷새째 되는 날 노나라에는 누구 하나 유복을 입고 다니려는 자가 없었다.

이 일화는 『장자』의 「전자방편田子方篇」에 나오는 이야기다. 유도를 모르면서 유복을 입고 다니는 형식주의적 유학자들을 장자는 통쾌하게 풍자해주고 있다. 옷만 입었다고 유생이 되는 것은 아니다. 만약 애공과 같은 포고령이 조선 시대에 내려졌다면 어떠했을까? 모르면 몰라도 속으로는 탐관오리 노릇을 하면서도 으레 겉으로는 청렴결백을 내세우고, 뒤에서는 갖은 음행을 하면서도 말로는 성인군자를 내세우던 대부분의 유학자들이 옷을 벗어 던지고 혼비백산하여 달아났을 것이다.

유교뿐만 아니라 한국의 인간상에서 흔히 볼 수 있는 타입은 형식과 내용이 서로 다른 이중적 성격을 지닌 사람들이 많다. 쉽게 말하면 위선자들이 많았다는 이야기다. 어느 시대 어느 나라고 위선자가 없는 것은 아니다. 아마 태산이 평지가 되는 한은 있어도 위선자가 이 지상에서 사라지는 날은 없을 것이다.

그러나 한국에서처럼 위선이 공인되기까지 한 나라는 그리 흔치 않을 것이다. 말하자면 한국에서의 위선은 개인의 인격적 문제가 아니라 사회적인 특수성으로까지 발전된 감이 없지 않다. 유교가 단순한 형식 윤리로서 팽배해 있던 조선 사회는 그만둔다 하더라도, 오늘날의 한국 사회의 상황을 보면 완전히 겉과 속이 다른 이중 구조 속에서 아무렇지도 않게 사람들이 살아가고 있음을 발견하게 될 것이다. 한국인은 구호를 좋아한다.

그러나 이상스러운 것은 구호는 구호대로, 실제 생활은 실제 생활대로 아무런 충돌 없이 동상이몽을 하는 점이다. 한국에서 살아가려면 내용과 상관없어도 형식을 잘 차려야 한다. 간판만 크게 달아놓은 한국의 상가와 마찬가지로, 정치가든 교육자든 상인이든 종교인이든 우선 겉차림부터 해야 된다. 겉과 속이 달라도 우리는 별로 놀라지 않는다. 으레 그런 것이라는 상념이 지배하고 있는 까닭이다. 그야말로 금주 웅변 대회에 나가서 상을 탄 사람이 그 상금으로 술을 마시고 만취된다 하더라도 별로 망측하게 생각할 사람이 드물다. 윤리니 정의니 하는 말은 알몸을 숨기는 옷 정도로 통용된다. 그러므로 모든 것이 이중적으로 배율되어 있으면서도 모순의 감각조차 느끼지 않는다.[24]

---

24) 장자는 말했다. "옥의 덩어리를 부수지 않으면 규장珪璋의 노리개를 만들지 못하고, 도덕이 없어지지 않으면 어디서 인의仁義를 찾으며, 오색이 한데 섞여지지 않으면 어떻게 아름다운 색채를 내겠는가. 도덕을 무너뜨려 인의를 하게 한 것은 성인聖人의 잘못이다." 마찬가지로 형식을 위해 내용을 무너뜨리는 한국의 인간상을 볼 것이다.

왜 이렇게 되었을까? 우리는 그만큼 윤리적인 것을 엄격히 다루었고, 인간으로서는 지킬 수 없을 만큼 현실성이 희박한 이상적인 경지에 윤리의 척도를 두었기 때문이다. 부모가 죽어도 자연 발생적인 울음보다 곡이라고 하는 형식적 울음을 만들어내었다.[25] 결국 극단화된 윤리를 좇다 보니 현실은 현실대로 윤리는 윤리대로 분열되어버린 이중성이 생겨날 수밖에 없었던 것이다.

어떤 사회의 윤리가 현실에서 통용되지 않을 때 마치 화폐 개혁처럼 새로이 수정된 윤리가 태어나고 그 새로운 윤리의 영향 속에서 새로운 현실이 생겨나는 그러한 상호작용이 우리 사회에서는 없었던 것이다. 여기에서 한국의 인간과 사회 윤리는 추악한 현실을 청소하는 빗자루 구실을 한 것이 아니라 그것을 은폐하고 가리는 악의 포장지 노릇을 해왔다고 말할 수 있다. 현실을 은폐하는 윤리, 점잖은 그 종이를 찢고 보면 추악한 냄새와 더러운 모습이 그대로 드러난다.

『배비장전』은 바로 이러한 허위의 가면을 찢고 형식주의에 흐른 장식적 윤리와 인간상의 본질을 드러내놓은 풍자적인 소설이다. 도둑도 도덕의 의상을 입어야 행세를 하던 그 시대, 그 진력나는 허위의 인간상을 발가벗겨 현실 그대로의 추악한 모습을 우

25) 초상나면 우는 것이 가장 큰 목적이다. 그래서 상주가 밤낮 울다가 지치면 타인으로 대곡代哭을 시킨다. 그리고 조정에서는 국상國喪이 나면 으레 대곡반代哭班이 편성되었다.

리 앞에 보여주는 드라마는 현대의 독자들이 읽어도 통쾌한 실감을 맛볼 수가 있다.

사실 '배비장'에서 우리는 조선의 한 전형적인 위선자들을 볼 수가 있다. '배비장'은 형식적인 유교 윤리에 젖어버린 모든 한국인의 대명사이기도 하다. 결국 이러한 허위의 인간들의 옷(가면)을 차례차례 벗겨나가고 끝내는 알몸뚱이만 남게 한 것이 윤리·도덕에 신물이 난 또 하나 다른 한국적인 익살(풍자)의 리얼리즘이라고 할 수 있다.

박지원의『호질』이나『양반전』그리고『이춘풍전』등등의 한국적인 풍자 소설이나, 귀족 계급이 아닌 평민들의 손에 의해서 기록된 한국의 서민 문학은 예외 없이 배비장의 옷을 벗기는 것 같은 풍자성을 지니고 있다. 한국적 리얼리즘은 정치적인 것, 경제적인 것이 아니라 바로 이 윤리의 허위성을 향해 도전하는 데서부터 시작된다.

이미 언급한 대로 영웅을 숭배했던 문화권에서는 실질적인 힘, 본능에서 나도는 욕정, 야만하긴 하나 있는 그대로의 현실상에서 이상적인 인간을 추구해갔으나, 한국과 같은 성자형의 문화에서는 본능을, 욕망을, 현실적 힘의 지배를 억제하고 은폐한 인격의 숭고성에 두었기 때문에 그만큼 성자는 날조될 수밖에 없었고 그에 대한 비판 의식 역시 거짓 성인들의 거룩한 가짜 수염을 벗겨

내는 풍자성에 의존할 수밖에 없었다.[26]

그리고 그러한 비판 의식은 도리어 한자를 모르고 공자를 모르고 선현들의 이상화된 행적을 몰랐던, 다만 흙에 발을 디디고 선 무식한 서민들에게서 움터왔다.

신분이 천한 방자나 기생들이 한국의 고대 소설에서 언제나 비판자의 입장, 현실주의적 입장, 풍자적인 웃음을 자아내게 하는 구실을 해왔다는 사실만 보아도 알 수 있다. 『춘향전』의 방자가 그렇고, 『배비장전』의 방자와 애랑이 그렇다.

자, 그러면 배비장의 허위성과 그 허위의 가면을 벗기고 진실의 상을 드러내놓는 방자의 모습을 좀 더 세밀하게 분석해보자. 거기에 바로 허위에 젖은 한국적 지식인의 인간상과 흙처럼 진실함을 잃지 않았던 소박하고 풍자적인 한국적 서민상이 두 개의 전형으로 맞서고 있는 드라마가 전개되고 있기 때문이다.

배비장의 옷

『배비장전』을 한마디로 말하라고 한다면 인간의 옷을 벗기는

---

26) 성인이 있는 이상 이 세상에 도둑이 없어지지 않을 것이라고 노자는 말했다. 이 성인들은 인간을 인간으로 키우지 않고 형이하形而下의 인간으로 만들어 올리려는 데, 즉 자기 식으로 인간을 만들려고 하는 과오를 노자는 비판하고 있는 것이다.

이야기다. 실제의 줄거리도 그렇고 상징적인 의미에 있어서도 그렇다. 구관 정비장과 기생 애랑이 이별하는 장면은 이 소설 전편의 주제와 플롯을 축소시켜놓은 서곡이라고 할 수 있다. 애랑은 자기의 뛰어난 미색과 능숙한 연기로써 허장허세하는 당대의 양반들의 권위와 위선의 옷을 물오른 송기 벗기듯, 그리고 피나무 껍질을 벗기듯 아주 홀랑 벗겨버리는 주역을 맡고 있다.

정비장은 애랑의 능청스러운 계책에 넘어가 처음에는 갓과 두루마기를 벗어주고, 다음에는 휘양을 벗어주고, 다음에는 철병도를, 숙수창의(관리의 평복)·분주바지·상하 의복을 벗어주고, 끝내는 고의적삼까지 모두 벗어줌으로써 알몸뚱이가 되는 것이다. 소설의 한 대목에서도 지적되어 있듯이 애랑은 정비장을 알비장으로 만들어놓고 있다.

우리는 옛날의 양반들이 얼마나 의관을 존중했는지를 알 수 있다. 그것은 사회적 신분과 자신의 지위나 인품을 나타내는 신분증과도 다름없는 것이었으며, 마치 승복과 마찬가지로 양반 정신의 생명과도 같은 깃발이었다. 애랑이 정비장의 옷을 벗긴다는 것은 외형적인 권위와 위선의 껍질을 벗겨내고 본심의 나체를 보이게 한 것과 다름이 없다. 그것은 일종의 은폐된 인간 본연의 모습을 폭로해줌으로써 가식된 분장 속에서 큰기침을 하고 있는 당대의 양반과 관리의 허위성을 풍자하는 술법이었다.

배비장이 제주의 신임 목사 김경을 따라 서울을 떠날 때, 그는 자기 아내에게 굳게 맹세를 했다. "제주라 하는 곳이 비록 떨어진 섬이긴 하오나 색향이라 하옵니다. 그곳에 계시다가 만일 몸이 잠겨 못 오시면 부모님께 불효되고 첩의 신세 그 아니 원통하오" 하는 아내의 만류에도 불구하고, "글랑은 염려 마오. 이팔가인 체사수二八佳人體似酥 하니, 허리에 찬 장검으로 우부를 베리라. 비록 사람의 머리 떨어짐을 보지 못하였으되 어둠 속에서도 임을 불러 골수를 구하리라 일렀으니 명심하고 계집은커녕 아이들 비역이라도 하게 되면 거먹쇠 아들일세."

배비장의 이 굳은 언약이나 또는 정비장이 수청 기생 애랑과 애타는 이별 장면을 보고, "허랑한 장부로다. 이친척 원부모離親戚遠父母하고 천리 밖에 와서 아녀자에 대혹하여 저다지 애걸하니 체면에 틀리었다. 만고 절색 아니라 양귀비·서시라도 눈이나 떠 보게 되면 박색의 아들일 것이다"라고 비방하는 것들은 바로 온몸을 도덕과 체면과 오만의 옷을 겹겹이 껴입은 한 양반과 관리의 모습이라고 할 수 있다. 『배비장전』은 어디에서고 양반의 정치情致를 내세우려는 율기(허세)에 가득 찬 인간형이다.

결국 그러한 허세 때문에 배비장은 어떤 일이 있어도 기생 애랑에게는 마음을 두지 않겠노라고 방자와 맹세하기까지에 이른다. 일종의 절개 시합을 통해서 배비장의 옷과 알몸을, 즉 명名과 실實의 배리背理의 드라마를 이끌어내는 발단이 생겨난다. 『배비장전』은 『태평한화골계전』 중의 「발취서화」, 『동양휘집』 중의

「속구설화」에서 그 소설의 소재를 따온 것이라고 하지만, 한 절개를 자랑하는 남성이 여인의 미색을 이겨내느냐 굴하느냐 하는 그 이야기의 주제는 이미 『삼국유사』의 「남백월산의 두 성자 노힐부득과 달달박박」의 설화, 그리고 그 후에는 그 유명한 황진이의 벽계수의 유혹이나 서화담의 설화 속에서 찾아볼 수 있다.

그리고 또 우리는 『오유란전烏有蘭傳』에서도 주인공 이생李生이 죽마고우로서 평양 감사가 된 김생金生을 따라가서 감영 안에 있는 별당에 거처하며 오로지 독서에만 열중하고 여색을 멀리할 뿐만 아니라 주연에도 참석하기를 꺼리는 완고한 도덕군자였는데, 이러한 위인인 이생을 오유란이라는 관기가 감사의 은밀한 명령을 받들고 갖은 수단으로 유혹하여 훼절시키려는 수단에 넘어가 망신을 당한다는 것을 알고 있다.

말하자면, 한국인은 여성뿐만이 아니라 남성에까지도 절개를 실험해봤으며, 서구인들이나 일본인들이 남성의 힘과 용기를 시험해보는 무술과 운동 시합의 이야기를 즐기고 있었을 때 우리는 인격과 절개 노름의 게임을 즐기고 있었던 셈이다. 조선 시대의 남성들의 올림픽은 전차 경기나 창던지기나 레슬링과 뜀뛰기가 아니라 여성의 유혹에 넘어가느냐 않느냐의 지조와 신념의 줄타기라고 할 수 있다.[27]

27) 『좌전左傳』을 보면 성인聖人은 절개에 통달한 자라고 했다. 그리고 수절하는 사람은 그

배비장은 그 로프 위에서는 양반의 체모, 중천금과도 같다는 장부의 일언, 그리고 비장 벼슬이라는 관리의 위신과 객사의 외로움과 미색을 따라 정을 나누고 싶은 인간 본성의 욕망을 가누기 위해서 비틀거리게 된다. 이 두 틈바구니 속에서 옷을 벗지 않으려는 배비장과 그 허위의 옷을 벗겨버리려는 방자와 애랑과 사또의 음모가 『배비장전』의 플롯을 짜나간다.

햄릿은 연극이야말로 사람의 본심을 떠보는 가장 좋은 거울이라고 독백했지만, 『배비장전』에서도 인간의 베일을 벗기는 데 사용된 것은 하나의 연극적 수법이었다. 사또는 각본을 쓰고, 애랑은 그것을 연기하고, 방자는 그것을 연출한다. 그리고 한라산의 봄 경치는 무대 장치의 구실을 한다.

배비장은 이 연극 앞에서 마치 그의 전임 정비장, 그가 허랑한 장부라고 비난했던 정비장과 같이 위장의 옷들을 한 꺼풀씩 벗어가는 것이다. 그러면서도 배비장은 끝까지 자기 자신을 속이려고 하며 자기대로의 허위의 가면을 쓰고 연극을 하려고 든다. 거기에서 우리는 웃음을 발견하게 되고, 그 웃음을 통해서 근엄한 것

다음이고, 아주 그 아래는 실절失節한 사람이라고 했다. 영웅이 되기 위해서 말을 달리고 창을 던지는 것이 아니라 성인이 되기 위해서 절개 노름을 하는 사람이 동양 사람들이었다. 여자가 남자를 고르는 것도 절개로 고른다. 그 남자의 절개를 저울질하기 위해 자신이 유혹을 해본다. 그 남자를 끌기 위한 유혹이었다면 차라리 사회상이 달라졌을지도 모른다. 그러나 시험해봐서 절개가 약하면 즉석에서 돌아섰다.

처럼 보이던 위선적 인물들이 희극적 인물로 반전되는 리얼리티를 맛보게 된다.

애랑이 유부녀로 가장하고 맑은 수포동 시냇물 속에서 목욕을 하며 배비장을 유혹했을 때, 그는 그 여색을 탐하는 기회를 얻으려고 사또의 일행이 하산하는데도 꾀병을 앓으며 따라가지 않는다. 그가 그의 감정과 행동을 위장하면 위장할수록 더욱더 그는 알몸으로 바뀌어가게 된다.

현실적인 의미와 가식된 행동의 거리가 벌어질수록 그 아이러니도 커지는 까닭이다. 배비장이 배가 아프다고 꾀병을 부리자 한 사람이 이런 때는 계집 손으로 배를 문지르는 것이 특효약이라고 하며 기생 한 년을 두고 갈 터인즉 잘 주물러달래라고 말하자 "자기 배는 다른 이와 달라서 기생(여자)을 보기만 해도 더 아프니 그런 말씀은 내 귀에 다시는 하지 마십시오"라고 비장은 변명을 한다.

이것이 바로 아이러니이다. 이 변명은 참으로 묘하게 들린다. 비장은 다른 속된 사람들과 달라서 여자를 싫어한다는 것이 표면적인 뜻이다. 그러나 내막을 알고 있는 사람에게는 그 뜻이 정반대라는 것을 알고 있고, 자기의 복통은 과연 여자 때문에 생긴 것이라는 전연 다른 뜻의 고백으로 느껴지는 것이다.

배가 아프다고 엄살을 부리는 행동 역시 그렇다. 그것은 하나의 꾀병이지만 그가 꾀병을 부리게 된 동기를 알고 있는 사람이 보면 오히려 그 추악한 행동이야말로 욕정에 몸부림치는 진실한 거동으로 보인다.

겉에 드러난 말과 행동을 실제적인 의미와 행동으로 번역해볼 때 비장의 위선과 본성의 차이를 선명하게 그려낼 수가 있다. 비장이 방자를 불러 목욕하는 여인이 보이느냐고 물었을 때의 다음과 같은 장면 역시 마찬가지다.

"나리, 무엇을 보시고 저다지 미치십니까? 소인의 눈에는 아무것도 아니 보입니다."

"이놈아, 저기 저 건너 백포장 속에 목욕하는 저것을 못 본단 말이냐."

"예, 소인은 나리께서 무엇을 보시고 그리하시나 하였지요. 옳소이다, 저 건너 목욕하는 여인 말씀이오니까."

"옳다, 보았단 말이냐. 쌍놈의 눈이란 양반의 눈보다는 대단히 무디구나."

이것은 완전히 주객이 전도된 말이다. 남의 규중 처녀를 넘보면서도 비장에게는 쌍놈과 양반이라는 의식이 떠나질 않는다. 목욕하는 여자를 엿보는 행위는 점잖은 양반이 할 짓이 못 된다. 그런데도 그는 쌍놈의 눈이라 양반의 눈보다는 대단히 무디다고 말한다.

배비장이 방자에게 무안을 당하고 "다시는 안 본다. 그러나 그 짓을 보면 정신이 갈리어 아무리 안 보려 해도 지남철에 날바늘

달라붙듯 가끔 눈이 그리로만 가니 어찌한단 말이냐"라고 고백하는 대목에서 우리는 그가 은폐하고 부정하고 거부하려던 그 본성의 얼굴이 위선의 가면을 헤치고 드러나기 시작하는 한 장면을 볼 수가 있다.[28]

'안 본다'라고 말하면서 그의 눈은 나체가 되어 목욕을 하는 애랑의 육체로만 향하는 것이다. 방자 앞에서 억지로 양반의 체모를 지키려고 온갖 유식한 고사와 점잖은 문자를 써가면서 방자의 시선을 자연 경치로 돌리게 해놓고 그동안에 자기는 여자의 몸을 보기에 바쁘다. 동서남북의 자연 경치, 대해망망 천리파大海茫茫千里波니, 청천삭출 금부용青天削出金芙蓉이니, 여동빈呂洞賓에 이적선李謫仙의 이름까지 들먹이며, 부상삼백척扶桑三百尺의 불 같은 일모경日暮景이 어떻고, 묘연한 춘색에 일쌍청조一雙青鳥가 어떻고 하는 배비장의 유식함과, 그런 말을 하면서 여체를 훔쳐보는 배비장의 욕정 어린 눈은 시니컬한 대조를 이룬다. 차라리 그가 유식한 체를 하지 않았더라면 한 남성이 여성의 육체를 훔쳐보는 것은 조

---

28) 이것을 옛날 벼슬하는 사람들에게 비하면 삼연소三連疏가 올라온 뒤에 비로소 윤허允許가 내려지는 것과 같다 하겠다. 한 늙은 정승을 꼬드겨서 퇴직하게 만든다. 그렇지 않아도 그만둘 정승이다. 이 정승은 형식으로 퇴직하겠다는 상소를 올려야 한다. 그러면 그것을 그대로 받아들이지 않고 '이 난관에 경이 물러가면 되느냐'하는 식으로 붙잡는다. 그러면 늙은 정승은 또 상소를 올린다. 이렇게 하기를 세 번을 한다. 여기서 그 울타리 너머의 시궁창을 여실히 보여주고 있다.

금도 우습게 여겨지지 않았으리라.

자기 은폐와 자기 폭로의 두 모순에서 허위적 인간형의 모습이 드러난다. 시종일관해서 『배비장전』은 겉과 속이 다른 허위의 인간성, 다름 아닌 양반의 이중성을 이러한 대조법으로 폭로해가고 있다.[29]

결국 양반이요 비장이요 여자를 가까이하지 않는다는 선비를 하나의 동물의 상태로까지 끌어내리고 있다. 배비장은 한밤중에 애랑의 침소로 가기 위해 의관을 모두 벗고 알몸뚱이가 되었을 뿐 아니라, 가장 천한 인간인 쌍놈들이 입는 개가죽 두루마기에 노벙거지를 쓴다. 몸이 단 비장은 쌍놈인 방자를 '업고서라도 가마'라고 말한다. 뿐만 아니라 비장은 개가 드나드는 개구멍을 빠져나가기도 한다.

양반이라는 형식과 선비라는 권위의 가면이 벗겨버렸을 때 그에게 남은 것은 한낱 개가죽 두루마기에 노벙거지를 쓴 상인이

---

29) 송조宋朝의 대유현大儒賢 정호程顥와 정이程頤 형제가 있었다. 그들은 어느 날 잔칫집엘 갔다. 동생은 점잖게 술만 마시고 있는데, 형은 기생들과 눈으로 볼 수 없을 만큼 장난을 하고 있었다. 동생은 매우 불쾌했다. 이튿날 동생은 형을 찾아가서 "형님 어제 술자리에서 지나치게 여색을 희롱하십디다. 선비가 그래서 되겠습니까" 하고 말했다. 정호는 "성인이란 거울과 같은 것이지. 고운 것이 비치면 곱게 보이고, 추한 것이 비치면 추하게 보일 뿐, 거울에는 하등 상관이 없는 거야" 하고 대답해주었다. 거울에 고운 것이 비친 것을 억지로 곱게 보지 않으려고 한 것은 허위다.

요, 개구멍으로 드나드는 한 마리의 개에 지나지 않는다.

『배비장전』의 후반부에는 그 경황에 따라 여러 가지 다른 호칭으로 불리기도 하고 제 자신의 입으로도 스스로 동물이라고 대답하기도 한다. 방문을 열고 애랑의 침소로 뛰어들 때는 도둑이란 말, 그리고 방 안에 들어와서는 누구네 집 미친개로 불린다.

이를테면 양반의 본질을 캐보면 도둑이요 미친개로 전락된 데 지나지 않는다. 남이 그를 그렇게 본 것만이 아니라 배비장이 스스로 자기를 껄떡쇠라고도 하고, 애랑의 남편을 가장한 한 남성이 방 안으로 뛰어들어 왔을 때에는 자루 속에 들어간 채 그것을 가리켜 거문고라고 하면서 거문고 소리를 내고, 궤짝으로 들어가 다시 은신했을 때에는 궤짝 귀신이 된다. 궤짝에 실려 동헌 마당으로 끌려 나왔을 때 그는 그게 바다인 줄만 알고 문을 열어주자 개헤엄을 치면서 마당을 기어다니기까지 한다.

사또가 웃으면서 그 꼴이 웬일이냐고 물으니까, 배비장은 또 문자를 쓰면서 "소인의 친산이 동소문 밖이더니 근래 곤손풍이 들어 이 지경이 되었나이다"라고 대답한다.

동헌 마당을 개헤엄질 치며 기어다니는 발가벗은 배비장, 아무리 걸구한 체하고 위풍이 있는 체하고 양반의 정치와 성인군자처럼 뻐기는 인간들도 결국 그 가면을 벗겨버리고 나면 개구멍을 드나드는 한 마리의 미친개에 지나지 않고, 담을 뛰어넘는 도둑과 자루 속에 든 일개 거문고에 지나지 않고, 개헤엄을 치는 상놈보다 못한, 살고자 하는 추악한 본성을 지닌 한 인간에 지나지 않는다.

그러면서도 유식한 문자를 쓰는 그 선비적인 허영에서 벗어나지 못하는 배비장, 죽어가면서도 성인군자의 말씨를 흉내 내며 자신을 카무플라주하려는 불쌍하기까지 한 양반들의 허위의 인간상이 조선 문학의 광대 노릇을 해왔다는 것을 우리는 알고 있다. 정비장이나 배비장이나 그것은 한 개인의 얼굴이 아니라 자기의 허약성을, 추악한 본성을, 생의 본능과 그 욕정을 갓으로 은폐하고 큰기침으로 가식하고 점잖은 윤리의 수염으로 덮어버린 위선자의 한 전형이었던 것이다.

방자적房子的 인간형

유학자들은 소설을 좋아하지 않았다.[30] 우리나라뿐만 아니라 어느 나라에서든 소설은 서민들의 편이었고, 머슴방이나 목로주점이나 아녀자들의 방에서, 말하자면 천한 자리에서 피어난 야생

---

30) 『성경현전聖經賢傳』을 제외한 그 밖의 학문은 다 잡기에 속했다. 소설을 읽는다는 것은 단순한 문자를 익히는 학습에 불과한 것으로 알았다. 그렇기 때문에 이미 성년이 되어서 소설을 쓰는 일은 덕성을 해하는 암이라 했다. 이것을 직접 사이비 학문이라고까지 했다. 정다산丁茶山도 소설 같은 것을 쓸 바에는 차라리 채소 한 포기라도 가꾸는 것이 낫다고 했다.

화 같은 것이었다.

소설 발생의 당초에 프랑스의 한림원은 시나 비극에 대해서는 많은 관심과 비평과 연구를 했었지만 소설은 무지한 천민들의 소일거리라 하여 거들떠보려 하지 않았고 소설가를 그 회원으로 천거하지도 않았다. 그러나 브르느 레트의 말대로 신분이 높은 귀족과 풍부한 학식을 가진 학자들이 소설을 멸시하고 돌아보지 않았던 것은 오히려 소설 문학의 발전을 위해서는 불행이 아니라 다행한 일이라고 말할 수 있다. 특히 한국의 경우가 그렇다. 유가삼척儒家三尺이란 말이 있듯이, 조선 시대 때의 선비들은 보수적이고 모방적인 유교의 매너리즘 속에 모든 인간 생활을 고정관념의 울안에 가두어버렸다. 형식화된 그 사상은 인간의 생기와 발랄한 감정을 공식주의의 올가미로 묶어버렸으며, 배비장과도 같은 허위의 인간형밖에는 만들어내지 못했다.

만약 유생들의 손에 의하여 소설이 씌어지고 또 그 완고한 품속에서만 그것이 성장되어왔다면 소설의 세계마저도 부자연스러운 유복儒服 속에서 질식해버렸을 것이다.[31] 평시조와 사설시조를 놓고 보아도 알 수 있다. 점잖은 선비들에 의해서 씌어진 평시조는 거의 모두가 천편일률적인 음풍영월에 도학자적 훈민의

---

31) 『한서漢書』를 보면 소설은 패관稗官·가담街談·항설巷說 등의 얘기를 말하는 것인데, 그것은 길 가다가 길에서 얘기한 것을 모은 것이라는 뜻이다.

계몽성을 지닌 것이지만, 손마디가 굵은 서민들에 의해서 불려진 사설시조에서는 생생한 육체, 솔직한 웃음과 티끌 속의 다양한 생활이 전개되어 있다. 그들은 책에서 배운 문자를 통해서, 관념의 의관을 통해서 세상을 내다본 것이 아니라, 모순 많고 곤란스러우나 흙 속에서 우러나온 생활의 숨결을 통해서 인생을 직접 몸으로 체감했던 것이다. 무식했기에 도리어 외래문화의 모방을 몰랐고, 가난했기에 허식이나 체면으로 생의 본능을 왜곡하지 않았고, 출세할 가능성이 없었기에 이상보다는 현실의 소리에 더 많은 귀를 기울였다.

선비들이 예나 지금이나 제 나라의 말씨보다는 남의 나라의 말에 더 많은 눈치를 보며 살아갈 때, 평민들은 천대되어 버림받은 이 땅의 토착문화의 오두막집을 지었다. 좋아서 그런 것이 아니다. 외래의 것을 근간으로 한 외래문화에 참여할 수 없었기 때문에 필연적으로 서민들은 한국의 마음이 스며 있는 그 메마른 밭이나마 갈 수밖에 없었다. 끊어질 듯이 이어져 내려온 한국 토착문화의 계승자들은 대개가 족보도 분명치 않은 그러한 서민층에서 찾아볼 수밖에 없는 것이다.

지금도 다를 것이 없다. 대학을 나오고 외국어를 자유자재로 구사할 수 있는 이 땅의 엘리트 문화는 조선의 유교문화에 비해 중국을 서양으로 바꾸어놓은 차이밖에는 없을 것이다. 한국 것은 가난하고 천한 사람들의 머슴방에 있었고, 상들리에가 아니라 석유 등잔불 밑에 있었고, 현대식 주택이 아니라 초가집 토방 아래 있었다. 늘어뜨린 댕기 속에 한국의 여심이 전해 내려져왔으며, 땀내에 전 베잠방이 무명옷 속에 한국인의 순수한 마음이 잠들어 있었다.

다행히도 소설은 우리의 곡식과 마찬가지로 이 거친 흙의 밭에서 자라난 것이 많다.

그리고 그러한 소설에서만이 한번 기를 펴고 살아본 주인공들이 바로 방자와 기생들이었다. 말하자면 엘리트의 인간형과 대칭적인 자리에 선 서민적 인간상이 『배비장전』에 있어서는 배비장과 방자와 기생 애랑의 관계로 나타나 있는 것이다.

『춘향전』이나 『배비장전』에 있어서 방자로 상징되는 인간성은 무엇보다도 가식이 없다는 것이다. 좀 더 정확하게 말하면 가식을 벗겨내는 구실을 한다. 하나의 비판자이며 현실주의자이며 도가연하는 인간들의 허영과 자기기만을 향해서 청신한 웃음을 뿌리고 다니는 생의 고발자이기도 하다.[32] 『배비장전』의 방자는 첫째로 인간의 허세 같은 것을 믿지 않는 사람이다. 그가 알고 있는 것은 인간이 얼마나 약하고 변하기 잘하며 거짓 속에서 자기마저

---

32) 유가儒家에는 방자형의 인간상으로 흔히 광자狂者를 등장시킨다. 사회를 비평·풍자하면서도 차마 정신이 맑은 사람은 등장시키지 못했기 때문이다. 여기서도 그 허위와 가면을 볼 수가 있다.

속이는 그러한 이중성을 가졌는가를 잘 알고 있는 리얼리스트이다. 배비장이 애랑에게 애태우는 정비장을 보고 허랑한 장부라고 비난을 하면서 자기 같으면 양귀비·서시西施[33]라도 거들떠보지 않겠다고 말했을 때, 방자는 "남의 말씀을 쉽게 하지 마시오"라고 말한다. 방자는 맹세나 지조 같은 것을 코웃음치는 자라는 것을 알 수 있다.

배비장은 양반의 정체를 내세워 방자의 경솔한 말을 꾸짖고 있으며, 방자는 속으로 양반도 여자 앞에서는 쌍놈과, 아니 짐승과 조금도 다름없다는 것을 알고 있는지라 함부로 맹세하는 그 경솔을 비웃고 있다. 이것은 곧 허세와 현실과의 대결이라고 할 수 있고, 서로 내기를 하는 것은 허세 대 현실의 승부라고 할 수 있다. 방자가 끝까지 자기 주인 편을 들지 않고 그 망신에 부채질을 한 까닭은 내기로 건 비장이 타고 있는 말을 탐냈기 때문만은 아니다. 일종의 무상의 행위라고 볼 수 있다.

방자의 행동을 보면 양반의 허식을 도처에서 골려주고 있는데, 이것은 단순한 장난이라기보다도 날카로운 비판 의식을 지니고 있다는 사실을 알 수 있다. 그리고 그 비판 의식은 인간의 평등한 자연성에 토대를 두고 있다는 것도 부정할 수 없다.

---

33) 서시는 춘추 시대에 월越나라 저라재苧蘿材의 나무장수의 딸이었다. 범려范蠡가 서시를 오왕吳王에게 바쳐 나라를 망하게 했다.

비장이 목욕하는 여인이 보이느냐고 물었을 때, 방자는 일부러 아무것도 보이지 않는다고 한다. 그때 "쌍놈의 눈이라 양반의 눈보다 대단히 무디구나"라는 비장의 말을 받아 방자는 이렇게 답변하는 것이다.

"예, 눈은 반상班常이 다르니까 소인의 눈이 나리의 눈보다는 무디어 저런 비례의 것이 안 뵈옵니다마는, 마음도 반상이 달라 나리의 마음은 소인보다 컴컴하고 음탐하여 남녀유별의 체면도 모르고 규중 처녀 은근히 목욕하는 것을 욕심내어 눈을 쏘아 구경한단 말씀이오니까. 근래 서울 양반들 양반 자세藉勢하고 계집이라면 체면 없이 욕심낼 때 아니 낼 때 분간을 하지 못하고 함부로 덤벙이다 봉변도 많이 당합니다."

비장과 마찬가지로 앞뒤 논리(단순한 형식 논리가 아닌, 전고에 토대를 둔 논리가 아닌가)가 정연한 예리한 비평 의식을 보이고 있다.

이 소설뿐만 아니라 서민들에 의해서 씌어진 판소리와 사설시조와 민요·속담 등은 실과 명이 다른 현실의 모순을 리얼리스틱하게 풍자한 비평 정신을 어느 한구석에서든 꼭 발견해낼 수가 있다. 한국의 농민이나 종들을 어수룩하다고 생각하고 있는 것은 큰 편견이다.[34] 이 방자의 경우처럼 양반들의 큰기침이나 권력자

34) 허균의 『호민론豪民論』에는 전롱田隴 속에 숨어서 세상을 관망하고 있다가 어떤 변동이 있을 것만 같으면 분연히 일어서는 사람이 호민이라고 했다. 이 사람은 임금을 몰아내

의 자세에 겉으로는 굽실거리면서도 마음속으로는 예리한 비판성을 상실하지는 않았다. 그러기에 때로는 풍자적인 웃음이 비뚤어진 웃음이거나 자기 열등의식을 카무플라주하는 웃음으로 들리기도 하나, 그 본바탕은 학자들보다도 더 사리 분별에 대한 냉철한 이성이 흐르고 있다.

심지어 방자가 배비장의 약점을 이용하여 돈 백 냥을 빼앗아낸다든지, 양반 옷을 모두 벗겨버리고 그에게 천민들이 입는 개가죽 두루마기에 노벙거지를 씌운다든지, 상투를 잡아 개구멍으로 끌어 잡아당긴다든지, 또 애랑의 침방에 들어갔을 때에는 애랑의 남편을 가장하여 고함을 치면서 언성을 바꾸어 그 주인에게 갖은 욕설을 퍼붓고 곤욕을 치르게 하는 것 등은 평소에 억눌렸던 주인에 대한, 양반에 대한 저항심의 발로라고 볼 수 있다. 기생 애랑을 유부녀로 알고 자기가 데려온 방자를 그 남편인 줄로 속아서 자루 속과 궤짝 속으로 들어가는 비장의 측은한 모습에 대해서 방자는 추호도 반성하는 기색이 없다. 주종이 전도된 격이다. 방자는 마치 주인처럼 행동하고, 주인 비장은 그 밑에서 방자가 된 것 이하로 쩔쩔맨다.

배비장, 즉 양반에 대한 증오심이 없이는 그렇게까지 그를 형

기도 하며, 세상을 뒤집기도 한다. 방자형의 인간은 이 호민과 다르긴 하지만 관로慣路에 숨어 있는 것은 전롱 속에 숨어 있는 것과 같다.

편없이 체면을 깎아버리거나 바보 천치로 그리지는 않았을 것이다. 한 여인을 그리는 측은한 정을 그렇게까지 웃음거리로 만들지는 않았을 것이다.[35)]

방자는 그의 주인을 망신시키는 데 서슴지 않았다. 엄연히 그는 배비장에게 소속되어 있고, 그 직책 또한 주인을 보필하고 도와야 할 입장에 있으면서도, 어째서 그는 원수이기나 한 것처럼 배비장의 내장까지 다 뒤집어놓았던가. 양반에 대한 계급적 저항의식이 없이는, 그리고 위선적인 도덕에 대한 혐오감이 없이는 도저히 방자는 그와 같은 짓을 하지는 못했을 것이다.

이것은 양반들의 옷을 벗기고 이빨까지 뽑아내는 기생 애랑의 행동과도 부합되는 심리다. 자기를 사랑해주는 양반, 그 사랑의 지성 때문에 생명의 일부요 분신과도 같은 의관을 벗어주고 심지어 생이빨까지 뽑아줄 때, 아무리 악독한 여인이라도 어찌 자기의 희롱을 뉘우치지 않을 수 있을까. 웬만한 여인이라면 아무리 거짓된 사랑에서나마 이별을 서러워하는 그 지순한 사랑에 감동은 하지 않는다 하더라도 일말의 동정이라도 품었을 것이다. 그런데도 기생 애랑은 조금도 뉘우치는 기색이 없고 이젠 새로 온 비장에게 그 악희惡戲의 손을 뻗친다. 이러한 행위는 방자의 그것

---

35) 바꾸어보면 방자와 애랑은 배덕자背德者에 지나지 않는다. 귀족 계급의 부정에 대한 순수한 반항이라면 이렇게 철저하게 웃음거리로 만들지는 못했을 것이다.

과 조금도 다름없는 학대받은 천민들의 복수(저항) 의식, 폭로 의식, 증오 의식을 뒷받침하고 있을 때만이 가능하다.

생니를 뽑아주는 양반들의 아픔보다도, 벌거벗고 궤짝 속에서 튀어나오는 양반들의 망신보다도, 그들은 큰 아픔의 상처와 모멸의 알몸뚱이를 지니고 있었기 때문이다.[36]

기생 애랑에게는 순정의 사랑을 위해 뽑아줄 만한 이조차 남아 있지 않다. 방자에게는 더 벗어던질 옷조차 가지고 있지 않다. 제로의 지대에 선 사람들이다. 그들에게 남아 있는 것은 체면과 위선 속에서 자세하는 양반들에게서 자신들과 조금도 다름없는 인간의 알몸뚱이를 들추어내는 일이다. 애랑이 자신의 감정을 위장하고, 방자가 능청맞은 거짓을 할 때, 거꾸로 그들의 위장은 벗겨지며 능청맞은 거짓은 참된 인간의 소유로 바뀌게 된다.

결국 애랑과 방자가 합세하여 정비장이나 배비장을 망신시킨다는 것은 그들에게도 인간 복권을 위한 자의식이 싹트는 순간이었다고 할 수 있다. 양반이 이처럼 망신을 당하고, 천한 방자와 기생이 이처럼 활기 좋게 웃어볼 수 있었던 것은, 당대의 서민들

---

36) 만약 방자가 어느 바람을 타고 혁명을 일으켰다면 절대 성공하지 못했을 것이다. 너무나 감정에 치우쳐 이성을 상실했기 때문이다. 중국에서 천민으로 가장 큰 폭동을 일으킨 사람은 황소黃巢이다. 그는 본래 소금 장수로 혁명을 일으켰다. 10년 동안 중국을 풍미風靡, 제위帝位에까지 이르기도 했었다. 그러나 세상을 한낱 장난거리로 알고 감정으로 흘렀다. 그래서 실패했던 것이다.

의 상상력 속에서만 가능했던 일이고 그 가능성 속에서만 내일의 다른 사회의 얼굴을 발견할 수 있었을지도 모른다.

방자와 기생 애랑의 인간성은 미라가 되어버린 허식적인 인간상에게 생명의 불을 지른 진실한 인간의 방화자들이라고 볼 수 있다. 양반들의 권위나 도학자들의 위선으로도 그 방화의 불꽃을 끄지 못했을 것이다.

웃음과 모순

그렇기 때문에 현대인의 입장에서 보면 많은 모순점을 발견하게 된다. 양반 계급이 사라지고 천기賤妓나 방자의 노비 제도가 사라져버린 오늘날의 시대 감각으로는 도리어 비장을 속여 까닭 없이 골탕을 먹이는 애랑과 방자에게 이상한 반발심까지도 느끼게 된다.[37] 뒤집어보면 나쁜 쪽은 애랑이나 방자이기 때문이다. 순수한 애정을 배반하고 순정에 애타는 인간을 웃음거리로 만든 그들이 훨씬 더 비인간적인 것처럼 보인다. 허세도 위신도 체모도 그들은 사랑을 위하여 다 벗어버렸다. 간사스러운 교태로 남자의

---

[37] 배비장에게도 허와 실이 있고 참과 거짓이 있다. 허와 거짓은 허와 거짓대로 얼마든지 대할 수 있지만, 실과 참까지 허와 거짓으로 대한다는 것은 모순이다. 그 모순은 순수했던 그 풍자성마저도 야비하고 천한 것으로 만들어버리고 만다.

마음을 사로잡고 이빨까지 빼줄 정도의 정화情火의 불을 일으켜 놓고, 그 불더미 속에 한 남성을 불태워버리는 애랑이나, 주인을 기만하고 욕보이고 끝내는 애정에 번민하는 그 가슴에 모멸의 비수를 꽂는 방자는 일종의 배신자에 지나지 않는다.

횡포한 관리, 말하자면 지배 계급의 악행을 풍자했다면 결코 이러한 이율배반적 감정은 생겨나지 않았을 것이다. 『배비장전』의 모순은 풍자의 근원인 모티베이션을 애매하게 꾸며놓은 데 있다. 기껏해야 정비장이나 풍자의 대상이 될 수 있는 요소는 단 한 가지, 양반들의 눈꼴사나운 윤리적인 허세에 있을 따름이다. 그것이 실질적으로 천민 계급을 괴롭힌 요소는 아니었다.

양반들의 부당한 폭력의 행세나 불공평한 대우나 경제적 착취 등의 더 큰 악에 대해서는 도리어 그들은 둔감했던 것 같다. 아니꼽다는 것, 별것도 아닌 데 큰소리치고 다닌다는 것, 이러한 감정적인 반발심을 더 중시한 까닭이다.

물론 그때의 시대 상황으로 보아 그러한 정치적이고 사회적인 계급 자체의 악에 대해선 그것을 풍자하거나 비판할 만한 자유도, 민중의 자의식도 아직 싹틀 수 없었을 것이다.

『춘향전』에서도 춘향이 사또에게 대들 수 있는 유일한 근거는 일부종사라는 유교 윤리의 방패였다. 『배비장전』 또한 남자일망정 훼절을 하거나 장부의 약속을 어길 수는 없다는 윤리적인 방패의 한계 내에서 양반을 조롱하고 있다.

같은 양반이지만 비교적 신분이 낮은 비장을 풍자와 조롱의 대상으로 삼았다든지, 또 방자와 애랑만의 자의로 그 상전에게 욕을 보이는 연극을 꾸며댄 것이 아니고 사또와 공모를 하여 그 같은 일을 감행시키게 한 것을 보더라도, 양반 계층의 풍자에는 한계가 있음을 알 수 있다.

　　그러므로 양반을 비웃고 형식적인 윤리를 조롱하는 것같이 보이면서도 근본적인 의미에 있어서는 조금도 새로운 인간상의 개혁이 그 풍자 뒤에 잠재되어 있지 않다. 『배비장전』의 풍자성은 인간의 윤리 의식이나 사회 의식을 개혁할 만한 힘이 없을 뿐 아니라, 정반대로 보다 완고한 윤리의 가면을 씌우고 사회의 모순에 못을 박아두는 역설적인 결과를 자아내고 있을 뿐이다. 왜냐하면 정비장이나 배비장이 희극적으로 보이는 까닭은 그들 모두가 사이비 선비라는 것이다. 정말 배비장이 여색을 멀리하고 오로지 자기 지조만을 지켜간 사람이었다면 절대로 『배비장전』과 같은 풍자의 세계는 펼쳐지지 않는다.

　　결국 배비장의 비웃음을 통해서 사람들은 무엇을 배우게 되는 것일까. 황진이의 유혹을 뿌리친 서화담을 존경하는 반사적 심리를 얻게 된다.

　　한마디로 애랑과 방자는 인간의 애정보다는 지조를 더 높이 평가하고 있다 해도 과언이 아니다. 그렇지 않다면 허식을, 사랑의 진실에 접해감에 따라서 점차 양반의 체통을 버리게 되는 그들을 긍정적으로 바라봐야 했을 것이다. 양반도 사랑 앞에서는 상놈과 구별되지 않는다는 그 현실을 엄숙하게 받아들였어야 한다.

배비장이 양반의 의관을 벗어던지고 천민들이 입는 옷을 걸쳤다는 것은, 방자가 그를 그토록 우습게 바라본 까닭은 대체 무엇일까. 방자의 잠재의식 속에서는 양반을 그만큼 높이 평가했기 때문이다. 자기네들과 똑같은 옷을 입을 수 없는 계층으로 뼛속 깊이 승인해버린 탓이 아닐까. 쌍놈이 쌍놈 옷을 입었을 때도 그토록 우스울까. 쌍놈이 개구멍으로 기어들고 자루 속에 들어갔다 해도 그처럼 즐거운 웃음을 웃을까. 양반이라는 것을 승인하고 양반에 대한 특권 의식을 전제로 했을 때만이 『배비장전』의 풍자성은 성립된다.

양반 의식을 많이 가지고 있는 사람일수록 『배비장전』을 읽고 웃는 웃음소리도 또한 클 것이다. 만약 양반 자체의 뜻을 대수롭게 여기지 않는 사람, 애초부터 인간의 지조 따위나 여성을 멀리하는 것이 인격이 완성된 사람이라는 부자연한 도덕을 우습게 아는 사람이라면, 조소를 받아야 할 대상은 배비장이나 정비장이 아니라 바로 기생 애랑과 방자라 할 수 있을 것이다.[38]

---

38) 한국 사회에서는 진짜 양반보다도 중인들이 하인에 대한 위세가 크고 행동도 말씨도 더 의젓하다. 그리고 그 중인끼리의 계급 의식은 아주 철저하다. 마치 첩이 다른 첩을 본처보다 더 질투하는 격이다. 틀림없이 배비장의 방자는 배비장보다 얕은 계급의 방자한테

양반이 무엇이기에 그토록 자신의 마음까지 속여가면서 그 이빨을 뽑으려고 덤벼들고, 여자를 멀리하는 것이 무엇이 그리 대수롭고 가치 있는 성인군자라고 비장의 뒤를 쫓아다니느냐고 그들 자체의 행위가 우습다고 할 것이다. 그리고 배비장이 애랑에게 여지없이 정체를 폭로당하는 것이 하나의 망신이라고 생각하지 않고, 타락이라고 생각하지 않고, 훼절이라고 생각하지 않고, 비윤리적인 것이라고 생각하지 않고, 오히려 인간다운 일이라고 애정까지 느낄는지 모른다.

이것이 유머와 다른 풍자의 세계다. 신은 인간을 풍자하지 않고 한 유머로 그릴 것이다. 풍자는 아래의 위치에서 자기보다 상부에 있는 것을 우습게 바라보는 것이요, 유머는 상부에서 자기보다 못한 하위자들을 향한 웃음이다. 그러기에 유머에는 언제나 관용이라는 것이 있다. 실수나 잘못을 두 팔로 끌어안는 부드러움이 있다. 그러나 풍자는 상대방을 비수로 찌르는 비판적이고 공격적인 웃음이요, 그 잘못을 받아들일 만한 여유가 없는 웃음이다. 그렇기 때문에 풍자적 웃음 뒤에는 열등의식이 도사리고 있을 때가 많으며, 잠재의식 속에서 겉과는 정반대로 공격의 대상을 동경하는 모순을 스스로 잉태하고 있다. 그만큼 현세적인

거드름을 피웠을 것이다.

웃음이기도 하다. 그리고 그것은 서민들의 웃음이다.[39)]

　오늘날에도 한국인에게는 이러한 풍자적인 웃음이 유머의 웃음보다도 훨씬 더 많다고 할 수 있다. 신문의 시사만화가 대개 그러한 것에 속한다. 남의 약점을 들추어 헐뜯고 비방하며 웃는 다방 속의 웃음이 바로 그러한 웃음이다. 자기보다 우월한 사람이면 언제고 풍자의 웃음이라는 요리상에 안주격으로 진열된다. 정치 권력자, 부자, 세칭 점잖다고 하는 인격자들, 사장들, 자기보다 한 치라도 높은 위치에 앉아 있고 한 푼이라도 더 많은 돈을 가지고 있는 사람이면 그의 옷을 벗겨내려고 애를 쓴다. 자기와 같은 옷을 입히거나 자기와 같은 살결을 여러 사람에게 내보이게 함으로써 그들은 웃는 것이다. 그러나 그 웃음 뒤에는 그러한 가치를 부정하는 것이 아니고 그들을 동경하고 있는 의식이 자기도 모르는 사이에 작용하고 있다. 이러한 풍자적인 웃음은 다만 높이 있는 자를 현실의 차원으로 끌어내릴 뿐 현실 자체를 개혁하고 향상시키는 힘은 지니고 있지 못하다.

　오늘날의 한국 코미디언의 웃음을 분석해보면 은연중에 내려온 배비장적 전통을 발견하게 될 것이다. 남의 체면을 깎고 망신

---

39)　노자는 말하기를 "하등下等의 사람은 도道를 들으면 웃는다. 만약 그가 웃지 않으면 족히 도가 될 수 없다"고 했다. 이 하등의 사람은 열등감에서 웃는다. 그리고 비판적이다. 타他를 받아들일 만한 여유도 없다.

을 시킴으로써 사람들을 웃기려고 한다. 그만큼 겉치레인 의식을 중시하고 있다는 결과밖에 안 된다. 마치 한국 사람의 농담이나 욕을 들어보면 조상을 들먹이고 가족을 건드리는 것이 많은데, 그것은 우리가 가족을 천시하고 있다는 말이 아니라 거꾸로 그만큼 가족을 존중시하고 또 가족 의식에 사로잡혀 있다는 반증과 같다.[40]

체면만 차리려 들었던 형식 윤리가 그만큼 크기 때문에 그 반작용으로 남을 망신시키려는 풍자적인 웃음이 많은 비중을 차지하게 된 것이다. 따지고 보면 같은 뿌리다.

정비장과 배비장, 그리고 그에 맞서는 애랑과 방자는 동일한 마당 위에 서 있는 한국인들이었다. 서민들이 서민들대로의 어떤 세력을 형성하고 독자적인 가치관을 창조해나간 것이 아니라, 마치 햇빛을 반사하는 달처럼 양반 사회의 상대적인 달빛의 문화였다는 데 그 서민상마저 물구나무선 윤리 의식이 강하게 지배했었다고 결론지을 수밖에 없다.

---

40) 원부元孚라는 사람이 있었다. 아주 체소體小한 사람이었다. 어느 날 주문제周文帝에게 조하朝賀를 드리러 갔었다. 똑같은 술병이 열 개가 진열되어 있는데 모두 갓을 씌워놓았다. 원부는 자기를 조롱한 것으로 알고 재빠르게 "형제들이 여기 와서 있구나. 임금 앞에 너무 무례하다. 가자!" 하고 그 술병을 모두 가지고 나갔다. 간단한 우스갯짓이지만 역시 가족 의식에 사로잡힌 결과다.

3. 한국적 영웅과 그 저항 의식

—『홍길동전』과 한국인의 저항 의식

영웅의 지평선

'유儒'는 조선 사회의 이상적 인간의 상징이었다. 대체 '유'라는 글자의 뜻은 무엇인가. 이 글자 한자를 놓고 여러 학자들이 암호 해독자처럼 여러 가지 설을 내세우고 있지만, 비록 그 뜻은 서로 달라도 '유'로 상징되는 그 성품에는 하나의 공통점이 있다.[41]

혹자는 '유儒는 다름 아닌 유流다. 물이 흙을 축이듯 덕화德和가 침윤하는 것을 가리킨 말이다' 하였고, 또 혹자는 '유'를 '유柔'라고도 했다. 부드러운 것, 사람의 마음을 편안케 하여 심복케 한다

---

[41] 유자儒者라는 말은 최초로 『예기禮記』에 나온다. 공자가 노아공魯哀公과 대담할 때 언제나 유자의 품행으로 얘기했다는 데서 시작되었다. 그러나 이때의 유자의 뜻은 좀 광범위했다.

는 이야기다.

중국의 유명한 학자 호적胡適은 '유'가 은대殷代의 복장을 하고 은대의 예를 행하며 망국 백성으로서 유약한 인생관을 갖고 있었기 때문에 유는 곧 유柔와 통하는 것이라고 풀이하고 있다. 그런가 하면 또 어느 학자는 '유'를 '수需'로 보고 기다린다는 뜻으로 풀이했다. 이 문자를 포함하는 자는 모두가 다 빡빡하지 않고 보다 온순하고 보다 온건하다. 유자들의 성품과 복장과 주장이 모두 그러했기 때문에 그와 같은 명칭이 붙은 것이다.[42]

그러나 이와는 또 다른 풀이가 있다. '유'는 수需이지만 그 뜻은 '수鬚'의 차借라는 것이다. 수鬚는 턱수염을 뜻한 것이며, 결국 '유'는 턱수염이 있는 노인의 뜻으로 보고 있다. 그렇다면 '유'는 곧 '노인의 교敎'라는 뜻을 갖게 된다. 고대의 향촌에서 교육이나 예를 가르쳤던 것이 노인이었던 까닭에 생겨난 명칭이며 존경의 뜻을 내포한 말이라고 한다.[43]

이렇게 풀든 저렇게 풀든 '유'로써 상징된 인간은 메마른 것이 아니라 축축하고, 딱딱한 것이 아니라 부드럽고, 활동적이고 민

---

42) 『예기』유행편儒行篇의 석문釋文을 보면 '유儒'라고 한 말은 '우優' 자와 같다고 했다. 그리고 '화和' 자와도 같은 뜻을 가지고 있다고 했다.

43) 고대에 향음주례鄕飮酒禮라는 의식이 있었다. 향학에서 3년의 학업이 끝나면 그 졸업생들의 성적을 고찰해 상부에 추천한다. 이때 장로격인 향대부鄕大夫가 술자리를 열어준다. 이것을 향음주례라 한다.

첩하다기보다는 느릿하고 온건하며, 혈기 왕성한 젊음이 아니라 원숙한 노인이라는 점이다. 복잡하게 생각할 것은 없다. 이상과 같은 '유儒' 자의 이미지를 눈을 감고 생각해보자.

하얀 수염을 날리고 긴 옷소매를 늘인 한 점잖은 노인이 여덟 팔자걸음으로 점잖게 우리 앞을 스쳐 지나간다. 그의 말소리는 빠르지 않으며, 그 기침 소리는 위엄이 있다. 이런 사람에게는 아무래도 알몸뚱이로 노를 저어가는 커터 선수의 튼튼한 팔운동이나, 다이내믹한 럭비 선수들의 움직이는 발이나, 그렇지 않으면 기름기가 흐르는 사냥꾼들의 표정과는 아주 먼 거리에 있다.[44]

그러면 홍길동은 어떤가? 확실히 '유儒'에서 이상적 인간형을 찾던 그 숱한 우리네들의 주인공과는 또 다른 풍채를 하고 있지 않은가. 홍길동은 답답하고 느린 선비들과는 다른 한국인의 한 영웅관을 대표해주고 있는 혁명적 인간이라는 데는 누구도 거부할 사람이 없을 것이다. 오늘날 점잖은 어른들보다는 아이들이 더욱 홍길동의 팬인 것을 보면 확실히 그는 한국적 팬에 있어서 젊음의 스타였다. 사실 성인 사회에서는 홍길동이라는 말이 지금

---

[44] 유자에는 아홉 가지 계교戒敎가 있다. 첫째, 발을 무겁게 떼어놓는다. 그리고 손을 공손하게 휘젓고, 눈은 단정히 하며, 입은 다물고, 소리는 조용히 하며, 낯빛을 온화하게 하고, 머리를 비뚤게 하지 않으며, 섰기를 단정하게 하라는 것 등이다. 이 아홉 개의 계교에서 벗어나면 유자로서는 실격이다.

까지도 그리 좋은 뜻으로는 사용되지 않는다.

그 증거로 홍길동이라는 별명을 붙여 부를 때 그는 과히 유쾌한 표정을 갖지 않는다. 유교적 전통과는 위배된 가치관을 갖고 있기 때문에 무엇인가 좀 활동적이고 진취적이고 현실을 거역하여 자기 비전을 추구하는 사람들을 도리어 멸시의 눈으로 바라보고 있기 때문이다. 홍길동은 돈키호테란 말처럼 왜곡된 별명으로까지 사용되어왔다. 이렇게 어린아이들에게는 영웅이요, 점잖은 어른들 사이에서는 부정적인 멸시감이 섞인 별명이 되었다는 것은 그의 인간형을 측정한 저울대라고 할 수 있다.

확실히 홍길동은 성자만을 추구했던 한국 사회의 이단적인 혁명가요 영웅인, 이를테면 여당이 아니라 야당적인 인간상의 영수라고 볼 수 있다. 무엇보다도 홍길동은 운명에 순응하는 자가 아니라 그것을 거역하고 투쟁하는 저항적 기질의 소유자다. 주어진 운명에 무릎을 꿇고 눈물을 흘리는 구걸자이기를 거부하고, 그는 스스로 불가능의 밭을 갊으로써 자기가 먹고 싶은 생의 열매를 따려는 자인 것이다.

그러나 홍길동을 저항적 인간이요, 무예가 뛰어난 통쾌한 영웅이요, 가장 불리한 천한 사회적 신분에서 왕의 자리에까지 오르는 불패의 대야심가라고 간단히 규정짓는 일보다 그 저항의 의미, 투쟁의 성격, 그가 군림하는 상징성을 좀 더 냉혹하게 파헤쳐 볼 필요가 있다. 같은 나무라 해도 그 잎이 각각 다르며, 산이라 해도 그 산세와 색채가 또한 다르기 때문이다. 홍길동적인 저항성, 홍길동적인 영웅성엔 한국적인 저항성과 영웅성의 특징이 깃들여 있을 것이기 때문이다.[45) 그는 과연 그와는 정반대인 것처럼 보이는 유생적儒生的 성인군자형인 것과 얼마만큼이나 다른 위치에서 있는가도 아울러 판명될 것이다.

우선 그의 저항성을 분석해보자. 홍길동은 집을 뛰쳐나갔다. 그러나 현실에 만족하고 현실에 순응하는 자는 언제나 집에 머물러 있다. 안전을 추구하는 자는 집을 뛰쳐나가는 자가 아니라 끝없이 집 속으로 기어드는 자다. 무엇인가 혁명을 원하는 자들은 새로운 가치를 찾아 인생을 개혁하려는 자들이다. 석가모니처럼 높은 집안의 울타리를 뛰어넘어 출가를 한다. 집에서 나간다는 것은 한 사회에서, 인간의 한 현실에서, 주어진 현상의 모든 것에서 뛰어나간다는 의미다.

그것이 불교든 도교든 또는 유교든 간에 출가의 상징성은 작든 크든 생의 저항성을 밑받침으로 하고 있다. 석가모니의 사상을 알려면 우선 왜 그가 가비라 성에서 뛰어나갔는지를 알아야 하

---

45) 『성호사설星湖僿說』을 보면 동인선주東人善走라는 글이 있다. 우리나라 사람들은 뜀박질을 잘했다는 내용으로 되어 있다. 중국을 갔다 오는데 말 타고 다녀온 사람보다 빨랐다는 것이다. 그리고 중국보다 우리나라의 활이 훨씬 더 강했다는 것이다. 우리는 여기서 호전적이고 외세에 민감했던 한국의 영웅성을 볼 수 있다. 동시에 홍길동의 혈관에 선주善走했던 그 동인東人의 피가 흐르고 있음을 본다.

며, 죽림칠현竹林七賢의 사상을 알려면 왜 그들이 집을 버리고 숲 속으로 갔는지를 알아야 하며, 가족 윤리를 누구보다도 중시한 공자가 어째서 그 아내와 고국을 버리고 먼 타향을 방황했는가를 따져보지 않고서는 공자의 사상을 알 수 없을 것이다.[46]

그렇다면 홍길동의 출가는 무엇을 의미할까. 왜 그는 집을 뛰어나왔는가 그것이 중요하다. 홍길동은 무엇보다도 타의에 의해서 가정을 뛰어나왔다는 데 특징이 있다. 시비 춘섬의 소생으로 서자가 겪어야 하는 온갖 구박과 학대를 이기지 못해 집을 버리고 나온 것뿐이다. 말하자면 자의 반 타의 반의 가출이다. 그가 원했던 것은 오히려 가족이었다. 형을 형이라고 부르고 싶었으며, 아버지를 아버지라고 부르고 싶은 강력한 가정에의 향수, 그의 이상은 가정의 탯줄을 끊고 가정보다 더 큰 사회, 그 사회보다 더 큰 영원한 세계가 아니었다.

그와는 반대로 한 가족에서 차별을 받지 않는 떳떳한 아들이 되고 싶었던 것이다. 자진해서 집을 뛰쳐나온 것이 아니고, 이렇게 가정 안으로 들어오려다가 밀려서 쫓겨난 것과 다름이 없다.

---

46) 공자는 결코 신분이 좋다고 보기는 어렵다. 본래는 왕족이었으나 가깝게는 군벌의 후예였다. 그리고 그의 부모가 산니구山尼丘에서 기도를 올려 공자를 낳았다. 대개 파생 설화가 그렇듯이 공자도 야합野合의 소생이라면 지나친 모욕일까. 역시 공자도 생의 저항성에서 온 가출이 아니라고 하기 어려울 것이다.

홍길동의 저항은 자의라기보다 타의에 의해서 저항할 수밖에 없는, 그 상황에 의해서 시작한다는 점만을 보더라도 그것을 수동적 저항성이라고 규정할 수밖에 없다. 만약 적자로 태어나고 차별 없는 가정에서 부모의 정을 만끽했다면 그는 분발하지 않고 그러한 가족, 그러한 상황 속에서 순응하면서 책을 읽고 과거를 보며 높은 관직을 향해 발돋움 쳤을 것이다.

홍길동은 집에서 뛰쳐나와 숲속에서 살고 끝내는 고국마저 떠나 율도국의 왕이 되지만, 그가 모든 생의 거점으로 삼고 있었던 것은 다름 아닌 집이요 핏줄이었다. 흔히들 홍길동에게서 어떤 사회성을 찾아보려 하지만, 실은 유학자와 다름없는 가족의 울타리 안에 모든 거점을 두고 인생을 생각해온 사람이다.[47) 그 증거로 그는 율도국의 왕이 된 후에도 선영의 무덤을, 즉 선조의 향화香火를 끊이지 않기 위해 노력했다.

상상외로 그는 이러한 면에서 당대의 누구보다도 심한 보수주의자였다. 가령 유교 윤리를 비판하고 혁신한 청말의 공양학자인 캉유웨이[康有爲][48)처럼 가계家界를 제거하여 천민을 위한다는(가족

---

47) 홍길동이 유학의 사상에 젖지 않았다면 애초에 적자니 서자니 하는 윤리 관념 때문에 고민하지는 않았을 것이다. 그렇지 않았다면 홍길동은 율도국의 왕이 되어 보수적인 굴레를 벗어났을 때 사회성을 찾았을 것이다.

48) 광서제光緒帝의 신임을 얻어 무술변법戊戌變法의 지도자로서 고문古文을 배격하고 신문新文을 주장, 인류 평등의 대동大同 사회가 올 것으로 믿었다. 특히『신학위경新學僞經』과『공

제도를 전폐하여 종래의 가족 생활에 필요한 것을 공용의 시설로 행한다는 것) 진보적인 가치관이 홍길동에게는 티끌만큼도 없다. 도리어 그의 이상은 서자라도 적자처럼 대우를 받는 철저한 가족주의에의 향수에 있었다. 그러므로 율도국이란 이상국을 세운 홍길동의 왕성王城은 그가 서자이면서도 적자처럼 조상의 향화를 받든다는 권리에 참여하는 데서 완성을 본다.

집도 핏줄도 기성적인 온갖 사회의 구속도 떨쳐버리고 오직 자기 자신의 꿈으로 발길을 비추며 어두운 미개척지로 한 걸음 한 걸음 다가가는 그러한 혁명적 저항성이 그에게는 결여되어 있다.

기존 사회에 참여할 수 없었기 때문에 참여를 하고자 저항했던 것이므로, 그 사회 가치에 대해서 저항함으로써 새로운 사회를 만들어내려는 가치의 혁명관과는 구별되어야 하는 것이다.

홍길동 당시에 소양강상昭陽江上의 죽림칠현들처럼 서자 등용의 길이 열리지 않으므로 서자들이 모여 관로를 열어달라고 상소를 하고, 그것이 허락되지 않자 분개한 끝에 반란을 일으키려고 동지를 규합한, 반역적이고 역성적인 혁명과는 다르다.

물론 서자로 태어났다는 것은 당대로 보면 어찌할 수 없는 인간의 운명과도 같은 것이다. 이것을 타개하고 서자도 기를 펴고 살 수 있는 사회를 스스로 쟁취하고자 한 그 능동적인 저항성은

자개제고孔子改制考』 등의 저서로 유명하다.

어떤 이유를 대든 적극적인 한 인간상의 부각임에는 틀림없다. 다만 그 저항성과 혁명성이 현상 밖으로 뛰어나가는 것이 아니고 집안으로 뛰어드는 저항이요 혁명이라는 데 홍길동의 특징이 있다는 것을 우선 주목해둘 필요가 있다. 그것은 마치 홍길동이 겉으로는 집을 뛰쳐나오고 고국까지 등져 홀로 새로운 나라를 만든 사람처럼 보이지만, 실은 그것이 밀려난 것이요, 자신은 집안으로 향해 끝없이 들어가려는 노력이었다는 역설적 현상과 같은 것이다.

그물이 아니라 실이다

『홍길동전』 작가 허균許筠은 평소에 『수호지』를 애독했다고 한다. 『송정필의松井筆議』에는 허균이 『수호지』를 모방하여 『홍길동전』을 썼다고 되어 있고, 또 실제 생활에서도 그는 친구와 동기들을 『수호지』에 나오는 주인공들 이름을 따서 불렀다는 기록이 나온다. 그가 『수호지』에 그토록 심취했으면서도 스케일뿐만 아니라 한 영웅을 끌어나가는 솜씨에 있어서도 『수호지』와는 내용이 다른 특성이 있다. 『수호지』와 『홍길동전』과의 차이는 곧 중국과 한국의 차이만큼 다르다고 할 수 있는 것이다.

첫째로, 그 구상부터가 현저하게 다르다. 『수호지』에는 36인의 인물이 등장하며, 그들의 개성이나 그들이 처해 있는 사회적 여건, 그리고 사회에 반역하여 양산박으로 모이게 되는 동기와 행위적 과정이 모두 다르다. 말하자면 주인공은 하나가 아니라 36명(그 수는 108이다)이며, 더 구체적으로 말하면 36명의 다른 홍길동들이 모여서 또 하나의 사회를 이룬 것이라고 볼 수 있다.

『수호지』의 인간상은 복수적인 것이고 그 구상은 인간과 인간이 뒤엉클어진 이야기로 짜여가는 하나의 그물과도 같은 것이라 한다면, 『홍길동전』은 단수적 인간상이고 오직 한 사람의 운명이 외줄기로 뻗어가는 실과도 같은 구상으로 되어 있다.

한쪽은 그물로 사회의 부정과 모순을 잡고 있는데, 다른 쪽은 외줄기 실 끝에 드리운 낚시로 사회의 모순과 부정을 낚고 있다.[49] 그렇기 때문에 『수호지』는 어느 한 사람의 특수한 경우에다 저항의 거점을 두고 있지 않지만, 『홍길동전』은 다만 적자와 서자의 신분 차별이라는 한 가지 측면에만 사회 반역의 깃발을 꽂고 있다. 그러기에 『수호지』가 사회악을 정면적인 객관성 밑에서 포착하려는 데 비해서, 『홍길동전』은 한 집안의 울타리 안의 주관으로 사회적 단편斷片을 비판한 데 지나지 않는다. 여기에 대

---

49) 사회의 부정을 잡는 그물은 장자가 말한 천망天網과 같은 빠져나갈래야 빠져나갈 수 없는 그런 것이고, 사회의 부정을 낚는 낚시는 조명釣名이니 조국釣國과 같은 성질의 낚시다. 천망의 그물은 예방의 의미를 포함하고 있고, 조명과 조국의 낚시는 유인의 의미를 포함하고 있는 것이다.

류과 반도라는 시야의 차이, 그 상상력의 대조를 발견하게 된다.

중국 소설은 본래 역사를 기록하려는 개성 기술학의 발달과 밀접한 관련이 있다고 말한다. 중국인은 개별성을 중시하고 있기 때문에 역사를 다루는 데 있어서도 객관적이며 정밀한 사서史書의 편찬으로 그 특장特長을 발휘하고 있다. 그렇기 때문에 중국의 정사正史 이십사사二十四史는 어느 왕조 시대에 일어난 사건을 될 수 있는 한 빠짐없이 기재해두려는 것이 그 이상이었다. 이미 있었던 사서를 정리하는 방법도 되도록 간추려 핵심만을 추리는 것이 아니라, 누락된 사건까지도 삽입하여 더욱 복잡한 사서가 되도록 하는 것이었다.

이렇게 어떤 사건을 간단하게 요약하려 하지 않고 개별적 사실들을 정확하고 객관적으로 망라하려는 정신에서 『수호지』와 같은 소설이 생겨날 수 있었다고 해도 과언이 아니다.

종교를 봐도 그렇다. 그들은 인도에서 불교를 받아들일 때 불교의 역사서나 전기류를 중시했고, 인도인들이 그 방면에 관심이 없어 대부분 산질해버린 그 전기 재료들을 모두 모아서 번역하고 스스로 그 체계를 세워 세존世尊의 직제자인 마하가섭摩訶迦葉을 제1조祖로 하고 제23조에 이르기까지의 총법傳法에 사조師祖의 행장을 기록했다. 그것이 『총법장인연전(6권)』이다.

여기에 비해 『홍길동전』을 보면 역사의 개별 기술학이라는 방법의 정신이 거의 결여되어 있다는 사실을 알 수 있다. 홍길동은 활빈당이라는 조직을 만들어 활약하고 있지만, 그 소설 속에서는 단지 홍길동 혼자서 활약하는 원맨쇼이고, 그들이 어떤 이유로 그 도둑에 가담했는지를 티끌만큼도 나타내지 않고 있다. 흔히들 말하듯이 활빈당이 사회성을 띤 것이라면 적어도 그 구성 인원의 몇몇이라도 『수호지』의 경우처럼 사회의 희생자, 봉건 정치의 폭력이나 부당한 착취의 희생자로서 그려주었어야 마땅하다. 『홍길동전』이 부패한 관리들로부터 재산을 **빼앗고**, 가난한 자들에게 그 재산을 나눠주는 사회정의를 보고 있으면서도, 우리 인상 속에서는 푸대접받고 출세가 막혀버린 불운한 서자의 복수라는 인상이 더 강렬하게 남는 까닭도 바로 그 때문이다. 그가 적자로 태어났다면 기꺼이 부패한 귀족 계급의 일원이 되어 오히려 활빈당 같은 무리를 쳐부수었을지도 모른다는 가정이 생겨나는 것도 그 때문이다.

한마디로 말해 활빈당이라는 집단 반란체가 등장하면서도 『홍길동전』에는 전혀 개별성을 통한 집단적이고 객관적인 의식이 결여되어 있는 사소설적 발상법이 쓰이고 있다.

왜 오늘날의 한국 소설이, 리얼리즘 소설이 서구의 것과는 달리 안방, 건넌방에서 일어나는 사소설로 되었느냐 하는 비밀도 바로 여기에서 찾아볼 수 있지 않나 싶다.

발자크는 19세기 사회의 『수호지』를 그린 작가라고 해도 과언이 아니다. 그는 그 자신이 자기를 한 역사의 비서라고 자처하고 호적부와 경합한다는 선언 밑에 공공연히 개별적인 인간상들이 거미줄처럼 얽혀진 사회집단을 그려내고 있다. 그런데 마치 허균이 『수호지』에 영향을 받고 『홍길동전』을 썼으면서도 복수적인 것이 단수적으로, 그물 같은 것을 실로, 즉 사회를 한 집안으로 바꾸고 집단의 운명을 개인의 운명으로 받아들였듯이, 현대의 한국 작가들은 발자크를 추종하고 있으면서도 그 사회 소설은 가정을 단위로 한 사소설로밖에 받아들이지 못한 것이다.

겉으로는 사회 개혁과 대중을 옹호한 인간주의적 행동을 표방하고 있으면서도 홍길동의 저항이 한 개인과 가정에서 벗어나 있지 않다는 이 비밀 속에 한국인의 저항적 인간형이 지니고 있는 치명적인 결점이 있었다고 해도 과언이 아니다.

둘째로, 『수호지』에는 노지심이나 무송처럼 뛰어난 무술과 맨주먹으로 호랑이를 때려죽이는 힘의 영웅들이 많이 등장한다. 남성적인 그 호걸들과 날쌔고 민첩한 무사들의 무용담으로 엮어진다. 그러나 홍길동은 거의 최초요 최후라고도 할 수 있는 한국적인 영웅이지만, 그의 힘은 인간의 힘이라기보다 초자연에서 오는 것이다. 나쁘게 말하면 그는 무인도 장사도 아니라 바그다드의 요술사와 같은 신비한 주술가라고 부르는 편이 어울린다. 서양의 중세기로 홍길동을 갖다놓으면 용감한 지크프리트나 원탁의 기사가 되지 않고 빗자루를 타고 허공을 나는 위치(검은 고양이의 마녀) 같은 존재로 전락할 것이다.

둔갑술과 호풍환우술呼風喚雨術을 빼놓으면 그는 평범한 시비 춘섬의 사생아에 지나지 않는다. 활빈당을 이끌고 종횡무진으로 팔도 수령의 불의의 재물을 빼앗는 홍길동은 이미 인간의 한계에서 벗어난 유령처럼 보인다. 인간의 기예와 힘의 무술로서가 아니라, 신비한 초자연의 도술로서 그가 싸우고 있는 탓이다. 문제는 어째서 같은 투쟁적이고 혁명적인 영웅상을 그려내는 데 양산박의 호걸들처럼 인간 능력의 무한한 신장에 두지 않고 이처럼 신비의 기적으로 각색해냈는가 하는 허균의 상상력이다.

이것 역시 철저하게 사회성이나 인간성을 발휘하지 못한 허균의 사회 인간 의식의 한계선을 의미하는 것이다. 가장 역사적이고 사회적인 문제의식을 갖춘 주제를 다룬 소설이지만, 이를테면 가장 절실하고 구체적인 사회성을 다룬 소설이면서도 『홍길동전』은 애들이나 읽고 좋아할 만한 가장 비현실적이고 환상적인 일개 통속 소설에 불과하다는 정반대의 인상을 주기도 한다.

홍길동은 초인이다. 인간의 차원을 벗어난 초인이다. 인간의 영웅이라기보다 어떤 초자연적인 것, 인간에게 비를 내려주고 햇볕을 비추고 때로는 병력과 바람을 휘몰아치는 하늘의 편에 가까운 초인적 힘의 소유자다.

그렇기 때문에 홍길동의 사회 개혁은 휴머니즘의 힘이라기보다 용이 나타나 돌아다니는 옛날 전설과 설화의 평범하고 신비한 기적설과 마찬가지의 것이 되어버렸다.

영웅은 불가능한 현실을 인간의 힘으로 가능하게 만들어가는 개척자이며 정복자다. 그런데 홍길동은 가능한 현실을 추구하기 위해서 인간의 힘이 아니라 불가능한 신비의 힘으로 병조판서가 되고 왕이 된 인물이다. 참된 영웅의 의미와는 다르다.

영웅은 그 힘을 현실의 지평 안에서 구하고 있지만, 홍길동은 현실의 밖, 즉 초자연적인 데서 구하고 있다. 영웅은 현실 밖으로 뛰어나가지만, 홍길동은 현실 안으로 들어온다(병조판서가 되는 것). 그의 이상은 현실을 초월하는 것이 아니다. 다만 그의 힘이, 투쟁 방법이 현실을 초월한 도력의 신비 속에서 가져와진 데 불과하다. 양산박의 영웅을 홍길동은 이렇게 정반대의 것으로 받아들였다.

마지막으로, 『수호지』는 양산박 108명의 기병으로 자기들이 처한 바로 그 땅에, 그 나라에 이상의 나라를 실현하려 했지만, 홍길동은 고국을 떠나 율도에 나라를 세워 이상국을 건설한다. 악의로 해석하자면 홍길동은 그만큼 현실에 대한 타협자요 순응주의자였다.

홍길동의 술수에는 한계가 없지만, 그가 추구하는 혁명에는 거꾸로 경계선이 분명했다. 흔히 말하는 서구의 영웅들은 이와는 정반대로 그들의 힘과 술수에 한계가 있었다. 그러나 그들이 추구하는 혁명의 이상은 무한대다. 그렇기에 후자의 영웅들은 좌절할 수밖에 없는, 비통하게 사라질 수밖에 없는 그런 영웅들이다.

무한한 힘으로 유한 이상을 추구하는 홍길동에게는 좌절이 아니라 안전이 있을 따름이다.

서구의 영웅 소설은(중국도 그와 약간 비슷하다) 모두가 좌절하는 이야기에 특징이 있는 데 비해서, 홍길동은 편안히 늙고 끝내는 신선이 되어 하늘로 날아가 버린 해피 엔딩의 영웅담이다.

자기 고국을 뒤바꾸고 그 사회를 개조하여 낡은 왕들의 가슴에 칼을 찌르고 피 묻은 보좌 위에 스스로 자기 자신이 앉을 만한 그런 반역의 혁명가를 한국인은 좋아하지 않았는지도 모른다. 아니 허균은 차마 그러한 이야기를 입 밖에 낼 수 없었는지도 모른다. 이유야 어디에 있었든 홍길동을 도피주의자라 한다면 뺨 맞을 소리일까?

꿈을 현실에서 찾으려 하지 않고 머나먼 절해고도絶海孤島의 환상의 섬 속에 그 꿈을 도피시켰던 홍길동이 죽림 속에서 한 잔의 술을 기울이며 먼 구름 밖의 달과 끝없이 흐르는 강줄기의 저편에서 인생의 행복을 찾으려 했던 은자隱者들과 다를 것이 없다면 지나친 망발일까?

오해해서는 안 된다. 『홍길동전』을 사회 소설이요 저항 소설이요 고식적인 유교와 도학자적인 현실 도피와는 다른 현실 참여의 소설이라고 부르는 사람들이 많지만, 홍길동은 물구나무선 죽림칠현이며 한국인의 가슴을 꿰뚫고 흘러온 신선에의 동경에 뿌리박은 또 하나 성자 문화의 서류庶流에 불과한 소설이다.

홍길동의 도술이나, 늙어서 신선이 되어버리는 신비주의가 그
것을 설명해주고 있다.

아무리 『수호지』를 읽고 사회와 인간의 모순에 허균이 눈을 떴
을지라도, 그리고 거역하고 투쟁하는 운명의 개척자를 동경했다
하더라도, 역시 그 이면에 흐르는 반反인간주의적 신비주의나, 도
피주의적 은둔주의나, 조용한 순응주의를 씻어낼 수는 없었다.
홍길동의 얼굴에도 한국인이 이상으로 추구했던 그 점잖은 하얀
수염이 휘날리고 있다.

의도론義盜論

홍길동을 신선 같은 초인으로 보든, 무용을 구비한 영웅으로
보든, 그리고 약한 자와 천한 자들을 위해 사회를 개혁하고자 하
는 혁명가로 보든, 그러한 행동이 현실적으로 나타났을 때는 하
나의 도둑이 될 수밖에 없었다는 데에 무엇보다도 한국적 반항인
들의 특징이 있었다. 천한 몸으로 현실의 주어진 질서에 반역의
창검을 들었을 때에는 불가피하게 도둑의 길을 걸어야만 한다.
사회의 여건이 그러했었고, 민중의 힘이 혁명을 뒷받침할 만한
힘으로 성장되지 못했기 때문이다.

이것은 비단 한국뿐만 아니라 세계의 어느 나라 고대 소설에서
나 찾아볼 수 있는 공통적인 현상이다. 즉 혁명적이고 반항적이

고 사회의 한 아웃사이더로서 그려진 소설 속의 인물들은 대개가 다 도둑으로 되어 있고, 역사적으로도 국난을 일으키는 저항 세력은 국적으로 불려왔다.

오늘날 야당적 정치인이나 저항적인 저널리스트들도 홍길동 시대에 태어났더라면 별수 없이 도둑이 될 수밖에 없었을 것이다. 그렇기 때문에 그러한 도둑들을 의도義盜라고 불렀으며, 보통 사리사욕을 취하는 범죄 집단과 구별해서 사용했다.[50]

그것은 목적과 수단의 배리에서 생겨나는 모순이다. 목적은 가난한 자의 구제에 있다. 약자를 위해서 강자와 싸운다는 것은 누가 보아도 정의의 사도使徒임이 분명하다. 그러나 그 목적을 수행하기 위해서 도둑이란 수단을 사용한 것을 보면 목적과는 달리 악한 행위라고 규정될 수밖에 없다. 아무리 도둑에 의義 자를 붙여봐도 도둑질이라는 그 수단 자체는 다른 도둑의 그것과 조금도 다를 것이 없다. 홍길동의 활빈당은 정의를 위한 집단이면서도 수단에 있어서는 한낱 산적 떼에 지나지 않는다. 이것이 잘못되

---

50) 도척盜跖의 무리 중에서 한 사람이 도척에게 물었다. "도둑도 또한 도道가 있습니까?" "세상에 도가 없는 게 있겠느냐. 실중室中에 소장된 물건을 불의로 넘겨다보지 않는 것은 성聖이고, 먼저 들어가는 것은 용勇이고, 맨 뒤에 나오는 것은 의義이며, 가부를 판단하는 것은 지知이고, 고루 나누어 갖는 것은 인仁인 것이다. 이 다섯 가지를 구비하지 않고서 능히 대도大盜가 될 수 있는 이치는 천하에 없을 것이다"고 도척은 대답했다. 이 말은 『장자』에 있는 말로서 의도義盜는 이 다섯 가지를 겸한 도둑을 뜻한 것이다.

면 악한 수단을 합리화하기 위해서 좋은 목적을 내세우는 양두구육羊頭狗肉의 현상을 자아내게도 한다.

역사적 현실로 볼 때 목적이 수단을 지배한 일보다는, 거꾸로 수단이 목적을 결정짓는 일이 허다했음을 우리는 보아왔다. 말하자면 나쁜 수단을 사용하면 그 목적 자체도 변질돼버리고 만다는 이야기다. 수단은 목적을 상실케 한다. 어떤 전쟁치고 그 목적이 나빴던 때는 없다. 살생이 목적이 아니라 평화가 목적이라고 한다. 그들이 추구하는 것은 인간의 자유와 사랑을 지키기 위해서 총검을 들어야 한다고 생각했다.

그러나 결과는 목적과 관계없이, 전쟁이라는 수단은 악을 초래했다. 비둘기(목적)가 독수리(전쟁)를 끌고 나가는 것이 아니라, 독수리가 비둘기를 끌고 나가는 것이 인간 문명의 법칙이기도 하다.

이런 점에서 의도적義盜的인 사상은 악한 수단을 합리화하는 사이비적인 정의의 가면 구실을 한 적이 많았다. 현재에도 우리는 의도적 논법으로 국민을 탄압하는 집권자의 자기 합리화를 많이 목격하고 있다. 민주주의의 목적을 달성하기 위해 반反민주적 수단을 달성하고 있는 그러한 모순이 바로 20세기의 모순이다. 목적으로 내세운 민주주의가 가짜든 진짜든 따져볼 필요는 없다. 왜냐하면 설사 진실로 민주주의를 목표로 삼고 있다 하더라도 그 수단이 반민주주의여서는 절대로 민주주의의 꽃은 피어나지 못한다. 수단은 수단 자체로의 목적을 지배해버리고 말기 때문이다.

의도적인 혁명 속에서 언제나 자유를 위해 자유가 짓밟히고, 정의를 위해 정의가 짓밟히며, 인간을 위한다는 구호 밑에 인간이 학살되어가는 모순이 전개된다. 목적과 수단이 따로 분리되어 있는 한 이러한 비극은 모면되지 못한다. 홍길동적 사고방식 역시 크게 확대해보면 이러한 모순을 내포하고 있다.[51]

홍길동이 합천 해인사를 치는 장면이 그것의 방증이다. 홍길동이 도둑의 소굴에 들어가 괴수가 되기 이전에 이미 그 산적들은 해인사를 쳐서 재물을 탈취하고자 했다. 다만 지략이 부족해서 행하지 못하고 있었던 것을 홍길동의 출현으로 실행케 된 것뿐이다. 이것을 한번 논리적으로 분석해보자.

해인사를 치려는 계획은 의도의 계획이 아니라 단순한 산적들이 도둑질하려는 계획의 하나다. 이들의 목적은 도둑질하려는 그 자체에 있다. 여기에 홍길동이 나타난다. 그래서 산적들이 의도로 바뀌었다고 치자. 수단은 바뀌지 않았으나 목적은 바뀌어진 것이다. 그러나 현실적으로는 아무것도 변한 것이 없다. 해인사를 도둑질하는 계획은 수정되지 않은 것이다.[52]

51) 남의 소유를 내 소유로 하려는 것은 다 도둑이다. 설령 그것이 정상적이었다 하더라도 소유하기 이전에 이미 도적 심리가 작용하고 있기 때문이다. 이것은 소유를 위해 양심이 짓밟히고 있는 것이다.

52) 홍길동이 해인사를 터는 것을 보면 의도의 기질이 없다. 그는 음식상을 받고 미리 지니고 간 모래를 입에 넣어 깨문다. 그것을 핑계로 하여 중을 꾸짖는다. 이때 도둑이 들어와

목적이 수단을 지배했더라면 해인사에서 재물을 탈취하려는 도둑들의 계획 역시 바뀌어졌어야 했을 것이다. 물론 다음에 홍길동은 백성의 재물을 범하지 않았고, 두령 가운데 불의의 재물을 가진 자가 있으면 빼앗았고, 집안이 가난한 자가 있으면 구제해주었다. 그러나 이것은 활빈당의 이상이었을 뿐 현실적으로 도둑질을 하려면 절간을 터는 모순의 연속 속에 말려 들어가지 않을 수 없다. 그가 함경 감사를 치기 위해 성 안으로 들어갈 때 남문 밖에다 불을 질렀다는 것만 봐도 알 수 있다. 방화는 악한 함경 감사를 치기 위한 수단이다. 이 방화로 불타야 할 집들에 양민과 악자의 구별이 있을 수가 없다. 남문 밖에서 하늘을 찌르는 불꽃 속에는 악한 자의 재산이나 선한 자의 재산이 옥석구분玉石俱焚으로 불타고 있는 것이다. 아무리 목적이 선해도 도둑질을 하려면 그 수단 자체 때문에 악을 범하지 않을 수 없는 것이다.

　　『홍길동전』을 쓴 허균 자신이 그러했다. 허균은 당쟁이 치열하고 국정이 혼란에 빠져 인민이 도탄 속에 허덕이는 것을 보고 혁명을 일으키려고 했을 때 무엇보다도 먼저 사용한 수단이 인심을 더욱 교란시키는 일이었다. 그는 고급告急의 변서變書와 인명人命

중들을 결박하고 재물을 털어간다. 아주 야박한 수법이다. 그리고 중들에게 술을 권하는 것을 보아도 그만큼 오만하다는 것을 방증해주고 있다. 대체로 대도大盜라면 이런 잔꾀로 재물을 약탈하지는 않는다. 여기서 한국적 의도를 본다.

의 서書를 만들어서 외적이 쳐들어온다고 유언비어를 퍼뜨렸고, 매일 밤 사람을 시켜 산에 올라가 서적西敵이 압록강을 건너고 유구 사람이 해도海島에 쳐들어왔으니 속히 피난을 하라고 외쳐 도성의 사람들을 불안에 떨게 함으로써 사회를 혼란케 했다. 사회를 안정시키기 위해서 도리어 그는 사회를 혼란시켰으며, 불쌍한 백성을 구하기 위해서 오히려 그 백성들을 불안과 공포의 도가니로 몰아넣었다.

허균은 역시 목적을 위해서는 수단 방법을 가리지 않는 의도적 사고방식을 가진 사람이다. 허균이나, 그가 소설 속에서 창조해 낸 홍길동을 비난하자는 것이 아니다. 그 시대에는 그런 길밖에는 별다른 혁명의 방도가 없었다. 하지만 의도론적인 저항과 사회 개혁의 수단으로서는 참된 혁명이 이루어질 수 없다는 사실에 대해서는 옛날이나 오늘이나 변함이 없다는 것이다.

한국의 혁명가들은 작든 크든 홍길동과 같은 의도였다는 데서 제대로 혁명적 인간상들이 역사와 현실을 개혁해가는 데 실패한 요인이 있었는지도 모른다. 목적을 알고 있었으나 수단과 방법은 도둑질과 같은 안이한 악이었으며, 목적은 한없이 성스럽고 정신적인 것이지만 그 수단과 방법에서는 숭고한 정신이 결여되어 있었다. 목적만을 내세우고 수단 방법의 정신이 부재했었다는 데에 한국의 혁명적 인간상들의 치명상이 있었다고 해도 과언이 아니다. '외로 가나 바로 가나 서울만 가면 된다'거나, '꿩 잡는 게 매'

라는 식의 논법이 수단 방법을 소홀히 한 한국적 사유 방식의 하나라고 볼 수 있겠다. 그리고 그 목적과 수단의 결여가 사회 개혁을 저지해온 가장 큰 요인의 하나라고도 볼 수 있다.

조선 사색당쟁에 옳고 그른 사람은 있었어도 그 당쟁에 사용된 수단 방법에는 옳고 그름이 없었다. 오늘날의 여야 정치도 마찬가지다. 여당의 불법을 규탄하기 위해서 야당 역시 불법적인 투쟁을 한다. 목적은 서로 다르나 수단 방법에서는 다 마찬가지다.

무엇인가 불의에 대해서 투쟁하려는 욕망은 앞서 있으면서도, 수단과 방법의 정신이 결여된 탓으로 하나의 악을 낳는 모순적인 예가 고대 소설에는 참으로 많이 나타난다.

『이춘풍전』의 아내가 추월을 응징하는 장면도 그렇다. 추월은 간악한 수단으로 남의 재산을 빼앗은 사람이다. 춘풍의 처는 추월에게 빼앗긴 남편의 돈을 찾기 위해서 비장 복장으로 나타나 역시 불법적인 재판에 의해서 추월의 돈을 빼앗아낸다. 추월이 간계에 의해서 남의 돈을 빼앗은 거나, 비장이 권력을 남용하여 추월의 돈을 빼앗아내는 것이나 다 같이 옳지 않은 행위다. 도둑의 물건을 도둑질했다 해도 역시 도둑인 것이다. 목적이 행위를 합리화해준다는 것처럼 위험한 사고방식은 없다. 이 도령이 변 사또를 봉고파직시키는 것도, 변 사또가 권력을 남용한 것처럼 또한 권력의 횡포를 한 것이라는 면에서는 서로 구별되지 않는다.

되풀이해서 말하지마는 그 수밖에 딴 도리가 없었다고 변명할 것이다. 그것이 벌써 상대주의다. 이러한 상대주의적 논법에서는 언제나 같은 결과밖엔 나오지 않는다. 탐관오리가 남의 재산을 훔쳤으니 훔친 물건을 훔친다 해서 무방하다는 의도적 논법은 도둑질을 중지케 하는 것이 아니고 도리어 끝없는 도둑질을 순환케 하는 결과를 낳는다.[53]

이러한 얘기가 있다. 해방이 되었을 때 일본에 살고 있던 재일교포 하나가 일본인의 채마밭에 들어가 무를 하나 훔쳤다. 주인에게 발각되자 그 교포는 "너희들은 36년 동안 한국인의 재산을 훔쳐왔는데 내가 무 하나쯤 훔쳤기로 무엇이 잘못이냐"고 대들었다는 것이다. 놀라운 것은 이 무를 훔친 한국인이 그 이야기를 들은 다른 한국인들 사이에 마치 홍길동처럼 숭배를 받고, 그런 논리가 전적으로 시인되었다는 점이다.

아마 지식인이라 해도 『홍길동전』을 읽는 옛날의 독자와 마찬가지로 무를 훔친 그에게 박수를 보낼 사람이 많을 것이다. 우리 사회에서는 대개 그러한 논리로 세상을 살아가고 있는 사람들이 많다. 논리적으로 그 모순을 따지기에 앞서 의도적 사고방식이

---

53) 술법을 좋아하여 술법으로 성공하면 종말에 술법으로 망한다는 옛 철언哲言이 있다. 마찬가지로 궤휼詭譎로 얻어진 것은 궤휼로 나간다. 어떤 씨앗을 흙 속에 묻었을 때 그 나는 싹은 틀림없이 그 씨앗의 싹이다. 이것이 천리天理요, 지리地理요, 동시에 인사人事다.

거의 생리화되었다고 해도 과언이 아니다. 무를 뽑은 교포가 잘못이 아니라면 36년 동안 우리의 재산을 약탈해간 일본인도 잘못이 아니라는 반대 논리가 생겨날 수 있다. 어째서 이러한 의도적 논법이 한국인의 저항 정신을 대신해왔는가? 그 수단과 방법의 결여는 어디서 비롯되었는가? 그것을 살피기 위해 『홍길동전』의 이상향을 분석해보기로 하자.

한국인의 유토피아

허균이 이상적인 사회를 추구하여 홍길동과 같은 혁명적 인간상을 만들어냈다는 것은 누구도 부정할 사람이 없을 것이다. 그리고 또 홍길동을 통해서 항상 포악한 관리와 사회적 계급의 모순 속에서 학대받던 한국인들이 이루지 못한 자기 꿈을 발산시켜왔던 것도 또한 사실이다. 그러나 과연 허균의 비전이 홍길동을 통해서 상상해보는 그 이상의 나라가 과연 어떠한 것이었는지 우리는 잘 모르고 있다.

허균이 만약에 이상적인 사회와 인간의 먼 행복을 추구하는 사회 개혁의 의지가 있었더라면 틀림없이 『홍길동전』은 단순한 의도義盜 소설이 아니고 또 단순한 도술道術 소설이 아니고 유토피아

문학의 한 전형을 이루었을 것이다.[54]

그런데 우리를 당황하게 하는 것은 홍길동이 율도라는 섬에 나라를 세우고 국왕이 되었다고 했으나, 그가 세운 이상국이 과연 어떠한 것인지는 거의 언급되어 있지 않다는 사실이다. '국민의 격양가擊壤歌는 요순堯舜 시절에 비할 바였다'라는 말 이외에 홍길동이 어떻게 백성을 다스렸으며, 어떠한 제도와 어떠한 문물로 그 새로운 나라를 다스려갔는지는 알 길이 없다.

율도국 자체보다도 홍길동이 국왕이 되었다는 사실이 이 소설의 초점이었기 때문이다.

앞의 장에서도 언급한 대로 홍길동은 한 노비의 자식이 갖은 역경을 물리치고 왕이 되었다는 사私소설적 발상법으로 되었다. 개인의 입신양명에 주제를 두고 있다는 것은 무엇보다도 율도국을 홍길동 개인의 무대 배경으로 사용해버린 것만 봐도 알 수 있다. 흔히들 율도국을 이상국이라고 하지만, 우리가 알고 있는 유토피아적 특성은 어느 구석에도 나타나 있지 않다. 개인이 아니라 한 사회와 인간 전체의 행복을 추구하고 그것을 현실 속에 실현해보려는 마음이 허균의 창작 정신에 반영되었더라면 율도국

---

54) 소설 『홍길동전』은 처음에 유교 소설로 시작된다. 그것은 적서 차별에서 인권을 찾으려는 것이다. 그러다가 중간에는 도술 소설로 이끈다. 이 도술에는 의도를 반영시킨다. 그 것이 서자의 출구요, 인간 능력의 한계다. 그리고 끝으로 다시 유교로 환원된다.

은 좀 더 구체적으로 그려졌을 것이다.

한마디로 말해『홍길동전』은 유토피아 문학으로 볼 수 없다. 홍길동이 그 나라의 왕이 되고 난 후에도, 오로지 그가 아내를 맞이하여 행복하게 살았다거나, 돌아가신 부모의 무덤을 잘 모심으로써 효를 했다거나, 세 아들과 두 딸을 두어 모두가 기남숙녀奇男淑女로 자라나 부풍모습父風母習을 이어받았다는 홍길동 개인의 가족 상황만이 상세히 기록되어 있을 따름이다.[55]

이것을 보면 허균은 사회 개혁의 구체적인 청사진을 가지고 있지 않았으며, 이상으로 생각한 유토피아의 동경도 갖고 있지 않았다는 결론에 이를 수밖에 없다. 현실 제도하에서는 도저히 출세할 수 없는 서자들의 불평 불만에서 시작하여, 서자라 할지라도 왕실에까지 오를 수 있는 단순한 출세의 꿈으로『홍길동전』은 그 막을 내리는 것이다.

홍길동은 서자들의 이상은 될지언정 범인간들의 더구나 학대받는 평민들의 이상이라고는 볼 수 없다. 율도국이 편안한 나라라고 한데도, 그것은 사회 제도를 개혁하고 인간의 사상과 윤리를 새롭게 한 정신 혁명의 결과는 아니다.

토머스 모어의『유토피아』나 베이컨의『뉴아틀란티스』, 캄파

---

[55] 유교에서는 치가治家의 방법이나 치국治國의 방법을 효제孝悌로 일관시킨다. 그리고 치세의 이상도 국민이 다 같이 부모에게 효도하고 어른을 공경하는 데 두었다.

넬라의『태양의 도시』로 시작하여 모리스의『노웨어 통신』등으로 전개되는 유럽의 유토피아 문학은, 개인이 아니라 인류가 추구하는 이상적인 사회 제도, 그리고 사회를 구성하는 인간성 자체의 개혁, 즉 새로운 사회 제도와 인간의 새로운 가치관을 제시하고 있다는 데 공통적인 특징이 있다.

『홍길동전』에서 끌어내자면 부모에게 효도를 하며 착한 아내를 두고 형제의 의가 돈독하고 아들은 셋, 딸은 둘을 두어 5남매를 두는 것이 가장 이상적인 가정이다. 바로 허균이 그린 유토피아가 그것이라고 할 수 있다. 가족 중심의 윤리관이나 행복관에서 한 발짝도 더 나간 것이 없다. 하다못해 무릉도원이나 화서씨華胥氏의 우화에 나타나는 그러한 이상향도 찾아볼 수가 없다.

서양의 유토피아 소설은 반드시 이상에 부합되는 구체적인 방법론을 모색하는 데 있다. 가령 인구 문제라든지 행정 기구라든지, 그 생산 방식이나 노동 조건, 가옥의 구조 그리고 교육의 평등과 빈부의 조절 등이 구체적으로 제시되어 있는 것이다.

인간이 추구하는 행복의 목적과, 그 목적에 접근하기 위한 수단과 방법이 밀접한 연관성을 짓고 하나의 구조를 형성해놓은 나라가 바로 그들의 유토피아다.

가령 그것이 소설은 아니라 할지라도, 캉유웨이가 추구한 이상 사회만 하더라도 유토피아 문학에서 볼 수 있는 구체적인 개혁과 미래 사회의 비전이 부각되어 있다. 그가 말하는 유토피아란 대동大同 사회[56]란 말로 표현되어 있으며, 인간의 모든 고뇌의 원천인 사회악의 구체적인 해결을 추구하고 있다. 지상에 있는 모든 국가를 폐지하여 세계 유일의 공영부에 의해서 통합한다거나, 사회 계급을 없애고 그러기 위해서는 인류를 개량하여 동일한 우량종으로 만들고 남녀 동권을 행하여 각자의 독립을 도모해야 된다고 주장하는 것이 바로 그것이다.

심지어 그는 유학자이면서도 종래의 가족 제도를 전폐한다거나, 생산과 분배의 기구를 공영화한다거나, 전 세계를 위도·경도로 각 100도씩 나누어 지방차를 없이하고, 지방은 100도씩을 단위로 하여 각자 소정부小政府를 만들어 자치를 행한다는 대동 사회 이상향의 세계까지 언급하고 있다.

우리나라에는 미래의 이성적 나라를 그린 서구와 같은 유토피아 문학도, 중국의 무릉도원과 같은 신비한 상상의 나라를 그린 환상 문학도 없었다. 그렇기 때문에 모처럼 홍길동과 같은 혁명적 인간상이나, 사회 개혁의 반역적 인간상이 등장해도 그것이

56) 본래 대동大同이란 말은 『예기』에 있는 말로 "대도大道가 행하면 천하가 공公해진다. 어진 이는 어진 이대로, 기능이 있는 이는 기능이 있는 이대로 각각 제 직책을 지킨다. 그러므로 사람들은 자기 어버이만 어버이로 생각하지 않고 자기 아들만 아들로 생각하지 않는다. 돈을 땅에 버리지 않지만 또 반드시 자기 것으로만 만들고 싶어 하지도 않는다"는 것이 이 대동의 골자다. 캉유웨이는 경서와 불전佛傳에 따라 서학西學을 겸하여 대동설을 제창, 인류 평등을 외쳤다.

하나의 이상국으로 향한 엔드마크로 그려져 있질 못하고 단순한 도술이나 개인의 영화 영달로만 그치고 만 것이다.

　방법의 정신이 없었기에 그 반역이 성공한다 하더라도 이름만을 바꾼 역성혁명밖에는 되지 않았다. 근본적인 사회의 정신 구조와 계급의 혁명과도 같은 구사회 체제를 붕괴시키는 역사의 추진력이 되지는 못했다.

　홍길동이 그렇게 많은 투쟁을 하고, 거의 초인적인 힘으로 세상을 놀라게 하고, 인간으로서는 불가능에 가까운 초월적인 힘을 발휘해서 자기가 원하는 세상을 만들어냈지만, 그 결과는 홍길동 이전의 옛 사회의 가치관과 조금도 변한 것이 없다. 홍길동만큼 보수적인 가족주의자도 없으며, 따지고 보면 홍길동만큼 군주주의에 충성을 다 바친 신하도 아마 없었을 것이다.[57] 능히 조선의 왕과 대적하고도 남음이 있는 실력을 갖춘 율도국의 왕이면서도 홍길동은 임금 앞에 읍揖하고 여전히 신하로서의 예를 갖추었다.

　겉으로는 이렇듯 홍길동이 영웅적인 혁명가처럼 보이고 유토피아 문학의 주인공처럼 생각되지만, 알맹이를 보면 참으로 평범하고 온순한 가족주의자며, 군주주의자의 한 사람에 지나지 않음을 발견하게 된다.

---

57)　'장자는 세자世子를 봉하고 그다음은 각각 봉군封君하며 2녀는 부마를 간택하니 그 거룩함이 곽분양郭汾陽에게 비할 바였다'하는 것을 보아 그 사상을 알 것이다.

홍길동에서 그칠 이야기가 아니다. 한국에서는 매우 진보적이고 혁명적인 사상을 가진 자라 할지라도, 그리고 또 현실을 거역하고 그것을 뛰어넘는 이상가라 할지라도 거기엔 모두 홍길동과 같은 엄연한 한계를 지니고 있다.[58]

겉으로는 변한 것 같으면서도 그 가치관은 오히려 수구주의적이라는 이 역설은 한국의 개화기 문학을 봐도 짐작이 가는 것이다. 가령 이광수李光洙와 김동인金東仁의 경우를 보라. 이광수는 단종 편에 서서『단종애사端宗哀史』를 썼고, 김동인은 그 같은 역사적 사건을 세조의 편을 들어『대수양大首陽』을 썼다. 이광수와 김동인은 전통적인 가치관을 부수는 우상 파괴자인 것처럼 보인다. 그러나 속아서는 안 된다.『단종애사』나『대수양』이나 그 알맹이를 보면 거의 다를 것이 없다.

김동인은 비록 수양 편에 서고 있으나, 권력을 위해 조카를 죽인 세조의 현실악을 그대로 인정하고 옹호하고 있는 것이 아니기 때문이다. 수양은 단종을 죽이려 하지 않았다는 것이다. 신하들 등쌀 때문에 본의 아니게 조카를 해쳤고, 임금의 자리를 찬탈했

---

58) 전봉준全琫準이 백산白山에서 인근 접주들을 모아놓고 다음과 같은 4개 조항의 맹약을 맺었다. ① 사람을 죽이거나 재물을 손상하지 말 것. ② 충효를 다하여 세상을 구하고 백성을 편안히 할 것. ③ 일본오랑캐를 내쫓아 성도聖道를 밝힐 것. ④ 군사를 거느리고 입경하여 권귀權貴를 모두 죽일 것

다기보다 고명 중신들의 손아귀에서 놀고 있는 조선의 사직을 지키기 위해서 불가불 그가 보위를 차지했다고 변명을 한다.

이광수나 김동인의 차이는 오직 수양의 행위를 바라보는 견해뿐이요, 인간의 가치관을 신의나 충절에 둔 점에는 조금도 변함이 없다. 김동인이 참으로 전통적 가치관에 저항하는 사상적 혁명가였더라면, 다시 말하여 이광수와 다른 가치관을 내세우려 했다면, 수양을 변명하기보다 오히려 그의 악을 그대로 시인하고 그 악 자체에서 역사를 움직이는 힘을 현실주의라는 새로운 가치관을, 그리고 도덕보다는 공리성을 주장하는 논진을 폈어야 옳았다. 그도 역시 홍길동에 지나지 않는다.

우리에겐 이미 『홍길동전』 때부터 기성 윤리나 사회적 가치관을 정면에서 반역하는 순수한 아웃사이더가 없었다는 부재 증명을 해받은 셈이다.

요컨대 아무리 큰 혁명이라 할지라도 한국인의 마음에는 보수주의가 언제나 뿌리박고 있다는 사실이다. 보수주의의 서자 문화 庶子文化로서의 홍길동 같은 저항인이 있을 따름이다.

4. 한국의 파우스트 박사 성진

— 김만중의『구운몽』과 종교의 편력

죄와 구제의 편력

『구운몽九雲夢』만큼 유명하면서도, 또한『구운몽』만큼 오해되어 온 작품도 드물 것 같다. 어느 국문학자는『구운몽』의 두 가지 특징을, 현실의 고락을 전생에 범한 업행業行 여하에 비례해서 받는다는 것과, 일부다처주의의 합리화로 설명한 적이 있다. 그 학자의 경우에만 한한 것이 아니다. 대개가 다 소설『구운몽』을 풀이하는 데 육관 대사六觀大師의 제자로 연화봉에서 불도佛道를 닦고 있는 성진性眞과 인간 세계로 환생한 양소유楊少游의 관계를 전생과 현세의 인과 업보로 해석하고 있다. 즉 양소유는 전생에 선업善業을 했으니 현실에 귀족으로 태어난 것이고, 현세에서 또한 선행을 많이 했으므로 극락세계로 간다는 불교적인 주제를 나타낸 소설이라고 보고 있다. 뿐만 아니라, 백이면 백 사람 다 현세에 환생한 팔선녀를 처첩으로 삼고 부귀영화를 누리는 양소유의 생활을 일부다처를 이상화한 것이라고 규정짓고 있다.

그러나 『구운몽』의 소설적 구조를 좀 더 냉철하게 분석해본다면 그들이 얼마나 그 작품을 오인하고 있는가를 금세 발견하게 된다. 무엇보다도 양소유의 편력의 의미를 제대로 이해하지 못한 데서 그것을 단순한 전생과 후생의 업행으로만 보고 있는 게 아닌가 싶다.

『구운몽』을 이해하려면 무엇보다도 성진이 육관 대사 밑에서 불도를 닦다가 어째서 양소유로 환생하게 됐는가의 그 원인부터 규명해야 된다. 우리가 연화봉蓮華峰에 앉아 불도를 닦고 있는 성진을 신학을 연구하고 있는 파우스트 박사에 비교해본다면 좀 더 『구운몽』의 의미가 확실해질 것 같다. 말하자면 한국의 성진은 한국의 파우스트 박사요, 양소유의 편력은 다름 아닌 메피스토펠레스를 좇아 현실을 체험하는 파우스트 박사의 편력과 같은 것이라고 말할 수가 있다.[59]

파우스트는 착하고 독실한 신앙심을 가진 구도자求道者다. 그러나 그는 자기 자신에 회의를 품고 메피스토펠레스의 유혹에 빠지

---

[59] 파우스트는 인간에게 주어진 최고 최비最高最卑의 것까지, 고통이든 행복이든 고루 겪어서 자아를 인류의 자아에까지 높임으로써 인간의 존재를 추궁하려는 충동에 이끌려 그의 편력을 시작하게 된다.

는 데서부터 진실을 찾아 방황하는 하나의 편력자가 된다. 이러한 상황을 성진의 경우로 옮겨보자.

육관 대사의 명으로 성진이 동정용왕洞庭龍王의 사자로 용궁으로 갔을 때 그에게는 마치 파우스트가 메피스토펠레스를 만나게 되는 것과 같은 중대한 하나의 전기가 이루어지게 된다. 그는 그때 두 개의 죄를 짓고 파우스트와 같은 자기 회의에 빠져버린다. 두 개의 죄란 술과 여자(팔선녀)로 상징되어 있다. 그는 수정궁에 용왕이 하사한 술을 마셨다. 그는 또 눈앞이 어른거리는 어지러움을 느끼게 되고 취기에 어린 그 얼굴을 스승이 본다면 꾸짖을 것이라는 의식을 갖게 된다.

술은 성진에게 정신적인 흔들림, 유혹의 전율 같은 것으로 나타나 있으며, 그러한 어지러움은 팔선녀와 만나게 되는 계기가 된다. 그는 다리 위에서 아리따운 팔선녀와 잠시 희롱하게 되고 거기에서 육체의 흔들림을 체험한다. 용왕의 술에서는 정신의 흔들림을, 팔선녀에게서는 육체의 흔들림을 발견했던 것이다.

이것은 마치 팔선녀가 위 부인의 명을 받고 연화봉으로 육관 대사께 문안을 드리러 왔다가 춘흥에 취하여 들뜬 마음으로 시냇물을 굽어보고 거기에서 그들 자신의 두 눈썹과 붉은 단장이 한 폭의 미인도처럼 어리고 있는 그림자에 스스로 도취하여 일어나지 못했던 경우와 마찬가지라고 할 수 있다.

팔선녀들은 봄에 취했고, 성진은 술에 취했다. 선녀로서의 생활과 불도佛徒로서 지금껏 고요하게 살아오던 마음에 금이 가는 순간이다. 팔선녀는 시냇물에 어리는 아름다운 자신들의 모습에서 지금껏 잊고 있었던 육체를 발견하게 되고, 성진은 아리따운 팔선녀의 모습에서 또한 잃어버린 속세의 육체와 만나게 되는 것이다.

그래서 성진은 세상을 생각하게 되고 처음으로 선불仙佛에 대한 회의와 갈등을 겪게 된다. 성진은 빈방에 앉아 팔선녀들의 구슬 같은 음성과 그 모습을 잊지 못하고 또한 불가의 도에 대해서 회의에 찬 독백을 하게 된다.

"세상에 남자로 태어나서 어려서 공맹孔孟의 글을 읽고 자라서 성군을 섬겨 나가면 삼군의 장수가 되고 들어오면 백관의 어른이 되어 몸엔 금의를 입고 허리엔 금인을 차고 눈으로 고운 빛을 보고 귀로 신묘한 소리를 들어 미녀와의 애련과 공명의 자취를 후세에 전하는 것이 대장부의 떳떳한 일이거늘 슬프다. 우리 불가의 도는 한 그릇 밥과 한 잔 정화수이며 수십 권 경문에 백팔 염주를 목에 걸고 설법하는 일뿐이다. 그 도가 비록 높고 깊다 할지라도 아주 적막하며 설령 최상의 교리를 깨 달아 대사의 도를 이어받아 연화대에 앉을지라도 삼혼 칠백三魂七魄이 한번 불꽃 속에 흩어지면 뉘라서 성진이 세상에 났는 줄을 알리요."

이것은 마치 독배毒杯를 앞에 놓고 자기의 전 생애를 회의하여 외치는 파우스트 박사의 독백과도 같은 것이다. 중이 된 지 10년에 일찍이 자그마한 허물도 없었던 성진에게 있어서 이와 같은 현세에의 유혹과 동경을 하게 되는 것은 하나의 죄에 빠지는 순간이지만, 마치 메피스토펠레스(惡)에 의하여 파우스트가 전일적全一的인 인생 체험을 하게 되고 하나의 완인完人으로서 천사에게 구제를 받는 거와 같이, 도리어 팔선녀의 유혹과 부귀공명과 입신양명에의 유혹을 받았기 때문에 성진은 육관 대사의 제1제자가 되고 참된 깨달음을 얻게 된다. 여기에 바로 『구운몽』이라는 소설이 지니고 있는 허구적인 핵심이 있는 것이다. 이 유혹과 죄를 통해서 그는 양소유로 환생하게 되었고, 속세에서의 기나긴 편력을 하게 됨으로써 자신을 다시 완성시키는 참된 구제를 받게 된다.

팔선녀 역시 마찬가지다. 나르키소스처럼 시냇물이 어리는 자신들의 모습에서 하나의 육체를 발견하였기에 죄를 저지르게 되고, 그 죄 때문에 성진이 양소유로 이 세상에 환생한 것처럼 속세인으로서 지상의 인간 속을 헤매어 다닌다.

이들이 속세에 환생하여 현세적 생활을 체험하는 것은 불교적인 전생과 후생의 인과 업보를 나타내려고 한 것이 아니라, 그 생의 편력을 통해 인간의 참된 행복이, 그리고 생의 목적이 어디에 있는가를 가르쳐주기 위한 일종의 설법으로 보아야 마땅하다. 파우스트 박사가 메피스토펠레스에게 끌려다니며 경험해보지 못한 인간악에 접함으로써 참된 진리를 찾아내듯이, 성진이 또한 속세의 부귀공명과 여성들의 그 많은 관능적 체험을 통하여 끝내는 새로운 구제의 의미를 스스로 해오解悟하게 된다.

만약 양소유로 환생한 성진이 전생의 업보를 타고 현세에 태어난 업보의 의미를 나타낸 것이라 한다면, 그는 현세에서 부귀공명을 누리고 아리따운 여덟 명의 처첩을 거느리는 영화의 일생으로 그려져 있지는 않았을 것이다. 왜냐하면 성진은 죄를 지었다. 팔선녀도 죄를 짓고 벌을 받는다. 이 죄에 대한 업보라면 그들은 속세에서 심한 고난의 생을 겪어야 할 일이다.[60]

그 관계를 아주 쉬운 말로 설명해보자. 성진은 술에 취하고 여자를 만나 10년 동안 쌓아 올린 수양이 일시에 무너지고 말았다. 다시 말하면 죄를 지었다. 죄란 성진에게 있어 하나의 회의에서 생겨난 것이다. 마음이 흐려지고 정신이 흐려지는 번뇌로 나타나 있다.

육관 대사는 그가 저지른 죄를 벌하는 데 목적이 있지 않고, 속세의 번뇌를 없애주기 위해 속세의 의미를 가르쳐주려 한 것이다. 죄보다는 교육이다. 그렇기에 그가 원하는 속세의 꿈을 동경

---

[60] 김기동金起東 교수는 이 점을 설명하면서 그것을 인과와 윤회라는 불교 사상을 바탕으로 하여 다음과 같이 말하고 있다. "『구운몽』의 주인공 성진이 선계仙界의 업행이 인因이 되어서 현실과 과果로 양소유로 환생하게 되었으며, 또한 양소유는 현세의 선업善業이 인이 되어서 극락세계로 돌아갔다는 것이다."

을 유감없이 누려보도록 한 것이다. 너의 뜻대로 팔선녀와 더불어 인간의 이성에 대한 욕망을 만족해보고, 성군을 섬겨 삼군三軍의 장군이 되고 백관의 어른이 되어 금의를 입고 공명을 후세에 전하는 대장부의 떳떳한 일을 원하는 대로 한번 누려보라는 이야기다.

성진의 번뇌는 거기에 있었기 때문이다. 그러니 적막하다는 불도를 버리고 한번 현세 행복의 길을 누려볼 기회를 준 것이다. 과연 그것이 참된 행복이고 인생의 궁극적 목표가 될 수 있는가를 스스로 깨닫게 하기 위해서 한번 그 속세로 유학을 보내준 것이나 다름이 없다.

만약 성진에게 부귀공명을 누리고 팔선녀를 거느리며 입신양명을 할 현세적 행복을 맛보게 하지 않는 한, 그는 언제고 속세의 유혹과 번뇌 속에 취하여 깨어나지 못했을 것이기 때문이다.

팔선녀 역시 마찬가지 아닌가. 시냇물에 어리는 그들의 육체를 보면 팔선녀는 현세의 부름 소리를 듣는다. 춘흥에 들뜬 마음을 가라앉힐 길은 없을 것이다. 속세 속에서 스스로 취한 눈으로 바라보던 그들에게 육체의 길을 체험케 함으로써 과연 그것이 그들이 원하는 행복일 수 있는가를 체험토록 한 것이다.

더 이상 긴 설명은 필요 없으리라. 인간 속에서 환생한 성진(양소유)과 팔선녀 이야기는 바로 유교적인 이상, 현세 인간의 행복과 정의와 가치관을 둔 유교적 이상을 실현시켜본 것에 지나지 않는다. 그리고 그들의 생애를 통해서 그러한 가치관과 이상이 과연 인생의 해결일 수 있는가를 자문자답케 한 선문답禪問答이다. 현대말로 말하자면 시청각 교육으로 성진과 팔선녀에게 속세의 의미를 가르쳐주고, 이래도 현세의 행복이 진정한 행복으로 느껴지는가의 리포트를 쓰게 한 것과 다름이 없다.

성진은 가질 것을 다 가졌다. 말하자면 양소유는 이 지상에서 누릴 수 있는 모든 행복을 독점한 사람이다. 누구나 양소유처럼 되어 이 세상을 살고 싶다고 할 것이다. 그는 장군이 되어 나라에 큰 공을 세우고, 승상의 높은 벼슬과 부마의 자리에까지 오른다. 무武로는 원수요, 문文으로는 당대 최고의 시인에 승상이다. 노부를 모셔다가 마음껏 효를 하고 공주와 재상의 딸을 동시에 정처로 삼고 거기에 재색 있는 여섯 첩과 더불어 단란한 가정을 이룬다. 자손은 번창하고 가솔은 그의 한 몸을 떠받들어 사회적으로나 가정적으로나 조금도 결한 데가 없다.

문제는 바로 여기에 있는 것이다. 양소유는 이 지상에서 누릴 것을 다 누렸으면서도 한밤에 그가 부는 피리 소리는 구슬프기만 하다. 양소유가 이 속세의 기나긴 일생 동안의 체험에서 얻은 해답지에는 마치 원망하는 듯, 사모하는 듯, 흐느끼는 듯, 하소연하는 듯한 옥통소의 가락처럼 쓸쓸하고 삭막한 허무의 문자뿐이었다. 지난날 불던 양소유의 통소 소리가 바뀌어졌듯이, 이 세상에서 영화 영달을 좇으려 했던 그 마음 역시 모든 것을 소유하고 난 후에는 스스로 바뀌어질 수밖에 없었다. 그는 말한다.

"소유가 저 땅의 미천한 선비로서 벼슬이 장상에 이르며 또 부인과 낭자 여러분과 더불어 만나 두텁고 깊은 정이 늦도록 친밀하니 만일 전생에 기약하지 않은 연분이면 능히 이에 이르지 못한다. 그러나 우리 무리가 한번 돌아간 후면 높은 배는 스스로 무너지고 깊은 연못은 스스로 메워지며 노래와 춤을 추던 집이 변화하여 메마른 풀과 싸늘한 연기를 이루면 필연 나무하는 아이와 소 먹이는 더벅머리 총각들이 슬픈 노래를 주고받으면서 '이는 바로 양 태사가 모든 낭자와 더불어 노니던 곳이다. 대승상의 부귀풍류와 모든 낭자들의 아리따운 용모와 고운 태도가 이미 적막하도다'라고 말하리라."

양소유가 진 시황제의 아방궁과 한 무제의 무릉도원과 당 현종 황제가 양귀비와 더불어 놀던 화청궁을 바라보며 그 허무함을 느끼듯, 오늘 그가 장상의 자리에 이르고 아리따운 여덟 명의 여인과 더불어 노니는 취미궁을 먼 훗날의 초동 목수들이 또한 한숨 지으리라는 끝없는 허무의 체험에서 바로 속세적 체험의 종지부를 찍고 있다.

이상의 사실로 『구운몽』의 주제가 어디에 있는지 우리는 분명하게 그 구도를 그려볼 수 있을 것이다. 김만중은 양소유의 입을 통해 분명히 그『구운몽』의 종장에서 이렇게 적고 있다.

"천하에 세 가지 도가 있으니 유도儒道와 불교와 선술仙術이다.

이 세 가지 중에 오직 불교만이 높고 유도가 윤기를 밝히며 사업을 귀히 하여 이름을 후세에 전할 따름이요, 선술은 허망한 것에 가까워 예로부터 하는 자 많으나 마침내 징험을 얻지 못하니 진시황제와 한 무제와 현종 황제의 사적을 보면 가히 알리로다."

그래서 소유는 벼슬을 바친 후로 밤마다 꿈속에서 부처님께 배례하고 다시 불교에 귀의하고자 하는 간절한 소망을 품게 된다. 소유가 벼슬을 바쳤다는 것은 곧 유교와 선교를 부정하고 생의 참된 구제의 길을 불교에서만이 구할 수 있다는 그 사상을 말한 것이고, 불교에 회의를 가진 자가 속세의 체험을 통해 다시 불교로 돌아오게 되는 편력의 과정을 그려준 것이다.

그러므로 그 편력 과정으로서의 양소유의 속세적 과정을 보고 일부다처주의의 합리화라고 말하는 것은, 마치 나방이는 보지 않고 고치 속에 갇힌 누에만을 보고 하는 소리와 다름이 없다.

김만중이 『구운몽』에서 일부다처주의를 합리화한 것이라면 그는 인간의 목표를 후세에 이름을 떨치는 부귀공명에 두었다고 말해야 할 것이다. 그렇다면 『구운몽』이라는 제목 자체가 우스워진다. 일부다처를 합리화하기는커녕 여덟 미녀와 더불어 생활해도 인생의 허무는 극복할 수 없다는 일부다처의 현세적 허망성을 말한 데 그 골자가 있다.

양소유가 장원에 급제하여 한량이 되고 예조판서가 되고 원수가 되고 부마와 승상이 되며 태사가 되듯이 이 세상에는 무수한 공명을 쌓아 올리는 것처럼, 한옆에서는 여덟 명의 아름다운 여성과 가연을 맺음으로써 관능적인 연정을 하나하나 충족해가는 의미에 있어서 여덟 명의 여인이 나타나고 있는 데 지나지 않는다. 한쪽에서는 공명의 탑을 또 한쪽에서는 연정의 탑을 쌓아 올려가는 현세의 행복 추구를 상징하는 두 개의 탑일 뿐이다.

그런데 김만중은 이 탑을 쌓는 데 목적을 두는 것이 아니라 그것이 바벨탑처럼 속절없이 무너져버리는 광경을 보이기 위해 쌓아 올렸을 뿐이다. 그가 말년에 벼슬을 바쳤듯이 일부다처의 쾌락도 또한 그는 부정한다.

그러므로 성진이 양소유로 환생한 이야기는 전생의 인과 응보를 나타내려 한 것이 아니라 연화봉에서 육관 대사에게 불법을 배우고 있는 성진의 구도求道 과정의 일부에 지나지 않는 이야기다. 일부다처적인 사상이 나와 있는 것은, 벼슬 복이 많은 것은 그것을 합리화하고 이상화하려 한 것이 아니라 도리어 그 허망성을 말함으로써 불교의 참된 인연을 가르치고자 한 것에 지나지 않는다.

인간의 허무는 벼슬로 얻는 공명이나 처첩에 의해서 얻어지는 육정으로는 결코 극복되지 않는다는 데 주제를 두었으므로 사실 『구운몽』에서 가장 많은 분량을 차지하고 있으면서도 여덟 여인을 에워싸고 있는 양소유의 일대기는 오히려 소설 주제 밖의 이야기다. 본 알맹이는 초장과 종장의 성진의 이야기다. 성진의 꿈

(양소유)을 보고 그것을 성진의 실체로 알아서는 안 된다.

결론적으로 말해 『구운몽』은 유교적 인간상(양소유가 벼슬길에 오르고 마지막에는 벼슬을 바칠 때까지의 이야기, 양소유가 진채봉을 만나는 데서부터 시작하여 여덟 여인들이 모두 한자리에 모이게 될 때까지의 이야기)을 부정하고, 아니 그것을 넘어서서 불교적인 인간상에 가치를 둔 일종의 유교 대 불교가 경합하는 소설이란 데 그 골자가 있고, 파우스트 박사의 경우처럼 하나의 편력을 통해 완인을 추구하고, 그 궁극적인 인간 구제의 상을 노래한 데 이 소설의 의미가 있는 것이다.

성진과 팔선녀는 꿈을 깬다. 성진은 술에 취했던 그 꿈에서, 팔선녀는 춘흥에 취해 있던 강물 속의 자기 모습에서 깨어나 참眞으로 돌아온다. 그들이 보는 것은 허깨비가 아니라 참된 인생의 모습이다. 파우스트 박사가 오랜 편력 끝에 천사의 품에 안기듯, 성진과 팔선녀는 허욕에서 깨어나 부처의 팔에 안긴다.

그들은 더 이상 인간 세상에서 행복의 꽃을 따려고는 생각지 않는다. 멀고 먼 극락의 세계, 부귀영화와 아무리 두꺼운 속세의 연緣이라 할지라도 결국은 끊어질 수밖에 없었던 그 허무를 넘어선 영원한 극락의 문 앞에 그들은 다시 서는 것이다.

그들은 말할 것이다. 우리가 원했던 것은, 우리 아홉 사람이 이 세상에서 구하려 했던 행복은 한낱 9개의 덧없는 구름과 꿈에 지나지 않았다고, 그들은 더 이상 양소유의 아내가 되기를 희망하지 않을 것이며, 양소유는 더 이상 그 아리따운 여인들과의 긴 밤을 원하지 않을 것이다.

그리고 양소유는 말할 것이다. "공맹의 글을 읽고 성군을 섬기고 삼군의 장수가 되고 백관의 어른이 되어 몸엔 금의를 입고 허리엔 금의를 차고 눈으로 고운 빛을 보고 귀로 신묘한 소리를 들어 미녀와의 애련과 공명 자체를 후세에 전하는 것이 대장부의 떳떳한 일이라고 사람들은 모두 그것을 추구하지만, 나도 또한 그것을 추구했지만, 그것은 덧없는 구름을 보는 것이고 하나의 꿈을 보는 것"이었더라고. 그 구름과 꿈을 헤치고 다시 연화봉에 앉는 날, 인간은 참된 구제의 문에 이르게 된다.

팔선녀의 길

양소유는 그 이름이 상징하고 있듯이 속세의 부귀공명을 찾아 편력을 하고 있다.

그의 한 생애 속에서 우리는 유교가 지배하던 조선 사회의 전형적이고 이상적인 한 선비의 모습을 발견하게 된다. 양소유의 걸음을 뒤쫓아가면 조선 500년 동안에 모든 선비들이 걸으려 했던 한국인의 궤도를, 그리고 정신적 기도를 그려볼 수 있을 것이다.

그렇기 때문에 여덟 명의 여인과 차례차례 인연을 맺는 그 푸짐한 로맨스도 실은 단순한 사랑의 이야기보다 양소유가 한 사인 관료로서 완성되어가는 과정을 상징해주는 데 지나지 않는다.

여덟 명의 여성은 선비의 가장 이상적인 종착역에 이르는 8개의 역들이라고 할 수 있다. 그리고 청운靑雲의 하늘로 이르는 8개의 계단이라고도 말할 수 있다.

양소유가 처음으로 만난 여인은 진 어사의 딸 채봉이었다. 그 것은 그가 이 세상에 태어나 처음으로 맺게 되는 한 여성과의 첫 인연을 의미한 것이지만 동시에 그것은 양소유가 벼슬길을 향해 첫발을 디딘 출세의 첫걸음을 의미한다. 그는 과거길에서 진채봉을 만난다. 양소유뿐만 아니라 양반 계급으로 태어난 모든 인간들의 인생의 첫 항로는 과거를 보러 가는 데서 시작된다.

그들이 부모의 곁을 떠나서 그가 태어난 집과 고향 밖으로 나가게 되는 그 인생 최초의 편력은 과거를 보러 가는 길목에서 시작된다. 요즘 말로 표현하자면 일종의 취직 시험을 보러가는 데서부터 한 인간의 문이 열린다고 말할 수 있다. 이것이 또한 유교문화가 지니고 있는 하나의 특징이라고도 할 수 있다.

유교는 불교와 도교와는 달리 현세적인 경세제민經世濟民하는 인간에, 즉 엘리트의 양성에 목적을 두었기 때문에 사인 관료가 되기 위해 과거를 본다는 것이 인생의 시발점이 되었던 것이다.

『논어』를 읽어보면 도처에 구직에 대한 이야기가 등장하고 있다. 좀 심한 말로 이야기하면 좋은 직장에 들어가기 위해서 일류고를 지망하고 그 시험에 붙느냐 떨어지느냐 하는 것이 인생의 한 목적처럼 되어 있는 오늘의 현상과 다름이 없다.

가령 자장子張이라는 제자가 취직을 하려면 어떻게 하면 되는가를 물었을 때, 공자는 훌륭한 사람이 되기만 하면 취직 자리는 절로 굴러온다는 이야기를 한 적이 있다(「爲政篇」).

공자와 그 제자와의 관계는 예수와 십이 사도十二使徒의 그것과 또 다른 성격이 있다. 오늘날의 학생들에게 과외 수업을 가르치고 있는 선생의 역할과 같았던 것이다. 훌륭한 인물을 만들어낸다는 것은 훌륭한 사관士官을 만들어낸다는 것과는 동전의 안팎과 같은 관계에 있다. 사실상 공자의 문인門人 중에는 후에 높은 벼슬을 한 사람이 적지 않다.

학문을 위한 학문이라든지 순수한 진리의 탐구보다는 훌륭한 인물이 되는 것에 그 첫째 목적이 있었고, 현실적으로 훌륭한 인물이 된다는 것은 양소유의 경우처럼 벼슬에 급제하고 조정에 들어가 훌륭한 신하로서 경세제민을 하고 그 이름을 청사에 길이 남기는 것이었다.

그렇기 때문에 양소유와 진채봉의 첫사랑은 단순한 이성과의 관계에서 첫눈을 뜬다는 것이 아니라 사인 관료로서의 첫 프러포즈의 상징성을 지니고 있다. 과거를 보려고 길을 떠나지 않았던들 양소유는 진채봉을 만나지 못했을 것이다. 그가 최초의 여인을 만나게 된 것은 벼슬을 하기 위한 최초의 시도를 한 행위와 깊은 인과관계를 갖고 있다. 이렇게 여성축女性軸으로 보면 애정의 편력이요, 남성의 축으로 보면 그것은 환해(宦海 : 벼슬)의 편력이기도 하다.

『구운몽』은 처음부터 끝까지 이러한 두 개의 평행선으로 플롯이 전개되어가고 있다. 그가 진채봉을 만났을 때 갑자기 돌발한 병화兵火 때문에 그녀와 언약만 했을 뿐 인연을 맺지 못한 것처럼, 그의 과거 역시 병화 때문에 실현되지 않았다. 그의 첫 과거의 야망도 그렇게 허망하게 무너진다. 병화가 없었던들 그는 여인과 백 년의 가연을 맺어 한 가정을 이룩했을 것이고, 또 한편으로는 과거에 급제하여 벼슬을 하고 그 권도의 일가를 이룩했을 것이다.

그러므로 양소유가 만난 여덟 명의 여성들을 살펴보면 그대로 양소유의 이력을 작성할 수 있을 것이다.[61]

계섬월이라는 여성은 양소유가 두 번째 과거를 보러 간 그 시절을, 그리고 정소저와 춘운은 벼슬에 급제하여 한림翰林이 된 양

---

61) 이런 데서 소설 『구운몽』의 통속성을 엿볼 수 있는데, 작자 김만중은 이 점에 대해서 『서포만필西浦漫筆』에 다음과 같은 요지의 글을 쓰고 있다. "『사전史傳』이나 『도감道鑑』 같은 책은 청자聽者의 눈물을 흘리게 하지 못하지만 『삼국지연의』 같은 통속 소설은 청자의 눈물을 흘리게 하는 힘을 가지고 있으므로 통속 소설을 쓰게 되는 것이다." 이것은 곧 소설 문학이 지니는 대중적 효력을 두고 한 말이니, 종래 한문학자가 덮어놓고 소설류를 배척한 데 비한다면 커다란 차를 발견할 수 있으며, 또한 서포西浦의 소설가로서의 탁견을 찾아볼 수가 있을 것이다.

한림을, 그리고 적경홍은 연나라를 굴복시켜 황제의 사신으로 이름을 떨치던, 허리에 금인을 찬 외교관으로서의 성공 시절을, 그리고 난양 공주는 양상서 시절로서, 임금에게 총애를 받고 나라의 중신으로 발탁된 그 시절을, 그리고 심효연과 백능파의 두 여인은 양소유가 토원국을 치는 한 무인武人으로서 나라에 공을 세운 원수 시절을 각기 상징해주고 있는 생애의 도표 구실을 하고 있다.

여덟 여인을 하나씩 만나는 데서 그의 운명은 그때마다 달라져가고 있으며, 여덟 여인이 한자리에 모여 일가를 이루었을 때 그는 한 선비로서의 모든 목적을 달성하고 완성하게 된다. 우리는 양소유를 에워싼 여덟 명의 여성의 얼굴에서 변모해가는 양소유의 모습을 바라볼 수가 있다. 그만큼 그 여인들은 양소유의 생애와 유기적인 연관을 맺고 있는 까닭이다.

막 잠자리에서 깨어나 졸음의 흔적이 아직도 눈 끝에 맺혀 있는, 그리고 뺨의 연지는 반이나 지워져서 곤비의 자색과 예쁘장한 몸가짐이 한층 더 신비하게 보이는 진채봉의 모습에서는 입신양명을 꿈꾸며 천하를 향해 웅비하려는 현세적 욕망에 막 눈을 뜬 양소유의 모습을 볼 수 있다. 계섬월의 뛰어난 노래 솜씨와 미래를 예언해준 그 슬기에서는 과거에 급제하고 벼슬길의 다리 위에 올라선 양소유의 희망에 찬 얼굴을 본다. 첩첩이 싸인 규방 속에서 한 걸음도 밖에 나가지 않고 거문고 소리에 옷깃을 여미는 정소저의 단정한 모습에서는 사대부로서 예의를 갖추고 의젓한 풍류로 예악禮樂을 몸에 익힌 양소유의 인격을 볼 수 있다. 퉁소 소리로 인연을 맺은 난양 공주에게서는 군주의 기상에 접근한 양소유를, 그리고 말을 타고 달리는 적경홍과 칼을 휘두르는 심효연의 두 여인의 모습에서는 무용武勇을 터득한 양소유의 힘을 본다.

『구운몽』을 자세히 읽어보라. 우선 그 여인들과 만나는 자리에는 반드시 상징적인 사물들이 게재되어 있음을 알 수 있다. 진채봉은 버드나무, 계섬월은 다리와 앵두나무, 정소저와 난양 공주는 거문고와 퉁소, 적경홍은 말, 심효연은 칼, 춘운은 계수나무와 벽도나무, 백능파는 물 등이 인연의 도화선으로 나타난다.[62]

여덟 명의 그 신분과 성품과 기예가 모두 다 다르다. 난양 공주에게는 한 군주와도 같이 인화로써 다른 여인들을 다스려갈 만한 덕이 있고, 정소저는 꿋꿋한 예의범절의 부덕을 가지고 있다. 그들은 퉁소와 거문고로 상징되는 유교적인 예악의 도를 지니고 있는 것이다. 그들은 하나의 치자다.

춘운과 진채봉은 정소저와 난양 공주를 모시는 시비로서 신의

---

62) 이러한 기법은 기실 상징 이전인, 일종의 직유적 기법이라 할 만한 것인데, 역시 고대 소설의 묘사에 있어서 도식적인 방법에 속한다. 그리고 비유되는 것은 다 자연에 편재하는 사물인 경우가 많은데, 이는 한국 문학의 답습된 고정관념의 영향이라고 볼 수 있겠다.

와 현명한 지혜로써 윗사람을 보필하는 신하의 도를 완성시킨 여성들이다. 계섬월과 적경홍은 이름난 창기로서 기예에 능숙한 여인들이다. 그리고 심효연과 백능파는 외방의 여인들이지만 칼의 무용과 물의 힘으로써 양소유의 전공을 도와준 위기의 조역자들이다.

이러한 여덟 여성을 양소유가 다 처첩으로 거느린다는 것은 곧 그 자신이 치자의 군주지덕과 신하로서의 신의 예절과 문무 겸비한 사대부로서의 모든 요소를 차지하고 있다는 뜻이 된다.

여덟 명의 여성은 모두 대우 관계를 이루며 네 계층으로 나뉜다. 그것은 한 사회를 상징하고 있으므로 양소유가 이 여덟 명의 여인들을 섭렵한다는 것은 곧 속세에 있을 수 있는 모든 계층의 인간의 도를 섭렵하여 구비했다는 뜻이 될 것이며, 이 여덟 명의 처첩을 아무런 갈등 없이 평화롭게 거느린다는 것은 곧 천하를 다스림과 마찬가지다.

여기의 일부다처란 돈 후안과 같은 쾌락의 길이 아니라 인화와 예절과 그 슬기로써 모든 계층의 인간들이 한 가족을 이루는 유교적인 상징이다. 말하자면 양소유가 한 가족을 이루는 데서 완성하는 순간, 그는 한 사회인으로서, 사대부로서도 일가를 이루었다는 것을 의미한다.

오늘날에도 한 도道를 완성한 사람에게는 집 가家 자를 붙여준다. 작가·정치가·음악가·사상가, 바로 큰 것을 이룩한 것이 국가

이다. 한 가족이 단란하고 평화롭다는 것은 곧 한 국가가 단란하고 평화로운 것과 같다.[63]

유교에서 이상으로 삼고 있는 한 인간의 완성이 양소유의 경우처럼 여덟 아내를 거느릴 수 있는 한 집안의 다스림으로써 구현되어 있다. 여덟 명의 처첩이 아무 싸움도 없이 화기애애하게 양소유를 중심으로 일가를 형성하고 있는 데서 우리는 유교에서 내세우고 있는 유토피아의 의미를 발견하게 된다.

그것은 현세의 길이며, 속세에서 누릴 수 있는 최고의 영화이며, 지상에서 실현시킬 수 있는 최고의 윤리다. 서로 양보하고 서로 도우며 자기의 위치와 한계를 지켜가는 여덟 명의 여인들과 거기에 군림하는 양소유의 모습은 조선 500년 동안 한국인들이 추구해온 이상의 공화국이었다.

선비들은 누구나 양소유를 선망의 눈으로 바라보았을 것이다. 그리고 그들의 아내가 바로 이 여덟 명의 처첩과 같기를 동경했었을 것이다. 한 가족의 이상인 동시에 그것은 곧 국가의 이상이었으며 따라서 양소유는 한국인이 동경하고 부러워하고 희구해온 완인이었다.

그런데 서포는 이 이상의 집 앞에 진 시황제의 아방궁과 한 무

---

[63] 한 개인을 확대해서 가정을, 그대로 확대해서 국가를 이룬다는 유교적 모토, 즉 '수신제가 치국평천하修身齊家治國平天下'의 체현體現이다.

제의 무릉도원과 당 현종의 화청궁을 내세웠다. 그리고 그 순간에 찬란한 그 이상의 집이 마치 아침 햇살 속에 사라지는 마술의 성처럼 사라져버리듯 했다.[64]

한마디로 말해 서포는 유교 문화에서 키워온 이상적 인간상을 뒤엎어버리고 그 자리에 염주를 돌리고 있는 내면적인 불교적 인간상을 앉혀놓았던 것이다. 양소유와 팔선녀의 옷을 갈아입히는 데서 그는 유교적 인간상이 불교적 인간상으로 전화해가는 일종의 정신적 쿠데타를 감행한 것이다.

꿈의 논리학

동양의 형이상학은 주로 꿈에서 생겨나고 있다고 해도 과언이 아니다. 그러나 같은 꿈이라 해도 유교의 꿈과 도교의 꿈과 불교의 꿈은 각각 그 성격이 다르다. 현실을 살피는 것보다도 그 꿈들을 분석해보는 것이 오히려 더 인간 현실의 특성을 찾아볼 수 있다는 자체가 기막힌 아이러니가 아닐 수 없다. 서구의 근대 과학 정신이라 하는 것도 인간의 꿈에 대한 태도에서 여실히 그 본성

---

64) 하나의 숙명처럼 무산하는 결말을 볼 때 『구운몽』을 두고 운명 소설이라고 하는 평도 그리 동떨어진 견해는 아닌 듯하다. 그것은 논리가 통하지 않는 설화적 양식에서 오는 것이다.

을 드러내고 있지 않는가.

프로이트의 정신분석학은 인간의 꿈을 무의식의 산물로서 분석해간 데 있다. 여러 말 할 것 없이 꿈을 과학적으로 분석, 탐구해간 프로이트의 방법 속에서 우리는 서구 문명의 특성이 어떠한 것인가를 암시받게 된다. 좀 대담하게 말하자면 어떠한 사상의 비밀의 열쇠를 찾고 싶거든 우선 그들이 인간의 꿈에서 무엇을 찾아왔는가를 따져보라고 권유하고 싶다.

우선 유교에 나타난 꿈을 보자. 공자님은 꿈도 그의 사상과 마찬가지로 매우 현세적인 것이었다. 『논어』를 보면 공자님은 꿈에도 주공을 자주 뵈었던 모양이다. 만년에 그가 이젠 늙어서 꿈에서도 주공이 자주 나타나지 않는다고 한탄한 것을 보면 젊었을 때는 전문적으로 주공의 꿈을 꾸었던 것 같다.

두말할 것 없이 주공은 공자님이 이상으로 삼고 있는 성인이다. 물론 아득한 옛 성인이기 때문에 꿈속에서나 만나볼 수 있는 그런 인물이다. 그러니까 공자님의 꿈은 고인을 만나보고 그의 가르침을 받는 교육 수단의 하나였다. 꿈은 곧 그가 말하는 온고이지신溫故而知新의 상징이었다.

유교의 꿈은 이렇게 교육적이고 상고적이며 매우 점잖고 현세적이다. 글방 선생님이 공부를 하지 않고 낮잠을 자는 아이를 꾸짖자 선생님은 왜 낮잠을 주무시면서 우리보고만 야단치느냐고 항의를 하는 조크에서도 우리는 그와 같은 예를 찾아볼 수 있다.

답변이 궁한 글방 선생은 꿈에 주공을 만나 가르침을 받기 위해서 낮잠을 자는 것이라고 변명을 한다. 서당 아이가 다음 날 또 낮잠을 자다가 선생에게 들켜 꾸지람을 듣자, 자기 꿈에 주공을 만나려고 낮잠을 잔 것이라고 한다. 선생은 그래 주공이 무어라고 말하더냐고 추궁하자, 선생님을 만나뵌 적이 있느냐고 물었더니 그런 사람은 한 번도 만난 적이 없다고 대답하더라는 것이었다.

시조에서 보면 낮잠을 자며 성인군자를 만나고 요순 시절을 꿈꾼다는 이야기가 많이 등장한다. 유교의 꿈은 이렇게 고전적이고 아카데믹하다.

이에 비해서 도가道家의 꿈은 몽롱하기 짝이 없다. 『장자莊子』의 「호접지몽胡蝶之夢」, 『열자列子』의 「화서지몽華胥之夢」과 「주목왕편周穆王篇」에 나오는 그 많은 꿈 얘기들이 바로 도교적인 꿈의 상징이라고 할 수 있다.

유교의 꿈은 질서 정연한 것이어서 현실을 과거로 끌어가는 전통주의적 연장에 지나지 않으나, 장자의 「호접지몽」은 그렇지가 않다. 공자는 꿈속에서 주공을 만났지만, 장자는 꿈속에서 나비로 변신된 자신을 만난다.

그는 「제물편祭物篇」에서 이렇게 적고 있다.

"언제인가 나는(장주 : 장자) 꿈속에서 나비가 된 적이 있다. 하늘을 훨훨 날아다니는 한 마리 나비가 된 것이다. 나는 마음껏 그 즐거움에 잠겨 내가 나인 것까지를 잊어버렸다. 그런데 문득 눈을 뜨자 역시 나는 조금도 틀림없는 현신現身의 나에 지나지 않았다. 그런데 대체 이 현신의 내가 꿈속에서 나비가 된 것일까? 그렇지 않으면 저 나비가 꿈속에서 지금의 나로 나타난 것일까?"

물론 현재의 모습에 집착한다면 장주와 나비 사이에는 뚜렷한 구별이 있다. 하지만 그것은 만물의 끝없는 변화 속의 가상假象일 뿐, 실제의 세계에 있어서는 장주도 또한 호접이면서 호접도 또한 장주일 수가 있는 것이다.

도교의 인생관은 바로 이 호접의 꿈속에 구현되어 있다. '인간의 고락이나 생사 그리고 현실과 꿈은 순환하는 연속이며 모든 것은 부정不定한 것이라는 관념 속에서 그 어느 한쪽에 집념한다는 일'을 술회한 것이다. 그러므로 도교의 꿈은 현실과 다른 또 하나의 나를 보여주는 일이며, 그 꿈의 역할은 현세적 체험만이 절대적인 것이 아니라는 도교의 독특한 변전하는 논리학이다. 오히려 도교의 꿈은 꿈이 덧없는 것이 아니라 그 꿈 때문에 현실이 덧없어지는 것이다.

『열자』의 「주목왕편」을 보면 꿈과 현실의 관계를 묘한 논리로 비판해주고 있다.

주周나라의 윤씨는 큰 부자였는데, 그가 부리는 늙은 머슴 하나는 낮에 너무 많이 일을 해서 밤마다 정신없이 잠이 들곤 했다. 그런데 그가 잠이 들면 꿈속에서 왕이 되어 백성을 다스리고 홀륭한 궁전에서 호화로운 잔치는 물론 자기 뜻대로 온갖 즐거운 잔치를 벌인다. 그러나 잠에서 깨면 비참하게도 머슴 일을 하며 고생을 한다. 남들이 그 꼴을 보고 동정을 해주면 '사람의 일생은 백 년이라 하지만 낮과 밤은 반반이다. 낮에는 머슴이 되어 괴롭게 지내지만 밤에는 꿈속에서 왕이 되어 그 이상 더 즐겁게 지낼 수가 없다. 난 아무런 불만도 없다'고 한다.

그런데 주인인 윤씨는 낮에는 돈벌이를 하느라고 마음은 초조하고 몸은 가업에 **빼앗겨** 심신이 지칠 대로 지쳐서 밤이 되면 녹초가 되어 쓰러진다. 그런데 그는 밤마다 꿈속에서 남의 종이 되어 일에 쫓기고 꾸지람을 듣고 매를 맞아가며 온갖 고통을 당한다.[65]

결국 『열자』는 이러한 이야기를 통해서 인간의 가치와 현세의 고락에 집념하는 것이 얼마나 덧없는 우스운 일인가를 밝혀주고 있다. 꿈속의 나와 현실 속의 나를 대립시켜줌으로써 현세적인 것에 집념하는 인간들의 고정관념을 깨뜨리고 현세 중심의 아집에서 벗어난 물외건곤物外乾坤의 자연자변의 세계로 나아가는 사

---

[65] 윤씨는 병인 줄 알고 친구에게 가서 묻는다. 친구 말하기를, "인생의 고통과 안일은 서로 반복되는 것이 자연의 이치인데, 낮과 밤에 다 호강스러움을 탐해서 되겠는가(苦逸之復 數之商也 若欲覺夢兼之 豈可得邪)"라고 했다. 윤씨는 깨달은 바가 있어 일꾼들의 일을 덜어주고 자신의 탐욕도 버렸다고 한다.

색의 출구를 열어주려고 한다. 요컨대 꿈은 현실 속에 갇혀 있는 사유의 감방에서 출구 밖으로 나가는 창문과도 같은 이미지다. 현세를 객관화하고 현실 체험으로는 포착하기 어려운 세계를 터득케 하는 상상력의 원천을 그들은 꿈에서 가져오고 있는 것이다.

그러므로 도교의 꿈은 인간의 한계를 벗어나는 자유이며, 인간의 고뇌와 온갖 희비를 무無로 돌려버리는 낙천적인 색채를 지니고 있다.[66]

여기에 비해서 불교의 꿈은 비판적이다. 도교에서는 인생 만사가 하나의 꿈이라고 보는 데서 도리어 위안과 낙천과 자유를 얻어내는데, 불교에서는 거꾸로 염세와 허무와 그것에서 벗어나려는 초탈로써 나타나게 된다. 한마디로 말해 불교의 꿈은 불교적 허무주의의 상징으로 사용되고 있다는 점이다.

도교에서는 죽음을 두려워하지 않는다. 생과 사는 꿈과 현실의 관계처럼 하나의 표리에 지나지 않는다. 꿈에서 현실로, 현실에서 꿈으로 순환하는 변전이기에 죽음을 서러워하는 자체가 어리

66) 노자의 사상은 주로 유교의 교술에 대한 반론인바, 유교가 공자 이래로 학설이 고정되고 행동의 규범이 이룩된 예의 틀이 잡힌 데 반해서, 그와 같은 부자연스러운 노력은 쓸데없는 것이라 설파하면서 무위자연의 길을 풀었다. 때문에 현세의 번잡함과 악착함을 초극한 낙천성이 있는 것이다.

석은 소견이라고 생각한다.

그러나 불교에서는 그렇지 않다. 죽음은 현세의 모든 것을 꿈으로 바꿔놓고 한 조각 흩어지는 덧없는 구름으로 만들어버린다. 현실 자체가 일장춘몽과도 같은 것이기에 또는 뜬구름과 같은 것이기에 인생 일장춘몽이라는 말이 한국의 허무주의와 불교적인 인생관을 단적으로 표현해왔다.

『구운몽』의 꿈 역시 유교나 노장 사상에서 말하는 그러한 꿈이 아니라 불교적인 인생 일체의 무상감을 나타내준 것임을 의심할 여지가 없다. 물론 『구운몽』의 끝부분에 보면 '장자'의 호접몽과 같은 이야기가 나오지 않는 것은 아니다.

"네 말을 들은즉 꿈과 세상을 나누어 둠이라 하니 이는 아직도 꿈을 깨지 못하였느니라. 옛날 장주가 나비가 된 꿈을 꾸었다가 다시 나비가 장주로 화하니 어떤 것이 참인가를 분별치 못하였다 하니 어제의 성진과 소유에 있어 어느 것이 참이며 어느 것이 허망한 꿈이냐."

그러나 『구운몽』의 경우에 있어서는 인간의 생사를 밤과 낮으로 보고 만물의 생성 변화 속에 사생여일死生如一하는 자연법을 말하기 위해 장주의 호접몽 이야기를 꺼낸 것은 결코 아니다. 그 증거로 성진은 "모든 것이 아득하여 꿈과 참을 분별치 못하겠사오니 바라옵건대 스승은 법을 베풀어 이 몸으로 하여금 깨닫게 하소서"라고 말하고 있다.

말하자면 꿈을 단절시키는 것이다. 그 꿈에서 깨어나는 것이며, 꿈속의 나를 벗어버리고 거기에서 깨어나는 것이 바로 불법에 눈을 뜨는 순간인 것이다.[67]

그러므로 『구운몽』은 『삼국유사』에 나오는 조신의 꿈과 일맥상통한다. 다만 조신의 꿈은 속세의 고통과 좌절로 나타나 있어 고통스러워 그 꿈(속세)에서 깨어나려고 하나, 『구운몽』의 경우는 정반대로 행복에 충족된 꿈이며, 속세의 모든 욕망을 채우고 난 후에 흥이 진하여 깨어나는 것으로 되어 있다. 그렇기 때문에 『구운몽』의 꿈은 술의 이미지로 상징되어 있다. 성진이 술을 마시고 죄를 짓게 되는 것이라든지 속세에 탄생한 다음에도 벌주를 마시는 것 등이 그렇다.

한국의 허무주의가 바로 꿈 이상으로 넘어서지 못했다는 데서 형이상학이 발달되지 못한 이유가 있었는지도 모르겠다.

연화봉에 앉은 인간상

『홍길동전』이 인간 사회를 개조하려 한 것이라면, 『구운몽』은 인간의 가치관을 뒤엎어놓은 소설이라고 할 수 있다.

---

[67] 유교의 꿈이 공존이요 이상이라면, 도교의 꿈은 연속이며 동질이고, 불교의 꿈은 단절이요 해탈이라 할 만하다.

조선 500년의 역사가 키운 한국의 인간상은 '왜 사는가' 또는 '인간의 본질은 무엇인가'라는 물음보다도 '인간은 어떻게 살아야 하느냐'는 물음 속에서 성장해왔다고 볼 수 있다.

흥부 놀부가 아무리 정다운 형제가 된다 하더라도, 배비장이 훼절을 하지 않았다 하더라도, 그리고 적자와 서자의 구별이 없는 사회에서 홍길동이 아버지를 아버지라 부르고 형을 형이라 부를 수 있다 하더라도 인간의 문제에는 궁극적인 해결이라는 게 없다.

결국 죽음 앞에서는 모든 것이 꿈이라는 허무 속에서 현세적인 윤리 도덕이나 부귀공명이 모두 난파되어버리고 만다. 여기에서 형이상학적인 인간, 종교적인 인간상이 탄생하게 된다.

손오공은 일각에 구만 구천 리를 날 수 있는 신기한 재주를 가지고 있었지만 그는 아무리 날아도 부처님의 손바닥 밖으로 나가지는 못했다. 양소유에게도 그러한 한계가 있었던 것이다. 제아무리 높은 벼슬을 하고, 문무 겸비한 인격을 갖추고, 재색이 모두 뛰어난 여덟 명의 미녀를 거느리고 있다 해도, 늙고 병들어 죽어야 하는 인간의 한계를 넘어설 수는 없다.

사람들은 현세적 목적을 위해 온갖 투쟁과 노력을 하고 있지만 거기에서 승리한 자나 패배한 자나 영원이라는 시간에서 보면 악

몽과 길몽의 차이밖에 없다.[68]

언뜻 보기에 한국인은 매우 종교적인 국민인 것 같다. 그러나 가만히 관찰해보면 그와는 반대라는 것을 알 수 있다. 종교를 믿어도 현세적인 데로 흘렀고, 특히 불교를 믿어 현세를 부정하기보다 오히려 현세에서 복을 누리려는 색채가 농후했다.

『구운몽』을 놓고 봐도 그렇다. 원 테마는 유교적 인간상을 부정하고 불교적인 데서 궁극의 인간 구제를 찾으려 한 것이면서도, 오히려 성진(불교)보다는 속세에서 살아가는 양소유의 경우가 유교적이다. 훨씬 더 선명하고 실감 있고 이상적으로 그려져 있다. 이것은 마치 밀턴이 『실낙원』에서 그가 부정하려고 그린 사탄의 세계가 천사들의 세계보다 더 박력 있고 현실감이 있게 그려진 역설과도 같은 것이다.

서포 김만중은 양소유나 그를 에워싼 여덟 여인을 그리는 데는 매우 치밀하고 빈틈없는 일관된 논리를 구사하고 있으면서, 막상 벼슬을 내놓고 은퇴한 양소유가 불교로 귀의하는 장면은 대단히 피상적이고 또 그만큼 안이하게 처리되어 있다. 양소유가 속세의

---

68) 동양인과 서구인의 생활 태도의 차이점은 이런 데서도 찾아볼 수 있다. 서구인들은 대체로 기정사실인 죽음이란 단절 앞에서도 끝내 창조적 자세를 꿋꿋이 지켜나가면서 조용히 때를 기다리는데, 동양인들은 죽음을 굉장한 준비를 하면서 맞이하려 한다. 그렇기 때문에 그 시기가 이르기 전부터 창조적 활동을 포기하고 일찍 휴식 상태에 들어가는 것이 아닐까?

행복에 대해 회의를 나타낸 것은 무덤 하나 바라보는 것으로 간단히 속세의 행복을 부정해버리는 것이다.[69]

속세에 대한 미련과 그것에 허무를 느끼고 속세로부터 뛰어나가고자 하는 두 개의 가치관이 아무런 갈등도 일으키고 있지 않다. 갑작스럽게, 아주 갑작스럽게 양소유는 하룻밤 사이에 손바닥을 뒤집듯 유교적인 데서 불교적인 데로 전환해버린다. 천하의 영웅호걸이라 해도 성인군자라 해도 죽으면 그만이라는 단순하고 소박한 허무주의다. 한국인은 허무 그 자체를 철저하게 파헤치고 그것과 맞서 그 극한을 체험하는 정신이 부족했던 것 같다. 그렇기에 종교의 본질을 깊이 인식하지도 않았으며 아울러 형이상학도 발전시켜가지 못했다.

대개가 다 인생 일장춘몽이라는 간단한 말로 인간의 허무를 파악했던 것이다. 인생 허무의 아마추어들이었다. 인륜 도덕을 말하고 사인군자士人君子나 요조숙녀를 말하는 데서 매우 수다스러우며 동시에 복잡다단한 논리를 잘 구사할 줄 알았지만, 인간의 허무 의식에 대해서는, 죽음과 무상에 대해서는 초로인생 정도

---

69) 여기에서는 '왜?'라는 논리가 끼어들 여지가 없다. 작자의 예정된 구도대로 쉽게 원점으로 돌아간다. 이와 같은 것은 『구운몽』의 설화적 양식에서 오는 것인바, 현대 소설과 같은 논리성을 기대할 수는 없다. 그러나 이런 외견상의 비논리적인 구조가 훨씬 심화된 정신세계를 보여주는 것은 아닐까?

밖에는 별로 아는 것이 없었다.[70)]

『구운몽』을 읽는 독자들은 서포의 의도와는 달리, 연화봉에서 염주를 돌리고 있는 성진보다, 그리고 머리를 깎고 승복을 입은 팔선녀보다는, 고대광실에서 공명을 누리고 있는 양소유를 향해, 그 아리따운 팔선녀의 후신들에 대해 박수를 보냈을 일이다.

소설 속에서는 양소유가 자기의 일생을 돌아다보고 그 무상함에 눈물을 흘리며 꿈에서 깨어나는 것으로 되어 있지만, 독자들은 여전히 꿈을 깨지 않은 채 취미궁에서 태평성대의 풍악을 울리며 부귀와 공명의 잔치에 취해 있는 경우가 많을 것이다. 그만큼 서포는 『구운몽』에서 인간의 허무보다 속세를 낙원으로 만드는 유교 사상에 그의 천재성을 유감없이 발휘해주었던 것이다.

잘 알다시피 서포는 편모슬하에서 자라났을망정 전통적인 유교의 교육을 받았으며, 또 그 자신이 양소유처럼 남에게 뒤지지 않는 출중한 선비로서 모범적인 사인 관료 생활을 한 사람이다. 여러 가지로 불교적인 것과는 거리가 먼 사람이었다.

그가 친숙한 것은 연화봉에 앉은 성진이 아니라 관복을 입고 정청에 앉은 양소유다. 다만 그는 기사환국으로 귀양을 간 생활

---

70) 우리 고대 소설에서 고통으로 느낄 수 있는 이와 같은 불철저함은 작자가 대부분 유학으로 정신 생리를 굳힌 때문이 아닐까? 그것은 현실을 이상화하려는 유학의 기본 이념에선 어쩔 수 없는 것인 듯하다.

속에서 벼슬의 영광이나 속세적 공명에 회의를 느끼게 된 것이요, 공명에 깊은 좌절 의식을 맛보았던 것이다.[71]

누구나 마찬가지로 한국인의 허무 의식은 귀양살이의 유배지에서 싹텄다. 어제까지의 영광과 명성이 하루아침에 누추한 거적으로 변한 변전 속에서 그들은 생의 허무를 맛보았던 것이다. 서포 김만중도 그 외로운 고도에서 『구운몽』을 썼다. 그의 경험으로 보아 성진의 불교적 체험보다는 선비로서의 양소유의 체험이 더 많았을 것이다. 그런데도 남해의 섬에서 그가 구제의 소리를 들어야 했던 것은 어렴풋하나마 연화봉에 앉은 성진의 독경 소리였다.

불교에 대해서 깊이 체험한 적도 없다. 그러나 전 인생의 목적으로 알았던 사인 관료의 꿈이 외로운 남해의 고도에서 산산이 부서져버렸을 때 그는 과연 어디에서 새로운 생의 길을 찾을 수 있었던가. 그의 절망을 달래는 것은 유교가 아니라 속세의 인연과 가치를 초월한 불교였을 것이다.[72]

---

71) 서포 김만중은 격화된 당파 싸움에서 서인西人의 중진重鎭으로서 지목되었는데, 마침 숙종대왕의 민비 폐비 사건에 극간極諫하다가 귀양을 가게 되었다.

72) 작자가 경험한 좌절감이란 것도 그가 그려왔던 생활의 중단, 권좌에서의 격리에서 온 것이지, 어떤 근원적인 의식에서 온 것은 아니었다. 때문에 작자의 불교적인 결론도 하나의 구도적인 순서였을 뿐이다. 말하자면 편력에서 승천하는 것을 의미한다. 이러한 데서 플롯의 안이한 처리는 당연한 귀결이라 할 수 있다.

이러한 서포의 심정이 그대로 작품 속에 투영됐다고 생각하면, 성진 쪽보다 양소유 쪽이 본의 아니게 더욱 두드러지게 나타난 그 아이러니를 이해할 수 있을 것 같다. 한마디로 말해서 서포는 『구운몽』을 통해 현세적인 유교의 인간상을 초월적인 불교의 인간상으로 전환해가는 그 과정을 그린 것이다.

'어떻게 사느냐' 하는 물음보다 '인생이란 무엇이냐' 하는 본질의 물음으로 그것을 바꾸어보려 했지만, 역시 그 자신이 종교적인 체험보다는 현세적인 체험이 더욱 강했기에, 초월적인 의식보다는 현세 의식에 더 익숙했기에, 성진보다도 오히려 꿈으로 그린 양소유 쪽이 더욱 구체적이고 현실적인 것으로 반영되고 있다.

그가 작품에서 그리려고 한 의도가 연화봉의 성진보다 궁중 속의 양소유가 더 이상적으로 보인다는 이 쓸쓸한 아이러니에서 우리는 한국인들이 종교적이고 형이상학적인 면보다 현세적인 데로 더 많이 기울어져 있다는 그 특성을 발견하게 된다.[73]

인간을 더듬는 한국인의 눈은 지상을 넘어선 하나의 가정이었고 조정이었으며, 군주와 벼슬과 아내와 자식으로 출가하는 인간

---

73) 이제 와서 볼 때 『구운몽』의 몽夢자가 뜻하는 환상의 의미가 이해될 듯하다. 편력에서 시작해서 원점으로 돌아가는, 너무나 끈기 있는 현실이요, 작자 자신도 그로부터 벗어날 수 없었던 의미가 말이다.

상이 아니라 재가在家의 인간상이며, 현세의 아웃사이더가 아니라 인사이더라는 데 한국인의 특징이 있다. 그렇기에 홍길동과 같은 혁명적 인간이나 성진과 같은 종교적인 인간상마저도 현세적인 가정의 울타리에 둘러싸여 있음을 볼 수 있다.

네 안에 있는 네 사람

한수산 | 소설가

1

경구처럼, 살아오면서 때로는 어떤 매듭처럼 남아 있는 어른들의 말씀을 나는 몇 개 가지고 있다.

박목월 선생님이 들려주셨던 말이 있다.

"너 문학 이론서를 열다섯 권만 원어로 읽도록 해라."

열아홉 살의 시골뜨기 문학 청년에게 해주셨던 말이었다. 글 쓰네 뭐하네 하면서 감성에 치우쳐 이론적 기초를 게을리할 것을 알고 해주신 말씀이었다.

선우휘 선생님께서 들려주신 말도 있다.

"자네 신문 소설에서 문학하려고 하지 말게. 문학은 문학판에서 해. 신문에서는 국민적 영웅을 그려보겠다는 생각을 하게."

처음으로 신문 연재 소설을 쓰게 되었을 때 들려주신 말씀이었다.

이런 말들은 그 무렵의 내가 껴안고 있던 한계와 가능성을 '어른의 눈'으로 바라보고 나서 해주신 가르침들이었다. 어른을 뵙는 행복이란 이런 것이 아닐까. 이따금 그런 생각을 한다.

출판사 민음사에서였다. 종로 2가 보신각 뒤에 민음사가 자리잡고 있을 때, 내 장편 『부초』가 막 책으로 나와 있을 때였다.

박맹호 사장은 외출 중이었는데, 불쑥 문이 열리며 들어선 분이 이어령 선생님이었다. 무슨 약속된 볼일이 있었던 것도 아닌 것 같았다. 잠시 서성거리던 선생님은 나를 데리고 가까운 찻집으로 가셨다. 그리고 정확하게 두 시간 십 분 동안 선생님은 이런저런 말씀을 들려주셨다.

자기 자신을 아끼라는 이야기도 있었다. 스스로를 매스미디어에 팔아서는 안 된다는 뜻이었다. 그때 조금씩 그 인기라는 모자가 나에게 씌워지던 때라 그걸 염려해주신 말이었다. 문단 분파 같은 것에 휩쓸리지 말라는 말씀도 있었다. 자기가 할 수 있는 일을 정확하게 보고, 거기에 성실하라는 글쓰기의 자세 같은 말씀도 해주셨다. 동류의식을 가진 작가들과 연대해서 일을 하도록 하라는 말씀도 있었다. 민음사에 들른 것이 마치 나를 만나 이런 이야기를 해주기 위해서였던 게 아니었을까 하는 생각마저 들게 했던 그 두 시간 십 분.

지금도 칼처럼 날이 서서, 푸르게 빛을 내는 말이 있다.

"너 지금부터다."

어려울 때, 힘들 때만이 아니었다. 앞이 안 보일 때도 나는 선생님의 그 말을 내 안에서 떠올린다.

"너 지금부터다."

2

일본에 있는 동안 나는 스무 권쯤의 문고판 『축소지향의 일본인』을 샀었다. 일본인들에게 주기 위해서였다. 일본 말로 된, 일본 책을 사서, 일본인에게 주는…… 좀 난해한 일을 했던 셈이다.

그때 덧붙였던 말은 대개 두 가지였다. 남자일 때는 이렇게 말했다. "당신이 누구인지를 우리 한국인은 이렇게 봅니다." 여자의 경우에는 조금 달랐다. "아니 이 책을 모르셨다니…… 꼭 읽어주셨으면 좋겠습니다."

가도카와[角川]가 물을 흐려놓기 전까지 일본에 있어서 문고란 적어도 상당한 문화적 의미를 가지는 것이 아니었나 싶다. 남겨야 할 책만이 문고에 들어간다. 읽지 않으면 안 될 글만을 문고로 만든다. 그런 문화적 선민의식이 문고에 권위와 신뢰를 거느리게 해주었던 것이다. 그리고 그것은 일본 출판계에 공인된 보편성으로 자리 잡았었다.

그러나 이 고매함(?)이 무너지기 시작한 것이 가도카와 문고의 출현과 함께였다. 지난여름 마약법 위반으로 체포된 가도카와는 선친으로부터 이 출판사를 물려받으면서, 할 수 있는 모든 비문화적 경영 방식을 동원했다. 남겨야 할 책, 읽지 않으면 안 되는 글, 그 문고의 시대는 끝났다.

읽고 버리는 문고의 출현이었다. 대량 광고와 대량 판매, 천만 원을 들여 오천만 원을 버느니 일억 원을 들여 오억 원을 벌자. 원작의 영화화는, 영화로서의 완성도가 없어도 좋다. 그것은 다만 원작의 판매를 위한 선전 효과로서도 족하다. 이런 게릴라 전법은 일시에 일본 문고계에 파란을 일으키고, 가도카와 문고는 질이 아닌 판매량에서 단숨에 일본 1위로 올라섰다.

가도카와 문고는 문고가 아니라 격주간지화되었다. 한 달에 두 번 내놓는 십여 권의 가도카와 문고의 신간이 서점 서가에 꽂히기 위해서, 팔리지 않는 구간은 가차없이 절판의 운명을 맞아야 했다. 일반 단행본까지 그 영향력의 파도에 휩쓸려 들어가지 않을 수 없었다. 하드 바운드의 신간이 나오고 나면 몇 달도 안 되어 똑같은 책이 4분의 1 정도의 가격으로 가도카와 문고로 출간되는 경우까지 나타났다.

다른 출판사가 같은 방식으로 반격을 가하면서, 위기를 느낀 각 출판사에서는 자사 출판물의 보호를 위해서도 서둘러 문고판을 만들어내기 시작했다. 우후죽순격으로 문고가 홍수를 이루었다. '젊은이들의 활자 떠나가기'에 밀려 만화를 출판하지 않고는 사세가 '내리막길로 치닫는' 것이 오늘 출판계의 냉엄함이다.

그러나 어떤 종류의 변화도 그러하듯이 그런 변화에도 굳건한 물밑의 빙산은 있다. 요즘 유행하는 말로, 기득권 세력이라고나 할까. 일본 출판계 3대 메이저의 하나인 고단샤. 일본의 어느 서점에서든 그 고단샤 문고판 서가 앞에 가 서면 된다. 『축소지향의 일본인』은 한국인과 일본인 사이의 하나미치花道로서 그렇게 꽂혀 있다.

『축소지향의 일본인』은 이미 검증이 끝난 일본론의 고전이 되어 있다. 일본의 서점, 문고본 서가에 꽂혀 있는 이 책을 만난다는 것이 신선함도 감동도 아니다. 상식이며 당연함이다.

그러나 『외국인이 쓴 일본론의 명저 10』 같은 데에 들어 있는 이 책에 대한 장황한 해설과 분석을 만날 때의 느낌은 다르다. 북적대는 기노쿠니아 서점이나 산세이도 서점의 일본론 코너에서 『세계의 일본인관』 같은 책을 펴들었다고 하자.

『고독한 군중』으로 우리에게도 잘 알려진 데이비드 리스먼의 『재팬 다이어리』, 『국화와 칼』, 『타임지가 본 일본』과 같은 책들과 나란히 일본과 일본인은 세계에 어떻게 보여지고 있는가 하는 의문에 관한 명저로 소개되어 있는 『축소지향의 일본인』을 만난다는 것은 기쁨을 넘어 자긍심이 된다.

"아시아인이 쓴 많지 않은 일본인론의 대표작인 이 책은……"으로 시작하여 "그 수많은 일본인론 가운데서도 더욱 계발성이 있는 논의 하나라는 것은 분명하다"로 끝나는 해제를 읽었다고 하자. 서점 앞에 서서 그 글을 읽고 밖으로 나설 때, 간다[神田]의 헌책방 거리를 지나 지하철을 타러 계단을 내려갈 때, 나는 그랬다. 어떤 커다란 손 하나가 내 어깨를 부축하는 느낌이었다.

보고, 욕하고, 감격하다가 돌아가면 되는 여행객과는 다르다. 그곳에 살면서, 일본을 겪으면서, 일본과 함께 자기 자신마저 이겨내지 않으면 안 되는 '나'에게 있어 그것이 얼마나 눈물겨운 힘이 되는지를 나는 오래 잊지 못할 것이다.

일본에 있는 동안, 내가 가깝게 알고 지냈던 문인과 언론인 그리고 편집자들과의 만남에서 이어령이라는 이름은 우리의 이야기에서 통과의례의 하나였다. 이어령이라는 이름을 사이에 놓고 이야기하지 않은 사람이 없다. 왜냐하면 그들이 먼저 이어령이라는 이름을 꺼내기 때문이다.

그럴 때 우리의 이야기는 얼마나 즐거웠던가. "내가 아는 이어령"을 이야기할 때 그들은 그렇게도 관심 깊게 들었다. 이때의 '관심'이란 자신들의 문화론을 쓴 사람에 대한 신뢰였다. 그만큼 『축소……』는 일본인들에게 하나의 자국으로 남아 있었다.

어떤 인권 운동가는 나에게 이런 말까지 했다.

"나는 두 사람의 한국인을 존경합니다. 한 사람은 김대중이고 한 사람은 『축소……』를 쓴 이어령입니다."

이 거칠기 짝이 없는 말을 들었을 때 나는 놀라지 않았다. 그것은 다만 확인에 지나지 않았다. 『축소……』와 그것을 쓴 저자가 일본인에게 얼마나 가깝게 다가가 있는가를 말해주는.

물론 반론이나 이견을 가진 사람들도 있었다. 특히 그 책의 후반부 확대지향에 대한 반발이었다. 문화의 형태로 경제까지 이야기해서는 안 된다는 논리였다.

도쿄에 있는 동안, 남편은 중견 소설가이고 부인은 논설위원인 어떤 부부와 가깝게 지냈었다. 언젠가 이 부부와 함께한 자리에서 『축소……』와 이어령이라는 이름이 또 화제가 되었다. 물론 술을 마시며 나눈 이야기니까, 피차 편한 분위기였다. 옆에서 떠드는 소리, 웃음소리에 섞여 들려온 이 부부의 이야기는 이런 것이었다. 상형문자처럼 이 말을 적고, 괄호 안에 해독을 하면 이런 뜻이다.

언론인인 부인이 말했다.

아노혼좃도우루사인자나이? (그 책 좀 시끌벅적한 게 그렇지 않아?)

샤베리스기자나이까. (말이 많은 거 같긴 하지.)

데스케도오모시로갓타요네? (그래도 참 재미있었잖아요?)

음음, 소레와소다요. (그래 그래, 그거야 물론이지.)

나는 바로 이 책을 쓴 사람을 안다. 나는 이 사람의 목소리가 카랑카랑하다는 것도, 평창동에 산다는 것도, 술은 한 잔도 못하는 분이 집에 홈바를 차려놓고 술꾼들보다 더 좋아했다는 것도, 한때 건강을 해쳐 안수 기도인가 하는 것까지 받아야 했던 것도 안다. 그런 이야기를 하며 우리는 즐거워했다.

그리고 그들은 한결같이 물었다. 지금 그는 무엇을 합니까?

장관이 되었다는 말을 나는 되도록 하지 않았던 것 같다. 오랫동안 문학 잡지를 펴내면서, 많은 젊은 문인들을 도왔고 저 또한 그런 도움 속에 있었던 사람의 하나입니다, 하는 말을 이미 했을 경우에는 특히 그분이 지금 한국의 문화부장관입니다, 하는 말을 하지 않았다.

나보다도 먼저 『축소……』를 이야기하면서 대단히 재미있게 _(이때 쓰이는 재미있다는 일본어는 대단히 광의로서의 재미다) 읽었다는 사람에게는. 아 그분이 지금 우리나라의 문화 행정을 맡고 있는 장관입니다, 하는 말을 했었다.

거기에 아마 이 선생님에 대한 내 애정이 있지 않았나 싶다.

3

우리와는 달리 일본의 잡지 편집자의 영향력은 넓고 깊다.

그리고 어떤 일인지 아직도 많은 편집자들이, 문사의 글을 받아 책을 낸다는 고색창연한 옛 품격과 전통을 고수하고 있다. 점심때나 되어 출근을 하고, 저녁이 되면 회사를 나와서 필자들과 한잔 걸치고 나서 밤 9시쯤에 다시 편집실로 들어가는, 엉뚱함이 아직도 일본에는 남아 있다. 다 망해가는 회사여서가 아니다. 토

요일은 회사가 쉬는 최첨단의 주 5일제 근무를 하고 있는 출판사 편집부의 이야기다.

가라오케까지 가서 함께 몇 곡 뽑은 뒤인데, 사무실로 향하던 편집자를 보았을 때의 놀라움은 놀라움이 아니라 즐거움이었다. 밤 11시가 넘어서 이따금 회사 편집실에서 그가 거는 전화를 받으며, 이 친구 참 사람 사는 거 같다는 느낌이 드는 건 왜일까.

또한 일본 문학의 물굽이는 편집자가 만들어가는 것이 아닌가 한다.

하나의 예이긴 하지만 이런 소재의 장편이면 좋지 않을까 하고 작품을 기획해서, 그 작품을 써내기에 적합한 작가를 선정해서 그가 그 작품을 써낼 수 있도록 취재를 비롯한 경제적·심리적 후원을 해서, 마침내 작품을 받아내, 그것을 게재하고, 단행본으로 판매하는…… 이 모든 과정의 매니지먼트를 관장하는 편집자의 모습을 옆에서 본 적이 있다. 하루키의 『상실의 시대』 원고를 받으러 편집자는 유럽에 있는 그에게로 날아갔었다.

어느 회사에서 누구누구 하는 작가의 담당 기자가 되면 그는 회사를 그만두지 않는 한 그 작가의 담당 기자다. 작가와 편집자의 이러한 관계가 일본의 문학 그리고 출판계의 토양을 기름지게 하는 것이 아닌지. 2년쯤 연재 소설을 쓰자면 편집장이 한두 번, 담당 기자가 서너 번은 바뀌는 우리와는 다르다.

이렇게 구축된 신뢰 속에서, 작가는 그 한 문예지에서 자신의 전 작품이 출판되는 것을 당연시하고, 문예지(출판사)는 철저하게 작가를 보호하는 관계가 이루어진다. 많이 변하고는 있다 해도 이 전통에는 흔들림이 없는 것 같았다.

내가 아는 어떤 작가는, 3월인데 이미 8월호에 실릴 작품을 다 써놓고, 원고의 내용에 대해 편집자와 상의하고 있었다. 3개월 후에 시작되는 연재물을 놓고 편집자와 주제와 소재는 물론, 작품을 어떻게 끌고 나갈 것인가를 상의하는 현재 일본의 최고 인기 작가를 보기도 했다.

이런 일본의 사정을 이야기하는 것은, 지금으로부터 거슬러 올라갈 때 우리 문학이 이러한 문예지 편집자를 가져본 것은 이 선생님이 마지막이 아니었나 하는, 아픔과 고마움 때문이다. 아픔이란 그가 『문학사상』을 떠나보낼 수밖에 없었던 저간의 사정에 대한 자성이며, 고마움이란 그나마 우리도 작품을 이야기할 수 있는 편집자를 가질 수 있었던 행복함이다.

그렇기에 나는 가까운 일본의 몇몇 편집자들에게 이런 이야기도 했었다.

"그가 『문학사상』이라는 문예지의 주간을 할 때, 그 잡지가 기록한 판매 부수는 한국 문예지사에 전설로 남을 것이다."

나는 조금도 거짓말을 하고 있지 않았다.

4

어떤 잡지의 부탁으로 나는 『이어령, 강인숙 부부론』이란 글을 쓴 적이 있다. 이제 와 생각해도 그건 두 분에게 참 재수 없는 일(실례)이 아니었을까 싶다.

두 분을 오래 뵈어왔다고는 해도, 나에게 있어 그것은 이어령 따로 강인숙 따로였다. 그리고 도대체 '남편으로서의 이어령'이라는 흉물스런(?) 생각을 그때까지 나는 한 번도 해본 적이 없었다. 사진을 보아도 그랬다. 차 한 잔을 들고 밑을 내려다보거나, 잎 떨어진 플라타너스를 등지고 하늘을 쳐다보고 있는 이어령에게서, 저 사람도 필시 누군가의 남편일 텐데 하고 떠올린다는 건, 스테이크를 앞에 놓고 앉아 소를 떠올리는 것보다도 더 먼 거리가 있었다.

그것은 강인숙 교수도 마찬가지였다. 언젠가 정초에 몇 명이 인사를 갔다가, 으레 그렇듯이 일어날 줄을 몰랐고 결국은 선생님 댁에서 저녁을 먹은 적이 있었다. 그때 우리의 식탁에 이것저것 음식을 날라다 주시기도 하던 모습을 모르는 건 아니지만, 그러나 강인숙 교수에게서도 나는 어느 댁 안주인으로서의 이미지를 전혀 가지고 있지 못했다.

어쩌면 나는 두 분을 전연 부부가 아닌 다른 집에서 다른 사람과 사는 전연 '관계없는' 두 사람으로 내 안에 입력시켜놓고 있었는지도 모른다. 그런 내게 두 분의 '부부론'을 쓰라니, 이거야말로 아무리 '취재'를 한다고 해도 무리였고 될 일이 아니었다. 그러면서도 내가 그때 그 일을 하겠다고 응낙했던 이유는 분명했다.

나에게는 부부가 아닌 두 분이, 현실로는 부부였다. 내가 품고 있는 이 두 가지의 오류 속에는 무엇이 존재하는 것일까. 나는 그것을 이해하고 싶었다.

이 선생님이 옆에 없는, 밖에 나와 있는 혼자로서의 강인숙 교수님을 보고 싶어서 건국대로 찾아가기도 했었다. 집 밖에서 집에 대하여 어떻게 말하는가를 듣고 싶어서. 굳이 이 선생님을 『문학사상』 주간실로 찾아가 집 이야기를 묻기도 했었다. 그리고 나는 겨우 알 수 있었다. 내게 오류를 남겨준 이 부부의 삶이 무엇인가를.

이 부부에게는 두 가지가 서로 독립되어 있는가 하면 종속되어 있었고, 하나인가 하면 분리되어 있었다. 안과 밖, 남자와 여자, 칼과 방패, 부드러움과 날카로움, 그런 것들의 조화였다. 그러면서도 또한 그 안은 안대로 밖은 밖대로 독립되어 있었다. 칼은 칼대로 방패는 방패대로.

그러나 그 글이 스스로 느끼기에 얼마나 부실하고 부끄러웠던지 나는 내 어떤 산문집에도 그 글을 넣지 않고 있다.

그러나 나는 그때, 지금도 그리고 앞으로도 잊지 못할 이야기를 두 분에게서 들었다. 그리고 어느 곳 어떤 자리에서든 '부부……'라는 이야기가 나올 때마다 그 말을 떠올린다. 먼 기억을 더듬어 복원해보면 이런 이야기가 된다.

"어느 날 갑자기 집에 들어와서, 나 학교 그만뒀어, 하세요. 그리고 이제부터 글 쓰시겠다는 거예요. 열두 시건 한 시건 밤에 아이가 울면 아이를 업고 밖으로 나갔어요. 아이가 잠들 때까지 그렇게 밖에서 아이를 업고 있는 거예요. 아이가 울어 혹시라도 글을 못 쓰실까 봐."

며칠 전 그런 이야기를 강 교수로부터 듣고 난 후였다. 취재(?)의 마지막이다 생각하며 이 선생님을 만났을 때였다. 갑자기 어눌해져서, 그리고 짙은 충청도 억양으로 그는 말했다.

"내가 집사람한테 제일 고마워하는 게 뭔지 아나?"

나는 그 전에도 그 이후에도 그토록 어눌한 충청도 억양을 이 선생님에게서 들어본 적이 없다. 그때의 이야기를 서울말로 옮기면 이렇다.

"우리는 사람이 많은 집안이야. 이런저런 친척이, 집으로 찾아오는 사람이 하나둘이 아니지. 내가 결혼한 후 지금까지 우리 집에는 손님이 없는 날이 하루도 없었어. 누가 있어도 식객이 한둘은 있는 거지. 그런데 아내는 이제까지 단 한 번도 그것을 가지고 나한테 무슨 싫은 소리를 해본 적이 없다네."

한수산

1946년 강원도 춘천에서 태어나 경희대 영문과를 졸업했다. 1972년『동아일보』신춘문예를 통해 등단했으며 '오늘의 작가상', '현대문학상' 등을 수상했다.『부초』『모래 위의 집』『유민』『말 탄 자는 지나가다』『4백 년의 약속』등의 작품집과 장편소설을 냈으며, 산문집으로『이 세상의 모든 아침』『단순하게 조금 느리게』등이 있다.

노래여 천년의 노래여

가사문학을 통해 본 한국문화론

세포에만 유전자가 있는 것은 아니다. 우리의 언어 그리고 그 언어로 된 노래 가운데도 문화의 유전자가 들어 있다. 단순한 비유가 아니라 그 같은 문화 유전자를 생물학적인 진gene과 대비하여 밈meme이라고 부른 학자들도 있다.

멀리는 향가와 고려가요 그리고 비교적 가까이에는 시조처럼 우리 민족은 수천 년을 두고 불러온 노래를 지니고 있는 것이다. 그리고 그런 노래를 들으면 절로 신명이 나거나 혹은 깊은 한과 슬픔으로 가슴이 저려오기도 한다.

그래서 나는 60년대 말에 기획하여 출판한 '한국과 한국인'의 시리즈의 한 권으로 한국의 가사문학을 통해서 본 한국문화론을 쓰게 되었다. 한문 투의 난삽성과 고어의 그 이질감에도 불구하고 조금만 노력하면 우리는 천년의 노래 속에서 자신의 영혼과 문화 유전자를 발견할 수 있을 것이라는 생각을 지니고 쓴 글이다. 때로는 서구의 시가와 비교하기도 하고 때로는 우리 문학의 배경이 되어온 종교나 생활문화를 토대로 하나하나 작품을 분석해갔다.

물론 3, 40대에 집필한 글이라 지금 그대로 내놓기에는 풋과일 같은 산미가 남아 있기는 하나 그 미흡함이 신선한 맛을 주는 효과도 가질 수 있을지 모른다. 오늘의 나와 분석 방법이나 그 내용에서 많은 차이를 솔직히 인정하면서도 이것을 "이어령 라이브러리"의 한 권에 포함시키게 된 것은 '한국과 한국인'은 전집 형태로 된 저작물이어서 통째로 복간하기가 힘들기 때문에, 이 기회에 독립된 책으로 떼어내어 되살려본 것이다.

단행본 체재에 맞추다 보니 원본 그대로 충실히 복원하지 못한 점 아쉬운 생각이 들기도 한다.

2003년 8월
이어령

I

노래여 천년의 노래여

노래 속의 철학

풍파風波에 놀란 사공 배 팔아 말을 사니

구절양장九折羊腸이 물도곤 어려왜라

이후란 배도 말도 말고 밭갈이만 하리라

— 장만張晩

생활生活의 풍토風土와 그 수목樹木들

작은 한 송이의 꽃, 그리고 메마른 한 잎의 풀이라 해도 좋다. 그것을 가만히 들여다보고 있으면 우리는 거기에 어떤 바람이 스쳐가고, 어떤 햇살이 흐르고, 어떤 토양土壤들이 펼쳐져 있는지 그 풍토의 비밀을 알 수 있다.

잎이 가시로 변한 선인장을 보고 우리는 목마른 사막과 신기루가 머리를 쳐드는 그 뜨거운 열대의 하늘을 생각한다. 화석 같은 고사리 잎을 보면 깊고 깊은 심산의 골짜기를 생각한다. 가지가 휘굽은 해송海松에서는 풍랑의 바다를, 나무 가죽이 억센 백화목白樺木의 살결에선 눈보라 치는 북풍의 벌판을 볼 수 있다.

시의 수목, 언어의 그 꽃잎들도 제각기 고유한 풍토의 의미를 간직하고 있다. 우리가 듣고 부르는 그 노래의 가락들을 꺾어보면 그것을 움트게 한 역사와 사회의 율동, 그리고 그 운명이나 생활의 호흡이 떠오른다. 춥고 어두운 풍설의 노래도 있고 따스한 초원의 미풍 같은, 혹은 해일의 파도 같은 노래도 있다. 잠든 사람을 깨우는 노래가 있는가 하면 울먹이는 가슴을 잠재우는 노래가 있을 것이다.

그 언어와 가락들은 우리에게 말해주는 것이다. 어떻게 고난의 비바람을 견디어왔고, 또 어떻게 그 좋은 계절에서 자라왔는지를…….

우리는 그러한 비바람과 그러한 계절의 향취가 스민 시조 한 수를 이미 읽었다. 바다의 풍랑에 쫓기고 험한 산길에 시달린 어느 한국인의 깊은 한숨 소리를 들었다. 그리고 배와 말을 다 같이 거부하고 호미와 흙 속에서 내일의 날을 서약해보는 작은 희망의 눈초리를 발견했다.

그러나 그 시조에 좀 더 귀를 기울여보면 우리가 듣고 있는 것보다 더 많은 이야기가 숨겨져 있을지도 모른다. 쉰 자도 안 되는 그 노래 속에 천년 동안 불려온 한 민족의 마음과 그 생활의 수풀이 깃들여 있을지도 모른다. 왜냐하면 시가란 바로 인간의 마음과 그 역사의 풍토 속에서 자라난 수목들이기 때문이다.

앞에서 본 "풍파에 놀란 사공"은 바다에 대하여 백기를 드는 데서부터 노래의 가락이 흘러나온 것이다. 인간은 물고기가 아니기 때문에 바다에서 풍랑을 만나면 누구나 두려워할 것이다.

그러나 모든 인간의 문명이 그러한 것처럼 시는 바로 그 '미지의 곳'에 세워지는 인간의 기념비라고 할 수 있다. 두려운 풍랑, 공포의 바다지만 다시 그 속으로 뛰어드는 투쟁과 의지가 있기 때문에 인간은 문명을 낳고 또 문명을 예언하는 노래를 창조한다.[1]

그런데 이 시조의 작가 장만張晩은 다만 바다에 대하여 포기 선언을 하는 데서 시의 첫 말뚝을 박고 있다. 풍파에 놀랐다고는 하지만 그 시대의 뱃사공이 오늘날처럼 알류샨 같은 데로 원양 어업을 떠났을 리 만무하다. 기껏해야 육지와 섬이 빤히 보이는 근해에서 만난 풍랑일 것이고 보면 정상을 참작해주기도 어렵다. 요컨대 풍파가 무서워 배를 파는 사공이라면 처음부터 사공의 자격증을 얻을 수 없는 사이비 사공이라고 말할 수밖에 없다. 그것

---

[1] 카이사르는 말했다. "주사위는 던져졌다"라고. 그가 원로원의 금지를 무시하고 도강渡江했을 때, 그는 로마를 점령했던 것이다. 다시 말하면 카이사르는 역사를 자연적인 질서로서 이해하려고 하지 않고 투쟁과 정복의 소산으로 봄으로써 그와 같은 말과 그와 같은 행동을 할 수 있었던 것이다.

이 직업인데도 풍파에 놀라 배를 파는 사공이라면 포성에 놀란 군인이나, 홍포紅布를 두려워하는 투우사와 다를 것이 없다.

사실상 장만의 뱃사공이 배를 팔아 말을 사던 그 무렵(17세기)에 영국의 사공들은 스페인 함대를 무찌르고 7대해를 자기 집 앞마당처럼 주름잡고 있었다. 그리고 풍파에 놀란 사공이 아니라 풍파와 싸우는 사공들의 노래가 황해荒海의 파도 소리를 누르며 세계로 번져갔던 것이다. 거대한 흰 돛을 올리면서, 돛줄을 감으면서, 항구와 항구 사이에 꿈을 불사르면서 폭풍과 사랑과 투쟁의 노래를 불렀다. 그것이 바로 세계에 널리 퍼진 영국 민족의 상징인 '샨티'라 불리는 민요이다.

영국의 경우만은 아니다. 옛날 그리스 때에도 노래의 본적지는 바다였다. 지중해 문명의 나라들은 모두가 그러했다. 바다를 포기하는 선언이 아니라 바다를 보고 "라 트라타! 라 트라타(길)"라고 외친 노래 속에서 문명의 문이 열렸던 것이다.

농부農夫는 밭에서 평화平和를 딴다

바다에 실패한 우리의 사공은 육지에서도 다시 좌절한다. 마부라도 되었더라면 체면이 섰을지 모른다. 이번엔 꼬불꼬불하고 험한 산길이 두려워 말을 팔아야 한다. 현대식 표현으로 하자면 길이 험해 교통사고가 날지도 모르므로 차를 판 것이다. 그것이 해난 사고보다도 더 끔찍하다고 생각한 것이다.

바다도 육지도, 즉 배도 말도 다 포기해버린 한 인간…… 그가 발견한 것은 밭을 가는 일이었다. "이후란 배도 말도 말고 밭갈이만 하리라"고 의지 미래형으로 기술되어 있는 이 시를 보면 그는 아직 농부가 되어 안전을 얻은 것이 아니라 농사에서 안전을 얻을 수 있으리라고 기대하고 있을 뿐이다.—탕자가 세상에서 버림받고 그의 아버지의 품으로 찾아가는 것처럼 한국인들은 바다와 육지에 패배했을 때 밭을 찾아간다.

이와 같은 사고방식은 오늘에까지 이어져 내려온다. 우리들은 종종 사업에 실패한 사람들로부터 "할 일이 없으면 농사나 지어야겠다"란 말을 듣는다. 그것은 곧 패배한 사람들의 자연에의 귀의歸依를 말하는 것이다.

이 시조의 논리대로 하자면 밭 가는 일이 보람 있는 일이라는 적극적 긍정이 아니라 사공도 마부도 될 수 없으니 밭이나 갈자는 것이다. 되고 싶어 농부가 되는 것이 아니라 위험하니까, 다른 직업을 가질 수 없으니까, 하는 수 없이 농부가 될 수밖에 없다는 태도이다. 밭은 패자의 종착역쯤으로 표상되어 있다.

만약 장만의 사공처럼 풍파와 구절양장九折羊腸을 두려워하는 사람이 많아 국민의 8할이 농민이 된 것이라면 농자農者는 천하의 대본大本이 아니라 천하의 대우大愚요, 천하의 대겁쟁이라고 할 수밖에 없다.

그러나 여기에서 약하고 겁 많은 옛 선조를 도마 위에 놓고 그가 콜럼버스가 못 된 것을, 또 그들이 실크 로드[2]의 개척자가 못 된 것을 새삼스럽게 재판하자는 이야기가 아니다.

한국의 시가에 나타난 생활방식의 뿌리를 찾아보자는 데 이 시조를 분석하는 의도가 있기 때문이다. 즉 지중해 문명권의 노래가 바다의 노래요, 길의 노래라 한다면 한국 시가의 주소는 '밭'[3]이란 것이다. 좀 더 확실히 말하자면 우리들의 노래는 배와 말안장에서 단련된 노래가 아니라 한자리와 계절 속에 씨앗을 뿌리고 거두는 농부의 노래였다는 데에, 그 모든 가락의 비밀이 있다고 말할 수 있다.

"이후란 배도 말도 말고 밭갈이만 하리라"는 구절과 같이 우리가 부르는 노래는 험한 바다나 구절양상의 산길에 갇혀버린 밭고랑 속에서 야채처럼 자란 노래였다.

그렇다면 그것은 '배와 말의 노래'와 어떻게 다른가를 알아보자.

'배와 말의 노래'는 근본적으로 그 성격이 일치한다. 하나는 물

---

2) 옛날 북경으로부터 로마에까지 통하는 육상 교통로로서 이 길을 통하여 동서東西의 문물이 교환되었다.

3) '밭'이란 씨를 뿌리고 거두는 장소만이 아니라 한국의 대지大地와 전통을 의미한다. 대지만이 그들을 받아주고 안아줄 것이라는 사고방식은 오랜 외세에서 시달리고 박해받은 사람들의 폐칩성과 그 폐칩에서의 안정에의 갈구일 것이다.

이요, 하나는 땅이라는 차이밖에 없다. 그것은 다 같이 인간이 어디론가 나가는 출구와 귀환의 '길목'이다.—그 길은 영웅과 개척자들이 출발하고 돌아오는 길이다. 오디세이아와 시저와 콜럼버스도 그 길을 거쳐서 갔고 돌아왔다. 그리하여 그들에게는 무수한 서사시와 찬가가 바쳐진다. 휘트먼의 헌시도 그 하나이다. 그는 노래했다. "정복하고 인내하고 위험을 범하고 모험을 시도하면서 미지의 길을 걷는다. 그대 개척자여. 오오 개척자여"라고. 배와 말은 '통로의 시'를 낳게 하는 상징이다.

페르시아전에 패배한 그리스 군대들이 지중해 해안에 다다라 언덕 너머의 푸른 바다를 발견했을 때, 왜 그들은 '라 트라타(길)'라고 즐거운 함성을 질렀던가? 어째서 지친 것도 모르고 병사들은 바다에 뛰어들어 물탕을 치고 멱을 감으며 즐거워했던가? "그것은 그들이 고향으로 돌아갈 수 있는 길을 찾았다는 확인 때문이었다"라고 학자들은 풀이하고 있다.

그들에겐 바다가 공포에 찬 풍파의 묘지로 느껴지기보다는 넓고 시원한 '자유의 통로'로 인식된 것이다.

배와 말을 몰랐다는 것은 소심해서라기보다는 절실한 인간 통로에의 갈망이 부족했음을 의미한다. 배와 말을 팔아 밭을 샀다는 것은, 곧 움직이고 왕래하는 상인들과 전사戰士들의 투쟁보다, 한곳에 바위처럼 머물러 있는 농부의 안전을 선택했다는 뜻이다. 그렇기에 논밭을 원적지로 삼고 있는 시는 떠돌아다니는 '길'의 시가詩歌에 비해 자연히 그 생활방식이나 사고방식에 있어서도 폐쇄성이 짙게 마련이다. 농부의 생활은 결코 전투적인 것이 아니기 때문이다.

천상비수검天上匕首劍을 한데 모아 비를 매어

남만북적南蠻北狄을 다 쓸어버린 후에

그 쇠로 호미를 만들어 강상전江上田을 매리라

한국 시가에서는 별로 찾아보기 힘든 전투적이고 남성적인 이 시조도 역시, 그 목적은 싸우는 데 있지 않다. 지배하고 약탈하는 침략이 아니라 평화에의 갈구이다. 싸움이 끝나면 무기를 호미로 만들어 농부가 되어 밭을 맨다는 것이 생의 궁극 목표로 설정되어 있다.

현대식으로 말하면 탱크를 불도저로 만들자는 표현과 같다. 농부의 마음에 시가의 씨앗을 뿌린 한국의 노래는 평화롭고 한가롭게, 그리고 그 밭에서 자라나는 곡식들처럼 천지에 거역하지 않고 순응하면서 살고자 하는 원망이었다. 인생의 지평을 개척하고 넓히는 모험과 행동의 노래가 적은 것도 다 그 때문인 것이다.

허버트 리드의 말대로 농민은 공격적이 아니다. 농민은 공격적인 본능을 '자연'이라는 영구한 적과의 싸움에 의해서 깨끗이 해소시키고 있기 때문이다. 비, 바람, 땅의 침식, 잡초 이런 것과 싸우는 사람들은 총검 같은 것엔 흥미를 느낄 수가 없다. 총을 들고 여우 사냥을 나가는 영국인 중에는 피에 굶주린 군국주의자가 섞여 있다. 그 사냥개의 뒤를 쫓는 사람들은 농민이 아니라 은퇴한 실업가들이거나 정치가, 장군들인 것이다.—농민의 육체와 정신은 하루하루 바뀌어가는 자연계의 변화와 하나의 리듬을 이루고 있다. 그들의 몸에 배어 있는 어머니인 대지의 감각은, 금전 거래에만 의지해서 살고 있는 도시의 주민들로선 짐작할 수도 없는 안정감을 주고 있다. 자연에 대한 믿음은 동서가 동일하다. "그것을 어떻게 받아들이고 거역하였느냐"가 다를 뿐이다.

19세기의 많은 자연주의자들과 마찬가지로 워즈워스도 자연에 대해서 송시頌詩를 쓰고 있다. 도덕적인 악도 또한 선도, 성자들이 다 모여도 하지 못할 정도로 대자연이 가져다주는 가르침은 즐거워라. 우리가 참견하는 지성은 사물의 아름다운 형태를 죽여버리고 마는도다.

이상과 같은 허버트 리드의 말을 따른다면 농부가 아니라도 농부의 마음을 존중하며 살아가려 한 옛 선비들의 노래가, 그 생활 방식이 어째서 그처럼 평화주의적이었고 또 동시에 소극적이었나를 우리는 이해할 수 있을 것 같다.

삶의 조건법條件法

"풍파에 놀란 사공"은 정말 바다에서, 배를 띄운 사공만을 가리키는 말이 아니다. 그것을 우유적인 뜻으로 풀이할 수도 있다. 바다는 하나의 인생이며, 역사이며, 인간들이 사는 사회라 할 수 있다. 그리고 그 풍파란 바로 그 인생의 고난이며 사회의 온갖 소용돌이를 의미한다. 풍파는 당쟁일 수도 있으며, 탐관오리의 횡포일 수도 있으며, 전쟁과 모든 분쟁을 의미한다. 그들은 끝없는 바다를 아름다운 장미밭처럼 생각하지는 않았다. 언제나 거기에는 위태로운 파도가, 거센 바람과 먹구름이 깔려 있는 것으로 보았다. 그러기에 우리는 풍파를 바다의 풍랑만이 아닌 어려운 살림, 고된 상황의 의미로도 많이 사용해왔던 것이다.

마부가 지나가야 하는 구절양장도 마찬가지다. 우리는 얼마나 험한 길을 우회하면서 타인들과 만나는가? 인간과 인간이 오가는 그 길목에는 모략이라는, 중상이라는, 질투라는, 오만이라는, 비겁이라는…… 그 무수한 비탈길이 있다.[4]

인간의 역사와 그 사회를 풍랑이 이는 바다로, 혹은 꼬불꼬불

---

4) 『장자』「소요편逍遙篇」을 보면 '풍사재하風射在下'라는 말이 있다. 높은 곳에 오르면 거센 바람도 발밑에 있다는 말이다. 높고 크고 강하고 힘차면 모든 모략과 질투와 모든 풍파와 고난의 시달림을 받지 않는다는 뜻이다. 그러나 그것은 그 풍파와 직접 싸워서 이기는 것이 아니라 그 풍파를 뛰어넘는 초월일 뿐이다. 그래서 동양인의 승리라는 것은 싸워서 이기는 승리가 아니라 초월하는 승리인 것이다.

한 비탈길로 비유했다는 것은 그만큼 인간의 현장을 고난의 상황으로 바라보았다는 증거이다.

옛 시가의 책장을 넘기면 바로 그러한 풍랑의 물결 소리와 삐걱거리며 굴러가는 마차 바퀴 소리가 들려온다. 아름다운 것을 찬미한 송가가 지극히 적다. 평화로운 것을 즐기는 긍정적인 화음의 가락들이 울려 나오는 바다는 없다. 언제나 그 바다는 거세고 깊고, 험하기만 하다. 아름답고 평화로운 노래라 해도 반드시 고난을 전제로 하고 있음을 알 수 있다. 여기에서 그 한국 시의 주된 발상법이 생겨난다.

여요麗謠를 분석해 보면 긍정문 위에 반드시 부정적인 뜻을 가진 조건법이 붙어 있다.

"구슬이 바위에 디신 달……"이 그 대표적인 예의 하나라고 할 수 있다. 구슬이 바위에 떨어져 부서진다 하더라도 그대와 나를 맺은 사랑의 끈이야 끊어질 리 있겠는가라고 그들은 노래한다. 그리고 「만전춘滿殿春」에서는 "님과 나와 얼어 죽을망정"이라는 자포자기에 가까운 말을 앞세우고 있다. 그런 부정적 이미지를 전제로 삼지 않고는 사랑의 기쁨을 노래하지 못한다. 사랑을 하면서도, 천년의 꿈을 그리면서도, 그들은 구슬이 바위에 떨어져 산산조각이 나는 그 풍파의 소리를 뿌리칠 수 없는 것이다.

이러한 전통은 우리가 부르는 애국가나 김소월의 「진달래꽃」에서도 그대로 강물처럼 흐르고 있다. 우리의 러브 송은 "나 보기가 역겨워 가실 때에는……"으로부터 시작한다. 사랑의 감정이 이별을 전제로 한 슬픔의 조건법 밑에서 전개된다. "동해물과 백두산이 마르고 닳도록"처럼 한 나라의 영원한 축복을 기원하는 기도마저도 그렇게 어두운 조건법을 휘장처럼 드리우고 있다. 행복하든 불행하든, 우리의 노래는 으레 그 고통의 바다와 험준한 길목의 그 우울한 리듬으로 시작되고 있다.

　여요 가운데서 가장 힘차고 밝은 「정석가鄭石歌」의 몇 줄을 놓고 따져보아도 그것은 분명해진다. 이 노래의 끝 구절은 모두 "이별합시다"로 되어 있다. "영원히 이별하지 말자"는 소원을 노래한 것인데도 "이별하자"는 쓰라린 상처의 언어로 표현하고 있는 것은 무엇 때문인가? 그것은 한국 시의 그 특수한 조건법 때문이다. 현실의 뜻을 뒤바꾸어가는 그 마술적 표현을 사용하고 있는 까닭이다. "군밤 닷되를 모래에 심어 그 싹이 트거든", "돌 위에 새긴 연꽃이 엄동설한에 피거든", "무쇠로 옷을 만들어 그 옷이 다 떨어지거든……" 그때 헤어지자고 한국인들은 노래한다.

　「정석가」에 사용된 그 무수한 조건법들은 모두가 불가능한 현실을 전제로 한다. 그들은 군밤이 싹이 트고 돌 위에 새긴 연꽃이 꽃을 피우는 것만 해도 불가능한데 그것이 모래에서 싹이 트고 그것이 겨울에 피어나는 상상을 한다. 이중, 삼중의 불가능성을 지니고 있는 이미지들이다.

　그러므로 "그때 헤어지자"는 말은 결국 절대로 절대로 헤어지지 말자는 영원의 맹세가 된다. 이 역설적 표현법이야말로 한국인의 독특한 현실관, 말하자면 풍파의 바다와 험한 길목에서 노래를 불러야만 했던 한국인의 목청을 상징하는 것이라고 볼 수 있다. 현실 속에서는 영원히 이별하지 말자는 그 속삭임을 차마 그들은 말할 수도 상상할 수도 없다. 헤어질 수밖에 없는 현실을 그들은 너무나도 잘 알고 있다. 그들이 지니고 있는 말은 '헤어짐'이라는 풍파의 언어, 구절양장의 언어였다. 그러기 때문에 이것을 불가능한 조건법으로 그 뜻을 역전시키는 음모를 생각해낸 것이라 할 수 있다.[5]

노래만이 그런 것은 아니다. 우리가 흔히 쓰는 대화에서도 이러한 표현법은 얼마든지 찾아낼 수 있다. "산수갑산 가더라도", "하늘이 무너진다 하더라도", "땅이 두 쪽이 나도……" 그리고 「정석가」의 경우처럼 현실적인 서술을 그대로 그 위에 조건법을 붙여 그 현실의 의미를 발전시키는 수사법도 종종 본다. "병풍에 그린 닭이 울거든"이라는 투의 속담이 그것이다. 이렇게 한국 시가들은 불가능의 조건법을 붙이고 그 아래서 서식棲息한다. 한국

---

5) 그 '역전의 음모'를 우리는 이미 앞에서 고찰한 바 있다. 그것은 "보내고 그리는"의 정이고 "가시 난 듯 돌아오소서"의 기원이고 "잡아둘 수야 있지마는"의 유보 사항인 것이다. 한국인에게는 행위나 사고의 결론이 모호할 경우가 많다. '보류'와 가능성'과 '판단중지'가 있을 뿐이다.

시의 특징은 현세의 어두움을, 풍파를, 위험의 그 현장에서 뿌리 박고 자란 꽃이란 데 있다.

사람들은 즐거울 때에도 술을 마시고 슬플 때에도 술을 마신다. 즐거운 일이 있을 때에도 노래를 부르고 슬픈 일이 있을 때에도 노래를 부른다. 같은 술, 같은 노래라 해도 그 발생의 동기는 정반대이다.

즐거운 일보다는 괴로워서 술을 마시고 반가운 일보다는 슬픈 일이 있어 노래를 불렀다고 할 수 있다. 밤의 어머니가, 눈물의 어머니가 한국의 노래를 탄생시켰다고 말할 수 있다.

동양의 '노래'에는 '운다'는 말이 따르게 마련이다. 그래서 노래 잘하는 사람을 노래로 운다고 표현하고 문장이 좋은 사람을 '글로써 운다'고 한다. 그리고 도덕이 높은 사람을 '도로써 운다'고 표현했던 것이다. 그렇다면 농부는 호미와 삽으로 우는 사람이겠고 어부는 낚시와 배로 우는 사람이었다.

매미여, 높이 날지 마라

어둠을 이기기 위해서는 등불을 켜둔다. 바람을 막기 위해서는 튼튼한 벽을 쌓아 올려야 한다. 상처를 입으면 약초를 이겨 바른다. 오랜 옛날부터 이렇게 인간들은 고난에 대처하는 여러 가지 방법으로 그 생명을 지켜왔다. 그렇다면 마음이 병들고 생활이 어지러울 때에는 어떻게 하였는가? 사람들은 아픈 영혼을 달래고 상처 진 마음을 씻어내는 노래를 불렀다. 그러므로 우리는 그들이 어떠한 노래를 불러 그 어려움을 견디려 했는가를 이야기해야 된다. 고난에 대처하는 그 방법이야말로 한 민족의 노래를 특징짓는 요소라고 할 수 있기 때문이다. 노래를 부르는 것, 그것을 알기 위해서 마지막으로 다시 한 번 「풍파에 놀란 사공」의 시조를 기억해주기 바란다.

사공은 풍랑 속에 부서진 배를 끌고 뭍으로 돌아온다. 그의 눈에는 죽음의 환영들이 어른거릴 것이다. 미친 듯한 바다의 포효와 하늘의 섬광들이 공포의 소용돌이를 이루며 그의 마음을 에워쌀 것이다. 이 고난을 어떻게 처리하려 했는가? 그것에는 두 가지 길이 있었을 것이다. 하나는 무서운 풍파와 싸워 그것을 이기려는 것이고 또 하나는 그것을 피해 달아나는 일이다.─"인간과 역사의 관계는 인간과 자연의 관계와는 다르다. 인간은 자기를 본래적인 존재에 두고 파악하려 할 때 자기를 자연으로부터 분리해버린다. 인간이 관찰하면서 자연을 향할 때, 그곳에서 발견되는 자기와는 다른 하나의 물건이 있을 뿐이다. 그러나 역사는 자연과 같이 단순히 목전에 있는 물건으로서 볼 수는 없다. 인간이 역사에 대해서 말하는 한마디는 무엇인가의 방법이며 동시에 자기 자신에게 무엇인가를 말하고 있는 것이다"라고 보트만은 말하고 있다.

그가 택한 것은 위험한 바다를 버릴 결심이었다. 배를 팔자는 다짐이었다. 한마디로 말해서 그 풍파는 그가 하고자 하는 일을 포기시켜버린 것이다. 이때 생겨나는 노래는 위험과 싸워 그 풍파를 넘어서는 도전과 모험, 그리고 개척의 노래가 아니라 패배하고, 포기하고, 둔주遁走하는 탈출의 노래가 된다. 만약 그 사공이 소극적인 방법으로 현실의 고난을 대하지 않고 적극적이고 남성적인 창조력으로 그 풍파를 대하려 들었다면 '배'를 팔자고 할 것이 아니라 이번엔 어떤 풍파라도 다시 놀라지 않도록 더 큰 '배'를 장만하자고 했어야 할 것이다. 풍파의 사나움을 한탄하고 저주하는 것이 아니라 도리어 자기 '배'가 얼마나 초라하고 그 닻이 얼마나 연약한 것이었던가를 원망했을 것이다. 그런 생각으로 세상을 살려고 한 사람들은 바다의 폭풍보다도 더 우렁차고 거센 노래를 남겼을 것이다.

마부가 된 사공의 경우도 마찬가지다. 왜 그는 구절양장의 험한 길만 나무랐던가? 길이 험해서 위험을 느꼈을 때, 왜 그는 그 길을 꼿꼿하고 넓은 탄탄대로로 고칠 생각을 하지 않았던가? 그는 위험하다는 생각에서 도망칠 생각만 했다. 위험을 넘어서는 방법을 강구하고 그것에 대처하려는 정신을 노래하려고 하지 않았던 것이다.

그들의 노래는 그 위험을 그리고 그 고난을 안전과 평화로 바꾸려는 개척자의 노래가 아니라 그 위험과 고난을 그대로 버려둔

채 안전하고 평화로운 곳을 찾으려 한 도망자의 노래였다.[6] 덤비고 싸우는 전사의 노래가 아니라 피하고 쫓기는 추방자의 노래였다고 할 수 있다.

정철의 시조 역시 장만의 경우와 다를 것이 없다.

풍파의 일니던 배 어드러로 가닷말고
구름 머흘거든 처음의 날줄엇디
허술한 배두신 분네는 몸조심하소서

오늘의 기상대가 발표하는 태풍 경보와 같이 친절한 시조이다. 그러나 그는 허술한 배를 둔 사람에게 전천후용全天候用의 튼튼한 배를 만들라고 권고하지 않는다. 그리고 대부분의 시조가 그런 것처럼 이 시조 역시 우의寓意로 볼 수 있다.

"구름이 머흘거든(험하다)"이라는 말은 세파가 어지러워지는 난세를 뜻한다. 허술한 배를 둔 사람은 약한 선비, 당쟁에 말려들어 화를 입을 그런 선비를 암시한다. "공연히 날뛰지 말고 신중하게 처세하자"는 교훈이다.

6) 평화란 자연적인 질서이고 전쟁이란 그것의 역행인 것이다. 자연과 역사를 동일 개념으로 파악하려고 했던 한국인들에게 전쟁은 옳지 못한 것, 피해야 하는 것이었지만 그러나 그것을 대립 개념으로 본 서구인들에게는 이 모순은 극복되어야 하는 것이었다.

그러나 이 교훈 역시 배와 말을 팔고 밭갈이를 하는 장만의 교시처럼 소극적인 처세학이다. 무엇을 하라는 말이 아니라 무엇을 하지 말라는 말이며, 자신을 개조해가라는 것이 아니라 자신의 몸을 조심해서 지키라는 권유이다. 이러한 '조심'의 시조는 『청구영언』에 무수히 등장한다. 생의 모험을 부정한 다음의 시조도 그 하나이다.

굼벙이 매아미되어 나래도쳐 나라올라
높으나 높은 남게 소리는 죠커니와
그 우희 거미줄이시니 그를 조심하여라

매미가 되어 하늘을 날기보다는 굼벵이가 되어 땅에서 기어다니는 것이 더 안전하고 행복한 일이라고 생각한 그들은, 그렇기 때문에 "높이 날지 마라! 거미줄에 얽힌다"라고 경고한다. 이것이 안전제일주의를 주장하는 그들의 생활 구호이다. 현대의 독자들에게는 겁쟁이의 노래로 통할 그 노래가 도리어 옛사람들에겐 '지지知止'의 노래로 통한 것이다.

중국의 공사龔舍도 화앙궁禾央宮에서 잠을 자다가 거미줄에 걸린 무수한 벌레를 보고 그의 갈 길을 깨우쳤다고 한다. 그는 그 거미줄을 보고 말했었다.

"벼슬이라는 것이 곧 세상의 그물이로구나. 그 그물 속에서 어떻게 오랜 영화를 누릴 수 있겠느냐?"

그는 그길로 벼슬을 버리고 은퇴했고 그리하여 뒷사람들은 그를 지주은蜘蛛隱이라고 비웃었었다(김누자).

이 지주은을 비웃느냐, 존경하느냐로 사람들의 생활방식은 양극으로 갈라진다. 한국인들은 난세에서 살았다. 영웅적인 투쟁이나 모험의 열정보다는 농부처럼 한자리의 땅에서 계절과 함께 살았다.

신은 시골을 창조했고 인간은 도시를 만들었다는 속담이 있다. 시골이란 자연에의 적응이고 도시는 그것의 개선이며 극복이란 뜻이다. 그런 의미에서 이 농부가 사는 곳은 신의 마을에 속한다. 인간의 열정과 의지가 투입되지 않은 순수한 자연인 것이다. 그러므로 그 지주은을 비웃지 않고 예찬했던 것이다. 높이 날면서도 거미줄에 걸리지 않는 슬기보다는 아예 처음부터 "높이 날지 마라"는 보신론을 족보처럼 모시며 세상을 살아갔다.

이러한 시조들은 "누울 자리를 보고 다리를 뻗으라"는 속담과 같은 표정을 하고 있다.

안전을 택하는 마음은 있어도 안전을 스스로 만들려는 창조의 마음은 없다. 누울 자리가 없으면 누울 자리를 만들어야 한다. "다리를 뻗고 싶거든 찾아다닐 것이 아니라 스스로 만들어야 한다"는 말과는 근본적으로 다른 것이다.

누울 자리가 없으면 어떻게 하는가? 그는 영원히 다리를 뻗을 수 없을 것이다. 허술한 배를 가진 사람은 어떻게 하는가? 그들은 영원히 바다로 나아갈 수 없을 것이다.

장만과 정철로 대표되는 한국의 사공들은 이미 만들어진 것, 주어진 것 가운데서 생의 안전을 찾으려 한다. 한마디로 말해서 그들은 "인생의 누울 자리"를 만드는 자가 아니라 기다리는 자들이었던 것이다.

마음의 밭을 간다

문화의 시, 그것은 하나의 핏줄기이다. 사공이 사공 노릇을 하려 들고, 마부가 마부 노릇을 하려고 들 때 비로소 그 현실의 얼굴은 달라지고 인간의 환경은 바뀌어진다. 그들이 바다를 포기하지 않으려고 할 때 큰 배를 만들 궁리를 하게 된다.

말을 내던지지 않으려 할 때 구절양장은 고속도로로 변한다. 풍파를 보고 달아날 생각만 하지 않았기 때문에 인간은 핵잠수함을 만들었고 험로와 싸워 패하지 않았기 때문에 인간은 자동차와 장갑차를 만들었다.

문화는 현실을 피하는 것이 아니라 받아들이고, 받아들이는 데서 그치는 것이 아니라 그것을 넘어서려 할 때 꽃핀다. 시의 창조성도 그렇다. 시인이 새로운 배를 설계하거나 고속도로 공사의 감독이 될 수는 없다. 그러나 새로운 배를 만들어야겠다는, 새 길을 넓혀야겠다는 인간의 비전을 불어넣는 그 꿈의 배달부 노릇은 할 수 있다.─우리의 생은 시 속에 형성되어 있는 세계로 흘러 들어가게 된다. 마치 물통 속으로 물이 흘러 들어가듯이 우리의 생은 예술 작품을 통해서 작품의 세계로 들어감으로써 희미했던 정서가 분명해지고 시를 통해서 우리의 생은 아름답고 분명한 형태를 갖게 된다. 그러므로 우리의 평화에 대한 동경도 이 시를 통해서 실현할 수 있는 것이다. 인간에게 자연에서 얻은 체험이란 그리 중요치 않은 것이며 다만 시를 통해서만이 우리의 다양한 가능성이 형성되는 것이다. 이런 의미에서 "만약 그대가 그 마력적인 시의 의미를 알게 된다면 그때부터 그대는 아름다운 생을 알게 된다"고 한 아이헨도르프의 말은 타당한 말이다.

시는 현실을 재현하는 거울이라기보다 그것을 바꾸어가고 수정해가는 환등이라고 할 수 있다. 추악한 것을 아름답게, 괴로운 것을 즐겁게, 미운 것을 사랑스러운 것으로 만드는 알라딘의 등잔 같은 환상의 마력을 지니고 있는 것이다.

그러나 문제는 그 환상이 어떠한 것에 비춰진 그림자인가 하는 데 있다. '나'를 바꾸느냐, '나'를 둘러싼 환경을 바꾸느냐. 시는 꿈이지만 그 꿈의 내용은 서로 같지 않다. 뱃사공은 바다를 바꾸려 하지 않고 자신의 직업을 바꾸려 했다. 그랬기 때문에 언제나 그 노래의 꿈속에 나타난 광경은 인간 바깥에 있는 풍경이 아니라 그 내부의 마음이었다.

풍파와 구부러진 길은 그 시 속에서도 여전히 예와 다름없이 위험한 채로 남아 있다. 그 바다, 그 길은 배와 말이 다닐 수 있는 곳으로 수정되어 있지 않다. 달라진 것이 있다면 노를 젓는 사람이 말고삐를 잡고, 말고삐를 잡던 사람이 호미를 잡는 끝없는 직업 전환의 이력서이다. 그렇기 때문에 한국 시가의 궁극은 인간 밖의 지평으로 뻗어가는 꿈이 아니라 인간 안으로 파고 들어가는 막다른 골목에의 환상이었다. 바다→길→밭, 여기에서 다시 '마음의 밭'을 갈자는 궁극의 선언이 이루어지게 된다.

그런 점에서 김학연金學淵의 다음 시조는 장만의 그 시조를 이어간 결론이라 할 수 있다.

> 요전堯田을 갈던 사람 수려水慮를 못 면하고
> 탕전湯田을 갈던 사람 일간우日干憂를 어이한고
> 아마도 무우무려無憂無慮한 것은 심전心田인가 하노라

요堯 임금이 다스리던 시대에도 9년의 홍수가 있었고 탕湯 임금의 평화롭던 시절에도 7년의 가뭄이 있었다. 이렇게 성왕聖王을 모시고 살던 가장 이상적인 시대에도 홍수와 가뭄이 있었으니 농사짓는 일도 위험하다는 것이다. 그래서 이후란 배도 말도 말고 오로지 농부가 되어 밭갈이만 하자던 맹세는 다시 바뀌어 가뭄도 홍수도 일지 않는 '마음의 밭'이나 갈자고 한다. 아무리 점수를 후하게 주어도 한국의 시가는 적진으로 돌진하는 용사들을 향한 북소리처럼 우렁찬 가락은 아니다. 시의 언어는 피뢰침과도 같고 사유에 대한 모든 욕망과 의지를 마비시키는 마취제 같은 것이었다.

우리는 지금 한 비유를 통해서 현실의 고난을 어떻게 그 노래로 대처했는가의 실례를 읽은 셈이다. 바다나 길은 정치일 수도 있고 생활의 경제일 수도 있고, 남녀 간의 사랑일 수도 있다.

그것은 무엇인가 인간의 욕망대로 이루어지지 않는 현실, 나의 행동을 가로막는 온갖 현실의 장소를 의미한다. 그러니까 그 현장을 타개해나가는 노래가 아니라 거기에서 몸을 피하자는 한국 시가의 한 모델을 설정할 수가 있다.

이상에서 우리는 세 가지의 특징을 찾아본 셈이다. 즉 꿈의 천당을 향해 깃을 벌리는 시의 활주로가 어떻게 트여 있었는지의 그 윤곽을 찾는 일이었다. 이제 그것을 좀 더 소상히 실례를 찾아 밝혀보기로 하자.

괴춤 속에 든 진리眞理

한국인은 합창보다는 독창에 능하다. 한 연못에 모여 우는 개구리보다 깊숙한 산골짜기에서 어둠을 홀로 우는 두견새와 가까운 사람들이다. 형식만이 그렇다는 것은 아니다. 가사의 내용을 보아도 대중가요처럼 "나 혼자만이……"의 경지를 노래 부른 것이 많다.

합창의 시가 들판의 시라고 한다면 독창의 시는 산수의 시이다. 광활한 들판은 언제나 집단을 요구하지만 산속의 으슥한 오솔길은 여럿이 모여도 한 사람씩밖에는 걷지 못한다. 시조의 종장 형식을 봐도 "남이 알까 하노라!"는 영탄으로 종지부를 찍고 있다. 즐겁고 보람찬 일, 그리고 값진 진리는 비약과 마찬가지로 "남이 알까 하노라"의 번쩍이는 봉인이 찍혀져 있다.

심지어 종기를 고치는 고약까지도 대대손손이 물려받은 비방의 라벨이 붙어 있는 나라이다. 이것이 이른바 '청기와 장수'로 상징되는 한국적 에고이즘이다.─확실히 존재하는 것은 자아뿐이며 자아 이외의 것은 불확실하다는 것이 버클리로 대표되는 서구 에고이스트들의 견해이다.

그러나 한국의 에고이즘은 이와는 다르다. 한 지식이나, 한 경험을 공동으로 소유하려 하지 않고 그 자신만이 지니려고 하는 엄정한 의미에서는 자욕주의자自慾主義者들인 것이다. 그들을 에고이스트라 부를 수 있는 것은 그들이 비사회적이라는 의미에서일 뿐이다.

우리가 존경하고 있는 대유학자의 시조에서도 남들이 들을까 겁을 내는 '청기와 장수'의 은밀한 속삭임을 엿들을 수 있다. '청기와 장수'란 남이 알지 못하는 지식이나 기술의 비법을 지닌 자들을 이른 말이다. 그들은 고려자기와 청기와를 굽는 독특한 기술을 대대로 전수하여오면서 그것을 남에게 알리지 않고 그들 가문만의 지식으로 만들었던 것이다.

청량산清涼山 육육봉六六峰 아는 이 나와 백구白鷗

백구白鷗야 헌사하랴 못 믿을 손 도화桃花로다

도화桃花야 떠지지 말아 어주자漁舟子 알까 하노라

퇴계退溪는 청량산의 아름다움을 이렇게 노래 부르고 있다. 그러나 우리는 청량산이 어떻게 아름다운지 모르고 있다. 시조의 문자 그대로 청량산 육육봉을 알고 있는 사람은 오직 이퇴계와 그를 에워싸고 있는 자연 그 자체뿐이다.

그는 자연의 그 아름다움을 강조하기 위해서 화가처럼 산세山勢의 굴곡이나 그 색의 농담을 분간하지는 않는다. 그에게 중요한 것은 남이 모르는 일이다. 사람들로부터 타인들로부터 얼마나 그 자연이 멀리 떨어져 있는가의 그 거리만 측량해주면 된다. 사람의 발길이 이를 수 없는 곳이 곧 그들이 찾고 있는 아름다운 무릉도원이기 때문이다.

"내가 자연을 사랑하는 까닭은 사람을 사랑하지 않아서가 아니라 다만 사람보다도 더 그 자연이 좋기 때문이다"라고 시인 바이런은 말한다. 그러나 퇴계는 "내가 자연을 사랑하는 까닭은 자연을 사랑하기보다는 세속의 인간이 싫기 때문이다"라고 말한 것이다. 퇴계는 이러한 말에 화를 낼지 모르지만 적어도 청량산을 노래한 그 시조만을 두고 볼 때 그런 오해를 면할 수 없을 것이다.

그는 어째서 까닭 없이 도화를 중상했는가? 도화가 떨어지면 강물로 흘러내릴 것이다. 그러면 도화를 보고 강줄기를 거슬러 올라 무릉도원의 비경秘境을 찾아냈다는 고사故事처럼 누군가 속세인이 그 청량산을 범하게 될지도 모른다는 생각이 들었기 때문이다.

퇴계의 자연은 그의 괴춤 속에 있을 때만 가치가 있다. 샤일록과 퇴계가 다른 것은 다만 그것이 돈에 대한 탐욕이냐, 자연의 미감美感이냐 하는 가치관의 차이일 뿐이다.

퇴계가 다시 현대에 태어난다면 그의 인품과 식견으로 보아 대학 총장이나 국세청장까지도 할 수 있을 것이다. 그러나 절대로 산악회 회장이나 관광공사의 총재는 될 수 없을 것이다.

물결에 흘러내려 무릉도원의 위치를 알려주는 청량산의 도화는 가장 소박한 옛날의 관광 PR 요원이라고 할 수 있다. 그는 청량산의 정보와 메시지를 전달하고 안내한다. 그러나 퇴계는 그런 도화가 싫은 것이다.[7]

7) 여기서 한국인의 독특한 자연관이 생긴다. 한국인은 퇴계처럼 인간을 통해서 자연을

왜 그랬을까? 그리고 그것은 퇴계의 노래뿐이었을까? 유학의 대종인 공자도 말하지 않았던가. 비록 자연이 인간 생활보다도 아름답고 깨끗하다 하더라도 사람은 새와 꽃을 벗하며 살 수 없다는 것을 공자는 말했다. 싫어도 인간들과 벗하면서 함께 살 수밖에 없다는 것을 그는 가르쳐주었던 것이다.

석가모니도, 예수도 그랬다. 석가가 보리수 밑에서 고뇌의 사슬을 풀고 해탈했을 때 그는 자기 혼자만의 구제로 만족하지 않고 운산을 등지고 중생의 험로를 내려왔던 것이다. 예수는 하늘나라의 길을 혼자 가슴에 간직하지 않고 만인에게 그것을 보여주려고 했기 때문에 십자가 위에서 피를 흘렸던 것이다.

성인은 그만두고라도 도스토옙스키 같은 그 도박꾼도 말하지 않았던가.

"내 모든 이웃들이 지옥으로 떨어지고 나 혼자만이 천국에 간다면 과연 그 천국이 행복할 수 있고 평화로울 수 있겠느냐"라고.

그는 그것이 진정한 구제일 수 없다고 생각한다. 자기 벗들이 지옥에서 고통을 받고 있다는 것을 느낀다면 천국이 평화로울 수

이해하려 하지 않고 자연을 통해서 인간을 보려고 한다. 그들은 인간에 대한 신뢰감을 가지려고 하지 않는다. 인간이란 자연을 거역하고 모독한 것이라고 생각한다. 그렇기 때문에 그들은 달이나 귀뚜라미나 꽃, 나비가 됨으로써 가장 순수한 자연의 경지에 이를 수 있다고 생각한다. 그 달이나 귀뚜라미, 꽃, 나비 등이 곧 자연이기 때문이다.

록, 행복한 환경일수록 더욱 고통스럽지 않겠는가?

그런데 왜 퇴계는, 한국의 시인들은 나 혼자만의 결백, 나 혼자만의 행복, 나 혼자만의 구제—말하자면 진리를 자기의 호주머니 속에만 비장해두려 했던가. 한마디로 우리의 노래는 진리의 합창이 아니라 독창이었다. 진리는 복수가 아니라 늘 단수였다.

성삼문의 충절도 그렇다. 백설이 온 누리를 덮을 때 낙락장송이 되어 독야청청하는 독창이었던 것이다.[8]

서구의 도시는 공중이 모이는 마당을 중심으로 발달되어 있다. 이 마당은 혼자 사는 밀실이 아니라 만인이 즐기는 광장인 것이다. 거기에 벤치가 있고, 거기에 아름다운 분수장이 있다. 대리석상이 있고 꽃이 피고 나무가 우거져 있고 새가 운다. 그런데 우리의 도시에는 그 광장이 없는 것이다. 자기 집 울타리 안에 들어서야 비로소 나무와 꽃을 볼 수 있다. 자기 집 안방에 장식하는 꽃꽂이의 붐은 일어나도 광장과 길가에는 초목이 낯설다.

단수의 미학美學은 있어도 복수의 미학은 없다. 개인의 구제는 있어도 사회와 집단이 함께 지나가는 구제의 도로는 없다. 한마

---

8) 홀로 있을 수 없는 게 불행이라고 서구인들은 말한다. 그것은 인간이 인간을 떠나서는 살 수 없다는 투철한 의식 속에서 우러나온 것이다. 그 불행이 그들의 코러스를 이룬다. 그러나 한국인은 그들의 "왜 홀로 있을 수 없는가"의 그 이유를 캐려 하지 않고 홀로 있을 수 없다는 슬픔만을 읊고 있다. 한국인의 가장 큰 비극은 거기서부터 시작하고 있다.

디로 사회의식과 인류애에 토대를 둔 복수의 노래가 없었던 탓이다.

뗏집의 문명文明과 빌딩의 문명

미국의 개척자들이 광활한 서부 지대를 주름잡고 있을 때 그들은 많은 노래를 불렀다. 본국을 떠나 낯설고 거친 미개지에 살면서도 고향을 그리는 향수보다도 그들은 개척의 열망과 미래의 번영을 꿈꾸는 노래를 부르고 있었다.

도끼 한 자루, 라이플 총 한 자루, 옥수수 하나…… 이것이 바로 그들의 심정을 이루는 키워드였다. 나무를 찍어 집을 만드는 한 자루의 도끼, 인디언의 습격을 막는 라이플 총 하나, 그리고 양식의 씨앗인 옥수수 하나……. 그 도끼는 이제 100층이 넘는 엠파이어스테이트를 지었고 라이플 총 한 자루가 핵탄두를 단 거대한 유도탄으로 바뀌었으며, 초라한 옥수수 한 알이 잉여농산물이 되어 세계의 원조 물자로 범람하게 되었다. 쭈그러진 호박이 황금마차로 바뀌는 신데렐라 동화가 현실의 역사 속에 엄연한 사실로서 등장한 것이다. —이러한 현대 문명에 대해 T. E. 엘리엇은 우울한 목소리로 말하고 있다. "우리는 오랫동안 기계화되고 상업화되고 도시화된 생활 양식에서 나타나는 가치만을 믿어왔다. 그리고 우리는 언제나 그 진보를 완전한 것으로 생각하는 버릇이 있다. 그러나 사회가 이제까지 스스로에게 부과한 노력과 효력에 의해서 무엇을 얻었는가를 우리는 성찰하지 않으면 안 될 때가 되었다."

그런데 남들이 이렇게 더 큰 집, 더 넓은 대지, 더 힘센 무기를 만드는 노래를 부를 때 한국인들은 어떠한 노래를 부르고 있었던 가?

十 년을 경영하며 초려삼간草廬三間 지어내니
나 한 칸間 달 한 칸間 청풍淸風 한 칸間 맡겨두고
강산江山은 들일 데 없으니 둘러두고 보리라

매연과 소음과 딱딱한 콘크리트에 감금된 답답한 도시의 골목 들! 철조망이 쳐진 그 추녀 밑을 생각하면 정말 그러한 초려에서 한번 살고 싶다는 생각이 든다. 한낮에도 햇빛을 잘 볼 수 없는 빌딩의 골짜기…… 그 뉴욕의 거리를 한 번만이라도 걸어본 사람 이면, 거기 강산이 울타리처럼 둘러 있고 창을 열지 않아도 청풍 명월이 드나드는 초가삼간의 평화가 우리의 마음을 유혹할 것이 다.

사람과 달과 바람이 서로 한 칸씩 차지하고 어울려 사는 그 초 려삼간이 도리어 행복한 꿈의 궁전처럼 착각될 것이다. ─"오늘 우리가 아크로폴리스의 파르테논에서 여성의 풍부함과 평화를 느끼고 스농의 부서진 원주에서 청신한 백의의 여성을 느끼며 랑스의 카테드랄에서 무릎을 꿇고 기도하는 여성을 느낀 것은 세월의 조화나 향수의 탓이 아니라, 그러한 건물 속에 그 시대의 정신이 은밀히 또는 전심으로 새겨지기 때문이다."

그처럼 우리의 초가삼간도 다만 생활의 방편에 의해서 세워진 것만이 아니라 그 '초가'라는 양식 속에 조선인의 꿈과 이상이 새겨진 것이다. 사실 이 작자는 우리가 이런 집에서 산다고 가정해 보면 어떨까? 십 년이나 걸려서 지었다는 엠파이어스테이트 빌딩의 꿈을 남들이 꾸고 있을 때 우리는 무엇을 꿈꾸고 있었던가?

우리는 초가삼간을 마음속에 그리고 있었다. 누워서도 달빛을 감상하고 노크도 없이 찾아오는 바람을 벗으로 삼을 만한 집, 벽도 지붕도 전연 한데와 다를 것이 없는 집이었다.

거기에 또 강산으로 사방을 둘러치겠다고 한 것을 보면 울타리도 없는 집인 것이다. 거지의 움막집과 다를 게 없다. 이런 집을 오늘의 서울 근교에 지었다면 선비의 사랑을 받기는커녕 판잣집 철거 대상에 걸려 골치깨나 썩혔을 것이다. 시인의 풍류로서나 존재하게 할 집이지 현실의 집은 아니다. 현실적인 눈으로 보면 방 안에서도 유유히 청풍명월과 더불어 놀 수 있다는 이 집은 주민에게 있어서는 고행일 것임에 틀림없다. 비가 오면 샐 것이고 홍수가 나면 떠내려갈 것이다. 겨울이 되면 눈보라에 얼어붙을 것이다. 위생 시설이 전연 되어 있지 않은 그 집은 전염병의 온상이 될 것이고 불결한 변소에서 들끓는 파리 떼와 모기는 주인에게 청풍명월을 감상할 겨를을 주지 않을 것이다. 이 집 주인은 차라리 청풍명월과 벗하지 않는 한이 있더라도 스팀이 들어오고 욕실과 수세식 변소가 설비되어 있는 문화 주택에서 살기를 결코 마다하지 않을 것이다. 그것이 인간의 욕망이기 때문이다.

하루 사이에 공장과 빌딩과 베르사유 궁전 같은 사치한 저택을 지어도 시원찮을 만큼 가난한 우리나라이다. 그런 나라에서 태어난 우리로서는 십 년이나 걸려 고작 초가삼간을 짓고 만족해하는 이 시조를 보면 한심스럽기 그지없다. 사람들은 말할 것이다. 그러니까 시가 아니냐고. 시인과 건축가는 다른 존재라고…… 누구나 궁전 같은 집에서 살고 싶다는 욕망을 가지고 있으며 그 욕망이 건축가들에게 집을 짓게 하고 시인들에게 그 집을 꿈꾸게 한다고……. 옳은 항의이다.

시는 현실에 봉사하는 머슴은 아니다. 남들이 부귀를 탐할 때 시인은 안빈낙도를 말한다. 남들이 부귀영화의 관도官道를 달릴 때 시인은 초야의 풍류객이 되어 자연을 그린다. 우리들에게는 "가난하게 살자, 가난하게 살자"는 걸인 생활의 초대장 같은 시조가 무수히 많다. 모든 시가는 현실의 욕망을 잠재우는 수면제가 아니면 그 욕망의 박테리아를 죽여버리는 살충제적인 구실을 하고 있다. 송순宋純의 뗏집 노래를 들으면 큰 집을 갖고 살다가도 자기의 가난한 초가집에 만족을 느낄 것이다.

"공명이 좋다 하나 한가함과 어떠하며 부귀를 부러워하나 안빈에 어떠하리요. 이백년 저백년 즈음에 어느 백년이 다르리"라는 시조도 같은 범주의 것이다. 부귀영화를 누리지 못해 안타까워하는 들뜬 욕정을 자장가처럼 잠재우고 있다. 그러나 그들이 이렇게 안빈을 노래하고 풍월을 두른 뗏집의 찬미 이면에는 현실의 낙제생과 생의 패배자들이 미화한 슬픔이 가득히 스며 있음을 알 수 있다. 부자는 결코 타령을 하지 않는 것이다.

여기에 바로 '뗏집의 시', '빌딩의 시'가 갈라지는 건널목이 있다. 우리 시인은 거의 천년 동안 뗏집을 지어왔는데 그들이 지은 그 뗏집이란 대체 무엇인가? 앞에서 언급한 대로 뗏집은 현실적인 육체가 살기에는 곤란하고 관념이 살기에는 편안한 집이다. 이것이 바로 한국 시인들의 집이었다. 집이라기보다 그것은 산의 일부이며 하늘의 일부이며 들판의 일부이다. 산과 들과 하늘과 동떨어져 있는 것이 아니라 그것들의 품 안에 에워싸여 있는 것이다.

그러면 원래 집이라고 하는 것은 무엇인가? 어째서 인간들은 집을 짓는가?

자연이라는 환경의 품 안에서만 살기를 거부할 때, 인간들은 하늘을 차단하는 지붕을, 들판을 막는 담을 만든다. 한 칸의 집, 이미 그것은 자연을 거부하는 땅이다. 겨울의 추위와 여름의 폭풍우에서 자신을 방어해가는 인간 역사의 기지이다. 그것이 인간의 집이다.

"놀랄 만한 일은 많으나 인간보다 더 놀라운 것은 없다. 그들은 말과 바람과 같이 재빠른 생각과 약빠름을 배우고, 살기 어려운 우박이 내리치는 하늘 아래서 폭풍우의 화살을 막는 집을 만든다. 다만 죽음만이 그들을 놓아주지 않을 뿐이다"라고 소포클레스는 말했었다.

그러므로 벽이 두꺼울수록 지붕이 높은 집일수록, 이를테면 도시의 빌딩일수록 자연에서 멀리 떨어진 곳에 있다. 청풍명월이 한 칸씩 차지해 있는 뗏집과 달리 에스컬레이터가 움직이고, 센트럴 히팅과 냉방 장치가 되어 있는 빌딩은 자연의 계절과 분리된 인간의 계절을 창조하고 있다. 그러므로 시인의 뗏집은 자연을 떠난 인간들을 다시 동굴로 불러들이고 원시의 그 자연에 복귀하려는 향수의 집이다. 그 뗏집은 문명의 이단자들이 사는 사원인 셈이다. 그 뗏집에서는 주주총회가 열리는 일이 없고 핵군비 축소의 회담이 열리는 일도 없다. 아우슈비츠의 재판도, 헤비급 세계 권투 선수권의 쟁탈전도 벌어지지 않는다.

다만 그 뗏집에는 원시의 고향을 찾아 돌아가는 귀향자들만이 모인다. 돌아서 가는 자들이 휴식하는 조용한 집이다. '인간의 집'을 거부하는 자들이 마지막 머무르는 그러한 집이다. 공명도 부귀도 인간 세상의 모든 것도 잊어버리자고 말하는 망향의 집이다. 이제 우리의 시인들이 어째서 "십 년을 경영하여 뗏집을 지었다"라고 노래를 불렀는지 이해할 수 있을 것이다. 그리고 어째서 우리의 아이들이 달을 보고 그 소망을 노래 부를 때도, 은도끼 금도끼로 계수나무를 찍어내어 초가삼간을 짓겠다고 했는지를 알 것이다.

어째서 서울 거리에 한창 빌딩이 들어서는 그런 시대에 살고 있으면서도 우리의 시인들이 초가삼간과 같은 자연을 읊고 있는지의 그 비밀을 알 것이다. 한마디로 말해서 한국의 시는 빌딩의 미학이 아니라 뗏집의 미학에 그 근본을 삼고 있는 것이다.

빌딩의 미학은 현실적인 소산인 욕망의 인간의 집을 인정한다. 인정한다기보다 거기에서부터 출발한다. 그러므로 빌딩의 미학은 그 두꺼운 벽에 하늘과 달과 청풍을 들일 수 있는 창이라든지 정원이라든지 하는 것을 만들어주는 시인 것이다. 말하자면 문명과 현실을 외면하는 것이 아니고 그것을 수정하고 무엇인가를 첨가한다. 빌딩을 아름답게 꾸며주는 역할을 한다. 칼 샌드버그처럼 살벌한 시카고의 도시에 시적인 이미지의 정원을 만들어주는 것이다.

그런데 우리들의 뗏집의 미학은 인간의 욕망을 잠재워 자연으로 귀의시키는 데서 시작된다. 현실과 문명의 러닝메이트가 아니라 그들과 결별하는 이혼장인 것이다. 부귀와 공명을 시적인 이미지로 수정하고 개혁하고 극복하는 것이 아니라 그것들을 망각하고 포기하고 거절하는 미학이다. 그러므로 시는 시대로, 현실은 현실대로, 동상이몽을 해왔다는 것을 알 수 있다.

한국적 엔트베데르 오데르

인생의 길은 두 개의 종착역으로 뻗어 있다. 공명과 부귀로 뻗은 길은 벌판으로, 도읍으로, 군중으로, 그리하여 끝내는 궁전의 성벽에서 끝난다. 그것은 많은 종들을 거느리고 비단옷을 입고 돈을 벌고 고깃국을 먹는 물질적인 세계의 행복이다. 이 길은 넓고 번들번들하여 사람들의 왕래가 빈번하다.

그와 반대쪽으로 가는 길은 잡초가 우거져 있는 들길이다. 그 길목의 나무에는 벗어 건 갓들이 이따금 나타난다. 한적하고 인적이 드문 그 길은 드높은 산의 석벽에서 끝난다. 궁전과는 달리 초라한 전로田盧들이 지배하고 있는 세계이며 단갈組褐을 입고 쓴 나물을 먹고 몸종이 아니라 달과 바람과 함께 소요하는 자연 그대로의 세계이다.

궁전의 성벽과 청산의 석벽, 그중에 어느 길을 택하는 것이 옳으냐는 이 ○× 문제에서 모든 시조 작가들은 청산의 석벽으로 가는 길에 ○표를 치고 있다.[9]

9) "어떻게 사느냐"는 물음에 대한 답을 한국인은 요즘 객관식 출제처럼 미리 마련하고 있다. 개인의 판단에 의한 것이 아니라, 계명과 도덕에 의한 것이다. 그것은 인간의 이상과

그것이 모범 답안이었던 것이다. 그들은 부귀공명을 좇는 사람들을 '소리개'로 보았고 초야에 묻혀 있는 사람들을 '학'이라고 생각한다. 소리개처럼 살 것인가, 학처럼 살 것인가. 쥐를 잡아 먹고 사는 소리개들은 비록 살이 쪄 있고 배부르다 하더라도 언제나 전전긍긍하며 싸워야 한다. 그러나 학은 배를 주리고 여위었다 하더라도 맑은 강물과 함께 한가하게 지낼 수 있는 것이다. 강산에는 다툴 것이 없다. 적자생존의 생존 경쟁을 말하는 다윈의 후예가 없다. 그들은 물외건곤物外乾坤을 가르친 장자를 스승으로 모시고 있는 사람이다. 그들은 인생의 가치관을 마음의 평화에 두었다. 공명과 부귀는 번우煩憂한 일이며, 영욕이며, 들판에서 자유롭게 뛰노는 말을 말구유에 잡아다가 조죽을 먹이는 굴레 쓴 생활이다. 그들이 추구하고 있는 것은 한가로움이며 게으름[無事]이며, 소요이다.

그러나 이 시조의 표현을 곰곰이 뜯어보면 궁전으로 향한 길을 자꾸 뒤돌아보면서 청산으로 뻗은 길을 걷고 있는 그들의 모습이 나타난다.

모든 것에서 초월한 듯이 자신만만하게 외치는 그 목소리 뒤에는 미련과 유혹을 뿌리치기 위해서 억지로 자신에게 타이르는 속삭임 같은 그 어조를 감출 수 없다.

의지가 추구한 진실이 아니라 한 관념이 유추한 답인 것이다.

공명도 잊었노라 부귀도 잊었노라

세상 번우한 일 다 주어 잊었노라

내 몸을 내마자 잊으니 남이 아니 잊으랴

이 시조에는 '잊었노라'의 말이 다섯 번이라 되풀이된다. "잊었노라…… 잊었노라…… 잊었노라……"라고 외치는 그 반복어의 뒤에서는 "잊지 못하겠노라, 잊지 못하겠노라"의 소리가 들린다.

단테는 지옥의 문 앞에 "슬픔과 눈물을 통하지 않고 들어갈 수 없는 곳"이라고 적고 있지만 동천洞天 어귀의 석벽에는 "망각하지 않고는 누구도 이 문으로 들어갈 수 없다"고 되어 있는 까닭도 거기 있다. 참으로 잊은 사람은 자기가 잊었다는 생각마저 잊은 사람이다.

'잊었노라'고 말하는 그는 아직도 공명을, 부귀를, 번우한 세사世事와 타인과 자기를 잊지 못하고 있는 것이다.

말 없는 청산靑山이요 태態 없는 유수流水로다

값없는 청풍靑風이요 임자 없는 명월明月이라

이중에 병 없는 이몸이 분별없이 늙으리라

'없다'는 말이 여섯 번 되풀이되고 있다. '있는 것'이 아니라

'없는 것'을 추구하며 살아가는 생활이다. '있는 것'보다 '없는 것'이 더 값어치가 있는 생이라고 생각했기에 말 없고, 태 없고, 값없고, 임자 없고, 분별없는 것을 이상으로 삼는다. 그러나 그것 역시 '잊는다'는 말과 마찬가지다. 정말 '없는 것'은 '없는 것' 조차도 느낄 수 없어야 한다. '없다'는 생각은 '있다'는 말이 있을 때 비로소 존재하는 말이다. 그들은 학과 청산과 강산의 한가로움에 ○표를 쳤다. 그러나 그들이 ×표를 친 부귀공명의 먼지 낀 세계를 끝내 잊을 수 있었고 무화無化(없음)시킬 수 있었던가?

그들이 ×표를 친 세계와 ○표를 친 세계를 상기하고 비교하고 있는 한 그것은 순수한 망각일 수도 없고, 한가로움일 수도 없다.

소리개가 되고 싶었지만 쥐를 챌 만한 힘이 없었기에, 그 날카로운 발톱과 날쌘 날개와 강한 부리가 없었기에 여윈 학이 될 수밖에 없었던 사람들이 자신을 위로하고 합리화하기 위하여 청풍명월을 이끌어온 이 세계에서는 "어떻게 사느냐"의 문제가 아니라 "어떻게 늙느냐"의 문제가 제기되어 있다. 그 미래는 의지 미래형의 'I will'이 아니라 단순 미래형의 'I shall'로 서술되어 있다.

무엇을 하자는 인생이 아니라 무엇을 하지 말자는 인생이며, 어떻게 싸워서 이기느냐가 아니라 어떻게 싸움을 피하느냐의 피신술이다. 평화와 자유를 어떻게 만드느냐의 창조법이 아니라 그것을 어떻게 얻느냐의 구걸법이다. 한가로운 마음을 인생의 활주로로 삼는 것이 아니라 다만 영원한 기항지로 삼고 있을 뿐이다. 자연을 무능력자와 패자의 낙원으로 본 것이다. 그래서 그들은 선비나 무사가 되려고 노력하다가 끝내 뜻을 이루지 못하고 청산을 찾아가 안주하려고 한다. 청산만은 자기를 괄시하지 않을 것이라고 믿기 때문이다. 청산을 마치 외도군이 처첩들에게 박대를 당하고 말년에 본처를 찾아가듯 생각한 것이다. 청산은 패자의 마지막 희망이요, 이루지 못한 부귀공명의 대상물이다.

솔직히 말하면 갈 곳이 자연밖에 없었기 때문에 그들은 자연을 택한 것이다. 어쩌면 김천택金天澤이 노래한 그 청산이야말로 가장 솔직한 자기 고백이었는지도 모른다. 이들은 인사성이 없는 사람들이다.—"마음에도 없는 말을 하기가 싫어" 청산으로 숨는다. 비록 처음으로 만난 사이일지라도 허례의 불필요의 얘기가 있어야 하지만 그것이 불필요하다 하여 말을 안 해버린다. 그러고는 무언의 청산을 찾기가 고작이다. "쓸데없는 허례가 싫어서" 벼슬을 버리고 입산하는 명요자冥寥子의 유類들인 것이다.

서검書劍을 못 이루고 쓸데없는 몸이 되야
구십춘광九十春光을 해음 없이 지내면서
두어라 어느 곳 청산이야 날 꺼릴 줄 이시랴

그 청산에서 그들은 택해야 한다. 독수리냐, 학이냐. 한국인들이 학을 택했다는 것은 이미 앞서 말한 바다.

> 쥐 찬 소로기들아 배부르다 자랑마라
>
> 청강淸江 여윈 학이 주리다 부를소냐
>
> 내 몸이 한가하야마는 살 못 찐들 어떠리

그들은 소리개가 될 수 있었는데도 왜 학을 택했을까? 쥐를 잡아먹는 피 묻은 소리개의 날개가 저 허공을 날아다니는데 자기는 학이라 하여 마음 편하게 지낼 수 있었을까? 누가 저 횡포한 소리개의 발톱 밑에서 찢기는 평화를 지켜준다고 생각했을까? 그것을 지켜줄 이는 자연도 타인도 아니다. 그것을 지켜줄 이는 그 자신밖에 없다. 그러나 그들은 그 독수리와 싸워서 그들의 평화를 수호하려고 하지 않고 교묘하게도 그 독수리들을 피함으로써 그들의 평화를 수호할 수 있다고 생각한다.

"똥이 무서워 피하는 것이 아니라 더러워서 피한다"는 속담도 그 일련의 것이다. 즉 그들은 그들의 시조에 그 독수리를 등장시키지 않고 학과 청산과 강호를 등장시킴으로써 그 평화를 수호할 수 있다고 생각한 것이다.

이러한 평화의 수호자들의 모습을 우리는 굴원屈原의 「어부사漁夫詞」에서 볼 수 있다. 굴원은 벼슬길에서 추방당하고 강호를 방황하고 있었다. 그는 어느 날 강 언덕에서 한 어부를 만났다. 그 어부는 굴원에게 묻기를 "그대는 삼려대부三閭大夫가 아닌가? 어찌하여 여기까지 오게 되었는가?"

굴원이 대답하기를 "온 세상이 모두 탁하고 동서의 모든 사람들이 취했으나 나만이 맑게 살았고 총총하게 깨어 있었다. 그래서 이렇게 추방을 당하게 되었다."

이 말을 들은 어부는 다시 말을 이었다.

"성인聖人은 물외物外로 인하여 자신이 그것에 응체凝滯하지 않고 능히 세상과 함께 동행하는 것이다. 세상 사람이 다 탁하다면 그 맑은 물을 돌려 어찌 그 더러운 것을 씻지 않았으며, 모든 사람이 다 취했다면 어찌 그들과 술을 마시지 아니하고 무엇 때문에 고고한 체하고 심사深思한 체하여 스스로 추방을 청했는가?"

굴원이 다시 대답했다.

"내가 들으니 새로 목욕을 한 사람은 반드시 갓을 털어 쓰고 옷도 갈아입는다고 하는데 왜 깨끗한 몸으로서 세상이 더러운 것을 받는단 말인가. 차라리 상류湘流에 몸을 던져 고기들의 뱃속을 채울지언정 무엇 때문에 이처럼 결백한 것으로써 그 세상의 더러운 것을 무릅쓴단 말인가."

이 말을 들은 어부는 빙긋이 웃으면서 상앗대로 배질을 하며 가버렸다.

이에 굴원은 노래 불렀다.

창랑滄浪의 물 맑으면 갓끈을 씻고

창랑滄浪의 물 탁濁하면 발을 씻으리

우리는 혼자 깨끗한 것을 지키고 죽어간 굴원보다도 그 깨끗한 것으로 더러운 세상을 씻지 않느냐는 무명의 한 어부의 말에 좀 더 귀를 기울여야 했을 것이다.

꿈의 삼단논법三段論法

꿈이란 말은 두 개의 다른 얼굴을 지니고 있다.

한쪽은 행복과 이상을 그리는 환상의 얼굴이며 또 한쪽은 괴롭고 어두운 그늘을 드리우고 있는 얼굴이다. 하나를 행복이라고 한다면 하나는 불행이다. 하나를 현실보다 높은 이상이라고 할 때 하나는 현실보다도 못한 허무라고 할 수 있다. 그래서 "청년들이여 꿈을 가져라"라고 말할 때, "무한한 이상과 희망을 품어라"는 뜻이 되지만 "인생은 한낱 꿈에 지나지 않는다"라고 할 때는 덧없는 허무를 의미한다. 대체로 동서양을 막론하고 꿈은 이와 같이 두 가지 뜻으로 사용되어왔다. 그러나 중국 그리고 한국인들이 그렸던 꿈은 전자보다도 후자의 이미지로 더 많이 쓰여왔다.

장자의 호접몽胡蝶夢―내가 꿈에 나비가 되어 이리저리 날아다니니 어디로 보나 나비였다. 나는 나비인 줄로만 알고 기뻐했고 내가 장주인 것은 생각지 못했다. 곧 나는 깨어났고 틀림없이 다시 내가 되었다. 지금 나는 사람으로서 나비였음을 꿈꾸었는지, 내가 나비인데 사람이라고 꿈을 꾸고 있는지 알지 못한다. 사람과 나비 사이에는 반드시 구별이 있다. 바뀌는 것을 물질의 변형이라고 한다(『장자』의 「제물편」)—이나 남가일몽—옛적에 순우분淳于棼이란 사람이 있었다. 그는 꿈에 괴안국槐安國에 갔는데 그 나라의 왕은 그에게 딸을 주고 또 태수의 자리까지 주었다. 영광이 모두 그의 것이었다. 그러다가 전쟁이 일어나 그는 전쟁터로 나가야 했었고, 그는 패배했고, 아내도 죽어버렸다. 극도의 슬픔 속에서 깨어보니 꿈이었다. 이상하게 여기고 자기가 앉았던 괴목槐木 밑을 파보니 그 속에 개미집이 있었고 그 개미집 위의 괴목의 가지가 남쪽으로 뻗어 있었다(이공좌, 『남가기』)—의 고사들은 모두가 허망하고 덧없는 마음을 그린 것이다.

시조에 나타난 꿈 역시 그렇다. 그것은 미래의 행복을 설계하는 것이 아니라 현실의 덧없음과 허망함, 그리고 흘러간 과거의 꿈을 가리키는 경우가 많다. 그 대부분의 꿈은 부질없는 사랑, 이루어지지 못한 현실 부정의 사랑을 읊은 것이다. 그리고 여기서, 이 현실 부정을 통해서 한국인의 꿈의 삼단논법이 전개된다. 그것은 테제를 부정하고, 부정하면서 얻는 종합이 아니라 테제를 발전시키고, 발전시키면서 얻는 부정이다.

한국인은 현실 속에서 애인을 만나는 것이 아니라 꿈속에서 애인을 만난다. 그래서 그들은 "꿈에 다니는 것이 자취 곧 날 적이면 님의 집 창밖에 석로石路라도 닳으련만"이라고 노래한다. 쉽게 말하면 창밖의 그 돌이 닳을 만큼 그는 꿈속에서 임의 집을 찾아다녔다는 것이다. 그가 참으로 애인의 집을 찾아다녔는지 어쨌는지 우리는 모른다. 그러나 "꿈결에 자취 없으니 그를 설워하노라"라는 마지막 종장이 보여주고 있는 바와 같이 이명한李明漢의 이 시조는 애절하기 그지없다.

이 '애절함'은 명옥明玉의 시조에서 한 계단을 넘어 계속된다. 이명한의 세계에서의 그 애절한 사랑은 명옥의 세계에서는 "꿈에 뵈는 임은 신의 없다"라고 일단 비판을 받고 있다. 그러나 그 비판은 그 임을 헐뜯기 위한 비판이 아니고 "탐탐이 그리울 제 꿈 아니면 어이 보리"라고 그 꿈의 필요성을 한층 더 강조하기 위한 비판인 것이다. 그의 시를 읽으면서 그 시의 '긍정을 위한 비판'을 캐내기로 하자.

꿈에 뵈는 님이 신의信義 없다 하건마는
탐탐이 그리울 제 꿈 아니면 어이 보리
저 님아 꿈이라 말고 자조자조 뵈시소

정말 사랑해주는 임이라면 꿈속에 나타나지 않고 현실 속에 나타날 것이다. 그리고 현실 속에서 그를 사랑하여줄 것이다. 그런 데 그의 임은 현실 속에서는 나타나지 않고 꿈속에서만 등장한 다. 그러니 그 임을 신의가 없는 임이라고 할 수밖에 없는 것이 다. 그런데도 그 여인은 그 임을 원망하지 않고 "탐탐이 그리울 제 꿈 아니면 어이 보리"라고 말한다. 현실에서 불가능한 사랑이 꿈속에서라도 이루어지기를 그는 원한다. 왜냐하면 그래도 임을 볼 수 있는 것은 그 꿈이요, 그 밤이기 때문이다. 꿈속의 사랑은 기도로서 끝난다. "저 님아 꿈이라 말고 자조자조 뵈시소." 측은 할 정도로 슬픈 연가이다.

이 한국인의 꿈의 연가! 이것은 희망의 연가가 아니다. 현실에 서의 불가능을, 덧없는 것은 풀어보려는 그런 심정의 발로라고 할 수 있다. 그 꿈의 궁전에는 한숨과 눈물이 가득 차 있다. 그리 고 현실에서 이루지 못한 것을 꿈에서나 이루어보려는 허약한 염 원이 노래의 구석구석에서 답답할 정도로 배어 나온다. 그래서인 지 한국인은 그 어느 민족보다도 그 꿈과 긴밀한 친교를 맺고 있 다. 지금도 시골에 가면 "잠이나 자야 임을 보지"라는 말을 듣는 다. 세상을 살지 못하는 자들의 가련한 소망, 가련한 한숨이다. 이 한숨은 조선 시대 5백 년에서만 들려오는 것이 아니다. 더 거 슬러 올라가서 천 년 전의 고려에서도 들려온다.

고려의 여인들은 다음과 같이 노래한다.

외로운 베갯머리에 어느 잠이 오리오

서창을 열고 보니 복사꽃이 만발하도다

복사꽃은 봄바람에 한들거리는데 복사꽃은 봄바람에 한들거리는데!

'한들거리다'의 이 감정 언어는 여인이 홀로 봄밤을 지새우고, 그가 그렇게도 간절히 기다리고 있으나 그 임은 오지 않고, 그런 시간에 뒤 창밖에 피어 있는 복사꽃, 그의 사랑의 정한情恨을 담고 있는 그 꽃의 양태를 극명하게 표출하고 있다. 그 여인은 홀로 있다. 임은 오지 않는다. 여인은 창문을 열고 밖을 바라본다. 복사꽃들이 달빛에 희디희게 보이고 있다. 아아, 우리는 이제 한국 여인들의 사랑의 장소를 알 수 있을 것이다. 그것은 '외로운 베갯머리'이다. 분수가 흩어지는 공원이거나 무도회에서 인사하고 무르익히는 사랑이 아니라 베개를 베고 가만히 눈을 감고 그리면서 생각하는 사랑이다.

그러므로 한국의 러브 송은 베갯머리에서 그리는 사랑, 베개에 얼룩진 눈물, 베개 위에서 꾼 꿈, 베개 위에서 짓는 한숨이다. 그러면 그 베개는 무엇을 의미할 수 있단 말인가? 그것은 곧 기다림이요, 눈물이요, 한숨이요, 미움이요, 원한이다. 그래서 우리의 꿈의 제3단계인 꿈의 부정이 이루어지는 것이다.

사랑 거짓말이 님 날 사랑 거짓말이

꿈에 뵌단 말이 긔 더욱 거짓말이

날같이 잠 아니오면 어느 꿈에 뵈이랴

—김상용金尙容

꿈속에서 임을 보는 것, 그것만으로도 애절한 연가이지만 이 경우는 더 한층 그 비장감이 배가되어 있다. 꿈에 임이 뵌단 말도 거짓말이라는 것이다. 왜냐하면 임을 생각하는 연연한 그리움에 잠도 잘 수 없고 잠을 못 자니 꿈도 꿀 수 없기 때문이다. 꿈속에서나마도 보지 못하는 임, 꿈속에서마저도 불가능해진 사랑이다. 그러니 그 꿈은 결국 거짓이고 참고 견디며 기다리는 것에 지나지 않는다. 그러한 기다림은 설월雪月이 만창滿窓한 밤, 하얀 눈과 달빛이 어둠 속에서 빛나는 길고 긴 겨울밤의 이미지로 이어진다. 이런 밤에는 눈 위로 스치는 바람이 꼭 신발을 끌고 문지방을 오르는 임의 발소리처럼 들린다. 그리하며 한국인들은 "바람아 불지 마라"라고 오랫동안 그 말을 가슴에 외면서 살았던 것이다.

신발 끄는 소리가 아닌 줄 판연히 알지마는, 말하자면 임이 자기를 찾아줄 리가 없다는 것을 판연히 알지마는 그래도 그 눈 위에 부는 바람이 꼭 짚신을 끄는 임의 발소리 같기에 가슴을 설레는 것이다. 그립고 아쉬운 마음은 어리석기만 하다. 믿고 그리고 속고 다시 놀라며 잠 못 드는 겨울밤들이 여인의 창가를 스쳐 지나가기만 한다.

임을 원망하지 않고 도리어 바람이여, 좀 불지 말아달라고 바람을 탓하는 그 심정이 한국의 연가에서 흔히 나오는 암시법이다. 그 암시가 한국인을 그토록 끈질기게 기다리게 했던 것이다.

정말 한국인들만큼 오랫동안 기다린 백성도 없다. 그 기다림들, 「솔베이지의 노래」처럼 봄이고 가을이고 겨울이고 무한히 기다리는 그들의 음은 아름답고도 줄기차다. 그 기다림이 비록 슬프고 황홀하고 고결한 기다림이긴 하지만 우리는 너무나 오랫동안 기다린 것 같다. 임뿐만이 아니라, 행복을, 위대한 통치자를, 민족의 번영을, 그런 모든 것들을 한국인은 기다리고 또 기다린 것이다.

현실에서 패배한 자가, 현실을 달래는 하나의 수면제 같은 환상인 꿈속에서 우리는 유토피아나 인간의 역사의 개선을 위한 미래의 비전이 아니라 지난날의 때 묻은 추억만을 만지작거리고 있었다. 그러니까 결국 우리의 기다림은 꿈속에서 현실을 맞이하는, 남성적인 것이 아니고 여성적인 것이었다.

근육과 땀이 있는 꿈이 아니라 눈물과 풀어헤친 머리카락들로 둘러싸인 꿈이다. 그래서 연시戀詩라고 하면 으레 남자를 기다리는 가냘픈 여성, 권력도 없는 여성, 자유도 없는 여성들의 넋두리가 우리의 러브 송의 대부분을 차지했고 김소월만 하더라도 멀쩡한 남자가 밤낮 금침, 고침상이니 하는 여자처럼 나약한 연시를 써왔던 것이다.

한국의 러브 송은 모나리자나 베아트리체와 같은 연인이 없다. 기다려도 오지 않는 무정한 남성들이 있을 뿐이다. 다시 말하면 한국의 시조에는 남성의 연시가 없다. 여자들의 연시뿐이다.

왜 남자의 연애시는 없느냐? 죽을 때까지 사랑하는, 그런 불타는 남성적인 사랑이 왜 없느냐? 꿈속에서만 그리는 소극적인 여성의 그러한 사랑만 있었지 근육이 있는 남성의 사랑─쫓아가고 정복하는 줄기찬 사랑이 왜 없었느냐? 그것이 없었음을 우리는 탓하지 말기로 하자. 그리고 아아, 이제는 우리도 기다리지 말고 나가보기로 하자. 천년을 기다리고 살아온 사람은 꿈이 아니라 현실의 길목에서 그리운 것들과 만나야 한다.

마음의 고향 풍경

하늘의 이미지

한국의 하늘은 푸르고 아름답다. 그러나 그 아름다움이나 푸른 색채를 직접적으로 읊은 시가는 찾아보기 힘들다. "하늘이 무너져도 솟아날 구멍이 있다"는 속담처럼 오히려 공포와 불안의 상징으로 그 하늘은 그려지고 있다.

서양의 시에서는 하늘을 어떻게 그렸느냐로 그들의 인생관과 예술관이 결정된다. 고전주의의 하늘은 대낮 속에서 빛나는 구름 한 점 없는 하늘이다.

투명하고 지적이고 명석한 것을 추구했던 고전주의자들은 자연히 하늘을 그려도 그늘과 구름이 없는 벽공을 선택한다. 그러나 낭만주의자들은 구름 낀 음산한 하늘을, 혹은 축축한 황혼을, 아니면 폭풍이 불어오는 겨울 하늘을 그린다. 거기에서 우리는 낭만주의자들의 성격, 몽롱하고 감상적인, 때로는 또 야성적인 기호를 찾아볼 수 있다.

이와 마찬가지로 한국의 시가에 그려진 하늘의 이미지를 따져 보면 그 정신(상상력)과 마음이 어떠했나를 찾아볼 수 있다.

『청구영언』에는 하늘이란 말이 열세 번이나 나오지만 그것은 모두가 천국이나 신(하늘)이나 천자(임금)를 뜻하는 추상적인 하늘이다. "하늘이 무슨 말을 하겠는가. 춘·하·추·동이 행하고 만물이 생할 따름이다"라는 『논어』의 말이나, "하늘의 푸른빛, 그것이 정색正色이 아닌가"라는 장자의 말처럼 모든 존재의 근원을 나타내는 말이다. 말하자면 미의 대상으로 그려진 하늘은 없다. 감각보다는 관념으로 화한 하늘이다. 그리고 실제의 하늘이라 해도 황혼에 덮인 하늘이며―『청구영언』에는 석양과 황혼이란 말이 열일곱 번이나 나와, 한 번도 등장하지 않은 아침 하늘과 혹심한 대조를 이루고 있다―달이 떠 있는 밤하늘이다. 그리고 푸르고 넓은 하늘을 사람의 마음에 비긴 것은 한 편도 찾아볼 수가 없다. 무한의 이미지로 '구만리 장천'이나, '구만리 창공'이란 말이 도합 아홉 번이나 등장하고 있지만 그것 역시 넓은 우주를 표현하는 관념적인 숙어일 뿐이다.

그들은 하늘을 바라볼 줄을 몰랐다. 넓고 넓은 하늘로 날아오르는 끝없는 이상, 초월하고자 하는 욕망, 무한의 정복감 같은 것이 없었던 까닭이다. 하늘은 하늘, 땅은 땅이라고만 생각했다. 그리고 오직 인간은 땅에서 살다 죽어가는 존재로 생각했을 따름이다. 그리하며 한국 시가에는 하늘의 미학이란 것이 발전하지 않았다.

그 증거로 별이란 말을 우리 시가에서는 잘 찾아볼 수가 없다. 서양의 시에는 물론 현대시에서도 별은 인간의 높은 이상과 하늘로 솟아오르려는 무한한 동경의 상징으로서 나타나 있다. 셸리는 별을 그리워하는 나방이의 꿈을 말하고 있다. 어두운 땅의 현실 속에서 그지없이 높은 별을 꿈꾸는 것이 그들의 이상이었다. 하늘을 동경하고 이상을 추구할 줄 모르는 사람에게 별의 미학은 탄생되지 않는다.

『청구영언』에는 별 2회, 세성歲星 1회, 경성景星 1회, 노인성老人星 1회뿐으로써 태평성대를 뜻하는 점성술적 이미지를 나타내고 있을 따름이다. 하늘의 아름다움을 모른 것처럼 한국인은 별 또한 몰랐다. 하늘을 바라보면 "별 하나, 나 하나, 별 둘, 나 둘"을 세는 그 순수한 이상과 동경의 세계는 오직 어린이들에게만 있는 것이었다.[10]

한국의 시에 별이 없다는 것은 그만큼 순수한 어린이의 감정이 없었음을 의미한다. 시조를 보면 분수란 말이 많이 나오는데

---

10) 달은 은銀, 해는 황금黃金, 목성木星은 주석으로 만들었고 금성金星은 동銅, 칠성七星은 연鉛, 화성火星은 쇠로 만들었다고 옛날 사람들은 말했다. 그런데도 지구는 아주 옛날 무엇으로 만들었는지 옛사람들은 몰랐었다. 파전의 이 시에서 보듯 원시인이나 애들은 미지의 별을 보며 호기심과 흥분을 느낀다. 이 신비에의 동경이 아이들의 마음이다.

이 분수야말로 무한한 가능성을 추구하고 치기만만한 모험심을 제거하는 성인들의 도덕이었다. 비행기를 만들고 로켓을 쏘는 오늘날의 서구 과학 문명은 분수를 모르는 어린애들의 공상, 지상에서 별을 찾는 엉뚱한 그 모험에서 생겨난 것이라고 볼 수 있다. 인간이 하늘을 날려는 것은 분수를 모르는 것이다. 서양 사람들에 비해 동양인들은 너무나 어른스러웠기 때문에 비행기 같은 것을 만들려는 꿈을 꾸지 않았다.

한편 태양은 어떠한가. 신라의 향가鄕歌에도 고려가요에도 달은 나와도 해를 읊은 노래는 없다. 한국의 하늘에는 언제나 해가 아니라 달이 떠 있는 것이다. 달이란 말은 『청구영언』에만도 스물 여덟 번이나 등장하는데 해는 겨우 열 번이다. 태양은 물론 임금을 상징하는 것이었기 때문에 서민들이 함부로 읊을 수 없는 터부였다. 그러나 그만한 이유로 달이 해보다 한국인의 인기를 독점하게 되는 것은 아니다.

강렬한 광명보다는 어슴푸레한 것을 좋아하는 것이 한국인의 감정이다. 만일 해가 영웅이라면 달은 신선이다. 해가 남성적이고 직접적이고 정열적이고 호화로운 것이라면 달은 여성적이고 간접적이고 순응적이며 청초한 것이다. 해보다 달을 많이 읊은 것은 은근한 것을 좋아한 한국적인 명상주의 때문이라고 할 수 있다. 정치를 해도, 사랑을 해도 한국인은 달처럼 한다. 이글이글 타오르는 태양처럼 뜨겁게 인생을 살아가는 것이 아니라 어두운 밤하늘에서 싸늘한 빛을 던지는 수동적인 달처럼 자기 운명을 밝히며 산다.

해는 인간에게 말한다. 타오르고 투쟁하고 지배하라고. 그리고 그것은 분노와 같이 오만한 생명을 가르쳐준다. 그러나 달은 모든 욕망을 잠재운다. 휴식과 겸허함을 가르쳐준다.

"아해야, 모첨茅簷에 달 올랐다. 손 오는가 보아라"라는 시조처럼 달은 벗을 만나게 하는 화합의 언어이며 기다림의 언어이다. 시조의 인생 무대를 비추는 조명 장치와도 같은 것이 바로 달그림자인 것이다.

결국 한국의 하늘에 해보다 달이 더 많이 떠 있다는 것은 한국인들이 대낮보다 밤에 더 많은 관심을 표명했음을 의미한다.

> 달아, 뚜렷한 달아, 님의 동창 비췬 달아,
>
> 님 홀로 누웠드냐, 어느 낭자 품었드냐,
>
> 저 달아 본 대로 일러라 사생결단하리라

사랑의 장소는 모두가 밤이었으며 달은 그 밤, 생활의 증인이었다. 시조를 읽어보면 이상스럽게도 낮에는 낮잠 자는 이야기뿐이고 밤에는 거꾸로 "잠 못 들어 하노라"의 탄식들이 많이 나온다. 그런 점에서 노래 속에 나타난 한국인들은 부엉이와 비슷한 점이 많다. 가장 활동적인 낮에는 낮잠을 자거나 바둑을 두다가 밤이 되면 갑작스레 부산해진다. 거문고를 타고 술을 마시고 배를 띄우고 밤새껏 "잠 못 들어 하노라"의 넋두리로 지새운다. 그러기에 밤이란 말은 시조 작가들의 특허용으로서 서른두 번이나 『청구영언』에 등장하며 그 수식어도 실로 다양하여 '인적야심人寂夜心'이니 '월침삼경月枕三更'이니 '은한삼경銀漢三更' 등 가지가지이다. 한국인의 밤의 수식어는 '외로움'이나 '그리움'에서 파생되어 나온 것들이다.

그러나 서구인들에게는 그렇지 않다. 서구인들은 다음과 같은 괴테의 시처럼 극복의 언어로서의 밤을 노래한다.

> 너를 낳고 너도 또 아들을 낳는
> 저 사랑의 밤의 싸늘한 기운 속에서
> 조용히 촛불이 비칠 때
> 보다 드높은 계언契言으로
> 새로운 욕구가 너를 내세운다.

황진이의 "동짓달 기나긴 밤……"처럼 한국의 명시들은 밤 속에서 탄생한 것들이다. 낮을 그릴 때는 둔재요, 밤을 그릴 때는 천재였다.

인간의 사상도 하루의 변화와 그 구분처럼 나누어진다. 희망과 야심 속에서 출발하는 아침의 사상, 열정과 행동과 실천의 정오의 사상, 비탄과 절망 속에서 고요히 반성하는 황혼의 사상 등이 그것이다. 그렇다면 밤의 사상은 무엇인가. 밤은 나를 홀로 있게 한다. 모든 길을 막히게 한다. 침몰하는 존재이며 정지된 생명이다. 밤의 사상은 죽음과 이별의 사상이며 동시에 성스러운 휴식을 주는 침잠의 사상이다. 젊음이 아니라 늙음이고 해동이 아니라 사색이다.

밤과 낮이 교체하는 우주의 드라마 속에서 한국인이 노래 부른 것은 하늘, 높은 별, 뜨거운 태양이 아니라 그것들과 등진 밤의 노래였다. 그것이 한국의 노래였다.

땅의 이미지 / 산수山水의 상징

서양에서는 르네상스 때까지 산의 아름다움을 몰랐다. 시에도 르네상스 이전에는 산을 소재로 한 것이 없다. 그들은 알프스산을 가지고 있으면서도 그 산을 아름답다고 생각지 않았다. 서양 사람들은 산을 지상의 치욕이며 교통을 방해하는 것이라 생각했으며 알프스산은 아름다운 롬바르디아의 평원을 만들기 위해 지상의 먼지를 쓸어올린 쓰레기터 정도로 생각했다. 한니발 장군이 알프스를 넘은 것은 산악의 아름다움을 정복하려 한 것이 아니라, 로마인을 지배하기 위한 수단에 지나지 않았다.

한니발은 대군을 이끌고 알프스의 언덕에 이르렀을 때 "우리는 지금 이탈리아의 성벽에 다다랐다. 아니 로마의 성벽에 다다른 것이다"라고 외쳤다. 한니발의 말 그대로 그들은 산을 하나의 성벽으로밖에 생각지 않았다.

서양인들이 산의 자연미를 발견한 것은 르네상스 이후의 일이다. 기록을 찾아보면 시인 단테는 등산을 위해 등산을 한 최초의 사람이었을 것이라고 역사가 부르크하르트는 증언하고 있다.

그러나 그들의 등산은 순수한 산의 자연미를 구하기 위한 것이 아니라 높은 세계의 동경과 영혼의 고양을 즐기기 위한 인간적인 오만성으로 윤색되어 있다. 그러나 동양인은 그 산에서 삶의 태도를, 우주의 근원 같은 것을 보고 있었다.

공자는 동산東山에 올라가 자기가 태어난 노나라가 얼마나 작은가를 보았으며 태산에 올라가서는 천하가 얼마나 작은 것인지를 깨달았다. 인간의 긍지를 자랑하기 위해서 그들은 산을 찾아간 것이 아니라 자연과 섞이는 호연지기浩然之氣를 누리기 위해서 찾아간 것이다. 이렇게 산에 대한 태도가 서양인과는 정반대이다. 비록 한니발처럼 로마를 정복하려고 산악을 넘지는 않는다 하더라도 그들의 등산은 불가능에 대한 도전이며 인간 능력의 시험이다.

인간의 힘을 증명하기 위해서 그들은 융프라우의 빙벽에 도전하고 마터호른의 빙하에 자일을 걸었다. 16세기의 작가 콘라트 게스너는 이렇게 말했다.

"내가 생명이 있는 한, 한 해에 몇 번이고 산에 오르기로 하자……. 발밑에 펼쳐진 거대한 군산群山을 바라보며 운표에 서는 것이 얼마나 상쾌한 일인가. 나의 영혼은 이 높은 곳에 이르러도 취와 가장 드높은 인간의 이상을 맛볼 것이다."

그러나 한국의 은자隱者들이 찾아간 산의 의미는 결코 그러한 인간 정신의 투쟁력 때문이 아니라 자기가 인간인 것을 망각하기 위해서, 속세의 먼지를 털기 위해서, 마치 아이가 어머니의 품에 안기듯 그들은 산을 찾아간다. 찾아간다기보다 돌아가는 것이다.

「청산별곡」의 첫 행처럼 "살어리 살어리랏다 청산에 살어리랏다"라고 노래 부르면서 그들은 삶의 터전을 산으로 정한다. 그들은 그 산의 "올 이도 갈 이도 없는" 밤의 쓸쓸함을 알지만 그 쓸쓸함을 이기는 길이 은자에의 길이라고 믿기 때문에 그들은 산으로 향한 것이다.

"인자仁者는 산을 찾고 지자智者는 물을 찾는다"는 『논어』의 정의 또한 같은 내용의 것이다. 즉 그들은 산의 이미지를 그대로 군자의 이미지로 본 것이다. 『청구영언』의 시인들의 사상의 밑바탕도 바로 거기에 있다. 이러한 점은 그들의 시조에 등장하는 지명에서도 드러난다.

오늘날 우리가 감자바위라고 푸대접하고 있는 강원도가 가장 많은 빈도수로 그들의 노래에 등장하고 있는 것도 그곳에 그들의 이상인 그 아름다운 산이 있기 때문이다.

이렇게 그들은 벌판의 노래가 아니라 산의 노래를 부르고 있었다. 벌판의 노래가 도시적이고 사회적인 것이라면 산의 노래는 그만큼 비사회적인 은둔성을 나타낸 것이다.

생활에 지치고 인간의 문명에 회의를 느낄 때 그들은 산을 찾는다. 그러므로 산은 구중궁궐이 있는 환해宦海와 대조적인 이미지로서 그려지고 있다. 산의 상징성은 침묵과 부동이며 픽스드(고정된) 이미지이다. "말 없는 청산靑山이요……", "산은 옛산이로되……" 등의 발상법이 한국인이 추구한 인격의 세계였던 것이다. 산을 좋아했다는 것은 변화를 싫어하고 요설饒舌을 좋아하지 않았던 한국인의 마음을 그대로 투영시킨 것이라 할 수 있다.

그러나 한국인의 이미지는 반대적인 것을 서로 조화시키는 대조적인 세계에서 찾고 있기 때문에 언제나 산이 나오면 그 옆에 물이 등장한다. 산수는 자연의 이미지를 양분해놓은 기본적인 이미지이다. 물은 흐르고 변하며 태가 없다. 유동적이고 시간적인 물의 이미지는 산의 그것과 상반되는 성격을 지니고 있다. 한국의 노래에 나타난 물은 산과 마찬가지로 유교적인 것을 배경으로 하고 있다.

공자가 탄식한 것을 우리는 별로 본 적이 없다. 제자들이 죽음에 대해서 물었을 때도 "생生을 다 알지 못하는데 어찌 죽음을 논하랴"라고 말했던 공자의 철저한 현세주의도 흐르는 강물 앞에서는 깊은 한숨을 들이쉬며 "가는 자 다 이와 같을까. 밤낮으로 흘러서 쉬는 일이 없구나"라고 독백했던 것이다. 그는 잠시도 쉬지 않고 어디론가 자꾸 흘러가는 강물에서 시간 안에서 멸해가고 있는 인간들을 본 것이다.

템스강 위의 런던교를 지나는 그 많은 사람들을 시간이 멸했다고는 생각할 수 없다던 엘리엇의 탄식과 다름이 없다. 물은 한 번 흘러가면 두 번 다시 돌아오지 못한다. 잠시도 멈추지 않는 세월의 허무감이 흐르는 강물 위에 나타나 있다. 황진이가 벽계수의 말고삐를 잡고 인생의 운명을 보여준 것도 그 강의 흐름을 통해서였다.

그러나 한국인들은 강물에서 허무만을 바라보지는 않는다. 물 옆에는 변하지 않는 빙고의 푸른 산이 있다. 한국인이 찾는 이상은 산에도 있지 않고 물에도 있지 않다. 상극하고 있는 듯한 동과 정, 변과 불변, 형과 무형의 그 산수의 이미지를 합쳤을 때 비로소 그곳에 생의 낙원이 열린다.

「유산가遊山歌」에서 보듯이 산수로 표상되는 자연 묘사는 매우 힘차고 건강하다. 결코 루소파들의 감상적 자연이 아니다.─조물주의 손을 떠날 때 모든 것은 착하고 어진 것이나 인간의 손에 의해서 그것이 악화된다고 루소는 말한다. 인간이 문명이란 병에 의해서 만신창이가 되었고, 그럼으로써 그들은 자연까지도 그들과 "같이 뒤집어놓고 변형시키고 기형화하고 괴물로 만든다"는 것이다.

인간 생활을 그리는 데는 병적이었으나 자연을 노래할 때에는 그 음성이 매우 낭랑하다. 한마디로 말해서 한국의 시가에 나타난 산수의 상징은 인간의 근원적인 두 가지 생명력, 영원을 향한 의지와 순간을 향한 의지의 결합이었다.

그런데 이상스러운 것은 우리가 그렇게 청산과 녹수綠水를 사랑하였으면서도 한국의 산수처럼 황폐해가는 것도 드물었다는 사실이다. 청산은 붉은 산이 되고 강물은 매몰되어 모래밭이 되어간다. 이 아이러니는 인간의 이미지에서 동떨어진 산수 자체의 아이러니이기도 하다.

땅의 이미지 / 화花·조鳥의 이미지

산수와 마찬가지로 생물의 이미지도 언제나 대조적으로 그려지고 있다. 꽃은 말이 없고 움직임이 없다. 그러나 새는 움직이고 노래한다. 한국인은 극단보다 양면적인 전일성의 조화를 추구하고 있기 때문에 꽃과 새 역시 이미지의 러닝메이트가 되는 것이다. 꽃은 새처럼 되고 새는 꽃처럼 된다.

우선 한국인이 즐겨 노래 부른 새의 이미지를 보면 곧 그것을 그린 사람의 마음의 심상心象을 읽어볼 수가 있다. 독수리와 매는 투쟁력과 용기의 상징이고 나이팅게일과 쿡은 영혼을 흔드는 천재적 음악가이다. 공작새는 화려한 색정色情을, 비둘기는 평화를,

까마귀는 음산한 죽음을 나타내고 있다. 오늘날에도 새의 성격에 의해 인간의 태도나 사상을 구분하는 상징법이 그대로 쓰이고 있다. 월남전을 에워싼 미국민의 세 가지 태도를 지칭한 매파 주전론자主戰論者, 비둘기파 화전론자和戰論者, 물오리파(절충파) 등이 그 것이다.

영시英詩의 경우를 예로 들면 정복을 일삼던 초기에는 독수리와 매를 그렸고, 도시국가의 팽창기인 근대(고전주의)에는 새를 거의 그리지 않았으며, 낭만주의 시대인 19세기에는 청각을 즐겁게 하는 많은 새들이 등장한다. 나이팅게일, 쿡, 종달새 등이 그 대표적인 것이었고 미국에서는 티티새, 로빈 등으로 바뀐다. 이것은 낭만주의자들이 이성보다는 감성에 의해서 삶의 진실을 찾으려 한 까닭이다. 그래서 시각적인 것보다는 청각적인 것을, 노출되어 있는 것보다는 은폐되어 있는 데서 생의 호기심을 충족시키려 한 것이다. 소리만 들리고 눈에 보이지 않는 새들, 그것은 낭만주의적 인생관이다.

그러면 한국의 시에 나타난 새의 이미지는 어떠한가?

신라의 향가에는 새가 한 마리도 등장하지 않는다. 색채 용어는 풍부하나 청각 용어는 빈약하다. 그만큼 그들은 시각적 이미지를 중시했던 것이다. 그러므로 그들의 시는 지적이고 정적인 것이었다. 그러나 고려가요에 이르면 그 정적인 세계는 깨뜨려지고 주위는 갑자기 시끄러워진다. "얄리얄리 얄라셩 얄라리 얄라"

니, "위 두어령셩 두어령셩 다링디리"이니, "다리러디러 다로러 거디러"니 하는 의성적 후렴구의 부산한 소리들이 인간의 청각을 두드리며 호소한다.

그러나 조선 시대에 오면 그 시각적인 세계도 청각의 세계도 사라져버리고 관념의 세계만이 남는다. 새들이 등장하긴 하지만 그 울음소리는 들을 수 없다. 울지 않는 새들이 관념을 대변하기 때문이다. 백로白鷺, 백구白鷗 등이 그것이다. 조선인들은 부록에서 보듯이 새의 소리보다는 그 형태나 성격에 더 관심을 둔다.

현실의 새가 아니라 눈으로 보는 새이고, 감각이 아니라 관념의 새장에 갇힌 새들이라는 점에 특징이 있다. 날쌔지도 않고 힘세지도 않고 울지도 않으면서 조는 듯 한자리에 서 있다. 그 백로나 학, 그것은 점잖고 조용하다. 나쁘게 말하면 비활동적이다. 이러한 새들을 즐겨 노래 불렀다는 것은 한국인의 성격이 독수리나 매로 상징되는 영웅적인 서구인들의 성격과 반대였다는 것을 암시한다.

"까마귀 싸우는 골에 백로야 가지 마라"는 시조에서도 분명히 나타나 있듯이 싸우지 않는 새들이야말로 한국인의 이상이었다. 그래서 그들은 다음과 같은 시조를 지었던 것이다.

어와 저 백구白鷗야 무슴 수고 하느슨다
갈숲으로 바장이며 고기 엇기 하는괴야

날같이 군마음 없이 잠만 들면 엇더리

— 김광욱金光煜

    비록 칭찬하는 백구일지라도 그 새가 먹이를 위하여 물가를 서성대는 모습을 한국인은 경멸한다. 조용히 그림처럼 서 있는 그런 새만을 그들은 좋아한다. 사랑을 상징하는 새들 역시 마찬가지다. 자유롭게 하늘을 날아다니는 새가 아니라 물 위에 둥둥 떠있는 날개가 거세되어버린 한 쌍의 원앙새, 그것이 한국적 애정의 상징이다.

> 만경창파지수萬頃槍波之水에 둥둥 떴는 부락금이 게오리들아
> 비슬 금성 중경이 동당 강성 너시 두루미들아 너 떴는 물 깊이를
> 알고 떴난
> 우리도 님 걸어두고 깊이를 몰라 하노라

    이 시조에서 보듯이 애정을 나타낸 새들은 물과도 같은 마음 위에서 부유浮游하고 있다. 의존적인 동시에 부랑浮浪하는 의미가 섞여 있다. 물론 원앙새는 짝을 지어 다니는 금실 좋은 새라 하여 애정을 상징하지만 그 동작이 둔하고 조용하다는 점에 있어서 물가에 서 있는 해오라기와 다를 것이 없다. 백구나 원앙새나 한국적인 새들은 모두 하늘보다는 물과 관계가 있고 날아다니는 것보

다는 한곳에 머물러 있는 데 특징이 있다. 날아다니고 우는 것이 새의 특징이다. 그러고 보면 조선인들은 가장 새답지 않은 새들을 사랑했다는 이야기가 된다.

이것은 감각을 극도로 억제하고 동적인 열정보다는 정적인 명상주의로 흐른 조선 시대 문화의 특징에서 비롯된 것이라고 볼 수 있다. 그 증거로 서민층이 지은 사설시조에는 백송골白松鶻(매)이 백구를 대신해주고 있다. 점잖고 무기력한 군자의 새가 아니라 매는 투쟁적이고 육감적이고 활동적인 새다. 상인 계급에겐 문약文弱에 침식되지 않은 원시적 생명력이 있었던 것이다.

꽃인들 예외일 수는 없다. 한국을 상징하는 꽃은 색깔이 없거나 짙지 않다. 『청구영언』에 수록된 시조 가운데 탐스런 모란꽃은 단 한 번밖에 나오지 않는다. 도화가 랭킹 제1위를 차지하고 있지만, 그 색이 번잡스럽다 하여 사대부가 즐길 만한 꽃이 아니라고 비난을 하기도 했다. 그들이 좋아한 꽃은 한결같이 선이 가늘고 작으며 향기가 은은한 것들이다. 같은 꽃이라 하더라도 여요麗謠 「만전춘」에 그려진 도화는 매우 요염한 데 비해 시조 속의 도화는 그런 육감적인 요소가 제거되어 있다. 인간의 관능을 가장 직접적으로 표현해주는 꽃마저도 군자적인 기품에 의해서 그 가치를 설정했던 것이다.[11]

---

11) 중국 속담에 "도이불언桃李不言, 하자반혜下自反蹊"란 말이 있다. 그것은 도이桃李가 오

기독교의 백합은 서구로 가서는 장미로 변하여버린다.[12]

장미가 『성서』에 한 번도 등장하지 않은데도 불구하고 단테의 『신곡』에서는 그것이 기독교적 이미지로 사용되고 있다. 성 암브로시우스도 장미의 가시를 가지고 기독교적 설화를 꾸미고 있다. 장미가 이 지상의 꽃이기 전에 그것은 파라다이스의 꽃이었다는 것이다. 그때는 장미에게 가시가 없었는데, 인간이 죄를 저질러 은총을 잃어버림으로써 그 죄를 상기시켜주기 위해서 가시를 돋게 하였다는 것이다.

성모 마리아를 '가시 없는 장미'라고 부르는 이유도 거기 있는 것이다. 왜냐하면 그는 원죄를 면제당했기 때문이다. 그러나 이런 여러 설화에도 불구하고 이 꽃은 기독교적이 아니다. 장미의 그 감각적인 색채에는 기독교 문명의 특징이라고 할 수 있는 순결과 외로움이 배어 있지 않는 것이다.

이러한 현상은 감각적인 꽃의 이미지를 유교적인 윤리적 이미지에 억지로 맞추려 했던 한국의 시조에서도 찾아볼 수 있다. 전술한 바와 같이 여요의 육감적인 도화는 조선 시대에 오면 무릉

라는 말을 하지 않아도 사람들은 그 꽃을 구경하고 그 열매를 따 먹고자 스스로 온다는 뜻이다. 역시 은은한 정치情致로서의 도이인 것을 엿볼 수 있다.

12) 장미 사전薔薇事典을 보면 십자가에 못 박힌 예수의 피가 방울방울 떨어진 곳에 모든 장미 중에서도 가장 아름다운 모스 로즈Moss Rose가 피었다고 한다.

도원의 고사와 결합하며 은자들의 벗으로 바뀌어진다. 그들의 문화는 요점이 관념적인 것에 있었기 때문이다. 이러한 문제, 대상을 심미적인 눈으로 보느냐 관념으로 보느냐 하는 것은 한 문화의 성격을 가르는 데 매우 중요한 역할을 한다.

불교의 연꽃은 그것이 진흙 속에서 피어나는 데 그 상징성이 있다. 진흙은 번뇌이며 속세의 괴로움이다. 진흙 속에서 꽃이 피어나듯 속세의 번뇌 속에서 그들은 열반의 꽃을 피우려고 했던 것이다.

주무숙周茂叔은 "많은 사람들이 목단을 사랑하지만 나는 연꽃을 사랑한다. 그것은 연꽃이 더러운 진흙 속에서 나서 아름다운 꽃을 피워 더러움에도 물들지 않고, 맑으면서도 요염하지 않고, 속이 비어 사심이 없고 줄기나 가지가 많지 않아 흔들리지 않기 때문이다"라고 연꽃을 찬미했다. 그들은 연꽃을 아름다움을 통하여서 보려 하지 않고 그들의 관념으로 보려고 했던 것이다.

이런 관념적인 꽃의 윤리관은 한국의 경우에도 마찬가지다. 유교적인 지조는 서리 속에서 피는 국화에 의해서 상징된다. 진흙에서 꽃이 피는 것이 공간적인 역설이라 한다면 서리에서 피는 국화는 시간적인 아이러니이다. 이러한 아이러니는 감각보다 인간의 관념을 더 자극한다. 공자가 은곡隱谷에서 무성하게 자란 향란香蘭을 보고 길게 탄식한 것도 그 난 자체의 아름다움에서보다는 난초가 홀로 골짜기에 숨어서 향기를 풍기고 있다는 점이 그의 마음을 자극한 때문이었다. 그는 그때 자기의 포부를 펴보려고 사방의 제후들을 순방했었다. 그러나 아무도 그의 뜻을 받아주지 않았고 그리하여 그는 쓸쓸히 자기의 고향으로 돌아오면서 그 난초를 봤던 것이다.

그는 말했었다.

"난초는 마땅히 왕자를 위하여 아름다워야 하거늘 어찌 이곳에서 잡초와 함께 있는고!"

그는 수레를 멈추고 그곳에서 내려 그 난초를 위하여 거문고를 탔었다. 때를 만나지 못한 자신의 아이러니를 그는 그 난초에게서 본 것이다. 공자에게는 이런 아이러니가 많다.

한번은 공자가 '경'이라고 하는 악기를 타고 있었다. 지나가던 사람이 그 노래를 듣고 "비루한 인간이로구나. 세상이 자기를 알아주지 않으면 물러설 것이고 알아주면 나올 것이지 무얼 그렇게 속세에 집념이 있어서 저런 음악을 타고 있는가"라고 힐난했다.

그래서 공자는 대답해주었다. "인간은 인간이기 때문에 인간 사이에서 살아야 한다. 새와 짐승들 틈에서는 살 수가 없다"라고.

이것은 인간이 인간 사이에서 살아야 옳으냐, 아니면 자연에서 살아야 옳으냐 하는 매우 중요한 문제를 던져준다. 한국인은 이 두 가지의 문제 중에서 그 어느 것에 찬표를 던졌던가. 한국인은 지나가는 행인의 편이었다. 그래서 그들은 세상을 위해서 공자처럼 일하려 하지 않고, 알아달라고 애타게 음악을 타지 않고 백로와 갈대꽃이 우거진 고향으로 낙향落鄕했던 것이다. 그들은 나귀를 타고, 소를 타고, 도롱이를 쓰고 보퉁이를 메고 고향으로 돌아갔다. 고요히 백로가 섰는 노화蘆花가 사그락거리는 그 고향으로……. 그곳에서 그들은 낚싯대를 던져두고 세월을 보냈었다. 세월이 흘러서 백발이 돋아 바람에 나부끼기를 기다렸었다. 백발이란, 다시 말하여 '노老'란 동양인에게 한 이상이고 완성의 개념이었던 것이다.

이 '노老'를 표현하는 일이 우리의 시조와 회화의 과제였다. 백로가 서 있고 갈대들이 한편으로 쓰러지고 산들이 멀리 가까이 둘러선 그 자연에서의 백발이 성성한 은자! 그것이야말로 정적인 미의 극치이지만 그러나 한국인은 그것을 감수성으로서가 아니라 관념으로서 떠올렸던 것이다.

관념과 현실에 대해서 지드는 매우 흥미 있는 대화를 『사전꾼들』이란 그의 소설에서 전개시키고 있다. 이 소설의 주인공인 에두아르는 "흔들거리는 갈대를 보고 바람을 알 수 있는 것이나 마찬가지로 관념 또한 인간을 통해서만 알 수 있다"고 말한다.

베르나르는 이에 반박한다.

"그러니 바람은 갈대와는 아무 관계없이 존재합니다."

"음. 그건 나도 알고 있어. 관념은 인간에 의해서 존재하지. 그런데 그게 바로 비장한 점이거든. 관념은 인간을 희생시킴으로써 살아가는 것이니까."

그것은 이미 우리가 정의한 바와 같이 접동새의 울음이 한 송이 꽃으로 피어나는 과정과 같은 것이었다.

　　우리는 마지막으로 접동새의 울음에 한 번 더 귀 기울여보자. 접동새는 그의 한을 밤 내 울고, 그 한이 맺힌 피눈물이 방울방울 떨어진 자리에서 새빨간 진달래가 송이송이 피어났었다. 그 새의 울음소리는 모든 만물이 깊이 잠든 밤에 산중에서 흘러나오고 그러므로 그 꽃은 그 밤이 지새는 새벽과 아침에 고요히 핀 것이다.

　　우리는 이 새와 꽃을 통해서 한국인이 현실을 관념으로, 슬픔을 기쁨으로 정화시키고 한을 아침의 꽃으로 피어나게 한 정신력을 볼 수 있다. 그들은 하늘의 이미지이며 동적 이미지인 '새'를 땅의 이미지이며 정적 이미지인 '꽃'으로 변조시켰다. 그리고 나는 새라고 할지라도 할 수 있는 한 변화가 없는 날지 않는 백로와 같은 희고 고요한 이미지의 새로 바꾼 것이다.

　　조선조의 선비들이 환계宦界를 버리고 강호로 찾아든 것도 그 새가 꽃으로 화한 것과 같은 의미의 이야기인 것이다. 그들의 새는 날지 않는다. 울지 않는다. 지상으로 내려오고 지상의 한 꽃이 된다. 그것이 우리의 한恨의 꽃인 진달래인 것이다.

한과 웃음

접동새의 노래

우리의 먼 옛날 조상들이 즐겨 노래 불렀던 새 한 마리가 있다. 이름도 다채로워 수십 종이 넘지만, 우리는 흔히 접동새나 소쩍새라고 부르는 후조候鳥가 그것이다. 천년 전「정과정곡鄭瓜亭曲」도 그 새의 서글픈 울음소리로부터 시작된다.

> 내 님을 그리며 우는 모습은
> 산접동새와 비슷하오이다

임을 그리며 애타게 우는 자기 모습이 마치 한 마리의 접동새와도 비슷하다는 탄식이다. 조선조의 시조에도 그리고 오늘의 시인들의 시에도 그 접동새의 울음소리가 그치지 않고 여전히 흘러 내려온다.

이 몸이 시어져서 접동새 넋이 되어

이화梨花 핀 가지 속잎에 싸였다가

밤중만 살하져 우리 님의 귀에 들리리라

—고시조

한 송이 국화꽃을 피우기 위하여

밤마다 소쩍새는 그렇게 울었나보다

—서정주徐廷柱

이름만이 달리 불리어졌을 뿐 그 옛날 고려의 시인이 임을 그리며 불렀던 것이나 조금도 다를 것이 없는 그 새이다.

대체 그 접동새는 어떠한 새이기에 그토록 많은 사람들의 가슴속에서 천년이나 긴 세월을 한결같이 울어왔는가?

많은 까닭이 있었을 것이다. 그러나 무엇보다도 그 이유를 알기 위해서는 그것이 다른 새들과 어떻게 다른 목청으로 울고 있나를 들어보지 않으면 안 된다. 만약 서양 사람이라면 키츠가 나이팅게일의 울음소리를 듣고 말했듯이 "외로워라forlon!", "서러운 노래여Plaintive anthem"라고 할 것이다.

그러나 한국인들은 서구적 언어로 번역될 수 있는 슬픔이니, 외로움이니, 쓸쓸함이니 하는 그러한 평범한 말로는 결코 그 울음소리를 정의하려 들지 않는다. 그들은 그것이 바로 '원한'의 울음소리임을 알고 있기 때문이다. 그냥 쓸쓸한 것이 아닌, 그냥 슬픈 것이 아닌, 그리고 외롭고 답답하고 분한 그런 것과는 좀 더 다른 원과 한이 맺힌 소리인 까닭이다. 그 미묘한 정감의 차이를 식별할 줄 아는 우리에게 접동새의 그 울음소리는 원망하는 소리처럼 들린다. 그것은 증오 속에서 이를 갈며 앙탈하는 소리가 아니라 원망하면서도 조용히 돌아서서 우는 울음소리이다.[13]

그러나 길게 여운을 그리며 끝없이 되풀이되는 그 음향 속에서는 자기 가슴만을 쥐어뜯는 그런 비탄만이 있는 것이 아니다. 뒤돌아보며 하소연하는 미련의 끈질긴 눈물이 거기에는 있다. 그렇기에 접동새는 나라를 버리고 산속에 숨었던 촉나라 망제의 넋이라는 전설이 있고 한 번 울면 피를 토하며 쓰러질 때까지 울고야 만다는 이야기도 생겨나게 된 것이다.

둘째로 접동새는 밤에 운다. 그것도 깊은 한밤중, 모든 것이 잠들어 있는 그런 시각에 홀로 깨어 우는 것이다.

미네르바의 부엉이[14]가 '밤의 행동자'라 한다면 접동새는 '밤

---

13) 한국인의 한恨은 사랑하고 실패한 데서 오는 것이 아니라 사랑하지 못하는 슬픔 속에서 우러나온 것이다. 그들은 사랑을 얻으려고 하지 않고 얻을 수 없다고 생각한다. 그래서 그들의 노래는 체념과 단절의 슬픔이 밴 비곡이 그 대부분인 것이다. 그것은 분명 분노보다는 비탄에 젖어 있는 소리이다.

14) '미네르바의 부엉이'는 숲속에 어둠이 깔려야 비로소 날갯깃을 세우고 날아 다닌다지만 접동새는 어둠이 온 누리를 덮을 때에야 비로소 목청을 뽑는 것이다. "미네르바의 부엉

의 고백자'라고 할 수 있다. 모든 생명은 휴식하기 위해서, 침몰하기 위해서 밤을 자고 있다. 그러나 접동새는 어둠을 견디기 위해서, 생각하기 위해서 어둔 밤을 붉은 피로써 노래한다. 밤에도 잠들지 못하는 가장 불행하고도 처절한 새이다.

셋째로 접동새는 밤에 우는 새이다.

나뭇잎이 지는 가을밤의 새소리가 아니다. 그것은 겨울 들판의 폐허와 죽음을 예고하는 가을 새들의 울음소리와는 그 정감부터가 다르다. 그렇다. 우리가 접동새의 노래에서 가장 주목해두어야 할 만한 것이 있다면 바로 그것이다.

접동새가 그렇게 밤새껏 울고 간 그 숲속의 자리에는 무엇이 있는가? 낙엽과 서리와 싸늘한 눈발이 아니라 그곳에는 어제까지 없었던 진달래의 붉은 꽃잎들이 피어난다. 그 어둠의 고통과 원한은 환한 하나의 꽃송이로 현신現身한다. 극極으로 화한 변신의 기적이 거기 대낮의 봄볕 속에서 향그럽게 피어 있다.

전설은 이렇게 말한다. 접동새가 흘리고 간 한 방울 한 방울의 그 피눈물이 땅에 떨어지면 그 자국에서 핏빛 진달래가 피어난다고…….15)

이는 황혼이 짙어지자 날기 시작한다"는 헤겔의 철학 중에서 나온 말이다. 철학에서는 그 추사성追思性을 비유한 말이지만 일반적으로는 이성理性 및 비생명적인 것 등을 의미한다.

15) 접동새의 피눈물이 한 방울 한 방울 떨어진 곳에 피어난 진달래꽃이란, 다시 말하면

이 접동새의 울음소리야말로 다름 아닌 우리 시인들의 노래와 가장 닮은 데가 많다. 어느 나라의 시도 다 그렇지만 욕심을 내서 말하자면 접동새의 그 울음 속에서 피어난 꽃, 그것이 한국의 시이며 천년을 두고 불러온 우리 노래의 정감을 그대로 상징해준 것이라고 볼 수 있다.

시가에서 찾아볼 수 있는 한국인의 정감은 접동새의 울음소리에서 느낄 수 있는 바로 그 원怨과 한恨이다. 그리고 그런 정감은 대낮이 아니라 가장 어둡고 고요한 밤 속에서 흘러나온다. 한국의 노래를 키워준 것은 그 밤이다. 그러면서도 그 눈물은 환한 진달래로 화평하고 잔잔한 침묵의 미소를 지닌 꽃으로 화한 것이다.

천년을 두고 울어온 접동새의 노래, 고통에서 울음으로, 울음에서 다시 꽃으로 바뀌어간 한국인의 정서와 그 시의 비밀을 한 오라기씩 우리는 여기에서 풀어헤쳐 보기로 하자. 옛 시인들이 기록한 퇴색한 문자들에 조용히 귀를 기울이면 어둔 숲속에서 울려오는 그 접동새의 노래가 은은히 우리의 귀청을 울려줄 것이다.

한국인의 한이 맺힌 시가이다.

이 전설은 서구의 수많은 시의 기저를 이루고 있는 나르시스의 신화와 그 발상이 매우 방불하다. 나르시스는 그의 얼굴에 취하여 죽는다. 그리고 그가 죽은 곳에서 한 송이 순결한 수선화가 피어난다. 서구인들은 끊임없이 집중과 탐구를 통해서 한 송이의 수선화, 즉 하나의 시에 이르지만, 한국인은 가슴에 맺힌 한이 피눈물로 떨어진 곳에서 한 송이 진달래, 하나의 가락을 얻는 것이다.

사랑의 원가怨歌

원한이란 무엇인가. 그것은 남과의 관계에서 일어나는 감정이다. 자기의 슬픔이 남에게 향할 때, 슬픔은 원한으로 바뀐다. 절망과는 다르다. 절망은 끝나버린 것이다. 더 이상 기대를 갖지 않는 감정이다. 원한이 절망과 다른 것은 타다 남은 재가 불꽃에서 떠나지 못하는 미련의 감정이 있기 때문이다. 한국인이 노래 부른 사랑은 잃어버린 사랑에 대한 절망이 아니라, 또 자기를 버린 임에 대한 증오가 아니라, 끝내 이루지 못한 그 사랑의 집념이며 미련이다. 희망도 절망도, 그리고 복수도 용서도 아닌 그 중간 지점에서 어렴풋이 떠오르는 아지랑이, 그것이 바로 애를 끊는 원한이며 한국인들이 부른 연가의 가락들이다. 그러므로 그 원한의 노래는 대개가 다 이별의 노래로 시작된다. 사랑의 노래는 곧 이별가인 셈이다. 사랑의 기쁨이나 연인을 찬미한 연가가 우리에겐 거의 없다. 헤어짐을 통해 도리어 사랑과 만나는 그 역설 속에서 우리 사랑의 노래는 흐느낌 소리처럼 이어 내려왔다.[16] 이별가의 서막은 고려가요의 「가시리」로부터 시작된다. 「서경별곡西京別曲」

---

16) 「가시리」의 애절한 가락은 황진이를 거쳐서 천년 뒤의 소월에 이르러 그 절정을 이룬다. 소월은 노래한다. "가시는 걸음걸음 놓은 그 꽃을 사뿐히 즈려밟고 가시옵소서"라고, 소월이 가는 임에게 뿌려주겠다는 꽃이란, 다만 꽃이 아니라 한국인의 피맺힌 한이 떨어져 핀 꽃인 것이다.

도 마찬가지며 영원히 헤어지지 말자는 「정석가鄭石歌」 역시 그 밑바닥에 흐르는 감정은 이별의 노이로제이다.

　　어져 내일이여 그릴 줄을 모르다냐
　　이시랴 하더면 가랴만은, 제 구태여
　　보내고 그리는 정은 나도 몰라 하노라

　　　　　　　　　　　　　　　　　—황진이黃眞伊

　이 시조에서도 알 수 있듯이 중요한 것은 이별 그것이 아니라 이별의 태도와 그 감정의 뉘앙스이다. 임의 소매를 붙들고 늘어지는 그런 이별이 아니라 말없이 조용히 돌아서는 이별이었고 임을 싣고 가는 사공에게 엉뚱하게 눈을 흘기고 원망하는 그런 이별이었다. 만약에 「가시리」나 「서경별곡」이나 시조의 숱한 이별 장면들이 말리고 떠나는 극적인 싸움으로 나타나 있었더라면 결코 이별의 그 연가들은 원한의 노래로 되어지지는 않았을 것 같다. 잡고 또 잡아도 매정스럽게 뿌리치는 임이라면 거기엔 이미 어떤 가능성도 기다림도 없는 절망만이 있게 된다. 사랑의 맹세는 쓰디쓴 배신으로 돌아온다. 애정은 증오로 변하고 사랑의 나날들은 저주로 바뀔 것이다.
　그러나 한국인은 강요하지 않는다. 한국인은 가는 임을 붙잡으려 하지 않는다. 잡으면 잡을 수도 있다고 생각하면서도 그들은 그냥 "보내고 그리는" 것이다. 그러므로 형식상 그 이별은 임이 자기를 버리고 갔다기보다는 자기가 그대로 보내준 것으로 되어 있다. "잡사와 두어리마라난······(잡으면 제가 설마 떠날 리야 있겠느냐마는)"의 그 가능성이 남아 있는 한 이별은 사랑의 종말일 수 없다. 그리고 가는 임을 적극적으로 말려보지 못한 그 이별의 장소에는 임이 돌아올 것인지, 영영 돌아오지 않을 것인지, 임이 싫어서 떠난 이별인지, 그가 보내준 이별인지 뚜렷한 해답이 있을 수가 없다. 이 도령과 돈 후안은 구별되지 않는다.

한국의 임은 모두들 그렇게 떠났고 그렇게 떠나보냈다. 어리석기 때문에 그랬던 것이 아니라 오히려 현명한 탓으로 그들은 그냥 보내주었는지도 모른다. 진상을 확인하고 싶지 않은 감정, 비극을 은폐하고 보류해두려는 태도, 자기 합리화의 여지를 남겨두고자 하는 그 마음이 한국인들의 인생을 대하는 태도였다.

『돈키호테』를 읽어보면 참으로 재미있는 장면 하나가 등장한다. 종이와 바가지로 투구를 만들어놓고 돈키호테는 그것이 얼마나 단단한가를 시험하기 위해 칼로 내리친다. 투구는 일격에 깨지고 만다. 그는 다시 생철로 부서진 투구를 보강해놓고 또 한 번 시험하기 위해 칼을 휘두른다. 그러나 돈키호테는 칼을 내리치다 말고 이렇게 말하는 것이다. "때려보나마나 이 투구는 깨지지 않을 것이다. 이만하면 세상에서 제일 튼튼한 투구일 테니까." 하지만 사실은 이번에도 또 깨어지고 말 것이라는 정반대의 불안이 그의 마음을 휩쓸고 있는 것이다. 그렇기에 그는 확인하려고 하지 않는다. 자기의 꿈이, 믿음이, 희망이 산산조각이 되는 사실을 목격하고 싶지 않은 것이다. 시험해보지 않는 한 깨어지지 않을지도 모른다는 그 가능성만은 그리하여 영원히 남게 되는 것이다. 정확하게 말하면 보류해둔 가능성이다. 돈키호테는 그것을 믿고 살아간다.

떠나는 임을 왜 잡지 않았는가. 그것은 돈키호테의 투구와 조금도 다를 것이 없다. 사실을 증명하는 절망보다는 사실을 덮어두는 위안을 차라리 그들은 택한 것이다. 흔히들 임을 잡지 않고 고이 보내주는 것을 한국 여인들의 헌신적인 사랑이라고 해석한다. 참고 견디는 순수한 자기희생을 아름다운 사랑으로 보았기 때문이다.[17]

그러나 그것은 차라리 기독교적인 사랑일 수는 있어도 전통적인 한국의 애정을 풀이한 것은 못 된다. 그 증거로 한국의 연가에는 자기를 떠난, 임의 행복을 기원해주는, 좀 더 구체적으로 말하면 자기가 아무리 괴롭고 불행해진다 하더라도 임이 행복하다면

---

[17] "임이 사랑해주신다면 서경도 길쌈도 다 버리고 따라가겠다"라고 「서경별곡」의 여인은 말한다. 우리는 "사랑해주신다면"이라는 그 가정에 주의를 기울일 필요가 있다. 사랑해주신다면 따라가겠다고 하는 것은 그의 감정을 극단으로 밀어올려 승화시킨 사랑의 완성이 아니라 사랑을 하기 위한 조건이요, 흥정인 것이다. 헌신이란 어떠한 조건 위에 세워진 것이 아니라 순수하게 '줌'을 말한 것이다.

임을 위해서 자기를 희생하겠노라는 단 한 편의 시도 없는 것이다. 그들은 관대하게 임을 보내놓고 가버린 임의 무정을 원망한다. 대동강만 지나면 임은 다른 꽃을 꺾게 되리라고(「서경별곡」) 그들은 생각한다. 그리하여 그런 날 밤에 그들은 촛불처럼 겉으로 눈물짓고 속태우는 것이다. 관용과 축복이 아니라 떠난 임을 원망하고 다시 만나기를 기다리는 그 에고이즘이 그들의 내부에 도사리고 있다.

이 모순 속에서 생겨나는 감정이 바로 그 원한이다. "보내고 그리는 정"이며 미워하면서도 믿어보는 정념이다. 한국적 연가의 대부분이 하소연의 형식으로 써진 것도 이 때문이다. 순수한 자기표현으로서의 연가가 아니라 슬퍼서 눈물짓는, 외로워서 잠 못 드는 눈물의 언어로 쓰인 한 통의 진정서가 한국의 연가인 것이다. 슬픔이 크면 클수록 자기 혼자 우는 것으로는 만족하지 않는다. 그러한 눈물을 임에게 보여주어야 한다는 고통의 감정, 즉 연정을 임에게 보이는 전시품으로 바꾸어놓은 언어가 그 연시인 것이다. 그래서 그들은 자기 눈물이 비가 되어 천리 밖의 임의 창가에 내리거나 접동새가 원한의 울음을 임의 귀에 들려주기를 희구한다. 그렇기 때문에 한국 연시의 상징성은 사랑 자체를 상징한 것보다는 불가능의 연정을 가시적可視的인 것으로 바꿔 임에게 알려주려는 그 커뮤니케이션의 수단으로 사용되고 있다. 성공을 해도 실패를 해도 유감없이 자기 힘을 다해본 그 싸움에는 원한이란 것이 있을 수 없다. 불꽃처럼 자신의 열정과 생명을 불태워버리지 못했기 때문에, 언제나 겉과 속이 다른 이중성을 지니고 있었기 때문에 비련의 슬픔은 원한의 사연으로 바뀌어질 수밖에 없었다. 로미오와 줄리엣은 비록 외부의 방해는 받았으나 자기들의 의지로 사랑을 추구하다 쓰러졌다. 때문에 사랑의 종말감은 있어도 원한은 없다. 할 것을 다하지 못한 그 소극성에서는 아쉬움만이 있고 그것을 펼쳐보고 만져보는 접동새의 피 젖은 원한이 있게 된다. 한마디로 한국인의 사랑을 읊은 노래를 들어보면 사랑의 기쁨이나 슬픔이나 그 기대의 감정보다 억울하다는 원한의 목소리가 제일 높은 옥타브로 들려오고 있는 것이다.

내 님을 그리며 우는 모습은
산 접동새와 비슷하오이다
아니다 거짓이다 말씀하신들
지는 달 새벽별이 아니리이다
넋이라도 둘이서 길이 살자고
벼르고 벼르시던 분이 누구십니까
과실도 허물도 천만千萬 없소이다
믿지 마옵소서 남의 말들을
아! 서러워라
님이 벌써 날 잊었나이까

아소 님아! 내 사연 들으시어

옛날 그때처럼 사랑해주옵소서

—「정과정곡鄭瓜亭曲」

정권政權의 동성연애同性戀愛

누구나 이 노래를 들으면 눈물에 젖은 한 여인의 모습을 상상할 것이다. 그리고 그 여인은 주위 사람들의 모함으로 억울하게 소박을 맞았다고 상상할 것이다. 그 여자는 고립되어 있다. 그 순정과 결백을 증언해줄 수 있는 것은 오직 그믐달이며 새벽녘의 별이며 그 사연을 임에게 전해줄 메신저는 산속에서 우는 접동새일 따름이다.[18]

그러나 우리가 딱하고 억울한 이 연시의 주인공을 변호해주기 위해서 만약 그녀를 찾아갔다고 한다면 어떻게 될 것인가? 이 모든 상상들은 일시에 무너지고 말 것이다. 우리가 찾아간 그곳에는 비운 속에 우는 어느 여인이 있는 것이 아니라, 뜻밖에도 한

---

[18] '지는 달과 새벽별'은 한국인의 시간의식이 밴 언어이다. 한국인은 떠오르는 해나 솟아오르는 달과 같은 소생과 희망의 이미지를 그리지 않고 잔월효성殘月曉星과 같은 소멸의 이미지를 그린다. 그 소멸의 이미지는 한국인의 감정의 주조인 '원망과 체념'에도 결부된다. 새벽이 와서 지는 달이라는 숙명적인 사실을 한국인은 그들의 오랜, 누적된 슬픔 속에서 떠올리는 것이다.

남성이, 그것도 긴 수염이 나부끼는 근엄한 선비가 갓을 쓰고 나타날 것이다.

이 시의 작자는 정서鄭敍이다. 인종仁宗 때의 총신寵臣이었던 그가 권신들과 정쟁에서 벼슬을 빼앗기고 그의 고향 동네로 귀양살이를 갔었다. 그 심정을 읊은 노래가 이것이다. 이런 내막을 알고 보면, 수염이 석 자나 되는 전직 권신權臣이 가냘픈 여성의 목소리로 접동새처럼 울고 있다고 생각하면 징그러운 생각마저 든다. 뿐만 아니라 시의 정감도 깨어지고 만다. 실연은 실권을 의미한다. 사랑싸움은 정권을 위한 투쟁이고, 다시 사랑해달라는 소원은 옛날 같은 관직을 달라는 복직운동의 뜻이 된다. 임은 임금이며, 남들의 말이란, 시어머니나 연적이 아닌 정적政敵의 정치적 모략을 상징한 것이다.

이렇게 정쟁과 실권과 귀양살이를 연가 형식으로 쓴 것은 비단 고려 때의 정서만이 아니다. 조선조에 오면 이른바 연주지사戀主之詞라 하여 이러한 의연가擬戀歌가 진짜 연가보다도 더 많아진다. 그리고 그 전통은 신시新詩에까지 그대로 이어져 내려온다.

정철의 「사미인곡」과 「속미인곡」이 그 대표적인 예이며 근대시로서는 김소월과 한용운의 경우를 들 수 있다.

가령 한용운의 시 「님의 침묵」을 보기로 하자.

사랑도 사람의 일이라 만날 때에 미리 떠날 것을 염려하고 경계하지 아니한 것은 아니지만, 이별은 뜻밖의 일이 되고 놀란 가슴은 새로운 슬픔에 터집니다. 그러나 이별이 쓸데없는 눈물의 원천을 만들고 마는 것은 스스로 사랑을 깨치는 것인 줄 아는 까닭에 걷잡을 수 없는 슬픔의 힘을 옮겨서 새 희망의 정수박이에 들어부었습니다. 우리는 만날 때에 떠날 것을 염려하는 것과 같이 떠날 때에는 다시 만날 것을 믿습니다. 아아 님은 갔지마는 나는 님을 보내지 아니하였습니다. 제 곡조를 못 이기는 사랑의 노래는 님의 침묵을 휩싸고 돕니다.

남녀 간의 연정을 읊은 노래와, 정치 현실을 노래한 시가가 전연 구별할 수 없는 동류의 것으로 나타나 있는 것은 무엇을 의미하는 것일까? 어째서 정쟁을, 그 실각을 그리고 군주에의 그 충성을 표현하는 데 있어서 그들은 모두 성전환을 하지 않으면 안 되었던가?

두말할 것 없이 임금을 한가운데 놓고 정쟁을 벌인 권력투쟁은 마치 애첩愛妾들이 낭군의 총애를 받기 위한 사랑싸움과 조금도 다를 것이 없었기 때문이다. 시기·질투·모험은 중세의 기사들이 전쟁터에서, 또 그리스의 운동선수들이 올림피아 경기장에서 싸우는 남성적인 쟁투와는 달랐다. 당쟁은 근본적으로 여성적인 싸움이었고 떳떳한 실력의 대결이라기보다 눈웃음과 음모의 표리부동한 음성적인 게임이었다.

정치적인 시가 애정시로서 그대로 우유화寓喩化된 것은 그들의 사회가 절대권력제도, 가부장제로 만들어져 있기 때문이다.

그들은 남성이면서도 절대권력제인 임금 앞에서는, 성도착 현상이 생겨난다. 시로 표현하기 이전부터 그는 한 여인의 입장을 취하여 임금을 애인으로 가상하며 권력의 동성연애를 한다.

옛날 여인들은 남편이 자기를 버려도 다른 남성과 새로운 사랑을 하고 개가할 수 있는 자유가 없었다. 그것은 꼭 군주가 자기를 벌해도 다른 군주를 바꿔 섬기지 못하는 신하의 입장과 방불하다.

임과 이별할 때 여인들은 내놓고 푸념을 쏟거나 옷소매를 잡아끄는 적극성을 발휘하지 못한다. 그리고 애정 문제는 자기와 임과의 당사 간에 벌어지는 것인데도 그것이 당사자들만의 드라마로 끝나지 않는다. 대부분의 파경은 임 자체의 배신보다도 시어머니라든가 시누이라든가 시앗들의 모함에 의해서 비롯될 경우가 많다. 그래서 임이 자기를 버려도 임을 직접 미워할 수도 없는 것이다. 이러한 사정은 그대로 사회정치극에 유추類推시킬 수가 있다. 임금의 총애가 사라지고 심지어 귀양까지 보내도 신하는 그 군주를 욕할 수도 정면正面에서 비난할 수도 없다. 고요히 물러설 수밖에 없으며 마음이 다시 돌아설 때까지 기다릴 수밖에 없는 것이다.

만약 그것이 보다 양성적인 권력투쟁에서의 패배였다면 결코 기다리지는 않을 것이다. 그러나 "임금이 설마하니 나를 미워할 리가 있겠는가? 정적과 간신奸臣의 소행 때문에 유배를 당할 뿐이다"라고 그들은 생각하기 때문에 미련을 갖고 궁궐을 떠난다. 그 미련 속에서 다시 임금의 부르심이 있기만을 기다린다. 버리지 못한 그 가능성 때문에 절망이나 슬픔보다는 원怨과 한恨으로 뻗쳐나가게 된다.[19)]

진상을 따지려 하지 않는다. 또 흑백을 가리려고도 하지 않는다. 그대로를 묵인한다. 세상일이란 모두가 분명치 않다. 소극적인 판단중지로서 정치풍토나 속세의 불합리성을 그냥 덮어둔다.

시조의 종장을 분석해보면 "나도 몰라 하노라", "해서 무삼하리오", "그런들 어떠하리"의 세 가지의 애매하고 순응적인 그 종지부의 유형을 발견할 수 있다. 꼭 "잡사와 두어리마라난⋯⋯" 식이다.

현실의 모순을 파헤치려고 하지 않고 그냥 덮어버리고, 그냥 웃어버리고, 그냥 돌아서버리는 태도는 말고삐나 옷소매를 그냥 놓아버리고 돌아서는 여인의 모습 그대로이다. 남성적인 모험이나 줄기찬 천착의 에너지가 없다. 우리는 여기서 비극적 사실을 은폐하려고 하는 한국인의 소심한 처세학의 일장을 볼 수 있다. 이러한 처세학은 다음의 시에서 분명하게 나타난다.

---

19) 정치적인 현실이나 세상을 대하는 한국인의 태도의 밑바닥에 깔린 감정은 애정과 마찬가지로 원과 한이다. 당쟁으로 정치의 권좌에서 밀려나는 그 태도는 마치 임과 이별하는 그 사랑의 태도와 동일하다.

어제 오던 눈이 소제少堤에도 오돗든가
눈이 모래 같고 모래도 눈이로다
아마도 세상일이야 다 이런가 하노라

—하의자荷依子

흰 모래 언덕에 눈이 내린다. 어느 것이 눈이고 어느 것이 모래
인지 알 수 없다. 그런데 문제는 거기 있지 않다. 모래와 눈을 밝
히려고 하는 데 있는 것이 아니라 "세상일은 다 이런가 하노라"의
체념적인 한숨으로 결론 아닌 결론을 맺고 있는 데 있는 것이다.
　한국인은 두 개의 모순적인 가치관이 대립할 때 그것을 풀려고
애쓰기보다는 흥흥 노래하고 덩더꿍 북을 치며 허허 웃어버림으
로써 그것을 회피하여버릴 수 있다고 생각한다.
　"허허 웃고 말리라"의 어조 속에 숨은 소극성이 모든 사람들
의 심혼에 스며 있는 것이다. "이리도 그러러 저리도 그러러 하니
한숨겨워 하노라"의 어조에서 보듯 그 웃음, 그 체념은 한숨으로
화하고 이 한숨은 원怨과 한恨으로 세상을 내다보는 필터가 되어
버린다. 정면에서 부딪치고 싸우고 그래서 부서지거나 없어진다
면 회색의 한숨이 인생의 노랫소리가 되진 않았을 것이다.—한
국인은 "정정당당하게 싸우라"라고 말하지 않는다. "싸우지 마
라", "조심하라", "말하지 마라"라고 가르친다. 유교 사상에 억눌
릴 대로 억눌린 그들은 인생을 다 따지 못한 열매요, 다 먹지 못

한 열매요, 다 소화시키지 못한 열매처럼 생각했다. 다 소화시키지 못한 그 소화 불능이 원한의 감정을 낳은 것이다.

왜냐하면 전사戰士에겐 원한이 없기 때문이다. 패배를 해도 힘껏 싸워본 사람에겐 여한餘恨이 없는 것이다. 점잖은 선비들은 정치나 세상살이에는 이겨도 져도 늘 자기 힘을 다 시험해보지 못했다. 때문에 원怨과 한恨의 감정이 지배하게 되는 것이다.

백발白髮의 노래

우리는 원怨과 한恨이 어떤 조건 속에서 생겨나며 어떤 성격을 지닌 정서인가를 조금씩 살펴봤다. 그것은 자기 힘으로는 어찌할 수 없는 절대의 벽에 의해서 좌절되는 감정(봉건사회에 있어서의 남편이나, 그리고 군주, 운명 등)이었으며, 자기 뜻을 완전히 연소시키지 못하고 자기의 내면에서 처리할 수밖에 없을 때 그 배율背律 속에서 생겨나는 약하고 소극적인 감정이었다. 증오·분노·투쟁 등의 남성적인 것과는 다른 여성적인 감정이었고, 그것은 복수의 감정이 아니라 원한의 감정이었다.

이런 감정은 시간에 대한 한국인의 관념과 그 정감에도 그대로 통용된다. 죽음, 그리고 늙는다는 것은 군주나 봉건사회의 남성보다도 한결 절대적인 관념으로 한국인을 지배한다. ─한국인은 시간을 횡적인 것으로 보지 않고 종적인 것으로 이해하려고 했었다. 그래서 그들은 시간을 연속적인 것이 아니라 매 순간순간이 단절된 각각의 시간으로 보았었다. 이러한 사고방식은 시간과 깊은 관계를 가지고 있는 강에서도 나타난다. 「서경별곡」의 강은 한 번 건너가면 다시는 돌아올 수 없는 강이고 황진이의 강 역시한 번 흐르면 다시 되돌아올 수 없는 강이다. 그들은 서구인들과 같이 시간이나 강을 경험적인 것으로 보지 않고 소유할 수 없는 절대적인 개념으로 보았던 것이다. 극단적인 경로사상이 5백 년을 지배할 수 있었던 것도, 그리고 '청소년의 문화'라는 것이 존재하지 않았던 이유도 거기 있다. 그들은 시간을 인간의 힘으로는 어찌할 수 없는 절대적인 것으로 상정함으로써 그것에 복종하고 굴복했던 것이다. 표현 대상이 절대적인 것으로 등장할 때, 그시는 하소연이라는 표현 양식을 갖게 된다. 하소연은 순수한 자기표현Self-expression도 아니며 또 순수한 전달Communication만을 위한 것도 아니다. 그것은 자기를 변호하고 자기를 상대에게 인식시키려는 간곡하고도 섬세한 여성적인 설득력이다.

그러므로 계절을 읊고 백발의 서러움을 노래하고 무덤을 탄식한 한국인의 시가들은 모두가 기쁨이나 슬픔이나 불안이 아니라 원과 한의 하소연 투로 쓰여 있는 것이다.

그런 점에서 접동새의 울음은 연가戀歌와 똑같이 이 백발의 노래 속에서도 울려오고 있는 것이다. 다음의 시조를 보면 우리는 그것이 「가시리」의 "잡사와 두어리마라난……"과 동일한 것임을 알 수 있다.

녹양춘삼월을 잡아매어 둘 것이면
센머리 뽑아내어 찬찬 동여 두련마는
올해도 그리 못하고 그저 놓아 보내거다

— 김삼현金三賢

녹양춘삼월綠陽春三月을 잡아매어 둘 수 없다는 것을 이 작자는
안다. 그러면서도 원하기만 하면 그렇게 될 수도 있다고 생각한
다. 그런 가능성을 설정해놓고 있다. 그렇게 하지 않고 있을 뿐이
다. 이 경우에도 우리는 돈키호테의 투구를 연상하게 된다. 불가
능한 줄 알면서도 가능한 것처럼 가상해놓고는 그것을 결코 실험
해보려 하지 않는다. 실험을 하면 그 가상이 깨어질 것이기 때문
이다. 그리하여 그들은 보류된 가능성으로 그들의 슬픔을 달랜
다. 그들은 세월이 간 것이 아니라 자기가 놓아 보내준 것이라 생
각한다. 마치 임이 자기를 버린 것이 아니라 자기가 보내주었다
고 생각하는 것처럼……
　사실 이러한 연정은 상대자를 이미 자기 힘으로는 어찌할 수
없다고 생각하고 있는 데서 오는 의식의 축약인 것이다.
　임의 의사를 자기는 절대로 꺾을 수 없다. 세월의 흐름은 유수
같아서 권력으로도 어찌할 수 없다는 것을 그들은 알고 있는 것

이다. 그렇기 때문에, 그의 힘으로는 임을 어찌할 수 없다는 것을 알기 때문에, 그 체념 때문에 그 불가능의 벽은 그들에게 원한의 감정을 지니게 한다. 그들은 세월을 향해서 말한다.

> 어우하 날 속였구나 추월춘풍秋月春風 날 속였구나
>
> 절절節節이 돌아오매 유신有信이 여겼더니
>
> 백발白髮만 나에게 다 맡기고 소년少年 따라 가는거니

마치 임이 자기를 버리고 다른 임을 따라가는 것을 원망하듯 세월을 향해 탄식한다. "자기에게는 죄가 없다. 그런데 왜 배신을 하느냐"는 「정과정곡」과 같은 발상법이다.

시조에는 백발탄白髮歎이 실연失戀을 읊은 것 이상으로 많은 비중을 차지하고 있으며 백발을 서러워하며 소년행락少年行樂을 누리지 못한 후회와 번민이 임을 그리워하며 우는 것보다도 더 철저하게 나타나 있다. 『청구영언』에서 작자가 알려져 있는 시 300편 가운데 세월을 두고 읊은 시조는 무려 30수로서 그 1할을 차지한다.

한국인이 절망이며 종말인 죽음 자체보다도 백발의 그 늙음을 더 서럽게 생각하고 더 많이 읊은 이유는 무엇일까?

한국인은 헤브라이즘과 같은 종말감이 희박하다. 그러므로 초월의 감정도 희박하다. 헤브라이 민족은 그 짙은 종말 의식 때문

에 그것을 극복할 수 있는 길을 탐색했다. 그것이 사랑이었다. 인간은 사랑을 통해서만 신의 영역에 도달할 수 있다고 그들은 믿었다.[20]

그러나 사랑을 소유해보지 못한 한국인은 그것을 남길 수 없었고 그 사랑의 대용물로서 사랑하여보지 못한 사랑, 즉 원한의 감정을 남긴 것이다. 그 짙은 절망 의식 때문에 헤브라이 민족은 기도라는 양식을 낳았지만, 한국인은 "오늘이 언제나 오늘이기"를 바라는 감정과 "보내고 그리는" 애환을 낳았을 뿐이다.

한 작품을 예로 들어보자.

비파를 둘러메고 옥란간玉欄干에 지혀시니

동풍세우東風細雨에 뜯드니 도화桃花로다

춘조春鳥도 송춘送春을 슬어 백반제百般啼를 하놋다

봄이 떠난다. 아직도 즐겨야 할 많은 봄날이 있어야 하는데 봄은 총총히 떠난다. 가는 세월은 가는 임처럼 한을 안겨놓고 사라

---

20) 그리스 사람들은 '인간의 영원'을 사랑과 육체를 통해서 찾으려고 했다. 이러한 일면은 오르페우스의 신화에서도 나타난다. 오르페우스는 사랑하는 아내를 찾아 지옥까지 간다. 그곳은 육체를 가지고는 갈 수 없는 세계인데도 그는 지옥의 문지기와 사공들을 그의 노래로써 감동시키고 드디어 그의 아내를 만나는 것이다. 문지기와 사공을 감동시킨 그의 노래란 곧 그의 사랑이라고 우리는 해석할 수 있을 것이다.

진다. 여기에서 추상적인 시간을 의인화하는 한국 시가詩歌의 독특한 성격이 생겨난다. 계절을 마치 임이나 임금에게 억울한 사연을 하소연하듯 그들은 의인화된 백로나 계절을 향해서 하소연한다. 그러나 그 하소연이 이루어지지 않는다는 것을 그들은 누구보다도 잘 알고 있는 것이다.

무익한 기도이며 희망 없는 소망이다. 애원을 하고 눈물을 흘려도 세월의 흐름은 멈출 수도 더디 가게 할 수도 없다. 도리어 그것은 오늘이 영원히 오늘일 수 없다는 절망감의 표시에 지나지 않는다. 그런데도 한국인들은 그러한 하소연, 희망 없는 하소연을 노래 부르기 좋아했던 것이다.

그것이 바로 한국인을 천년 동안이나 지배해온 정감인지도 모른다. 불가능을 향한 도전, 죽음과 시간을 정면에서 대결하는 투쟁이 아니라, 그렇게 푸념을 해보는 것으로 끝난다.

서양 사람들은 그리고 현대인들은 세월 앞에서 발버둥치며 끌려가고 있다. 정력강장제를 먹고 화장을 하고, 흰머리에 염색을 한다. 동양인들은 결코 그런 어색한 짓은 하지 않는다. 자신을 버린 임을 증오하거나 복수하거나 적극적으로 자기 품 안에 끌어들이려는 모험을 하지 않는다. 그것이 불가능한 일이라는 것을 그들은 너무나도 잘 알기 때문이다.

그래서 그들은 시간을 향해서 "내 심정을 알아달라"는 애절한 눈짓을 던지며 늙어갈 뿐이다. 자기가 자신을 향해 들려주는 일종의 하소연이라고 하는 편이 정확할지도 모른다. 그러한 심정은 다음의 시조에서 잘 나타난다.

> 꽃이 진다하고 새들아 슬허마라
> 바람에 흩날리니 꽃의 탓 아니로다
> 가노라 희젓는 봄을 새와 무삼하리오

한국인은 세월을 시기해서 소용없다는 것을 알고 있다.[21]

사랑에서, 세상살이에서, 그리고 세월에서 끝없이 좌절되어가는 그 고뇌와 서글픔을 받아들이는 한국인의 마음은 세월이 쌓일수록 이렇게 안으로 멍이 들어간다.

많은 것이 변했어도 한국인의 이러한 사고방식만은 변하지 않고 흘러 내려왔다. 혈서를 쓰고 단식을 하는 한국인의 투쟁 방식을 분석해보면 알 수 있다.

한국인들은 곧잘 자기의 손가락을 깨물어 피를 흘려 혈서를 쓴다. 군가에서도 "무명지 깨물어서 붉은 피를 흘려서"라는 구절이 있다. 자기의 피로써 상대[敵]에게 시위를 한다. 일종의 하소연인

---

[21] 당쟁 속에서 살면서도 한국인은 "따져 무삼하리오"라고 노래 부른다. 그처럼 세월을 두고서도 한국인은 "새와 무삼하리오"라고 체념하는 것이다. 도전이나 반항 의식이 없는 노인들의 세계의 일면이다.

것이다. 단식도 마찬가지다. 밥 한 숟가락이라도 더 먹고 싸우는 것이 아니라, 자기가 굶주림으로써 상대편을 위협하려는 투쟁 방식이다.

엄격한 의미에서 투쟁이라기보다 이것 역시 자기 아픔과 병을 내보이는 하소연이다.

서구의 시에는 감정을 나타내는 상징 용어인 '불'이란 말이 많이 등장한다. 프로메테우스의 불을 위시하고 조로아스터교의 불, 네로의 불 등 그 유례는 허다하다. 그 불은 타오르는 것이고 불태워 없애는 것이다. 남성적인 투쟁의 감정이다. 『청구영언』에는 '불'이란 말이 단 한 번 나오는데 그것도 자기 가슴속에만 타오르는 심화心火인 것이다.

결국 사랑이나 정치권력이나 세월이나 그 모든 인간 현실의 좌절감은 접동새의 울음처럼 원한의 하소연으로 표현되어 있다. 이것이 한국인의 노래이다.

한국인에게는 폭풍과 같은 노래가 없다. 불처럼 뜨겁게 터져나오는 노래도 없다. 지진처럼 흔들리고 화산처럼 폭발하는 소리도 없다.

봄철에 깊은 산골짜기에서 피나게 우는 접동새의 노래…… 가슴을 도려내는 아픔과 피눈물을 흘리는 원한의 노래인 것이다. 자기표현인 동시에 누구에겐가 그것을 전달하려는 하소연의 노래인 것이다. 그러나 그것만으로는 끝나지 않는다. 원과 한의 눈물에서는 그것과는 정반대로 아름다운 하나의 진달래가 피어난다. 접동새의 노래만을 듣고 한국인의 정서를 따져서는 안 될 것이다. 우리는 또 하나의 다른 면, 즉 진달래의 그 빛을 보지 않고서는 한국인이 불러온 천년의 가락을 이해할 수 없을 것이다.

고뇌의 술잔에 가득 찬 웃음

우리는 지금까지 접동새의 울음으로 상징되는 한국인의 원과 한의 세계를 보았다. 사랑도, 정치도 생을 산다는 것도 모두가 한 속에서 펼쳐지는 하소연의 연속이었다. 그러나 이제 접동새가 울고 간 숲속의 피 묻은 눈물자국에서 환한 진달래가 피어나는 또 다른 측면을 관찰해보기로 하자.

밤에 휩싸였던 숲은 대낮이 되고 원한의 눈물자국은 하나의 꽃으로 변한다. 그처럼 서럽고 애타는 그 접동새의 울음이 어떻게 또 그와 반대로 향기 어린 조용한 한 송이의 진달래꽃으로 변할 수가 있는가? 어둠이 낮이 되고 눈물이 꽃으로 바뀌는 그 감정의 연금술을 한국의 노래에서 그대로 찾아볼 수가 있다.

원과 한의 감정은 도리어 잔잔하고 평화롭고 고귀한 향내로 승화된다. 노래만이 아니다. 삶의 방법도 역시 그러했던 것이다.

우리는 다음과 같은 일화 하나를 기억한다.

임진왜란 때 임금이 의주義州로 몽진할 때의 이야기다. 그때 갑자기 비가 내렸다. 임금을 비롯하여 모든 신하들은 비를 피하느라고 황급히 뛰어갔다. 그런데 이항복李恒福만은 오는 비를 흠뻑 맞은 채로 천천히 걸으며 "뛰어가면 앞에 내리는 비까지 전부 맞습니다. 천천히 걸어야 비를 덜 맞지요"라고 말했다는 것이다. 그 말을 듣고 오래간만에 임금과 그 신하들은 웃었다는 것이다.

이 일화에서 우리는 한국인의 한 슬기를 찾아볼 수가 있다. 비가 오면 뛰는 것이 상식이다. 누구나 다들 그렇게 한다. 그러나 이항복은 뛰지 않고 오는 비를 다 맞는 것이 도리어 비를 피하는 방법이라고 말한다. 위급한 피난길과 그 빗속에서도 그는 하나의 웃음을, 그 여유를 잃지 않았다. 그러나 이것을 단순한 유머만으로 볼 것이 아니라 고난을 피하는 한국적 슬기를 암시한 것이라고 해석해야 된다.

어쩌면 이항복이 말하고 싶었던 것은 사람들을 웃기려 한 것보다 고난을 피하는 인간의 한 태도를 암시하려 한 것인지도 모른다. 비가 오면 뛴다. 슬프면 운다. 괴로우면 가슴을 친다. 이러한 공식이 한국인의 노래에서는 그대로 적용되지 않는 것이다. 한국의 노래에서 발견될 수 있는 등식等式 부호는 결코 수학적인 것이 아니다. 비가 오면 도리어 천천히 걷고 슬프면 웃고 괴로우면 가슴을 펴고 초연해한다.[22]

---

22) 극복의 방법으로서 우리는 그 두 가지 길을 알고 있다. '초연'과 '초극'이 그것이다.

이항복의 유머는 한국인이 어떻게 원한의 눈물을 꽃으로 바꾸어갔는가를 우리에게 말해주고 있다.

시조를 보면 일정백년―定百年, 누구나 백 년 이상을 살지 못한다는 절박한 극한의 식이 나온다. 그런데 그 결론은 시간이 없으니 바삐 뛰어가자고 한 것이 아니라 정반대로 "쉬어간들 어떠리"라고 되어 있다.

황진이가 벽계수의 말고삐를 잡고 노래 부른 것도 쉬어가자는 유혹이었다.

> 청산리 벽계수야 수이 감을 자랑마라
> 일도창해―到滄海하면 돌아오기 어려라
> 명월이 만공산滿空山하니 쉬어간들 어떠리
>
> ― 황진이黃眞伊

이 시의 논법을 살펴보면 인생이 즐거운 것이니까 놀고 가자는 것이 아니다. 허무와 비극일 수밖에 없는 인생이니까 쉬어가자는 것으로 되어 있다. 오히려 죽음의 절박한 감정이 절망감으로

전자가 사건 속으로 들어가 그것과 싸우고 이기는 것이라면, 후자는 그 사건을 피하고 사건이 없었던 것처럼 가장하는 태도이다. 전자가 세상을 싸우며 사는 길이라면, 후자는 세상을 피하며 사는 길이다.

귀결되는 것이 아니라 거꾸로 사랑과 풍류를 발견케 하는 계기가 된다. 병든 조개에서 진주를 따는 것같이 황진이는 죽음의 심연 속에서 사랑과 향락의 꽃을 딴다. 바쁘니까 쉬엄쉬엄 가자는 것이 한국인의 논리이다. 로버트 프로스트는, 그리고 대부분의 서구의 시인들은 결코 황진이처럼 노래 부르지는 않았다.

아. 내가 잠들기 전에 한 마일이라도 더 가야지.

로버트 프로스트는 저무는 황혼을 바라보며 그렇게 말했다. 해가 진다는 것은 세월의 흐름을 말함이요, 잠든다는 것은 죽음을 의미한다. 허무한 생, 죽음의 공포 속에서 그는 한 발짝이라도 더 빨리 가야 한다는 것을 느낀다. "쉬어간들 어떠리"와는 아주 대조적이다. 한국의 시조는 반대어가 동의어가 되는 것이 그 특징이라 할 수 있다. 슬픔과 기쁨은 반대어이다.

그러나 시조에서는 "인생이 슬프니 어찌 놀지 않을 수 있으랴", 즉 슬픔과 즐거움(놀이)이 한 핏줄로 맺어져 있다.

『청구영언』의 시조에는 '논다'는 말이 서른여덟 번, 술이란 말이 서른다섯 번 등장한다. "아니 놀고 어이리"와 "아니 먹고(술) 어이리"의 타령들이다. 그러나 놀고 마시는 까닭은 인생이 즐겁대서가 아니라 기쁜 일이 있대서가 아니라, 세상이 아름답대서가 아니라 허무하고 쓸쓸하고 답답하기 때문이다.

인생을 헤아리니 아마도 늦거웨라

여역광음旅逆光陰에 시름이 반이어니

무슨 일 몇백 년 살리라 아니 놀고 어이리

— 주의식朱義植

　인생은 비극이니까 희극인 것이다. 반대어가 아니라 그것은 동의어이다. 말하자면 한국인의 마음은 고뇌의 술잔에 가득 찬 환희라고 할 수 있다. 이 모순의 화합 속에서 인생의 꽃은 핀다. 그들은 꽃의 의미를 알고 있는 것이다. 춥고 어두운 그 많은 밤들이 있기에 꽃들이 피어나는 이유를 그들은 알고 있다.

　진달래는 환한 햇볕 속에서 웃음 짓고 있다. 그 붉은 꽃잎들은 향락과 아름다운 생의 찬가이다. 그러나 그 뿌리는 허무와 어둠과 접동새의 눈물 속에 드리우고 있는 것이다. 원한의 뿌리에서 자라난 꽃이다. 눈물을 마시고 피어난 웃음이다. 한국의 노래는 어둡고 또 서러우나 그에 못지않게 밝고 향락적이다. 그것들은 따로따로 떨어져 있는 것이 아니라 야누스의 얼굴처럼 한 몸뚱이에 있는 두 개의 얼굴, 동시적인 감정의 양면성이다.[23]

---

23)　야누스는 두 개의 얼굴을 가지고 있다. 그의 전신前身은 카오스이다. 그는 한 얼굴로 과거를 보고 또 다른 얼굴로는 미래를 본다. 하나는 절망의 얼굴이고 하나는 희망의 얼굴이다. 다시 말하면 절망과 희망, 고통과 기쁨의 인간의 갈등을 나타낸 상징적 존재인 것이다.

이러한 전통은 현대 시인에게도 있다.

　달이 암만 밝아도 쳐다볼 줄을
　예전엔 미처 몰랐어요.

　슬픔이 있었기에 달의 아름다움을 비로소 발견할 수가 있다. 달을 맞이하고 그것을 즐기는 감정은 쓰디쓴 실연의 아픔과 구별될 수 없다. 전화위복이라는 말이 있듯이 한국인들은 생의 고통을, 생의 즐거움으로 바꾸어가는 마법의 노래를 가지고 있다. 사랑의 원한은 절개와 지조로서 승화된다. 좀 더 어려운 말로 하자면 정서를 정조情調(센티멘트)로 바꾸어간다. 정치 역시 마찬가지다. 실정失政과 패배는 뜨거운 충성심으로 바뀐다.

　세월의 허무함이 세월을 즐기게 하는 한일閑逸의 노래가 된다. 이것이 바로 접동새의 눈물에서 피는 꽃들의 의미인 것이다. 그렇게 고생을 하고, 그렇게 굶주리고, 날만 새면 정쟁의 불안 속에서 난세의 폭풍 속에서 시달리며 지내야 했던 백성들이었으면서도 한국인들은 도리어 웃을 줄을 알고 한가로운 마음을 가질 줄 알고 생을 즐길 줄 알았던 것이다. 심각하고 절실한 순간에 그것을 웃음으로 바꾸어놓은 노래들이 얼마든지 있다.

　"춘산에 눈 녹인 바람"을 "빌려다가 귀 밑에 해묵은 서리를 녹여볼까 하노라"와 같은 시조가 그것들이다.

그것이 바로 한국인의 유머이다. 늙음을 서러워한다는 것은 인간사人間事 가운데 가장 비극적인 죽음과 대면하는 서러움이다. 백발을 바라보는 마음은 죽음의 불안이며 공포이며 비장한 몸부림으로 나타나야 한다. 그러나 이 시조는 우리에게 눈물을 주기보다는 공포나 불안을 일으키기보다는 부드러운 미소를 준다.

　겨울의 눈은 봄바람이 녹여준다. 계절의 순환에 끝이라는 것이 없다. 계절은 죽음의 종말이 아니라 다만 되풀이될 뿐이다. 이 시조의 작가는 인간의 생이 그러한 되풀이가 아닌 일회적인 것, 단 한 번밖에 없는 춘하추동의 드라마인 것을 잘 알고 있다. 눈이 덮인 하얀 산머리는 봄바람에 녹아 풀어지지만 인간의 백발은 무엇으로도 녹일 수 없고, 아무리 애원을 해도 다시 검어지지 않는다는 것을 알고 있다. 이 절대의 시간 앞에 선 인간 존재의 단절감, 그 비장감이 이 시조에서는 한 폭의 만화처럼 웃음으로 변형되어 있다. "귀 밑에 해묵은 서리를 녹여볼까 하노라"의 참된 뜻은 결코 녹여볼 수 없으리라는 한탄인 것이다. 춘풍으로 녹일 수 없는 백발의 절망감을 그대로 표현하지 않고 "녹여볼까 하노라"의 원망형願望型으로 서술했기 때문에 백발의 비장감이 유머러스한 미소로 바뀌어진 것이다. 그러나 그것은 그냥 웃을 일이 아니다. 바위틈에 핀 진달래꽃이 그냥 즐겁기만 한 것이 아닌 것처럼 이 미소 역시 뒤집어보면 거기에는 한없이 흐르는 원한의 눈물이 있다. 원한이 체념으로 바뀌고 그 체념이 웃음으로 화하는 그 과정에는 안으로 멍들어가는 핏자국이 있다.

지옥地獄에서도 천국天國을

아름답고 평화로운 자연을 그린 한국의 노래들은 대부분이 고난의 땅에서 생겨난 것들이다. 여유가 없을 때 도리어 여유를 발견하고 절박한 고난 속에서 마치 마술사처럼 깊은 침잠의 평화를 이끌어내는 것이 한국인의 노래이며 슬기였다. 말하자면 지옥 속에서 지옥 그 자체를 천국으로 만들어버린다. 이 말은 지옥을 개혁하여 천국을 만든다는 것이 아니라 다만 그것을 바라보는 시선을 바꾼다는 이야기다.

시조 작가들이 '무릉도원'이라고 읊은 자연들은 대개 모두가 유흥지가 아니라 유형지였다는 것을 기억해보면 알 것이다. 그들은 피크닉이나 관광 여행을 간 것이 아니라 귀양길을 떠난 것이다. 당쟁이 심했던 나라에서 벼슬길은 귀양길로 끝나는 수가 많다. 죄인에게 주어진 유배지가 극락이 아니라 지옥과 같은 유배지였음은 물론이다. 그런데도 귀양살이를 떠나는 그 죄수들은 마치 즐거운 하이커나 알프스를 찾아가는 관광객처럼 그려져 있다. 황량한 유배지 역시 형벌의 땅으로서가 아니라 무릉도원의 선경으로 묘사된다. 지옥으로 보냈지만 그들은 천국에서 살듯이 귀양살이 자체를 미화해버린다. 시조를 읽어보면 스스로 벼슬을 버리

고 귀향한 것인지, 관직을 박탈당해서 귀양 온 것인지 거의 그 구별이 없다.[24]

세인트헬레나의 유배지에서 바다의 수평선을 바라보면서 이를 갈고 눈물을 흘리고 땅을 치고 번뇌하는 나폴레옹의 모습을 상상해보자. 그는 그 패배와 지난날의 영광 사이에서 상처 난 야수처럼 울부짖고 있다. 운명의 사슬을 끊으려는 감금된 유배지의 문턱에서 벗어나려 하는 안간힘이 있다. 만약 그를 귀양 보낸 적들이 이러한 나폴레옹의 모습을 구경한다면 회심의 미소를 지을 것이다. 나폴레옹은 그 지옥에서 탈출하는 것만이 오직 하나의 희망으로 되어 있다. 좁은 섬, 거친 바다를 저주하고 붉은 카펫이 깔려 있는 볼룸의 불빛과 영광의 군기와 그 군마들을 다시 찾는 복수의 감정, 그것이 나폴레옹의 노래이다.[25]

그러나 한국의 유배지에서는 전혀 다른 풍경이 벌어진다. 그들은 눈물을 흘리지도 않으며 저주도, 분노의 손짓도 하지 않는다.

---

24) 이러한 생활 태도는 고산孤山에서도 나타난다. 효종의 장례 문제로 남인南人들의 탄핵을 받아 귀양 간 그는 유배지에서 지상池上에 배를 띄우고 수면水面에 비친 자연을 보면서 거문고를 퉁기며 지냈다.

25) 나폴레옹은 외친다.

"어둡다, 요란하다, 우렛소리, 번갯불, 바람은 천지를 쓸어가려는 건가. 파도 소리, 저 파도 소리, 절벽을 물어뜯는 저놈의 파도 소리, 수십 길 절벽을 뛰어넘어 이 집을 쓸어 가려는 듯, 차라리 쓸어가 버려라. 집까지 섬까지 한 오금 삼켜버려라."

— 이효석李孝石 「황제皇帝」에서

한국의 세인트헬레나에는 고요하고 화평한 밤이 휩싸인다. 도리어 그들은 귀양 오기 전의 과거(벼슬살이)를 뉘우치는 것이다. 그리고 형벌의 땅에 주어진 쓸쓸한 산과 강을 사랑한다. 그곳이야말로 참된 인생의 터전이라고 선언한다. 만약 신선처럼 앉아 노래를 부르고 있는 그들을 귀양 보낸 그 정적들이 바라본다면 어떠한 생각이 들까. 몸부림치는 나폴레옹을 바라보던 그들과는 달리 실망과 일종의 패배감마저도 느끼게 되는지 모른다. 고생을 시키려고 귀양을 보냈는데도 형벌의 고난은커녕 한유자적하며 "흥겨워하노라"라고 시조를 읊고 있는 그 죄수들의 모습에서 어떤 야릇한 열등의식마저도 느끼게 될지 모른다.

이것이 고난을 받아들이는 동서양의 커다란 차이점이라고 말할 수 있다.

동양에서는 고난을 극복하려 한 것이 아니라 승화하려고 했다. 운명에서 벗어나려고 한 것이 아니라 그 운명과 어떻게 교섭하고 순응하는 것이 행복한 것인가를 발견하려 한 것이다. 같은 조건, 같은 환경이라 해도 그것을 받아들이는 사람의 태도에 따라 달라진다. 동양인의 천국과 지옥은 바깥에 있는 것이 아니라 바로 자기 마음속에 있다. 부귀공명을 누리는 조정이라 해도 지옥일 수가 있고 "쓴 나물 데운 물이 고기보다 맛이 있을 수"가 있다.

이런 이야기는 얼마든지 있다. 정위丁謂가 애주崖州로 귀양 가서의 일이다. 그는 친구에게 물었다. "세상에서 어느 곳이 제일 큰

가." "서울이 제일이지." 정위는 친구에게 말해주었다. "결코 그렇지 않다. 그곳이 비좁으므로 조정의 수많은 재상이 이곳으로 귀양 오지 않았는가. 이 애주가 세상에서 제일 크기 때문에 이곳으로 온 것이 아닌가." 이 하나의 일화만을 보아도 우리는 어떻게 그들이 고난의 의미를 받아들였는지 짐작할 수 있다. 벽지의 땅을 그들은 서울보다 더 큰 곳이라고 생각한다. 하나의 유머지만 이 유머 속에 절망을 평화로 받아들이는 삶의 몸가짐이 있는 것이다.

귀양살이만이 아니다. 가난을 대하는 태도도 마찬가지다. 초가삼간을 궁궐처럼 큰 집으로 만들기 위해 고생하지는 않았다. 그들이 노력한 것은 초가삼간 속에서도 어떻게 즐길 수 있느냐 하는 것이었으며 그리고 또 그 가난 속에서도 어떠한 삶의 보람을 얻느냐 하는 데 있었다. 말하자면 빈곤에 만족하고 사는 생활철학이 빈곤을 이겨내는 생활경제학보다 우선하는 세계였다. 귀양 간 선비들이 그 고독과 실의失意를 자연의 풍류로 바꾸었듯이 가난한 생활의 쓰라림을 생활의 풍류로 옮겨갔다. 귀양살이가 관광이 되듯 빈곤은 멋이 된다. 가난해서 지붕을 해 이을 수가 없다. 가난해서 앉아야 할 방석이 없고 밝혀야 할 등불이 없고 또 남루한 벽에는 바람을 막을 병풍이 없다. 그러나 그들은 절망했는가. 결코 그렇지 않다. 그들의 노래를 들어보면 오히려 가난했기에 즐길 수 있는 멋이 생겨난다. 지붕이 변변치 않으므로 방에 누워 있으면서도 달을 쳐다볼 수 있고 병풍이 없기 때문에 청산을 대용물로 두를 수 있다.

> 짚방석 내지 마라 낙엽엔들 못 앉으랴
> 솔불 혀지 마라 어제 진 달 돋아온다
> 아해야 탁주 산채일망정 없다 말고 내어라
>
> —한호韓濩

　이 시조에서 보듯이 낙엽은 짚방석이 되고 달은 솔불이 된다. 이러한 야취의 멋은 가난으로만 얻을 수 있는 특전이다. 역시 기름진 안주, 좋은 술보다는 탁주 산채가 어울린다. 빈곤은 극복해야만 될 비극이 아니라 여기에서는 하나의 취미로 바뀌어져 있다. 베개가 없어 팔을 베개로 삼는 것이 객관적인 눈으로 보면 비참한 것이라 할 수 있으나 한국인의 눈으로 보면 오히려 그것은 자랑스럽다. 우리가 가난한 까닭은 가난을 즐기는 멋, 따지고 보면 가장 값비싼 그 멋을 알고 있었기 때문이다. 『청구영언』에는 고사리나 나물이란 말이 많이 등장한다. 고기를 먹고 싶어도 먹을 수 없는 처지에 놓여 있는 것은 사실이다. 그렇다고 죽지 못해 하는 수 없이 그 산채를 캐는 것은 아니다. 빈자貧者의 음식인 고사리나 나물은 단순한 호구지책의 먹이로 그려져 있지 않고 전원의 풍류요 신선의 비약秘藥처럼 읊어지고 있다. 그래서 그들은 고

사리나 나물을 캐러 가는 것을 약초를 구하러 간다고 말하는 것
이다.

아해는 약 캐러 가고 죽정竹亭은 비었는데
흩어진 바둑을 뉘 주어 담을소니
취하고 송하松下에 져셔니 절節 가는 줄 몰래라

이와 똑같은 내용의 다른 시조를 보면,

아해도 채미採薇 가고 죽림竹林이 비었세라
헤진 기국을 뉘라서 주어주리
취하여 송근松根을 쥐었으니 날 새는 줄 몰래라

— 정철鄭澈

이 두 시조를 대조해보면 약초와 채미가 동의어임을 알 수 있
다. 저주스럽기까지 한 고사리나물을 그들은 약초로 미화한 것이
다.—한국인들에게 약藥과 음식은 동의어였다. 그리고 그 약이나
음식은 살아가는 방편으로서의 먹이가 아니라 그들의 흥을 돋우
기 위한 것으로서의 먹이였다. 그랬기 때문에 그들은 술을 백약百
藥의 장長이라고 생각했던 것이다. 술이란 다만 '취흥'을 위한 것
이기 때문이다.

옛날 중국의 시인 도잠陶潛은 자기의 갈건葛巾을 벗어 술을 걸렀다. 현대인의 안목으로 보면 구질구질하고 옹색한 일로 보일 것이다. 전기냉장고에서 맥주를 꺼내 마시는 현대의 기능주의자들에게 있어 갈건으로 술을 짠다는 것은 불결하고 야만한 짓으로밖에 보이지 않을 것이다.

술은 체로 거르는 것이다. 체가 없을 때 임시변통으로 갈건을 사용한다는 것은 어쩔 수 없이 하는 짓이다. 그러나 그 시인은 체가 없었기 때문에 하는 수 없이 그런 짓을 한 것이 아니라 하나의 풍류로서 갈건을 선택했다. 술을 마시는 데 체 도구를 거부한다는 것은 인위적인 것을 피하고자 함이요, 소탈한 자연 발생적 감정을 추구하려는 마음이다. 도구는 목적을 달성하고자 하는 인간의 욕구가 만들어낸 수단으로서 우리에게 이해되어왔다.

그러나 미디어 이론가인 매클루언은 도구는 그 수단과는 전혀 관계없는 별개의 것이라고 한다. 그는 말한다.

"기차는 달린다는 것, 수송한다는 것만이 아니라 전혀 새로운 종류의 도시와 새로운 종류의 일과 레저를 창조함으로써 지금까지의 인간의 기능을 촉진시키고 그 규모를 확대시켰다."

이러한 매클루언 이론과 비교하여볼 때 도구를 거부한 『청구영언』의 시인들은 문화를 거부한 시인, 생활을 거부한 시인들이었다.

현대인은 가난하기 때문에 불편을 참아가며 갈건 같은 대용물로 술을 짜는 사람들이지만 옛날의 빈자들은 도리어 그 편이 즐겁고 편하고 멋이 있기 때문에 자연의 대용물을 사용한다. 그들은 가난 속에서 고통을 발견한 것이 아니라 부귀로도 얻기 어려운 즐거움을 그 가난 속에서 찾아낸 것이다. 한국의 노래는 두견의 슬픈 눈물에서 아름답게 피어난 진달래꽃이다.[26]

형벌(귀양살이)의 눈물은 백조처럼 한가로운 춤으로 바뀌고 가난의 고통은 신선 같은 생활의 멋으로 승화된다. 그래서 고난으로 출발한 접동새의 슬픈 노래는 백구의 흥겨운 춤이 된다……. "서러워하노라"로 끝나는 시조가 『청구영언』에는 12편이 나온다. 그러나 "서러워하노라"의 이 영탄은 곧 "흥겨워하노라"로 바뀌지는 것이다. 한국인의 정서는 고난으로 시작하여 흥으로 끝난다. 춘흥春興·가흥佳興·객흥客興·취흥·청흥 등 술을 마시고 백구와 벗하고 놀고 꽃을 보며 낚시를 드리우는 온갖 생활 감정의 밑바닥을 이루는 정서가 곧 이 흥취인 것이다. 흥에 가장 가까운 영어는 인터레스트이다. 그런데 이 인터레스트는 이해관계란 뜻도 있다. 생활 속에서 무엇인가 이해관계가 생길 때 그들은 흥취를 느끼는 것이다. 한국의 흥은 정반대이다. 이해관계가 없을 때 흥겨

---

26) 한국에서는 진달래를 '참꽃', 철쭉꽃을 '개꽃'이라고 한다. 식물학 사전을 보면 철쭉꽃은 원래 강원도 해변가나 야산野山에서 자생한 것이었는데 이 꽃을 동해안에서 발견하여 원예종으로 유럽에 소개한 사람은 러시아의 해군 슐리펜바치였다. 그래서 학명도 그를 기념하여 슐리펜바치라고 하였다는 것이다.

운 어깨춤이 일어난다. 흥의 감정은 자족의 감정이다. 세상일을 망각할 때 흥의 샘물은 솟는다. 이 세상에서 다 이루지 못한 생의 욕망, 그 원한의 서러움을 억누르고 잊어버리고 승화시킬 때 접동새가 밤을 새워 울고 간 그 숲의 자리에는 아름다운 한 송이의 진달래꽃이 핀다. 그러므로 흥을 읊은 한국인의 노래는 호기심과 꿈과 모험에 가득 찬 젊음의 감정이 아니다. 스포츠 경기장의 응원석에서 터져 나오는 흥겨운 감정이 아니다. 증권시장에서 주가株價가 올랐을 때 터져 나오는 흥겨운 환성이 아니다. 어두운 밤을 이겨낸 자들의, 세상 풍파를 다 겪고 난 자들의 울고 또 울고 하다가 눈물의 흔적 위에서 웃는 얼굴, 그리고 자기 상처를 달래고 끌어안는 크나큰 손끝의 흥이다. 즉 그 흥은 청년의 흥이 아니라 노인의 흥이다. 여기에 한국 정서의 비밀이 있다. 본래 흥은 청년의 감정이요, 원한은 노인의 감정이다. 그런데 이것이 거꾸로 되어 있다. 살고자 하는 생의 감정은 원한으로 바뀌어져 있고 반대로 세속의 감정을 절단할 때 도리어 흔히 생겨난다. 흥겨운 생이 현실에서 좌절되어 원한으로 바뀌는 것이 아니라, 원한으로 출발하여 흥으로 끝나는 것이 한국인의 정서적 편력인 것이다.

…… 슬퍼하노라(설워하노라).

…… 잊어신들 어떠리(잊으리).

…… 흥겨워하노라(즐거워하노라).

이러한 순서로 우리 천년의 가락들은 굽이쳐 흐르고 있다.

II
님의 시학

시조에 담긴 한국인의 마음

시조時調의 형식形式

"이화에 월백하고 은한이 삼경인제 / 일지춘심을 자규야 알랴마는 /
다정도 병인 양하여 잠 못 들어 하노라."

중학교 때의 일이다. 쉬는 시간에 나는 이조년李兆年의 이 시조
를 칠판에 쓰고 장난을 하고 있었는데 마침 무섭기로 이름난 과
학 선생이 들어오셨다. 너무 감격해서 종 치는 소리를 못 들었던
가 보다. 칠판에 낙서를 하다가 들키면 으레 벌을 받았다. 그런데
그 과학 선생은 야단을 치려다가 그 시조를 읽어보고는 "좋아! 좋
았어" 하고 고개를 끄덕이더니 곧 사면해주었다. 아마 다른 시를
써놓았더라면 그렇게 못했을 것이다. 한국인이라면 누구나 시조
를 대할 때에 친숙한 감동을 느끼게 된다.

그래서 고전문학의 형식들은 그것이 시가이든 산문이든 공룡

이나 매머드처럼 모두 사멸해버렸지만 유독 시조만은 오늘날에도 여전히 그 핏줄이 끊기지 않은 채 숨 쉬고 있다.

여말 때부터 생겨난 문학 형식이지만 사실 그 기원을 따져보면 「만전춘」같은 여요麗謠에서도 그 싹을 찾아볼 수 있다. 거의 천 년 동안 내려온 문학 형식이라고 할 수 있다. 그만큼 한국인은 시조를 사랑해온 셈이고, 또 시조 형식이 한국인의 체질이나 성격에 잘 맞았다는 이야기가 된다.

시조가 한국인의 호흡, 사상 그리고 그 문학적 꿈을 담는 데 가장 좋은 그릇이었다면 시조 형식의 특징이 바로 한국인의 특징이 될 수도 있을 것이다.

시조의 발생에 대해서 학자들마다 그 설이 제각기 다르지만, 크게 보면 여요가 시조의 형식으로 변모되었다는 설과 한시의 번역 형태에서 생겨난 것이라는 주장이 있다. 그러나 시조를 실제로 한역해보거나 한시를 한글로 번역해보면 서로 잘 맞지 않을 뿐만 아니라 무리가 많이 생긴다. 그런 것으로 보면 시조는 한국 고유의 독자적인 시 형식으로 보는 편이 타당할 것이라고 생각된다.

시 형태를 보면 일본의 하이쿠보다는 길고 일반적으로 한시보다는 짧다. 재미난 것은 중국·한국·일본 3국은 밀접한 관련이 있어 대단히 비슷한 문화권을 형성하고 있지만, 그러면서도 따지고 보면 제각기 다르다. 그런데 그것을 비교해보면 무엇이든 한국은 중국과 일본의 한가운데 위치해 있다는 느낌이 든다. 시만 아니라 담을 보더라도 중국 것은 높은데 일본 것은 낮다. 한국은 그 한가운데이다.

시조 형식은 개인이나 시대에 따라서 조금씩 다르긴 하지만 초·중·종의 3장으로 이루어진 단가라는 그 특색만은 파괴될 수 없을 것이다. 이렇게 초장·중장·종장의 세 구분으로 된 형식 속에 정서와 그 사상을 담자면, 그 노래의 특성은 자연히 논리적인 전개에 의존하게 된다.

초장은 문제의 제기提起, 발달이고, 중장은 그것은 발전시켜가는 전개, 그리고 종장은 결론이다. 그러니까 시조로 무엇인가 노래 부른 것을 보면 이상하게도 논문을 단순화한 것 같은 느낌을 준다. 가령 일본의 하이쿠는 짤막한 한 줄 속에 느낌과 생각을 요약하려고 하니까 논리적인 인과나 과정을 전개할 수 없다. 보다 직관적이고 묘사적이다.

그렇다면 의외로 한국인은 직관보다 논문적 형식을 좋아했다는 이야기가 되는데, 우리가 흔히 알고 있는 통념과는 좀 어긋나는 말이 아닌가?

조선조의 선비들을 생각해보면 될 것 같다. 유생들은 자유분방한 감정을 좋아하지 않았다. 유학 중에서도 형식 논리가 가장 승한 주자학朱子學이 성했다. 조선조의 정치를 보나 당시의 선비들 생활을 보나 비단 시조만이 아니라 인생 자체를 초장·중장·종장의 3행으로 깔끔하게 추려서 바라본 것 같다. 선비들은 꼬장꼬장 잘 따졌고, 언제나 종장 부분의 결론을 중시했다. 즉 분명하게 살았다는 느낌이 든다.

시조가 결론을 중시하는, 말하자면 종장에 역점을 둔 예술이라는 것은 실로 수긍이 가는 말이다. 조선조 초기에 사설시조辭說時調 같은 변형된 시조 형식이 등장했지만, 종장은 평시조와 다를 것이 없다. 그러니까 인생을 하나의 흘러가는 과정의 부분으로 파악하기보다는 논리적 통일성을 지닌 완결체로 본 것이다.

추상적인 말보다는 실제로 앞에서 예로 든 이조년의 시조를 가지고 분석해보자.

봄밤에 달빛이 비치고 있다. 이화梨花도 흰빛이고, 달빛도 희다. 거기에 별까지도 은하까지도 흰빛이다. 이조백자처럼 청초한 백색이 삼위일체를 이루고 있다.

"일지춘심을 자규야 알랴마는"의 중장은 청각적으로 봄밤을 묘사한 것이다. 초장이 시각적으로, 즉 눈으로 본 봄밤이라면 중장은 귀로 들은 봄밤이다. 자규…… 접동새의 울음소리가 들려오고 있는 것이다.

중장은 초장의 시각적 세계가 청각의 세계로 옮겨진 것인데, 가만히 따져보면 감각의 변화만이 아니라 감각 자체가 내면적인 마음의 세계로 천천히 옮아가고 있다는 사실을 알 수 있다.

춘심! 봄을 지닌 마음은 봄의 감각이 봄의 정서로 발전 전개된 것이다. 그리고 "자규야 알랴마는……"이란 구절도 그냥 접동새 소리를 듣고 있는 것이 아니라 그것을 듣고 있는 자신의 정감을 간접적으로 토로吐露하고 있다. 초장과는 분명히 다르다.

이렇게 발단—감각, 전개—정서(춘심)의 초장·중장을 마무리 짓는 것이 종장 "다정도 병인 양하여 잠 못 들어 하노라"이다. 매듭을 짓는다는 것, 어느 형태의 문학이나 매듭이란 중요한 것이다.

바느질을 하는 여자도 실 끝에 매듭을 매지 않으면 헛수고로 돌아간다. 그런데 이 종장을 보면 정서에서 관념으로 이해되어 초장, 중장의 그 감각이나 정서에 어떤 결론을 내려고 하고 있다는 사실을 느낄 수 있다. "잠 못 들어 하노라……"가 그것이다. 애상적인 봄밤의 감각이나 정서에 대한 코멘트이다. 만약 시조가 뚜렷한 초·중·종의 3행시가 아니었더라면 이런 코멘트, 즉 결론으로 끝내지 않고 그냥 회화나 음악처럼 접동새의 울음소리로 끝날 수도 있었을 것이다.

종장에서는 무엇인가 이미 형식상으로 감정이나 정서를 정리하도록 강요되고 있다. 그러므로 기쁨이나 슬픔이나 어떤 풍경을 묘사하는 데서 그치는 시조는 거의 없다.

인간은 다 마찬가지지만 한국인은 삼분법적三分法的 사고방식을 아주 좋아한다. 모든 게 삼세번으로 완성되기 때문이다. 그래서 의외로 시조는 관념적 형태의 문학을 낳게 한 것이다. 서경적敍景

的인 묘사시描寫詩보다는 메시지를 전달하려는 교훈적인 시에 오히려 잘 맞는다. 우리나라의 문학에서 감각 문학보다는 관념 문학이 더 승한 이유도 여기에 있다고 할 것이다. 시조로 쓴 「훈민가訓民歌」를 보면 그렇게 잘 짜여질 수가 없다.

"어즈버……"니, "아이야……", "아마도……" 등의 종장 첫 구의 감탄구나 또 종장 종구의 "~하노라", "~하여라", "~하노매라", "~모르리라" 등이 가장 많이 쓰이고 있는 것을 보더라도 알 수가 있다. 시조가 선비들에게 잘 맞는 노래 형식이란 점은 시조 그것이 메시지를 담는 데 편했기 때문이라고 생각된다.

그러니까 메시지나 논리를 담지 않으려 할 때에는 결국 결론적인 말로 결론을 거부하는 형식을 택할 수밖에 없다. "~나도 몰라 하노라"로 끝나는 시조가 바로 그 유형에 속하는 것이다. 몰라도 가만히 있을 수가 없다. 분명하게 코멘트할 수 없는 인생이나 감정까지도 시조 형식에서는 이렇게 분명히 그 시적 감정을 밝혀야 한다. 이에 맞추어야 되기 때문에 그런 점에서 시조는 토의의 문학이라고 할 수도 있다. 시조는 술잔을 사이에 놓고 노래로 회답할 때에도 많이 쓰였다. 그래서 시조의 형식으로 논쟁이 가능했던 것이다.

그것이 그 유명한 정몽주鄭夢周의 「단심가丹心歌」와 방원芳遠의 「하여가何如歌」의 대결이었다. 짧은 단가에 자기 태도나 이념을 분명히 밝혀낼 수 있다는 순백의 논리가 시조처럼 잘 드러나 있는 문학 형식도 드물다. 이조백자처럼 조선조의 문화는 그늘이 없는 문화였다.

종장으로 코멘트하고 밝히고 주장하는 문화였다. 사화士禍가 그렇게 많았어도 선비들은 초·중·종의 맥락을 분명히 해야 했고 또 그렇게 강요를 받았다. 그러므로 정몽주의 「단심가」와 방원의 「하여가」는 비단 조선조 건국의 정치 문제만이 아니라 시조 문학의 성격을 양분하는 두 태도를 암시한 것이라고도 할 수 있다.

역시 정몽주의 「단심가」에서는 초·중에서 제시 전개한 자기의 이념을 종장에서 매듭을 짓는 것이다. "님 향한 일편단심이야 가실 줄이 있으랴"이다. 「하여가」의 "이런들 어떠하며 저런들 어떠하리"의 삶의 태도에 대해서 이것과 저것을 분명히 식별하고 갈라놓는 태도이다. 그러기 때문에 「하여가」형의 내용보다는 「단심가」가 시조에는 더 잘 어울린다.

같은 시조지만 정몽주 것은 선언문이다. 메시지의 예술이며, 참여파 문학이다. 그런데 「하여가」는 반대로 관념이나 논리가 아니라 이미지로밖에는 설명될 수 없는 세계를 그린 시이다. 논리보다는 만수산의 드렁칡이라는 이미지를 내세울 수밖에 없다. 反메시지의 문학…… 퇴폐적인 문학이다. 그래서 이 두 시조를 놓고 보면 정치, 이념 등으로 볼 때 단연 정몽주가 우세하지만 예술상으로 보면 「하여가」 쪽이 우세하다. "이몸이 죽고 죽어 일백 번 고쳐죽어……"는 설득력이 없다. 자기 이념만을 되풀이 강조한 것이기 때문이다. 그러나 시 자체로 볼 때 "이런들 어떠하며 저런들 어떠하리"는 허무주의를 바탕으로 한 인간의 자연성과 그리고 관념을 배제排除하려는 드렁칡의 미학美學이 있다.

교훈적이고 이념적인 「단심가」계열의 시조와 「하여가」와 같은 반메시지의 시조는 두 줄기 다른 대응을 보이고 전개되어나간다.

「하여가」계통은 선비들이 벼슬을 떠나 자연에 귀의歸依하는 은둔가隱遁歌에서 많이 찾아볼 수 있고 기생들의 사랑을 읊은 노래로 맥을 이어가고 있다.

「단심가」는 나라에 충성하고 부모에 효도를 하라는 「훈민가」 등 교훈을 목적으로 쓰인 것이나 충정을 노래한 「사군가」 등에서 많이 찾아볼 수 있다.

조선조의 선비들은 거의 다 귀양을 한 번씩 간 사람들이기 때문에 그 체험 자체에도 양면성을 지니고 있다. 벼슬을 할 때의 '나'와 귀양살이를 하는 '나'…… 하나는 세속 속에 참여해 있는 상태이고 다른 하나는 세속을 떠나 자연에 귀의하는 상태이다. 전자가 유교적이라면 후자는 노장적老壯的이고 불교적이다. 그러나 어느 것이든 시조가 지니고 있는 관념적 서술의 형태는 같았다. 감각성은 양쪽 다 희박했다.

여말의 초기 시조들은 대개가 다 이념을 노래한 것보다는 개인의 정감을 읊은 것들이 지배적이었다. 그런데 조선조에 와서 유교 문화가 성숙해질수록 이념적인 내용들이, 즉 목적의식을 가진 시조들이 많이 등장하게 된다. 시조는 유학과 더불어 싹트고 유학과 더불어 성장했으며 유학과 함께 쇠퇴해갔다고 할 수 있다. 유교와 운명을 같이해온 문학 형식이라고 할 수 있을 것이다.

여요의 문학이 여자 중심적인 것이라 할 수 있다면, 시조는 남성 그리고 노인 중심적인 노래라 할 수 있다. 물론 기생들이 많이 불렀지만, 대체로 시조는 그 형식 자체가 요설饒舌스러운 젊은이나 여자들보다 의젓하고 점잖은 문학 형식이라고 하는 편이 좋을 것 같다.

격정적인 것을 읊자면 노래가 길어지고 되풀이가 많게 된다. 시조는 짧은 형식이니까 생각나는 대로 외치듯이 부를 수는 없다. 앞에서 말한 대로 발단·전개·결론으로 정리해서 노래 부르는 단정한 맛이 있어야 한다.

그래서 여말의 초기 시조들은 대개가 노인들이 늙기 서러워하는 백발탄들이거나 그렇지 않으면 은자들의 생활을 읊은 것들인데 그것 역시 자연의 낭만적인 생활보다는 청빈淸貧이나 절도 있는 유교적인 생활을 바탕으로 한 것으로 역시 노년 감정을 읊은 것이라 할 수 있다.

그러므로 기생들의 연가라 해도 "님과 나와 얼어 죽을망정"이란 여요의 「만전춘」처럼 야단스럽지가 않다. 의젓하고 점잖다. 시조를 읽다보면 참 우스운 현상이 하나 있는데 밤에는 모두 "잠 못 들어 하노라"이고 반대로 낮에는 "낮잠 자다 깨어보니"가 아니면 "잠든 나를 깨우나니"이다. 이것 역시 노인 감정이다. 밤에는 잠이 없고 낮에는 낮잠을 잔다. 부엉이와 비슷한 데가 있다.

"초당에 일이 없어 거문고 베고 누워 / 태평성대를 꿈에나 보려더니 / 문전에 수성어적數聲漁笛이 잠든 나를 깨워라"의 유성원柳誠源의 시조만 봐도 낮잠 자는 이야기다.

그러나 낮잠이나 밤에 잠 못 들어 하는 것이나 표면으로 보면, 노인의 무기력이라 할 수 있겠지만 그 이면을 캐보면 선비들의 굴하지 않는 그 대쪽 같은 깐깐한 이유들을 찾아볼 수 있다.

잠 못 들어 하는 것은 나라를 걱정하고 임금을 그리워하기 때문이었다. 위에서 말한 유성원의 시조도 수양대군이 김종서金宗瑞를 죽인 것을 보고 읊은 시라고 한다. 조용히 세상을 살아가고 꿈에서나마 태평성대를 보려고 했는데 그 잠마저도 방해를 당하는 것이다. 이런 완곡법이나 우의법 역시 노숙老宿의 경지로서 감정을 직설적으로 표현하는 것을 억제하려 한 데서 나온 기법이다. 그렇게 따지고 보면 시조의 특징인 종장은 무엇을 주장하고 있는 것 같으면서도 실은 그 주장을 감추려는 데 시조의 참맛이 있다.

그것이 바로 어른스러운 문학이 아니겠는가? 형식적으로 보면 결론이지만, 따지고 보면 결론이 아니라는 것……. 이것은 인생을 오래 관조하고 몸소 겪어본 완숙한 사람이 아니면 결코 흉내 낼 수 없는 경지이다.

그래서 시조는 묵화, 난초 같은 그림이라고 말할 수 있다. 몇 개의 난초잎, 그것을 언어의 경지로 바꿔놓으면 시조가 될 것이다. 결론처럼 보이지만 그것은 표면일 뿐 실은 안에 다른 의미를 갖고 있다는 것은 김상용金尙容의 시조에 잘 나타나 있다.

"오동에 듣는 빗발 무심히 듣건마는 / 내 시름하니 잎잎이 수성愁聲이로다 / 이후야 잎 넓은 나무를 심글 줄이 이시라……".

종장의 뜻은 잎 넓은 나무 오동 같은 나무를 절대로 심지 않겠다는 전술이다. 그러나 김상용이 이 시조에서 정말 말하고 싶었던 것은 오동나무를 심은 것을 후회하고 있는 심정이 아니라, 그 잎에 떨어지는 빗방울 소리와 그 정감을 노래 부르고 있는 것이다. 부정을 통해서 긍정을 나타내고 있다.

시조 형식은 서정시로 볼 때에 좀 부적당한 것처럼 보인다. 짧으면 아주 짧거나 길 테면 좀 더 길어야겠는데 어중간하다. 그리고 앞에서 지적한 대로 초·중·종의 형식이 논리적 구조를 갖게 되므로 시의 분위기를 해칠 수도 있다. 시는 논리적으로 전개되기 보다는 이미지나 비약飛躍하는 정감의 흐름을 따라가는 것이기 때문이다.

그러기 때문에 시조를 잘 쓴다는 것은 역설적으로 그러한 형식을 뛰어넘어야 한다는 것이다. 초·중·종에 맞추면서도 논리를 벗어나는 것, 결론을 내리면서 결론을 없애거나 감추는 것, 여기에 시조의 생명이 있지 않나 보여진다. 마치 붓글씨와 같다.

서양의 펜은 딱딱하고 그 붓(브러시)은 뻣뻣하다. 그런데 우리나라의 붓은 힘이 없다. 그러기 때문에 도리어 붓글씨에는 힘이 생기는 것이다. 힘은 허한 데서 나오는 것이다. 시조가 어중간하다고 한 것은 우리나라에 엉거주춤이란 말이 있듯이 한국의 힘은 이 어중간한 데서 생겨난다는 뜻에서 한 말이다. 시조에서 많이 나오는 표현 가운데에 어중간한 것들이 많다.

"필둥말둥하여라"는 핀 것인지 안 핀 것인지, "오락가락하여라"란 말은 온 것인지, 간 것인지…… 시원섭섭이라는 말처럼 중간 언어가 참 많다. 그것이 한국적 정서의 매력이요, 슬기이기도 하다. 인생은 생선 토막처럼 한가운데를 토막 낼 수 없는 것이다.

시조 형식의 특징은 분명한 것, 논리적인 것이라고 했는데 막상 따지고 보면 그 정반대의 면도 있다.

시조 형식은 분명하고, 논리적이고 끝마무리가 강하다. 그냥 그 형식대로 쓰면 구호밖에 될 것이 없다. 그러니까 거꾸로 분명하지 않게, 너무 빤한 논리에 빠지지 않게, 또 끝마무리를 분명치 않게 하는 역설이 생겨나게 된다. "소경은 넘어지지 않는다"는 말처럼 이런 역설이 말이다.

형식은 언제나 반대급부의 현상을 일으켜주는 것이다.

님의 사랑을 담는 그릇

시조時調와 부정否定의 세계

사람들은 무슨 말을 하든지, 그 결과는 세 가지 태도로 요약된다. 즉 '예[yes]', '아니오[no]', '글쎄요[may be]'이다. 이것을 색채로 나타낸다면 흑·백·회灰가 되겠고, 개념적인 말로 옮긴다면 긍정·부정·모순[判斷保留]이 된다.

시조의 세계도 이렇게 나누어볼 수 있을 것 같다. 우선 시조 문학에서 주로 선비들이겠지만 우리의 선조들이 무엇을 부정적으로 노래했는가, 그 아니오의 목소리를 먼저 들어보자.

여말麗末에서부터 조선조 말까지 약 550년 동안에 제작된 시조는 총 3천 수 가까이 된다. 정병욱 교수가 명확히 조사한 총 편수는 2,376수이다. 여기에 나타난 어휘를 정병욱 교수는 빠짐없이 추출하여 그 빈삭도를 조사해보았는데, 긍정적인 말보다는 부정적인 어휘들이 훨씬 많다는 사실을 알아내게 되었다고 한다. 말하자면 동사만 예를 들더라도 '웃다'보다는 '울다'라는 말이 많고, '살다'보다는 '죽다'가 더 많이 나온다고 한다. '살다'는 아흔 여섯 번 나오는데, '죽는다'는 말은 107번이 등장한다.

그리고 만나는 것보다는 헤어져서 그립다는 쪽이 압도적이다. '가다'는 536번 나오는데 '오다'는 352번밖에 안 된다. 조세핀 마일스가 영미 시인 2백 명을 조사해서 쓴 어휘 수와 비교해보면 정반대인 경우가 많다. 영미시에서 '오다'가 151번으로 '가다'의 129번보다 더 많이 등장하는 것으로 되어 있다.

결국 시조의 어휘 수만을 놓고 볼 때, 그 문학은 명랑하고 희망적이기보다는 우울하고 절망적인 상황에 놓인 인간상을 그려낸 문학이라고 해석할 수 있을 것 같다.

어휘의 빈삭도頻數度만이 아니라 실제로 세상살이의 어려움을 직접적으로 노래 부른 시조들이 많다. "살을 일이 어려왜라!"라는 한숨으로 종장을 끝맺고 있는 시조들이 많은데, 그것을 분석해보면 대부분이 인간관계에서 오는 좌절이요, 부정이라는 데 그 특색이 있는 것 같다. 비단 시조에만 국한된 경우는 아닐 것이다. 『로빈슨 크루소』에도 무인도에서 짐승 발자국을 보고는 놀라지 않는데, 사람 발자국이 있는 것을 보고는 몹시 두려워하는 장면이 나온다. 사람이 제일 두려워하는 것은 바로 사람 자신인 것이다. 그래서 "말하면 잡류라 하고, 말 아니면 어리다 하네 / 빈한을 남이 웃고 부귀를 세우는데 / 아마도 이 하늘 아래 살을 일이 어려왜라"—이래도 욕을 먹고 저래도 손가락질을 당하는 세상 속에서 살아가기 힘들다는 이 시조는 남을 헐뜯기 잘하는 한국 사회의 한 단면을 여실히 보여주고 있는 것 같다.

경제적인 어려움이나 병고를 두고 한탄한 노래는 거의 없다. 시조를 보면 대인 관계라든가 세상 인심을 풍자하고 탄식한 것들이 대부분이다. 이양원李陽元의 시조에도 보면 "높은 나뭇가지에 자기를 올려놓고 흔드는 벗님네들"을 향해 하소연하는 것이 있다. 올려놓고 흔드는 세태를 원망한 노래이다.

정철의 시조 가운데도 그와 비슷한 한숨 소리를 들을 수 있다. 나무가 호화롭게 서 있을 때에는 오는 사람, 가는 사람 다 쉬어가더니 병이 들어 잎 지고 가지 꺾인 뒤에는 새 한 마리도 와서 앉지 않는다는 노래이다. 조선조는 주로 가족 윤리를 바탕으로 한 사회였기 때문에 집안의 부부나 모자간의 관계는 비교적 엄격하게 잘 이루어졌지만 대문 밖에만 나오면 바람이 모질게 불었다. 지금도 우리는 집안의 손님에게는 친절해도 길에서 만나는 낯선 사람과의 관계는 몹시 냉담하다.

뿐만 아니라 정치도 가족 윤리처럼 파당을 이루어 자기 편들에겐 따뜻했지만 다른 파교에게는 모질게 대했다. 조선조의 당쟁사화黨爭士禍 때문에 선비들은 세상을 또 부정적으로 바라본다. 시조의 주축主軸을 이루는 것은 선비들이었기 때문에 인간 사회를 긍정적으로 바라보기 힘들었다. 결국 거기에서 시조는 부정의 문학 쪽으로 기울게 되는 것이 아닌가 생각된다.

시조에는 비, 바람, 구름 등의 기상어가 많이 나온다. 『청구영언』을 대상으로 조사한 바에 따르면, 비 37, 구름 20, 눈 22, 바람 38로서 만만찮은 비중을 차지하고 있다. 이때의 비, 바람, 구름은 대개가 정치 기상을 상징한 것으로 당쟁을 나타낸 것들이 많다. 정적政敵이나 간신들은 임금의 성은聖恩, 즉 햇빛을 가리는 구름이고, 이 구름이 모여들면 거기에서 폭풍우가 휘몰아친다. 시조는 이상스럽게도 자연을 노래하는 긍정적 시조에는 은유가 별로 나오지 않는데, 정치성을 띤 부정적 시조에는 이렇게 비, 구름, 바람 등의 은유가 많이 나오고 있다. 이렇게 은유의 발생이 미학을 위해서 생겨난 것이 아니라 정치적 표현으로 등장했다는 것부터가 시조 문학이 선비들의 파쟁派爭과 밀접한 연관성이 있다는 것을 암시한다.

"간밤에 부는 바람 눈서리 치단 말가 / 낙락장송이 다 기울어 가노 매라 / 하물며 못다 핀 꽃이야 일러 무삼하리오"의 유응부兪應孚의 시조가 바로 그 대표적인 예이다. 낙락장송은 사육신死六臣의 충절을, 못다 핀 꽃은 단종端宗을 나타낸 것이다.

기상은 예견할 수 없다. 언제 저 파란 하늘이 먹구름으로 덮여 폭풍이 칠지 모른다. 조선조의 선비들은 당장 권력을 쥐고 있어도 언제 비바람에 꺾일지 모르는 폭풍우 콤플렉스를 지니고 살았다. 폭풍우 속에서 떨고 있는 나무였으며, 풍파 속에 떠 있는 편주였다. 그래서 벼슬길을 환해宦海…… 거친 바다라고 했다.

정철은 허술한 배를 가진 사람들을 보고 풍랑이 이니 조심들 하라는 시조를 쓴 적이 있는데, 겉보기에는 꼭 오늘날 중앙관상대의 풍랑주의보 같은 시조이지만, 사실은 정치바람을 두고 한 소리이다. 그러니까 선비들은 모두 자신을 소나무로 보았고 반대파들은 이 나무를 쓰러뜨리는 바람이나 나무꾼의 도끼, 심지어 나무를 파먹는 벌레 같은 것으로 생각했다. 따라서 대단히 수동적으로 정치 풍토를 바라보았다는 말도 된다. 나무는 도망가지 못한다. 그냥 당할 뿐이다. 비·바람은 예상할 수도 없으려니와 막을 길도 없다. 정치를 기상적으로 보았다는 것은 역사를 숙명적인 것으로 봤다는 이야기도 된다.

좀 더 적극적인 것이 있으면 자신을 탁목조琢木鳥에 비유한 정도였다. 충신들의 소나무를 파먹는 벌레(간신)를 찍어 먹는 딱따구리가 되고 싶다고…….

만약 비·바람이 아니라 벌레 같은 해충으로 정치악을 보았더라면 좀 더 적극적인 시조들이 나왔을 텐데 하늘에서 생기는 기상으로 보았으니, 참고 견디거나 숨는 수밖에 별도리가 없었던 것이다.

그래서 "이 하늘 아래에서 살기 어려왜라!"라는 탄식이 결국 나도 몰라 하노라의 체념으로 바뀔 수밖에 없었다. 세상일에 대해서 도전하고 개혁하려는 시조보다는, 불가지의 것으로 덮어버리는 패배자의 미학이 나올 수밖에 없었다.

홍적洪迪의 "어제 오던 눈이 사제沙堤에 오돗던가 / 눈에 모래 같고 모래도 눈이로다 / 아마도 세상이야 다 이런가 하노라"의 경우가 그렇다. 눈이 모래 같고, 모래가 눈 같다고 판단하기 힘든 것으로 세상일을 보았으니 그 결론은 "나도 몰라 하노라"의 포기였다.

신흠申欽도 그랬다. "반디가 불이 되다 반디지 왜 불일소냐 / 돌이 별이 되다 돌이지 왜 별일소냐 / 불인가 별인가 하니 그를 몰라 하노라"—세상의 진위를 가리기 어렵다는 한탄이다. 대개 이런 시조는 종장이 체념적인 어구로 되어 있다. "이런가 저런가 하니 아무란줄 몰래라"든가 "매일에 한 잔 두 잔하여 이렁저렁하리라"와 같이 애매모호한 말을 쓴다.

폭풍우의 은유에서 이런 시조에 오면 동의어 반복의 수사학을 쓴다. 논리가 안 통하는 경지이니까, 의성어나 의태어 같은 직관적 표현을 쓰기도 한다. "이리도 그러그러 저리도 그러그러……"라든가 "이성 저성 다 지내고 흐롱하롱 이룬 일 없네", "시절도 저러하니 인사도 이러하다 / 이러하거니 어이 저러 아닐소냐 / 이렇다 저렇다 하니 한숨겨워 하노라(이항복)" 등이다.

한국어 가운데 자기 태도를 확실하게 나타내지 않는 비논리적인 말이 많다. '그러그래', '그럭저럭', '이렇게 저렇게', '그러나 저러나……'. 말하자면 '아니오[no] 문학'이 '글쎄요[may be]의 문학'으로 옮긴 것이다. 긍정도 부정도 아닌 판단 보류나 모순을 나타낸 문학이다.

그것이 「하여가」에 나타난 순응주의順應主義의 싹이다. 부정만 가지고는 살아갈 수 없기 때문에 괴로운 현실과 타협하려 하고 잊으려 한다.

그렇다고 불의와 타협할 수는 없지 않은가! 그래서 시조에는 세상을 향한 한숨이나 주저의 말들이 나오는가 하면, 그것을 잊으려는 망각의 언어들이 등장하기도 한다. 눈을 돌리는 것이다. 정치 풍토에서는 늘 차가운 비와 바람, 서리가 내리니까 정치에서 손을 떼고, 자연으로 돌아가려는 은둔隱遁의 노래가 나온다.

인간을 향해서 '아니오'라고 부르짖던 소리가 자연을 향해서는 '예'로 바뀌는 것이다. 시조 문학에서는 긍정을 나타낸 것은 모두가 자연—달·꽃·강촌·백로 등이다.

선비들의 길은 벼슬길이지만, 거기에서 좌절하거나 귀양살이를 하게 되면 타의든 자의든 자연의 길로 돌아온다. 그러니까 시조의 문학도 두 갈래 길이었다. 다리를 저는 나귀에 거문고와 몇 권의 책을 싣고 노화蘆花와 백로白露가 노는 전원으로 귀향한다. 그래서 시조에는 자연을 예찬한 흥겨운 노래가 많지마는 그것을 뒤집어보면 폭풍우의 노래가 되는 셈이다.

부정에서 생겨난 긍정이니까 자연 속에 묻혀 한가롭게 살고 싶다는 것은 그만큼 인간 사회에서 살아가기 힘들었다는 반증이 되는 것이다. 시조 어휘의 빈삭도 조사에서 드러난 것을 보면, 술이란 말이 압도적으로 많아 176번 나오는데, 명사 가운데 제5위를 차지하고 있다. 더구나 그 술은 시름을 잊게 하는 것으로 그려진다. 꽃이나 달이나 백로란 말도 결국 따지고 보면 좌절을 달래주는 술과 마찬가지인 것이다.

서양의 유토피아는 사회에 건설하는 것이었는데, 우리의 시조는 자연과 술의 망각 속에 세웠다. "술을 취케 먹고 두렷이 앉았으니 / 억만 시름이 가노라 하직한다 / 아해야 잔 가득 부어라 시름 전송하리라(정태화)"─좀 복잡한 이야기지만 자연을 대하는 태도에 있어서 유교적인 자연은 노장적인 그 자연과는 매우 다르다는 점이다. 시조의 자연은 자연 그 자체를 좋아했다기보다도 현세에 지친 선비들의 마음을 달래주는 휴양소 같은 자연이었다. 마치 화상을 입은 자리에 바르는 고약처럼 벼슬에 덴 선비들의 약과도 같은 자연이었다.

유교는 현세주의적인 것이니까 불교나 노장 철학과 달리 경세제민經世濟民하는 데 그 목적이 있었다. 요즘 말로 하면 선비는 시인이자 동시에 정치가였다. 시만을 위한 시라든가 학문만을 위한 학문은 유교 사회에서는 싹틀 수가 없었다. 그러므로 선비들이 노래 부른 시조가 순수한 세속을 등진 자연 예찬으로 흐를 수는 없었다. 그런데도 유교 문화의 상징이라 할 수 있는 시조에 자연 찬가가 그렇게 많이 나온 것은 정치 사회 풍토가 너무나도 험악했기 때문에 그 반작용으로 생겨난 현상으로 풀이할 수밖에 없다.

그러한 심리는 오늘날의 현대인에게도 있다. 도시에서 살다가 일이 잘 안 되면 으레 시골이나 내려가서 농사나 짓지라는 말을 한다. 그리고 또 조선조의 선비들은 대개 다 귀양살이를 한 경력이 있지 않은가. 그 고독한 유배지流配地에서 자연을 사랑하지 않고는, 그것과 벗하지 않고서는 도저히 살아갈 수 없었을 것이다. 귀양살이는 형벌을 내린 것인데 선비들은 도리어 피크닉을 가듯이 자진하여 강호江湖를 찾은 것처럼 노래 부르기도 한다.

시조는 귀양살이를 한 선비들의 자위와 자기 합리화의 노래라고도 할 수 있다. 이런 관점에서 본다면 자연을 노래한 시조 문학은 유배 문학으로 이해되어야지 외면적인 뜻 그대로 보아서는 안 될 것이다.

부귀공명富貴功名의 반대어로서의 자연이다. 사실 따지고 보면 순수하게 자연의 아름다움을 노래한 서정시 형태의 시조는 거의 없다. 왜 자기가 자연으로 돌아왔는가의 이유를 해명한 것, 자연을 세속과 비교해서 나타낸 것, 그리고 자연 속의 청빈을 노래한 것들이다.

"산중에 살자 하니 두견이도 부끄럽다 / 내 집을 굽어보매 솟적다 하는고야 / 군자는 안빈낙도니 그뿐인가 하노라"라는 시조에서 자연은 선비들이 이상으로 삼고 있는 안빈낙도安貧樂道의 이념으로서 그려져 있는 것이지 결코 심미적審美的인 감각 같은 것은 찾아볼 길이 없다.

"말 없는 청산이요, 태 없는 유수로다 / 값없는 청풍이요, 임자 없는 명월이라 / 이 중에 병 없는 이 몸이 분별없이 늙으리라"는 시조도 마찬가지다. 이 짧은 시조에 '없다'는 말이 무려 여섯 번이나 되풀이되고 있다. 세속적世俗的 삶을 '유有의 추구'로 본다면 자연적인 삶은 반대로 '무無의 추구'로 본 것이다. 그러니까 말 없고, 태 없고, 값 없고, 임자 없고, 병 없고, 분별없는 삶을 이상으로 삼고 있는 것이다. 부귀공명의 세계는 '있는 것'이고 자연은 '없는 것'의 상징이다. 자연을 예찬한 시조가 겉으로 보기엔 긍정의 문학 같으면서도 이면을 뒤집어보면 부정의 문학이 된다는 이유를 이 경우에서 쉽사리 알 수 있다. 현세 부정의 한 변형에 지나지 않는다.

그렇다면 시조 문학에서 진정으로 이 생에 대해서 긍정한 것은 무엇일까? 자연을 찬미한 노래, 술을 노래 부른 것은 실은 아픈 마음을 위장한 데 지나지 않는 것이다.

그것은 뭐니뭐니 해도 '님'일 것이다. 선비들에겐 임금이 '님'이고, 기녀들에겐 애인이 그 '님'이다.

시조의 명사 가운데 제일 많이 오르내리는 어휘가 바로 님이다. 403번이나 나온다. 시조는 '님의 노래'라 해도 지나친 말은 아닐 것이다. 자연도 종국終局에는 님을 위해서 존재하는 것이다. "내 마음 베어 내어 저 달을 만들고저 / 구만리 장천에 번듯이 걸려 있어 / 고운 님 계신 곳에 가 비취어나 보리라(정철)"에서 달빛은 님과 연결되어 있다는 것을 알 수 있다.

여울물 소리도 접동새 소리도 모두가 님으로 향해 있다. 시조의 연군가戀君歌는 결국 정몽주의 "님 향한 일편단심 가실 줄이 있으랴"의 변주곡들이다. 자고 깨는 것, 먹고 입는 것, 춘하추동의 계절처럼 시간이 흐르는 것, 그 모든 의미의 정점에는 '님'이 있다. 그러므로 이 님을 제거하면 모든 의미가 사라지고 만다.

누차 얘기를 했지만 연군가는 군주를 사모하는 신하의 마음을 노래한 것이라 여성에게 있어선 애인을 노래 부른 것과 동질의 것이다. 그러니까 선비도 기녀도 님을 예찬하거나 그리워하는 면에서는 똑같다. 님이란 말 앞에서만 선비와 기녀는 신분이나 성별에 관계없이 같은 노래를 읊을 수가 있었다. 시조 문학이 황진이에 와서 절정을 이룬 것을 봐도 알 수 있다.

"동짓달 기나긴 밤을 한 허리를 베어내어 / 춘풍 이불 아래 서리서리 넣었다가 / 어른님 오신 날 밤이여든 굽이굽이 펴리라" — 이 연시의 패턴과 귀양살이를 간 신하들이 "천리의 님 이별하고 잠 못 들어 하노라"라고 노래 부른 연군가는 서로 구별하기 힘들 것이다.

황진이의 그 시조를 분석해보면 시조 문학의 본질이 무엇인지 쉽게 이해할 수 있을 것이다. 노래만 3장으로 되어 있는 것이 아니라 그 내용 역시 세 가지 대상으로 나누어진다. '나', '님' 그리고 '밤'이다. 밤은 객관적인 시간이지만 '나'와 '님'의 관계 속에서 그 의미가 변화된다.

동짓달 밤은 길다. 내가 님을 기다릴 때에는 한없이 길고 답답한 밤이지만 님을 맞이할 때에는 반대로 너무 짧고 허망하게 꺼지는 밤이다. 동짓달 밤의 의미는 '님'을 정점으로 하고 있다.

황진이는 여자이다. 그러기 때문에 바느질을 하듯이 그 긴긴 겨울밤을 옷감을 마름질하듯이 자기의 뜻으로 재구성한다. 긴 겨울밤의 허리를 베어내는 것이다. 추상적인 시간을 구상화한 것이다. 그렇게 잘라낸 밤을 춘풍 이불 아래 서리서리 넣었다가 님이 오신 날 밤에는 굽이굽이 펴겠다는 것이다.

이때 '서리서리'는 응축凝縮을 나타내는 말이고 '굽이굽이'는 확대를 나타낸 말로 기묘한 대응 관계를 나타낸다. 기다림과 만남이 서로 대응을 이루듯이 말이다. 모순의 밤이다. 님을 기다릴 때에는 지루한 밤이요, 만났을 때에는 아쉬운 밤이다. 이 모순을 "서리서리"와 "굽이굽이"로 명확하게 드러내 보인다.

황진이의 마음은 바로 동짓달 밤 그 자체이기도 한 것이다. 님과 나와 밤은 모두 하나로 통일되어 있다. 님을 노래한 것이든 자연을 노래 부른 것이든 시조는 '너', '나'의 인간관계에 밤이라는 자연이 끼어들고 삼자의 통합에 의해서 한 세계가 완성된다. 시조의 님은 바로 지루한 밤을 즐거운 밤으로 옮겨주고 '서리서리' 감추어두었던, 예비해두었던 생을 '굽이굽이' 펴놓게 하는 힘이다.

지금까지 나는 시조를 이념의 문학이라고 했다. 연시戀詩라 할지라도, 또는 충성을 노래 부른 시라 할지라도, 자연이나 술을 노래 부른 것이라 할지라도 결국 '예스'·'노'·'메이비'의 뜻을 밝히려는 문학이란 사실을 알 수 있다. 황진이의 가장 순수한 연시라 할지라도 '동짓달 밤'에 대한 코멘트로 이루어졌다는 점을 놓칠 수 없다. 님을 기다리는 밤—노(부정), 님을 맞이하는 밤—예스(긍정)이다. 부정에서 긍정으로 뛰어넘기 위해서 황진이는 그 단절을 통합하는 이미지의 다리를 놓았다. 그것이 바로 '서리서리'와 '굽이굽이'이다. 그것은 서로 반대되는 것이면서도 하나이다. '굽이굽이' 펴려면 '서리서리' 응축해놓아야만 한다. 그것이 '메이비'라는 모순의 언어이다. 인간의 감정 역시도 슬픔, 괴로움, 그리움 같은 부정성에서 기쁨과 즐거움과 만남의 긍정성이 커지는 것이기 때문이다. "뛰기 위해서는 움츠려라!" 시조의 부정은 님이라는 긍정을 위해 마련된 예비 운동이라고 할 수 있을 것이다.

육체로 부딪치는 삶

사설시조辭說時調와 서민庶民들의 연정戀情

처음에 장미꽃을 여인에 비겨서 말한 사람은 '천재'이지만, 두 번째 그것을 말한 사람은 '바보'라는 말이 있다. 옛날이나 오늘이나 예술에서는 독창성이란 것이 생명이다. 그런데 시조를 읽다 보면 판에 찍은 듯한 형식과 소재, 주제 등의 되풀이에 하품이 나올 때가 많다.

국화는 오상고절傲霜孤節이고 낙락장송은 독야청청이다. 강호에는 으레 백조가 날고 밤에는 두견새가 운다. 주제는 충절 일변도이다. 그래서 천재적인 시조 작가들은 이런 상투적인 고루성固陋性으로부터 벗어나려고 애썼다. 송강松江이나 황진이의 시조가 높이 평가되고 있는 것도 바로 그 점이다.

특히 송강의 「훈민가」를 보면 예술가로서의 그 재능을 금시 느낄 수가 있다.

「훈민가」는 그야말로 판에 찍힌 유교적 윤리의 규범을 대중에게 계몽하려 한 것인데도 아주 참신하다. 이웃끼리 싸우지 말고 서로 화목하게 지내라는 대목을 봐도 "싸운다, 반목질시한다"는 말 대신에 "흘깃할깃하눗다"라는 의태어를 썼다. 눈으로 보는 것 같다. 한쪽에서 눈을 '흘깃' 뜨면 상대방은 그것을 받아 '할깃' 하고 노려본다. 뿐만 아니라 시조의 정형성定型性을 깨뜨려 변형시킨 것도 바로 송강이다.

「장진주사將進酒辭」가 그렇다. 3장체三章體의 시조 형식을 지키면서 중장을 보통 시조와는 달리 길게 썼다. "초장—한 잔 먹세그려 또 한 잔 먹세그려, 꽃 꺾어 산 놓고 무진무진 먹세그려. 중장—이 몸 죽은 후면 지게 위에 거적 덮어주리혀 메어가나, 유소보장流蘇寶帳에 만인이 울어예나, 어욱새 속새 떡갈나무 백양 숲에 가기 곧 가면 누른 해 흰 달 가는 비 굵은 눈 소소리 바람 불제 뉘 한 잔 먹자할고. 종장—하물며 무덤 위에 젠나비 파람 뉘우친들 어떠리." 이 시조의 내용이나 표현을 덮어두고라도 형식부터가 새롭다. 평시조와는 딴판이다.

깔끔하게 감추고 억제하는 꽃보다는 감정을 밖으로 쏟아 퍼붓는 맛을 느낀다. 죽 늘어놓는 맛이다. 평시조의 그 답답한 울타리가 뽑히고 한 귀퉁이 둑이 무너지면서 마치 산문처럼 말들이 콸콸 쏟아져 흐른다. "어욱새 속새 떡갈나무"라는 평속어의 중첩도 매란국죽의 식물만 나오던 평시조와는 다르다. 사군자와 달리 잡초의 일상성을 느끼게 한다. "누른 해 흰 달 가는 비 굵은 눈 소소리 바람……"은 이미 유생들의 도식화圖式化하고 관념화한 자연이 아니다. 늑골과 육체를 지니고 있는 말들이다.

그런 점에서 송강의 「장진주사」는 술만을 권하는 노래가 아니라 새로운 시조의 형식을 권하는 노래, 즉 사설시조의 길을 트이게 한 노래라고 볼 수도 있겠다.

「장진주사」처럼 중장이 길어지는 변형시조를 사설시조라고 하는데 영·정조 시대에 와서 널리 퍼지기 시작했다. 그러니까 송강은 한 세기나 앞선 것이다. 이건 어디까지나 가설이긴 하지만 사설시조가 비록 영·정조 때 생긴 것이라 해도 그 원류는 송강의 「장진주사」에서 비롯된 것이고, 그 뒤 「권주가」로 애송되어오다가 평민들에게 퍼져 그들의 기호에 맞음으로써 사설시조의 형태가 생겨난 것이 아닌가 생각된다. 진본 『청구영언』을 보면 사설시조가 나오는 만횡청漫橫淸 제일 위에 송강의 이 「장진주사」가 실려 있다는 것을 봐도 그렇다.

서양의 소네트는 단테가 처음 시도했지만 몇 세기 뒤에 비로소 유럽 일대에 퍼지게 되었다. 그 경우처럼 사설시조 역시도 17세기에 나타나서 18세기에 와서 널리 불려진 것이라고 말할 수 있을 것이다. 문제는 영·정조 때 와서 새로운 시조의 형식이 생겨난 이유 그리고 평시조가 양반들의 것이었는데 비해 사설시조는 평민들에 의해 만들어지고 불려졌다는 점을 따져봐야 할 것이다.

사설시조는 말시조라고도 한다. 같은 노래라 해도, 사설시조는

'노래'에서 '말'로 옮기려는 경향, 말하자면 산문散文 정신이 싹트기 시작했기 때문이라고 볼 수 있다. 사설은 운문韻文과 산문의 중간 형태의 것이라 할 수 있다.

사설시조를 사설로 보지 않고 사슬[鎖]시조라고 풀이하는 사람도 있다. 사슬처럼 자꾸 엮어나간다는 뜻이다. 이렇게 보나 저렇게 보나 시조 위에 사설 자가 더 붙어 있다는 것은 평시조의 단시 형태와 다른 산문적 특성을 의미하는 것이라고 볼 수 있는 것이다.

영·정조에 와서 실학파實學派가 싹터 유학의 형식 윤리에 대한 도전이 생겨나고, 양반 계층에 대한 비판, 그리고 평민들이 점차 눈을 뜨게 된다. 구체제에 대해 금이 생겨날 때 조선조의 유교 문화의 상징이었던 그 평시조에도 변화가 일어난 것이라고 할 수 있다. 판소리계의 소설들이 탄생하는 것도 이때다. 평민들이 주체가 된 사설시조는 그 시대의 새로운 기운을 상징하는 것이다.

"새 술은 새 부대에"란 말이 있다. 그런데 이 새 부대를 보자. 3장체를 그대로 지키면서 중장만 길어졌다는 것, 특히 종장은 평시조와 똑같다. 한국인의 의식구조를 대변하는 예와 같다. 전적으로 새 부대를 만든 것이 아니기 때문에 이미 있는 부대의 가운데만 늘린 것이다. 실학도 그렇다. 유교 자체를 거부한 것이 아니라, 부유腐儒, 말하자면 당대의 '잘못된 유생'들을 비판한 것이다. 어디까지나 유교라는 테두리 안에서의 변혁이다.

농경민이라서 그런지 전면 부정보다는 부분 부정의 소심성이
나타나 있다. 사설시조는 중장만 바꾼 것이기 때문에 그렇게 길
어졌어도 초·중·종의 시조가 지닌 근본적 형식에서는 변함이 없
다.

대체로 한국인은 형식에서 벗어나면 불안감을 느끼는 것 같다.
어떤 틀에 의지하려고 하는 경향이 짙다. 해수욕장엘 가보면 누
구나 다 튜브를 들고 다닌다. 그 비닐 튜브라는 게 장식품 같아서
눈으로 보는 것이지 실제 수영을 할 때에는 별 쓸모가 없는 것이
다. 그런데도 해수욕장엘 가면 너나 할 것 없이 튜브를 들고 다니
지 않는 사람이 없다. 튜브의 홍수가 벌어진다. 유럽의 해수욕장
풍경과 가장 다른 것이 있다면 바로 그 점일 것이다. 알몸으로는
불안하니까 튜브는 깃발처럼 해수욕객이 의지할 수 있는 바다의
한 형식이 되는 것이다.

비단 선비들만이 아니라 평민들도 유교 형식을 존중하고 본받
아왔다. 그러면서도 평민들은 양반과는 다른 자기들의 독특한 생
활 감정이나 저항 의식 같은 것을 토로해야만 되었다. 거기에서
생겨난 것이 바로 사설시조라고 말할 수 있을 것이다. 무엇보다
도 사설시조의 맛은 푸념하는 것, 그것도 그냥 영탄詠嘆이 아니라
걸쭉한 풍자이다.

평시조가 양반들이 입었던 비단옷이라 한다면, 사설시조는 농
민들이 입었던 투박한 무명옷이라 할 수 있고 평시조가 뜰의 화

초라면 사설시조는 길가의 잡초라 할 수 있을 것이다.

사설시조의 말들은 비속어가 많았다. 책에서 배운 말이 아니라 들판에서 배운 토착어土着語로 자기들의 생활을 읊었기 때문에 위선이나 가식 같은 것이 없다. 우선 사설시조의 특징인 풍자의 세계를 이해하기 위해서 한 수 읊어보자.

"중놈은 승년의 머리털 잡고 승년은 중놈의 상투 쥐고 두 끈이 맞맺고 이왼고 저왼고 짝짝궁이 쳤는데 뭇소경이 굿을 보니 어디서 귀먹은 벙어리는 외다 옳다 하나니……." 평시조는 고상하고 점잖은 말만 골라 쓰는데 평민들의 노래인 사설시조는 '놈', '년'이라는 상스러운 말이 튀어나온다. 걸쭉하고 푸짐하다.

침방울을 튀기면서 내뱉는 말이다. 그러나 불그레한 혈색이 있는 말들이다. 세태를 비평하는 데 있어서도 교양이 아니라 생활 그 자체의 솔직한 경험을 토대로 하고 있다. 여승에게 머리카락이 있을 리 없고 중에게 상투가 있을 리 만무하다. 그리고 그 싸움을 구경하고 있는 관객들은 눈먼 소경이며, 그것을 옳다 그르다 재판하는 것은 듣지도 못하는 귀머거리와 말 못하는 벙어리다.

전부가 가짜 사이비들이다. 자기 자신을 위장하고 행세깨나 한다는 세도가들, 양반들의 그 당쟁이나 분쟁들이 평민들의 눈에는 그렇게 비쳤던 것이다.

「벌거벗은 임금님」이라는 동화가 있다. 궁정의 벼슬아치나 어른들은 임금님이 벌거벗은 줄 알면서도 남들이 다 옷이라고 감탄을 하니까 감히 자기가 본 그대로의 모습을 말하지 못한다. 순진한 아이만이 "벌거벗었다"고 거침없이 말한다. 사설시조의 풍자성이나 그 진술한 맛은 이 순진성, 교양이나 지식에 의해서 왜곡歪曲되지 않는 본성에서 우러나오는 힘이다. 양반들이 지니고 있던 권위주의에서는 도저히 들을 수 없는 웃음소리이다. 사설시조는 누런 이빨을 내놓고 웃는 웃음소리이다. 우아하고 세련된 아폴로형의 문학이 아니라, 거칠고 조잡하지만 활력이 넘쳐나는 디오니소스형의 문학이다. 그 언어도 흙에서 막 뽑아낸 무 같다.

평시조가 '글'이라면 사설시조는 '말'이다.

평시조에 비해 의성, 의태어가 월등 많이 나오는 이유도 그 때문이다. 문학보다는 생활 언어인 말이다. 그 소재도 한가로운 낚시질이나 낮잠 자는 이야기가 아니라 생활의 밭에서 직접 따온다. 무엇보다도 자기 이름이 필요 없는 사람들이니까, 개인적인 것보다는 언제나 민중의 공통분모를 이루는 '우리들의 감정'에 뿌리를 박고 있다.

사설시조는 낙관을 찍지 않는 민화의 세계이다. 또한 무명씨, 즉 서명 없는 문학이니까 예술품을 개인의 소유물, 사재라고 생각지 않았던 것이다. 그래서 사설시조는 백 년 전 시조보다는 5백 년 전 고려가요와 오히려 맥이 통하는 노래이다. 엉뚱한 것끼리 갖다 붙이는 기지의 비유법을 보나, 육체적인 사랑을 노래하는 에로티시즘으로 보나 모두가 그렇다.

사설시조에서 사랑을 노래한 것은 거의 모두가 일편단심의 정신적 세계보다는 육체가 활활 타는 외설에 가까운 것들이다. 똑같이 님을 기다리는 것이라 해도 일부종사一夫從事의 낡은 윤리보다도 그저 보고 싶고, 안타까운 사랑의 본능을 나타낸 것들이 많다.

"중놈도 사람인 양하여 자고가니 그립다고 / 중의 송낙(중들의 모자)이나 베고 내 족두리 중놈 베고, 중의 장삼 나 덮어 쓰고, 내 치마란 중놈 덮고, 자다가 깨달으니 둘의 사랑이 송낙으로 하나 족두리로 하나 / 이튿날 하던 일 생각하니 흥글항글 하여라." 중과의 노골적인 정사를 읊은 이 노래는 「쌍화점雙花店」을 연상케 한다.

언뜻 보기에는 외설이라고 웃어넘기겠지만, 사랑의 교합을 중의 '송낙'과 여자의 '족두리'로 나타낸 비유라든가, 나중에 생각해보니 '송낙'과 '족두리' 속에 두 사람의 사랑이 하나 가득 담겼다는 것은 존 던 같은 영국의 형이상학시파들이 즐겨 쓰던 가장 귀중한 컨시트(기상)를 연상케 한다. 추상적인 것을 구체화하는 수법이다. 황진이는 밤을 옷감처럼 구상화하여 한 허리를 벤다고 했는데 이 시조에서는 사랑을 눈으로 볼 수 있는 물건처럼 그렸다.

'송낙'과 '족두리'는 각각 남성의 것이요, 여성의 것으로 분리되어 있는 것이지만 사랑을 하고 나면 '송낙'에도 '족두리'에도 네 것과 내 것이 합쳐진 하나의 '사랑'이 들어 있다. 애인과 나를 다 같이 뜯어 먹은 벼룩 속에 두 사람의 피가 함께 섞여 있다는 존 던보다 탁월한 컨시트이다. 평시조에서는 발견될 수 없는 기법이다.

사설시조는 엉뚱한 비유의 그 상상력이 언제나 참신하고 놀라운 충격을 준다. 표현만이 아니라 초장·중장까지는 전혀 다른 이야기인데 종장에 와서, 야! 그 이야기였구나 하고 무릎을 치게 되는 놀라움을 준다. 오 헨리의 단편소설 마지막 대본처럼 말이다.

"콩밭에 들어 콩잎 뜯어 먹는 암소 검은 암소 아무리 이라랴(이러하랴) 쫓은들, 제 어디로 가며 / 이불 아래 든 님을 발로 툭 박차 미적미적하면서 어서 가라 한들 날 버리고 제 어디로 가리 / 아마도 싸우고 못슨(못 말릴 것은) 님이신가 하노라"에서는 님과 나와의 관계가 콩밭에 콩잎을 뜯어 먹으러 들어간 암소와 비교되어 있다. 콩밭의 소를 아무리 쫓아도 안 되듯이 님을 아무리 내쫓으려 해도 자기를 두고 떠나지는 못한다는 것이다. 엉뚱한 비유이다.

평민들의 생활 체험에서 나온 상상력이라 글방에서 글만 읽는 선비에게는 도저히 기대할 수 없는 리얼리티가 있다. 적어도 이런 비유가 나오려면 소를 끌고 콩밭을 지나본 경험이 있는 농사꾼이 아니면 안 된다. 더군다나 "미적미적하면서……"라는 토착어土着語의 표현은 한문에서 오염된 선비들의 것이 아니다. 다음

사설시조를 보라. 황진이보다 그 상상력이 한 수 위이다.

"한숨아 세한숨아 네 어느 틈으로 들어오냐 / 고무래장지, 세 살장지, 가로다지, 여다지에 암돌쩌귀, 수돌쩌귀 배목(걸쇠를 거는 못) 걸새 뚝딱박고 용거북 자물쇠로 수기수기(깊숙이) 채었는데 병풍이 라 덜컥 접은 족자라 대대글 만다. 네 어느 틈으로 들어오냥 / 어 인지 너 온 밤이면 잠 못 들어 하노라."

'고무래장지(들창)', '세살장지', '암돌쩌귀', '수돌쩌귀'의 교체 되는 말운末韻 효과도 효과려니와 독수공방의 방 풍경은 그대로 그 방 안에 앉아 있는 내면의 방, 마음의 방이 된다.

아무리 굳게 닫아도 창밖에서 새어드는 바람처럼 아무리 잊으 려 해도 마음의 틈으로 새어들어오는 한숨, 님에 대한 그리운 생 각이 젖어든다.

이 시조에서 우리는 이른바 객관적 상관물이라는 현대시의 이 미지에 대한 기능을 엿볼 수 있다. 단순한 우유寓喩가 아니다. 내 면의 심정을 외부의 객관적 사물을 통해서 보여주는 시정신의 극 치이다. 방·창·바람—마음·관심·한숨의 외면과 내면이 완전한 유기적인 통일성으로 그려져 있다. 현대시의 교과서 같은 시다.

그와 비슷한 것으로 "창 내고자 창을 내고자 이내 가슴에 창 내 고자 / 고모장지 세실장지 들장지 열장지 암돌쩌귀 수돌쩌귀 뵈 목걸세 크나큰 장도리로 내 가슴에 창 내고자 / 이따금 하 답답할 제면 여닫어볼까 하노라"란 노래가 있다. 눈으로 볼 수 없는 추상적인 마음의 감정을 눈으로 볼 수 있는 구상적인 이미지로 옮겨 놓는 기법은 사설시조가 지닌 시적 특성의 하나이다.

비유는 장식적인 것이 아니라 기능적인 것이다. 그것은 미국의 신비평가들이 늘 주장하고 있는 이론이다. 즉 시에서 쓰이는 비유나 이미지가 그 시의 장식이 되어서는 안 된다는 것이다. 내용과 뗄 수 없는 것, 비유나 이미지를 바꾸면 시 전체가 없어지고 마는 것, 그것이 기능적인 비유(이미지)이고, 유기적인 구조를 갖는 시이다. 시는 그래야 한다는 것이다.

평시조가 너무 형식에 흘러 창조성을 상실하고 파리하게 죽어가고 있을 때 사설시조는 활기 있는 새바람을 일으켰다. 소재도 주제도 기법도 평시조와는 다르다. 평민들의 것이라 거칠고 상스럽긴 하나 비속어를 씀으로써 시 언어의 영토를 넓혀주었고, 또 생동하는 육체를 부여했다. 예술을 다시 생활의 땅으로 끌어내린 것이다. 그래서 한문 투의 평시조에 토착어로 쓰인 사설시조는 독창적인 우리의 정서를 일깨워준다.

그리고 사설시조는 비단 속된 것만을 읊은 것은 아니었다. 어느 것은 고도한 철학성을 지니고 있는 것도 있다.

"모시를 이리저리 삼아 두루 삼아 감 삼다가 / 가다가 한가운데 똑 끊어지거늘 호치단순으로 홈빨며 감빨며 섬섬옥수로 두 끝 마주잡아 비비어 이으라 저 모시를 / 어떻다 이 인생 끊겨갈 제 저 모시처럼 이으리라."

인간의 죽음을 노래한 것이다. 모시는 끊어져도 그 실을 이을 수 있는데 인간의 목숨은 끊겨버리면 그만이다. 모시를 삼다가 끊어진 실을 잇다가 소망이 생겨난다. 우리의 인생도 이렇게 이어 영원히 살아갈 수는 없는 것일까 하고.

인생이 허망하다는 것, 죽음의 비애를 읊은 것, 그런 것은 수없이 되풀이되면서 노래로 불려진 것이다. 주제만 두고 본다면 조금도 새로울 것이 없다.

그러나 시는 철학도 종교도 아니다. 그러한 삶을 어떻게 인식하고 표현하는가에서 시는 탄생된다.

위의 사설시조가 새롭게 느껴지는 것은 모시를 삼는 노동의 경험과 인간의 생명을 인식하는 존재론적存在論的 경험의 이질적인 두 세계를 그야말로 실을 잇듯이 이은 데 있다.

시가 할 수 있는 것은 이렇게 이질적인 동떨어진 경험을 발견하는 데 있는 것이다. 이 시조에서 우리는 삶에 대해 새로운 인식을 하게 되는 것이다.

문학의 상징성이란 것도 그런 것이다. 상징은 설명해주는 것이 아니라 새롭게 보여주는 것이기 때문이다.

여자들은 끊어진 실을 감쪽같이 잇는다. 그런 재능이 있다. 아름다운 하얀 이로 훔빨고 감빨아서 또 아름다운 손으로 두 끝을 마주 비벼서 잇는다. 젊고 아름다운 여인의 모습이 떠오른다. 그러나 늙은 것이다. 실처럼 이어 내려오던 시간이 끊기고 만다. 젊고 아름다운 이와 섬섬옥수로 영원한 시간을 이어가고자 하는 소망, 실을 잇는 그 재능으로 그 아름다운 이와 손으로 죽음을 극복하려고 한다. 이미지에 의해서 주어진 현실의 고통을 뛰어넘는 게 시의 상징성이다.

우리의 민중은 이름 없는 시인들이었다. 그것도 아주 탁월한 시인이다. 글공부를 많이 한 선비보다도 생에 대하여 더 많은 것, 더 진실한 것을 알고 있었던 것 같다. 적어도 사설시조를 읽을 때 그런 느낌이 든다.

김수장金壽長은 점잖은 자리에 가면 점잖은 시를 읊었고, 평민들의 가객들이 모인 자리에서는 사설시조 같은 비속한 노래를 읊었다. 결국 사회 분위기였다고 할 수 있다. 우리의 예술적 재능은 '노래 부른 자리'와 밀접한 연관이 있었다고 할 것이다.

사설시조기 니온 것은 바로 그 '노래를 부르는 자리'가 바뀌었기 때문에 비로소 가능한 것이라 할 수 있다. 시조창들은 서울을 중심으로 한해서 경제京制, 영동 지방을 중심으로 한 영제嶺制 등이 있어 지방에 따라 달랐다. 사설시조는 호서 지방을 중심으로 해서 이루어졌다. 판소리, 사설시조 모두 '말'의 정신이다. 글이 아니라, 단순한 노래가 아니라 먹고 입고 살다 죽어가는 생활의 현장에서 쓰는 '말'을 예술화한 것, 이것이 민중 예술이 주는 특성이요, 매력이었다.

홍진紅塵에 산다

살을 일이 어려왜라

생활의 어려움을 읊은 시조들이 많다. 이러한 부류의 시조는 리얼리티에 그 특징이 있다. 자기의 주관을 읊는다기보다는 거울처럼 세상 인심을 그대로 반영시켜준다. 그리고 살기 어려운 세상을 한숨처럼 그려간다. "살을 일이 어려왜라!"를 탄식처럼 뇌는 이 시조들을 읽어보면 우리는 한국의 인간관계가 얼마나 복잡한가를 새삼스럽게 실감할 수 있다.

이렇게 해도 저렇게 해도 세상 사람들은 말이 많다. 높은 나뭇가지에 올려놓고 바로 올려놓은 그 사람들이 흔들어댄다. "잎 지고 가지 꺾은 후는 새도 아니 앉는다"라는 송강松江의 한탄처럼 시조 속의 사람들은 이권利權이 있으면 모여들고 그것이 사라지면 못 본 체 흩어져간다. 그러한 인간의 마음은 10년이 지나도 변치 않는 백옥白玉의 술잔과 대조를 이룬다. 그래서 그들은 백옥의 잔을 들면서도 조석朝夕으로 변하는 자들이다. 결국 시조 문학은 인간이 인간과 더불어 살아가는 사회생활의 어려움, 즉 부정적인 측면만으로 인간 세상을 바라보고 있다. 여기에서 우리는 한국적 염세주의의 한 모서리를 엿볼 수가 있다.

> 말하면 잡류雜類라 하고 말 아니면 어리다 하네
> 빈한貧寒을 남이 웃고 부귀富貴를 세우는데
> 아마도 이 하늘 아래 살을 일이 어려왜라
>
> —주의식朱義植

> 높으나 높은 나무에 날 권하여 올려두고
> 이보오 벗님네야 흔드지나 말려무나
> 내려져 죽기는 섧지 않으나 님 못 볼까 하노라
>
> —이양원李陽元

폭풍暴風에 떠는 나무들

당쟁黨爭의 연속이라고 할 수 있는 조선조의 역사는 그 역사책만을 피로 물들인 것이 아니다. 그들이 부른 노래 역시 그 희생과 그 비극의 피로 물들이고 있다.

그런 점에서 시조에는 한국의 정치적 풍토를 간접적으로 고발한 것들을 많이 읽을 수가 있다. 이러한 시조의 공통점은 다 같이 우유寓喩를 하여 그 당쟁을 그렸다는 점이다. 정적政敵이나 간신들을 바람, 구름, 나무를 파먹는 벌레 등으로 나타내고, 그와 반대되는 것은 낙락장송이나 꽃으로 비유했다. 역사적 현상을 자연적 현상으로 상징하는 비유 체계에서 우리는 곧 한국의 시조가 역사 의식보다 자연 의식에 더 예민했던 경향을 찾아볼 수 있다.

그리고 내부적인 인생의 문제를 그리는 데는 비유와 상징을 별로 쓰지 않고, 거꾸로 외부적인 사회 문제를 다룰 때에는 시적 은유詩的隱喩를 썼다는 것은 무엇을 의미하는 것일까? 한국에서는 이미지나 미적美的인 시詩 자체의 순수한 기능을 위해서 은유가 발달한 것보다는 언론 자유가 없었던 정치적 상황 때문에 암시적인 표현을 하려고 은유를 쓴 기능이 더 컸다는 사실이다. 시적인 것보다 정치적인 이유 때문에 은유를 구사하는 것은 일제 강점기나 오늘날에도 역시 마찬가지다.

한국의 시사詩史는 이런 정치적 자유의 문제와 밀접한 관련이 있다.

어화 동량재棟樑材를 저리하여 어이할꼬
헐뜯어 기운 집에 의론議論도 하도 할사
뭇지위 고자자 들고 헵뜨다가 말려는가

― 정철鄭澈

엊그제 불던 바람 강호江湖에도 부돗던가

만강滿江 강자舡子들이 어이 굴어 지내연고

산림山林에 들온 지 오래니 소식消息 몰라 하노라

— 유응부兪應孚

나도 몰라 하노라

인간 세상은 하나의 미궁迷宮과도 같다. 무엇이 선善이고 무엇이 악惡인지, 이것인지 저것인지 진흙 구렁과도 같은 혼돈의 계속이다. 여기 이 시조들은 결국 세상일을 따지다가 "나도 몰라 하노라"의 불가지론不可知論에 빠져버린 심정을 읊은 것이다. 마치 모래벌판에 내리는 눈이나 서로 엉킨 삼[麻] 잎을 보듯이 그런 눈으로 그들은 세상을 비리보고 있다.

일종의 판단중지判斷中止에 빠져버린 상태이다. 말하자면 "허허 웃고 마노라"로 결론을 짓고 있는 시조가 이 같은 유형에 속한다. 시조의 종장終章이 "나도 몰라 하노라"로 끝난 것이 많은 것을 보아도 결국 인간 생활을 따지고 끝까지 비판하려는 투지가 우리의 노래에는 드물었던 것 같다.

인생을 그게 그거라고 보는 논리는 좋게 말하면 초탈이요 나쁘게 말하면 패배주의의 체념이다. 그러나 시적 기능으로서는 앰비규어티의 효과를 자아낸다.

서양의 고전적 논리古典的論理를 보면 배중률背中律이란 것을 극력 배격했다. 오직 A 아니면 B이다. A이자 동시에 B란 것은 하나의 논리적 모순을 범하는 것이다. 그러나 한국의 시조를 보면 이 자택일의 확실한 단정을 피하고 반대 개념을 동일 개념으로 묶어놓은 모순적 표현을 애용한다. "이러구러 지내리라", "오락가락 하더라", "이렁저렁 하거다", "오명가명 하리라", "온동만동하다", "다나 쓰나 어이리" 등의 표현이 그러한 예들이다.

떠나는 것은 돌아오는 것과 정반대인데도, 여요麗謠의 「가시리」는 "가시난 듯 돌아오소서"라고 했다. 시조에도 그와 똑같은 표현법이 발견된다.

원래 '듯이', '처럼'은 수학의 등식等式 부호처럼 유사성을 나타낸 말이다. 그런데도 정반대의 말을 '듯이'로 맞아 동의어처럼 쓴 것이 한국 시의 앰비규어티였다.

> 흥흥 노래하고 덩더꿍 북을 치고
> 궁상각징우宮商角徵羽를 마초리껑 하였더니
> 어기고 다 저어齟齬하니 허허 웃고 마노라
>
> — 작자미상

> 반디가 불이 되다 반디지 왜 불일소냐
> 돌이 별이 되다 돌이지 왜 별일소냐

불인가 별인가 하니 그를 몰라 하노라

— 신흠申欽

패자의 처세학

우리의 시조 가운데서 모험의 찬미나 투쟁의 열정을 보여주는
것은 거의 없다. '조심조심 살아라', '싸우지 말고 둥글둥글 살아
라'가 세상을 살아가는 계명이었다. 그들은 적극적으로 현실의
분쟁을, 그리고 불의와 모순과 그 탄식의 괴로움을 풀려고 하지
않고, 생을 쟁취하는 것이라 생각하지 않고 현상과 소문들을 피
하면서 조심조심 뒷길을 걸어왔다.

그들이 가지고 있는 것은 개혁의 의지보다는, 현상을 승인하며
참고 견디는 인내술이었다. 그렇지 않으면 술을 마시고 잊어버리
거나 체념 속에서 살려 했던 패자의 처세학이었다.

『청구영언』 가운데 "해서 무삼하리오"로 끝나는 시조가 무려
16편이나 된다. "일러 무삼하리오", "물어 무삼하리오", "고쳐
무삼하리오"의 연속이다. 현실에 굴복했다기보다도 현실의 투쟁
을 무가치한 것으로 본 것이다. 결국 "살기 어려운" 세상과 싸워
이기거나, 그것을 극복해나가라는 가르침이 아니라, 그 어려움을
여하히 피하느냐 하는 데 있었다.

테니슨은 "사랑하고 실연하는 것이 사랑하지 않는 것보다는

낫다"고 했다. 그러나 우리는 실연이 두려우니 사랑을 할 필요
가 없다고 정반대로 주장할는지도 모른다. 그들은 매미를 보고도
"높이 날지 마라. 하늘엔 거미줄이 있다"라고 말한다. 테니슨 같
으면 평생을 땅에서 기어다니는 굼벵이로 사는 것보다는 높은 하
늘을 향해 날다가 거미줄에 얽히는 매미의 편이 보다 보람 있는
일이라고 가르쳤을 것이다. 그리고 그들은 "허술한 배 가진 분네
들을 조심하소서"가 아니라 "허술한 배 가진 분네들 더 튼튼한
배를 만드소서"라고 했을지 모른다.

　소극적인 생의 태도는 홍진의 세계―호프의 표현대로 하자면
영광과 농담과 수수께끼가 뒤범벅이 된 그 인간의 세계에서 자기
생활을 도피시키는 귀거래사로 변모해가는 것이다. 한국인의 그
런 무기력과 패배주의적 경향은 앞의 시조들에서 이미 본 것처럼
정치적인 현실과 인간관계가 너무나도 가열했던 탓이다. 마치 볕
이 안 드는 어두운 동굴 속의 박쥐가 눈이 퇴화되어버린 것처럼
그런 처세술이 아니고서는 그나마 하루도 세상을 살아가기 힘들
었을 일이다.

　　이런들 어떠하며 저런들 어떠하료
　　만수산 드렁칡이 얽어진들 어떠하리
　　우리도 이같이 얽어져 백 년까지 누리리라

　　　　　　　　　　　　　　　　　　　―태종太宗

이런들 어떠하료 저런들 어떠하료

초야우생草野愚生이 이렇다 어떠하료

하물며 천석고맹泉石膏肓을 고쳐 므슴 하료

— 이황李滉

도피逃避의 미학

벼슬의 관冠

벼슬하며 지내는 사회를 환해宦海라고 한다. 그리고 이 환해란 말 밑에는 으레 풍파란 말이 따른다. 누구나 벼슬을 탐하고, 그리고 탐하는 만큼 그 세계에는 파란이 많다. 시조 작가들은 대개 벼슬을 했던 사람들이지만, 실제로 그 환해의 생활을 긍정적으로 읊은 사람은 거의 없다.

벼슬 생활에 머물러 있는 것을 변명하거나, 혹은 관직에 있으면서도 그 생활을 야인과 다름없음을 강조한 것들이다. 정승이라는 가장 높은 벼슬을 하면서도 은둔거사와 같이 언제나 허술한 옷에 까만 소를 타고 다닌 맹사성孟思誠의 경우가 그 전형적인 예가 아닐까 한다.

신원원주新院院主의 관직에 있으면서도 손님 접대하기가 번거롭다거나, 도롱이 삿갓에 흩날리는 비를 맞으며 어은漁隱의 본을 받아 낚시의 풍류를 즐긴다거나, 녹수청산을 벗 삼아 사립문을 군게 닫고 손님이 와도 없다고 말하라는 정철을 표면적인 해석으로라면 분명한 직무 유기에 속하는 것들이다.

　청산백운과 구중궁궐의 사이에 낀 이 딜레마에서 "To be or not to be"를 부른 것이 한국의 햄릿들이다.

　　　광화문 드리다라 내병조內兵曹 상직방上直房에
　　　하룻밤 다섯경에 스물석점 치는 소리
　　　그덧에 진적이 되도다 꿈이론 듯하여라

　　　　　　　　　　　　　　　　　　　　　─정철鄭澈

　　　신원원주新院院主 되어 갈 손님은 지내옵네
　　　가거니 오거니 인사人事도 하도 할사
　　　앉아서 보노라 하니 수고로와 하노라

　　　　　　　　　　　　　　　　　　　　　─정철鄭澈

소리개냐 학이냐

　소리개는 살이 쪄 있다. 그것은 쥐를 잡아먹고 사는 힘을 지니고 있다. 그러나 학은 여위었다. 쥐를 잡을 만한 힘도 날카로운 발톱도 없다. 바람만 불어도 금시 부러질 것 같은 가는 발목……하지만 소리개와 학의 콘테스트에서 영광의 승자가 되는 것은 소리개가 아니라 학이다.

> 쥐 찬 소로기들아 배부르다 자랑마라
> 청강 여윈 학이 주리다 부러울소냐
> 내 몸이 한가하야마는 살 못 찐들 어떠리

—구지정具志禎

시조의 세계에서는 전투적인 소리개보다 한가로운 청강清江에서 조용히 사는 학을 더 좋아한다. 소리개는 부귀공명의 벼슬 생활을 상징하는 것이며, 학은 초야에 묻혀 사는 은자의 자연생활을 상징한다. 시조 문학은 언제나 이 두 개의 세계를 다는 저울대 같은 구실을 해왔다. 그리고 인생을 이렇게 '소리파'와 '학파'로 나누어 O× 문제를 풀듯이 그 둘 중 하나를 택하라는 도식적 사고방식을 전개해왔다. 그것이 시조의 논리요, 수사학이었다.

① description(묘사)
② explanation(설명)
③ narration(서술)
④ argument(논리)

부귀공명과 비교하여 안빈낙도의 은자 생활을 예찬한 시조는 위의 사항 가운데 제4의 형식을 취하고 있으며, 대조법을 많이 등장시키고 있는 것이 그 특색이다. 그러면 어째서 소리개보다 학을 선택했을까? 그 이유를 분석하면 대체로 다음과 같다.

① 한가한 마음의 추구(물질적 행복보다 정신의 행복)
② 부귀공명은 구하기 힘들지만 강산 풍경은 임자도 값도 없기
   때문에 손쉽게 구할 수 있다.
③ 부귀공명은 어느 땐가 사라질 때가 있지만 은자의 생활엔
   변함이 없다.
④ 천분(본성)이 부귀공명에 맞지 않는다.

    빈천을 팔려 하고 권문權門에 들어가니
    짐 없는 흥정을 뉘 먼저 하자 하리
    강산과 풍월을 달라하니 그는 그리 못하리라

                                        ─조찬한趙纘韓

전나귀의 귀향

벼슬을 내놓고 야인으로 돌아가는 일군의 시인들, 그들은 다리를 저는 초라한 전나귀를 타고 시골길로 가고 있다. 그들이 가진 물건이라고는 책 몇 권에 거문고, 그리고 찌그러진 표주박이다.

그런데도 그들은 생활의 도피자나 영락한 자로 보이지 않는다. 카이사르가 군마를 거느리고 숱한 전리품을 싣고 개선하는 것과는 정반대의 경우지만 그 긍지에 있어서는 조금도 뒤지지 않는다. 더구나 그들은(시조를 통해서 보면) 자진해서 그러한 삶을 선택한 것이다.

노화가蘆花歌, 백구가에서는 푸른 강과 숲이 그들을 맞이한다. 그들은 그 전원과 강호, 그리고 삼림의 주인으로서의 긍지를 알고 있다. 황량한 유배지도 그들은 고통이 아니다.

그곳을 무릉도원으로서 노래할 줄 아는 여유가 있다. 간단히 도피주의라고 규정해버리기에는 너무도 그들은 그 자신을 사랑하고 인생의 흥을 즐기려는, 즐길 줄 아는 댄디들이다.

그러기에 서구의 은자들은 고독과 염세의 슬픈 그늘에 젖어 있지만 동양의 은자들은 흥겹고 쾌활하고 유열愉悅의 미소가 번지고 있는 것이다. 천 리를 한숨에 달리는 적토마보다도 그들은 느린 전나귀를 타고 쉬엄쉬엄 생의 길을 가는 데서 인간의 참된 멋을 맛보고 있다. 청우靑牛를 타고 주유천하를 했다는 노자의 후예들이다.

나를 묻지 마라 전신前身이 주하이柱下吏로다
청우靑牛 나간 후에 몇 해 만에 돌아온다
세간이 하 다사하니 온동만동하여라

—신흠申欽

그러나 이러한 은둔주의 역시도,

공명도 긔 무엇고 헌 신짝 벗은이로다
전원에 돌아오니 미록麋鹿이 벗이로다
백 년을 이리 지냄도 역군은亦君恩이로다

—신흠申欽

자연의 주인

서양의 문명은 자연을 정복하는 데서부터 시작된다. 한국인 역시 자연을 정복한다. 다만 정복의 의미가 다를 뿐이다. 서양인이 정복한 자연은 자연의 껍질이요, 한국인이 정복한 자연은 자연의 알맹이인 그 정신이다. 그들은 산에서 광맥을 찾아내고 강에서 저력을 얻어내는 지배자였지만, 동양의 정복자들은 그 속에서 한아閑雅와 자유와 순결한 생명력을 얻었다. 빼앗아낸 보물이 본질적으로 다른 것이다.

그리하여 그들은 그 선경을 지배하는 주인으로서 스스로 산림주인, 강호주인, 풍월주인, 서호주인, 동호주인 등으로 자신을 호칭했던 것이다.

세속적인 인간 세상을 지배하는 주인은 임금이지만, 무가무주無價無主의 자연을 지배하는 주인은 그 속에서 한유자적하는 은사들이다. 즉 그들은 자연의 노예가 아니라 자연을 맡은 주인으로서의, 혹은 그것들의 가장 좋은 벗들로서 그려져 있다. 밀림의 왕자 운운하는 '타잔'이 아니라 적송자와 같은 신선인 것이다.

평생에 일이 없어 산수간에 노니다가
강호에 임자 되니 세상일 다 잊어라
어떻다 강산풍월이 그 벗인가 하노라

— 낭원군朗原君

강산 한아閑雅한 풍경 다 주어 맡아 있어
내 혼자 임자여니 뉘라서 다툴소냐
남이야 숨꾸지 여긴들 난화 볼 줄 이시랴

— 김광욱金光煜

숨어 사는 마을

신선神仙만을 환영한다

은자의 마을, 그 정신의 마음은 인간계에서 가장 멀리 떨어진 곳에 있다. 그 은자의 마을을 찾아가려고 하는 사람이 있다면 그는 지도를 찾아서는 안 될 것이다.

결코 지도 위에 표기되어 있지 않은 자연 속에 그들은 숨어 살고 있다. 다만 인적이 없는 곳, 가장 그윽하고 조용한 곳을 향하여 학과 도화의 안내를 받아야 한다. 만약 그렇게 해서 그가 마을을 찾아간다 해도 그들은 결코 반기지도 않을 것이다. 왜냐하면 그들은 오직 신선만을 환영하기 때문이다. 그곳은 인간을 거부하는 지대, 문명의 불귀순지역不歸順地域, 관광버스를 타고 가서 즐기는 그런 자연이 아니다.

거기 검문소가 있다면 속세의 먼지가 붙어 있느냐 그렇지 않으냐로 출입의 자격이 결정될 것이다. 바로 저 『사기史記』에 수록되어 있는 "먼지 밖을 부유浮遊하여 세상의 때가 묻지 않았다"는 굴원屈原과 같은 사람이 이 마을 사람일 것이다.

> 물 아래 그림자 지니 다리 위에 중이 간다
> 저 중아 게 있거라 너 가는 데 물어보자
> 막대로 흰 구름 가리키고 돌아 아니 보고 가노메라
>
> —정철鄭澈

> 기두磯頭에 누웠다가 깨어나니 달이 밝다
> 청려장靑藜杖 빗겨 짚고 옥교玉橋를 건너오니
> 옥교에 맑은 소리를 자는 새만 아놋다
>
> —박인로朴仁老

강호江湖에 살자

은자들이 가장 밀집하여 사는 곳은 도시가 아니라 강호이다. 그리고 그 강호의 풍경은 '흥興'이란 말로 수식되고 있다. 그것도 그냥 흥이 아니라 '미친 흥'이다. '아스팔트의 사막'이란 오늘의 도시 풍경과 비교해보면 재미있는 변화가 보인다. 옛 한국인들은 "젓소리를 듣고 죽창竹窓을 바삐 연다". 자연의 소리, 혹은 그러한 자연을 읊고 있는 음악에 즐거운 반응을 보인다. 그러나 오늘의 도시인은 어떤 소리를 듣고 어떤 반응을 나타낼 것인가. 틀림없이 그들은 통금의 사이렌이거나 차의 클랙슨 소리를 들을 것이다. 그들은 이런 시끄러운 소음에 귀를 막으려고 한다.

또한 "세우장제細雨長堤에 쇠등의 아해로다" 역시 '세우'는 자동차들이 달리며 뿌리는 검은 먼지, '장제'는 빌딩 골짜기로 길게 뻗은 아스팔트 길로 변해 있고, '쇠등을 탄 아해'는 러시아워의 버스를 타려고 아우성치는 아침의 풍경으로 바뀌어 있다. 시조 속의 자연에선 백구가 오락가락하지만 현대의 도시는 자동차의 물결이 밀물처럼 흘러가고 있다.

"아해야 강호에 봄들거다 낚대 추심推尋하여라"의 마지막 장은 더욱 슬프게 변해 있다. 낚싯대 심부름을 하던 아이들은 이미 없다. 도시의 아이들은 입시 지옥에서 연필을 빨아야 한다. 어른들도 "낚싯대를 가져오라"가 아니라 공부를 하라는 독촉이다.

이렇게 현대에 와서는 강호는 이미 죽어버리고 그 시체와 같은 아스팔트만이 남아 있는 것이다.

　　강호에 봄이 드니 미친 흥이 절로 난다

　　탁료계변濁醪溪邊에 금린어錦鱗魚 안주로다

　　이 몸이 한가하움도 역군은이샷다

　　　　　　　　　　　　　　　　　　　　　—맹사성孟思誠

　　강에 여름이 드니 초당에 일이 없다

유신有信한 강파江波는 보내노니 바람이다

이 몸이 서늘하움도 역군은이샷다

— 맹사성孟思誠

한국의 전원교향악

같은 은자의 마을을 그린 것이라고 해도 강호의 시에는 낚시질과 백구와 안개와 노화蘆花로 대표되는 자연 풍경이 주를 이루지만 전원을 그린 시조는 '먹는 것'과 더 밀접한 관계를 맺고 있다.

가난에 아무리 초연한 체해도 전원은 예나 지금이나 절량농가로 상징되는 곳이었기에 먹는 것을 무시할 수는 없었던 모양이다.

그래서 전원의 즐거움은 계절과 직결된다. 그중에서도 노동이 끝나 오곡이 무르익은 가을에 그 초점을 맞추고 있다.

대추가 익는다. 밤은 익어서 떨어진다. 그리고 벼를 벤 그루엔 게가 모인다. 집에 담근 술이 막 익어 거르게 될쯤 체장수가 지나간다. 이른바 술과 안줏거리가 저절로 장만된다.

모든 것이 타이밍이 잘 맞는 전원의 가을! 서가의 시에는 대개 가을이 우수와 죽음을 상징하고 있지만, 한국의 시조에선 환희와 충족으로 상징된다. 그리하여 온갖 것이 가을의 전원교향곡을 이루어 조화의 마을로서 그려진다.

대추 볼 붉은 가지 에후루혀 가려 따고

올밤 익어 벙근 가지 휘두드려 가려주어

벗 모아 초당에 들어가니 술이 풍풍 있세라

— 작자미상

대추 볼 붉은 골에 밤은 어이 뜯드르며

벼 벤 그루에 게는 어이 나리는고

술 익자 체장수 돌아가니 아니 먹고 어이리

— 황희黃喜

은자隱者의 하루하루

가계부가 없는 의식주

시조에 나타난 은자들의 생활은, 그 의식주가 한결같이 초라하고 허술하다. 그런데도 그것을 도리어 부귀영화처럼 즐겁게 노래 부른다는 데에 그 특징이 있다.

시조에는 '단갈短褐'이라는 말이 많이 쓰인다. 현대식으로 말하자면 일종의 미니 바지이고, 모양을 찾아서가 아니라 천이 모자랐기 때문에 생긴 것이다. 하지만 그들은 턱시도를 입은 신사 못지않게 떳떳하게 그려져 있다. 집도 초가삼간이고 먹는 것도 으레 산나물이다. 『청구영언』에서 음식의 이름을 추려보면 제일 많은 것이 산채, 고사리, 미나리 등이며 그 밖의 것들도 한결같이 쉰 밥, 죽조반(죽), 저리지(절인 김치) 등 영양실조에 걸리기 안성맞춤인 품목들뿐이다. 다만 닭찜, 게찜이 유일한 예외로써 은자들의 식탁에 단 한 번씩 오르내린다.

이와 마찬가지로 집에 관한 어휘의 빈도수 역시 오늘날의 판잣

집과 같은 초옥·초당·서당·초로 등이 열세 번 나오는 데 비해서 고대광실은 단 한 번, 그것도 부정적인 면으로 나타나고 있다. 문은 사립문[柴扉]이고 그 일용품들도 재산 목록에 낄 수 없는 그러한 것들뿐이다.

은자의 의식주를 그린 이 시조들은 결국 자신들이 얼마나 가난한가를 표현한 것이며 그 가난을 도리어 풍류적인 것으로 미화한 것이다. 현대인은 백화점에서 행복의 상품을 고르지만 시조의 주인공들은 자연 풍경에서 행복의 상품을 산다. 그것이 청풍명월, 즉 방석을 대신하는 낙엽, 등불을 대신하는 달이다.

시조에는 옷을 벗어서 아이에게 주고 술을 사오라고 하는 거의 만화 같은 장면이 등장한다. 그들에겐 그것이 풍류로 통한다. 한마디로 말하여 이 시조들은 빈곤의 미학, 가계부가 필요 없는 의식주의 혁명이다.

오직 빈곤을 통해서만 자연과 그리고 그 풍류와 접할 수 있다는 이 빈자의 은자에서 우리는 한국적인 가난의 의미를 찾아볼 수 있다. 한국인이 가난한 것은 세계의 경제 통계연감만 들춰봐도 알 수 있지만, 그 가난의 의미는 경제지수만으로는 설명되지 않는다. 그들은 가난의 노예가 아니라 가난의 주인이다.

정식으로 보면 명아주 지팡이에 삿갓 도롱이를 걸친 걸인 같은 그들이 자가용을 거느린 오늘의 사장족보다 훨씬 더 여유가 있는 것은 그들이 부귀를 탐하는 것이 아니라, 여하히 빈곤에 적응하느냐 하는 데에서, 다시 말하면 가난 속에서도 가난하지 않는 데에서 삶의 슬기를 발견한 때문이다. "생활은 가장 낮게, 정신은 가장 높게"가 은자들의 구호였던 것이다.

> 산수간 바위 아래 띠집을 짓노라 하니
> 그 모든 남들은 웃는다 한다마는
> 어리고 형암의 뜻에는 내 분分인가 하노라
>
> ─ 윤선도尹善道

> 이엉이 다 거둬치니 울잣인들 성할소냐
> 불 아니 다힌 방에 긴 밤 어이 새오려니
> 아이는 세사世事를 모르고 이야지야 한다
>
> ─ 허정許挺

아마추어 농부

시조에서 '노동'이란 말은 '오락'과 '일하는 것'으로 되어 있다. 그들은 '노동'과 '오락', 즉 work와 play를 구별하지 않은 데서 현대인과 판이하게 다르다.

오늘의 비극의 원천이라고 할 수 있는 이 work와 play의 분리는 사람들에게 어떤 외적 목적―결과를 실현시키기 위해서가 아니라 활동 그 자체의 즐거움 때문에 일하는 자유로운 동작을 앗아가 버렸다. 그 자유로운 동작이야말로 인간의 가장 근원적인 행복이었던 것이다.

그리고 시조에 등장한 인물들이 오늘의 우리들과 다른 것은, 농사를 현실의 고뇌에서 벗어날 수 있는 수단으로 생각하고 있었다는 점이다. 시조에 나타난 노동의 의미는 일종의 아마추어리즘이다. 일을 하는 것인지, 자연 경치를 구경하는 것인지, 어느 시조를 읽어봐도 확연히 분간할 수가 없다.

이 아마추어 농부(은자)들은 거문고를 뜯듯이 논밭을 갈고, 바둑을 두듯이 산채를 딴다. 한 가지 주의할 것은 자기가 직접 노동을 하는 것이 아니라 아이들에게 일을 하라고 채근하는 형식이 많은데, 이것이야말로 그들이 노동을 현실로서가 아니라 관념적인 것으로 보고 있었다는 유일한 증거이다. 먹기 위해 일하는 농부의 땀과 눈물을 그들은 로맨틱한 심미적인 자연의 피크닉 정도로 바라본 것이다. 오늘날에도 이러한 전통이 남아 있다. 사람들이 시골로 내려가 농사라도 짓는다고 할 때, 그가 일하러 가는 것이 아니라 그 "농사"라는 말을 도피, 혹은 은둔의 상징어로 쓰고 있는 것이다.

가장 가혹하고 극복하기 힘든 농부의 피땀 어린 현실이 시조에서는 이렇게 안이한 낭만으로 노래되어 있다. 이러한 은자의 노동이 시로써 읊어질 때 그것은 아름답기 한이 없는 것이지만, 그 아름다움에 감춰진 현실은 결코 아름다운 것이 아니다. 아름답지 않은 것을 아름다운 것으로 보려는 태도를 현실에 적용할 때 생산성과 경제성은 전혀 결여되어버린다. 그런 식으로 밭을 갈고 논을 매는 사람이 있다면 우리는 시를 감상하기 이전에 모두 아사餓死하여 버릴 것이다.

> 샛별 지자 종다리 떴다 호미 메고 사립 나니
> 긴 수풀 찬 이슬에 베잠방이 다 젖는다
> 아해야 시절이 좋을손 옷이 젖다 관계하랴
>
> — 이명한李明漢

> 강호에 봄이 드니 이 몸이 일이 하다
> 나는 그물 깁고 아해는 밭을 가니
> 뒷뫼에 엄긴 약을 언제 캐려 하나니
>
> — 황희黃喜

아마추어 어부

강호의 생활을 그린 시조들은 모두가 낚시질을 주제로 하고 있다. 이러한 낚시질은 어부들에게는 생활의 한 방편이지만 고기들에게는 생명의 상실을 의미한다. 그런데도 물속의 고기들에게 조금도 불안감을 갖지 않는다.

어부들은 여상呂尙의 위빈조어渭濱釣魚처럼 결코 고기를 잡는 것이 목적이 아니라 세상의 번뇌를 쫓기 위해서 그 낚시로 청한淸閑을 낚고, 풍류를 낚고, 흥을 낚기 위해서라는 것을 알기 때문이다. 말하자면 낚는 것은 고기가 아니라 인생이다. 이러한 아마추어 어부들을 우리는 어은漁隱이라고 부른다.

고기를 낚으러 가는 그들의 배는 원양어업을 떠나는 오늘날의 어선과는 판이하게 다르다. 그들은 그 배에 무엇을 준비하려고 하는 것일까? 그물이나 낚싯대보다는 술병이 더 중요한 준비물이 된다. 그 배에 실려 있는 것은 물고기가 아니라 달빛이기를 더 희망한다.

농부가 된 은자와 마찬가지로, 이 어부들 역시 낚시는 노동이 아니라 오락의 하나라고 생각한다. 그들에게는 고기를 낚는 일보다는 조대釣臺, 즉 고기를 낚는 그 터가 더 중요한 의미를 갖는다. 고기가 잡혀도 그것은 오로지 술 마시기 위한 구실일 뿐이다.

시조에는 두 가지의 다른 배가 있다. 하나는 풍파 속에서 휘몰리는 고난의 배이며 다른 하나의 배는 노화蘆花와 백로에 둘러싸여 있는 조용한 배이다. 같은 배라도 의미가 다른 것이다. 어은들이 타고 있는 배는 후자의 것으로 실생활과는 다른 관념의 배이다. 시조에 나오는 강호의 아이들은 낚싯대를 추심하기에 바쁘다.

"아해야 낚대 추심하여라"는 종구가 많이 되풀이되고 있는 것도 이 때문이다. 아마추어 농부들처럼 잔심부름은 아이들에게 시키고 그들은 오로지 강산 풍경만을 감상한다. 이러한 '어은'의 시조에서 찾아볼 수 있는 특징이 있다면 시각적 묘사가 어느 다른 시조보다도 많이 구사되어 있다는 것과 강물과 초목, 백로와 인간의 대조적인 조화로써 서경敍景 묘사를 하고 있다는 데 그 특징이 있다.

> 아해야 그물 내어 어선에 실어놓고
> 덜괸 술 막 걸러 주준酒樽에 담아두고
> 어즈버 배 아직 놓지 마라 달 기다려 가리라
>
> — 작자미상

> 추강秋江 밝은 달에 일엽주 혼자 저어
> 낚대를 떨쳐 드니 자는 백구 다 놀란다
> 어디서 일성어적―聲漁笛은 조차 흥을 돕나니
>
> — 김광욱金光煜

은자들의 시에스타

시조를 읽으면서 우리들은 종종 상식과 반대되는 현상을 본다. 『청구영언』의 주민들은 웬일인지 밤에는 모두 잠 못 들어 하는 사람들뿐이고 낮에는 낮잠 자는 사람들뿐이다. 그런 점에서 시조 속의 은자들은 부엉이와 매우 유사한 데가 있다.

낮잠은 은자의 한가로움을, 일이 없음을, 그리고 모든 세속의 욕망을 잠재우는 일종의 상징 기호이다. 그것이 시조 작가들이 그린 파라다이스이다. 실직이 가장 두려운 것으로 되어 있는 오늘의 한국인들도 여전히 일없다는 말을 긍정적으로 사용하고 있다. 일이 없는 것이야말로 큰일인데 일이 없음을 좋은 뜻으로 쓰고 있는 우리에게 바로 이 시조의 어법은 흔적을 남기고 있는 것이다.

자연 경치가 가장 신비하게, 가장 아름답게, 가장 평화롭게 보이는 순간이 낮잠을 깨고 난 바로 그 순간이다. 자연을 아름답게 보려는 미학을 위해서 그들은 낮잠을 잔다.

낮잠은 또한 은자의 사색이다. 공자가 꿈에 주공을 보듯 이들은 꿈속에서 태평성대를 본다. 낮잠도 철학적으로 잤던 것이다. 즉 낮잠을 그린 시조는 한가로움과 심미적인 것과 사색적인 세 가지 기능을 지니고 있다고 할 수 있다.

『청구영언』에는 일이란 말이 마흔일곱 번 나오나 그중 9할이 일을 한다는 이야기가 아니라 일을 하지 않는 한가로움의 경지를 나타내는 뜻으로 동원되고 있다. 이것은 게으름을 의미하는 것이 아니라 일 자체에 가치를 부여하지 않는 인생의 무상성에서 비롯된 것이다. 졸다가 낚싯대를 잃고, 춤추다가 도롱이를 잃는다는 시조가 있는데, 악착같이 살려는 번거로운 생보다 졸고 춤추는 마음의 평화를 더 보람 있는 일로 생각한 탓이다.

> 모첨茅檐 기나긴 해에 하올 일이 아주 없어
>
> 포단蒲團 낮잠 들어 석양이 지자 깨니
>
> 문밖에 뉘 애햄 하며 낚시 가자 하나니
>
> — 김광욱金光煜

> 초당에 일이 없어 거문고를 베고 누워
>
> 태평성대를 꿈에나 보려타니
>
> 문전의 수성어적數聲漁笛이 잠든 나를 깨와라
>
> — 유성원柳誠源

달과 함께 오는 벗들

인간을 떠나 사는 은자들의 벗은 저녁에 뜨는 달이며 청강에서 졸고 있는 백로이며 철 따라 피는 꽃이다. 인간의 벗, 또한 그에 못지않게 다정한 존재이다. 그러나 그 벗은 프랑스의 살롱이나 직장, 카페에서 만나는 그런 벗들의 의미와는 매우 다르다.

인간은 인간과 직접 우정을 나누는 것이 아니라 자연을 매개로 해서 비로소 맺어지는 사교이다.

은자의 벗들은 달과 함께 온다. 현대인은 외로움 속에서 벗을 그리워하고 외로움을 덜기 위해서 벗을 찾지만,『청구영언』의 벗들은 혼자 견디기에는 너무도 흥겹고, 혼자 보기에는 너무도 흐뭇하기 때문에 벗을 기다리고 맞는다.

　술이 익을 때, 모첨茅簷에 달이 떠오를 때, 꽃이 필 때 으레 술상의 안주처럼 벗들이 방문한다. 거문고를 가진 벗이며 격식 같은 것은 전혀 따지지 않는 티 없는 손이다. 그러한 벗들은 자연의 일부인 것이다. 인간과 인간의 관계를 사회적·역사적인 것으로 보지 않고 자연적인 풍류 관계로 파악한 데서 이들 시조의 특성을 찾아볼 수가 있다. 현대의 벗들은 초인종 소리와 함께 오며, 편지와 계산서와, 비즈니스의 서류와 지폐와 함께 오지만『청구영언』의 벗들은 달과 더불어 오는 것이다.

　　꽃은 밤비에 피고 빚은 술 다 익것다
　　거문고 가진 벗이 달 함께 오마터니
　　아해야 모첨에 달 올랐다 손 오는가 보아라

　　　　　　　　　　　　　　　　　　　　　　　　　─정철鄭澈

　　재 너머 성궐롱 집의 술 익는단 말 어제 듣고
　　누운 소 발로 박차 언치 놓아 지즐타고
　　아해야 네 궐롱 계시냐 정좌수 왔다 사뢰라

　　　　　　　　　　　　　　　　　　　　　　　　　─정철鄭澈

술의 찬가讚歌

아니 먹고 어이리

『청구영언』 가운데 가장 많은 분량을 차지하고 있는 시조는 술을 노래한 것이다. 사랑을 읊은 것보다도 꽃이나 계절을 노래한 것보다도 술에 관한 것이 더 많다. 꽃은 21, 달은 25, 산(뫼와 청산)과 수水는 각각 18인 데 비하여 술이란 말은 무려 서른다섯 번이나 된다.

시조의 종장을 보아도 "아니 취코 어이리", "홀로 취코 놀리라", "매양 취코 놀리라", "장일 취로 놀리라", "아니 먹고 어이리" 등등 '어이리' 타령이 무수히 눈에 띈다. 그러나 이 술의 찬가들은 술 자체를 노래한 것이 아니라는 데에 단순한 주정꾼의 넋두리와 구별되는 것이 있다. 그리고 같은 술의 노래라고는 해도 중세 때의 주가나 인생의 모든 문제를 '술을 마셔라[Trinc]'는 말로 해결한 라블레의 르네상스적 술타령과도 판이하다.

시조의 주객들은 취하지 않고는 마시고 망각하지 않고는 견딜 수 없는 생의 허무함 때문에 마신 니힐리스트들이다. 라블레의 술은 인간의 자유, 낙관주의, 구속으로부터의 해방을 뜻한다. 곧 생의 찬가이다. 원래 그리스의 주신酒神 디오니소스는 비극이 아니라 희극의, 어둠이 아니라 광명의, 회의가 아니라 열정의 상징이었다. 그러나 시조의 주신들은 그와는 정반대로 어두운 탄식과 죽음의 환영을 거느리고 있다. 겉으로는 술을 이야기하나 본뜻은 술 없이 견디기 어려운 인생의 무상이다.

　은둔을 노래한 시가 실은 역사적·사회적 비극을 간접적으로 고발하고 있듯이, 이 술의 노래 역시 인생의 본질적인 비극을 암시한다. 즉 은둔의 시조가 정치적(인간－공간적) 현실로부터의 도피라면, 술의 노래는 죽음(운명－시간)으로부터의 도피이다. 그러나 술을 마시는 이유는 좀 더 다양하다. 늙는 것이 서러워서, 혹은 자연의 풍류를 즐기기 위해서, 세속의 고뇌를 씻기 위해서 한마디로 말하면 슬퍼도 마시고 즐거워도 마신다. 술은 소극적인 한국인들이 인생에서 우울과 괴로움을 견디는 종착역쯤으로 그려져 있다. 여기서도 우리는 현실을 인간의 힘에 의하여, 그 능력에 의하여 극복하려 하지 아니하고 패배주의적 도피를 선택한 단면을 찾아볼 수가 있다. 차라리 이태백이나 유령처럼 술을 마시는 즐거움을 대담하게 읊어버리는 적극성이라도 있었으면 싶다. 시조는 매우 소심하게 "아니 취코 어이리"의 술 마시는 자기 변호를 귓속말로 속삭이고 있다.

무슨 일 이루리라 십 년지이 너를 좇아

내 한 일 없어서 외다마다 하나니

이제야 절교편 지어 전송한들 어떠리

—정철鄭澈

일이나 이루려 하면 처엄에 사괴실까

보면 반기실새 나도 좇아다니더니

진실로 외다웃하시면 마르신들 어떠리

—정철鄭澈

주향酒鄕에는 시름도 늙음도 없다

시조에서 발견해낸 이상향은 플라톤의 공화국도, 모어의 유토
피아도 아니다. 사회제도나 국가체제의 정치성에 이상의 나라를
설치한 것이 아니라, 모든 것을 망각하는 백지의 땅에 이상의 깃
발을 세운다.

시조의 이상향은 시름도 늙음도 없다. 망각, 그것은 망각의 패
스포트다. 마치 인간의 모든 것을 잊어버리게 한다는 망각의 레
테 강처럼, 그 주향은 피안의 세계인 것처럼 그려져 있다. 술의
세계를 인생의 무중력 상태로 본 것이다. 만약 시조에서 이 주향
을 제거했더라면 불교적인 열반이나, 아니 횔덜린의 시와도 같은

그리고 릴케의 내면 공간과도 같은 좀 더 형이상학적인 철학성이 생겨났을지도 모른다. 인간 존재의 고뇌를 술의 노래로써 지워버렸기 때문에 존재론적인 모색의 언어가 싹틀 수 없었던 것 같다.

『청구영언』의 작가들은, 그들이 술을 마시는 것은 시름을 전송하기 위해서라고 말한다. 그러나 참된 시는 시름을 전송하는 것이 아니라 그것을 불러들이고 그것과 씨름을 하고, 그것을 디디고 넘어설 때 창조된다.

형이상학을 대신해준 한 병의 술, 주선이 시선 노릇을 한 데서 시조는 아깝게도 높은 사상의 탑을 쌓아 올리지 못했다. 한 병의 술이 바닷물로도 다 씻을 수 없었던 천고의 우수를 씻을 수 있는 힘을 가졌다고 믿지 않았더라면 술의 노래는 좀 더 다른 인간의 이상향을 그려갔을 것이다.

> 늦어 날셔이고 태고적을 못 보완자
> 결승結繩을 파한 후에 세고世故도 하도할사
> 차라리 주향에 들어 이 세계를 잊으리라
>
> ─신흠申欽

> 한달 설흔날에 잔을 아니 놓았노라
> 팔병도 아니 들고 입덧도 아니 난다
> 매일에 병 없은 덧으란 깨지 맑이 어떠리

주선酒仙의 초상화

시조에는 인간의 동작이나 풍물의 묘사가 흔치 않은데, 취객의 초상화만은 서구인들의 미인도처럼이나 여실하게 그 모습을 드러내주고 있다. 그것은 호탕하고 자유분방하다. 가식이 없는 것이 그 특성이다. 도덕적인 구속이나 정치적 억압이 보이지 않는다. 술에 취했을 때만이 한국인은 그 모든 오퍼레이션으로부터 벗어날 수 있었던 것이다.

그러므로 주선酒仙의 초상화는 리얼리스틱하고, 산수도를 그리는 것과는 달리 그 데생에도 원근법이 뚜렷하다. 그리고 『청구영언』의 인간상은 거의가 100미터 경주도 할 수 없는 루스한 행동 거세자去勢者이나 술 마시는 데 있어서만은 적극적이고 민첩하다. 매사에 까다롭게 구는 결벽증도 술 마실 때만은 청탁을 가리지 않는다. 무엇인가 결사적인 뜨거운 것을 노래한 것이 있다면 단심가와 술 마시는 권주가뿐이다. 목숨을 걸고 마시는 술들이다. 그들이 만일 그 열정을 술이 아니라 속진에 불태웠던들 바이런이 무색할 정도의 열정적인 시인이 되었을 것이다.

그러면 어째서 취객의 초상화만이 이렇게 헤라클레스 같은 영웅으로 그려졌는가? 아마도 인간이 대지를 향해 목숨을 불태울 수 있는 그 통로가 유교의 모럴에, 노장老莊의 허무주의에 닫혀져 있었기 때문이 아닐까?

술 속의 영웅이 대지의 영웅이 되었더라면 시조 문학은 근본적으로 그 모습을 달리했을 것이다.

> 내 부어 권하는 잔을 덜 먹으려 사양마소
> 화개앵제花開鶯啼하니 이 아니 좋은 땐가
> 어떻다 명년간화반明年看花伴이 눌과 될 줄 알리오
>
> ─김천택金天澤

> 술을 취케 먹고 오다가 공산에 자니
> 뉘 날 깨우리 천지즉금침이로다
> 광풍이 세우細雨를 몰아 잠든 나를 깨와라
>
> ─정철鄭澈

아니 놀고 어이리

인생의 허무에서 벗어나는 길은 술을 마시는 일이 아니면 노는 일이다. "아니 취코 어이리"와 마찬가지로 시조의 종장은 대부분이 "아니 놀고 어이리"로 그 종지부를 찍는다. "너를 쫓아 놀리라" 또는 "언제 놀려 하나니" 등 종장으로 끝난 시조는 도합

23편으로 『청구영언』의 10퍼센트를 차지한다. 『청구영언』의 주민(시인)들은 낮잠 자고 술 마시고 노는 것으로 한 생애를 마치고 있다. 이것을 흔히 향락 사상이라고 하여 시조 문학의 한 특징으로 손꼽고 있으나 너무 액면대로 해석할 것은 아니다.

첫째로 "노세 노세"라고 시끄럽게 되풀이한다는 것은 우리가 그만큼 놀지를 못했다는 것이며, 놀 수가 없었다는 것을 의미하는 말이기도 하다. 정말 잘 놀았다면 이렇게 놀자고 말하지는 않았을 것이다. 마치 오늘날 인권을 지키자, 자유가 귀하다라는 구호가 범람하는 것이 곧 인권의 부재와 자유의 억압을 의미하는 것으로 해석될 수 있는 것과 같다.

술의 경우와 마찬가지로 "아니 놀고 어이리"도 노는 것 자체의 의미를 강조한 것이 아니라 생의 무상감을 표현하려는 지동격서 指東擊西의 암시적 수사법이라고 할 수 있겠다. 아침 이슬처럼 유한한 인생, 빌려온 인생에 꾸어온 몸, 질병과 우환, 갈피를 잡을 수 없는 흥망과 유전, 그것들은 괴롭고 어수선하기만 한 춘몽과도 같다는 이야기다. 흥겨워서 놀자는 것이 아니라 슬퍼서 놀자는 이야기다. 게을러서 놀자는 이야기가 아니라 뜻을 둘 만한 것이 없으니 놀자는 이야기다. 여기에서도 우리는 산다는 말과 도피한다는 말이 동의어로 쓰인 시조의 기본 발상법을 발견할 수가 있다. 노는 것 자체가 또한 허무하지 않는가? 『성서』에는 "헛되고 헛되니 또한 헛되도다"라는 말이 있다. 서구의 허무주의가 정반대로 행동주의와 손을 잡는 까닭도 그와 같은 이중 부정에서 나온 것이다. 허무하니까, 유한하니까, 아침 이슬이니까, 더욱 알차게, 더욱 찬란하게, 그리고 성실하게 살아갈 수밖에 없다는 태도이다. 이것이 헤밍웨이의 나다(無)이며 그 나다에서 우러나오는 행동 개념이다. 인생의 허무를 술로 해결하려 했듯이 놀이로써 허무를 대하는 태도는 극복이 아니라 기피이다. 밤에도 놀고 또 낮에도 놀아도 일정—定 백 년은 꼼짝도 하지 않는다. "아니 놀고 어이리"는 시조의 종장이 될 수 있으나 인생의 종장이 될 수는 없다. 허무를 향락으로 바꾸는 인생의 트릭은 『청구영언』의 마을 풍속만이 아니라 오늘 이 시대의 풍속이기도 하다.

인생을 헤아리니 아마도 느껴워라
여역광음旅逆光陰에 시름이 반이어니
므스일 몇백 년 살리라 아니 놀고 어이리

— 김천택金天澤

인생이 둘가 셋가 이 몸이 네다섯가
빌려온 인생에 꿈에 몸 가지고서
평생에 살을 일만 하고 언제 놀려 하나니

— 작자미상

거문고와 더불어 백 년百年을

'술'과 '놀이'가 승화하여 나타난 것이 거문고이며 노래이다.

아리스토텔레스의 정의와 마찬가지로, 이때의 노래는 비극을 씻는 정화의 세탁비누이다. 다만 다른 것이 있다면 『청구영언』의 작자들이 음악을 인간의 예술로써 국한한 것이 아니라 달과 연잎에 떨어지는 빗방울 소리, 학의 춤, 흘러가는 구름들에게까지 확대시켰다는 점이다. 다시 말하면 거문고는 악기라고 하기보다는 피는 꽃이나 솟아오르는 달과도 같은 의미에 있어서의 한 자연인 것이다. 거문고는 분명히 그 주인이 타고 있지만 그러나 그 거문고와 그 노래는 인격화되어 그 주인과 대적한다. 거문고 줄이 울리면 빗소리가 장단을 맞춘다. 달 뜨면 벗이 오고 꽃 피면 술이 익는다. 이렇게 은자들이 생에서 택한 마지막의 보물이 된다. 그것은 생에서의 단순한 도피가 아니라 그것을 승화시킨 운명과의 새로운 화합을 이루는 창조성을 지니고 있다.

여기 거문고와 비파를 노래의 소재로 한 이 시조들은 한국인이 얼마나 음악적인 민족이었는가를 입증해준다. 서양의 시에 나타난 음악은 초월적인 것으로 그려져 있으나, 우리는 그것을 도리어 지상의 것들과 화합하는 힘으로 쓴다. 공자가 말한 예락禮樂은 현실에서 떠난 날개가 아니라 인간 생활로 돌아오는 무거운 무중력이다.

거문고는 영웅이 아니라 성자의 칼이다. 은자의 활이다.

거문고 대현大絃 올려 한 과棵 밖을 짚었으니

얼음이 막힌 물 여울에서 우니는 듯

어디서 연잎에 지는 빗소리는 이를 좇아 맞추나니

　　　　　　　　　　　　　　　　　　　　　　　—정철鄭澈

소리는 혹 있은들 마음이 이러하랴

마음은 혹 있은들 소리를 뉘 하느랴

마음이 소리에 나니 그를 좋아하노라

　　　　　　　　　　　　　　　　　　　　　　　—윤선도尹善道

세월이여, 계절이여

오늘이 오늘이소서

시간을 향해서 두 손을 모으는 한국인의 기도는 "오늘이 오늘이소서"이다. 과거도 미래도 없는, 오직 오늘만의 이 시간이 영원히 되풀이되기를 원한 것이다. 현재는 과거와 미래로 통하는 다리다. 그러나 시조의 '오늘'은 그러한 다리로서의 시간이 아니라 되풀이되는 수레바퀴의 한 점으로 나타난다. 대개 농경사회에서는 시간을 되풀이되는 것으로 인식한다. 그들은 시간을, 씨를 뿌리고 기르고 거두는 것으로 받아들인다.

한국인 역시 마찬가지다. 한국인은 오늘보다 나은 내일의 희망을 읊는 것이 아니라 현존하는 행복을, 오직 그것을 연장해가고 싶다는 욕망만을 바랄 뿐이다. 과거를 오늘에 끌어들여 내일을 설계하는 창조적인 오늘이라기보다 오늘의 그 순간 속에 모든 시간을 정지시키고 단절해버리는 얼어붙은 오늘이다.

헤브라이즘의 시간관도 '오늘'이란 시간을 강조하고 있으나,

그것은 긍정적인 것이 아니고 종말과 심판으로서의 오늘인 것이다. 닫혀진 사회의식에서 한국인이 산 것처럼 그 시간의식 역시 폐쇄적이다. 시간의 허무에서 도피하는 은둔처로써 정지된 오늘 속에서 살려는 태도, 이것은 마치 괴로운 속진의 세계로부터 단절되어버린 어느 강호와 산림을 찾아가는 그 태도와 조금도 다를 것이 없다. '자연'이 장소의 은둔처라면 '오늘'은 시간의 대피소이다. 죽음이나 유전하는 세월에서 하나의 탈출구를 발견한 것이 오늘 속의 그 하루만의 열락이었다.

> 오날이 오날이소서 매일에 오날이소서
> 저물지도 새지도 말으고
> 새나마 주야장상에 오날이소서
>
> — 작자미상

> 낙지樂只자 오날이여 즐거온자 금일이야
> 즐거온 오날이 행여 아니 저물세라
> 매일에 오날 같으면 무슨 시름 있으리
>
> — 김현성金玄成

늙기 설워하노라

『청구영언』을 하나의 마을로 보고, 그 마을에서 살고 있는 사람들을 나누어본다면 노인들의 수가 가장 많다. 한마디로 말하면 시조 문학의 주인공은 청년이 아니라 백발을 흩날리는 노인들인 것이다. 그러므로 시조에 나타나 있는 한국인의 정서를 대표하는 것 역시 "노老"에 관한 것들이다.

"늙기 설워하노라." 이것이 시조의 전형적인 감탄구의 하나이다. 그러나 늙음을 서러워하는 감정에는 서로 다른 세 가지 유형이 있다.

첫째는 뜻을 두고 다 이루지 못하는 늙음이요, 둘째는 젊음을 즐기지 못하고(소년행락) 늙는 늙음의 서러움이며, 셋째는 죽음에의 공포이다. 그리고 백발을 한탄하지 않고 도리어 공평한 공도라 하여 긍정적으로 그린 것도 있다. 이렇게 탄로가嘆老歌는 세 부류로써 한국적 정명론正命論을 가장 극명하게 표현하고 있는 것이다.

한국인은 제대로 젊어보지도 못하고 늙는 서러움을 체득한다. 시간은 언제나 과거로 그림자를 드리운다. 추월춘풍이 자기를 속였다거나, 산은 흰 눈에 덮였다가도 눈이 녹으면 푸른빛을 되찾지만 백발은 다시 검은빛을 찾을 수 없다거나, 이렇게 인간의 시간과 자연의 시간을 대비시키는 데서 더욱더 시간의식은 역사의식과 멀어져간다. 결론적으로 말하는 시조의 탄로가가 의미하는 것은 한국인의 시간의식, 역사의식으로 발전되지 못했다는 사실이다.

인간은 초목이나 하나의 생물처럼 시간 속에서 태어나 시간 속에서 늙는다. 인간이 시간을 향해 작용하는 것이 아니라 수목의 나이테처럼 수동적으로 시간을 받아들이는 것이다.

인간이란 그런 가운데서 문화를 이루고 쌓아가는 것이다. 그리고 그것을 탐구하는 것이다. 이 말을 바꾸면 '일어난 사건'과 그것을 '서술하는 방법', 즉 역사의 방향, 다시 말하면 발생된 사건이 무엇을 의미하는가를 관찰하고 그 내면적인 의의와 반향을 캐는 일인 것이다. 이것은 내일의 역사의 개요가 된다. 이것을 들여다보는 의식이 없이 우리는 천 년을, 그리고 2천 년을 살아왔다. 참으로 탄식해야 할 것이 있다면 그것은 백발의 탄식이 아니라 그러한 역사의식을 지니지 못했다는 점일 것이다.

군산羣山을 삭평削平턴들 동정호 너를랏다
계수를 버히던들 달이 더욱 밝을 것을
뜻 두고 이루지 못하고 늙기 설워하노라

— 이완李浣

연이상제緣駬霜蹄 역상櫪上에서 늙고 용천설악龍泉雪鍔 갑리匣裏에 운다
장부의 혜온 뜻을 속절없이 못 이루고

귀밑에 흰 털이 날리니 그를 설워하노라

— 김천택金天澤

시간時間의 종착역終着驛

시간을 나타낸 『청구영언』의 시어를 분석해보면 1년 1회, 3년 2회, 5백 년 1회, 천 년 2회, 10년 6회, 백 년 24회로, 백 년이 단연 으뜸이다. 여기서 우리는 잠시 '백 년'이라는 숫자를 천착穿鑿해볼 필요가 있겠다.

시조나 속요 등에서 우리는 '인생 백 년'이란 말을 종종 만난다. 그리고 우리가 쓰는 용어 중에서도 아이가 태어난 후, 백 일째 되는 '백일기념'을 비롯하여 백일기도, 백일제, 백일주 등 완성되고 소멸하는 숫자로써 백일이 수없이 쓰인다. 웅녀도 백 일간의 긴 인내 다음에 인간으로 화하였고, 그것은 동시에 곰으로서는 소멸을 뜻하는 날이기도 했다. 알기 쉽게 말하자면 이 '백 년'이란 한국인들에게는 시간의 종착역과 같은 것이다. "동양인의 결함은 그들이 숫자에 대한 깊은 통찰력이 없었던 것"이라는 발레리의 지적과 같이 수에 대해서는 밝지 못한 한국이었으면서도 나이를 계산하는 데서만은 너무도 수학적이어서, 인간보다 오래 산다는 거북과 학 등을 십장생으로 존경하였다. 그들에게는 생을 '어떻게 사느냐?'가 문제가 아니라 '얼마나 사느냐?'가 문제였다. 그들은 그 '얼마나'가 생의 가치를 저울질하는 자의 눈금 역할을 했고, 그 때문에 장수=선·덕의 등식이 성립되었던 것이다.

시간의 벽인 죽음을 극복하고자 하는 데서 종교가 생겨나고 휴머니즘이 싹튼다. 종교나 예술의 기원은 초자연적인 것에 대한 외소감이며, 그것에 대한 심리적인 고투이다. 그럼에도 불구하고 한국인은 이 시간의 문제를, '어떻게'라는 고투가 없이 '얼마나'라는 안이한 기원만을 가지고 있었던 것이다. 사회의 악에 대해서 소극적이었던 것처럼 시간의 벽에 대해서도 한국인은 소극적이었다. 종착역이니 '생'의 짐을 꾸리고 내려야겠다는 얌전한 승객들이었다.

그러기에 궁극적으로 시조는 무종교적無宗敎的인 문학이었던 것이다.

호화코 부귀야 신능군信陵君만 할까마는
백 년 못해야서 무덤 위에 밭을 가니
하물며 여남은 장부야 일러 므슴 하리오

—기대승奇大升

백 년을 가사인인수可使人人壽라도 우락憂樂이 중분미백년中分未百年을
하물며 백 년이 반듯기 어려우니

두어라 백 년 전까지 취코 놀려 하노라

— 작자미상

계절의 두 얼굴

『청구영언』에 나타난 계절의 순위를 보면 가장 많이 등장한 것
이 봄으로 11, 가을이 8, 겨울이 7, 여름이 1로써 최하위이다. 이
숫자만 가지고 본다면 사시 가운데 우리의 조상들이 제일 관심을
가졌던 계절이 봄이라는 것과, 가장 무관심했던 것이 여름이었음
을 알 수 있다. 유의해둘 것은 봄이 희망과 즐거움으로 그려져 있
지 않고 가을과 마찬가지로 애상과 수심의 시간으로 그려져 있다
는 점이다. 꽃이 피는 봄이 아니라 꽃이 지는 봄의 노래이며, 맞
이하는 봄이 아니라 떠나보내는 석춘惜春으로서의 봄이다.

그리고 같은 애상이라도 가을은 애정과 관계된 애상이요, 봄은
인생의 늙어가는 세월과 관련된 애수라는 점이다. 그리고 계절은
두 얼굴로 그려져 있다. 하나는 인간과 함께 있는 계절이며, 하나
는 인간과 단절된 계절이다. 전자는 대개 계절의 변화와 인간 정
사가 같은 악보 위에서 연주되는 것으로 그려져 있고, 후자는 계
절과 초목의 밖에 존재하는 인간의 외로움으로 독주되고 있다.
전자는 "낙화는 뜻이 있어 유수를 따르거늘……"과 같이 낙화유
수와 함께 흐르는 나, 후자의 경우는 "기러기 다 날아가고 서리

를 몇 번 오고……"와 같이 나를 떠나서 흘러가고 있는 계절, 즉 "나"의 슬픔을 강조하여주는 대상으로써의 계절이다.

전자가 '동화하며 흐르는 시간'이라면, 후자는 '나'를 인식시키는 대조적인 계절이다.

　　낙화는 뜻이 있어 유수를 따르거늘
　　무정한 저 유수는 낙화를 보내도다
　　낙화야 내 언제 너 홀로 보내더냐 나도 함께 흐르노라

　　　　　　　　　　　　　　　　　　　　— 김학연金學淵

　　비파를 둘러메고 옥난간에 지혀시니
　　동풍세우에 듣드나니 도화로다
　　춘조도 송춘을 슬허 백반제百般啼를 하놋다

　　　　　　　　　　　　　　　　　　　　— 작자미상

추초秋草에 덮인 왕조

시간은 창조적인 면과 파괴적인 면을 동시에 가지고 있다. 꽃을 피우는 것도 하나의 시간이며, 그 꽃을 지게 하는 것도 또한 시간이다. 변덕 많은 이 두 극의 시간에서 주로 시조의 작자들은 파괴적인 면을 더 강조시킨 것 같다.

자연의 시간(계절)이 아니고 역사로서의 시간을 그린 것 가운데 창조적인 역사의식은 없어도 파괴적인 의미로서의 역사적 시간은 존재한다. 말하자면 한 왕조의 멸망, 권력의 쇠망 등등을 그린 시조가 그것이다. 그 역사적 시간은 추초로 상징된다. 기나긴 왕조의 역사도 결국은 그 추초에 덮여버린다는 허무의 발상법이다. 고려의 멸망이나, 심지어는 외국에까지 원정을 간 명나라의 쇠망에 이르기까지 그들은 즐겨 시간 속에 사라지는 인간 역사의 허망성을 노래 부르고 있다. 이렇게 시간의 축에서 본 인간 역사는 권력의 허무를 넘어서 인간의 무상에까지 투영되고 있다.

태평성대를 그린 시조 역시 그러한 경우와 별로 다를 것이 없다. 태평성대를 노래한 시조들은 예외없이 요순 시대를 그 본보기로 삼고 있으며, 놀고 마시는 것에 태평성대의 의미를 부여하고 있다. 이때의 평화라는 개념 역시, 번거로운 무엇인가를 창조하는 그 힘이 아니라 "우리도 태평성대에 놀고 가려 하노라"와 같이 쉬는 것으로서의 정지된 역사를 의미한다. 당쟁이 심했고 가렴주구苛斂誅求가 극심했던 그 시대에서 태평성대를 희구했던 것은 극히 당연한 일이다. 그러한 희구가 '요순'이라는 말을 쓰게 했고 그리하여 그것이 시조에 등장하는 중국 고사 중에서 가장 많은 빈도수를 차지하게 되었을 것이다. 그만큼 그들은 평화를 그리워했던 것이다. 다만 그 평화가 쟁취하는 평화가 아니고, 멸망한 왕조를 생각하듯이 추억하는 평화, 그리워하는 평화로 그려져 있다는 데에 문제점이 있다. 즉 바라는 태평성대가 아니라 그리워하는 태평성대였던 것이다. 그러므로 그들은 시간(역사)이라고 하는 것이 고려와 명明을 묻어버렸으며, 추초가 그러하듯 평화롭던 시대도 그렇게 빼앗기고 만다는 것으로 생각했던 것이다.

> 오백 년 도읍지를 필마로 돌아드니
> 산천은 의구하되 인걸은 간데없다
> 어즈버 태평연월이 꿈이런가 하노라
>
> — 길재吉再

> 흥망이 유수하니 만월대도 추초로다
> 오백 년 왕업이 목적牧笛에 부쳤으니
> 석양에 지나는 객이 눈물겨워하더라
>
> — 원천석元天錫

시간이여, 쉬엄쉬엄 가거라!

현대를 스피드의 시대라고 한다면 『청구영언』의 시대를 우리는 스피드를 거부하는 시대라고 규정할 수 있을 것이다. 그들의 구호는 바삐바삐 서둘자는 것이 아니라 쉬엄쉬엄 가자는 것이었다. 황진이가 벽계수의 말고삐를 잡고 권유한 것도 "쉬어간들 어떠리"라는 것이었다.

허무한 시간의 흐름에 대하여 그들이 무엇인가 대처하려고 한 것이 있다면, 그 시간을 어떻게 하면 더디 갈 수 있게 하고 멈추게 할 수 있는가의 공상이었다. 가는 해를 쇠줄로 묶어둔다든지, 버드나무 가지로 춘삼월의 그 계절을 잡아매어 둔다든지 하는, 오늘의 우리 사고방식으로 보면 극히 비시적非詩的인 표현을 그들이 즐겨 쓴 것은 그러한 것에서 연유한 것이다.

결국 시조에 나타난 시간의식의 특징은 시간을 여하히 사용하느냐보다 시간을 어떻게 멈추게 하느냐의 정지된 시간의 추구였음을 알 수 있다.

> 금오옥토金烏玉兎들아 뉘 너를 쫓니관데
> 구만리 장천에 허위허위 다니는가
> 이 후란 십 리에 한 번씩 쉬엄쉬엄 가리라
>
> — 김상헌金尙憲

> 녹양 춘삼월을 잡아매어 둘 것이면
> 센머리 뽑아내어 찬찬 동여두련마는
> 올해도 그리 못하고 그저 놓아 보내거다
>
> — 김삼현金三賢

님과 사랑의 노래

사랑과 육체의 발견

향가鄕歌가 인간 존재의 고뇌를 탐구한 노래이며, 여요麗謠는 사랑과 육체의 정감을 파헤친 낭만적인 노래라 한다면 시조는 이념의 노래라고 할 수 있을 것이다. 시조는 윤리 편중의 시가이기 때문에 고백하고 발견하고 보여주는 예술의 기능보다는 인생을 가르치려는 데에 그 지향점을 두고 있는 것이다. 조선조에 와서 여요를 음사라고 하여 선비들이 부를 만한 것이 못 된다고 규정한 것을 보아도 알 수 있다. 그러므로 남녀 간의 사랑과 욕정을 노래한 것은 그 대부분이 기생들이거나 이름을 알 수 없는 실명씨들이었고, 그리고 그것은 또 서민들의 전유물이었다. 그러므로 리얼리스틱하게 사랑을 묘사한 시조들은 평시조가 아니라 서민들의 시조인 조선조 말 사설시조에서 많이 발견된다. 러브 송은 하찮은 기녀의 치마폭에서 서민들의 때 묻은 베잠방이 땀내 속에서 겨우 그 명맥을 유지해왔다. 여기 이 시조들은 유교의 억압 밑에서도 줄기차게 뻗어오는 사랑과 육체의 꽃들이다. 이 연가의 특징은 고도한 메타포의 구사에 있다. 이 메타포가 구사된 가장 주된 요인은 당쟁을 그린 시조처럼 노골적 표현을 삼가려는 당시의 윤리적 상황 때문이라고 보아야 할 것이다. 한국의 상징과 은유는 언제나 이렇게 정치적 상황, 윤리적 상황 등으로 시적 기능과는 관계없는 다른 원인으로 해서 발생되고 발전되어왔다.

　한국의 연가의 또 하나의 특징은 '님' 자체를 예찬한 것보다, 사랑이란 무엇인가 하는 그 물음과 정의로써 엮어간 데 있다. 일종의 발견으로서의 사랑인 것이다.

　　사랑 사랑 긴긴 사랑 개천같이 내내 사랑
　　구만리 장공에 넌즈러지고 남는 사랑
　　아마도 이 님의 사랑은 가없는가 하노라

　　　　　　　　　　　　　　　　　　　　─작자미상

　　물 아래 세가랑모래 아무리 밟다 발자취 나며
　　님이 날을 아무리 괴다 내 아더냐
　　님의 정을 광풍에 짓부친 사공같이 깊이를 몰라 하노라

　　　　　　　　　　　　　　　　　　　　─작자미상

이별의 의미

이별가가 향가의 전통을 이루는 것은 여요의 「가시리」로부터 시작하여 소월의 「진달래」에 이르기까지 면면한 줄기를 이루고 있다.

순수한 남녀 간의 이별만이 아니라 조정을 떠나 귀양살이를 가는 신하의 심정도, 이별가의 틀(형식) 속에 담겨진다. 인생에서 가장 쓰라린 것은 이별이고, 정 가운데 가장 괴로운 것은 바로 그 이별의 정이다. 이렇게 이별을 죽기보다 두려워했으면서도 한국의 이별가처럼 무기력하고 자학적이며 소극적인 것도 없다. 버리고 가는 임을 원망하거나 붙잡고 애원하는 장면이 거의 없다.

현대처럼 위자료로 계산되는 이해타산식의 이별도 곤란하지만 인심 좋게 고분고분히 임을 놓아주는 그 소극적인 이별의 노래도 동정할 만한 것은 못 된다.

"이시랴 하더면 가랴마는 제 구태여 보내고 그리는 정은 나도 몰라 하노라"는 「가시리」의 "잡사와 두어리마나난 선하면 아니 올세라"와 조금도 다를 것이 없고, "나 보기가 역겨워 가실 때에는 말없이 고이 보내드리오리다"의 소월의 시 역시 천년 전의 그 노래들과 한 치도 달라진 것이 없다.

이러한 이별의 노래에서 우리가 엿볼 수 있는 것은 한국인 스스로가 슬픔을 택해서 슬퍼하는 비극의 취미를 지니고 있다는 것이다. 그들은 붙잡아서 사랑하기보다는 보냄으로써 그 쓰라림을 즐겨하고, 정복해서 만족을 얻기보다는 정복당함으로써 그 억압을 참아낸다. 이러한 피동성은 이미 개국신화, 즉 웅녀신화에서부터 비롯된 것으로써 그것은 '한국의 후진성'을 낳은 가장 큰 요인의 하나라고 할 수 있을 것이다.

> 이별하던 날에 피눈물이 난지만지
> 압록강 내린 물이 푸른빛이 전혀 없네
> 배 우에 허여 센 사공이 처음 본다 하더라
>
> — 홍서봉洪瑞鳳

> 천만리 머나먼 길에 고운 님 여의옵고
> 내 마음 둘 데 없어 냇가에 앉았으니
> 저 물도 내 안 같도다 울어 밤길 예놋다
>
> — 왕방연王邦衍

사랑의 대합실待合室

'이별의 시'는 '기다림의 시'로서 그 속편을 이룬다. 이 연가는 침울한 사랑의 대합실 안에 들어 있으며, 그러므로 잃어버린 임을 찾아 헤매는 노래가 아니라 조용히 앉아서 임이 오기를 기다리는 노래이다. 이러한 시조의 특징은 대개 밤을 무대로 하고 있다. 귀뚜라미 우는 소리가 나고 낙엽 지는 소리가 나고, 눈 내리는 소리가 난다. 예민한 청각들이 그 소리를 들음으로써 그 기다림의 감정은 한층 델리키트한 것이 된다.

기다리는 감정의 초조와 불안감은 이 '기다림의 시'에서 가장 풍부한 시적 암시력을 발휘하고 있다. 귀뚜라미 소리에서, 나뭇잎 지는 소리에서 여인은 연인의 발소리를 듣는다. 번연히 아닌 줄 알면서 창문을 열고 나간다. 이것은 단순히 기다림의 감정을 나타낸 플롯의 구실만으로는 볼 수 없다. 이중적인 의미 사용으로서의 낙엽 지는 소리, 귀뚜라미 우는 소리 등이 임을 기다리는 밤의 사운드 이펙트(음향효과)로 이용되고 있는 것이다. 그것은 연극적 줄거리이며 동시에 효과음이라는 이야기다.

그리고 또 하나의 특징은 기다림을 꿈으로 나타내준 수법이다. 꿈의 허망성으로 기다림의 허망성을 암시한다. 보람 없는 기다림이란 것을 알면서 기다린다. 기다림, 그것이 목적인 것이다. 솔베이 그의 기다림은 임을 만나기 위한 수단으로서의 기다림이지만 꿈에서나 만나보자는 한국인의 기다림은 기다리기 위한 기다림인 것이다. 기다림에 관한 한 한국인들은 천재였던 것이다.

> 어젯밤 비 온 후에 석류꽃이 피었다
> 부용 당반塘畔에 수정렴 걷어두고
> 눌 향한 깊은 시름을 못내 풀어 하느뇨

— 신흠申欽

한식 비 온 밤의 봄빛이 다 퍼졌다

무정한 화류도 때를 알아 피었거든

어떻다 우리의 님은 가고 아니 오는고

— 신흠申欽

원怨과 한恨의 연가戀歌

엄격한 의미에서 한국 연가의 밑바닥을 흐르는 정서는 애정이 아니라 원한이라고 할 수 있다. 그 원한은 사랑을 얻지 못하고 버림받고 멸시당하는 데서 오는, 즉 소유하지 못한 데서 오는 반작용으로 이별의 슬픔은 미움으로, 기다림의 아쉬움은 한으로 나타나고 있다.

이상한 이야기지만 한국인들은 그 원한으로 그들의 사랑을 심화시키고 발전시켜 서구 문학과는 정반대의 방향에서 사랑의 완성을 보았던 것이다. 셰익스피어는 '로미오와 줄리엣'을 죽음으로, 단테는 '영원'으로 그들의 사랑을 완성했지만, 그러나 한국인들은 "뉘라서 이별을 삼겨 사람 죽게 하는고", "저 님아 널로 든 병이니 네 고칠까 하노라"라고 사랑이 아니라 한으로 그들의 사랑을 변형시키고 있는 것이다.

『청구영언』을 보면 이 원한을 한국인들은 다음의 세 가지 양식으로 묶고 있다.

그 첫째가 자기 자신을 변신시켜, 그 자신의 진심을 나타내는 형식, 다시 말하면 접동새가 되어 슬피 옮으로써 그 자신의 진실을 임에게 들려준다든지 궂은비가 되어 임의 곁에 내린다든지 하는, 자기 감정의 메타모르포세스에 의한 임과의 교섭이다.

둘째는 "저 님아 널로 든 병이니 네 고칠까 하노라" 하는 책임 추궁이다.

셋째는 추상적 감정의 구체화, 순수한 자기표현으로서의 일종의 고백적인 하소연, 마음에 창을 낸다든지 한숨을 실로 비교한다든지, 원한의 울음을 냇물 소리로 비교한다든지 하는 것 등 다시 말하면 추상적인 원한의 감정을 구체적인 사물로 바꿈으로써 카타르시스의 효과를 거두려 하는 것이다. 이러한 부류의 시조에는 귀양살이하는 신하가 임금에게 자기의 무죄함을 진정하려는 마음을 사랑에 의탁하여 우의적으로 표현한 것이 많다.

시조 자체만을 가지고 보면 연가와 조금도 다를 것이 없으나(정철의 「사미인곡」, 「속미인곡」 등이 대표적인 것이라고 할 수 있다) 그 내면에 흐르는 정서는 전혀 다른 것이다. 사랑의 완성이 아니라 사랑의 변태인 것이다.

님을 믿을 건가 못 믿을손 님이시라

미더운 시절도 못 믿을 줄 알았으라

믿기야 어렵건마는 아니 믿고 어이리

— 이정구 李廷龜

이 몸이 죽어져서 접동새 넋이 되어

이화 핀 가지 속잎에 싸였다가

밤중만 살아서 우리 님의 귀에 들리리라

— 작자미상

그래도 일편단심—片丹心

연가의 마지막 단계는 원한을 넘어선 절대적인 애정(일편단심)이다. 이미 그것은 사랑의 정감이 이념으로 화해버린 상태이다. 앞의 장에서도 언급했듯이 조선조의 시가를 지배한 것은 정감이 아니라 이념이며, 고백이 아니라 주장이다. 이러한 임을 향한 지조의 노래는 조선조 시가 문학의 가장 큰 특징을 이루고 있는 것이라고 할 수 있다. 그들은 임을 믿는다. "다만 님 그린 탓으로……" 괴로워하고 또 희망을 품는다.

"다만"이라는 부사가 나타내는 절대적 사랑은 벌써 종교이다. 신하가 임금에게 충성을 바치는 것이나, 아녀자가 임을 좇는 것이나 이념적으로는 다 같은 시조의 정신이었으므로 사실상 조선

조에서 환영한 사랑의 노래란 오직 이 부류의 연가였다. 군주정
치에 필요한 것은 군에 대한 절대적 충성심이다. 한 남편을 따른
다는 것과 한 임금을 섬긴다는 것은 직유법에 의해서 합일적인
것이 된다. 사랑의 극한은 사랑의 무덤과도 통한다.

정령精靈 술에 섞어 님의 속에 흘러들어
구회간장九回肝腸을 다 찾아다닐망정
날 잊고 님 향한 마음을 다 스로려 하노라

— 김삼현金三賢

예서 나래를 들어 두세 번만 부치면은
봉래산 제일봉의 고운 님 보련마는
하다가 못 하는 일을 일러 무삼하리

— 정철鄭澈

시의 동물원

시인ㅅ의 산수도

자연은 시조 문학의 등뼈이다. 그 많은 자연 중에서도 가장 대표적인 것이 '산과 물'이다. 유교적인 사상을 문학으로 옮겨보면 어빙 배빗의 관점대로 클래시시즘에 속한다. 고전주의의 정신은 낭만주의와 달리 자연에서 한 모범을 찾는 것이며, 조화와 균형의 중용을 구하는 것이다. 극단적이고 특이한 것이란 고전주의자의 구미에 맞지 않는다. '산수'가 자연을 대표하게 된 것도 그 때문인 것이다. 산은 움직이지 않는다.

이 불변 부동성과 그 고요함에 대조를 이루는 것이 물이다. 물은 흐르고 변하며 항상 새롭다. 산이 공간이라면 물은 시간이다. 자연의 이 양면성, 거기에서 이상적인 자연의 모범을 그들이 구했다. 그래서 '청산과 녹수'는 시조 언어의 러닝메이트인 것이다. '산과 물'의 조화, 그것은 지智와 인仁의 조화이며, 부동과 유동의 조화이며, 사색과 행동의 균형이다.

『청구영언』에서 그려진 산수의 이미지는 유교적인 자연관과 노장적 자연관의 양면성으로 나눠볼 수 있다. 유교적인 산의 이미지는 호연지기로, 주야로 흐르는 물은 세월로 그려진다. 모두 공자의 논어에 나오는 이미지를 따온 것이다. 그리고 '산수'를 합쳐 '요산요수'로 표현한 것도 마찬가지다.

노장적 이미지로써 그려진 '산수'는 무장무애의 산절로 수절로와 같은 자행 자처의 이미지로 나타나 있다. 한마디로 말해 시조에 나타난 자연은 탐미적인 자연이 아니라 이념적인 모방으로서의 자연이다. 그들의 산수도는 당위적인 인간 존재의 투영이었던 것이다.

윤선도의 「오우가」를 보면 알 수 있다. 그가 벗으로 삼은 것은 수, 석, 송, 죽, 월이었다. 그가 많은 자연물 가운데 베스트 5를 선택한 기준을 보면 감각적인 쾌감이나 심미적인 즐거움이 아니라, 그것들이 지니고 있는 이념성에 있다. '물'은 깨끗하고 그치지 않기 때문에, '바위'는 변치 않기 때문에, '솔'은 뿌리가 곧기 때문에, '대'는 사시에 푸르기 때문에 자연물의 엘리트가 된 것이다. 아름다운 꽃이 제외된 것을 보더라도 용모의 미를 표준으로 하지 않았다는 것을 알 수 있다.

　산은 있건마는 물은 간데없다
　주야로 흐르니 남은 물이 있을소냐

아마도 천년유수는 나도 몰라 하노라

─낭원군朗原君

옥류당 좋단 말 듯고 금곡촌에 들어가니
천보산하天寶山下에 옥류수뿐이로다
두어라 요산요수樂山樂水를 알 이 없어 하노라

─낭원군朗原君

화원을 지키는 원정園丁

산수와 마찬가지로 꽃과 새는 두 개의 자연을 상징한다. '화조월석花鳥月夕'이란 말이 있듯이, 꽃과 새는 어느 곳에서나 서로 대비를 이루며 나타나 서로 화합하고 조화를 부리며 자연을 묘사한다. 꽃은 정적이고 새는 동적이다. 꽃에는 소리가 없고 새에는 소리가 있다. 꽃은 땅에서 자라서 피고 새는 공중을 난다. 이렇게 그 성격이 다르면서도 '화개앵제花開鶯啼'처럼 그들은 조화를 이룬다. 아니 꽃과 나비의 관계처럼 그것들은 결합하고 또 흩어진다. 우선 『청구영언』의 꽃동산을 보자.

『청구영언』의 시조 가운데서 가장 많이 나타나는 제1위의 꽃은 도화, 제2위가 이화와 매화, 3위가 향화, 4위가 노화, 5위는 요화蓼花, 그리고 이외에도 국화는 단 한 번밖에 등장하지 않는다.

한 번이라도 나오는 꽃의 품목을 적어보면 석류꽃, 목단, 외꽃, 메꽃, 부용 등으로 모두 열네 종목이다. 상상외로 『청구영언』의 꽃밭은 초라하다. 한국인의 상징인 무궁화도, 진달래도 없다. 『청구영언』에서는 가난한 복숭아꽃, 살구꽃이 꽃에 대한 한국인의 이미지라고 할 수 있다. 도화가 랭킹 제1위가 된 것은 무릉도원(도화는 선경을 상징한다)의 영향 때문인 것 같고, 매화와 이화의 강세는 시조와 순결을 좋아하는 유교적 취향 때문이라고 볼 수 있다.

> 춘풍 도리화들아 고운 양자 자랑말고
> 창송녹죽을 세한에 보려므나
> 정정코 낙락한 절節을 고칠 줄이 이시랴
>
> ─ 김유기金裕器

> 청명시절 우분분할 제 나귀 목에 돈을 걸고
> 주가酒家 어디메오 묻노라 목동들아
> 저 건너 향화 날리니 게 가 물어보시오
>
> ─ 작자미상

박제剝製된 새들

브란쿠시의 「공간 속의 새」는 칼날 같은 광채를 발하며 수직으로 하늘을 날고 있다. 그 새는 그 자신을 그 비약 속에서 연마하고 연소한다. 그야말로 동적인 이미지다. 세기의 낭만주의자들이 새를 열애하였던 것도 이 때문이다.

그러나 우리 시조의 경우에는 동적 이미지보다 정적 이미지로 새가 그려지고 있다. 그런 면에서 백구가 랭킹 제1위이다. 그다음이 비슷한 학과 백로 등이다. 결국 새의 이미지는 새답지 않은, 날지 않고 소리를 내지 않은 것들로 대표되고 있다.

시조 문학에 등장한 새의 빈도수만 가지고도 우리는 한국인이 추구한 새의 이미지가 무엇이었던가를 알아낼 수 있을 듯하다. 그리고 거기 덧붙여서 한국인의 도식적인 사고방식을 볼 수 있다. 이를테면 피아노 건반처럼 일정한 정서의 음계를 누르면 거기 일정한 새의 이미지가 나타난다. 그리움을 전하는 새에는 기러기, 원한의 감정은 접동새, 농부들에게는 종달새, 속세의 시끄러움에는 참새, 남성적인 것으로는 매, 사랑에는 원앙새, 이렇게 그들은 그들이 원하는 감정을 그들의 개인의 정서에 의해서가 아니라 한 시대의 관념에 의해서 표현한다. 개인이라는 것이 존재하지 않고 전체가 있을 때 있을 수 있는 현상이다. 문학에서보다도 정치나 경제의 부면에서 행해질 수 있는 일이다.

이러한 시대의 관념이, 즉 개인의 진취적인 정서를 허락하지 않는 조선조의 은둔 사상이 매나 소리개의 전투적이고 날쌘 이미지보다는 가는 다리와 긴 목, 춤추듯 나는 날개를 가진 학과 백로를 떠올렸던 것이다. 그것이 바로 한국인의 정감이었던 것이다. 그것들은 한일閑逸의 새이고, 그것이 생명적인 것이라기보다는 박물관에 박제된 조류와 같이 한 시대의 관념 속에 갇혀 있는 새이다.

> 냇가에 해오랍아 무슨 일 서 있는다
> 무심한 저 고기를 여어 므슴 하려는다
> 아마도 한물에 있거니 잊어신들 어떠리
>
> —신흠申欽

> 백사장 홍요변紅蓼邊에 굽어기는 백로들아
> 구복口腹을 못 메워 저다지 굽니는다
> 일신이 한가할선정 살쪄 무슴 하리오
>
> —김상헌金尚憲

초목들의 의미

한국인은 동물보다 식물을 좋아한다. 한곳에 뿌리를 박고 말없이 서 있는 나무는 모든 것을 받아들이고 또 순응한다. 그중에서도 대표적인 것이 소나무이다. 소나무는 언제나 푸르기 때문에 지조가 높은 선비와 고고한 은자의 상징이 된다. 간신과 악인은 소나무를 쓰러뜨리는 바람이며, 도끼이며, 낫이며, 벌레이다. 조선조인들에게 가장 널리 회자되고, 또 오늘의 교과서에서도 자주 인용되고 있는 것은 이 소나무에 관한 것이다. 성삼문의 "이 몸이 죽어가서…… 낙락장송 되었다가"나, 정몽주의 「단심가」에는 으레 소나무가 지조의 소도구로 나타나 있다. 그들은 하나의 초목을 보는 데에도 이렇게 감각보다는 이데아(관념)에 중점을 두고 있었던 것이다.

소나무와 함께 은자의 성품을 나타내는 것으로는 버드나무가 있고(이것은 소나무가 유교적인 데 비해 노장의 이미지이다), 선비의 지조를 나타내는 것으로는 대나무가 있다. 이외에도 벽오동, 유자 등이 『청구영언』에 등장하지만 1·2회 정도에 불과하다. 시조에 등장하는 초목의 가짓수가 많지 않다는 것은 그들이 개개의 자연보다 전형적인 자연을 추구했다는 증거이다. 조선조의 획일주의적인 사고방식이 낳은 소산이라고 하겠다.

솔아 삼긴 솔아 네 어이 삼겼는다
지지간반遲遲澗畔을 어디 두고 예와 섯난
진실로 울울한 만취晩翠를 알 이 없어 하노라

— 낭원군朗原君

청산 자와송自臥松아 네 어이 누웠는다

광풍을 못 이기어 불희져어 누웠노라

가다가 양공良工을 만나거든 날 옛더라 하구려

—박태보朴泰輔

곤충과 동물기動物記

『청구영언』에 나타난 곤충의 종류는 나비, 귀뚜라미, 매미, 파리 등 수삼 종에 불과하다. 그리고 그것은 거개가 서민들의 애정을 노래한 사설시조에 등장하고 있다. 그중에서도 특히 귀뚜라미는 두견새와 함께 여인의 애끓는 기다림을 은유하여주는 대표적인 것이다. 이 곤충은 "지는 달, 새는 밤의 긴 소리, 자른 소리, 절절이 슬픈 소리, 제 혼자 울어옌다", "지는 달 새는 밤의 긴 소리"란 구절은 여인이 기다리는 시간의 애절한 흐름과 귀뚜라미의 울음으로 표현되는 여인의 슬픔이 이중으로 짜여져 있다. 그 슬픔은 주어진 것에서보다는 주어지지 않은 상태에서 우러나오는 슬픔이요, 사랑하는 데서 오는 슬픔이기보다는 사랑하지 못하는 데서 오는 슬픔이다.

시조에 나타난 동물들은 거개가 여인들과 긴 밤을 지새며 울고 있다. 천금千錦의 개는 공산에 잠든 달을 보며 짖고, 두견새들은 임금에게 받아들여지지 않는 충성의 슬픔을 울고 있다. 시조에 등장하는 동물들은 모두 향유하지 못하는 불만족을 울며 하소연하고 있는 것이다.

    귀또리 저 귀또리 어여쁘다 저 귀또리

    어인 귀또리 지는 달 새는 밤의 긴 소리 자른 소리 절절이 슬픈 소리

제 혼자 울어예어 사창 여윈 잠을 살뜰히도 깨오는고야

    두어라 제 비록 미물이나 무인동방無人洞房에 내 뜻 알 이는 너뿐인가

하노라

— 송용세宋龍世

    소원小園 백화총白花叢에 나니는 나비들아

    향내를 좋게 여겨 가지마다 앉지 마라

    석양에 숨꾸즌 거미 그물 걸고 엿는다

— 작자미상

옛사람을 찾아서

고인古人은 거울이다

"나는 고인을 배운다"라고 공자는 말했다. 이것은 한국인들에게, 그리고 『청구영언』의 작가들에게, 절대적인 인생론이자 예술론이었다. 오늘 우리의 관점에서 본다면 생에 있어서 절대라는 개념은 성립될 수가 없다. 인간이란 오늘에서 내일로 늘 만들어져가는 것이지 완성되어 있는 기성의 존재가 아니다. 그럼에도 불구하고 공자가 그와 같이 말한 것은 그가 자연을 궁극의 목적으로 보았기 때문이다.

아래의 시조 "녀던 길 앞에 있거든 아니 예고 어쩔고"가 바로 그것이다. 설령 그 길이 사태가 났다 하더라도 그것이 정로正路라는 것을 확실히 믿는 그들은 그 길을 보수保守하려고 한다. 딴 길을 개척하려고 하지 않는다. 그것은 금기이다.

토인비는 "한 왕조가 5백 년을 지배한 조선에 나는 아무런 흥미도 느낄 수 없다"라고 중국에 들렀을 때 말했다. 한 해석이 1천

7백 년을 내려온 동양에 오늘 우리는 어떤 관심을 표명해야 한단 말인가. 또 어떻게 관심을 가지지 않을 수 있단 말인가. 우리들이 바로 그 동양인이니 말이다.

이 장에 실린 시조들을 보면서 우리는 상상력이라는 것을 개입하지 않은 기묘한 시들을 본다. 그 시들은 "순풍이 죽지 않는 세계"를 말하고 "썩지 않는 백대방명百代芳名"을 말한다. 낡고 얼룩진 고인의 거울에 우리의 얼굴을 비춰보라고 말한다. 아무것도 보이지 않는다. 죽은 계명만이 있다.

헤겔의 말이 떠오른다. "예술이란 규칙과 격언으로써가 아니라 정신과 감정의 통일로써 호흡하는 생명력이다."

고인도 날 못 보고 나도 고인 못 뵈
고인을 못 봐도 녀던 길 앞에 있네
녀던 길 앞에 있거든 아니 녀고 어쩔고

— 이황李滉

순풍이 죽다 하니 진실로 거짓말이
인성이 어질다 하니 진실로 옳은 말이
천하에 허다 영재英才를 속여 말씀할까

— 이황李滉

고인을 재판한다

여기에 묶인 시조들은 고인들이 어떻게 세상을 살았는가를 보여주는 것이 아니라 그 삶이 옳은 것이었던가, 그른 것이었던가를 따지는 비판문이다. 그리고 그 비판문은 너무도 강직한 언어로써만 골라 작성되고 있다. 예를 들어 백로는 깨끗한 새이지만 쥐를 채 먹는 소리개보다도 더 악랄하고 더럽다는 것이다. 백로가 깨끗한 새라는 것은 그들도 알고 있다. 그러나 시조 작가들은 백로에게 그 깨끗함만큼 사고와 행동거지 또한 깨끗해야 된다고 힐책하는 것이다. 다시 말하면 고기를 채 먹는 속성을 보여서는 안 된다는 것이다.

진실의 옆에는 허위가, 밤의 뒤에는 낮이 있다는 것을 그들은 인정하려고 하지 않는다. 청년에서는 오직 청년만을 보려고 한다. '외고집'이라든지, '불굴강직'의 언어들이 그리하여 한국인들에게는 애용되었던 것이다. 백이숙제나 상산사호常山四皓가 그러한 케이스이다. 그들에게 한국인은 무한한 경애와 찬사를 보낸다. 여기 묶은 시조에서 그들에게 비판적인 태도를 취하고 있는 것은 다만 두 수뿐이고, 그것도 주인공들과의 세계관의 차이에서 오는 것이 아니라 그들의 충직이 극도로 나타나기를 원하는 데서 오는 비판이다. 성삼문의 "주려 죽을진들 채미도 하난 것가 / 비록 푸새의 것인들 긔 뉘 따에 났더니"가 바로 그것이다. 초극단적인 강경파이다.

'강경'이란 '상호 이해'와 '설득'과 '타협'으로 이루어지는 민족주의에서는 용납될 수 없는 것이다. '자연과의 친화', 그 '화합의 세계'에 살기를 바라던 그들이 현실에서만은 기묘하게도 이렇게 강경 일변도의 길을 걷고 있었던 것이다.

> 수양산 바라보며 이제夷齊를 한하노라
>
> 주려 죽을진들 채미採薇도 하난 것가
>
> 비록 푸새엣 것인들 긔 뉘 땅에 났더니
>
> — 성삼문成三問

> 주려 죽으려 하고 수양산에 들었거니
>
> 설마 고사리를 먹으려 캐었으랴
>
> 물성物性이 굽은 줄 애닯아 펴보려고 캠이라
>
> — 주의식朱義植

이들을 따르라

서구 문학에서 가장 찬란한 각광을 받고 있는 것은 헤라클레스, 프로메테우스, 디오니소스 등이고, 그들은 신이면서 또한 인간적인 존재들이다. 그들에게는 무수한 난항과 무수한 극복이 있다. 그들은 생을 개척해나간다. 그러나 한국의 영웅들은 무슨 일을 하고 있었던가? 아니 그들에게 일이 있었던가? 일이란 본질적으로 이상에 대한 그의 헌신이고 투척이다. 한국인들은 그러한 헌신을 비행동적인 면에서 하고 있었을 뿐이다. 그들은 그 자신을 무화無化시키려 했고, '작위적'인 것에 대한 심한 혐오를 지니고 있었다. 우리 말에 '아니다'와 '그럼에도 불구하고'의 부정과 극복이 없는 것은 그 작위의 혐오 때문이다.

우리는 이백李白을, 유령劉伶을 끝없이 계속하여 살았고, 도전자가 없는 이 주인들은 그 때문에 멸망하는 일도 없었던 것이다. 작위란 언제나 소생하고 멸망하는 것이지 영생하는 것은 아니다. 꽃은 피고 지지만 가화는 피지도 지지도 않는다. 그 자신이 거짓이고 허위이기 때문이다.

태공의 조어대를 겨우 굴어 찾아가니
강산도 그지없고 지개志槪도 새로워라
진실로 만고영풍을 다시 본 듯하여라

—낭원군朗原君

수양산 나린 물이 조어대로 가다하니
태공이 낚던 고기 나도 낚아보련마는
그 고기 지금에 없으니 물동말동하여라

—낭원군朗原君

인간에의 길

장부의 노래

『청구영언』에 나타난 영웅들은 오랜 고독에 절어 있다. 그들은 호메로스와 같은 한 사람의 서사시인도 만나지 못하고, 변방과 산상에서 시름과 불평에 젖어 스스로의 외로움을 달래고 있다. 김종서와 같은 공신도 "썩은 선비야…… 어떻다 인각화상獜閣畵象을 누구 먼저 하리오"라고 드러내놓고 불평한다. 그들 무사들에게는(시에 나타난 바로는) 전쟁도 없고 권세도 없다. 칼과 바람과 매가 있을 뿐이다. 이순신의 칼은 하릴없이 갑리匣裏 속에서 울고, 김종서의 칼은 겨우 지팡이 구실을 하고 있다. 변방에서는 긴 바람 소리와 일성호가가 울려 그들의 시름을 돋운다. 그래서 그들은 그 시름을 토로하는 것이다. 그것이 우리 장부의 노래인 것이다.

이 장부의 노래의 큰 특징은 그것이 거의 다 칼을 주제로 하고 있다는 점이다. 일종의 장검송이다. "남북풍진을 헤쳐보자"는 그들의 염원은 선비 정치인 조선조에서는 받아들여지지 못하고 먼

변방에 버려져 있다. 그들의 외로움을 달래주는 것은 그의 칼뿐이고, 그 무사에게는 칼 또한 싸늘한 바람과 명월 속에서 외로움을 발산하고 있을 뿐이다. 그런 외로움은 무사이자 시조 작가이기도 한 이들에게 태양보다 명월을, 기개보다는 불평을, 아침보다는 석양을, 군중보다는 개인을, 양성적인 언어보다는 음성적인 언어를 택하고 있다. 한 사회의 체제 때문이다.

삭풍은 나무끝에 불고 명월은 눈 속에 찬데
만리변성에 일장검 짚고 서서
긴 파람 큰 한 소리에 거칠 것이 없어라

— 김종서金宗瑞

장백산에 기를 꽂고 두만강에 말을 씻겨
썩은 저 선비야 우리 아니 사나이냐
어떻다 능연각상에 누구 먼저 하리오

— 김종서金宗瑞

충효의 노래

'충'과 '효'는 동양인들에게 있어 어떤 분리된 개념이 아니다. 충은 효의 완성이며 그 극점이다. 그래서 옛사람들은 효를 백행의 근본이라고 했다. 그들은 적지를 함락하고 싶어도 그곳에 효자가 있으면 중지시켰고, 충신을 뽑고 싶으면 효행록을 들추어 보았다. 『춘향전』에 나오는 이몽룡의 부친이 남원 부사로 내명을 받은 것도 그의 집안이 효자의 집안이기 때문이었다.

이것만이 아니다. 효에 관한 이야기는 얼마든지 있다. 효는 언 땅에서 죽순이 솟아나게도 했고, 겨울 강에서 잉어가 뛰어오르게도 했고, 땅속에서 돌종이 생겨나게도 했던 것이다. 효란 곧 하늘의 마음이었기 때문이다. 즉 효나 충은 한 자연적인 향념인 것이다.

그리고 그것은 한 핵을 중심으로 도는 인자이고 그것은 '원', '근'의 관계를 가지고 있다. 그러므로 정철은 부모의 은혜를 "하늘 같은 은덕"이라고 했던 것이다.

이 몸이 죽고 죽어 일백 번 고쳐 죽어
백골이 진토되어 넋이라도 있고 없고
님 향한 일편단심이야 가실 줄이 이시랴

— 정몽주鄭夢周

나의 님 향한 뜻이 죽은 후면 어떠할지
상전이 변하여 벽해는 되려니와
님 향한 일편단심이야 가실 줄이 이시랴

— 무풍정茂豊正

가족의 길

부부란 것은 생민生民의 시초요, 만복의 근원이다.

부부 때문에 부자가 있고, 형제가 있고, 친구가 있고 그리고 어른과 어린이가 있다. 그러므로 공자는 가정을 정치의 산실이라 하여, "나는 가정에서 효도하여 그것을 국정에 옮기려고 한다"라고 했던 것이다.

언제나 가정에 충실해야 했다. 무엇보다도 신축성 있는 것이 가도家道여서, 그것을 키우면 국정으로 확대되고 축약하면 일신의 마음에 들어앉아 있는 것이 된다.

그래서 형법도 그 '가법家法'이란 것에서 크게 기본을 얻었다.

그 첫째의 가법이 남녀유별이고, 다음은 형제의 화목이요, 그 다음은 장로존중이었다. 이와 같은 근본의 질서를 지키게 하는 것이 이른바 왕도王道였던 것이다.

여기 묶어진 시조는 송강의 작품이다. 그는 정치가의 한 사람으로서, 국민에게 인륜을 진작시키려고 했던 그의 면모를 뚜렷이 볼 수가 있다. 그것을 떠나서는 민중을 치어治御할 수 없다는 그의 정치관도 아울러 거기 스며 있는 것이다.

한 몸 둘에 나눠 부부를 삼기실사

이신제 함께 늙고 죽으면 한데 간다

어데서 망령의 것이 눈 흘기려 하느뇨

—정철鄭澈

간나회 가는 길을 사나이 에도듯이

사나이 가는 길을 계집이 치도듯이

제 남편 제 계집 아니어든 이름 묻지 마오려

—정철鄭澈

이웃으로 가는 길

이웃으로 가는 마음은 곧 '덕의 고향'으로 가는 마음이다. 스승이 있고 벗이 있는 고향으로 가는 마음이다. 부자 간과 형제 간이란 것은 오직 천륜이라는 것에 순응할 뿐이지만, 스승이나 친구 간에는 그렇지 않다. 얼마든지 책망할 수 있고 얼마든지 타이를 수 있고, 또 거절할 수 있는 것이 스승과 친구의 관계이다.

이와 같은 윤리에서는 재물을 초월하고, 필요하면 목숨도 헌신짝처럼 버릴 수 있는 의義를 이상으로 하고 있다. 이 '덕의 고향'에서는 나이 많은 사람이 가장 위대한 존재이다. 그러므로 당대에 벼슬이 높은 권신이라도 그 '이웃'에 가서는 허리를 구부리지 않을 수 없었던 것이다.

만약 그 이웃에 치덕이 높은 사람이 없다면 결코 아름다운 이웃이 못 된다. 슬기 있는 사람은 그러한 이웃으로 가지 않았던 것이다.

> 팔목 쥐시거든 두 손으로 받치리라
>
> 나갈 데 계시거든 막대 들고 좇으리라
>
> 향음주鄕飮酒 다 파한 후에 모셔 가려 하노라
>
> — 정철鄭澈

> 향당鄕黨은 예 바르니 어느 사람 무례하리
>
> 무지한 소년들이 연치年齒를 제 몰라도
>
> 그러나 인형을 가졌으니 배워 알까 하노라
>
> — 낭원군朗原君

학문의 길

한국인들은 사물의 이치를 깨닫고 도를 물어 그 미혹을 해소시키는 것이 학문이라고 보았다. 그래서 그들은 냇물이 바다로 흐르는 것과 같이 간단없는 것을 학문의 한 방편이라고 생각했던 것이다. 그러나 우리가 이 장에서 묶어 말하는 '학문'이란 그러한 의미에서의 학문이라기보다 일종의 군자에의 길을 말한다. 시조에 나타난 군자의 길이란 계명의 세계이고 순리의 세계이고 충효의 세계이다. 그것은 끊임없이 덕을 닦는 길이다.

유가의 최고 교과서였던 『대학』은 바로 이 덕을 밝히는 것을 그 첫째로 하고 있다. 다시 말하면 여기 이 시조들은 그 『대학』을 시로써 재표현한 것이다. 문제는 거기 있다. 이 덕에의 길이 시로 쓰였고 시로써 이야기해야 한다는 고충점이다. 허버트 리드가 말한 바와 같이, 예술의 본질적인 성질은 실제적인 욕구를 채울 수 있는 생산에서는 종교적 내지 철학적인 사상의 표현에 있는 것이 아니고, 종합적이며 동시에 그 자체가 한 개의 생명을 갖는 세계를 창조하는 인간적인 능력에 있는 것이다. 예술의 세계는 일면적인 실제적 요구와 욕망의 세계도 아니요, 그렇다고 해서 꿈과 공상의 세계도 아닌, 곧 두 세계의 모순을 종합한 세계인 것이다. 그것은 체험의 힘찬 재현이며 따라서 우주적인 진리의 달성에 대한 개인의 지각의 한 양식인 것이다. 그래서 보들레르는 "인간 정신의 모든 능력은 그를 한꺼번에 증발할 수 있는 상상력에다 예속시켜야 한다"고 말했던 것이다. 그런데 우리의 시조 작가들은 예술의 미끼를 그 상상력에 의존하지 않고 계명에 의존함으로써 덕의 세계를 개척해나갔던 것이다. 즉 그들은 시를 철학의 부차적인 요소로 본 것이다.

"시라는 것은 이른바 한가한 언어이니 족히 볼 만한 것이 못 된다"라는 윤선도의 말이 이것을 잘 증명해준다.

　　잘 가노라 닫지 말며 못 가노라 쉬지 말라

부디 긋지 말고 촌음을 아껴스라

가다가 중지 곳하면 아니 감만 못하리라

　　　　　　　　　　　　　　　　　　　　　　—김천택金天澤

태산이 높다 하되 하늘 아래 뫼이로다

오르고 또 오르면 못 오를 리 없건마는

사람이 제 아니 오르고 되만 높다 하더라

　　　　　　　　　　　　　　　　　　　　　　—양사언楊士

Ⅲ
향가와 여요의 숨은 향기

신라인들의 노래

광부狂夫의 생과 서정시의 원형 ― 「공후인」

우리나라 서정시의 원류를 현존하는 작품에서 찾아보면 「황
조가黃鳥歌」와 「공후인箜篌引」을 들 수 있다. 그러나 아쉽게도 이
두 시가 모두 한자로 되어 있고, 그 형식도 『시경詩經』의 경우처럼
사언체四言體로 되어 있다. 더구나 「공후인」은 작자나 배경이 과
연 우리나라 것인지에 대해서도 논란이 많다.

모든 문화는 거슬러 올라갈수록 미분화 상태가 되기 때문에
'네 것'이냐 '내 것'이냐를 따지기 힘들 때가 많다. 두만강이나 압
록강이나 그 근원을 살펴보면 다 같은 천지天池의 물이 된다. 재미
난 것은 서구에서 서정시[lyric]를 뜻하는 말이 리라[lyra라는 하프
형의 칠현금七絃琴에서 생겨난 것처럼, 「공후인」의 경우도 공후라
는 악기에서 비롯된 노래라는 점이다.

문헌에 나타난 것을 보면, 공후는 한漢나라 때부터 널리 보급
된 악기인데, 줄이 23개이고 영제靈帝가 애호했다고 한다. 그래서

「공후인」이란 노래도 이 시기에 지어진 것이라고 추정하는 설이 있다. 이렇게 서정시는 동서 할 것 없이 노래에서 발생된 것이므로 서양 사람들은 리라에, 그리고 동양 사람들은 공후에 맞춰서 가사를 붙여 노래 불렀고, 거기에서 서정시가 생겨난 것이라고 풀이할 수 있다.

서정시의 원시적 형태를 보면 의미 없는 단순한 외침 소리로 된 것들이 많다고 한다. 워라쉐크는 『고대음악』이라는 저서에서 "모든 미개인의 가요 가운데 가장 현저한 특질은 아무런 의미도 없는 말을 자주 되풀이하는 것"이라고 지적한 바 있다. 그리고 보면 오하마 인디언들이 '백인들은 노래를 부를 때도 훌륭한 말을 한다'고 놀라는 것도 무리가 아니다.

고려가요를 봐도 "위두어렁셩"이니 "얄리얄리 얄랑셩 얄라리 얄라" 같은 무의미한 후렴들이 많이 나온다. 그런 노래에 의미를 조금씩 붙여가는 과정에서 서정시가 태어나게 되었다는 것을 짐작할 수 있다.

좀 더 구체적으로 이야기하면, 「공후인」은 나루터에서 남편이 물에 빠져 죽은 것을 보고 그 아내가 슬퍼 공후를 타고 노래를 부른 것으로 되어 있지만, 사실 그때 무슨 경황이 있어 공후를 타고 노래를 불렀겠는가. 지금 초상집에 가면 울면서 넋두리를 하듯이 그 경우 통곡의 외침 소리에 간간이 사연을 늘어놓은 정도였을 것이다.

그래서 지금 국문학계에는 과연 이 시의 원작자가 누구냐로 논란이 많다. 설화 내용대로 원작자를 백수광부白首狂夫의 처라고 해야 된다는 것과 "남편이 죽었는데 당사자가 공후를 들고 와서 시를 짓는다는 것은 이치에 맞지 않다. 그러니까 아무래도 그 광경을 옆에서 보았던 뱃사공 곽리자고霍里子高가 이야기해준 것을 듣고 그의 처 여옥麗玉이 지은 것이라고 봐야 된다"는 양설兩說이 있다.

이 문제는 당사자가 지은 것이라 할 때 「공후인」이 한국 것이라는 설說이 유력해지고, 곽리자고의 처 여옥의 작이라면 한인漢人의 작으로 봐야 되므로 더욱 큰 논란을 가져오는 것이다.

물론 중국 문헌에 나오는 그 설화의 조선진朝鮮津이란 것이 과연 한사군漢四郡 때의 조선현朝鮮縣을 뜻한 대동강 부근이냐, 그렇지 않으면 한대漢代의 중국 북경 근처에 있었던 지명이냐의 양설이 있지만, 전자라 해도 여옥의 작으로 본다면 한인의 작으로 기울어진다. 그녀의 남편이 곽리자고이므로 그런 성명은 우리나라 사람의 것으로 볼 수가 없기 때문이다.

그러나 그런 논쟁보다는 이 양설을 합쳐서 생각해보면 서정시가 무엇인가 하는 그 본질론을 해명하는 데 귀중한 도움이 된다는 점이다.

「공후인」은 다 같이 두 부부의 짝으로 이루어져 있다. 강에 빠져 죽은 백수광부와 그 아내, 그리고 한옆으로는 그 광경을 본 곽리자고와 그 이야기를 들은 아내 여옥, 이렇게 A그룹의 부부와 B그룹의 부부로 이루어져 있다. 그러니까 'A 백수광부=B 곽리자고' 또 'A 백수광부의 처=B 여옥'은 동일한 입장으로서 대응된다. 서정시가 노래에서 언어로 화하는 것처럼 A는 노래의 상태요, B는 언어의 상태다. 즉 베르너의 설대로 '외치는 상태'에서 '표현의 상태'로 옮겨오는 서정시의 발달 과정이 그대로 드러나 있는 경우다. 베르너는 "죽음에 관한 노래의 원초적인 형식은 아마도 단순한 외침 소리(통곡)였을 것이다. 이 외침 소리는 부분적으로 전혀 의미가 없는 음절로 되어 있을 것이지만, 그것이 내부의 감정 해방의 표현이 될 때, 이미 최초의 논리적 단계에 도달한 것이 된다"고 했는데, 「공후인」은 이러한 이론을 설화와 작품으로 직접 보여주고 있는 훌륭한 예가 된다. 서정시인의 마음 가운데는 백수광부의 처와 여옥은 하나다. 그 제작 과정에서의 두 마음일 뿐인 것이다.

그러니까 「공후인」은 서정시의 발생 연구에 있어서 완벽한 전형성을 지닌 시라고 할 수 있다. A그룹의 부부가 B그룹의 부부로 옮기는 것, 즉 정서情緖의 객관화에서 노래가 의미가 되고 행동이 언어가 되는 것이 서정시의 본질이 된다는 점이다.

뿐만 아니라 서정시의 주제도 그렇다. 서정시는 즐거움보다도 '죽음' 쪽에 있었다는 것이다. 단군신화에서 보듯이 서사시는 '태어나는 것', '만나는 것' 그리고 영웅들의 찬가라면, 서정시는 주로 '죽는 것', '이별하는 것' 그리고 패자敗子의 비가悲歌라는 데 그 특성이 가장 잘 나타나 있다. 물론 서정시는 섹스나 음식 먹는 즐거움을 표현하는 경우도 많지만, 대부분의 서정시는 울음이고 한탄이다. 그래서 서사시를 낳은 것은 방패와 창이요, 서정시를 낳은 것은 리라와 공후 같은 악기다.

「공후인」도 「황조가」도 사랑하는 사람을 잃은 슬픔을 노래한 것이다. 이 두 서정시는 모두 한국적인 한恨을 담고 있다. 이별과 죽음은 같은 차원의 것이라고 볼 수 있다. 그래서 사람들은 이러한 이별과 죽음을 이기기 위해서 노래를 불렀고, 그 노래를 통해서 슬픔과 어둠에서 해방되려고 했다. 그러므로 우리는 이 서정시에서 한국인이 비극을 대처하는 마음의 바탕을 읽을 수 있다.

우선 그 장소가 강물로 상징되어 있다는 것이 매우 흥미 있는 일이다. 강물은 공간적으로 볼 때 단절이다. 이 땅과 저 땅을 갈라놓고 너와 나를 떼어놓는, 말하자면 강은 인간이 만난 최초의 좌절이었다.

그래서 옛날 시에서 이별의 장소는 거의가 강이었다. 「공후인」에서의 강은 죽음의 상징으로 볼 수 있다. "요단강 건너가 만나리……"라는 기독교의 찬송가가 그렇듯이, 그리고 현세現世를 차안此岸, 내세를 피안彼岸이라고 하는 불교가 그렇듯이 강의 상징이 죽음과 연관된다는 것은 주목할 일이다. 그러면서도 강물을 시간적으로 보면 흘러 내려가고 흘러오는 생의 지속하는 흐름, 순환하는 흐름이기도 하다. 따라서 강은 죽음이며 동시에 영원한 생을 상징한다.

그러니까 강을 건너간다는 것은 이 좌절과 단정을 뛰어넘는다는 말로 볼 수 있는데, 정신분석학자들은 그것을 성性의 원망願望으로 풀이하기도 한다. 강을 건너가려던 백수광부의 심리를 따져본다면 재미있는 것을 발견할 수 있다. 정병욱鄭炳昱은 강을 건너려고 한 백수광부를 주신酒神 디오니소스와 같은 존재로 풀이한 적이 있다.

설화에서 그려진 백수광부는 허리에 술병을 차고 있었다. 그가 미치광이였든 술꾼이었든 문학적인 상징으로 보면 마찬가지다. 도취의 상태는 미친 상태처럼 현실이 아니라 환상의 세계를 추구하는 힘이 되기 때문이다.

물고기도 아닌데 배도 타지 않고 건너가려던 무모한 백수광부와 그의 뒤를 쫓아가서 만류하는 아내, 이것은 비단 「공후인」의 경우만은 아니다. 강을 건너가려는 것은 현세의 한계와 질서를 초월하려는 마음이다. 그것이 바로 상상력이 지배하는 원심적 세계遠心的世界다. 그러나 한옆으로는 그것을 지상의 현세에 묶어두려는 구심적求心的인 이성理性의 세계가 뒤따르게 된다. 우리의 마음은 '떠나려는 것'과 '잡아두려는 것'의 원심운동과 구심운동의 모순 속에서 움직이기 때문에 어느 한쪽만 있어도 인간의 마음은 늪처럼 괴어 썩어버리게 된다. 서정시는 대립하는 두 마음이 있을 때에야 꿈틀거리는 것이다. '말은 가자 울고……'라는 이별가의 패턴도 마찬가지다. 떠나려는 힘은 말[馬]이고, 또 잡은 애인의 손은 머물게 하는 힘이다.

백수광부처럼 남자들은 늘 떠나려고 한다. 그리고 여자는 그 소매를 잡는다. 강을 건너지 말라고 하는 여자를 두고 남자(백수광부)는 물속에서, 다시 말하면 현실 속에 침몰한다. 그런데도 제2, 제3의 백수광부들은 술병을 차고 강으로 그 한계 너머로 뛰어든다. 단순히 죽는 것이 비극이 될 수는 없다. 무엇인가 꿈을 꾸게 하는 도취의 술병이나, 강을 건너려는 그 내심(內心)의 소리가 없었더라면 슬픔이라는 것도 없었을 것이다. 그러니까 서정시를 낳은 그 슬픔의 원천은 절대로 수동적이고 부정적인 의미만을 갖는 것은 아니다. 끝없이 구하는 생이 있을 때만이 또한 그 죽음은 시가 될 수 있다.

그렇기 때문에 언뜻 보면 평범한 익사 이야기인데도 이태백(李太白)까지 이 「공후인」을 제재로 시를 쓰게 된 것이 아닌가 생각된다. 미치광이 남편을 잃은 한 여자의 마음이지만, 그 상징성에는 보편적인 모든 인간의 마음을 나타내는 서정의 근원이 배어 있는 시다.

위에서 말한 한의 세계가 그렇듯이 한국인의 서정시는 거의 모두가 이별가다. 타의든 자의든 떠난다는 것은 새것을 구하는, 즉 강 저쪽으로 건너간다는 얘기가 된다. 그러면서도 강을 건너서는 안 된다는 차안에 머물러 있어야 한다는 마음, 즉 아내의 부름 소리가 있다. 물에 빠져 죽었든, 강을 아주 건너가 버렸든 차안에서 볼 때 남게 되는 감정이 바로 그 한이다. 떠나지 않아도 못 떠난 한이 있고, 떠난다 해도 머물지 못한 한이 남는다. 그러므로 한의 자각은 인생을 백수광부와 그 처의 양면성으로 본 것이고, 또 이 양면성은 부부가 한 몸이듯이 하나로 파악한 것이라 할 수 있다. 그런데 이 한을 적극적으로 몰고 나가지 않고 소극적으로 파악했기 때문에 사실 체념의 감정이 너무 짙다. 건너가지 말라고 했는데, 끝내 임은 물에 빠지고 말았구나. 아! 그대를 잃었으니 내 어찌하겠느냐는, 즉 마지막 '내 어찌하겠느냐'의 체념사諦念辭는 국문학 시가에서 계속 되풀이되는 한숨이며 주저앉아 버리는 감정이다.

그것이 체념으로 일관하는 서양 문학과 대조되는 감정이라 할 수 있다. 시조의 종장은 대개가 다 '해서 무삼하리오', '두어라', '어쩌랴!' 등으로 되어 있다. 우리의 서정시는 익사자의 노래인데 희랍의 노래는 '아르고스'라는 배에 대한 노래다. 인간이 물을 건너가기 위해 최초로 만들었다는 전설적인 배 '아르고스'의 선원들에 대한 시가詩歌이다. 그러나 동양인은 그들보다 인생을 깊이 관조했기 때문에 삶의 부질없음에 대해 일찍 눈을 뜬 것이라 할 수 있다. 철모르는 아이들, 물불을 못 가리는 아이들이 아니라 세상일을 다 겪은 노인의 마음이라고 할 수 있다.

그러므로 같은 서정시라고 서양 것은 젊고 앳된 데 비해, 우리 것은 노숙하고 은은한 멋이 있다.

강을 건너지 못하게 잡아두려는 백수광부의 아내 쪽의 마음이 「공후인」에는 더 강하게 드러난다. 강을 건너봤자 별수 없다는 마음, 즉 「공후인」에 나타나는 마음은 강을 건너려는 남편의 심정이 아니라 그를 뒤쫓아서 만류하는 아내의 심정 쪽에서 만들어진 것이다. 남편을 단순히 광부狂夫, 미치광이로만 그려놓았는데, 좀 더 광부 쪽에 의미 부여가 되었더라면 한의 세계도 더욱 치열했을 것이다.

셰익스피어는 사랑하는 이와 미치광이와 시인은 모두 같은 사람들이라고 말한 적이 있다. 진짜 시인은 그 아내가 아니라 백수광부 자신이라는 얘기도 된다. 그는 왜 강의 이쪽에서 편안히 살기를 거부하고 강을 건너가려 했을까? 왜 배를 타지도 않고 물속에 뛰어들었을까? 건너지 못할 강 너머 저편 쪽에 무엇을 보았기에 그리도 급히 강을 향해 뛰어들었을까? 아내가 부르는 소리보다도 더 강한 유혹의 소리는 무엇이었을까? 이러한 의문들이 이시를 이해하기 위해선 제기되어지는 것이다.

허리에 찬 술병이 그를 그렇게 강 너머 세계로 밀어낸 것이고 그 술병은 허리가 아니라 마음속에 있는 것이라고 볼 수 있다.

결국 이 노래는 사자死者의 노래다. 그 아내도 백수광부의 뒤를 쫓아 빠져 죽고 마니까 결국 생은 죽음으로 끝나는 것이다. 그러나 인간은 죽음 이상의 것을 남기는데, 그것이 노래요, 서정시다. 「공후인」은 무엇인가를 쫓다가 죽어가는 사람들의 이야기이며, 그 노래라 할 수 있을 것이다.

그리고 보통 사랑하는 사람과의 사별死別이 아니라, 그들이 부부로 선정되어 있다는 점이 서양의 서정시와 다르다. 서양의 러브스토리는 대개가 간통이거나 현실에서는 이룰 수 없는 사랑의 대상을 노래하고 있다. 중세의 기사연애문학騎士戀愛文學도 바로 자기 성주城主의 부인을 사랑하는 경우다. 그런데 우리 것은 이미 짝을 이룬 부부애에, 사랑의 시에 대한 터전을 둔다. 망부석望夫石의 이야기, 도미의 아내, 『춘향전』, 모두가 짝을 잃지 않으려는 마음에서 생긴 것들이다.

그러므로 위에 이야기한 대로 짝을 떠나는 백수광부 쪽보다 그것을 놓지 않으려는 아내의 입장에서 서정시가 쓰인 것이라는 점은 매우 암시적이다.

그래서 사랑의 시가 도덕적인 지조·정절 등으로 흘러 예술적인 맛이 희박해진 것도 사실이다.

그대여, 강물을
건너지 말라 했더니,
그대는 끝내
강물을 건너고 말았구료.

강물에 떨어져 죽으니

그대여, 아아 어찌하리야.[27]

[原詩]

公無渡河

公竟渡河

墮河而死

公將奈何

—「공후인」

「공후인」은 지금으로부터 1천여 년 전인 고구려의 여옥이 지

---

[27] 이태백李太白은 「공후인」에 대하여 「공무도하公無渡河」라고 제한 시를 다음과 같이 남긴 바 있다.

　머리를 풀어젖힌 저 늙은이는 혹시나 미치지나 아니하였나? 무엇하러 새벽에 난류亂流에 뛰어들꼬. 아무도 애석해하는 이 없건만, 오직 아내가 있어 만류를 하네. 그대여, 강물 일랑 건너지 말랬더니 기어코, 기어코 건너만 갔네. 맨손으로 범은 잡을 수 있으나 강물은 건너기 어려운 것, 마침내 물에 휩쓸려 둥실 떠버린 그대여! 공후의 그 가락 슬프기만 할 뿐. 그대여, 돌아오지는 못하네그려.

　……(首句略)

　被髮之叟狂而癡 淸晨徑流欲奚爲 旁人不惜妻止之 公無渡河苦渡之 虎可搏河難憑 公果溺死流海湄……(中句略)

　公乎公乎 掛骨於其間 箜篌所悲竟不還

은 노래다.

여옥의 남편(곽리자고)은 어느 날 새벽 대동강 가에 배를 타려고 나갔다가, 술병을 든 한 노인이 미친 듯 머리를 풀어헤치고 강 쪽으로 뛰어드는 것을 보았다. 그의 뒤에서는 강을 건너지 말라고 외치면서 그의 아내가 황급히 쫓아오고 있었다. 그러나 아내의 만류를 뿌리치고 노인은 끝내 강 속으로 들어가 빠져 죽고 말았다. 그 아내는 남편을 삼켜버린 강가에서 목 놓아 울듯 슬픈 가락으로 '공후'를 뜯으며 노래를 부르고 자신도 강물 속에 몸을 던졌던 것이다.

남편이 돌아와 그 광경을 이야기하자 여옥은 그 여인의 모습과 노래를 상상하여 공후로써 읊었다.

여옥의 노래를 듣는 사람은 모두 눈물을 지었다고 적혀 있다.

「공후인」은 남편을 잃은 아내의 슬픔을 노래한 것이라면,「황조가」는 아내를 잃은 남편의 외로움을 읊은 서정시다.

신라의 미인, 수로부인이 걸어간 길 ―「노인헌화가」

"그 나라의 민족성을 알려면 우선 그 나라의 여성을 보라"는 말이 있다. 희랍 문화라고 하면 누구나 먼저 미美의 여신인 아프로디테나 헬레네를 생각하게 된다. 오늘날 미녀의 선발 기준인 팔등신이란 것도 이 아프로디테의 희랍 조상彫像에서 비롯된 것이고, 이런 현상은 겉으로 드러난 신체미의 균형을 숭배한 헬레니즘 사상의 영향이라고 볼 수 있다.

그런데 한편 기독교 문화라고 하면 동정녀 마리아를 연상하게 된다. 그것은 아프로디테와는 달리 성스럽고 정신적인 순결성을 느끼기 때문일 것이다. 즉 육체보다 영혼을 추구하는 헤브라이즘의 상징이라고 볼 수 있다.

그렇다면 만약 신라 문화와 그 사상을 알려면 문학 작품 속에 나타난 상징적인 한 여인상女人像을 찾아보면 될 것이다.

신라의 여인상을 문학 작품에서 찾아보면 향가의 「노인헌화가老人獻花歌」에 나오는 수로부인水路夫人을 들 수 있을 것이다. 『삼국유사』를 읽다 보면 멋있고 아름다운 신라의 여인들이 많이 등장하는데, 이들은 분명 고려나 조선조의 여인들과는 다른 개성을 지니고 있다. 망부석 설화에 나오는 제상堤上의 부인처럼 말을 타고 달린다든지, 여왕이면서도 미천한 지귀志鬼의 짝사랑에 팔찌를 끌러준 선덕여왕 등등 신라 여인들의 모습을 많이 발견하게 된다.

그러나 그중에서도 신라인의 영원한 애인이 될 수 있는 미녀를 선발한다면 수로부인을 능가하는 여자는 없을 것 같다.

그 이야기 자체가 다른 것과는 달라서 좁은 안방, 건넌방이 무대가 되는 것이 아니다. 수로부인의 미는 동해를 끼고 천 리나 뻗쳐 있는 길 위에서 전개되고 있다. 남편 순정공純貞公이 강릉 태수가 되어 수많은 종자를 데리고 경주를 떠난다. 집 안에만 있는 수로부인이 이들을 따라 밖으로, 그리고 길로 나가는 과정, 그것이 바로 미가 표현되고 시가 출현되는 과정이라고 할 수 있다.

신라인들은 이렇게 미를 가두어두지 않고 밖으로 만인 앞에 끌어내고 움직이게 한다. 그래서 수로부인이 지나간 길이 바로 미의 퍼레이드요, 시의 길이라고 부를 수 있다.

수로부인이 방 안에만 있었다면 「노인헌화가」는 생겨나지 않았을 것이다. 신라 때 경주에서 강릉까지 해안선을 끼고 뻗쳐 있던 그 길은 시를 낳은 길이었다. 「노인헌화가」만이 아니라, 풍류를 즐기던 삼화랑三花郞들이 다니던 길이다. 또한 이 경우만이 아니라 승려들이 노래를 읊으며 다녔던 길이기도 하다.

문학과 길은 밀접한 관련이 있다. 길의 성격을 따져보면 문학의 특성을 이해할 수 있다. 『아라비안나이트』는 사막의 길에서 생겨난 문학이고, 마크 트웨인의 문학은 뗏목을 타고 다니는 미시시피강 길의 문학이었다. 신라 문학은 수로부인이 지나간 동해안을 따라가는 바닷가의 길이다. 「처용가」를 비롯하여 웬만한 시는 모두 육지와 바다가 만나는 그 경계선인 해안길의 산물이었다.

그리고 보면 「노인헌화가」가 생겨난 장소와 시는 뗄 수 없는 연관성이 있는 것 같다. 순정공 일행이 잠시 걸음을 멈추고 길가에서 점심 자리를 벌이고 있었다. 그 바닷가 병풍처럼 깎아지른 바위 위에는 철쭉꽃이 피어 있다. 수로부인은 그 광경을 보고 꽃을 꺾어달라고 한다. 꽃을 갖고 싶다는 충동이 생겼기 때문에 소에 풀을 뜯기던 노인이 등장하게 되는 것이다. 따라서 이러한 시의 무대를 이해해야만 비로소 수로부인의 행동을 이해할 수가 있다.

꽃병을 어디에 놓느냐에 따라 꽃의 아름다움이 결정되는 것처럼 수로부인의 미는 강릉으로 가는 동해안 길의 배경에서 참되게 발휘된다. 수로부인은 파란 바다와 붉은 바위 사이에 있다. 때는 늦은 봄이고, 점심을 먹는 환한 대낮이다. 모든 것이 완벽한 조화를 이루고 있다. 수로부인의 그 손에 철쭉꽃만 있으면 이제 그 미는 완성될 것이다.

그런데 여기에 등장하는 노인이 문제다. 이 노인이라는 대상 때문에 읽는 이는 맥이 풀린다는 것이다. 멋있는 청년이라야 수로부인에게 꽃을 꺾어 바친다는 게 낭만적이 아니겠느냐는 것이다. 그리고 아무도 벼랑을 오를 수가 없는 그때, 수로부인의 청을 들어줄 수가 없었던 그때, 용감하게 나타나 석벽을 기어오를 사람이면 힘센 청년이라야 되지 않겠느냐고 생각한다. 또 '나를 부끄럽게 여기지 않으신다면 꽃을 꺾어 바치겠다'는 시의 내용을 보더라도 상대방이 노인이라면 이치에 맞지 않는다는 것이다. 노인이라면 무엇 때문에 부끄러워할 필요가 있겠느냐는 의문이 생겨난다. 그러나 이러한 의문들은 노인이란 말을 상징적으로 이해하면 금세 풀릴 수가 있다.

　여기에서 노인이라 한 것은 생리적인 연령을 뜻한 게 아니라는 설이 지배적이다. 즉 지자知者·현자賢者를 노인이라고 표현하는 경우가 많이 있기 때문이다. 현재도 노형老兄이란 말이 반드시 늙었다는 의미보다는 지적으로 높다는 존칭으로 쓰이는 예와 비슷하다.

　그리고 "내가 잡은 암소를 놓아두고"라는 말을 볼 때 소는 불도佛道의 상징이니까 그 노인은 도자道者, 즉 불도를 닦고 있는 도승道僧을 뜻한 것이라는 해석을 하는 이도 있다. 김종우金鍾雨는 이 노인이『삼국유사』를 쓴 승僧 일연一然 자신일 거라고 주장한 적이 있다. 그렇게 본다면 잡고 있는 소를 놓는다는 그 시의 의미는 '도 닦는 것을 그만두고', 극단적으로 말하면 '파계破戒하고라도'의 뜻이 될 것이다. 소가 불도의 상징이라는 것은 지금 절간에 승려들이 공부하는 심우당尋牛堂이란 게 있는 것을 봐도 알 수 있다. 그리고 또 석가모니를 '고타마'라고 하는데, 그 어원이 성스러운 송아지라는 뜻이라는 사실을 봐도 이해가 간다.

　그러나 반드시 소를 불도라고 보지 않아도 뜻은 마찬가지다. 고대 사회의 농경민에게 있어 소는 물질적·정신적 양면에서 생활 자체의 상징물이었던 것을 생각해보면 그 상징적 의미를 쉽게 파악할 수 있다.『곡례曲禮』에 보면 제후라 할지라도 아무 연고 없이 소를 죽이지 못한다고 되어 있고, "천지天地 사이에 소는 무엇보다도 쓸모가 있고, 그 공은 땅의 도에 합한다"라는 말이 있다.

전국시대에는 소를 살찌게 기를 줄 안 백리해百里奚가 그 때문에 태교공泰繆公의 신망을 얻어 높은 벼슬자리에 올라 국사를 도모했다는 이야기가 나온다. 소를 잘 기를 줄 아는 사람이면 능히 국사를 맡아 백성을 살찌게 할 수 있다고 믿었기 때문이다. 목민牧民이란 말이 그래서 생겨났다. 그러므로 소에 풀을 뜯기던 노인이 그 소를 버려두고 꽃을 꺾어 바치겠다는 것은 곧 지금까지 중시해오던 생업이나 혹은 도를 닦던 것보다도 수로부인의 미를 더 존중했다는 이야기가 된다.

수로부인이 얼마나 아름다웠으면 그런 현자賢者·은자隱者·도사의 마음까지 사로잡았겠는가? 결국 희랍 사람처럼 신라인들의 마음에는 신체미 사상, 고려나 조선조 때처럼 육체를 천시하지 않고 도리어 그것을 숭배했다는 사실을 알 수 있다. 그러므로 원화源花나 화랑을 뽑는 데 있어서도 첫째 조건이 외모의 아름다움이었다.

조선조를 상징하는 문학 작품의 여인상은 춘향이지만 수로부인의 그 성격과는 매우 다르다. 춘향의 미에는 정절이라는 정신적인 면이 강조되어 있지만, 수로부인으로 상징되고 있는 신라 여인들은 그렇지 않다. 우선 수로부인의 행실에 덕이 있었다는 말은 한마디도 없고, 오히려 자세히 읽어보면 품행이 좀 수상하기까지 하다. 남자들보고 꽃을 꺾어달라는 것부터가 조선조 때의 사회규범으로 보면 말이 안 된다.

그런 일이 있은 후 다시 길을 가다가 수로부인은 바다의 용에게 납치를 당하게 된다. 다시 살아나오기는 했지만 용에게 정조를 빼앗긴 것은 의심할 여지가 없다. 조선조 때의 이야기라면 수로부인은 자결을 해야 된다. 그런데 『삼국유사』를 보면 바다 세계가 어떻더냐는 남편의 물음에 아주 황홀했다고 대답한다. 용궁의 음식이 달고 부드러우며 향기롭고 깨끗하다고 말했다.

더욱 괴상한 것은 바닷속에서 나온 수로부인이 온몸에 향내를 풍기고 더욱 예뻐진 것으로 그려져 있다는 점이다. 타의라 해도 유부녀가 다른 자와 밀통했다는 이야기가 되지 않는가.

수로부인은 더욱 아름다워지고 강릉까지 가는 사이에 여러 번 그런 일을 겪는다. 옛날 설화에 '용'이니 '신물神物'이니 하는 것은 다 정체불명의 남자를 그렇게 부른 것이니까 합리적으로 풀이한다면 다른 남성들에게 납치당했다는 이야기가 될 것이다. 용에 대한 상징에 관해서 김열규金烈圭는 "용은 신화 속에서는 왕권王權으로 상징되고, 민간신앙에서는 풍요의 원천으로 상징된다. 용이 남성의 섹스를 상징하는 경우도 있어 「노인헌화가」에서의 용은 남성의 상징으로 해석하는 사람들이 많다. 그러나 이 작품에서의 용은 반드시 남성 상징으로 보기보다는 수로부인의 자태가 지나치게 아름다워 초자연적 존재까지도 움직였다는 것으로 해석함이 적절하다"고 말하고 있다.

신체미를 존중한 희랍 사람들의 경우 아프로디테 역시 다른 신과 간통을 한다. 그리고 아프로디테의 남편인 헤파이스토스 신은 추물이고 불구자로 설정되어 있다. 이렇게 신화나 문학 작품에서 미녀의 남편은 대개 추물이나 바보로 그려져 있는 경우가 많다는 것은 아주 흥미로운 일이다.

수로부인의 남편 순정공도 마찬가지였다. 태수이기는 하지만 천하의 바보였다. 용이 아내를 납치했을 때도 허둥지둥 발을 구르며 야단만 친다. 이때 순정공을 도와준 사람이 노인이다. 옛사람의 말에 뭇사람의 말은 쇠도 녹인다고 했으니 동네 사람들을 모아 해룡海龍을 규탄하면 부인을 돌려줄 것이라는 방안을 가르쳐준다.

신라인들이 세인의 여론을 중시했다는 것이 이 설화에 잘 나타나 있다. 미녀 헬레네 역시 약탈을 당하는데 희랍인들은 무력으로 그녀를 찾아온다. 그것이 그 유명한 호메로스의 서사시 『일리아스』에 나오는 트로이 전쟁이다. 그런데 우리는 무력이 아니라 세상 사람들의 여론으로 용의 폭력을 이기고 미녀를 되찾았다. 우리 쪽이 박력은 없지만 훨씬 문화적이 아닌가.

수로부인을 찾기 위해 불렀다는 해가海歌는 「귀지가」다. "거북아 거북아 수로를 내놓아라. 남의 부녀 빼앗아간 죄 그 얼마나 클까. 네 만일 거역하고 내놓지 않으면, 그물로 사로잡아 구워 먹고 말 테다"라는 노래다. 그런데 이 노래는 수로왕의 설화에도 나오는 「귀지가」와 같은 것으로 예부터 불러온 주가呪歌다.

여기서 수로부인을 용이 잡아갔다고 되어 있는데, 난데없이 '거북이' 이야기가 나오는 것을 보더라도 이 「귀지가」는 그때 만든 것이 아니라 주문처럼 남을 위협할 때 쓰던 노래로 풀이되어야 할 것이다. 문학인류학에서는 거북이나 용은 모두 남성의 성기性器를 상징한 것으로 보고 있다. 특히 이 경우가 그렇다. 수로부인을 범한 남자, 그것도 성기를 욕하는 직접적 의미가 잠재되어 있다.

고대의 시가는 수수께끼처럼 성 상징性象徵을 내포한 것이 많다. 양수羊水 때문에 여자는 물로 상징된다. 수로부인이 바다와 연관성이 있는 것처럼 아프로디테도 바다의 물거품에서 생겨난다. 수로부인이 용궁에 갔다가 다시 나왔듯이 심청이도 바다에 빠졌다가 재생한다. 물은 재생의 원형原型이며, 신화나 설화 그리고 고전 작품에 되풀이되어 나타난다.

어쨌든 「노인헌화가」도 사실적인 시라기보다 신화의 성격을 지닌 작품으로 봐야 한다. 보통의 경우라면 바닷물에 들어간 여인이 어떻게 살아 돌아올 수 있겠는가.

그러므로 신라의 향가는 시사적詩史的인 입장에서 볼 때, 주술적 효과와 미적 효과가 서로 섞여 있던 때이고, 설화에서 완전히 분리되지 않은 시라는 데 그 특징이 있다는 것으로 알 수 있다. 어쨌든 수로부인이 걸어간 길은 시의 길이요, 미의 길이었고, 동시에 수난의 길이기도 했다.

그러면 지금까지 얘기를 어떻게 정리해야 될까. 헬레니즘의 상징인 아프로디테와 헤브라이즘을 나타내는 마리아의 이미지, 수로부인은 그중 어디에 속하는가?

미녀를 놓고 분류한다는 것은 멋없는 일이긴 하지만 수로부인은 아프로디테에 가까운 외모(육체)에 미가 있는 여인이지만, 그러면서도 남편을 따라 끝까지 강릉에 간 것으로 보아 정절이 아주 없는 여인도 아니다.

신물神物까지 반해서 납치를 했고, 도를 닦는 성자의 마음까지 뒤엎어놓은 것을 보면 수로부인을 아프로디테와 같은 미의 여신이라 해도 좋을 것이다. 역시 신체의 균형이 잘 잡혀 있는 신라 석굴암의 보살상에서 엿볼 수 있는 그런 심미의식審美意識의 결정체로 수로부인을 보아야 할 것이다.

그러나 희랍하고는 다르다. 아프로디테는 도덕적인 면이 조금도 없다. 그래서 뒤에 이 여신은 창녀의 신으로 전락하고 만다. 굳이 그 특성을 찾아본다면 아프로디테와 마리아의 중간적인 여신상이라 할 수 있을 것이다. 육체와 정신을 다 같이 갖춘 여인이라고 할까. 앞에서 말한 대로 바다와 육지의 경계선에 수로水路가 있다. 아프로디테는 바다의 여인이고 마리아는 땅의 여인이다. 이 사이에 수로부인을 놓을 수 있다. 그것이 신라적인 여인상의 이상이기도 하다.

수로부인은 얼굴만 예뻤던 것이 아니라 마음도 미美를 아는 여인이었던 것 같다. 우선 철쭉꽃을 보고 그것을 갖고 싶어 한 것으로도 알 수 있다. 『오주연문五洲衍文』에 "사람이 아름다운 꽃을 사랑하는 것은 풍류의 하나다. 청복淸福이 있는 사람이라야 능히 꽃을 사랑할 수 있는 복을 누리는 것이다"라는 말이 있다.

노인을 대응시킨 것을 보더라도 그렇다. 외모만 아름다웠더라면 아마 소 치는 노인이 위험을 무릅쓰고 석벽의 꽃을 꺾어 바치겠다고는 하지 않았을 것이다. 미가 높은 경지에 이르면 그것은 도道와 같은 세계가 된다.

어느 나라나 미의 여신의 족보를 캐 올라가 보면 애초에는 죽음의 여신이라는 사실을 알 수 있다. 인간은 죽음의 공포를 미로 승화시키려 한다. 그래서 공포의 죽음을 나타내는 여신이 미의 여신으로 변하게 되는 것이다. 프로이트의 말을 들어보면 아프로디테 역시 그랬다는 것이다. 수로부인에게 죽음을 무릅쓰고 꽃을 꺾어 바치겠다는 노인은 죽음을 미로 승화시킨 익명의 시인이요, 도인이었을 것이다. 그리고 그 노인의 마음은 바로 신라인의 마음이다.

수로부인이 꽃을 꺾어달라고 할 때 남편은 물론 그 많은 종자들도 감히 그 가파른 벼랑을 기어 올라갈 엄두를 내지 못했다. 미를 아는 자만이 벼랑의 철쭉꽃을 따기 위해 소를 버릴 줄 안다.

그리고 신라인들에게 있어 그 미는 화랑에서도 볼 수 있듯이

외형의 아름다움과 정신의 아름다움이 다 같이 균형을 이루는 것
이었다. 그래서 신라인들은 극단적인 영혼의 세계, 도덕적인 세
계로만 흐르지 않았고, 또 육체 세계의 쾌락에만 젖지 않은 이상
적인 문화를 만든 것 같다.

　그러한 미의 세계가 아름다운 동해를 끼고 굽이굽이 천 리로
뻗쳐 있는 수로부인의 길에서 재현된 것이다. 바다가 있고, 꽃이
있고, 바위가 있고, 미인이 있다. 그 미는 비단 인간만이 탐하는
것이 아니라 바다의 용까지도, 온 산천초목까지도 감동하는 우주
의 길로 통해 있었다.

　　붉은 벼랑 가에 잡은 손 암소 놓고
　　나를 아니 부끄리시면
　　꽃을 꺾어 바치리이다.

　　[原詩]
　　딛배바희 ᄀᆞ히 잡으온손 암쇼노히시고
　　날 아닌지 붓글어워이샤든
　　곶ᄋᆞᆯ 썩가 받ᄌᆞᆯ오리이다.

—「노인헌화가」

성덕왕 때다.

늦은 봄날, 동해를 끼고 굽이쳐 나간 길, 그 길을 순정공은 그의 부인 수로와 그리고 종자들을 거느리고 가고 있었다. 그는 강릉 태수로 임명되어 그곳으로 부임해 가는 도중이었다.

바닷가의 어느 곳을 잡아 그들은 길을 멈추고 점심 자리를 벌였다. 그 곁에는 바다를 임해 병풍처럼 둘러싼 석벽이 있어 높이가 천 길, 그 위에는 활짝 철쭉꽃들이 탐스럽게 피어 있었다.

수로부인은 그 꽃을 갖고 싶었다. 종자들을 둘러보며 물어보았다.

"저 꽃을 꺾어다 줄 사람은 누구일까?"

종자들은 그 석벽 위는 도저히 사람의 발자취가 이르지 못할 곳이라 하여 모두들 난색을 지으며 수로부인의 요구에 응하지 않았다.

그때 마침 한 노옹老翁이 암소를 끌고 그 곁을 지나다가 수로부인의 말을 엿듣고서 천 길 석벽 위로 올라가 부인이 탐내던 그 철쭉꽃을 꺾어 왔다. 그러고는 시가를 지어 읊으며 부인에게 꽃을 바쳤다.

붉은 벼랑 가에 잡은 손 암소 놓고
나를 아니 부끄리시면
꽃을 꺾어 바치리이다.

이렇게 「헌화가」를 부르며 수로부인에게 꽃을 바친 그 노옹은 어떤 사람인지 알 수 없었다.

아직 임지를 향해 이틀 길을 더 가서 역시 바닷가에 있는 어느 정자에 다다라 점심을 먹고 있었다. 그때 홀연히 용이 나타나 수로부인을 납치해 바닷속으로 들어가 버렸다. 순정공은 허둥지둥 발을 구르며 야단을 쳤으나 아무런 계책이 나서지 않았다.

또 한 노인이 지나다가 알려준다.

"옛사람의 말에 뭇사람의 입길은 쇠도 녹인다고 했는데, 이제 바닷속의 한 축생이 어찌 뭇사람의 입길을 두려워하지 않을까 보오. 경내境內의 백성들을 모아들여 노래를 지어 부르며 막대기로 바닷물을 치노라면 부인을 찾을 수 있으리다."

순정공은 노인이 일러주는 대로 했다.

> 거북아 거북아 수로를 내놓아라.
> 남의 부녀 뺏아간 죄 그 얼마나 클까.
> 네 만일 거역하고 내놓지 않으면
> 그물로 사로잡아 구워 먹고 말 테다.

뭇사람들이 모여 이 「해가海歌」[28]를 외치며 막대기로 물가를 쳐

---

28) "거북아 거북아"로 시작된 「해가」는 고대인들이 노래의 마력을 믿고 불렀던, 이른바

댔더니 그제서야 용은 부인을 받들고 바다에서 나왔다.

　순정공은 부인에게 바닷속의 일들을 물어보았다. 부인은, 일곱 가지 보배로 지은 궁전이 있고, 그 음식은 달고 부드러우며 향기롭고 깨끗하여 인간의 요리와는 전혀 다르더라고 대답했다. 그리고 부인의 옷에서는 일찍이 인간 세상에서 맡아볼 수 없었던 이

주가呪歌의 하나. 수로부인을 납치해간 것은 용인데, 정작 노래에서는 '거북龜'을 부르고 있는 것은 아마 용과 거북이 고대 원시신앙에서 다 같이 하나의 '신'으로 생각되었고, 그 '신'에 해당하는 우리 고어古語가 '굼'이었던 데서 연유되어온 혼동일 것이다. 그리고 이 「해가」는 기실 독창적인 것이 아니고, 그 이전에 있었던 가락국의 개국설화에 나오는 주가,

> 거북아 거북아
> 머리를 내밀어라
> 내밀지 않으면
> 구워서 먹을래

즉 「귀지가」라는 이름의 주가를 가져다 수로부인의 경우에 맞게 사실을 삽입, 발전시킨 것이다. 그러고 보면 이 「귀지가」와 「해가」에서 보는 바와 같은 위하적威嚇的인 주가의 한 짜여진 틀,
"거북(굼)아 거북(굼)아 (……)하라 (……)않으면 (……)하여 구워 먹을래"라고 함 직한, 정해진 하나의 식이 일반적으로 관용되어, 주력呪力이 미치는 대상이 용이든 거북이든, 그 밖에 또 다른 무엇이든 구애받지 않고 단지 그 대상을 위하하는 주가를 불러야 할 때, 그 경우에 맞게만 가사를 보완해 넣어 불려진 풍이 있었는지도 모를 일이다. 문헌의 기록 그대로에 준하면 「귀지가」는 1세기경의 노래인데, 이 「귀지가」의 출현은 바로 여기에 제시한 바와 같은 위협적인 주가의 한 양식을 낳게 한 계기가 된, 하나의 원형의 출현일 것이다.

상한 향내가 스며 있다.

수로부인은 자태며 용모가 절세의 미녀라서 매양 깊은 산골이나 큰 못을 지나다 여러 번 신물神物들에게 납치되곤 했다.

우주로 통하는 영웅상 —「찬기파랑가」

신라의 이상적인 남성의 모습을 찬미한 노래를 살펴보자. 신라인들이 생각한 이상적인 남성상은 바로 화랑들이었다. 그러므로 그 화랑의 한 사람인 기파랑耆婆郎을 찬미한 유명한 향가를 읽어보면 될 것이다.

이 노래를 지은 충담忠談이라는 승려부터가 아주 멋이 있다. 이른바 완인完人이라 할 수 있다. 훌륭한 승려일 뿐만 아니라 시인이고, 또 경덕왕景德王을 위해 지어 바쳤다는 「안민가安民歌」의 내용을 보면 탁월한 정치인이기도 하다.

승려들은 화랑과 함께 신라 문화를 떠받친 당시의 엘리트들이었다. 이 시가 쓰인 거의 같은 무렵인 8세기의 유럽 중세 문화도 수도사와 기사들이 그 문화의 중심을 이루고 있었다. 시도 그들에게서 나왔다.

그런데 재미난 것은 유럽 중세의 수도사들은 라틴어로 시를 썼지만, 신라의 승려들은 한문에 능통했으면서도 항간에서 민중들이 쓰는 바로 그 생활어인 우리나라 말로 시를 읊었다는 점이다.

그런 점에서 보면 신라의 승려들에겐 소수의 사람이 문화를 점유하는 특권적인 엘리트 의식이 없었던 것 같다. 궁정에서 귀족과 생활한 왕사王師들이 있긴 했지만, 대부분의 승려들을 개방적인 생활인들이었다. 수도원에 갇혀서 밀폐된 문화를 만든 서양 중세 때의 수도사들과는 바탕이 달랐다.

오늘날 향가의 작자로 알려져 있는 몇몇 승려들의 이름을 봐도 알 수 있다. 「안민가」를 지은 승려는 왕에게 충성스러운 이야기를 했다 하여 충담사忠談師이고, 「혜성가彗星歌」를 지어 혜성彗星을 물리친 승려는 하늘과 통했다 하여 융천사融天師이며, 「제망매가祭亡妹歌」를 지은 승려는 피리를 불면 그 소리를 들으려고 달이 멈췄다 하여 월명사月明師가 된다.

이러한 호칭으로 보아 향가의 작자인 승려들의 이름은 진짜 승려의 이름이 아니고 그들의 시에서 비롯된 애칭일 것으로 해석된다. 요즘 말로 한다면 그 시를 사랑하고 애창하던 팬들이 붙여준 이름이라고 할 수 있다. 그게 사실이라면, 그 승려들의 이름부터가 민중들 사이에서 나온 것이라 할 수 있고, 또 그만큼 세속인들로부터 사랑을 받았다는 이야기가 된다.

기록에 나타난 것을 봐도 충담은 편협하지 않게 모든 것을 고루 공경했던 것 같다. 그는 중삼重三과 중구重九 날이 되면 정성스럽게 차를 끓여 미륵불에 바쳤다. 불佛에 대한 공경인 것이다. 경덕왕에게 「안민가」를 지어 바친 것은 왕에 대한 공경이다. 그리고 기파랑을 찬미하는 시를 지은 것은 화랑에 대한 사랑이다.

이렇게 충담이 불·왕·화랑을 모두 찬미한 것은 '불도'와 '왕도'와 세속인의 '화랑의 도'를 함께 포용한 사람이란 것을 의미한다. 「찬기파랑가讚耆婆郎歌」를 읽어보면 충담의 마음을 더욱 잘 알 수 있다. 그 짧은 시에 '달', '구름', '냇물', '조약돌', '잣나무' 등 많은 소재가 고루 깔려 있다. 한 인간을 그리는데 막상 그 사람은 표면에 직접 나타나 있지 않다. 서양의 시인 같았으면 기파랑의 늠름한 기상과 공덕을 일일이 나열하는 방식을 택했을 것이다. 눈은 어떻고 코는 어떻고 하는 식의 사실적 묘사를 택했을 것이다.

화랑의 모습이 이 시에서는 전 우주와 대등한 것으로 비유되어 있다. "열치매 나타난 달이 흰 구름……"의 첫 구절에서는 하늘의 '달과 구름'으로 천상의 풍경이 나오고, 다음엔 새파란 냇물에 기파랑의 얼굴이 비쳐 있다는 말로 지상의 풍경이 등장한다. 이 시를 읽을 때 우리의 시선은 '상上'에서 '하下'로 내려온다. 다음엔 조약돌과 냇물의 묘사다. 냇물이 흐르는 것으로 시선이 좌에서 우로 옮겨진다. 이 시는 이렇게 상하좌우의 전 공간, 말하자면 우주의 크기를 풍경의 전 구도로써 제시하고 있다.

그 비유의 조직이 정말 놀랍다. 마지막 이 공간 속에 잣나무를 세우는 것이다. 단군신화에서와 같이 하늘과 땅을 잇는 나무, 우주의 공간을 배경으로 그것과 함께 융합되어 있는 나무, 그것이

기파랑의 모습이요, 마음이다.

선조鮮祖에 오면 주로 소나무의 비유가 많이 쓰이지만, 신라 때는 같은 상록수라 해도 꼿꼿한 기하학적 선을 나타내 보이는 잣나무를 더 애용한 것 같다. 서리를 이겨내는 꼿꼿한 기상, 영원의 그 모습이 꾸불꾸불한 소나무보다는 한층 더 세차 보이는 것이다. 그 나무의 배경에 있어서도 선조의 상록수는 백설이 내린 산봉우리이거나 골짜기지만, 신라 때의 그것은 하늘을 향해 펼쳐진다.

후대에 내려올수록 문학 작품 속에 나타나는 인간의 이미지는 왜소해지고 약화되는 것 같다. 「찬기파랑가」만 해도 조선조 때의 선비와는 달리 그 화랑의 모습은 매우 씩씩하고 광활하게 부각되어 있다.

"열치매 나타난 달이······"란 첫 구절부터가 아주 힘차다. 갑작스럽게 사람을 놀라게 하는 돌연한 속도, 정태적인 명사가 아니라 움직임을 나타내는 동사가 먼저 불쑥 튀어나오는 그 표현 속에서 우리는 기파랑과 극적으로 만나게 된다. 모든 진리는 오랜 침묵 끝에 그렇게 오는 것이다.

세속적인 풀이를 해도, 정말 아름다운 남성을 만나 첫눈에 반해버리는 경우, 그 여인이 연시를 쓴다면 "열치매 나타난 달······"이라고 표현할 수밖에 없을 것이다.

그런데 그렇게 힘차면서도 조용한 느낌을 준다. 왜냐하면 열치며 불쑥 나타난 '달'은 '해'가 아니기 때문이다. 충담은 기파랑을 이글이글 불타는 태양에 비유하지는 않았다. 서양 시에서는 여자는 몰라도 남성일 경우 모두가 태양에 비유된다. 그런데 신라의 화랑은 창과 방패를 든 중세의 기사와는 달리 「오! 솔레미오」의 그 태양이 아니라 한밤중에 떠오르는 조용한 달로 그려진다.

불교의 영향이었을 것으로 생각하는 사람이 많은 것 같다. 김동욱金東旭은, 「찬기파랑가」는 불교사상적 측면에서 보아야만 제대로 해석할 수 있다고 한다. 기파랑이 죽은 다음 그의 화상을 그려 냇가에 놓고 그의 혼을 피안으로 보내기 위해 부른 찬가적 노래이기 때문이라고 한다.

또 김교수는, "경주의 둘레를 흐르고 있는 내川라야 폭이 비좁고 신라 적석총積石塚의 무덤을 만들었던 둥근 돌이 무수하게 깔려 있는 작은 내다. 더구나 서리가 내리는 늦가을에는 메말라버리고 만다. 그러나 신라인은 불교의 사념·무한의 피안을 상징하는 '진여眞如의 달'에서 살고 있었기 때문에 이 작은 세계(내)를 무한한 세계로 비상시킬 수 있었다. 바로 여기에 이 노래의 생명이 있는 것이다"라고 말하고 있다.

고대의 개국신화에 나오는 왕·영웅들은 해모수解慕漱(해)나 붉은 알에서 태어난 혁거세赫居世처럼 태양들이었다. 그런데 기파랑은 달이다. 불경에서는 달의 상징이 많이 나오고 있다. 신라의 문화가 불교적인 것이고, 이 작품 역시 작자가 중이고 보니, 불교적인 입장에서 이해해야 할 것이다.

불교는 인도에서 비롯된 종교니까 열대지방적이다. 태양을 아쉬워하는 북방 종교와 문학에서는 태양이 좋은 것이지만, 남방에서는 도리어 더운 태양이 환영받지 못하는 경우가 많다. 인도의 설화에는 한 어머니가 세 자녀에게 호두를 나누어주었는데, 자기만 없자 "누가 나에게 호두를 좀 주겠느냐"고 말한다. 그때 첫째 아들은 불평을 하면서 제일 작고 썩은 것을, 둘째 아들은 아무 말도 하지 않고 작은 호두를, 그리고 막내딸은 즐거운 표정을 하고 제일 큰 호두를 준다. 그러자 어머니는 "첫째 놈은 뭇사람들에게 저주를 받으리라"고 했고, "둘째 놈은 항상 괴롭고 불안을 지닌 채 떠돌아다닐 것이다", 그리고 "셋째 놈은 모든 사람으로부터 사랑을 받으리라" 했는데, 과연 죽어서 큰놈은 해가 되고, 둘째 놈은 바람이 되고, 막내는 달이 되었다는 것이다.

유럽 문학은 해 쪽이고, 동양 문학은 달 쪽이라고도 할 수 있다. 풍토의 원인도 있겠고, 또 기후적으로도 전투적이 아니라 명상적인 동양인에게는 달이 문학의 소재로 월등히 사랑을 받았던 게 아닌가 생각된다.

「원왕생가願往生歌」에도 달이 주역이 되고, 「정읍사井邑詞」에서도 달이 나온다. 그리고 그 근원에는 불교적인 이미지, 월인천강月印千江의 심오한 뜻이 있을 것이다.

기파랑을 달과 잣나무에 비유한 것은 모두 영원성을 나타낸 것이라고 할 수 있다. 달은 없어졌다가도 다시 성장하여 만월이 된다. 극락이 있다는 서방정토西方淨土로 끝없이 회귀한다.

잣나무 역시 겨울을 이기고 늘 불멸의 푸른빛을 가진다. 더구나 불교에서 구름은 세속의 번뇌를 상징하는 것이다. 즉 기파랑의 모습은 온갖 세속의 변화, 그 괴로움의 구름에서 벗어난 개운월출開雲月出, 해탈의 모습으로 그려져 있다.

이 시를 자세히 읽어보면 하늘에는 달이 있고, 냇물에는 그 달그림자가 비쳐 있다. 기파랑의 얼굴이 냇물에 어린 달그림자로 비유되어 있다. 그러니까 단순히 형태만을 장식한 비유가 아니라 그의 육체는 현세의, 즉 땅의 냇물에 있지만 본바탕은 하늘의 달에 있다. 조약돌과 냇물의 관계도 조약돌은 땅에 있지만 그 조약돌의 마음은 강과 함께 영원한 것으로 흐른다. 강 역시 영원한 회귀, 끝없이 사라졌다가는 끝없이 흘러 내려오는 달의 순환과 같다.

그러므로 충담은 기파랑의 외형만을 그린 것이 아니라, 그 내면의 추상적인 모습을 보여주고 있는 것이라고 할 수 있다. 외면 묘사와 내면 묘사를 동시에 한 비유 체계 속에 몰아넣고 있다. 달은 기파랑의 얼굴 모습이자 동시에 기파랑의 정신이 되고, 잣나무는 그의 미끈한 자세이면서 동시에 내면의 기상이 된다.

신라인들은 구체적인 것과 추상적인 것을 따로 분리해서 생각하지 않았던 것 같다. 말하자면 서양의 근대 문학은 감성과 이성이 분열 대립되는 데서 생동감을 잃게 되었다고 많은 비평가들이 지적하고 있는데, 신라 문학은 그렇지 않다.

이 시에서는 '흰' 구름, '새파란' 냇물, 이렇게 시각적인 색채어가 등장한다. 「노인헌화가」에서도 '붉은' 바위라는 색채어가 나온다. 눈으로 볼 수 있는 세계와 마음으로 생각하는 추상적 세계가 따로 떨어져 있지 않고 하나다.

기파랑의 인격도 달처럼 환하게 잘생긴, 키도 잣나무처럼 큰 것같이 느껴진다. 그런데 그런 외모만이 아니라 정신 역시 영원을 향해서 넓게 확 틔어 있다.

위에서 분석한 대로 기파랑은 상하좌우의 우주 공간으로 확대된, 그래서 별수 없이 그 인간을 이야기하자면 천체(달), 광석鑛石(조약돌), 물(냇물), 식물(잣나무)의 모든 자연을 종합한 것으로 표현할 수밖에 없는 전일적全一的인 존재다.

서양 시에서는 인간이 식물보다 동물로 많이 비유되고 있다. 위의 시에 동물만이 빠진 것은 매우 대조적이다. 한 인간의 능력을 찬양하면서도 그 인간을 자연에서 고립시킨 휴머니즘이 아니라 자연과 융합 조합시키려고 한 신라인의 인간관을 우리는 이 시를 통해 파악할 수 있다.

기파랑의 기파耆婆라는 말은 불경에 자주 나오는데, 거기에는 영생永生의 뜻이 있고, 인간의 현세와 내세의 두 세계를 연결하여 병과 고뇌를 풀어주는 힘을 뜻하는 말이라 한다. 그러므로 기파랑은 인간과 자연을 연결하고 조화시키는 힘을 지닌 남성이라고 할 수 있다.

그런 점에서 신라의 화랑을 서양의 기사처럼 무사로 풀이하는 것은 잘못일 것 같다. 물론 기파랑을 노래 부른 시인이 승려이고, 또 경덕왕 대에는 통일기의 화랑과는 그 성격이 많이 달라졌을 것이라고 생각해도, 화랑은 문무文武를 갖춘 전일적인 인간의 조화를 추구한 것이지, 무력 우위의 것이라고는 할 수 없다. 여기에 그려진 기파랑은 무사의 상이 아니라 오히려 성자의 상에 가깝고, 도인과도 같이 보여진다.

충담 자신이 승려이면서도 불도의 외곬으로만 흐르지 않고, 불도와 왕도와 화랑의 도를 다 함께 지니고 있다. 그것처럼 기파랑 역시 모든 삶을 포용한 것으로 볼 수 있다. 무인武人이며, 시인이고, 행동인이자 사색인이고, 현세에 있으면서도 내세를 사는 결한 데가 없는 인간상이다.

결국 중세의 무훈시란 악룡惡龍이나, 적을 정복한 기사들을 찬미한 노래다. 고대의 서정시가는 서사시의 전통이 남아 보통 인간보다 위대한 영웅을 찬미하는 형식을 가진 것이 많다. 일종의 송가頌歌다.

그런데 기파랑 역시 서양의 무훈시에 나타난 주인공처럼 정복자요 영웅이다. 그러나 그가 정복한 것은 무엇일까? 기파랑은 '달'이요 '냇물'이요 '잣나무'로 표현되고 있다. 달은 구름을 물리쳤다. 번뇌의 구름을 물리친 것이다. 냇물은 끝 간 데가 없이 무한으로 뻗어 있다. 조약돌 같은 유한한 생의 공간을 정복한 것이다. 잣나무는 서리를 이겨내는 존재다.

그는 시간의 인과를 풀고 유한을 정복했다. 달은 구름을, 냇물은 조약돌을, 잣나무는 서리를, 이렇게 기파랑은 현세의 한계를 정복한 영웅이다. 그러고 보면 단군신화에서 호랑이와 곰의 경합에서 곰이 이긴 것처럼, 기파랑 역시 성미가 팔팔한 호랑이와 같은 서양의 영웅형이 아니라 곰처럼 극기로 자신의 한계를 풀어버린, 그래서 자유로워진 성자형에 속하는 한국적 영웅의 원형이라는 결론이 내려진다.

열치고 나타난 달이 흰구름 좇아 떠가니
새파란 냇물 속에 기랑耆郎의 모습이 잠겼어라
연오천延烏川 조약돌이 님의 지니신 마음 갓(끝)을 좇고저
아으 잣가지 드높아 서리 모르올 화판花瓣이여!

[原詩]
열치매 낟호얀 ᄃ리 흰구룸 조추 ᄠᅥ가ᄂᆞᆫ안디하
새파론 나리여희 耆郎의 즈ᅀᅵ이슈라
일로나리ㅅ저벅히 郎이디니다샤온 ᄆᆞᅀᆞᆷ의 ᄀᆞᆷ흘좇누아져
아으 잣ㅅ가지놉허 서리몯 누올花判이여

경덕왕이 나라를 다스리기 24년, 5악과 3산의 신들이 가끔 궁전의 뜰에 현신하여 모이곤 했다.

어느 3월 삼짇날 왕은 귀정문歸正門의 문루 위에 나와 좌우의 신하들을 둘러보며 말했다.

"누가 길에서 영복승榮服僧 한 분을 데려오겠는가?"

그때 마침 위의가 깨끗한 한 대덕大德이 거리를 걸어가고 있었다. 신하들이 보고는 데리고 와서 왕에게 접견시켰다. 왕은 그 중을 보고 나서 말했다.

"내가 말하는 영승이 아니다. 물러가게 하라."

다시 한 중이 있어 납의衲衣를 입고 앵통櫻筒을 둘러메고 남쪽으로부터 오고 있었다. 왕은 반가운 마음으로 바라보다가 그를 문루 위로 영접했다. 그가 둘러멘 통 속을 살펴보았더니, 다른 것은 없고 차 끓이기에 필요한 기구들만 들어 있을 뿐이다. 왕은 물어보았다.

"그대는 누구인가?"

"충담이옵니다."

"어디서 오는 길인가?"

충담은 대답했다.

"제가 해마다 삼짇날과 중굿날이면 남산 삼화령三花嶺에 계시는 미륵세존 님께 차를 끓여 드리옵는데 지금 바로 드리고 돌아오는 길이옵니다."

왕은 물어보았다.

"나에게도 차 한 잔 줄 수 있겠소?"

충담은 곧 차를 끓여 바쳤다. 차 맛이 범상하지 않았고, 그릇 속에선 이상한 향기가 진하게 풍겨왔다.

경덕왕은 또 말을 걸었다.

"내가 일찍이 들으니 대사가 지은 기파랑을 찬미하는 사뇌가詞腦歌가 그 뜻이 매우 높다고들 하는데 정말 그러하오?"

"그러하옵니다."

"그러면 나를 위해 백성을 다스려 편안케 하는 노래를 지어주오."

충담은 그 즉시 명을 받들어 「안민가」를 노래하여 올렸다. 왕은 아름답게 여기고 충담에게 왕사王師의 직위를 내렸다. 그러나 충담사는 굳이 사양하고 그 직위를 받지 않았다.

삶과 죽음의 실존 —「제망매가」

요즘 서구사상의 경향을 단적으로 나타낸 말에 "프로메테우스로부터 오르페우스로!"란 것이 있다. 프로메테우스는 인간에게 불을 주었다. 그래서 인간은 자연과 점차 멀어져 인간 독자의 생활을 하게 된다. 가령 생식生食을 하던 때는 언제나 태양에 고기를 말려 먹었지만, 불에 구워 먹기 시작하는 화식火食 생활을 하면서 인간은 태양으로부터 떠나게 된다. 그것이 바로 인간문명의 상징이다.

프로메테우스가 지배하는 시대가 바로 현대의 기술문명 사회라 할 수 있다. 그런데 그것이 오르페우스가 지배하는 시대로 바뀌어가고 있는데 현대사상의 특성이 있다.

오르페우스는 희랍의 전설에 나오는 악인樂人인데, 그가 칠현금七絃琴이나 피리를 불면 인간은 물론 온 산천초목이 그리고 신神과 바위까지도 감동을 해 춤을 추었다는 것이다. 오르페우스가 준 것은 모든 것을 서로 분리시켜놓은 '불'이 아니라, 서로 공감 속에 화합하게 하는 노래였다.

결국 여기서 「제망매가祭亡妹歌」를 지은 월명사月明師의 이야기가 나오지 않을 수 없다. 희랍에 오르페우스가 있었다면, 신라에는 월명사가 있었다. 월명이 사천왕사四天王寺에 거주하고 있을 때 피리를 불곤 했는데, 어느 날인가 달밤에 그 절 대문 앞의 한길을 거닐며 피리를 불었더니 달이 그 운행을 멈춘 적이 있다고 한다. 그래서 그 길을 사람들이 '월명리月明里'라 이름했다 한다.

달도 월명의 피리 소리를 듣기 위해서 자기 갈 길을 멈추었다는 얘기다. 피리 소리, 즉 음악을 통해서 인간과 자연은 하나가 된 것이다. 오르페우스와 똑같은 발상법에서 나온 전설이다.

불(기술)은 인간과 자연을 떼어놓고 또 '너'와 '나'를 갈라서게 했지만, 오르페우스의 '피리'는 그 정반대의 일을 한 것이다. 모든 존재의 담을 뛰어넘어 생명을 하나로 결합하게 했다.

프로메테우스는 위대한 문명의 도시를 주었지만 인간을 그지 없이 외롭게 만들었고, 오르페우스와 월명은 우리에게 먹을 것, 입을 것, 잠잘 것을 주지 않았지만 그지없이 무한한 정情과 기쁨을 알게 했다.

월명은 그러니까 의·식·주의 그 생활에 대한 방편이 아니라 생명의 본질에 대한 존재의 세계를 보여주고 있다. 달과의 대화만이 아니었다.

『삼국유사』를 보면 경덕왕 때 두 개의 태양이 나타나 열흘 동안이나 없어지지 않아 세상이 발칵 뒤집혔을 때 월명사가 시(도솔가)를 지어 노래를 불렀더니 이변이 곧 사라졌다고 한다.

그것을 그저 옛날 미신의 이야기라고 웃어넘길 것은 아니다. 시의 언어는 우주의 달과 태양의 질서와 통해 있는 힘을 지녔다고 생각한 신라인들의 시론詩論이요, 예술관의 상징이다. 일상의 언어는 부귀와 권력의 질서에 속해 있다. 즉 시장의 언어다. 그런 언어로는 달을 멈추게 할 수도 태양을 달랠 수도 없다. 그러므로 음악의 세계, 시의 세계 그리고 종교의 세계는 결코 프로메테우스가 준 불의 언어(기술)로 다룰 수 없을 때 생겨나는 세계다.

지상에서 전능한 권력을 가진 왕도 해가 둘이 생긴 것을 보고는 비로소 그 왕권의 무력을 느낀다. 그래서 월명에게 노래를 부탁하게 된 것이다.

사랑이라든지, 외로움이라든지 이러한 존재의 세계에서는 칼이나 돈으로 해결할 수 없는 것들이 많다. 거기에서 물질이나 기술문명이 아니라 정신문화가 생긴 것인데, 인간의 언어 역시 그 두 세계로 나누어볼 수 있다. 날이 갈수록 정신문화의 언어는 시들어가고 있다.

'죽음'도 마찬가지다. 죽음 앞에서는 부富도 권력도 무력하다. 그것을 다루는 모든 기술의 언어가 침묵하고 만다. 그래서 프로메테우스가 인간에게 불을 준 대신 무엇을 빼앗아 갔는가? 정말 기막힌 상징이다. 프로메테우스는 불을 주고 난 뒤 죽음을 예감하는 능력을 인간으로부터 박탈했던 것이다.

무엇 때문에 그런 짓을 했을까? 기술의 능력과 죽음을 예감하는 능력은 관계없는 일이었을 텐데도 말이다.

생각해보자. 죽는 것을 알면 기술의 능력에 대해서 무슨 희망을 갖겠는가? 내일 죽는다 해도 그것을 모르고 지내야만 기술(문명)을 자꾸 발전시켜나갈 것이 아닌가. 즉 기술문명 사회에서 살고 있는 인간들은 죽음을 예기하지 못하는 맹목적인 그 세속의 생 속에 탐닉하고 있는 것이다.

그래서 프로메테우스의 불이 현대에 와서는 원수폭原水爆으로까지 발전된다. 죽음을 망각한 인간은 기술지상주의자가 되어의·식·주의 물질적 가치를 최대의 것으로 믿게 된다. 현대인이 바로 그러하다.

"과실 속에 씨가 있듯이 생 속에 죽음의 핵이 들어 있다"고 말한 어느 시인의 역설처럼 죽음을 느끼는 순간 생에 대한 의식도 그 눈을 뜬다. 음악과 시와 종교의 뜰이 열리게 되는 것이다. 그러고 보면 현대 의술로도 어찌할 수 없는 암은 현대인의 적이 아니라 정신문화의 측면에서 보면 도리어 구제라고 할 정도의 역설이 가능해진다.

현대의 기술로도 불가능한 것이 있다는 것을 깨닫게 될 때, 그래서 세속의 생 속에 파묻혀 죽음을 망각하고 있는 인간들에게 과학의 한계의식 같은 것이 생겨날 때 사람들은 겸허해지고 내면의 문화로 돌아올 수 있는 계기가 생겨난다.

현대인이 「제망매가」 같은 고전시를 읽어야 되는 것도 바로 그점이다. 자꾸 역설을 말해서 안됐지만, 죽음의 고뇌로부터 시작되는 월명사의 시를 읽으면 도리어 생명이 무엇인가를 느끼게 된다. 썩은 상처 속에서 새살이 돋듯이 생이 더욱 싱싱하고 풍요하게 괴는 것이다.

　　생사로生死路는 예 있으매 저히이고(두려움 속에서)
　　나는 가나다. 말도 못다 이르고 가야 하는가!

죽은 누이를 위해 재를 올리며 월명은 이렇게 노래 부르기 시작한다. 첫마디가 '죽음'에 대한 인식에서부터 나온 것이다.

시의 출발점이자 동시에 종교의 첫 입구ㅅㅁ다. 인생을 살아간다는 것을 길을 걸어가는 것에 비유한 것은 별로 대수로운 표현은 아니지만 이 시구를 살리고 있는 것은 "예 있으매……"라는 말이다. 죽고 사는 갈림길은 저편에, 어디엔가 먼 곳에 있는 것이 아니라 바로 내가 지금 디디고 서 있는 바로 '여기', 바로 이 현존 속에 있다는 것, 그 절박한 생과 사의 실존의식實存意識이다.

세속적인 인간들은 죽음을 언제나 내일에 있는 미래형으로 파악하고 있지만, 월명은 순간순간 발을 떼어놓는 그 걸음걸이 자체의 현재형으로 죽음을 느끼고 있다. 죽음의 발견 속에서 시가 종교가 되고 그리고 새로운 생이 발견된다.

그래서 그 감정을 '두려움 속에서 나는 길을 걷는다'라고 표현하고 있다. 그 공포는 불교의 무상감無常感에서 생겨난 것이다. 불교에서는 죽음의 무상을 공포로 보았고, 그래서 무상호無常虎니 무상랑無常狼이니 무상도無常刀란 표현을 쓴다. 죽음을 호랑이나 이리나 그리고 칼 같은 것으로 본 것이다.

"죽음의 위기는 항상 다가오고 있다"는 『담마파타』나 "이 세상의 생은 모두 괴롭고 괴로운 것이다"라는 『숫타니파타』의 경전經典에 나오는 말들은 월명이 '두려움'으로 현실의 생을 표현한 것과 같다. 그런데 월명이 단순한 승僧이 아니라 탁월한 시인이란 것은 다음 구절 "말도 못다 이르고 가야 하는가"라는 대목에 있다. 무상에 대한 공포나 슬픔조차도 다 표현하지 못하는 슬픔, 즉 그 이중의 슬픔을 나타낸 표현이다.

인간으로서의 고뇌 위에 다시 시인으로서의 고뇌가 겹치고 있다. 공포를 느끼며 그냥 사는 것이 아니라, 그 공포를 말에 의하여 겉으로 드러내 보이려는 인간이 바로 시인이다.

"어느 가을 이른 바람에 이에 저에 떨어질 나뭇잎처럼 한 가지에 나고서도 가는 곳을 모르온저!"는 다음 시행에서 더욱 시적인 분위기는 고조된다. 구체적인 이미지를 불러일으키는 비유법을 쓰고 있기 때문이다. 누이동생과 자신을 같은 나뭇가지에 난 이파리로 비유한 것은 아주 간절하게 자신의 심정과 논리적인 의미를 전달하고 있다.

신라인들만이 아니라 오늘날에도 한국인의 비유적 발상법은 식물적, 특히 나무의 이미지에서 따온 것이 많다. 「찬기파랑가」에서도 잣나무가 나오고 있다.

그리고 우리가 망아지·송아지·강아지라고 할 때, 아지는 나뭇'가지[枝]'의 가지에서 ㄱ음이 탈락한 것이라고 보는 국어학자가 있는데, 그것이 사실이라면 우리는 동물이 새끼를 낳는 생식을 나무가 가지를 치는 것으로 보았다는 방증이다.

그런 관점에서 보면 남매를 나뭇가지의 이파리로 본 월명의 비유도 한국인의 기본적인 발상 양식의 표현으로 볼 수 있다.

그러니까 죽는 것도 나무 이파리가 떨어지는 낙엽으로 본 것이다. 그런데 이러한 나무(식물적) 비유가 한국에서 많이 쓰인 원인은 어디에 있는가.

문학에 있어서의 상상체계想像體系는 춘하추동의 사계절의 순환에 원형을 둔 것이라는 N. 프라이의 설도 있지만, 특히 한국에는 사계절의 구분이 뚜렷하고 또 농경 생활을 했기 때문에 더욱 계절 감각이 예민했던 이유를 들 수 있다. 봄은 탄생, 여름은 청년, 가을은 노인, 겨울은 죽음…… 이런 체계다. 이것으로 볼 때 죽음을 나타낸 이 시에서 계절이 가을로 된 것 역시 문학적 상상의 원형을 그대로 나타낸 예라 할 수 있다.

바람도 마찬가지다. 바람의 상징은 죽음의 무상을 나타내는 것으로 많이 쓰이기 때문이다.

문제는 '이른 바람'이라고 한 것이다. 누이동생이 요절했다는 것을 암시하고 있다. 제철도 아닌데 일찍 떨어지고 만 나무 이파리로 누이를 비유한 것이다.

제철도 아닌데 '일찍 떨어졌다'는 슬픔과 또 하나의 슬픔이 중첩되어 있다. '한 가지에 나고서도 가는 곳을 모른다'는 단절감이다. 같은 핏줄, 남도 아닌 피를 나눈 오누이인데도 죽음 앞에서는 서로 단절되어 있는 타자다. 오늘날 실존철학이 지니고 있는 존재의 문제를 모두 제시하고 있다. 죽음의 의식과 존재와 존재의 깊은 단절 의식, 실존적 고독의 세계가 여실히 드러난다.

"이에 저에 떨어질 나뭇잎처럼"에서의 '이에', '저에'란 말이 한층 더 그 고독감, 뿔뿔이 흩어지는 거리감을 잘 나타내주고 있다.

가을날 바이올린의 긴 흐느낌이라는 베를렌의 「가을의 노래」라는 시에 똑같은 표현이 있다. 여기저기에 떨어지는 나뭇잎, 불어로는 '드사, 들라(deçà, delà)'이다. 그러나 베를렌의 시는 그 깊이나 의미 조직에서 비교도 안 되는 단순한 감상이다. 월명 같은 시인이, 그것도 천 년 전에, 이런 시인이 우리에게 있었다는 것은 정말 행복한 일이다.

생과 죽음을 '여기'라는 말로 표현했고, 서로 흩어지는 것을 또 '여기에', '저기에'란 말로 나타냈다. 시간의 의식을 장소의 공간 거리로 나타낸 것이 이 시의 특징이고, 그러한 수법은 뒤에 미타찰(극락세계)의 저승과 이승을 대응시키는 것으로 귀결된다.

향가 중에서도 「제망매가」는 단연 첫손가락으로 꼽히는 것이다. 끝부분은 "아으, 극락세계에서 만날 나는 도를 닦아 기다리련다"로 맺어진다. 추상적인 표현인 것 같은데도 가슴을 친다.

새로운 땅에서의 새로운 만남. 죽음도 고뇌도 외로움도 없는 새로운 삶. 이 종행終行에는 두 개의 기둥처럼 불쑥 튀어나오는 두 마디 말―'만난다'는 말 그리고 '기다린다'는 말―'두려움'으로 시작된 이 시는 이 두 마디 말로 급전회를 한다.

이미 두려움도 외로움도 슬픔도 이별도, 말하자면 죽음의 그늘을 찾아볼 수가 없다.

도를 닦는다는 말이 죽음과 대응을 이루면서 이 시를 완성시키고 있다. 그냥 도를 닦아 극락왕생한다는 것과는 질적으로 다르다. 도를 닦지 않고는 견딜 수 없는 절망과 허무의식을 앞세우고 있기 때문에 그 평범한 말이 빛을 발한다.

이 시의 구조를 잘 뜯어보면 석가모니가 네 가지 진리(4제)로써 그 제자와 신자信者들을 가르쳤던 것과 연관되는 것이 있다.

고제苦諦·집제集諦·멸제滅諦·도체道諦의 네 가지. 석가모니는 이 네 진리의 방법을 당시의 의술에서 암시를 받은 것이라고 한다. 즉 의사가 환자를 고치려면 우선 환자의 어디가 아픈가를 먼저 찾아내야 한다. 그것이 '고제'다. 우선 생의 괴로움을 알아야 하고, 그다음엔 그 병이 어디서 오는 것인지 원인을 알아내야 한다. 그것이 '집제'다. 그리고 난 다음에 의사는 병을 없애기 위해서 그 아픔을 없애는 약을 준다. 그것이 '멸제'다.

그런데 의사가 결국 이러한 일을 해내자면 의술의 도를 닦아야 한다. 그것이 '도제'다. 삶의 괴로움(죽음), 그 원인, 그 치료, 그것을 위해 도를 닦는 것. 이런 순서로 석가모니는 불교를 설법했다.

그것과 「제망매가」의 시조직詩組織이 어떤 관련을 갖고 있는가. 이 시에서 제일 먼저 죽음의 두려움을 말한 것은 고제에 해당한다. 다음에 바람으로 인해 잎이 떨어지는 그 가을바람의 대목은 죽음의 원인인 집제요, 누이와 극락에서 새로운 만남을 한다는 것은 그 고통과 죽음이 사라진 멸제다. 마지막 '도 닦아'라는 것은 도제다.

즉 이 시의 전개가 바로 불가의 4제를 그 순서대로 나타낸 것이다. 그가 시인이면서도 동시에 불교의 승려였듯이, 그것은 완벽한 시이자 동시에 불교의 설법이다. 메시지를 주려고 하면 시의 예술성이 죽고, 예술성을 살리려고 하면 메시지가 죽어버리는 그 고민에서 월명은 거뜬히 초월해 있다. 정말 우리가 오늘 이 시대에 살리고 싶은 모범적인 시다.

그리고 보니 어째서 현대의 사상가들이 "프로메테우스로부터 오르페우스로!"라고 주장했는지 그 의미가 뚜렷해진 것 같다. 프로메테우스는 인간의 물질적 번영을 약속했지만, 결과적으로는 인간을 기계의 부속품으로 만들어놓고 말았다.

여기에서 탈출하려면 오르페우스적인 동질성의 회복이 논의되어야 한다. 그런데 오르페우스와 월명은 여러 가지 점에서 공통점을 지니고 있다.

죽음에 대한 것도 마찬가지다. 결코 우연의 일치가 아닐 것이다. 오르페우스 전설은 음악(시)이 우주를 통합한다는 상징과 한 옆으로는 죽음의 비극을 나타낸 상징으로 풀이되고 있다. 오르페우스는 자기가 가장 사랑하던 아내의 죽음을 보고 서러워한다. 월명에겐 여동생의 죽음이었지만, 오르페우스에게 있어선 아내의 죽음이었다. 그리고 월명은 도를 닦아 사랑하는 여동생을 만나려 했고, 오르페우스는 그의 예술적 재능으로 명부冥府의 왕을 감동시켜 죽음의 세계로 내려가는 것을 허락받아 그 아내와 만난다. 그래서 다시 그녀를 데리고 나오는데 뒤를 돌아다보지 말라는 말을 어겨 그의 아내는 구제 직전에서 좌절된다.

비록 실수는 했지만 죽음의 비극과 그것을 넘어서려는 태도에 있어선 똑같은 패턴을 지니고 있는 이야기다.

예술은 종교와 마찬가지로 언제나 죽음이라는 근원의 문제를 해결하려는 모티프를 갖고 있으니까 예술과 종교는 언제나 초월의 날개를 얻으려는 욕망에서 움튼다.

월명사가 「제망매가」를 불렀더니 갑자기 바람이 불어 재를 지낼 때 붙여놓은 지전을 날려 서쪽으로 사라지게 했다고 한다. 서쪽은 인간이 사후에 가는 극락세계니까 월명의 노래와 그 소망은 죽은 동생에게 전달되었다는 상징이 된다.

오르페우스는 직접 명부의 세계로 가서 죽은 아내와 만나 이야기하지만 월명의 경우는 지전이 날아가는 것이다. 이 차이는 꼭 서양의 천사와 동양의 선녀들의 대응과 같다. 동양의 선녀들은 서양의 천사와는 달리 직접 날개를 달고 하늘을 날아다니지 않는다. 용도 그렇다. 동양의 보살이나 선녀 그리고 용은 날개 없이 날아다닌다. 같은 상상력이라 해도 서양 것은 실증적이고 직접적인 데 비해, 동양은 보다 신비롭고 간접적이다.

그러나 상상력의 차이는 있어도 시와 음악이 사자의 세계까지 이른다는, 말하자면 사자와의 초월적 교통으로 본 것은 다를 것이 없다.

신화와 시는 다 같이 고대의 제식祭式과 밀접한 연관성을 지니고 있는데 「제망매가」 역시 그러하다. 사자死者에게 재를 올리는 데서 이 시(노래)가 생겼다.

제식은 행동을 통해서 나타낸 상징형식象徵形式이고, 시는 언어를 통해서 나타낸 상징형식이라고 할 수 있다. 행위와 언어가 옛날에는 분화分化되어 있지 않은 채 서로 얽혀 있었다. 오늘날에도 위대한 시는 언어와 행위가 어울려야 한다. 그것이 바로 도다.

도는 언어와 행동이 함께 있는 상태를 의미한다. 프로메테우스의 후예들인 서양인들이 추구한 것은 '도道'가 아니라 '술術(기술)'의 세계였다. 가령 에밀레종을 만들 때 신라인은 과학적 기술에만 의존한 게 아니라 목욕재계하고 정성을 드린다. 그것이 애를 넣었다는 설화의 상징성으로 나타난다.

물질만으로 만든 것이 아니라 생명을 불어넣은 것, 이것이 '술'과 '도'의 차이라 할 수 있다. 스포츠만 해도 축구나 농구나 다 구기의 기술이지만 동양의 스포츠는 모두 도다. 태권도, 유도 등…… 단순한 기술로 본 것이 아니었기 때문이다.

「제망매가」 역시 '도'의 경지에 이른 시라 할 수 있다. 단순한 기법으로 시가 이루어진 것이 아니다. 죽음을 넘어서는 행위의 언어인 도 속에서 나온 것이다.

이제 이야기를 끝맺을 때가 된 것 같다. 오르페우스나 월명은 공장 굴뚝보다 높은 세계에 있다. 산업화 이후 인간이 추구해온 것은 프로메테우스의 불, 기술과 물질이었다. 말하자면 오르페우스와 월명의 피리가 부러져버린 시대에서 우리는 살고 있는 셈이다. 죽음은 '여기' 있는 것이 아니라 언제나 '저기'에 있다. '저기에 있는 죽음'을 '여기에 있는 죽음'으로, 그리고 한 가지에서 낳지만 제각기 헤어질 때 갈 곳은 서로 모르는 절대 고독의 심연을 인식하는 그것을 뛰어넘어 가려는 마음. 이 시와 종교의 부활 속에서 인간은 존재의 동질감을 회복할 수 있을 것이다.

「제망매가」는 결국 언어로 조각한 석굴암의 그 석불과 같은 것이다. 우리는 그의 시에서 본질적인 죽음과 고독을 발견하고 동시에 인간이 진정하게 만나는 기다림을 본다. 독이 곧 약이 되고 있는 시다. 참으로 위대한 정신과 예술은 월명의 경우처럼 달과 해와 사자死者와 이야기할 수 있는 언어를 창조하는 것이라고 말해야 될 것이다.

> 생사의 길이 예 있으니 두려움 속에서
> 나는 걷는다. 말도 못다 이르고 가야 하는가
> 어느 가을 이른 바람에 이에 저에 떨어질 나뭇잎처럼
> 한 가지에 나고서도 가는 곳 모르온저!
> 아으, 미타찰彌陀刹에 만날 나는 도 닦아 기다리련다!

[原詩]

生死路는 예이샤매저히고

나는 간다(흐) 말ㅅ도 몯다닏고 가ᄂ닛고

어ᄂ ᄀᄋ래이른 ᄇᄅᆷ매이에뎌에 ᄠᅥ딜닙다이

ᄒᄃᆞᆫ 갖애나고 가논 곧 모ᄃᆞ온뎌

아으 彌陀刹애 맛보올내 道닷가 기들일다

—「제망매가」

월명은 또 일찍이 그의 죽은 누이를 위해 재를 올릴 때 향가를 지어 제사 지낸 적이 있었다. 그때 돌연히 광풍이 일어 지전紙錢을 날려 서쪽을 향해 사라져갔다. 그 노래가 「제망매가」다. 월명은 항상 사천왕사四天王寺에 거주하고 있었다. 그는 피리를 잘 불었다. 한번은 달밤에 그 절 대문 앞의 한길을 거닐며 피리를 불었더니 달이 그 운행을 멈춘 적이 있었다. 그래서 그 길을 '월명리'라 이름했다. 월명사 역시 이로써 저명해졌다. 월명사는 바로 능준대사能俊大師의 문인이다.

신라 사람들 가운데 향가를 숭상하는 이가 많았으니 향가란 대개 『시경』의 송과 같은 종류의 것이다. 때문에 가끔가다 능히 천지 귀신을 감동시킨 경우가 한둘이 아니었다.

그를 찬한다.

바람은 지전을 날려 저 세상 가는 누이의 노자 되게 했고

피리 소린 밝은 달 움직여 항아姮娥를 머물게 했도다

도솔천이 멀다고 그 누가 말하더냐

만덕萬德의 꽃송이들

한 가락의 노래 소리로 맞았나니

초월을 향한 춤—「처용가」

신라의 문화는 고려나 조선 때와는 달리 바다와 밀접한 연관이 있다. 「처용가處容歌」 역시 바다와 깊은 관계가 있는 작품 중의 하나다.

신라 제49대 헌강왕憲康王이 개운포開雲浦로 놀이를 나갔다가 생긴 일이다. 개운포는 지금의 울산이다. 바닷가에서 쉬고 있을 때 갑자기 구름과 안개가 일고 훤하던 대낮이 깜깜해지는 변괴가 생겨 동행하던 일관日官의 가르침을 따라 동해의 용龍을 위해 그곳 근처에 절을 지어줄 것을 약속한다. 그랬더니 구름이 개고 동해 용이 일곱 아이를 데리고 나타나 왕 앞에서 춤을 추고 노래를 불러 왕의 덕을 찬양한다. 그때 동해 용이 일곱 아들 중 한 아들을 바쳤는데, 그가 바로 '처용處容'이다.

이 설화도 그렇지만 신라인들은 바다와 친했다기보다 늘 바다를 두려워했던 것 같다. 수로부인도 바다의 용이 납치한 것으로,

진출하려는 생각보다 바다에서 침입해 들어오는 것을 방어하려는 생각이 더 많았던 것 같다.

북방의 대륙보다 신라인은 확실히 바다 쪽을 더 경계한 것이 사실이다. 문무왕文武王이 자기가 죽거든 바다에 장사를 지내라 했고, 그러면 용이 되어 나라를 지키겠다고 한 말을 봐도 그러하다. 그래서인지 신라는 당나라와 손을 잡고 통일을 이룩했다. 그들의 적은 바다 쪽 일본의 해적들이었다.

바꿔 말하면 신라 문화는 대륙보다도 바다를 타고 들어오는 문화와 접촉이 잦았다는 것으로 풀이될 수 있다는 것이다. 우선 설화를 분석해봐도 알 수 있는 것이 가락국駕洛國의 수로왕비首露王妃는 서남쪽 바다에서 배를 타고 온 아유타국의 공주이고, 탈해脫解도 역시 먼 바다에서 배를 타고 건너온 용성국龍城國의 어린 왕자로 되어 있다. 고구려 주몽朱夢 같은 북방의 설화는 '말[馬]'과 관계가 있고, 신라 쪽 설화는 '배[船]'와 관계가 깊다. 대륙과 바다의 차이, 즉 북방과 남방의 대응인데, 이 처용 역시 합리적으로 해석해서 수로부인이나 탈해왕처럼 배를 타고 표류해온 남방계의 이방인일 것이라는 설도 있다.

그래서 한국 문화가 북방의 대륙에서 왔느냐 남방에서 왔느냐로 가끔 논쟁이 일어날 때마다 남방계를 주장하는 학자들은 처용의 예를 든다. 아랍 상인이거나 인도 사람일 것이라고 한다. 사실 고려 때 처용을 노래한 가사에서 그 모습을 묘사한 걸 분석해보면 확실히 한국인은 아닌 것 같다. 키도 크고 이마도 넓고 코도 높다.

후세 사람들은 대낮인데도 갑자기 어두워졌다는 기록을 일식 현상을 가리킨 것이고, 처용은 바로 일식신日蝕神인 나후羅喉일 것이라고 생각해서 고려 때의 가사에는 "천하태평 나후덕 처용天下太平羅喉德處容 아비야"라고 했다. 또 신화나 설화의 기술법을 보면 얼굴색이 다른 낯선 이방인은 모두가 용이 아니면 신으로 되어 있다.

처용은 한자로 음만 적은 차자借字일 테니까 그 뜻이 과연 우리나라 말로 무엇이었는가? 많은 학자들이 여러 해석을 하고 있다. 양주동梁柱東은 '제용', '치융'이란 말에서 어의語義를 찾아야 한다고 말한 적이 있다.

처용이 이방인이냐 일식신이냐 하고 따지는 것보다 우선 설화나 시에 나타난 처용이라는 인물의 성격을 알아보는 것이 중요하다.

첫째, 처용은 달을 아내보다도 사랑한 풍류객이라는 점이다. 아내라도 보통이 아닌 아내다. 처용이 동해로 다시 돌아가지 않도록 잡아두기 위해 왕이 몸소 골라 내리신 여자인 만큼 역신疫神이 탐낼 만큼 아름다웠다. 그런데도 그런 미녀를 혼자 방에 두고 밤새껏 달과 함께 노닐었다는 것을 보면 확실히 평범한 사람은 아니었다.

이방인이니까 아마 달을 보며 고향 생각을 하느라 그랬다고 풀이할 수도 있지만, 세속적인 지상의 쾌락보다는 초월적인 꿈의 세계를 그리는 시인적인 기질이 엿보인다. 아내를 뿌리치고 강 건너 세계로 달아나려던 「공후인」의 백수광부, 달로 상징된 기파랑 그리고 피리 소리로 달 걸음을 멈추게 한 월명과 같은 계열에 속하는 인간이다.

달을 좋아한 풍류객이었으니까 아내가 얼마나 외로웠을까 짐작이 간다. 역신과 간통을 한 그 아내만이 아니라 일단 책임은 처용에게도 있다. 시구에는 "동경東京 밝은 달에 밤드리 노닐다가"라고 되어 있지만 그날만이 아니고 여러 번 그런 일이 되풀이되었을 것으로 생각한다.

둘째, 간통 장면을 묘사한 대목을 보면 처용은 현자-바보(wise-fool)형에 속하는 인물이다. 그는 "들어가 자리 보니 다리가 네히어라"고 말한다. 피가 역류하고 가슴이 파열하는 순간인데도 하나 둘, 다리를 세어 그것을 숫자로 나타냈다. 아주 냉정한 수학자와 같은 느낌을 준다. '신화비평神話批評'에서는 인물 원형을 나누는데, 처용 같은 사람을 '현자―바보', 즉 겉보기에는 바보 같으나 실은 세상의 진정한 가치를 아는 외로운 현자로 설정된다.

"둘은 내 것이고, 둘은 누구 것이고"라고 말한 대목이 그러하다. 도둑을 대들보 위에 올라탄 군자라고 부른 것처럼 간부姦夫를 향해 '두 다리는 누구 것이고'라고 말한 처용의 태도는 여유를 넘어 유머러스하기까지 하다.

호메로스의 서사시 『일리아스』는 빼앗긴 아내 헬레네를 찾기 위해 싸움을 벌이는 이야기이고, 그 후편 격인 『오디세이아』는 자기가 부재중에 자신의 아내(페넬로페)를 유혹하고 괴롭혔던 악한 들을 힘으로 물리치는 영웅 오디세우스를 노래한 것이다. 서구 문학에서 여성을 지키는 것은 곧 남자의 명예를 지키는 상징으로 되어 있으며(중세 기사도 문학도 마찬가지다), 서사 문학의 발생은 이러한 명예의식에서 비롯된 것이다. 즉 시를 지어 노래로 남긴다는 것은 후세에 영웅의 공적을 찬양하여 전하려는 명예의식의 산물이었던 것이다. 서구인의 안목으로 볼 때 간부에게 아내를 빼앗긴 처용은 이마에 뿔이 난 코키cocu로 웃음거리가 되는 바보다. 더구나 그것을 숨겨도 시원찮을 것을 영원히 시로 남겼으니 말이다.

그는 "본대 내해다만은 빼앗긴 걸 어찌하랴"라고 춤을 추며 물러났다. 「공후인」도 남편을 잃고 어찌하랴로 끝맺음을 했는데, 처용도 어찌하랴라는 체념사諦念詞로 시를 종결시켰다. 무력하다. 이방인이었으니까 아내를 빼앗겨도 어디 호소할 데가 없었으니 그랬을 것이라는 합리적 해석도 있지만, 사실 이때의 '어찌하랴'는 것은 단순한 체념사는 아니다.

불교설화에 나오는 보시태자布施太子는 자기의 재산, 아내, 자식 그리고 마지막에는 자기의 눈, 육체까지도 모두 그것을 원하는 자에게 바친다. 「처용가」도 신라의 불교적인 정신 밑에서만 이해될 수 있다. 처용을 나후羅喉라고 했는데, 그것은 불타佛陀의 적자이며, 수모를 견디고 참아 이겨내는 인욕행을 상징하는 불교의 '나후라'와 연관성을 맺고 있다. 간부姦夫, 말하자면 악이나 적을 대하는 태도에서 이빨을 이빨로 대하는 것이 아니라, 관용과 덕으로 굴복시키는 슬기를 나타낸 것으로 봐야 옳을 것이다. 무력無力이 힘이 되고, 지는 것이 이기는, 간디의 무저항주의도 그런 발상법에서 비롯된 것이다.

역신은 처용 노래와 춤을 보고, 즉 그의 덕에 감화되어 무릎을 꿇고 다시는 처용의 앞에 나타나지 않겠다고 맹세한다. 악이나 폭력을 덕으로 퇴치한다는 것이 처용의 설화와 시의 핵심이다. 그래서 뒤에는 처용이 병을 물리치는 힘으로 신격화하여 토착 종교화하고 처용무는 조선조까지 전해 내려왔다. 인형으로 처용의 모습을 만들거나 그 초상을 대문 앞에 그려 붙이거나 그 가면을 쓰고 춤을 추면 병이 물러간다고 한다. 처용은 표면적으로 볼 때 무력자無力者 같지만 실은 무서운 역신을 물리친 영웅이다. 영웅이면서 신이다.

그런데 서양의 영웅은 아킬레우스나 오디세우스처럼 모두 간부를, 말하자면 역신 같은 악을 근육의 힘, 무력으로 물리치는 호랑이 같은 영웅이다. 악과 적을 물리치는 우리의 영웅은 지난번에 말한 대로 분노나 고통을 극기의 힘으로 견디어 참아내는 곰과 같은 영웅, 더 정확히 말하면 성자형이다. 그래서 한국 소설의 전통은 '현자—바보'형의 주인공으로 이루어진 것이 많다.

바보 온달설화溫達說話도 그렇고, 「서동요」의 막동방도 그렇다. 무력을 무력으로 직접 대하지 않고 정신력으로 이긴다는 이야기는 우리 서사 문학의 전형을 이루고 있다. 『사씨남정기』의 사씨부인謝氏夫人도 간악한 교씨 부인喬氏夫人을 덕과 관용으로 대해 끝내는 이기게 된다. 단군신화처럼 늘 곰이 호랑이를 이긴다.

「우적가遇賊歌」의 승영재僧永才도 칼을 뽑아든 도둑들을 노래로 물리친다. 영재의 노래를 듣고 감복한 산적들이 모두 머리를 깎고 그 제자가 된다.

『춘향전』도 그렇다. 변 사또는 매질을 하는데, 춘향은 매 한 대칠 때마다 그것을 운을 삼아 노래로써 저항한다. 이 도령이 변학도와 대결한 것도 권력인 마패의 힘 이전에 그 유명한 「금준미주金樽美酒 천인혈千人血」이란 시로써 그의 가슴을 찌른다. 역신을 칼이 아니라 시와 춤으로 물리친 처용의 행위는 한국인의 저항적인성격에 한 전형성典型性을 부여하고 있다.

그랬기 때문에 향가 중에서도 시적으로는 떨어지지만 「처용가」가 고려조와 조선조의 두 왕조에까지도 계속 영향을 준 것이다. 신라는 망했지만 처용은 불멸의 것이 되었다. 특히 설화만이 아니라 춤의 양식으로도 전해오고 있는 것이다.

간부를 향해 소리치는 폭언이 웃음 섞인 시의 말로 승화되고, 적을 향해 주먹질을 해야 할 행동이 도리어 평화로운 춤으로 승화되어 나타났다. 처용은 이렇게 악의 현실을 평화와 아름다움과 감동의 춤으로 바꿔놓았다. 이러한 발상에서 병든 생을 건강한 생으로 바꿔놓는 역신 퇴치의 신으로까지 승격된 것이다.

처용뿐만 아니라 헌강왕 때는 서울은 물론 시골에 이르기까지 즐비한 기와집과 담장이 잇달아 있었고, 초가는 한 채도 없었다고 되어 있으며, 이 태평성대에 거리에서는 항상 음악이 흐르고 있었다고 한다. 처용가는 이러한 시대 분위기, 즉 평화롭고 예술 전성全盛의 시기의 산물이었다.

처용의 세 번째 설화적 성격은 예술가, 특히 '춤'을 상징하는 신으로 보아야 한다는 것이다. 처용의 설화가 나오는 『삼국유사』의 헌강왕조憲康王條에는 처용의 춤만이 아니라 신들이 나와 '춤'을 추었다는 대목이 네 번이나 더 나오고 있다. 모두가 춤에 대한 기록이다.

개운포에서 왕 앞에서 용왕이 춘 춤, 처용이 역신 앞에서 춘 춤, 다음에는 포석정에서 남산신南山神인 상심祥審이 춤을 추었다. 왕이 몸소 그 춤을 배워서 추웠다. 마지막에는 또 금강령에서 북악北岳의 신이 '옥도령玉刀鈴'이란 춤을 추고, 동례전同禮殿에서는 연회 때 지신地神이 나와 춤을 추었는데, 그 춤 이름이 '지백급간地佰級干'이다.

결국 처용설화는 '춤'의 기원에 대한 설화의 하나로 적혀 있는 것이다. 더구나 그 춤은 모두 용왕이나 산신이나 지신들이 춘 것으로 되어 있다. 그렇게 보면 처용 역시 춤의 '신'을 나타낸 것으로 보아야 한다. 춤을 추면 신이 나고 그 신명에서 초월적인 엑스터시가 생긴다. 무당들이 춤을 추는 것도 그렇다. 춤을 추어서 얻어지는 도취, 이것을 설화와 신화의 언어로 기술할 때는 신神이 되는 것이다. 지금 '신명난다'든지 '신난다' 하는 것을 생각하면 알 것이다.

그러므로 헌강왕 때는 태평성대로 환락을 즐길 때라 춤이 많이 유행한 것으로 보인다. 거기에 나오는 설화들은 모두 그 당시 추던 춤의 명칭들이고, 그 춤에 대한 설화로서 그러한 이야기들이 나온 것이라 볼 수 있다.

즉 여러 가지 춤의 성격을 설화적으로 나타낸 것이라 할 수 있다. 요즘 탱고·왈츠·고고가 모두 성격이 다르지 않는가. 산신이나 지신이 나와서 추었다는 춤을 설화 내용으로 분석해보면 대개 그 속도나 분장, 그것을 추었을 때의 느낌을 추리할 수 있다.

'용왕의 춤'은 왈츠처럼 파도의 리듬을 닮은 춤이었을 것이고, 포석정에서 남산신이 추었다는 '어무상심무御舞祥審舞'는 나뭇가지에 바람이 부는 듯한 춤, 금강령 북악신이 추었다는 '옥도령'은 남성적인 춤이었을 것으로 추리된다(북악의 형상으로).

그리고 지신의 '지백급간'은 섹시한 춤이었을 것이다. 땅과 관계가 있으므로 '산'이나 '바다'는 초월적이고 영적이지만, 땅의 것은 현세적이고 육감적인 것으로 대비된다. 그래서 그 춤을 장차 환락으로 나라가 망한다는 것을 예언하는 춤이라고 했다. 그렇다면 처용설화가 이런 춤의 설화 속에 들어 있는 것으로 보아 그 당시부터 처용무라는 양식이 있었을 것이라고 추측되며, 그것은 지신이 춘 것과 반대로 '달춤' 천신의 춤이었을 것이라고 추리할 수 있다.

그러니까 처용설화는 춤을 나타낸 설화이며, 헌강왕 때 있었던 여러 가지 성격이 다른 춤 양식 중의 하나를 상징하는 설화라 할 수 있다.

하늘의 춤이라는 추리는 어디까지나 추리에 지나지 않는다. 그러나 지금까지 처용만의 설화를 그와 함께 등장하는 다른 설화와 독립해서 읽었기 때문에 생겨난 여러 가지 오해로부터 분명 새로운 암시를 던져줄 것이다.

전체를 연결해서 읽어보면 처용은 용왕의 아들이니까 처용무는 용왕무와 대응을 이루는 춤이라 해설될 수 있다. 그리고 남산신과 북악산신은 남·북으로 대응되니 그들이 춘 '상심무'와 '옥도령'은 또 대응이 된다. 여기에 지신이 나와 추었다는 '지백급간' 춤이 나오므로 '산山', '해海', '지地'가 다 나온 셈이다. 빠진 것이 있다면 '천天'이다. 처용은 달과 함께 밤들어 노닐었다고 했는데 달의 춤, 즉 천무天舞가 처용무가 되는 셈이다. 다른 말로 고쳐보면 바다춤·산춤·땅춤 그리고 하늘의 달춤이다. 그러고 보면 처용은 하늘 위로 추어올리는 '추다'라는 동사에 음을 붙여 명사

형을 만든 추움의 차자借字로 오늘의 '춤'이라는 말이 아닌가 생각된다. 물론 고려 때 처용무가 있었지만, 다른 춤은 전래되지 않고 처용무만이 전승된 것은 아닐까. 말하자면 고려 때의 처용무는 신라 처용설화에서 생긴 춤이 아니라 이미 신라 때부터 있어 왔던 춤이라 추정해도 좋을 것이다.

그렇다면 처용무는 병을 고친다는 역신 퇴치의 주술적 설화로 봐야 하는데, 그것과 춤을 어떻게 연결시킬 수 있을까.

중국설화에도 달에는 불사약이 있다고 하여 항아姮娥의 전설이 있다. 달은 세계 어느 나라에서나 초생달―만월―그믐달의 리듬으로 죽었다가도 다시 살아나므로 영생과 재생의 상징을 갖고 있다. 그러므로 인간은 병(죽음)에서 다시 달처럼 회복된다는 상징에서 처용의 춤은 달과 관계가 있는 역신 퇴치의 신앙을 낳을 수가 있다. 그리고 그 춤은 타란텔라 춤처럼 간통한 아내를 보고 처용이 분노를 이긴 것처럼 그것을 비유적으로 나타낼 때, 즉 병으로 볼 때 분노는 열병과 통하는 것이니까 열병의 역신을 물리친 것과 같다. 춤을 추면 분노나 슬픔을 잊게 된다는 점에서 처용의 춤이 병을 물리치는 것과 동일화된 설화를 낳은 것이다.

처용의 네 번째 성격은 의신醫神이 된다고 할 수 있다. 설화나 신화는 일종의 시적 원형詩的 原型이니까 비유법으로 형성된다. 아폴로 신은 태양신太陽神이면서 의술신인데 어째서 이렇게 성격이 바뀌었느냐 하면 바로 비유적 전개 때문이다. 태양은 어둠에서 밝음을 준다. 병을 육신의 어둠으로 본다면 의약은 그 어둠을 물리치는 광명이다. 아폴로 신을 육체의 비유로 볼 때는 태양신이면서 의술신이 된다. 그렇다면 춤이 화나는 마음을 달래는 경우처럼 열병을 고친다는 신화적인 사고가 그대로 역신 퇴치의 민간신앙을 낳게 된 원인이라고 생각할 수도 있다.

레비브륄의 저서를 보면 원시인의 사고는 꿈과 현실을 구분하지 않는다고 한다. 비유적인 진실이 현실적 진실로 곧잘 반영된다. '앵두 같은 입술'이란 비유가 옛날 사람들에겐 입술을 곧 앵두와 현실적으로 동일화해버리는 사태가 빚어진다. 옛날의 설화와 신화는 이런 관점에서 보아야 한다.

처용설화를 보면 한국인은 춤으로써 슬픔과 고통, 또는 육체적인 병까지 정화할 수 있다고 믿는다.

그것이 신바람을 좋아하는 한국인, 어두운 비극과 역사적 수난, 가난과 질병을 물리치는 것은 신바람 나는 어깨춤이었다. 지금도 상춘賞春 시즌에 보면 부녀자들이 길가에서 덩실덩실 춤을 추는 것을 본다. 기뻐서만 그런 것이 아닐 것이다. 아내의 정사를 보고 장이 잘리는 것 같은 슬픔과 분노를 시로, 그 춤으로 물리친 처용처럼 우리는 그렇게 춤을 추었다. 춤의 어원은 '추어올리다'에서 나온 것이라고 생각할 수밖에 없다. 무거운 마음을, 고뇌의 육체를 하늘로, 무한의 높은 공간으로 추어올리는 상승의 의지, 그것이 처용이었고 춤이었고 한국인의 몸짓이었다. 기와지붕도 춤을 추듯이, 여자 의상의 선, 버선의 선까지도 춤을 추듯이 지상의 고뇌와 그 열병에서 떠나 하늘로 날아오른다.

> 동경東京 밝은 달에 밤드리 노닐다가
> 들어가 자리 보니 다리가 네히어라
> 둘은 내해이고 둘은 뉘해인고
> 본대 내해다마는 앗아날 어찌하릿고

> [原詩]
> 싀볼 불기드래 밤드리노니다가
> 드러샤자리보곤 가로리네히어라
> 둘흔내해엇고 둘흔뉘해언고
> 본듸내해다마른 앗아늘엇디ᄒ릿고

—「처용가」

    제49대 헌강왕 때에 신라는 서울을 비롯하여 시골에 이르기까지 즐비한 주택과 담장이 잇달아 있었고, 초가집은 한 채도 없었다. 거리엔 항상 음악이 흐르고 있었고, 봄, 여름, 가을, 겨울의 사철 기후는 순조롭기만 했다. 이렇게 나라 안이 두루 태평의 극을 누리자 왕은 어느 한때를 타서 신하들을 데리고 개운포[29] 바닷가로 놀이를 나갔다.

놀이를 마치고 서울로 행차를 돌리는 길에 왕 일행은 물가에서 쉬고 있었다. 그때 갑자기 바다에서 구름이랑 안개가 자욱이 끼어 덮어오면서 훤하던 대낮이 어두워지고, 행차가 나아갈 길조차 어둠 속으로 흐려 들어갔다.

이 갑작스런 변괴에 놀라 왕은 좌우의 신하들에게 물어보았다. 일관이 있다가 왕의 물음에 답했다.

"이것은 동해의 용이 부린 조화입니다. 뭔가 좋은 일을 베푸시어 풀어주어야겠습니다."

이에 왕은 당해 관원에게 명하여 동해의 용을 위해 그 근경에다 절을 지어주게 했다. 왕의 그러한 명령이 내려지자 구름이 개고 안개가 사라졌다. 그래서 왕 일행이 머물렀던 그곳을 '개운포'라 이름 지었다.

자기를 위해 절을 세우기로 한 결정에 동해의 용은 유쾌했다. 그래서 그는 그의 일곱 아들을 데리고 왕의 수레 앞에 왕의 덕을 찬양하여 춤추고 노래했다.

동해 용의 그 일곱 아들 중의 한 아들이 왕의 행차를 따라 서울

---

29) 원주原註: 조성鳥城 서남에 있으니 지금의 울주蔚州다(울주는 오늘날의 울산임).

에 들어와 왕의 정사를 보좌했다. 이름을 처용[30]이라 했다. 왕은 미녀 한 사람을 그의 아내로 짝지어주었다. 그것은 그가 동해로 되돌아가지 않도록 마음을 잡아두기 위해서였다. 그리고 또 그에게 급간의 직위를 내려주었다.

처용의 아내는 무척 아름다웠다. 이 아름다운 처용의 아내를 역신[31]이 사랑했다. 역신은 사람으로 화해 밤중에 처용의 집으로 그녀를 찾아왔다. 그때 처용은 집에 없었다. 역신은 처용의 아내와 함께 몰래 잠자리에 들었다.

처용이 외출했다가 집에 돌아와 보니, 자기 아내 혼자만 있어야 할 잠자리에 두 사람이 누워 있는 것이었다. 처용은 노래를 지어 부르며 춤을 추면서 그 자리를 물러 나왔다.

처용이 지어 부른 노래[32]는 이러한 것이었다.

---

30) '처용명處容名'에 대한 양주동의 설을 인용한다.
　　"처용이 차자借字임은 확실하나 그 원의原意를 풀지 못함은 유감이다. 재래의 설자說者는, '남녀년치라후직성자男女年値羅喉直星者, 조추령造芻靈, 방언위지처용方言謂之處容, ……처용지칭處容之稱, 출어신라出於新羅, ……이추령위처용 以芻靈謂處容, 개가차야盖假此也. 『동국세시기東國歲時記』.' 처용의 어의를 추령芻靈에 의의擬하였고, 이 밖에 초용草俑으로써 이를 설명하는 이가 있으나, 어느 것이나 다 한자의 부회에 불과하다. 그것은 인형 혹은 가면이 생기기 전에 이미 처용이란 인물이 생존했던 것으로 보아 알 수 있다. 처용은 반드시 한자의漢字義가 아닌 '제용(혹은 치용)'이란 말에서 그 원의를 찾아야 할 것이다."
31) 마마를 맡았다는 신. 곧 피부병 따위의 재앙을 끼치는 귀신이다.
32) 지금 「처용가」란 이름으로 통용되고 있다.

동경 밝은 달에 밤드리 노닐다가

들어가 자리 보니 다리가 네히어라

둘은 내해이고 둘은 뉘해언고

본대 내해다마는 앗아날 어찌하릿고

이 노래를 부르며 춤을 추면서 처용이 물러나자, 그 역신은 현형現形하며 처용 앞에 무릎을 꿇고 말했다.

"제가 공의 아내를 사모해오다가 오늘 밤 범했던 것입니다. 그런데도 공은 성난 기색 하나 나타내지 않으시니 참으로 감복하고 탄미했습니다. 맹세합니다만 이 뒤로는 공의 모습을 그린 화상만 보여도 그 문엔 들어가지 않겠습니다."

이것을 연유로 하여 나라 사람들은 문간에다 처용의 얼굴을 그려 붙여 사귀를 물리치고 경복을 맞아들이게 했다.

헌강왕은 개운포에서 돌아와 곧 영추산 동쪽 산록에다 좋은 터를 잡아 절을 세웠다. 이름을 '망해사望海寺'[33]라고 했다. 또는 '신방사新房寺'라고 하기도 했는데, 바로 그 동해의 용을 위해 세운 것이다.

헌강왕은 또 포석정에 거둥했다. 그때 남산의 신이 나타나 어전에서 춤을 추었다. 좌우의 신하들에겐 보이질 않고 오직 왕에

___

33) 지금 경상남도 울산군 청량면 율리에 있다.

게만 춤을 추는 모습이 보였다. 왕은 남산신의 그 춤을 본떠서 몸소 추어 그 춤이 어떤 모양의 것이었는가를 보여주었다.

어전에 나타나 춤을 춘 그 신의 이름은 '상심祥審'이라 했다. 그래서 지금까지도 나라 사람들은 이 춤을 전하여 '어무상심御舞祥審'이라 하고 있다. 또는 그 춤을 '어무산신御舞山神'이라고도 하고 있다. 어떤 설에는 신이 나와 춤을 추자 그 모습을 살피[審]어 형상[象]을 잡아 장인에게 명하여 부각시켜, 후세에 보여주었기 때문에 그 춤을 가리켜 '상심'이라 한다고 했다. 혹은 '상염무霜髯舞'라고도 하는데, 이것은 곧 그 귀신의 모양으로 하여 일컬어진 것이다.

왕이 또 금강령에 거둥했을 때 북악의 신이 나타나 춤을 추었다. 춤의 명칭을 '옥도령'이라 했다.

또 동례전同禮殿에서의 연회 때 자신이 나와 춤을 추었다. 춤의 명칭을 '지백급간'이라 했다.

어법집語法集에는 그때 산신이 즐겁게 춤을 추고, 그리고 노래를 부르되 "지리다도파도파智理多都波都波"라고 했는데, 그것은 대체로 지혜[智—]로써 나라를 다스리[理—]던 사람들이 미리 알아채고 많이[多—]들 도피해[逃—]감으로 하여, 도읍[都—]이 앞으로 깨[波—]질 것임을 말한 것이라고 했다.

즉 지신이랑 산신은 나라가 장차 망해갈 것을 알았으므로 그 기미를 춤을 추어 경고해주었다는 말이다. 그런데도 조정에 있는 사람들은 그 기미를 깨닫지 못하고는 오히려 상서를 나타낸 것이라고 하여 환락이 갈수록 심해졌다. 그리하여 나라는 마침내 망하고 말았다.

고려인들의 노래와 산문

달과 함께 뜨는 세계 — 「정읍사」

삼국시대의 문화를 비교해보면 마치 광석의 표본을 보는 것처럼 재미있다. 고구려의 '무武', 백제의 '문文', 그러니까 고구려는 '스파르타'이고, 백제는 '아테네'라고 할 수 있다. 그리고 신라는 화랑에서 보는 것처럼 '무'와 '문'의 조화에 그 특성이 있다고 보여진다. 신라가 삼국을 통일할 수 있었던 것을 문화적으로 보면 고구려적인 것과 백제적인 문화의 양면성을 포용하고 있었던 문무의 융합으로 풀이될 수 있다.

백제는 신라나 고구려보다도 우수한 문화예술을 지니고 있었으면서도 오늘날 남아 있는 유산은 삼국 가운데 가장 빈약하다. 오히려 일본에 가봐야 백제 문화가 어떤 것이었는지 알 수 있다. 건축도 그렇고, 불상도 그렇다.

신라는 삼국을 통일한 후 백제 유민들을 늘 경계했다. 그래서 그 유민들이 백제의 향수를 갖지 않도록 백제 문화를 철저히 인

멸시켜버렸다. 그 때문에 오늘날 백제 문화는 거의 살아남은 것이 없다.

뿐만 아니라 백제 유민들 자신도 신라에 흡수되는 것을 싫어하여 호적을 거부하고 유리걸식했다. 여자들은 기생이 되어 겨우 고려 궁중의 여악女樂을 남겼다. 유랑민의 문화는 발붙일 곳이 없었던 것이다.

백제 문화의 단절에는 또 다른 이유가 있었을 것이다. 신라왕조를 없애고 새 나라를 만들었지만, 고려는 문화적으로 신라의 것을 그대로 계승했다. 일연—然이『삼국유사』를 쓴 것을 보더라도 알 수 있다. 말이『삼국유사』지 신라유사라고 할 정도다. 역사나 문화를 신라 중심적으로 생각한 까닭이다.

특히 문화 분야에서 백제의 시가 전해 내려오는 것은 「정읍사井邑司」정도다. 「서동요」가 있기는 해도 그 주인공이 백제인으로 되어 있을 뿐 엄격한 의미에서는 신라의 설화라고 봐야 한다. 결국 우리가 그 화려했던 백제 문화를 시로 찾아볼 수 있는 것은 「정읍사」단 한 편뿐이다.

오늘날의 한국 문화를 봐도 백제 문화권의 전통에 속해 있는 전라도 지방에서 우수한 예술 감각을 찾아볼 수 있다. 오늘의 한국 문단을 살펴보면 이 고장에서 시인들이 많이 배출되고 있으며, 그림, 판소리 모두가 다 그러하다. 그러니 「정읍사」한 편으로 백제의 시를 이야기한다는 것은 애석하기 짝이 없는 일이다.

하지만 비록 한 편이라 해도 「정읍사」의 뛰어난 노래 솜씨를 보면 능히 백제의 시가가 어떤 수준이었는지 짐작할 만하다.

더구나 행상을 나간 남편을 기다리는 여인의 마음을 노래한 내용으로 미루어보아 「정읍사」는 어느 한 사람의 천재적인 시인에 의해 만들어진 것이 아니라 정읍 지방의 아녀자들이 불렀던 민요라 할 수 있다. 그런데도 언어 구사나 노래의 짜임새가 완벽한 개인 창작의 시처럼 뛰어나다.

우선 정읍사를 읽어보자. 제목부터가 말썽인데 정읍을 단순히 지방 이름으로 풀이하는 쪽과 샘골이라는 성적우의性的愚意로 보는 쪽이 대립되어 있다.

『고려사高麗史』의 「악지樂志」에 적힌 것을 보면 정읍은 전주全州의 속 현이라고 못박아놓았다. 우리가 「밀양아리랑」이니 「정선아리랑」이니 하는 식으로 정읍 지방에서 생긴 민요라 하여 「정읍사」란 말이 붙었다고 보는 견해다. 단순한 지방명 그리고 행상을 나간 남편을 기다리는 이 노래의 주인공(여자)이 정읍인이었다는 것밖에는 별다른 뜻이 있는 것이 아니라는 설이다.

그런데 설화·민요·고대시가들은 대개가 다 섹스 모티프를 안에 숨기고 있다는 견해를 가진 사람들은 '정읍'을 여성 상징으로 해석하려 든다. 우물, 옹달샘은 세계의 어느 나라에서나 성기 상징性器象徵의 은어로 사용되고 있는데, 이 경우도 '샘골'로 보자는 것이다. 그러한 설은 모든 문화를 성적 리비도와 관련시키는 프로이트식 풀이로 보려는 경향이다.

민요를 그런 관점에서 보면 모든 것이 성性과 관련되지 않는 것이 없다. 「천안삼거리」의 삼거리三土里도 성性을 나타낸 것, 즉 남성 성기의 은어로 볼 수 있고, "척 늘어졌구나 흥……"도 심상치 않은 표현으로 보는 것이다. 「도라지타령」에서 도라지는 남성을, 바구니는 여성을 각기 나타낸 것이므로 도라지를 캐어 바구니에 담는다는 것은 남녀의 정사를 나타낸 것이라 한다.

그러니까 정읍을 단순히 지방을 나타낸 고유명사로 보느냐, 아니면 성적 상징어인 보통명사로 보느냐에 따라 이 시 전체의 뜻과 분위기가 전혀 달라진다. 그러면 두 가지 측면에서 본문을 읽어보자.

> 달하, 노피곰 도다샤 어긔야 머리곰 비취오시라

「정읍사」는 달을 향해서 이렇게 기원하는 말로 시작된다. 행상을 나간 남편이 오래도록 기다려도 집에 돌아오지 않자 그 아내는 산에 올라간다. 답답한 마음으로 달이 높이 떠서 멀리까지 비춰주기를 바라는 것이다. 일종의 기도다.

밤이 되어도 남편이 돌아오지 않으면 현대 여성들은 랜턴을 들고 나간다. 그것처럼 표면적으로 볼 때 먼 데서 남편이 오더라도 그 모습을 빨리 알아볼 수 있게 달이 높이 떠 먼 곳까지 비춰달라는 이야기다. 그러나 이때의 달은 남편을 기다리는 내 가슴이 얼마나 초조한가를 나타낸 객관적 상관물, 즉 눈에 보이지 않는 마음의 상태를 눈으로 볼 수 있는 구체적 이미지로 바꿔놓은 시의 기법이다. 달은 남편을 찾는 자신의 눈이며, 한 치라도 멀리 뻗쳐야 할 그 달빛은 애틋한 자신의 마음이다.

그렇기 때문에 「정읍사」는 고도한 예술성을 지닌 시라고 할 수 있다. 자신의 마음을 주관적으로 토하지 않고 달에 의탁하여 그것을 암시적으로 나타냈다. 이 시의 표현은 자신이 환한 대낮에도 기다렸고, 달 뜨기 전에도 기다렸다는 것을 은근히 나타내 보인다.

이 시의 화자話者도 아무리 자기가 기원하고 발버둥친다 하더라도 천체의 법칙을 가지고 움직이는 달이 높이 뜨고 멀리 비춰줄 리 없다는 것을 잘 알고 있다. 그러나 보고 싶은 사람을 기다리는 그 초조한 마음은 달이 더디게 뜨는 것처럼 여겨지는 것이다. 그래서 달을 보고 재촉한다. 이미 그것은 객관적인 달이 아니라 자기 마음의 덩어리다. 그런데 달을 보고 임을 기다리는 것은 한국 시가의 어디를 봐도 나타나지마는, 「정읍사」의 달은 '임을 기다리는 데서' 한 발짝 나아가 '임을 찾는' 마음으로 되어 있다는 데 그 특징이 있다.

신라 여인들과 달리 백제인은 정절 관념이 깊었던 것 같다. 「도미都彌의 아내」라는 설화를 봐도 그렇고, 그 후예인 『춘향전』도 그렇다. 수로부인이나 처용의 아내 그리고 도화녀형桃花女型 하고는 다르다. 신라의 지적知的 요소보다 훨씬 더 정감적 요소가 있는 것 같다. 독숙공방獨宿空房하는 행상인의 처 정도라면 만약 서양이나 최소한 신라쯤에만 갖다 놔도 남편을 찾는 「정읍사」와는 정반대 노래가 생겨났을지도 모른다.

그것이 한국인의 마음과 머리에 깊이 박혀 있는 보수성이기도 하다. 내가 밖으로 나가는 것이 아니라 밖에 있는 것을 내 안으로 끌어들이는 것이다. 호격조사가 발달한 것을 봐도 그렇다. 영시英詩 같았으면 번스의 시처럼 '아, 달(Oh, Moon!)'이라고 표현할 수밖에 없다. 그런데 우리는 달에 호격조사를 붙여 '달하!'라고 부른다. 달이라는 명사에 호격을 붙여 부를 때 그것은 그냥 감탄사가 아니다. 상대방을 내 안으로 불러들이는 강력한 이미지가 생긴다.

우리처럼 호격이 없는 서양의 시에서는 사물이 늘 내 밖에 객관적으로 있지만, 우리의 경우에는 정감情感 속으로 그 거리를 소멸시켜 일체화한다. 소나무여!, 바다여!처럼 '여'를 붙일 때 그것은 벌써 의인화되고 부르는 자의 소리를 듣는 생명체가 된다. 먼 데 있어도 가까이 있는 곳으로 다가선다.

「정읍사」에서도 '달님이여'라고 부를 때 그 달은 하늘에 있지만 자기의 부름 소리에서 이미 어머니나 친구처럼 그녀의 한 식구가 돼버린다. 그러므로 내가 모르는 곳으로 갈 필요가 없다. 부름으로써 그것이 내게로 다가오는 것이다.

"어느 저자에 가 계시는지요. 혹시나 진 데를 딛으올세라"라는 다음 구절이 문제다. 아까 우리가 이야기한 것처럼 이 시가 두 가지로 풀이되는 것도 이 '진 데'를 무엇으로 보는가에 있다. 『고려사』의 「악지」에 나타난 바에 따르자면 '진 데'는 험한 일, 궂은 것으로 남편이 밤길에 도둑을 만나 범해犯害되지 않았을까 하는 아내의 염려다.

오로지 남편 걱정만 하는 착한 아내가 되는 것이다. 그런데 만약 정읍을 샘골, 즉 여자의 음소로 풀이하는 사람에게는 '진 데' 역시 정읍과 마찬가지 풀이가 되어 남편이 어느 객줏집 창녀와 함께 지내는 것이 아닐까 하는 질투심의 표현이 돼버린다.

'진 데'를 '범해'로 보느냐, 혹은 여자의 음소로 보느냐에 따라 이 시가 로맨티시즘이 되느냐, 리얼리즘이 되느냐를 판가름하는 것이 되는데 아무래도 후자 쪽이 유리하다.

이 시의 구조를 보자. "달님이여, 높이 떠서"란 시구 다음에 "어긔야"가 있고, "먼 데를 비치오시라"는 말이 나온다. 어긔야는 리듬을 맞추기 위한 무의미한 후렴구라 앞의 말에 어긔야가 있어도 뒤 뜻과는 이어진다. 높이 떠서는 원인이고 멀리 비추라는 것은 결과다. 그렇다면 앞 시구처럼 '저자에 계신가요'는 원인, 진 데를 밟는다는 것은 결과로 보아야 한다. 저자는 지금으로 볼 때 여자가 마음을 놓을 수 없는 도시다. 사람들이 많이 모이는 곳이니까 객줏집이 있고 술 파는 여자들이 많다. 그것을 진흙이 있는 더러운 곳으로 비유했고, 아마도 그 당시에는 흔히 창녀를 뜻한 은어隱語로 쓰인 말로 보는 것이 타당하다.

더구나 후설을 유력하게 하는 것으로,『중종실록』32권에「정읍사」가 음사淫詞이니 궁중에서 불러서는 안 된다고 말하며 그 대신「오관산곡五冠山曲」을 부르자는 남곤의 상소가 있다. 남편만을 기다리는 순수한 노래라면 부덕을 나타낸 것인데 음사라고 말할 턱이 없다. 그리고 행상인의 처라면 교양 있는 사대부집 여인들이 아닐 테니까, 돌아오지 않는 남편에게 여자라도 생기지 않았는가 하는 질투심이 앞설 것도 당연하다.

오늘날 밤새도록 돌아오지 않는 남편을 놓고 여성들은 무엇을 연상할까. 두 마음이 있을 것이다. 염려와 질투의 마음.「정읍사」도 예외는 아니다.

결국「정읍사」는 한국의 여인들, 그리고 더 확대시키면 한국인 전체의 정서적 원천이 되는 한恨과 기다림의 시라는 데 그 의미가 있는 것 같다. "어느이다 노코시라 어긔야 내 가논되 졈그랄셰라"도 '진 데'와 마찬가지로 양면에서 풀이된다.

'아무 곳에나 행상 봇짐을 풀어놓고 계십시오. 내 가는 길 해가 저물세라', 즉 어두운 길 걷다가 범행을 당하지 않도록 기원하는 갸륵한 아내의 마음이다.

그러나 그것은 아내의 마음이라기보다 어머니의 마음이다. 그래서 "내 가논되 졈그랄셰라"를 역시 섹스와 관련시켜 '어느 곳에 지금쯤 짐을 풀어놓고, 내 가는 데를 다른 여자가 범하고 있는지'로 보아서 '졈그다'를 어두워지다[暮]로 보지 않고 '물에 무엇을 졈근다'고 할 때의 적시다의 뜻으로 풀이하기도 한다.

구구한 해석이 많아 이 시의 종구終句는 갈피를 잡기 힘들다. '내 가는 데'의 '내'가 이 시의 화자인 나를 가리킨 것이냐, 혹은 내가 이야기할 때라도 남을 주체로 해서 표현하는 독특한 한국말의 어법으로 보아 '남편이 가는 길'이냐도 문제가 된다. 이 '내'가 누구냐로, 이 시의 화자로 되어 있는 행상인의 아내가 열녀냐 악녀惡女냐가 판가름될 것이다. 즉 자기 걱정이냐, 남편 걱정이냐의 문제다.

여기에 간다는 말도 구체적으로 길을 가는 것이냐 이 생을 살아간다는 뜻이냐, 즉 사실적 표현이냐 시적 암유냐로 논란의 여지가 있다. 길을 간다는 뜻을 후자로 보고 '자기는 이렇게 기다리는데, 남편은 어느 곳에 짐을 풀어놓음으로써 생과부가 된 내 삶의 길이 어둠에 싸이게 될까 두렵다'는 투로 풀이한 사람도 있다.

「정읍사」는 시 전체가 원망형願望型으로 되어 있다. '~오시라' '~올세라' '~랄세라'로 된 어미를 볼 수 있다. 후렴을 빼면 시조처럼 초장·중장·종장의 3장으로 되어 있고, 종결이 전부 원망을 나타낸 것이다. 달을 보면서 한탄한 말로 보아야 된다는 이론이 성립된다. 「원왕생가願往生歌」처럼 말이다. 그러므로 한의 넋두리를 달에게 기도하는 형식으로 쓴 시로 보는 것이 타당할 것이다.

　이것을 민요로 볼 때 부녀자들이 달을 보며 부르던 노래라고 보는 것이 순리에 맞는 것 같다. 독수공방을 하는 입장이든 그렇지 않든 봉건사회에서 남편과 사랑을 마음껏 누리지 못한 여자의 허전한 마음, 한, 기다림 같은 것을 달을 보면서 푸는 노랫말이다. 달이 높이 뜨라는 소망! 환하게 멀리 비춰달라는 소망, 그것은 시집살이를 하거나 남편과 이별하여 어둠 속에서 살아가는 여인들 누구나 다 아쉬워하는 것이다. 어둠에서 밝음으로 이것이 「정읍사」의 모티프일 것이다.

　「가시리」처럼 이별가의 원형으로 「정읍사」를 볼 때 여기에서도 이별의 감정은 곧 기다림의 감정이 된다. 그리고 제상堤上의 부인에서 유래된 망부석의 설화와 통하는 것이다. 한국인은 유난히도 헤어지는 것을 싫어했다. 체념적인 국민성을 말하자면 우리는 이별에 관한 한 결코 체념을 몰랐다. 죽을 때까지 기다린다.

　『춘향전』이 인기가 있는 것도 그 끈덕진 기다림 때문이다. 유목민들은 양 떼를 몰며 풀을 좇아 늘 밖으로 나간다. 그리고 페니키아나 바이킹 같은 해양민족들은 늘 바다로 배를 타고 나가야 살 수 있다. 이를테면 산다는 것이 곧 이별이고, 이별이 있어야 먹을 것이 생기는 전통 때문에 그것을 그렇게 두려워하지 않았다. 그런데 농경민은 밭이나 논에 곡식을 심고, 그것이 영글 때까지 떠나서는 안 된다. 그러니까 이별한다는 것은 죽음이다. 떠나 산다는 훈련이 되어 있지 못한 것이다.

그래서 옛날 중국 사신으로 갈 때는 그 집 안에서 통곡 소리가 났다. 집만 떠나면 죽는 줄 알았기 때문이다.

국제공항은 어느 나라나 그 모양이 똑같다. 그런데도 우리나라 공항에 가면 건물도 비행기도 보세구역도 세계의 그것과 다를 것이 없지만, 출영객들의 풍경은 아주 색다르다. 떠나보내는 사람들과 떠나가는 사람의 절차가 그렇게 복잡하고 또 그렇게 슬플 수가 없다.

정이 많은 민족이다. 그래서 밖으로 뻗어가는 남성적 문화가 발전하지 못했다. 남들처럼 나라 밖에 식민지를 개척해서 살아간 역사가 아니다.

「공후인」에서도 보았지만, 여자는 떠나지 말라고 하고, 남자는 언제나 떠나려고 한다. 우리는 늘 잡는 쪽이 강했다. 「정읍사」 같은 노래를 들으면 아무리 모진 남성도 행상 보따리를 메고 떠날 생각을 못했을 것이다.

한국 종소리의 여운을 보아라. 한번 울린 그 소리는 헤어지기 싫어서 흐느끼듯이 길게 길게 꼬리를 남기고 사라져간다. 떠나는 사람이 한 걸음 가다가는 뒤돌아보고 또 뒤돌아보는 것과 같다.

「정읍사」의 아름다운 후렴이 되풀이되는 것도 그렇게 느껴진다. "어긔야 어강됴리 아으 다롱디리" 이러한 후렴은 감정의 여운을 즐기기 위해서 이루어진 것으로 봐야 한다. 물론 이것은 노래를 부를 때 현성고음絃聲鼓音을 나타낸 의성어지만, 그 효과는 지속하는 감정을 나타내고 있다.

노래에 의성어의 후렴이 많이 나오는 것은 산간 지방의 특성이라고 한다. 산의 메아리 소리에서 연유된 것이다. 스위스의 요들송이 그렇다. 해양민족들은 노 젓는 소리에서 후렴이 생겼다. 이렇게 분석해보면 「정읍사」의 경우에 우리가 농경민이라는 것과 산이 많은 골짜기에서 살아왔다는 전통적 생활양식의 반영을 볼 수 있다.

그래서 우리 문학 역시 외연적外延的이고, 확산적인 것보다 내연적內延的이고 집약적인 형태가 된 것이 아닌가 생각한다.

「정읍사」만 해도 기다림의 감정을 달에 의탁하여 집약시켰고, 그 형식도 시조처럼 짧다.

만약 행상인의 아내 쪽에서 시를 쓰지 않고 행상인인 남편의 입장에서 노래를 불렀다면 『오디세이아』 같은 대서사시가 생겨났을 것이다. 길에서 도둑을 만나기도 하고 호랑이도 만나고 끝없는 모험과 새로운 것의 경험이 전개된 것을 서사시로 썼을 것이다. 그 드라마도 정서적인 것보다 행동의 세계로 옮겨갔을 것이다. 「공후인」의 경우도 그렇다. 강 건너가려는 남편의 입장에서 시가 써진 것이 아니고, 붙잡아두려는 아내의 입장에서 노래가 흘러나왔다.

그러니까 남성이 쓴 문학에도 여성적인 성격이 드러나 있다.

온달장군이 죽었을 때 관이 움직이지 않자 평강공주가 달랬다. 이왕 죽었는데 떠나야 된다고 관을 어루만졌더니 비로소 관이 움직여 장례를 치렀다고 한다. 장군이 이러하니 필부란 말할 것도 없다.

> 달님이시여[34] 높이높이 돋으시어
> 저 멀리로 비취옵소서
>
> 어느 저자에 가셨는지요 우리 님은
> 행여 진 데[35]를 믿으올세라
>
> 아무 곳에나 놓고 계시소서 님을 찾아가는
> 내 길, 달님이시여 저물지 않게 비춰주소서[36]

---

34) 원문 '둘하', 자기 자신의 감정을 직접 토로하지 않고 대상을 빌어서 나타내고 있는 고시古詩에서는 이 '~하'라는 존칭 호격조사가 수구首句로 종종 등장하고 있다. 특히 나대羅代 이후부터 조선 초기까지의 기간에서는 그것이 한 전통적인 양식으로 굳어져 있다. 탈해왕의 「돌아악突阿樂」이라든지 「원왕생가願往生歌」의 '둘하 이데 서방까장 가샤리고', 『용비어천가』의 '임금하아 ㄹ 쇼서' 등이 그 일철이다.

35) '진 데'에 대해서 여요麗謠 연구가 간에 해석이 각각 다르다. '도둑', '여색女色', '재난' 등 가지가지의 풀이가 내려지고 있다.

36) 원문 '졈그랄셰라', 동사 '졈글'과 '셰라'의 합성어. '날이 저물게 할세라', '날이 저물게 될세라'의 강세적 표현.

[原詩]

들하 노피곰³⁷⁾도ᄃ샤

어긔야 머리곰 비취오시라

어긔야 어강됴리

아으 다롱디리³⁸⁾

ᄌ져재 녀러신고요³⁹⁾

어긔야 즌ᄃᆡ룰 드ᄃᆡ욜셰라⁴⁰⁾

어긔야 어강됴리

어느이다⋯⋯⁴¹⁾ 노코시라⁴²⁾

어긔야 내 가논ᄃᆡ 졈그룰셰라

어긔야 어강됴리

아으 다롱디리

—「정읍사」

37) '노피곰'의 '곰'은 강세의 치.
38) 리듬을 맞추기 위하여 쓴 의미 없는 후렴구. 아마 현성고음의 의성어인 듯.
39) 가셨는지요. '녀'는 '가다'의 옛말.
40) 딛으올세라.
41) 어느 곳에.
42) 놓고 계시라, '~시라'는 원망을 나타낸 고어.

절망의 땅 위에 세운 노래의 집 ― 「청산별곡」

'얼다'라는 동사에서 '얼음[氷]'이란 명사가 생겨났듯이 '살다'에서 '사람'이란 말이 나왔다고 한다. 그러므로 우리가 살아가는 것 그 자체를 인간의 의미라고 생각하는 것이다. 삶의 내용보다도 삶 자체를 귀중하게 생각하는 발상법이다.

그 증거로 '부자'와 '빈자'를 뜻할 때도 우리는 '잘산다' '못산다'는 말로 표현한다. "죽은 정승이 산 개보다 못하다"는 속담도 그것을 나타내는 것이다.

「청산별곡」이 여요麗謠 가운데서 가장 공감과 사랑을 받고 애송되고 있는 이유 중의 하나도 '산다'는 말이 불러일으키는 원초적인 충동에 있다고 할 수 있다. "살어리 살어리랏다. 청산에 살어리랏다……" 「청산별곡」은 이렇게 '살어리'란 말의 반복으로 시작된다. '산다'는 말에는 아무런 수식이 없어도 시적인 감동, 생명의 그 공감성을 불러일으킨다. 더구나 '살어리'란 말에는 'ㄹ' 음이 중복되어 있어서 그냥 듣기만 해도 부드럽고 율동적인 느낌을 준다. 「청산별곡」의 첫 연에는 'ㄹ'의 유전음流轉音이 무려 스물네 개나 된다.

"머루랑 다래랑 먹고……"라든지 "얄리얄리 얄라셩……"이라는 후렴구라든지 전부가 'ㄹ' 음으로 되어 있다.

우리말을 가만히 보면 계속적인 것, 그리고 운동하고 있는 것을 나타내는 말은 전부 'ㄹ' 음으로 되어 있는 것 같다. 돌아가고,

굴러가고, 흘러가고……. '졸졸 흐른다'거나 '데굴데굴 구른다'는, 의성어·의태어의 경우는 말할 것도 없다.

그러나 정지된 것, 단절된 것은 에누리 없이 'ㄱ' 음(p, t, k)의 폐색음閉塞音으로 되어 있다. 꺾이고…… 막히고…… 부딪치고…… 고꾸라지고. 얼마나 이 유전음과 폐색음이 규칙적이냐 하면, 가령 솔방울이 산비탈로 굴러떨어졌을 때 장애물 없이 계속 굴러가는 경우는 '떼굴떼굴 굴러간다'고 한다. 그런데 만약 도중에 무엇에 부딪혀서 정지했다 굴러갔다 하는 불규칙 운동을 할 때는 'ㄹ'에 'ㄱ' 음을 섞어 '떽데굴 떽데굴 굴러간다'라고 표현한다. 떽은 막혀서 정지하는 것, 데굴은 굴러가는 것이다. 한국어만이 가지는 특성이다.

'ㄹ' 음 같은 유전음은 생명적인 것, 계속적인 그 운동의 세계를 나타내는 데 비해서, 'ㄱ' 음 같은 폐색음은 단절적인 정지의 세계, 죽음을 나타낸다. 그리고 보면 '살다'와 '죽다'란 말 자체가 'ㄹ'과 'ㄱ'의 대응으로 되어 있다는 것을 알 수 있다.

그러나 고대문법으로 그 뜻을 풀이할 때는 '살어리랏다'라는 말이 그렇게 쉽게 넘어갈 수 없다.

정병욱鄭炳昱 교수는 그것이 '살겠노라'의 미래 원망을 나타낸 것이 아니라 과거가정법에 속하는 독특한 뜻이 있다고 말한다. 「불경언해」에서도 그 예가 나타나는데 '~를 ~랏다', '~을 했던들 ~했을 것을'의 뜻으로 '살아야 했었을 것을, 청산에 살아야 했었을 것을', 즉 그때 내가 현명했더라면 이렇게 했어야 마땅했을 것이라는 과거가정의 원망형願望型이라는 것이다. 그러니까 「청산별곡」 첫 연의 의미는 청산에서 살아가는 생을 말했다기보다 청산 아닌 야속野俗에서 사람들과 더불어 살아가는 쓰라림, 그 어려움을 말한 것이 된다. "머루랑 다래랑 먹고"란 말은 '쌀과 보리'를 먹고사는 속세에 대응되는 낱말이고 세상살이의 어려움이 담겨 있다.

시는 반대진술反對陳述[counter statement]로 보아야 한다. 「청산별곡」과 같은 원형이라고 할 수 있는 김소월金素月의 시에 「엄마야 누나야 강변 살자」란 것이 있다. 겉으로는 강변에 가서 살자란 뜻이지만 그 내면적 의미는 강변 아닌 세속적인 도읍생활都邑生活의 절망감을 나타낸 것이라 할 수 있다. 시가 아니라도 도시인들은 무엇엔가 좌절했을 때 '시골에나 가서 농사나 지을까!'라는 말을 곧잘 쓴다. 그것이 한국인의 은둔적 발상으로도 볼 수 있지만 이 경우에 정말 농사를 짓겠다는 주장이 아니라, 실은 도시생활의 좌절에 대한 불만을 표시하는 말이다.

종합해서 말한다면 머루와 다래를 먹고 청산에서 살아야 했었을 것이라는 그 첫 연의 뜻은 인간사회, 사회생활에 절망감을 나타낸 것으로 파악되어야 한다. 단순한 낭만을 나타낸 것이 아니다. 청산에 가서 목가적인 생을 누리자는 주장이라기보다 일종의 피난이며 폭풍을 피하는 은거지로서의 청산이다. 겉으로 한마디 말도 없지만 「청산별곡」을 읽어갈 때, 우리는 이 화자가 얼마나 세파에 시달린 고통을 겪고 있는가 알 수 있다. 폭정·전란·홍수·재난, 까다로운 인간관계 등이 되풀이되는, 즉 쌀보리(인간사회에서 노동을 해서 얻는)를 먹고사는 야속에서 청산을 찾아가는 것이라고 해석할 수 있다.

심리학에서는 그런 것을 퇴행이라고 부른다. 머루·다래는 내가 노동을 해서 얻은 곡식이 아니라, 자연이 스스로 내린 산과山果이기 때문에 그것은 어머니의 젖에 해당한다. 모체에 안겨 젖을 빨고 지내던 어린아이 상태로 되돌아가는 것, 그것이 자연에의 귀의다. 문화인류학적인 원형비평元型批評에서는 은자들이 사는 동굴이라든지 좁은 산골짜기 등은 모두 어머니의 자궁을 상징하는 것으로 되어 있다. 나와 현실의 환경이 맞지 않을 때 인간은 퇴행성을 나타내어 탄생 이전의 자궁으로 되돌아가려는 행위를 한다. 「청산별곡」 첫 연만 가지고 볼 때 청산은 태내胎內 귀환으로 볼 수 있다.

그런데 「청산별곡」은 단순한 퇴행성의 표현이면서도 조선조 때의 시조나 가사에서 볼 수 있는 은둔가와는 정반대다. 시의 진행에 따라 청산에 살자는 것이 아니라, 청산도 바다도 내가 살 곳이 못 된다는 것이 이 시의 핵심이 되는 진술이기 때문이다. 세속에서 살아갈 수도 없고, 청산이나 바다를 찾아가 자연 그대로도 살 수 없다는 절망감이다. 무릉도원을 노래 부른 시가 아니라, 인생에는 어느 곳이든 무릉도원이란, 유토피아란 존재하지 않는다는 시다. 하나의 인간 생존에 대한 리얼리즘에서 오는 허무주의가 전편에 떠돌고 있다.

따라서 「청산별곡」은 전체 구조를 통해서만 그 뜻을 제대로 파악할 수 있다. 시 구조를 보면 청산에 산다는 긍정에서 출발하여 청산에서 살지 못하겠다는 부정으로, 그리고 그와 병행하여 다시 바다에서 살겠다는 긍정에서 거기에서도 못 살겠다는 부정으로 되어 있다.

말하자면 이 시는 밝은 아침에서 어두운 밤으로 이행되는 하루의 운행처럼 희망과 기대가 절망과 좌절로 옮겨가는 시간적 과정으로 서서히 진행되어가고 있다. 공간 묘사의 시가 아니라 시간으로 논리가 진행되는 서술의 시다.

정병욱 교수는 이 시의 전체가 8연으로 되어 있지만, 의미의 단위나 시 형태로 보면 '청산'과 '바다'의 두 부분으로 나누어서 생각해야 한다고 말한다. 아주 도식적으로 짜인 시로 보고 있다. "살어리 살어리랏다. 바다에 살어리랏다"는 일련의 청산이 바다로만 바뀌어져 있을 뿐이다. 그러니까 다음 구절의 "머루랑 다래랑 먹고 청산에 살어리랏다"는 "나마자기 구조개랑 먹고 바라래 살어리랏다"란 구절과 부합된다는 것이다. 청산의 머루와 다래는 바다의 '나마자기(해초)'와 '굴 조개'와 대응되고, 이런 관점에서 시를 양분해서 청산과 바다의 짝을 맞추어보면 문제가 하나 생겨난다. 즉 5연과 6연이 아무래도 바뀐 것이 아닌가 하는 점이다.

정병욱은 만약 5연과 6연을 바꿔놓으면 이 시의 8연은 4연식으로 각기 AB로 나뉘어지고 A는 청산, B는 바다가 되며 전반부 4연과 후반부 4연은 시 형태에 있어서 완벽한 대응관계를 나타낸다고 말한다.

「청산별곡」의 대응관계표

A 청산

1연 Ⓐ 청산—머루 다래

2연 Ⓑ 새—자고 니러 우니노라

3연 Ⓒ 가던 새 본다. 가던 새 본다

4연 Ⓓ 엇디 호리라

B 바다

5연 Ⓐ 바다—나마자기 구조개

6연 Ⓑ 돌—마자셔 우니노라

7연 Ⓒ 가다가 가다가 드로라

8연 Ⓓ 내 엇디 하리잇고

5, 6연만 바꿔놓으면 도표에서 보듯이 청산과 바다가 의미나

형태에 있어 완벽한 배우配偶관계의 구조를 지니고 있다는 사실을 알 수 있다고 정병욱은 말한다. 더구나 천지 음양의 대응이 한국인의 사고에 도식적 원형을 이루고 있는 만큼, 시 형태 역시도 언제나 이런 식으로 병렬해놓을 수 있다는 것은 자연스러운 일일 것이다.

한국인, 크게는 동양인이겠지만 양분법적兩分法的 대응의 사고는 문학의 경우에 있어서도 뚜렷이 나타나 있다. 서양인들은 홀로 떨어져 있는 자아(나)가 모든 사고의 단위이지만, 한국인은 젓가락이나 짚신처럼 혼자 있어서는 무의미한 '짝'(마치 남녀의 부부가 한 단위가 되는 것처럼), 즉 한 세트가 기본 단위를 이룬다. 5연과 6연이 바뀌어지지 않았다 해도 원문 그대로 놓고 논리의 대응관계를 살펴보자. 청산 대목만 가지고 볼 때 전체가 5연이다. 1연[初]은 5연[終]과 대응된다. 1연은 '청산에 살어리랏다'의 완전 긍정인데, 5연은 청산에서 도저히 홀로 살아갈 수 없다는 완전 부정이다. 2연은 부정의 시작이지만 긍정 쪽이 강하다. 시간은 밤을 지난 아침으로 되어 있다. 그런데 4연은 거꾸로 낮이 가고 밤이 오는 부정이다.

지금까지 "울어라 울어라 새여"를 슬피 운다는 것으로 해석했지만, 문맥을 자세히 보면 이때의 '운다'는 지저귀어라[啼], 즐겁게 노래를 불러라의 뜻이어야 할 것이다. 종이 운다. 새가 운다라고 할 때 우리나라 말의 '운다'는 반드시 슬피 우는[泣] 것만이 아니라 노래하는 것도 뜻했다는 것을 염두에 두어야 한다.

경상도 지방에서는 아직도 노래 부르는 것을 '운다'고 한다. 그만 떠들고 울어보라고 할 때, 울어보라는 것은 노래를 불러보라는 말이다. '그만 울지'에서는 그만 노래 불러라 하는 말이다. 문맥적으로 봐도 "너보다 시름 많은 나도……"라고 했으니까 다음에 오는 것은 긍정이어야 할 것은 당연하다.

그러므로 새가 슬피 운다가 아니라, 자고 일어나서 아침이 되니 즐겁게 지저귄다는 뜻으로 봐야만 다음 구절이 풀리게 된다. '너보다 시름이 많은 나도 자고 일어나 운다.' 이때의 '운다'는 긍정, 즉 즐겁게 노래한다는 뜻을 지녔을 때만이 '너보다 시름이 많은 나도'의 문맥이 완전해질 것이다. '너보다 공부 잘하는 나도 대학에 합격했다'는 말은 성립이 안 된다. '너보다 공부 못하는 나도 대학에 합격했다'고 해야 한다. '너보다 근심이 많은 나도 자고 일어나서는 노래 부르고 있다. 하물며 근심 없는 새들이야 즐겁게 노래를 부를밖에'의 뜻이라야 문맥이 통한다. 더구나 이 대목은 아침이다.

그러므로 이 시는 ① 완전 긍정, ② 부정 속의 긍정(부정의 시작) ③ 긍정과 부정의 경계선 ④ 긍정 속의 부정(긍정의 소멸) ⑤ 완전 부정의 논리적 진행으로 짜인 구조를 갖고 있고, 그 구조 밑에서 시를 읽어가야 올바른 뜻을 찾을 수가 있다. 대칭형의 그림을 반으로 접었을 때와 같은 시다. 「청산별곡」의 이미지를 색채어로 나타낸다면, 한쪽은 긍정의 흰색, 다른 쪽은 부정의 검은색이고, 그 중간 회색으로 되어 있다. 3연은 한복판의 그 접은 줄에 해당하는 연이다. 그렇게 되면 말썽 많은 3연의 뜻이 명확해질 것이다.

정병욱 교수는 "가던 새 가던 새 본다. 물아래 가던 새 본다"의 '가던 새'를 물 아랫동네, 즉 청산에 반대되는 물 아랫마을, 자기가 떠나온 야속野俗의 인간속세로 보고 있다. 새는 자유롭게 날아 자기 곁을 떠나 물아래로 사람들이 사는 마을로 떠나가고, 청산의 유일한 벗인 새까지도 떠나가 버린 청산의 고독이라고 해석한다. 시에서 새라고 하는 것은 언제나 날아가 버리는 것, 곁을 떠나가 버리는 것의 상징성이 있다. 새처럼 날아가 버린다는 것은 영원히 함께 있을 수 없는 허망한 이웃이다.

3연을 긍정과 부정의 팽팽한 분수령이라고 했는데, 바로 그 경지가 이끼 묻은 못 쓰는 쟁기를 가지고 우두커니 청산에 남아서 (긍정) 떠나가 버린 새(부정)를 바라보는 대립관계로 나타난 것이라 할 수 있다.

남아 있는 자와 떠나버린 자, 보는 자와 가버린 자의 대립, 그것이야말로 청산에 남아 있으려는 마음과 청산에서 인간세계로 다시 돌아가려는 모순과 갈등이다.

바로 직전에는 외로움을 새와 더불어 노래로써 달래며 살아갈 수 있었다. 풍족한 것은 아니라 해도 산에는 기갈을 채울 만한 머루와 다래가 있고, 인간은 없어도 외로움을 달래는 새를 벗 삼을 수 있다.

그러나 3연에 와서 새가 떠난다. 청산에 산다는 긍정이 이 분수령을 넘어 붕괴되기 시작한다. 특히 다른 연과 달리 3연째만이 '본다'라는 객관적인 행동 묘사로 되어 있어 긍정이나 부정의 코멘트가 없다. 팽팽한 대립의 어떤 상황만이 제시되어 있다.

3연을 지나면 긍정이 부정으로 뒤바뀌어 낮에는 이렇게 저렇게 지냈는데 밤은 또 어떻게 하겠느냐의 '청산의 외로움'이 대두되고, 5연의 끝에 이르면 이럭저럭이란 말도 없어지고 사랑할 사람도 미워할 사람도 없이 혼자 돌에 맞아 운다는 완전한 절망으로 되어 있다. 그런데 돌에 대한 풀이가 문제다. 정병욱은 그것을 운명의 돌, 의도와 관계없이 부조리하게 서로 해치고 사랑하는 인간관계를 나타낸 것으로 보고 있다. 어디다 던진 돌이며, 누구를 맞히려던 돌인지 모르면서 엉뚱하게 자기가 맞아서 우는 것이라는 풀이다.

어떤 풀이이든 '돌'이라는 이미지가 재미있다. 머루·다래의 산과山果 그리고 새, 이 모든 것은 생명을 가진 것들이지만, 5연의 절망적 세계에서는 '돌'이라는 광석, 무생명체로 이미지가 바뀐다. 딱딱한 돌, 차가운 돌, 생명 없는 이 돌 앞에선 단절이 있을 뿐이다. 보들레르의 시에서 바위나 돌은 죽음 바로 그것의 상징이된다. 이 화자는 인간으로부터 도주하려고 했다. 마을에서 청산으로, 쌀과 보리에서 머루와 다래로 그리고 인간의 이웃으로부터 새로 도피하려 하고 있다. 그러나 그 퇴행의 꿈속에서 본 것은, 무생명체인 돌이다. 청산의 끝에서 그가 만난 것은 돌이었을 뿐이다.

청산에서도 살아갈 수 없는 이 시의 화자는 바다로 가지만 거기서도 실패를 한다. 우리는 아직도 그 구절들의 정확한 뜻을 알 수 없지만, 그 대목 역시 청산과 마찬가지로 긍정에서 부정으로 향해 있다는 것만은 뚜렷이 파악할 수 있다. 7연의 "에정지"나 "나나미 짐대에 올라 해금을 혀거를 들어라"는 논란이 많다. 사슴이 짐대[竿]에 오른다는 것도 우스운 일이요, 또 사슴이 해금을 켠다는 것은 더욱 말이 안 된다. 정병욱은 그것을 불가능한 일, 기적 같은 일을 비유할 때 쓴 그 당시의 관습적 표현이 아닐까 생각한다고 했다. 오늘날 '쥐뿔도 없다'는 투로 보자는 것이다.

어떤 학자는 광대가 사슴의 가면을 쓰고 짐대에 올라 곡예하는 것이라고 풀이하기도 하고, 또 어떤 사람은 짐대에 올라 사슴이 해금을 켜는 것을 남녀의 성교를 우유寓喩한 것이라고도 한다.

구체적인 해석보다는 구조적 기능으로 볼 때. 이 연이 다른 연과 어떤 유기적인 결합을 갖고 있는가를 생각해봐야 한다. 청산은 5연이고 바다 부분은 3연밖에 안 되는데, 이 시의 구조 분석을 해보면 청산 부분의 2연과 4연이 탈락되고, 여기에서는 A 긍정─B 긍정 부정─C 부정의 대응만 나타낸 간소화된 형으로 볼 수가 있다.

즉 "가던 새 가던 새 본다"에 대응하는 것으로 "가다가 가다가 들어라"의 연은 긍정이 부정으로 넘어가는 한계선을 이룬다. 청산 부분에서는 새고, 바다에서는 사슴이다. 그리고 그쪽에서는 보는 것이고, 여기서는 듣는 것이다. 다 같이 현재 머물러 있는 곳에서, 자기가 떠나온 세속의 상태를 그리는 것, 즉 새로운 삶의 장소에 대한 긍정과 부정이 엇갈리는 갈등의 정점으로 파악된다. 그러므로 둘 다 객관적 묘사로 되어 있다.

8연의 「청산별곡」 마지막 결론은 이럴 수도 저럴 수도 없는 상태에서 술이나 먹을 수밖에 없다는 뜻이다. "조롱꽃 누룩이 매우 잡사오니 내 어떻게 하겠는가", 즉 술을 마실 수밖에 없다는 이야기다.

그러므로 삶의 장소를 잃은 자가 마지막 도달하는 것은 주향 酒鄕이라는 진술이 된다. 술을 먹고 망각하는 것, 그 도취의 세계에서 초자연의 환상계에 탐닉하는 경지다. 이렇게 전체의 뜻으로 보면 「청산별곡」은 은둔을 주장한 시가 아니라 은둔의 불가능, 어리석음을 말한 것이고, 청산과 바다의 자연을 예찬한 것이 아니라 인간의 삶에 대한 괴로움을 표현한 현실적 인식을 나타낸 가요라고 결론지을 수 있다.

엉뚱하게도 「청산별곡」은 시조의 은둔가 계열에 속하는 것이 아니라 주선가 酒仙歌나, 권주가 계열에 속하는 시라는 것을 알 수 있다. 「청산별곡」은 술을 마시고 노는 향연에서 불려졌을지도 모른다. 인생의 허무를 말함으로써 술을 마시지 않을 수 없는 일종의 술에 대한 합리화 내지는 예찬이다. 흔히 권주가는 앞 대목에서 인생무상을 이야기한다. 정철의 「장진주사將進酒辭」도 그렇다.

고려가요는 그것이 어떤 성질의 것을 노래한 것이든 현세의 허무주의 내지는 그에 대한 반동으로서의 향락적인 면을 특성으로 지니고 있다고 보는 견해를 여기서도 발견하게 된다. 「청산별곡」을 지금까지는 자연에의 귀의, 은둔의 노래로 보아왔다.

그러나 좀 더 그 시를 자세히 분석해보면 인간사회에서도, 청산이나 바다 같은 속세를 떠난 자연에서도 다 같이 살아갈 수 없는 삶의 조건, 그래서 술의 도취 속에서나 위안을 받을 수밖에 없던 고려시대의 절망적 일상을 나타낸 시로 보아야 할 것이다. 허락받지 못한 삶의 공간에서 안식할 터를 찾아 헤매는 비탄의 노래인 것이다.

살어리 살어리랏다
청산靑山에 살어리랏다
머루랑 다래랑 먹고
청산靑山에 살어리랏다
얄리얄리 얄랑셩 얄라리 얄라

울어라 울어라 새여

자고 깨어 울어라 새여
너보다 시름많은 나도
자고 깨어 우니노라
얄리얄리 얄랑셩 얄라리 얄라

가던 새 가던 새 본다
물아래 가던 새 본다
무디고 무딘 쟁길 가지고
물아래 가던 새 본다
얄리얄리 얄랑셩 얄라리 얄라

이렁 저렁
낮이야 지내왔지만
올 이도 갈 이도 없는 밤이야
또 어찌할꺼냐
얄리얄리 얄랑셩 얄라리 얄라

어디에 던지던 돌인고
누구라 맞히던 돌인고
그 돌과도 같아라 이몸, 사랑할 이도 미울 이도 없이
맞아서 우니노라

얄리얄리 얄랑셩 얄라리 얄라

살어리 살어리랏다
바다에 살어리랏다
나마자기나 굴 조개 먹고
바다에 살어리랏다
얄리얄리 얄랑셩 얄라리 얄라

가다가 가다가 들어라
에정지 가다가 들어라
사슴이 장대에 올라
해금을 켜는 것을 들어라
얄리얄리 얄랑셩 얄라리 얄라

청산靑山도 바다도 내 못간다[43]
가득히 배부른 독에 살찐 강주强酒를 빚어라
조롱꽃[44]처럼 핀 매운 누룩이 잡으니
내 어찌 뿌리치고 갈 수 있으랴

43) 원문에는 없는 구절이나 이 시를 보다 정확히 해석하기 위해 역자가 삽입한 것이다.
44) '조롱하듯'의 뜻으로 해석하는 이들도 있다.

얄리얄리 얄랑셩 얄라리 얄라

[原詩]

살어리 살어리랏다

靑山애 살어리랏다

멀위랑 ᄃ래랑 먹고

靑山애 살어리랏다

얄리얄리 얄랑셩 얄라리 얄라

우러라 우러라 새여

자고 니러[45] 우러라 새여

널라와[46] 시름한 나도

자고 니러 우니노라

얄리얄리 얄랑셩 얄라리 얄라

가던 새 가던 새 본다[47]

믈아래 가던 새 본다

45) 자고 일어나서.
46) 너보다.
47) 보았느니.

잉무든[48] 장글란[49] 가지고

믈아래 가던 새 본다

얄리얄리 얄랑셩 얄라리 얄라

이링공 뎌링공[50] 흥야

나즈란 디내와손뎌[51]

오리도 가리도 업슨

바므란 쏘엇디 호리라[52]

얄리얄리 얄랑셩 얄라리 얄라

어듸라 더디던 돌코[53]

누리라[54] 마치던 돌코

믜리도 괴리도 업시

마자셔 우니노라

48) '이끼가 묻은' 혹은 '무디어진'이라고 해석하고 있으나 완전한 뜻은 미상.
49) 병기兵器의 옛말. 혹은 쟁기.
50) 이렁 저렁.
51) 낮이야 지내왔지만.
52) 또 어찌할거나.
53) 던지던 돌인고.
54) 누구라.

얄리얄리 얄랑셩 얄라리 얄라

살어리 살어리랏다

바른래⁵⁵⁾ 살어리랏다

ᄂᄆ자기⁵⁶⁾ 구조개랑⁵⁷⁾ 먹고

바른래 살어리랏다

얄리얄리 얄랑셩 얄라리 얄라

가다가 가다가 드로라⁵⁸⁾

에졍지⁵⁹⁾ 가다가 드로라

사ᄉ미 짒대예 올아셔

奚琴⁶⁰⁾을 혀거를 드로라

얄리얄리 얄랑셩 얄라리 얄라

55) 바다에.
56) 해초의 일종.
57) 굴과 조개.
58) 들어라.
59) '에'의 확실한 뜻은 알 수 없고, '졍지'는 부엌. 지금도 남부지방에서는 부엌을 '정지'
라고 부른다('에졍지'는 혹 '졍지에'의 오식이 아닐까). 일부 학자들 간에는 '정지함이 없이, 한없이'
라는 뜻으로 풀이하고 있다.
60) 깡깡이를 아악雅樂에서 일컫는 이름.

가다니[61] 비부른 도긔[62]

셜진[63] 강수[64]를 비조라

조롱곳[65] 누로기[66] 미와

잡스와니[67] 내 엇디 ᄒᆞ리잇고

얄리얄리 얄랑셩 얄라리 얄라

—「청산별곡」

고려인의 성의식性意識 —「만전춘별사」

속된 비유로부터 시작하자면 시가詩歌의 맛도 음식과 같아서
냉면과 온면의 대비처럼 '차가운 것'과 '뜨거운 것'으로 나누어
볼 수 있다. 차가운 시는 시각적이고 회화적이다. 얼어붙은 형식
으로 단정하고 균형이 잡혀 있어 정적이다. 한마디로 지적知的이
라고 할 수 있다. 그런데 뜨거운 시는 청각적이고 음악적이며, 그

---

61) 가득히.
62) 독(술독).
63) 잘 익은 술 위에 뜬 거품의 주름 혹은 살찐.
64) 강주强酒.
65) 조롱은 작은 박. 그러나 조롱꽃은 작은 박 덩굴에 핀 꽃.
66) 누룩.
67) 붙잡고 가지 말라 하다.

형식은 얼어붙어 있는 것이 아니라 부글부글 끓어오르는 것으로 유동성을 지니고 있어 동적이다. 따라서 뜨거운 시는 정감적이고 관능적이라고 할 수 있다. 신라의 향가는 대체로 차가운 시인데 비해서, 고려가요는 뜨거운 시에 속한다. 그중에서 가장 뜨거운 것이 바로 이 「만전춘별사滿殿春別詞」가 아닌가 생각된다.

첫 연부터 그 감정 표현이 격렬하다. "얼음 위에 댓잎자리 보아 님과 나와 얼어 죽을망정 (……) 정둔 오늘 밤 더디 새오시라." 죽음도 마다하지 않는 뜨거운 사랑의 욕망이다. 특히 주목해야 할 것은 정념의 불꽃이 활활 타오르는 그 뜨거운 성애性愛가 '얼음' 위에서 동사를 하는 정반대의 역설적인 상상 속에 펼쳐지고 있다는 사실이다. 시 속의 화자는 지금 임을 만나 사랑의 희열 속에 싸여 있지만 그것의 표현은 반대로 "얼어 죽을망정……"이라는 그 죽음에 의해 나타난다.

뜨거운 마음은 차가운 얼음으로, 생은 그 죽음으로 각기 역설적인 대응관계를 이루어 전개되고 있다. 불꽃 속으로 뛰어들어 제 몸을 불태우는 나방 같은 사랑이다. 모든 연가가 그렇지만 「만전춘滿殿春」 역시 정상적인 사랑—말하자면 사회적으로 승인된 부부애와 같은 사랑과는 거리가 먼 애정의 세계에서 생겨난 노래인 것 같다. 금지된 사연邪戀이거나 항구적일 수 없는 불안한 사랑이라는 것이 처음부터 예시되어 있다. "정情둔 오늘 밤"이라는 말, 그리고 죽더라도 좋으니 더디 밤이 새라고 기원하는 것 자체가 내일이 없는 사랑의 절박감이나 불안을 전제로 하고 있다.

「청산별곡」에서도 언급했지만 고려가요의 특성 중 하나는 시의 구조가 공간적으로 되어 있지 않고 시각적으로 되어 있다는 점이다. 소설의 플롯처럼, 혹은 논문의 논리적 전개처럼 발단─전개─결론의 순서를 가지고 있다. 「만전춘」역시 그렇다. "얼음 위에 댓잎자리 보아……"의 첫 연은 소설에 있어서 발단 부분에 해당되는 것이며, 앞으로 어떤 일이 일어날 것인지, 그 사랑이 어떻게 전개되어갈 것인지 이미 그 첫 연 속에 암시되어 있다.

시실 「만전춘」은 겉보기에는 일정한 통일성이 없는 시다. 2연째의 "경경고침상耿耿孤枕上에 어느 잠이 오리오 서창西窓을 열어하니 도화桃花가 발發하도다. 도화는 시름없어 소춘풍笑春風하나다"는 모두가 한 시에 토를 단 형태이며, 첫 연의 "얼음 위에 댓잎자리 보아……"에 견주어보면 전혀 별개의 시 같은 느낌이 든다. 딕션과 리듬도 그렇다. 같은 것이 있다면 마지막 구에서 같은 말을 반복한 것 정도다. "더디 새오시라 더디 새오시라"의 첫 연처럼 2연에서도 "소춘풍하나다 소춘풍하나다"로 반복법을 쓰고 있다는 것이 같다. 그래서 어떤 학자는 「만전춘」을 한 개의 시가로 보지 않고 여러 개의 다른 시가들을 꿰맞추어 한 노래의 형태로 편찬해놓은 것이라고 주장하기도 한다. 그러나 바로 그 점이 여요의 성격을 밝혀내는 중요한 단서가 되는 것이 아닌가 한다.

여요를 개인 창작으로 보느냐 혹은 집단적인 민요로 보느냐에는 늘 논란이 일고 있다. 그러나 개인의 창작이든 아니든 우리가 분명히 말할 수 있는 것은 아직 한글이라는 문자가 없었기 때문에 여요는 글로 제작된 것이 아니라 '말'로 만들어진 노래라는 점이다. 글자로 정착되어 전승되는 것이 아니라 노래로 구전되어 불리는 가요는 독창적인 표현보다는 그 당시에 흔히 속담처럼 쓰이던 관용구를 삽입해서 만드는 것이 보편적 특성으로 되어 있다. 「만전춘」이 별개의 독립된 시들을 이리저리 갖다 붙인 것 같은 인상을 주는 것도 바로 그 때문이라 생각된다.

가령 3연째의 "넋이라도 님을 한데 녀깃경景 너기다니 벼기더시니 뉘러시니잇가"라는 시구는 「정과정곡鄭瓜亭曲」에 똑같은 시구로 등장하는 것이고, "구슬이 바위에 지신들 끈이야 끊어질 리 있겠나이까"라는 시구는 「서경별곡西京別曲」과 「정석가鄭石歌」에도 나오는 말이다. 그리고 보면 "얼음 위에 댓잎자리 보아"라는 표현이나 "경경고침상耿耿孤枕上에 어느 잠이 오리오" 등등의 시구들 역시 그 당시 모두 사랑과 관계된 관용구로서 일반화되어 있던 표현을 따온 것이라고 할 수도 있다.

「만전춘」은 외형적으로는 통일성이 없는 것처럼 보이지만 전체 시의 구조에는 치밀한 흐름이 있다. 첫 연과는 달리 2연째는 한문 투의 시구로 되어 있지만, 자세히 보면 그 연결성을 찾을 수 있으며, 첫 연과 관련을 지어볼 때만이 2연째의 의미는 완전해진다. 1연은 임과 같이 보내는 밤이며, 2연은 임과 헤어져 보내는 밤이므로 1연의 밤은 한시라도 더디 새기를 바라는 밤이지만 2연은 한시라도 빨리 새기를 바라는 답답한 밤이다. 사랑 속에서 존재하는 양극兩極의 밤, 그렇기 때문에 1연에서는 임을 맞은 열정으로 충만된 성애性愛의 봄을 얼음과 죽음의 무대 위에 놓았지만, 2연에서는 거꾸로 임을 잃은 텅 빈 겨울 같은 싸늘한 마음을 도화가 만발하여 즐겁게 웃고 있는 봄 경치의 무대 위에 올려놓고 있다. 백색을 더욱더 희게 나타내려면 흑색 바탕에 받쳐야 하는 것처럼 다 같이 주관적인 그 심정을 역설적인 객관적 상황으로 대응시킨 기법이다.

보통 감정이입은 동질의 등가물 사이에서 벌어지는 것이 상식으로 되어 있다. 마음이 어두우면 먹구름으로, 마음이 가볍고 즐거우면 흰 구름으로 이렇게 감정이입이 되는데, 이 시는 반대 이입移入이다. 외롭고 답답한 슬픔이, 봄바람을 맞이하여 즐겁게 웃는, 즉 활짝 피어 있는 도화와 관련지어 있고, 임과 불태우는 정념이 얼음과 댓잎자리로 반사된다. 클리언스 브룩스도 이야기하고 있지만, 시의 본질은 그러한 아이러니에 있는 것이다. 연 안에서만 이러한 아이러니가 있는 것이 아니라, 연과 연 사이에서도 대립되는 아이러니가 생겨나고 있다.

1연과 2연의 연결이 바로 그렇지 않은가! 1연의 임과 함께 있는 밤이 즐겁게 표현되어 있을수록 2연의 독수공방하는 밤의 슬픔이 두드러지게 나타나는 것은 아이러니의 효과인 것이다. 한문에서 따온 것이긴 하지만, 도화가 소춘풍한다는 것은 공감각共感覺을 나타낸 기법이다. 그것도 이 시의 새로운 점이다. 향기와 같은 후각과 붉게 피어 있는 시각이 청각적인 것으로 나타나 있다. 코가 아니라 귀로 냄새를 맡고, 또 눈이 아니라 귀로 색채를 본 것이 바로 복숭아꽃의 웃음소리다. 「만전춘」은 오관의 감각을 모두 사용하고 있다. 롱기누스가 사포의 연시戀詩에서 혼과 육체, 청각, 미각, 시각, 색채 등 감각의 예민성을 지적한 적이 있듯이, 서정시 특히 사랑의 시는 감각에서 출발하는 것이 특색이다. 불교나 유교는 다 같이 인간의 육체를, 그 감각을 통제하였기 때문에 상층 문화에 올라갈수록 「만전춘」 같은 시는 별로 눈에 띄지 않는다.

도화의 꽃만 해도 그렇다. 「만전춘」에서의 복숭아꽃은 에로티시즘을 상징하는 꽃으로서 바람은 남자, 도화는 여자다. 그것도 그냥 여자가 아닌 요염한 여자인 것이다. 봄바람이 꽃에 와 닿고 복숭아꽃이 바람 속에 흔들리는 이 접촉은 남녀 간의 정사를 상징하는 것이다. 그러나 조선조에 오면 도화의 상징은 무릉도원의 선경仙境을 상징하는 은자隱者의 꽃으로 바뀌고 만다. 퇴계의 "도화야 떠디지 말아 어주자漁舟子알까 하노라"의 그 유학자의 도화와 「만전춘」의 도화는 같은 꽃이라고 할 수 없을 정도로 조선조 선비들에게 와서는 관념적인 꽃(도화)으로 바뀌었다.

이미지를 중심으로 한 공간성보다는 소설과 같은 서술이나 논리적 구조를 갖고 있는 것이 여요의 특징이라고 했는데, 「만전춘」의 구조를 그런 시점에서 보면 1연은 임과의 만남, 2연은 임과의 헤어짐 그리고 3연과 4연은 임에 대한 원망과 풍자, 5연과 마지막 종구終句는 영원히 이별 없는 재회를 꿈꾸는 새로운 원망願望을 나타낸 것으로 결론 부분이 된다. 그것은 『춘향전』과 똑같다. "얼음 위에 댓잎자리 보아"는 이 도령과 춘향이 첫날밤을 지내는 대목이고, 3연의 경경고침상耿耿孤枕上에 어느 잠이 오리오"는 이 도령과 헤어져 부용당에서 잠 못 드는 춘향이며, 3연과 4연은 변 학도의 출현으로 인한 풍자, 이 도령에의 원망, 특히 춘향모春香母의 심정이다. 5연의 재회와 "원대평생遠代平生에 이별일랑 모르고저"의 종구는 어사 이 도령과의 재회 부분에 해당하는 심정이다. 즉 사랑의 서정성을 이렇게 서사적인 것을 토대로 늘어놓은 것이라고 볼 수 있다.

"넋이라도 즉 죽은 뒤에라도 서로 떨어지지 말자고 맹세한 사람이 누구였던가!"라고 말하는 3연째의 원망은 한국 여인의 원怨과 한恨을 직접적으로 표현한 것으로 리얼리티가 있다. 이미지를 통한 시적인 묘사보다도 이런 산문적인 퉁명스러운 발언이 우리나라 시의 한 특색이기도 하다.

소월의 시에 "죽어도 아니 눈물 흘리오리다"처럼 비시적非詩的인 표현이 도리어 강렬한 시적 감정을 불러일으키는 경우가 한국 시가에는 참으로 많다. 3연은 처절한 원망인데, 4연은 같은 원망이면서도 유머러스하다. 1연과 2연이 아이러니컬한 대조를 이루고 연결되어 있듯이 3연과 4연도 역시 그렇다. 4연의 오리는 남성(임)이고, 물은 여성이다. 그런데 물은 '여울'과 '늪'으로 분할되어 있으므로 두 여자다. 오리는 늪에서도 자고 여울에서도 잔다. 3연째의 임, 죽어서 넋이라도 한데 있자고 먼저 맹세해놓고 훌쩍 떠나가 버린 임, 그것이 4연째에 오면 아무 물에서나 자는 바람둥이 오리로 풍자되어 있다. 오리는 여울이나 늪을 가리지 않는다. 즉 여울은 어디 두고 늪에 자러 오느냐는 말에, 늪이 얼면 여울도 좋다고 오리는 대답한다. 3연의 진지한 호소가 4연에서는 웃음 섞인 야유로 희화화되어 있다.

오리에 대한 것도 따지고 넘어가야 할 부분이다. 조선조 때의 오리는 원앙새와 같은 것으로 부부애를 나타낸다. 쌍쌍이 다닌다고 해서……. 그런데 「만전춘」의 오리는 부부애와는 정반대로 바람둥이의 상징으로 쓰이고 있고, 마치 도화의 경우처럼 「만전춘」의 이미지는 에로티시즘을 나타내고 있다.

조선조 때의 도화와 「만전춘」의 도화가 달랐던 것처럼, '오리' 역시도 그만한 거리가 있는데 희랍신화를 보면 아프로디테 같은 여신은 정절은 인정치 않는 풍요신으로 성 개방의 상징이다. 이와 반대로 아르테미스는 처녀신으로 순결성의 상징으로 나타나 폐쇄적인 성을 대표한다. '아프로디테'냐 '아르테미스'냐. 문학에 있어 이 두 여신은 늘 대립관계에 있으며, 「만전춘」은 아르테미스 쪽이 아니라 아프로디테 쪽의 이미지가 강하다. 늪이 겨울에 얼어버린다는 것은 폐쇄적인 성을 의미하는 것이며, 아르테미스 원형에 속하는 것이다. 그에 비해 여울은 겨울이 되도 얼지 않는다. 언제든지 오리가 자러 갈 수 있는 개방적인 성—아프로디테 원형에 속하는 여성이다. "늪이 얼면 여울도 좋으니 여울도 좋으니"라는 표현은 무절제한 성, 풍요로서의 성에 대한 낙관적인 태도의 표명이다. 결국 결론 부분에 해당되는 5연을 보면 더욱더 그것을 실감할 수 있다. 자기를 버린 임, 여울과 늪을 번갈아 잠자리를 삼는 임, 그것을 부정적으로 받아들인다면 금욕적인 것, 속된 표현으로 하자면 사랑에 대해서 다시는 그 괴로움을 되풀이하지 않겠노라는 매듭을 지었을 것이다. 그런데 종연終聯은 임과의 재회, 그래서 함께 잠자리를 같이하는 미래의 원망願望을 나타내는 에로티시즘의 결정으로 귀결되며, 영원히 이별하지 말자는 다짐이 된다. 즉 "남산에 자리 보아 옥산玉山을 베고 누워 금수산錦 繡山 이불 아래 사향각시 안고 누워 약藥든 가슴을 맞추어 보고자 하나이다"에서 동사만 추려보면 '자리보다', '베고 눕다', '안다', '맞추다'와 같이 전부가 성적인 행위의 언어들이다. 마음속에 생각하는 사랑이 아니라 육체의 움직임, 서로 안고 맞추고 하는 결합의 언어들이다. 그러나 그것은 어디까지나 현실이 아니다. 시제時制를 보아도 분명하게 나타나 있지만, '그러고 싶은 것', 앞으로는 그렇게 되어야 한다는 욕망과 상상이다. 따라서 그 같은 공상 속의 성이기 때문에 남산, 옥산, 금수산, 사향각시, 약든 가슴 등의 우유적寓喩的 표현을 많이 사용하고 있다.

「청산별곡」에서도 시가 처음 시작할 때와 시가 끝날 때는 전혀 그 경지가 뒤바뀌어 있었다는 것을 밝혔었는데 「만전춘」도 그렇다. 첫 연도 끝 연도 다 같이 임과 함께 지내는 밤의 정사지만, 그 분위기는 전혀 다르다. 첫 연은 "얼음 위에 댓닢자리 보아 님과 나와 얼어 죽을망정……"으로 우선 춥고 초조하고 죽음의 극한이 전제로 되어 있어 그 분위기엔 여유가 없다. 이별을 잉태한 찰나의 발악에 가까운 정사다. 그러나 끝 연은 모두가 남산, 옥산, 금수산으로 확대되어 있어 사람의 장소는 대륙만큼이나 넓은 우주화한 성이다. 첫 연에서의 '임'과 '나'와의 정사가 현실의 성애라면 끝 연의 그것은 신화적인 성애다. 첫 연의 사랑은 좌절을 향하지만 끝 연의 사랑은 영원으로 확대되고 연장된다.

결국 「만전춘」은 현실에서 끝없이 좌절되고 어떤 한계에 부딪치고 마는 그래서 이별이나 한숨으로 끝나버린 사랑을 시에 의하여, 상상에 의하여, 원망과 기도에 의하여 영원히 이별 없는 신화적인 성애로 해결 지으려는 노력이다. 그러므로 그 종구終句는 "아소 님하 원대평생遠代平生애 여힐슬 모르읍새"로 끝나고 있다.

이 시는 화자가 나로 되어 있고, 나는 여자로 암시되어 있다. 임과 나와 얼어 죽을망정의 시구를 보면 한 개인적인 어떤 사랑의 특수성을 띤 경우라는 것을 알 수 있는데, 마지막에 가서는 나란 말이 없고 사향각시라고 되어 있다. 첫 연과 달리 보편적인 서술이다. 특정인의 경우가 아니라 사랑에 있어서의 이상적인 원망을 나타낸 비특정적 원망이다. 특수에서 보편으로 개인(주체)에서 인간(객체)으로, 즉 현실에서 신화로 이행되어 있음을 시 형식을 통해서도 알 수 있다.

여자를 사향각시로 표현한 것을 보아도 추상적이다. 문제는 남산·옥산인데, 남산은 양지바른 산이므로 방으로 치면 아랫목 같은 곳이고, 옥산은 여자의 상징으로 봐야 한다. 옥玉은 '옥문玉門'이라는 말로 이미 『삼국유사』에 선덕여왕이 세 가지 예언을 말하는 데 있어 여성의 성기를 뜻하는 상징어로 등장한 예가 있듯이 일단 여성으로 보아야 한다. 베고 누워란 말로 보면 베개를 옥산玉山이라고 우유寓喩한 것이 아닌가 하는 풀이도 가능하다. 금수산 이불 아래란 것은 아름다운 비단이불로 보면 쉽게 이해가 갈 뿐 아니라 남녀가 자리를 같이한 이불이 산 모양처럼 되어 있으니 그런 비유도 가능할 것이다. "약든 가슴"은 임을 만나지 못해 답답한 것이 병든 가슴이라면 이 병든 가슴을 고쳐주는 임의 가슴은 약藥든 가슴이라고 볼 수도 있고, 보통 옛날 사람들이 향香을 약이라 한 것으로 보면 사향각시란 말과 대구를 이루는 향기로운 가슴이라고 풀이할 수도 있을 것이다.

이 노래는 짧은 시지만 사랑의 감정을 읊은 백과사전적 가요라고 말할 수 있을 것이다. ① 죽음보다 강한 사랑의 열정과 희열,

② 이별하여 홀로 있는 사랑의 고독, ③ 사랑의 배신에 오는 한, ④ 무절제한 사람에 대한 냉소, ⑤ 이별 없는 영원한 만남—어느 사랑이든 이 다섯 가지 유형에 속하지 않는 것이 없고, 또 사랑의 과정도 이러한 순서로 진행되는 것이다. 특히 '약든 가슴을 맞추자'는 것을 사랑의 최고, 사랑의 완성으로 보고 있는데, 이것은 이 시 전편의 특징인 '아이러니'의 결정이라 할 수 있다.

사랑의 고통이 있을 때만이 비로소 그 사랑은, 그 만남은 의미가 있는 것이며, 밤이 얼마나 어두운 것인가를 알아야만 아침이 얼마나 밝은 것인가를 안다. 약든 가슴을 맞춘다는 것은 병과 치유다. 사랑의 병을 읊은 첫 연부터 4연까지의 그 긴 어둠과 들뜬 밤을 지낸 자만이 정말 남산에 자리를 보아 옥산을 베고 사향각시를 안을 수 있는 신화에 도달한다.

다시 단군신화의 원형으로 돌아가 보면 종교도 정치도 그리고 사랑까지도 동굴의 어두운 밤을 지내야만 아름다운 웅녀熊女로 화신하는 곰처럼 될 수가 있다. 고통의 밤을 지나 완성하는 것이다. 무수한 이별을 겪음으로써 영원히 이별을 모르는 세계에 당도하는 것이, 「만전춘」의 역설이요 그 사랑의 완성이 된다.

고려의 자기에는 버드나무 아래에서 헤엄을 치는 오리가 상당히 많이 그려져 있다. 버드나무와 오리를 도자기의 무늬로 삼은 나라는 우리나라밖에 없다. 최순우崔淳雨(전 국립중앙박물관 관장)에 의하면 우리나라 사람들은 늪가의 수양버들과 늪에서 헤엄치는 오리를 그림이나 문학에서 자주 소재로 택했다고 한다.

「만전춘」에서의 오리는 남성의 상징으로 설정돼 있다는 것이 학자들의 일치된 의견이다. 그러나 최순우에 의하면 「만전춘」이외의 그림이나 글에서 많이 묘사되어 있는 오리는 어떤 상징적 의미를 띠지 않은 순수한 유금도遊禽圖라고 말한다. 최순우는 우리나라 선조들은 특히 늦가을에 오리가 헤엄치고 노는 가을 풍경을 사랑했다고 말하고, 스산하고 조용한 가을 늦가을에서 노는 오리의 그림은 고요와 명상을 좋아하는 민족적 기질이 표현된 한 예라고 해석한다.

얼음 위에 댓잎자리 보아 님과 나와 얼어 죽을망정
얼음 위에 댓잎자리 보아 님과 나와 얼어 죽을망정
정情둔 오늘 밤 더디 새오시라 더디 새오시라

외로운 베갯머리에 어느 잠이 오리오
서창西窓을 열고 보니 도화桃花가 만발하도다
도화는 시름없어 봄바람에 한들거리는데 봄바람에 한들거리는데

넋이라도 님을 떠나 살지 말자고
넋이라도 님을 떠나 살지 말자고
벼르고 벼르시던 이 누구였나이까 누구였나이까

오리와 오리야 아름다운 비오리야

여울은 어디 두고 늪에 자러 오느냐

늪이 얼면 여울도 좋으니 여울도 좋으니

남산에 자리보아 옥산玉山을 베고 누워

금수산錦繡山 이불 아래 사향각시 안고 누워

남산에 자리보아 옥산을 베고 누워

금수산 이불 아래 사향각시 안고 누워

약藥든 가슴을 맞추어 보고자 하나이다 맞추어 보고자 하나이다.

아! 이렇게 하여 원대평생遠代平生에 이별일랑 모르고저

[原詩]

어름 우희 댓닙자리 보와 님과 나와 어러 주글만뎡

어름 우희 댓닙자리 보와 님과 나와 어러 주글만뎡

情둔 오늜밤 더듸 새오시라 더되 새오시라

耿耿孤枕上애[68] 어느 즈미 오리오

西窓을 여러ᄒᆞ니 桃花ㅣ 發ᄒᆞ두다

---

68) 외로운 베갯머리.

桃花ᄂᆫ 시름업서 笑春風ᄒᆞᄂᆞ다 笑春風ᄒᆞᄂᆞ다

넉시라도 님을 ᄒᆞᄃᆡ[69] 녀닛景 너기다니

넉시라도 님을 ᄒᆞᄃᆡ 녀닛景[70] 너기다니

벼기더시니[71] 뉘러시니잇가 뉘러시니잇가

올하[72] 올하 아련[73] 비올하

여흘란 어듸 두고 소해[74] 자라온다

소콧[75] 얼면 여흘도 됴ᄒᆞ니 여흘도 됴ᄒᆞ니

南山에 자리보아 玉山을 벼여[76] 누어

錦繡山 니블안해 麝香각시를 아나 누어

69) 고시들의 예로 보아 '니블'의 아래 '녀져', 즉 '가고자'의 뜻이 생략되어 있는 것 같다.

70) '녀닛'은 '녜니(他)'와 'ㆎ'의 합성어, 곧 타인, 景은 경황. 그러므로 '여느경'은 '딴 사람의 경황'.

71) 우기시던 이.

72) 오리야. 원문 '올'은 '올히·올해'라고도 함. '올·올히·올올해' 등은 '히'라는 토씨가 붙어서 함께 명사화한 것.

73) 확실한 뜻은 알 수 없으나 '아련한' '아릿다운' '어린'(양주동설) 등으로 추정되고 있다.

74) 소沼의 훈음訓音.

75) 자러 오느냐.

76) 베고.

南山에 자리보와 玉山을 벼여 누어

錦繡山 니블안해 麝香각시를 아나 누어

藥든[77] 가슴을 맛초옵사이다 맛초옵사이다

아소 님하 遠代平生[78]애 여힐술 모르옵새[79]

—「만전춘」

한恨의 시학詩學 —「정과정곡」

지금 전해지고 있는 여요는 작자가 누구인지 알려져 있지 않지만 「정과정곡鄭瓜亭曲」만은 예외다. 작품을 비평하는 데 있어서 작자가 누군지 모를 경우와 작자를 뚜렷이 알고 있는 경우와는 아주 판이한 차이가 생기게 된다. 작자를 모르는 작품은 작품 자체만의 구조를 놓고 논하게 되지만 작자를 알고 있을 경우에는 자연히 작품 이외의 전기적 의미를 개재시키게 되는 경향이 생겨난다. 따라서 작품을 읽는 것이 아니라, 그 작품을 쓴 사람을 읽게 되는 것이므로 오히려 위험성이 많다.

77) 이별의 아픔을 고칠 약.
78) 평생토록, 오래오래.
79) '새'는 '사이다' '사이' '새'로 축약된 것.

「정과정곡」의 경우에는 더욱더 그렇다. 만약 이 노래가 작자 미상으로 되어 있다면 누구나 낭군에게 쫓겨간 한 여인의 서러운 사랑의 노래로 읽겠지만, 『고려사』「악지 2」에 적힌 해설을 보면, 이 노래는 정서鄭敍의 작으로 되어 있고, 그가 의종毅宗에게 쫓겨나 동래東萊로 귀양 가서 읊은 노래라고 되어 있다. 정서는 의종의 이모부로서, 인종仁宗이 죽고 의종이 즉위하자 환관들의 세력과 왕의 처가인 임任씨 세력 간에 알력이 생겼는데, 정서는 임씨 편이라 여러 번 환관들의 모함을 받아 곤경에 처하게 되면 그때마다 의종은 이모부인 정서의 죄를 벗겨주지만, 끝내는 '조의朝議에 의하여 어쩔 수 없는 일이니 머지않아 부를 것인즉 고향에 가 있으라'고 귀양을 보낸다. 정서는 동래로 가서 오랫동안 기다렸으나, 끝내 부르심이 없어 거문고를 타며 슬피 자신의 심경을 노래 불렀다 해서 그의 호를 따 그가 그때 불렀던 노래를 「정과정곡」이라 이름하게 되었다.

이 작자의 그러한 내력을 알고 이 노래를 듣게 되면, 작품만을 읽었을 때와는 전혀 그 뜻과 이미지가 달라지게 될 것이다. "내 님을 그리워 우는 모습은 산접동새와 비슷하오이다"라고 말한 이 노래의 첫 연부터가 달라진다. 시의 뜻만 가지고 보면 누구나 눈물에 젖어 있는 한 여인의 모습을 상상할 것이지만, 작품이 쓰이게 된 동기나 배경을 알고 읽으면 그 여인은 사라지고, 그 자리에는 한 남성이 그것도 긴 수염을 나부끼고 있는 근엄한 선비가 갓을 쓰고 나타날 것이다.

연시의 낭만적 분위기는 사라지고 정쟁政爭의 어둡고 음산한 산문적 톤으로 가락이 바뀌어버린다. 권신權臣이 가냘픈 여성의 목소리로 접동새처럼 울고 있다고 생각하면 서정적이기는커녕 징그러운 느낌마저 들게 한다.

기녀들이 부른 노래라면 몰라도 옛날 선비들이 쓴 순수한 연시는 찾아보기 힘들다. 모두가 「정과정곡」의 연시 형식을 빌어 신하가 임금을 그리워하는 충성심을 나타낸 연주지사戀主之詞다. 정송강鄭松江의 「사미인곡」을 비롯하여 조선조 때의 시조에 나오는 '임'은 거의 모두가 외형으로는 연인이지만 실은 군주를 나타낸 것으로 「정과정곡」의 원형에 속하는 노래들이다.

개화기 이후 서구문학의 영향을 받은 근대시도 연주지사의 그 전통만은 그대로 계승되어왔는데, 한용운의 「님의 침묵」이 그 대표적인 예다. "님의 침묵은 연시이면서도 님만이 님이 아니라……"고 본인 자신이 술회한 것처럼 동시에 조국이며 부처님을 노래한 것이기도 하다.

그런데 조심할 것은 「정과정곡」 원형에 속하는 그 같은 시들을 어떻게 읽어야 하는가 하는 태도다. 단순한 사랑의 노래로 읽느냐 그렇지 않으면 군주에 대한 충성의 노래로 읽어야 하느냐? 『시경』에도 남녀 간의 연시가 등장하는데, 주희朱熹의 주석은 그것을 단순히 남녀의 사랑으로 보지 않고 도덕적인, 즉 유교적인 교훈으로 풀이했다. 주자학이 지배한 한국에서는 「정과정곡」을 처음부터 연시로 읽으려 하지 않는 경향이 지배적이었다. 작품은 우선 표면에 나타난 그대로의 뜻을 가지고 읽어야 되며, 일차적인 의미를 거쳐야만 그 뒤에 숨겨진 우의성寓意性까지도 느낄 수 있다. 처음부터 '임'이 의종을 가리킨 것이고, '나'는 정서를 가리킨 것이라고 일일이 암호해독을 하듯이 읽으면 의미가 개념적인 것으로 흐르고 만다.

정철의 「사미인곡」이나 한용운의 「님의 침묵」의 해석에 있어서도 마찬가지다. 한용운은 "님만 님이 아니라 기리는 것은 다 님"이라고 했다.

즉 '님이라고 한 것은 애인끼리의 님을 뜻한 것이 아니라, 우리가 기리고 있는 다른 님을 뜻한 것'이라고는 하지 않았다. "님만 님이 아니라"고 한 것은 우리가 보통 사용하고 있는 일차적인 임이란 뜻도 포함하고 있다는 말이 되며, 그 뜻을 제거하거나 부정한 것이 아니라 더 확대시킨 것뿐이다. 그러므로 「정과정곡」 원형이 속하는 임은 단일적 해석으로 '군주'만을 가리키는 것으로 읽어서는 안 되며, 복합적인 뜻으로 풀이해야 한다. 즉 한용운의 '님'은 애인을 나타낸 말이 아니라 '조국' 또는 '불佛'을 뜻한 것이라고만 읽지 말고 애인=조국=불佛을 총칭하는 것으로 파악해야 된다. 왜냐하면 그 다양성을 동시에 나타낸 것, 그것이 과학적 언어인 산문과 다른 시의 언어이기 때문이다. (A) 남자와 여자의 관

계―(B) 군주와 신하와의 관계―(C) 신과 인간과의 관계처럼 차
원과 대상은 다르지만 그 연관관계는 다 같은 것으로서, 여기에
서 문학의 상징체계가 생겨나는 것이다. 그러한 관계를 우리가
가장 구체적이고 일상적으로 느낄 수 있는 것은 (A) 남녀관계=연
정戀情이다. 그것이 사회적이고 정치적으로 확대된 것이 (B) 군신
관계=충忠이며, 여기에서 다시 그 관계가 초월적인 뜻으로까지
확대되고 높아진 것이 (C) 신(자연)과 인간의 관계이다.

따라서 우리는 가장 기초적인 A를 통하지 않고는 B, C의 세계
로 이를 수도 없다. 이러한 의미의 사다리를 오를 때 첫 칸을 건
너뛰어 위로 오를 수는 없지 않는가! 결국 「정과정곡」을 우선 순
수한 연시로 읽어야 된다는 것이 중요하다. 작자나 작품배경에
선입관을 갖지 말고 자신을 내쫓은 낭군을 사모하는 노래, 그리
고 자신의 결백을 주장하여 낭군이 다시 옛날처럼 사랑해달라는
억울한 여인의 한을 읊은 노래로 읽자는 것이다.

『성서』를 읽는 데도 늘 이 같은 문제가 논란이 된다. 「아가雅歌」
는 아름다운 연시이지만 남녀의 사랑을 종교적인 우유寓喩로 신
과 인간, 즉 신에 대한 인간의 신앙심으로 풀이되고 있다. 모든
것을 처음부터 우유로 해석하려는 태도를 히에라틱 크리티시즘
hieratic criticism이라 부르고, 실제적인 뜻 그대로 읽으려는 것을 레
벨링 크리티시즘leveling criticism이라고 한다. 고전 문학을 읽는 데
있어서도 이러한 두 가지 방법이 있는데, 우리는 지금까지 히에

라틱 크리티시즘으로 흘러 이른바 비어즐리가 지적하고 있는 의도적 오류를 범하는 일이 많았던것 같다.

물론 「정과정곡」을 비롯해서 「사미인곡」, 한용운의 「님의 침묵」 등은 작품배경의 중층적重層的 의미를 무시할 수는 없을 것이다. 단순히 연시만으로는 풀이할 수 없는 분명한 작품배경을 지니고 있다. 그리고 그러한 중층적 의미에 도달하기 위해서라도 일단 작품배경보다 그 자체의 구조에 충실해야 될 것이다. 「정과정곡」을 연시로 읽을 때만이 그 '남녀관계'를 통해 '군신관계'를 실감할 수 있다. 만약 처음부터 그 '님'을 임금, 즉 의종이라고 해버리면 그것 자체가 단일적인 산문적 의미로 돼버린다. "내 님을 그리사와 우니다니 산접동새 난 이슷하요이다"에서 '내 님'을 남모南某라는 분은 '내 임금'이라고 풀이하고 있다. 이렇게 님을 임금이라고 못 박아서 풀이하는 것보다는 우리나라의 임이란 말이 본래 지니고 있는 그 다양성을 그대로 맛보아야 시적 의미가 더 풍부해질 것이다. 또 그런 말이 있기에 사랑의 노래로서 임금에 대한 충성심을 노래 부른 연주지사戀主之詞 같은 특수한 시 형식이 생겨날 수 있었던 것이다.

남녀 간의 사랑을 나타내는 대상도 '임'이고, 군신 간의 그 충성심을 나타내는 대상도 '임'이다. 나라'님' 임금'님'의 님이 그렇고 신(자연)과 인간의 신앙심을 나타내는 그 마음의 대상도 임이다. 부처님, 하늘님, 해님, 달님의 님도 '님'인 것이다. 영어로 번

역할 때 '님'은 무엇이라고 할까. 구체적으로 '연인'이거나 '임금'이거나 '신'이거나 그중 하나로 번역되어야만 할 것이다. 그러나 우리말의 '님'은 말 그 자체가 연인이며 군주이며 하늘님이다. 절대적으로 존경하고 따르고 우러러보는 마음의 대상을 나타내는 총칭, 그 기호다.

'사랑', '정치', '종교' 그리고 '가족', '국가', '우주'를 분리해서 생각지 않고 같은 체계로 동일시한 것이 한국인의 마음이었으며, 거기에서 '님'이라는 포괄적 존칭 언어가 생겨난 것이다.

따라서 '님'은 한국시의 이념이었고, 한국시의 구조를 이루는 원형적 언어라고 할 수 있다.

「정과정곡」의 '님'은 남편(연인)인 것 같으면서도 한 신하의 군주 임금님으로 직결될 수 있는 복합적 의미를 지니고 있다. 한국어의 님 자체가 다양성을 지니고 있기 때문에 비로소 그 이중적 의미가 가능한 것이라고 할 수 있다. 이 시의 화자인 '나'는 바로 작자 자신인가? 그렇지 않으면 시 속의 화자로서의 '나'인가. 시 속의 화자로 볼 때의 '나'는 여성이고 작자로 볼 때는 남성이다.

다시 되풀이되는 이야기지만 일차적인 뜻의 연시로 보아야만 이 뜻이 통한다. 김소월은 엄연한 남자였지만, 시 속의 화자인 '나'는 여자로 설정되어 있다. 서정시에서 작자는 곧 시의 화자인 '나'가 되는 것이 보통이지만, 우리나라 시의 경우에는 서정시의 화자가 작자의 감정만을 전이시킨 여성으로 설정되어 있을 경우가 많다. 그것이 한국 서정시가 지니는 독특한 형식의 하나라고 볼 수 있다. 서정시는 1인칭적인 예술이지만 한국시의 경우에는 작자인 남자가 여자의 입장으로 바꿔 노래하는 3인칭적인 발상으로 되어 있다는 것이다.

임을 그리워하며 우는 자신의 모습을 산접동새에 비유하고 있는 것으로 미루어 화자가 여자라는 생각이 든다. 임과 이별하여 우는 여인, 대체로 떠나는 것은 남자이고 그리워 우는 것은 여자이므로, 반대의 경우는 상상하기 어려울 것이다. 접동새는 밤에 우는 새이고 한 번 울면 피를 토할 때까지 우는 새로서 임을 이별하고 우는 여자로 곧잘 비유되는 새다. 유럽의 경우 나이팅게일과 비슷한 새인데, 대체로 새는 두 가지 다른 상징이 있다. ① 우는 것—청각적 상징, ② 날아가는 것—시각적 상징이다. 접동새처럼 모습은 보이지 않고 울음소리만 들리는 새는 청각의 새로서 낭만적이고 정감적인 시에서 곧잘 등장하고, 학처럼 울음보다는 구름 위를 유유히 나는 것은 시각의 새로서 고전적이고 관념적인 시에서 애용된다. 그러므로 접동새와 학은 한국시에서 그 두 개의 경향을 나타내는 대표적인 새라고 볼 수 있다.

"아니시며 거츠르신들 아으 잔월효성이 아르시리이다"의 구절에 있어서는 내 임을 내 임금이라 해석하듯 정서의 전기적 의미를 첨가하여 해석하려는 사람이 있다. "아니시며"를 '안 있으며, 즉 서울에 안 있으며', "거츠르신들"을 '여기 동래에 와 있다

할지라도'라고 풀이하지만 그렇게 풀이하면 전체 문맥이 닿지 않을 뿐만 아니라 진정서가 돼버린다. 전통적인 풀이는 '그릇되고 허황된 줄을 잔월효성이 안다'로 되어 있는데, 아니시며 거츠르신들은 모두 경칭을 쓴 것으로 자기 이야기가 아니라 상대편 임에 해당되는 것으로 풀이해야 된다. 즉 (임께서) '아니다 거짓이다 말씀하신들, 잔월효성이 아실 겁니다'라고 풀이하는 것이 무난하다. 임을 그리워하는 자기의 심정을 믿어달라는 것이다. 그것을 부정한다 하더라도 잔월효성이, 즉 새벽녘까지 잠 못 들어 울고 있는 자기 모습을 지켜보고 있는 그믐달과 샛별이 알고 있다는 것이다.

시는 산문적이고 직접적인 진술과 달라서 언제나 진술 뒤에 시적인 진정한 의미를 가지고 있다는 말을 했는데, 이 경우도 밤새도록 운다는 접동새의 이미지를 다시 강화한 것으로 다른 사람은 잔월효성을 보지 못하고 깊이 잠들어 있지만, 자기는 임을 그리워하는 마음으로 새벽까지 잠 한숨 못 잤다는 그 심정의 토로도 숨어 있다.

"넋이라도 님을 한데 여겨라 벼기더시니 뉘러시니잇가"라는 다음 구는 앞뒤와 어떻게 연결되고 있는가? 이 시구는 이미 언급한 바 있는 「만전춘」에도 나오는 것을 보아 당시에 잘 쓰던 관용구의 삽입으로 볼 수 있다. 만약 이 말을 빼고 직접 "과過도 허물도 천만千萬 없소이다"라고 이어진다면 뜻이 한결 잘 통한다. 자기 결백을 주장하다가 갑자기 상대편 임을 원망하는 말이 나오고, 다시 또 자기에게 잘못이 없다는 결백을 이야기하는 것이 되기 때문이다.

그러나 이 시를 가만히 살펴보면 자기 입장의 변명과 상대방에 대한 원망으로 되어 있다는 사실을 알 수 있을 것이다. "넋이라도 님을 한데 여겨라"는 "님이 하마 잊으시니이까"에 연결되는 말로 5·6행을 10행에 이어보면 훨씬 뜻도 분명하고 통일성도 생겨난다. '넋이라도 함께 있자고 굳게 맹세하시던 분이 누구십니까. 바로 임이 아니십니까, 그런데 벌써 나를 버리고 잊어버리시다니'의 뜻이 되는데 이상하게도 5·6행과 10행이 붙어 있지 않고 떨어져 있어서 그런 혼란이 생기는 것이다. 5·6·10을 한데 묶어 놓아 뒷부분에 갖다 붙인다면 "잔월효성이 아르시이다" 다음에 바로 "과도 허물도 천만 없소이다"라는 구절이 오므로 "아니 시며 거츠르신들"에 대한 해명으로 뜻이 분명해진다.

"믈 힛마러신뎌"는 어구 자체가 미상이다. 보통 이것을 '믈핫마리신뎌'의 오기誤記로 보고 여러 사람의 참언이라고 해석해왔지만, 어디까지나 짐작일 뿐 그와 같은 증거나 그런 뜻으로 쓰인 용례가 어느 문헌에도 나오지 않는다. 경칭을 쓴 것으로 보아 '임' 쪽의 경우를 두고 한 소리는 분명하지만, 역시 작품배경이 되는 전기적 의미로 보아 이것을 종신宗臣들의 말, 자기를 모함한 조정의 중신들이 헐뜯는 말이라고 풀이하는 사람도 있다. 어쨌든 이것은 여요 가운데 가장 난해한 구절이다.

"슬웃브뎌"라는 어구도 분분해서 '슬프다', '사뢸 말씀', '사라지고 싶다=죽고 싶다'로 아주 여러 가지 해석이 나온다. 정과정이 귀양살이를 해야만 했던 복잡한 조정 내의 그 호두 속 같은 권모술수처럼 「정과정곡」의 이 구절도 그 속을 알 수 없으나, 역시 슬프다 쪽이 타당한 것 같다. 따라서 이 시의 진술을 추려보면 '과실도 허물도 천만 없소이다. 남의 말들을 믿지 마옵소서. 아, 서러워라 임이여 날 벌써 잊으셨나잇가? 임이여 다시 마음을 돌이켜 옛날처럼 날 사랑해주옵소서'의 뜻이 될 것이다.

부분적인 뜻도 중요하지만 시의 전체적 구조를 유기적으로 파악하는 일이 선행되어야 한다. 이 노래는 전체가 임에게 마치 편지를 쓰듯이 또는 대면해서 호소하듯이 하는 투로 표현되어 있다. 화자인 내가 독자나 자기 자신이 아니라 임을 향해 말하는 형식을 취하고 있다. 그리고 그것을 분석해보면 호소와 주장과 원망으로 되어 있는데, 이 노래 전체를 보면 재판 형식을 갖추고 있다. 산접동새와 잔월효성은 일종의 증거물, 또는 증인으로 동원되어 있고, 다음엔 그것을 통해 자신의 결백을 주장한다. '과도허물도 천만 없소이다' 등이 그것이다. 그리고 한옆으로는 검찰 측, 즉 원고原告에 대한 잘못의 지적이다. '넋이라도······'와 '님이 나를 하마 잊으시니이까'가 그것이다. 피고의 최후 진술은 "도람 드르샤 괴오쇼셔"인 것이다. 이런 점에서 볼 때 이 시는 쟁점을 갖고 있다고 할 수 있으며, 그것이 「정과정곡」의 특이성이다. 임을 이별하고 그냥 눈물짓는 노래가 아니라 자신의 억울함을 밝히고 호소하려는 것, 여기에서 우리는 이 시가 매우 서정적인 느낌을 주면서도 그것이 지적으로, 즉 재판처럼 전개되어가고 있다는 사실을 알 수 있다.

이 여자는 왜 억울해할까? 주변 사람들의 모함 때문이다. 여자들은 시어머니와 『사씨남정기』의 경우처럼 첩의 모함으로 남편으로부터 쫓겨난다. 이러한 남녀관계를 정치적 차원으로 옮겨 군신관계로 보면 역시 모함 때문에 임금의 총애를 받다가 귀양살이를 하는 권신의 눈물이 있다. 부부관계나 군신관계나 주위 사람들의 모함이 원인이 될 때 총애를 잃은 자는 자기 결백을 주장하는 억울한 사연을 노래 부를 수밖에 없다.

억울한 이것이 한국의 시였으며 한국의 정치였다. 사랑이나 정치나 최대의 기도는 "도람드르샤 괴오쇼셔"였다. 마음이 돌아서 다시 부르심이 있기를 기다리는 마음……

사랑의 도식과 정치의 도식이 똑같았다. 「정과정곡」이 연시인 동시에 정치시가 될 수 있는 것도 바로 부가장적父家長的 가정이나 군주 국가에서 다 같이 모항극이 지배했던 그 동일 구조에서 생겨난 것이라고 할 수 있다.

「정과정곡」의 화자인 '나'는 아침을 기다린다. 임이 부르는 아침, 긴 밤을 접동새처럼 슬픈 눈물로 다 보내고, 이제는 잔월효성이 마지막 어둠 속에서 사라져가는 것을 보고 있다. 이 원한과 기다림의 길고 긴 노래, 임에게 원망도 하고 남을 탓하기도 하고 자기 결백을 주장도 해보고 그러다가 끝내는 호소로 끝난다. 이것이 한국인의 사랑이었고 정치였으며, 더 높은 차원으로 가면 한국인의 종교였다.

한국인이 생각한 임은 연인이건 군주이건 신이건 언제나 자기를 버리고 다시는 부르지 않는 절망의 대상이었는데도, 한국인은 임 없이 독립적으로 혼자선 살아갈 수가 없었다. 즉 임을 버릴 수가 없다. 대들거나 복수를 하거나 체념하고 돌아서 버릴 수 없는 대상이 바로 임이기도 하다. 그렇기 때문에 단지 임이 돌아서기만을 기다릴 수밖에 없다. 이 임에 대한 부정과 긍정에서 접동새의 원한과 잔월효성의 기다림의 이중 감정이 생겨나며, 「정과정곡」은 한국인의 이 같은 임에 대한 콤플렉스를 나타낸 비극시의 원형이라 할 수 있다.

그렇기 때문에 왜 한국에는 자기 내부로 깊이 천착해 들어가는 내성內省의 시, 참회의 시가 적은가 하는 이유를 밝혀낼 수 있다. 기독교는 신 앞에서 자신을 죄인으로 생각하고 끝없이 회개하는 종교다. 그러나 우리는 신(임) 앞에서 자기의 죄를 사하여달라는 것이 아니라, 자기 결백과 억울함을 진정하는 쪽이다. '제가 무슨 죽을 죄를 지었다고 이런 고생을 내리십니까?' 이것이 한국인의 기도다. 모든 것을 남의 탓으로 돌린다.

한국 문학에는 어째서 타인의 비판은 많아도 자기 고백적인 것이 적은가? 이러한 물음에 대해「정과정곡」은 분명한 하나의 해답이 되어줄 것이다.

「정과정곡」의 노래는 내용상으로는 외로운 유배 생활 속에서 임금에 대한 충성심을 표현한 작품이나 형식상으로는 즐거운 연회장소에서 연회음악으로 연주되던 진작眞勺(고려속가의 곡조 이름)이다. 대개 국문학자들은「정과정곡」의 국문학적 해석에만 몰두하고 음악적인 형식에는 무관심한 실정이다. 장사훈長師勛(서울대 음대 교수, 국악)은『대동음부군옥大東韻府群玉』에 실려 있는 진작의 음악적 형식을 소개하고 있다. 이 책에 의하면 진작의 형식은 1진작, 2진작, 3진작, 4진작으로 되어 있어 1진작에서 4진작으로 옮겨가면서 점점 빠른 속도로 연주하게 되어 있다. 진작은 조선 초까지 궁중에서 연주되다가 그쳤으므로「정과정곡」의 리듬이나 가락의 특징은 전혀 알 수 없다.

이 노래 형식을 중요시해야 할 것은 이 작품에서 전통가곡의 원형이 이루어졌기 때문이라고 장교수는 말한다. 광해光海 2년(1610년) 양덕수梁德壽가 지은『양금신보梁琴新譜』의 서문에는 전통가곡의 원형이「정과정곡」에서 생겨났다고 씌어 있어 국문학자들도「정과정곡」을 가곡의 원형으로 보고 있다.

내 님을 그리워 우는 모습은

산山접동새와 비슷하오이다

아니다 거짓이다 말씀하신들

지는 달 새벽별이 아시리이다

넋이라도 둘이서 길이 살자고

벼르고 벼르시던 이 누구시오이까

과실도 허물도 천만 없소이다

믿지 마옵소서[80] 남의 말을

아아, 서러워라 님이여

그새 나를 잊으셨나이까

아소 님이시여 내 사연 들으시어 옛날 그때처럼 사랑해주옵소서

[原詩]

내님믈 그리ᅀᆞ와 우니다니

山접동새 난 이슷ᄒᆞ요이다[81]

아니시며 거츠르신들[82] 아으

殘月曉星이 아ᄅᆞ시리이다

---

80) 원문 '믈 힛마러신뎌', 양주동은 이것을 '믈핫마리신뎌'의 오각誤刻으로 보고 '중참언
衆讒言'의 뜻으로 보고 있다.
81) 비슷하오이다.
82) 거짓인 줄을.

넉시라도 님을 흔 딕녀져라[83] 아으

벼기더시니[84] 뉘러시니잇가

過도 허믈도 千萬업소이다

물힛마러신뎌[85]

슬읏브뎌[86] 아으

니미 나를 흐마 니즈시니잇가

아소 님하 도람[87] 드르샤 괴오쇼셔

—「정과정곡」

공간구조 속의 사랑 —「서경별곡」

「서경별곡西京別曲」의 서경은 평양이다. 경주는 동경東京이라고
했다.

고려 때의 서울은 개경開京이었으며, 그 개경을 중심으로 관서
에 있는 평양을 서경, 즉 서쪽의 서울이라고 부른 것이다. "닷곤

---

83) 가고 싶어라.
84) 작가에게 죄가 있다고 고집하던 사람.
85) 여요 중에서 가장 난해한 구절로 지금까지도 그 확실한 뜻을 파악하지 못하고 있다.
시의 흐름으로 보아서는 '믿지 마읍소서'가 아닌가 생각된다.
86) 슬프온져.
87) 자세한 사연.

딘 쇼셩경小西京……"이라고 가사 속에도 직접 나오고 있지만, 고려 때 평양성을 증축하여 소경小京으로 삼았다. 그래서 평양을 수도에 준하는 도읍지로 삼은 것이다.

사람의 의식은 시간과 공간으로 나누어져 있다. 시간의식에서는 '어제'와 '오늘', '내일'이라는 것이 생겨나고, 공간의식에서는 '안(고향)'과 '바깥(타향)' 그리고 동서남북 같은 방위가 생겨난다.

시의 구조도 그렇게 나누어볼 수 있다. 「서경별곡」은 제목만이 아니라 시 전체가 공간의식으로 이루어져 있는 것 같다. 「만전춘」의 경우 어제는 만남의 기쁨이었고, 오늘은 헤어짐과 기다림의 슬픔이고, 내일은 다시 만나는 소망으로 짜여져 있다. 시간구조로 된 시다. 그러나 「서경별곡」은 사랑이 시간 속에서 변하는 것이 아니라 공간(장소)에 의해서 분할된다. 즉 서경이라는 고향은 사랑의 장소이고, 대동강 건너 타향은 이별의 장소다.

「서경별곡」은 이별의 현존성現存性만 있지 시간적으로 사랑의 추억이나 미래의 소망 같은 것은 전혀 언급되어 있지 않다. '울며 따라가겠나이다'라는 표현은 고향을 떠나 임이 가는 다른 장소로 옮겨가겠다는 것이므로 이별과 만남의 감정도 공간적인 차원에서 처리되고 있다는 사실을 알 수 있다.

사랑의 정념, 역시 모두가 공간화되어 있다. '나는 새로 신축한 서경의 그 고향을 사랑하고 있지만, 임이 다른 곳으로 떠난다면 길쌈베 버려두고 울며 쫓아가겠다'는 표현이 그렇다.

‘임에 대한 사랑’을 ‘고향에 대한 사랑’과 비교한 것이다. 비교는 막상막하의 비등한 세력 사이에서만이 이루어질 수 있다. 그렇기 때문에 「서경별곡」의 첫 연을 읽어보면 고려 여인들의 애정지상주의愛情至上主義를 느끼면서도 동시에 고향에 대한 그들의 뜨거운 애착을 느끼게 된다. “우러곰 좃니노이다’라는 말이 바로 그렇게 느껴진다. 사랑하는 임을 따라가는 것인데 군이 ‘우러곰’이란 말을 붙인 것은, 즉 울며 따라간다는 것은 고향을 못 잊어 하는 마음을 나타낸 것이다. 이 시의 화자는 임 못지않게 서경 땅 고향을 사랑하고 있다. 임을 따라간다는 것은 곧 타향으로 간다는 것이고, 정든 고향을 이별하는 것이다. 고향을 택하려면 임과 이별해야 하고, 임을 따라가자면 고향과 이별해야 된다. 이 갈등이 있기 때문에 더욱더 임에 대한 사랑의 노래가 절실하게 듣는 사람의 가슴을 친다.

그러고 보면 “괴시란딕 우러곰 좃니노이다”란 해석도 달라져야 할 것 같다. 지금까지는 ‘임이 날 사랑만 해주신다면 울며 따르겠나이다’로 풀이하였다. “괴시란딕”의 딕를 조건법으로 보아 ‘사랑해주신다면’이라고 읽었기 때문이다.

그러나 앞의 “닷곤딕(닦은 데, 신축한 곳)”와 “괴시란딕”를 대구對句로 보아 ‘사랑하시는 곳’이라고도 볼 수 있다. 자기는 서경을 사랑하지만 임은 다른 곳을 사랑하여 떠난다. 따라서 ‘내가 사랑하는 서경’과 임이 ‘사랑하고 있는 곳(괴시란딕)’이 대립적 의미를 갖는다. 그렇게 본다면 전체 뜻은 '나는 서경을 사랑하지만 임을 더욱 사랑하고 있기 때문에 임이 떠나가는 곳(사랑하시는 곳)으로 따라가겠다'의 뜻이 된다.

'길쌈베 버리고 떠난다'는 말은 지금까지 생활해오던 것을 전부 저버리고의 뜻이 되는데 길쌈베는 서경과 등가물이 된다. 고향을 버린다는 것은 길쌈베를 버린다는 것이고, 길쌈베를 버린다는 것은 여자의 의무요 생활인 일상의 일을 버린다는 뜻이 된다. 길쌈은 견우직녀의 전설 때부터 여인들의 생활을 상징하는 일이었다.

마치 임과의 이별에 의해서 고향과 타향, 두 장소의 선택에 갈등이 생겼듯이 길쌈(생활)과 사랑(임) 역시도 이자택일적二者擇一的 대립관계를 이루고 있다. '뽕도 따고 임도 보는' 경우와는 반대로 노동과 애정의 조화가 아니라 여기에서는 도리어 그것이 부조리한 대립을 이루고 있다.

고향이냐? 타향이냐? 길쌈(생활)이냐? 임(애정)이냐?에서 고려의 여인은 무엇을 선택했을까?

「서경별곡」의 첫머리에 보면 단연코 사랑 쪽이었다. 그러나 고향과 길쌈을 완전히 버린 것은 아니다. 그것들을 못 잊어 울며 임을 따라가는 걸 보면 말이다.

오늘의 여성은 웃으며 따라갈 것이다. 더구나 현대 여성들은 '길쌈베 버려두고……'의 시적 표현을 이해하기 힘들 것이다.

길쌈하는 일은 노동이니까, 하기 싫은 일이다. 그것을 버린다는 것은 노동으로부터 해방되는 것이고, 임이 아니라도 스스로 버리고 싶은 마음이 들 것이다. 그런데 「서경별곡」에서는 어째서 고향을 등지는 쓰라림의 상징으로 되어 있을까. 현대문명 속에서 사는 사람들은 이 여인의 마음을 이해할 수 없을 것이다. 그러나 옛날 여인들은 애를 낳아 기르는 것처럼 길쌈을 여인의 역할(보람)로 느꼈던 것이다.

현대에 와서 이 노동의 의미는 타락하고 말았다. 산업시대의 현대인들은 급료를 받고 일을 한다. 자기의 땀을 상품화한 것이다. 그래서 노동은 인간으로부터 소외돼버린다.

그러나 고려 때와 같은 옛날 사람들이 밭을 갈고 길쌈을 하는 것은 그 노동 자체에서 생의 의미를 느꼈던 것이다. 수렵시대에 사냥을 한다는 것은 단순히 먹고살기 위해서 마지못해 하는 노동이 아니었다. 사냥 자체의 즐거움과 생명감이 있었다. 요즘에도 사냥을 스포츠로서 즐기고 있는 것 같다.

요즘에 와서 노동과 스포츠는 분리되어 전자는 의무 때문에 억지로 하는 일이고, 후자는 즐거움 때문에 자진해서 하는 것으로 되었지만, 옛날엔 노동과 스포츠(유희)가 하나로 되어 있었다.

즉 옛날 여자들은 길쌈을 생활의 역할이요, 애를 낳는 것처럼 생산의 표현으로서 사랑했던 것이다.

그런데 문제는 「서경별곡」의 여인이 사랑하는 고향과 길쌈베를 버려두고 임을 쫓아간 것은 아니었다. 어디까지나 첫 연은 '그러고 싶다'는 것이지 '그랬다'는 실천은 아니다. 현실적으로 불가능을 깨달을수록 그러고 싶다는 욕망이 강하게 나타난다. 다음 연을 읽어보더라도 자기는 임을 따라간 것이 아니다.

우리는 여름에 겨울 꿈을 꾸고 겨울에는 여름 꿈을 꾼다. 그것이 현실과 시가 만나는 특수한 모순의 논리다.

"구슬이 바위에 떨어진들 끈이야 끊어지리까"—울면서 임을 쫓아가겠다는 다짐을 하고서도 바로 그 뒤 연에는 이렇게 구슬이 바위에 떨어져 산산조각이 나는 이미지가 따라온다. "천년을 홀로 가신들 믿음이야 끊어지리이까" '구슬'과 대구對句를 이루는 이 부분에서 이 여인이 생각하고 있는 현실은 영원한 이별이었다. 그녀가 생각하고 있는 것은 깨진 구슬이요, 천년을 홀로 지내는 현실이다. 단지 그 현실 속에서 구슬이 깨지고 나도 남는 끈과, 이별 뒤에도 지속하는 '신信'을 생각해보는 것이다. 따라갔다면 따라갈 수 있는 게 현실이라면, 이런 표현은 생겨나지 않았을 것이다.

"구슬이 바위에 디신달……"의 이 시구는 「정석가」에도 나오는 것으로 고려 당시에 흔히 쓰던 관용구 같다. 특히 이별의 쓰라림을 달래는 자위책自慰策, 그리고 자기 합리화로서 애용되던 아름다운 관용적 표현일 것이다. 어느 한 사람의 독창적 표현이 아니라 고려 때 사람이 지녔던 집단적 이별관, 그 이별의 감정을 담은 것으로 고려청자 같은 시구다.

구슬은 여자들이 사랑하는 장식물이다. 구체球體는 근대과학이 생겨나기 이전부터 완성을 뜻하는 우주의 상징물이기도 했다. 그러나 구슬이나 이슬 같은 형체는 영원한 우주의 축소물이지만, 동시에 깨지기도 쉬운 물건이다. 허무한 인생을 초로 같다고 이슬에 비하는 것도 결국 같은 이미지다.

영원을 표상하고 있으면서도 영원할 수 없는 패러독스를 지닌 것이 이슬이요, 구슬이다.

그래서 고대설화에서는 이슬처럼 구슬 역시 깨진다는 것, '잃어버린다는 것'의 아이러니컬한 이미지가 많이 등장한다. 결국 유한한 육신의 상징이다. 옥체란 말 속에는 귀하고 깨끗하다는 뜻과 함께 깨지기 쉬운 그 육체의 의미도 깃들어 있다.

구슬이 바위에 떨어져 깨지는 것을 사랑의 이별로 본 것인데 그것을 더 발전시켜보면 생의 이별, 죽음과도 통할 것이다. 바위에 떨어진 구슬은 현실의 모든 좌절, 고난, 패배다. 그런데 고려인들이 믿은 것은 구슬이 아니라, 그 육체와 현세 속에서 패배하는 운명이 아니라 구슬과 구슬을 꿰맨 끈이었다.

끈을 불교적으로 볼 때는 인연이겠고, 철학적 비유로 보면 구슬의 형이하形而下에 대응하는 형이상形而上의 세계인 마음이며 영혼이 될 것이다. 구슬 하나하나의 개체는 외롭고 깨지기 쉽지만, 서로 연결시켜주는 끈은 영원하고 강한 것이다.

한국인을 한국인이게 하는 것이 바로 그 끈이다. 눈에 보이는 아름다운 구슬이 아니라, 그 물체가 아니라, 독립된 개체가 아니라, 그 속에 숨어 있는 영원의 끈을 생의 본질로 보았다.

혈연의 끈, 지연의 끈, 문벌의 끈, 정분의 끈, 그래서 '끈을 댄다'느니 '끈 떨어진다'느니 '끈이 끊어졌다'는 말을 많이 쓴다. 구슬이 부서지는 두려움보다, 한국인이 정말 두려워한 것은 바로 끈이 끊기고 떨어질 때다.

이별하는 이 여인도 마지막 믿는 것은 끈, 즉 신(信)이다. 끈이 있는 한 육체는 서로 헤어져 있어도 마음은 함께 있을 수 있다. 그런데 왜 이 구절이 이 자리에 불쑥 나왔는가 하는 것이 의문이다. "넋이라도⋯⋯"의 「정과정곡」에서의 경우처럼 관용구의 삽입은 전체 시의 의미와 연결이 잘 안 되게 마련이다. 이 구절을 빼고 읽으면 이 시의 의미는 훨씬 더 잘 넘어간다.

"대동강 넓은 줄 몰라서, 배 띄어놓았느냐 사공아"의 종연을 보면 임과의 이별이나 임의 배신에 대한 불안이 짙게 깔려 있다. 그런데 미리 이별을 승화한 "구슬이 바위에⋯⋯"가 나오면 감정의 진전에 무리가 생긴다.

그러면 위의 얘기로 되돌아가자. 「서경별곡」은 공간의식의 구조로 된 시라 했는데 대동강이 바로 그 역할을 하고 있다. 「서경별곡」은 이별의 감정을 그림이나 도형으로 그려낼 수가 있다. 지도를 보는 것처럼 하나의 공간은 대동강이라는 선에 의해 양분되고 있다. 강 이쪽은 서경이며, 강 건너 쪽은 타향이다. 화자는 그 경계선까지 와 닿아 있다. 그러나 넘을 수는 없다. 이쪽은 길쌈을 하고 사는 서경, 저쪽은 그 삶과 단절된 미지의 땅이다.

그래서 대동강이 넓다고 한 것이다. 임을 이별하는 화자의 감정도 공간으로 나타나 있다. 대동강은 의식공간이다. 보통 사람, 사공에게는 대동강이 넓어 보이지 않는다. 그러나 이별하는 사람의 의식 속에서는 끝없이 넓기만 하다. 단절이니까, 서경이 거기서 끝나니까, 사랑이 거기서 끝나니까, 임을 따라 넘을 수 없는 강이니까 객관적인 물질로서의 강 넓이는 무의미하다.

한마디로 「서경별곡」은 인생의 깊은 단절감을 공간거리에 의해 나타낸 노래라고 할 수 있다. 이별을 통해서 지금껏 잠자고 있던 부조리한 생이 눈을 뜨고 일어서는 것이다. 임과 서경에 함께 있을 때는 길쌈하는 일과 사랑하는 일이 서로 대립되는 것이 아니었다. 고향은 고향으로서, 타향은 타향으로서 병존되어 있었다. 그런데 이별하는 순간 이 두 가지 세계는 이자택일적인 부조리한 생을 제시한다. 이것이냐, 저것이냐. 이별이란 지금까지 함께 있던 것이 단절되어 '나'라는 개체로 돌아오는 것이다.

이 개체의식 속에서 지금껏 함께 있다고 생각한 타자와의 관계가 모두 무너지고 만다. '사공'과 '나'의 관계도 그러하다. 사공은 내 감정과는 아랑곳없이 먼 곳에 떨어져 있다. 그는 자기 직업인 배를 내어놓는 것뿐이다. 그의 행위는 '나'와는 아무런 상관도 없이 벌어지고 있다. 나와 상관없이 이루어지고 있는 이 행위의 세계, 그것이 생에 대한 부조리의 인식이다. 그러면서도 거기에서 끈을 찾으려는 것, 단절과 부조리한 생 속에 내던져진 외로운 구슬들을 함께 하려는 마음이 엿보인다.

그것이 바로 사공을 향해 욕하면서 "네가시 럼난디 몰라셔" 배를 내어놓았느냐의 구절이다. 이 구절은 해석상 많은 논란이 있지만, 너의 아내가 럼난디[淫奔], 즉 바람난 것을 몰라 배를 내어놓았느냐 하는 뜻으로 의견들이 일치해가고 있다. 그러나 그런 뜻으로 읽어도 풀이가 잘 안 된다. 단지 우리가 확실히 말할 수 있는 것은 지금도 내가 내 임과 이별하는 것이 너에겐 남의 일로 보이지만, 너의 경우에 있어서도 무관하지 않다는 뜻이다. 언젠가는 네 자신의 일일 수도 있다는 것이다.

현대적인 관점에서 보자. 생을 부조리로 보고 있는 실존주의에서는 연대의식을 통해 실존을 극복하려고 한다. 우리는 서로 떨어져 있고 각자가 외로운 별들처럼 제 생을 살고 있을 뿐이다. 그러나 개개인은 그러한 홀로 사는 각자의 의식, 각자의 고독을 통해서 서로 함께할 수가 있는 것이다. 겨울에 추위를 느낀다는 것은 내 추위이지만 동시에 겨울 속에 사는 모든 사람의 추위이기도 하기 때문이다.

대개 여요는 마지막 구절에 강한 원망을 나타내는 기원이나 어떤 해결을 주는 매듭으로 끝나고 있는데, 「서경별곡」은 그 마지막이 아주 절망적으로 끝나고 있는 것이 특이하다. "대동강 건너 편 꽃이야 배를 타고 가면 꺾으시겠지" 임이 배를 타기만 하면 건너 땅에 있는 '꽃=여자', 자기 아닌 다른 여자와 사랑에 빠지게 될 것이라는 불신이다. "천년을 홀로 가신들 믿음이야 끊어지리이까"와는 정반대의 결론이다. 영원한 이별 그리고 배신, 믿을 수 없는 사랑에의 절망감뿐이다.

대동강 이쪽에는 '나', 대동강 저쪽에는 '다른 여자'가 있다. 임이 이 공간에서 저 공간으로 간다는 것은 사랑의 세계에서 이별의 세계로 넘어가는 것이다. 배는 이쪽과 저쪽을 연결해주고 있는 다리의 이미지가 아니라 도리어 단절의 뜻으로 형상화되어 있다. 영어로 경쟁상대를 라이벌이라고 하는데, 원래 이 말은 강을 뜻하는 '리버'란 말과 같은 뿌리에서 나온 말이다.

강이 왜 경쟁자란 뜻을 낳았을까? 우리는 여기에서 원초적인 인간의 공간의식을 발견할 수 있다. 강을 사이에 두고 강 이쪽과 강 건너 쪽에서 사는 사람들은 서로 원수와 같은 타자가 되는 것이다. 공간을 '안'과 '밖'으로 나누어 놓는 것이 강이기 때문이다. 강 이쪽은 고향이고, 강 저쪽은 타향이다. 우리가 텃세한다는 것도 바로 자기가 살고 있는 장소(땅)를 신성시하고 정통화하려는 공간적 심리에서 나온 것이다.

강 건너 사람들이 자기로부터 임을 빼앗아 간 게 된 것이고, 임과 자기와의 사랑은 강 이쪽에서만 완성되는 것이라는 생각이

「서경별곡」의 모티프라 할 수 있다.

평양, 즉 서경은 당시의 서울이었던 개경과 라이벌 관계에 있었다고 볼 수 있다. 환도 문제가 곧잘 논의된 것을 봐도 알 수 있다. 더구나 서경은 신흥도읍지新興都邑地로서 이 노래에 '닷곤대 소서경小西京 사랑하지만'이란 것이 있듯이 고향의식을 강조해야만 되었다.

그런 관점에 보면 이별의 노래만이 아니라 "서울에서 살렵니다"의 「서울찬가」처럼 서경찬가의 면도 있다. 대동강 건너 땅으로 가는 것은 나쁜 것이라 생각했기 때문이다. 서경을 떠나지 말자, 서경만을 사랑하자, 서경에서 길쌈을 하고 임과 영원히 함께 지내자, 이러한 뜻이 잠재되어 있는 것이다.

대동강 사공들은 배를 내어놓아서는 안 된다. 서경 사람들을 건너주어서는 안 된다. 「서경별곡」을 듣는 사람은 다 그런 생각을 하게 될 것이다.

옛날 사람들은 터(장소)를 중시하였다. 아무 데나 집을 짓지 않았다. 아무리 물질화하고, 기계화한 사회라 할지라도 추석에 고향에 가는 사람처럼 편리한 도시에 살면서도 고향을 잊지 못하는 심리도 그것이다.

엘리아데는 『성聖과 속俗』이란 책에서 특정한 땅을 성역으로 삼고 다른 장소를 속지俗地로 생각하는 땅과 종교의식의 관계를 논급한 적이 있었다. 우주=국가=고향=자기 집과 같이 언제나 자기가 있는 곳을 우주공간의 배꼽(중심)으로 본다.

유난히 한국인은 집터나 도읍지를 정하는 데 신비적 의미를 부여했다. 여기에서 풍수지리설도 나오게 된 것이다.

어쨌든 「서경별곡」은 이별을 노래한 그 많은 시 가운데 하나지만, 이별 자체보다도 그 속에 나타난 시의 공간의식이 매우 중요한 문제를 제기하고 있다. 시 형식도 단정하고 기하학적 질서정연한 반복형으로 되어 있어 거칠지 않다. 공간의식은 기하학적 의식이기에 가사 역시 그렇게 된 것일까.

> 서경西京이 서울이오다만, 새로이 닦은
> 소서경小西京 사랑하오이다만
> 이별이라면[88] 길쌈베 버리고
> 사랑해주신다면 울며울며 따르겠나이다
>
> 구슬이 바위에 떨어진들 끈이야 끊어지리까
> 천년을 홀로 가신들 믿음이야 끊어지리까[89]

---

88) 양주동은 '여희므로'가 '이별함으로'의 뜻이지만, 그 아래 강세 지정어 'ㄴ'이 붙음으로써 '여의므로'와는 다른 '차라리'의 뜻을 가진다고 보고 있다.

89) 위의 제2연을 한역한 것이 『익재난고益齋亂藁』 권4 「소악부小樂府」에 적혀 전한다. "縱然岩石落, 珠琭纓縷固應斷時, 與郎千載相離別, 一點丹心何改移".

대동강 넓은 줄 몰라서⁹⁰⁾ 배 띄어놓았느냐 사공아

이별의 서러움 몰라서 가는 배에 실었느냐 사공아⁹¹⁾

대동강 건너편 꽃이야⁹²⁾

배를 타고 가면 꺾으시겠지⁹³⁾

[原詩]

西京⁹⁴⁾이 아즐가⁹⁵⁾

西京이 셔울히 마르는

위 두어렁셩 두어렁셩 다링디리⁹⁶⁾

닷곤딕 아즐가

90) 대동강이 넓다고 말한 것은 강이 넓음을 표현하기 위해서가 아니라 임이 한 번 이별
하여 강을 건너면 다시는 돌아오지 않을 거라는 이별의 쓰라림을 나타낸 것이다.

91) 원문은 '네가시 럼난디 몰라셔 녈비예 연즌다 샤공아', 즉 '네 처가 음란한지 몰라서
가는 배에 얹었느냐 사공아'로 되어 있다.

92) 대동강 건너편에 있는 임을 표현한 것이라고 보는 측도 있으나 잘못이다. 꽃이란 시
법詩法에서 전통적으로 '여자'를 가리킨다.

93) '꽃'을 '임'으로 해석하는 분들은 이 구절을 '강을 건너가기만 하면 임이 자기를 사랑
하도록 만들겠다'는 뜻으로 보고 있다.

94) 지금의 평양.

95) 다음 행行의 도입을 위한 의미 없는 후렴구.

96) 악조樂調에 맞춘 후렴구.

닷곤뒤[97] 쇼셩경 고외마른[98]

위 두어렁셩 두어렁셩 다링디리

여히므론[99] 아즐가

여히므론 질삼뵈 브리시고

위 두어렁셩 두어렁셩 다링디리

괴시란뒤 아즐가

괴시란뒤 우러곰[100] 좃니노이다

위 두어렁셩 두어렁셩 다링디리

구스리 아즐가

구스리 바회예 디신들[101]

위 두어렁셩 두어렁셩 다링디리

긴힛 쫀 아즐가

긴힛 쫀[102] 그츠리잇가[103] 나는[104]

---

97) 고려 때 평양성을 증축하여 소경으로 삼은 것을 말한다.

98) 사랑하오이다마는.

99) 이별함으로.

100) 울어울어, '곰'은 강조어.

101) 떨어지신들.

102) 끈이야.

103) 끊어지리이까.

104) 별 뜻이 없음을 말한다.

위 두어렁셩 두어렁셩 다링디리

즈믄히를 아즐가

즈믄히를 외오곰[105] 녀신들[106]

위 두어렁셩 두어렁셩 다링디리

信잇돈 아즐가

信잇돈 그츠리잇가 나난

위 두어렁셩 두어렁셩 다링디리

大同江 아즐가

大同江 너븐디 몰라셔

위 두어렁셩 두어렁셩 다링디리

비내여 아즐가

비내여 노혼다[107] 샤공아

위 두어렁셩 두어렁셩 다링디리

네가시 아즐가

네가시 럼난디 몰라셔[108]

---

105) '외오'는 외로움.

106) 가신들, 고어에서는 존칭 보조어간인 '시'를 남에게만이 아니라 자기 자신, 그리고
주어격의 사물에도 쓴다.

107) 놓았느냐.

108) 처의 고어, 남부지방에서는 지금도 처를 '각시'라 부른다.

위 두어렁셩 두어렁셩 다링디리

널비예 아즐가

널비예 연즌다[109] 샤공아

위 두어렁셩 두어렁셩 다링디리

大同江 아즐가

大同江 건넌편 고즐여[110]

위 두어렁셩 두어렁셩 다링디리

빗타들면 아즐가

빗타들면 것고리이다[111] 나눈

위 두어렁셩 두어렁셩 다링디리

—「서경별곡」

사랑의 세시기歲時記 —「동동」

제목「동동動動」은 북소리 둥둥의 의성어다. 신라시대의 이두
가 없어진 뒤에도 한자음을 빌어 우리나라 말을 표기하는 예가
많았다.

---

109) 갈 배에 얹었느냐.
110) 꽃이여.
111) 배를 타고 건너가면 꺾으리라.

연못에서 노는 물고기를 보고 김삿갓이 한시를 짓다가 도저히 한문식으로는 표현할 수 없어 그냥 그 음만을 빌어 수물수물水物水物이라고 썼다고 한다. 한국어는 의성·의태어가 발달해 있어 시적 표현에 있어서도 그 같은 경향을 많이 발견할 수 있다.

　우리에게 국가와 마찬가지로 불리는 「아리랑」만 해도 그렇다. 사람들은 '아리랑'이란 말에 '아이롱啞耳聾' 등 여러 가지 뜻을 부여하려고 들지만, 아리랑은 뜻이 없는 음 그대로의 아리랑으로 봐야 한다. 그 순수한 음감音感 속에 맛이 있고, 의미로는 설명할 수 없는 독특한 정감이 우러나오는 것이다. 그런데 대중들은 애써 만들어진 시를 비시적非詩的으로 읽으려는 경향이 있다.

　한문권 문화에서도 무엇인가 제 나라 말로 노래를 지어야 되겠다고 생각한 것은 시가 의미만으로 성립되는 것이 아니라는 충동을 받았기 때문이라고 본다.

　그런데 「동동」이 다른 여요와 다른 것은 정월부터 12월까지 달수에 맞춰 사랑의 정감을 노래 부르고 있는 그 형식이다. 달력은 객관적, 물리적 시간이고 또 집단적인 체험의 시간이다. 그러면서도 그러한 달력(시간)에 맞춰 노래 부르는 화자는 1인칭 '나'다. 그래서 「동동」은 객관적 시간 속에 담긴 주관적인 정감의 시간과 또 집단 체험 속에 담긴 개인 정감을 노래 부르고 있다는 점에서 다른 월령체가月令體歌와도 구별된다.

　1년 동안 세시풍속을 따라 매월 1연으로 노래를 만드는 것을

'월령체가=달거리'라 하지만, 이러한 시 형식은 중국의 『춘추좌씨전春秋左氏傳』에도 이미 나타나 있다.

우리나라에서는 「동동」이 월령체가의 원형이라 할 수 있는데, 조선조 때의 「농가월령가」와는 그 발상이나 내용이 아주 다르다. 다른 월령체가는 교훈적인 목적의식을 담고 있다. 개인적 정감이 무시되어 있고, 집단적인 풍속, 노동 등의 의미만으로 되어 있다. 차라리 『청구영언靑丘永言』의 「관등가」라든지 구전민요口傳民謠의 「청상요靑孀謠」 등에서 「동동」의 흐름을 읽을 수 있을 것이다.

노래를 시작하기 전에 나오는 서련序聯은, 우리가 요즘에도 신년 인사로 곧잘 쓰는 '복 많이 받으시오'라는 덕담으로 되어 있다. 「동동」의 전체 내용은 이별한 임을 그리워하는 것인데, 서연은 이렇게 임을 송도頌禱하는 것으로 시작된다.

이 노래는 조선조 때 궁중에서 연예악年禮樂으로 불려진 것이니까, 이 서연은 임금 앞에서 의식 절차를 갖추기 위해 덧붙여진 것이 아닌가 생각된다. 즉 노래를 주악하기 전에 임금에게 덕과 복을 기원하는 대목으로 생긴 것 같다.

그런데 '곰배', '림배'란 말의 해석이 좀 구구하다. 대개 '덕을 곰배 받으시고 복을 림배에 받으라'는 이 시구를 '곰'은 뒤, '림'은 앞, 그리고 '배'는 술잔으로 풀이하여, 앞잔 뒷잔에 덕과 복을 많이 받으라는 의미로 해석하고 있다.

『계축일기癸丑日記』에 보면 '곰배림배'란 말이 나오는데 그 뜻은

'성화처럼…… 계속해서……'의 뜻으로 쓰이고 있다. 또 현대어에서 선미船尾를 고물이라 하고 선두船頭를 림물(이물)이라고 하는데, 그것으로 보면 '곰'이 뒤, '림(임)'이 앞이란 뜻을 지니고 있다는 것이 분명하다. '발꿈치', '팔꿈치' 할 때의 꿈도 뒤라는 뜻의 '곰'에서 나온 말이라 볼 수 있다. 어떻게 해석하든 덕복德福을 '곰배림배에 받으라'는 축도임이 분명하다. 즉 술잔을 바치면서 덕과 복을 하나 가득 받으라는 뜻이다.

그러면 우선 정월부터 이 노래를 분석해가면서 고려인들이 어떻게 한 해를 맞이했는지를 살펴보자.

계절의 탄생은 봄, 하루의 탄생은 아침이다. 마찬가지로 한 해의 탄생은 정월이다. 새롭게 탄생하는 그 시간 속에서 화자 역시 "누릿 가온 나곤"이라고 말한다. 즉 이 세상에 태어난 자신을 보는 것이다. 그리고 그 탄생의 시간은 얼다가 녹다가 하는 구체적인 냇물의 이미지로 나타나 있다.

얼어붙은 겨울의 강물은 흐르지 않는 것이기 때문에 시간의 정지 상태, 즉 탄생 이전의 상태를 의미하는 것이라면, '얼다가 녹다가' 하는 정월 냇물은, 이 정지의 시간에서 풀려나 막 새로운 시간이 탄생하려는 이미지를 갖고 있다. 그리고 정월은 동시에 봄의 예언이며 생명의 근원이 되는 것이다.

정리해서 말하자면 정월이 우리에게 불러일으킨 시적 이미지는 시간의 탄생, 계절(봄)의 탄생, 생명의 탄생이지만, 거기에는 동시적으로 그와 반대되는 겨울이, 밤이, 탄생 이전의 죽음 같은 세계가 있다.

그 탄생의 긴장을 얼다 녹다 하는 냇물의 생동하는 이미지로 형상화한 것은 참으로 놀랍고 탁월한 솜씨다.

그런데 "누릿 가온ᄃᆡ 나곤 몸하 ᄒᆞ올로 녈셔"라는 구절이 문제인데, 그 뜻은 '세상에 태어난 이 몸은 홀로 살아가는구나!'로 풀이되고 있다.

그러나 자기 혼자 외롭게 살아가고 있다는 감탄 정지로 볼 것이 아니라, 이 세상에 태어난 몸이 혼자 살아갈 수 있겠는가의 수사적 의문으로 풀이해야 될 것이라고 생각한다. 단순한 외로움을 나타내는 서술이 아니라, 미래 추정으로서 '혼자 살아갈 수는 없겠지'로 풀이될 때 비로소 정월의 정감과 일치할 것이다.

사랑의 탄생, 즉 혼자 살아갈 수 없는 나를 발견할 때 사랑의 의식은 싹트고 임에의 그리움은 꿈틀거린다. 그리고 앞에서도 이야기한 대로 「동동」에는 두 가지 시간의 흐름이 있다.

하나는 정월, 2월, 3월 이렇게 달력의 자연적이고 객관적인 시간이며, 또 하나의 시간은 사랑의 정념을 나타내는 마음의 시간이다. 그러니까 정월이 한 해의 시작이듯이 마음의 시작에서는 사랑의 의식이 싹트는, 사랑이 시작되는 것이다. 그 사랑은 홀로 살아갈 수 없는 고독감에서 눈을 뜬다.

그러므로 2월이 되고서야 구체적으로 사랑의 대상이 되는 임이 나타난다. 즉 2월의 불교의식인 연등회에 높이 달아놓은 등불을 임의 얼굴에 비유하고 있다. 등불은 자신만을 비추는 것이 아니라 만인을 비춘다. 단순한 육정의 대상만이 아니라, 그 임이 인격적인 사랑의 대상이라는 것을 우리는 그 비유를 통해서 느낄 수 있다.

임은 빛으로 나타난다. 등불은 어둠을 비추는 것이다. 넓은 세상에서 혼자 살아가는 자신의 외로운 마음, 그 어둠에는 사랑의 빛이 있어야만 한다. 연등회에 높이 달아놓은 등불은 바로 임의 얼굴이자 사랑의 빛이다.

이러한 임의 모습에 대한 이미지는 3월의 노래 속에서 그대로 연장된다. 연등회의 등불로 상징되는 임의 모습은 꽃으로 비유되어 있다. 그런데 그게 무슨 꽃이냐가 논의의 대상이 되어 있다.

"3월三月 나며 개開한 만춘滿春들, 윗고지여"라고 읽느냐, "만춘滿春, 달윗고지여"라고 읽느냐로 문제가 많다. 달을 위에 붙여서 '윗고지여'로 보는 사람들은 '윗꽃', 즉 오얏꽃의 준말이라고 보기도 하고 외꽃[瓜花]으로 보기도 한다. 그러나 하고많은 꽃 가운데 별로 예쁘지도 않은 외꽃으론 볼 수가 없을 것 같다. 오얏꽃은 표기상 무리가 있다. 그보다는 달을 아랫말에 붙여서 '달윗꽃'으로 보는 편이 타당할 것 같다.

그것은 우리가 봄에 흔히 볼 수 있는 진달래꽃을 뜻한다. 원래 진달래꽃은 '달래꽃'이기 때문이다. 우리가 살구를 참살구, 개살구, 기름을 참기름, 개기름이라고 하듯이 달래꽃도 참[眞]달래, 즉 진[眞]달래와 개달래로 양분해서 부른다. 그러니까 참달래는 진달래가 되고, 개달래는 못 먹는 철쭉꽃을 그렇게 부른 것이다. 그러니까 3월에 피는 진달래꽃을 남이 '부러워하는 모습을 지니신 님'에 비유한 것으로 풀이할 수 있다.

무슨 꽃이든 꽃임에는 분명하니까 2월의 등으로 비유된 임이 3월에는 꽃으로 비유되어 있다는 그 의미를 캐보아야 한다. 2월의 임은 등불, 그것도 불교의식의 자리에서 켜진 등불로 비유되어 있어서 다분히 종교에 가까운 사랑, 이를테면 정신적인 플라토닉한 사랑으로 형상화한 임이다.

그런데 3월은 꽃이다. 종교의 시간 속에 나타난 임이요, 사랑이 아니라, 관능적인 봄의 시간 속에 나타난 임이요, 사랑이다. 육체가 있는 사람이다.

그러므로 2월의 임은 만인을 비추지만, 3월의 임은 거꾸로 남들이 부러워하고 샘을 내는 사랑이다. 사랑의 순서가 잘 나타나 있다. 정월에는 구체적인 임이 없이 사랑의 정감만이 탄생했고 2월에는 순수한 정신의 사랑, 3월에는 그 계절과 함께 육감적인 관능의 사랑으로 변전 발전해가고 있다.

2월의 임은 '높이 켜진 등불', 즉 우러러보는 임, 존경하는 임이지만, 3월의 임은 바로 자기 손이 닿는 꽃, 냄새를 맡을 수 있고 가까운 거리에 있는 같은 지평에서 마주 보는 임인 것이다. 2월과는 달리 현세적 임이요, 사랑이다.

정월부터 얼며 녹으며 시작되던 봄이 막상 4월이 되니까, 그래서 완성되니까 사랑을 상실하는 슬픔이 생겨난다. 아이러니컬한 느낌을 준다. 정월, 2월, 3월은 사랑의 기대에 차 있었지만, 4월은 잊지 않고 꾀꼬리가 돌아와 우는데 무심한 녹사綠事 임은 옛 나를 잊어버리고 돌아오지 않는 것이다.

엘리엇의 "4월은 잔인한 달"이 있다. 그러나 벌써 우리는 고려때 4월을 잔인한 달로 보았다. 단순한 농담이 아니다. 엘리엇에게 있어서 겨울의 망각을 일깨워주기 때문에 4월의 봄은 잔인하게 느껴지는 것이다. 같은 아이러니컬한 이미지다. 꾀꼬리가 돌아와 사랑의 기억을 일깨워준다.

그러나 임은 부재不在다. 4월은 망각한 사랑을 일깨워준다. 임이 없는 사람까지도 4월이 되면 실연한 느낌을 받는다. 고려시대때 사람은 현실적이었다. 그렇기 때문에 사랑의 계절인 가장 기쁜 4월을 도리어 실연의 가장 슬픈 달로 보는 아이러니컬한 시선을 가지고 있었던 것이다. 여요의 리얼리티는 바로 「서경별곡」이나 「만전춘」에서 보듯이 주위의 상황과 자신의 배리를 노래 부른데 있다. 상황은 꾀꼬리가 돌아와 우는 사랑의 4월, 그러나 그것은 돌아오지 않는 임의 사랑을 일깨워줄 뿐이다.

달마다 세시풍속과 관련시켜 사랑(연정)의 흐름을 이끌어오고 있는데 5월만은 그렇지 않다. 5월은 수릿날―단오절로 대표되어 있다. '천년을 오래 사실 약을 바치는 것'이라 했다. 『동국세시기東國歲時記』를 보면 단오날에는 익모초益母草 즙을 내서 먹었다는 기록이 있는데, 이 노래에서 5월 5일에 약을 바친다는 것은 그런 민간 풍속을 나타낸 것이라고 본다.

그렇다면 임이 장수하도록 기구하는 마음을 노래 부른 것이 되고, 임과 함께 생활하는 즐거움을 나타낸 것이 된다. 천년만년 오래오래 살고자 하는 사랑의 영원성이다.

4월 이후는 5월, 9월을 제외하고는 모두 임을 여읜 슬픔을, 영랑永郎 식으로 표현하면 "삼백예순날 마냥 섭섭해 우옵네다"의 심정을 구체적으로 그린 것이다. 그런데 흥미 있는 것은 이 공식에서 벗어난 5월과 9월만은 그것들대로 공통성을 지니고 있다는 사실이다.

5월은 5월 5일, 9월은 9월 9일로 다 같이 '약이라 먹는……'이라는 말이 나온다. 5월 5일에는 익모초를 달여 먹는 습속, 그리고 9월 9일의 중양절重陽節에는 국화를 따서 화전花煎을 먹는 습속을 다 같이 모티프로 삼고 있다는 점이다.

그렇기 때문에 제사를 지낼 때 음식을 차려놓은 것과 마찬가지로 임의 현존이나 부재不在의 감感과 관계없이 5월 5일이나 9월 9일에는 그 습관을 되풀이하던 정감을 노래 부른 것이라 볼 수 있다. 임이 떠났어도 마치 임이 앞에 있듯이 약을 바치고 먹는 것이다.

6월의 노래는 처참하다. 유둣날 이야기이고, 강가에 내버려진 빗[櫛]에다가 자신을 비기고 있다. 빗은 여자가 소중히 여기고 일상 속에서 같이 생활해온 분신分身 같은 것이다. 그러나 유둣날에는 빗을 냇가에 버리고 오는 습속이 있었다. 임에게 버림받은 자신을 그 빗에다 비유하면서 임이 자신을 돌아보시기만 한다면 뒤를 쫓아가겠다는 것이다. "젹곰 좇니노이다"를 조금 쫓아가겠다라고 풀이하고 있지만 좀 뜻이 이상하다. 그보다는 고어에서 'ㄱ'과 'ㅅ'은 서로 표기할 때 넘나들 수 있으니까 젓다[轉]로 보아 황급히 엎어지면서 따라가겠다로 보는 것이 좋을 것 같다.

정월부터 5월까지는 자기가 생각하는 임에 대한 이야기인데, 6월부터는 임을 생각하는 자기 이야기, 자기 고백적인 이미지로 옮겨온다. 그리하여 비유도 임을 수식하던 등불, 꽃에서 이제는 자신의 심정을 수식하는 빗으로 바뀌어져 있다. 사랑은 그 대상으로부터 자신의 내면으로 이행된다.

7월도 6월과 마찬가지로 임과 함께 살아가는 것의 소망을 나타내고 있다. 7월 보름은 백중百中날, 즉 백중날을 『동국세시기』에는 죽은 사람을 위하여 백 가지 음식과 과실을 차려놓고 비는 날로 되어 있다. 아마 5월과 9월은 음식(약)을 바치는 이야기라 하였는데 7월의 노래를 보면 더욱 그 심중이 굳어진다. 자기 앞에 없는 임을 음식상을 차려놓고 추억하면서 옛날처럼 함께 살아가기를 원하는 것이다.

무슨 철만 되면 떠난 사람, 부재하는 사람을 생각하게 된다. 「동동」은 바로 그러한 메모리얼 데이(기념일)인 마음을 읊은 것이니까 농경민에게 있어 가장 즐거운 축제일인 한가윗날에도 임을 생각하는 것이다. '님이 있어야 오늘이 한가위'라는 마지막 시구는 정말 눈물겹다. 임이 없는 축제일은 축제일이 아니다. 축제일이기 때문에 더욱 임 생각이 나는 것이다.

유난히 정이 많은 사람들이라, 1년 열두 달 무슨 날만 되면 그것이 즐거운 명절일수록 눈물이 흘러내리는 역설적 감정이 생겨나게 되고, 그것이 또한 시가 되는 것이다.

9월은 난구가 많아 잘 풀이가 안 된다. "약이라 먹논 황화黃花고지 안해 드니 새셔 가만ᄒ얘라"에서 무엇보다 황화(국화)가 안에 든다는 말은 무엇일까? 그리고 '새셔 가만ᄒ얘라'는 또 무엇인가? 어떤 사람은 국화주로 보고 국화꽃이 안에 들어갔다는 것은 술을 마셨다, 즉 배 안으로 들어가는 것이라 했고, 또 어느 사람은 집 안에 드니 새셔(볏집)가 쓸쓸하다로 풀이하고 있다.

흔히 '새셔歲序가 만晩하여'라고 읽어 임을 여의어 해가 더디 가는 느낌을 서러워하는 것으로 풀이하고 있지만 무리다. 우선 '가'를 새셔 밑에 붙여 읽을 수가 없다. 왜냐하면 주격조사 '가'는 훨씬 후대에야 그 용례가 나타나는 것이기 때문이다.

10월은 6월과 같은 이미지로 버림받은 자신을 'ᄇ릇'에 비유하고 있다. ᄇ릇은 보르쇠, 흰빛 무늬가 있는 붉은 콩인데, 10월의 꺾어버린 보르쇠는 다 같이 버림받은 여인의 모습을 여실하게 드러낸다.

가을이 지난 11월, 서리가 내리고 죽음의 겨울이 온다. 임을 향한 「동동」의 연정에도 서리가 내리고 있다. 정월, 2월, 3월의 기대와 임의 예찬은 11월에 와서 완전히 뒤집힌다.

탄생의 시간이 아니라 죽음의 시간이다. 11월엔 봉당封堂 자리에서 여름옷을 덮고 차가운 잠을 잔다. 아무리 두꺼운 이불, 따뜻한 방에서 잔다 해도 임을 잃은 자의 11월은 그렇게 추울 것이다. '서럽구나, 고운님을 이별하고 홀로 지낸다'고 한숨을 쉰다.

"11월 봉당 자리에 아으 한삼汗衫 두퍼 누워……"에서 봉당과 한삼은 11월의 추위를 더해준다. 추위를 지켜주는 것은 바로 임의 애정이다, 사랑이다. 사랑은 아랫목이고 비단 이불이다. 그런데 단순히 11월의 차가운 잠자리만 연상되는 것이 아니라, 이와 정반대로 임과 함께 있었을 때의 '따뜻한 잠자리'가 자연히 연상된다. 그렇기에 더욱 추워 보인다.

생명·사랑은 열로 상징되고, 죽음·실연은 추위로 상징되는 것은 모든 나라의 문학이 다 그러하다. 그런데도 그것이 독창적 이미지를 주는 것은 한삼 때문이다. 한삼은 이불이 아니라 옷이다. 그것도 평상시에 쓰는 것이 아니라 한때는 결혼식 같은 예식에 쓰는 의상의 한 종류다. 그것이 홀로 있는 지금은 홑이불 같은 것으로 변해버렸다.

이 한삼의 대조적 역설의 이미지가 이 부분의 노래에 시적 효과를 주고 있는 것이다. 시의 효과는 언제나 서로 상충하는 모순의 체험을 자극시킬 때 커지는 법이고, 또 그것이 과학과 다른 시의 본질이 되는 것이다.

12월 마지막 달은 절망을 넘어 허탈한 느낌을 준다. 쟁반(나살반) 위에 분디나무로 깎은 젓가락으로 자기 자신을 비유하고 있는데, 막상 임 앞에 갖다 놓으니 임이 들지 않고 엉뚱한 손[客]이 가져다 문다는 것이다. 엉뚱한 자, 마음에 없는 자가 자신을 소유하는 것이다. 임을 두고, 싫은 다른 사람에게 몸을 바치게 되는 역설이다. 기다림도 소망도 다 끝나버린 상태—12월은 쓰디쓴 사랑의 25시다.

「동동」은 사랑의 달력이라 할 수 있다. 정월에는 사랑이 눈을 뜨고, 12월에는 사랑이 눈을 감는다. 오는 해도, 오는 해도 사랑의 순서는 그렇게 시작해서 그렇게 끝난다. 한국인은 세시나 달력에 민감하다. 화투를 하는 것을 봐도 정월부터 12월로 되어 있다. 「동동」은 한 해의 계절감각이나, 세시풍속에 느끼는 연정戀情의 화투놀이다.

한 해가 지나면 다시 새로운 한 해가 시작되듯이 슬픈 사랑이지만, 다시 거기에서 희망을 갖고 살아간다. 끝이 없는 연시다. 그러므로 월령체가처럼 정월에서부터 12월까지 노래 부른 가요는 끝이 없는 시라고도 할 수 있을 것이다. 「동동」의 노래는 12월을 정월로 다시 붙여 읽어도 된다. 한 해와 마찬가지로 계절이나 강물이나 주야의 반복은 소위 순환구조를 갖고 있는데, 월령체가 가 바로 그런 순환구조의 대표적인 시라 할 수 있다.

아직 풀리지 않은 난구가 많이 있지만, 이 노래는 단순히 1년 열두 달의 순서로 구성되어 있는 것이 아니라, 내면적인 시적 필연성을 지닌 이미지로 구성되어 있다는 것을 놓쳐서는 안 될 것이다. 그것이 이 노래의 시적 가치이기도 하다. 구성이 외적으로 되기 쉬운 월령체가이면서도 내면적인 구성력으로 일관된 흐름이 있다는 것이 「동동」을 더욱 빛나게 하는 요소라 할 수 있을 것이다.

「동동」을 가만히 들여다보면 '먹는 것'과 밀접한 연관성이 있다. 특히 임의 상실감을 노래 부른 5월, 7월, 9월, 10월, 12월이 그렇다. 먹는 음식과 관계가 있다. 인간의 감각 가운데 제일 대상과 가까워지는 것이 미각이다. 음식을 먹는다는 것은 이미 음식이 내 안으로 융합된 것을 의미하기 때문이다. 사랑은 임과 내가 하나가 되는 감정이다. 애인을 만나 같이 식사를 나누는 것도 그런 동질감, 융합감을 느끼려 하는 잠재의식에서 생겨나는 것이다. 사랑을 노래하는 「동동」에서 음식 이야기, 먹는 이야기가 많이 나오는 것은 문학과 식사 상징의 연관성을 밝히는 재미있는 예가 될 것이다.

덕德이랑 자꾸자꾸 바치시고 복福이랑 자꾸자꾸 바치시고
덕이라 복이라 한 것을 모두 내리옵소서

정월의 냇물은 얼다 녹다 하는데
넓은 세상에 나서 몸 호올로 살아감이여

2월 보름날에 아! 높이 컨 등불 같아라
만인萬人 비취실 모습이어라

3월 지내 핀 아 만춘滿春달의 외꽃이여
남이 부러워할 양자樣姿 지니고 나셨도다

4월 아니 잊고 꾀꼬리새는 다시 왔는데
어찌하여[112] 녹사綠事님은 옛날을[113] 잊으심인가

5월 5일 단오날 아침 약은
천년을 길이 사실 약이라 바치옵니다

---

[112] '무심하다'로 풀이하는 이도 있다.
[113] 평가評家들에 따라 '옛날' 또는 '옛 나를'로 해석하고 있다.

6월 보름114)에 아 벌에 버린 빗다워라

돌아보실 님을 잠시 따라가나이다

7월 보름에 갖가지 씨앗 벌여 두고

님과 함께 살고자 소원을 비옵나이다

8월 보름은 아! 한가윗날이건만

님을 뫼셔 가는 오늘날이야 참으로 한가위여라

9월 9일에 아! 약이라 먹는 노오란 국화

꽃이 집안에 드니 어느덧 시절도 저물어졌어라115)

10월에 엎게 썰은 보르쇠 같도다

꺾어 버리신 후에 지니실 한 분 없으시구나

11월 봉당 자리에 아 한삼汗衫 덮고 누워

---

114) 신라와 고려의 풍속에, 이날 나쁜 일을 덜어버리기 위하여 동쪽으로 흐르는 물에 머리를 씻었다. 아마도 버린 빗이란 이때 머리를 빗던 빗을 말한 것일 것이다.

115) 원문은 '새셔 가만ㅎ얘라'. 이 구절에 대해서는 학자들 간에 이론異論이 분분하다. 어떤 분들은 '꽃향이 새서 그득하여라'로 보고, 또 어떤 분은 '새셔가'를 '세서歲序가(시절이)' '만하여라'를 '만晩하여라'로 각각 다르게 풀이하고 있다.

쓸쓸하여라, 고운님 이별하고 홀로 살아감이여[116]

12월 분디나무로 깎은 아 손님 상에 올려놓은 젓가락다와라
님의 앞에 가지런히 놓였건만 손님이 가져다 입안에 물더이다

[原詩]

德으란 곰비[117]예 받줍고

福으란 림비[118]예 받줍고

德이여 福이라호늘

나ᅀᆞ라 오소이다[119]

아으 動動 다리[120]

116) 양주동은 이 구절을 '고운이를 스스로 가게 하고', 즉 '이군독행離君獨行'의 관용술어
로 보고 있다. 여기서, '고운닐'의 '~ㄹ'이 목적격 조사이므로 그다음의 '~ 녀'가 자동사일
수 없는 타동사여야 한다는 것이다. 즉 '~녀'는 '~녜'의 오기. 그렇게 해야만이('녜' '~녀게 하
여'의 축약형이므로) 이 구절이 '고운이를 스스로 가게 하고'의 뜻으로 되어 목적격 조사 '~ㄹ'이
순순히 풀린다는 것이다.

117) '곰비'와 '림비'는 '전배·후배(前杯·後杯)'. 이 시에서는 '자꾸자꾸', '연거푸'의 뜻.

118) 위와 같음.

119) 진알進謁하러 오소이다.

120) 의미 없는 후렴구, 동동動動은 북소리의 의음擬音.

正月ㅅ 나릿 므른[121]

아으 어져 녹져[122] ᄒ논ᄃᆡ

누릿 가온ᄃᆡ 나곤

몸하 ᄒ올로 녈셔[123]

아으 動動 다리

二月ㅅ 보로매[124]

아으 노피현 燈ㅅ블 다호라

萬人비취실 즈이샷다[125]

아으 動動 다리

三月나며 開ᄒᆞᆫ

아으 滿春 ᄃᆞᆯ 욋고지어[126]

121) 냇물, 내린 물.
122) 냇물의 교합交合을 뜻하는 것인 듯, 다시 말하면 냇물은 얼고 녹고 하는데 자기만이
홀로 임 없이 살아감을 한탄한 것.
123) 갈 것이여, 가야 함이여.
124) 보름에.
125) 모습이셔라.
126) 과화瓜花여.

느미 브롤 즈을[127]

디뎌 나샷다

아으 動動 다리

四月 아니 니지[128]

아으 오실셔 곳고리새여

므슴다 綠事[129] 니믄

녯나를[130] 닛고신뎌[131]

아으 動動 다리

五月五日애

아으 수릿날[132] 아춤 藥은[133]

127) 남이 부러워할 모습.
128) 잊지.
129) 여대麗代 사헌부司憲府 예문관藝文館, 제비왕자부諸妃王子府 및 제사도감諸司都監 각읍各邑에 배치되어 있던 관리.
130) 옛 나를.
131) 잊고 계심인가.
132) 단옷날.
133) 아마 익모초를 가리킨 것인 듯.

즈믄[134] 힐 長存ᄒ샬

藥이라 받ᄌ노이다

아으 動動 다리

六月ㅅ 보로매

아으 별해 ᄇ룐 빗[135] 다호라

도라보실 니믈

젹곰[136] 좃니노이다

아으 動動 다리

七月ㅅ 보로매[137]

아으 百種[138] 排ᄒ야[139] 두고

니믈[140] ᄒ듸 녀가져

---

134) '천千'의 옛말.

135) 버린 빗.

136) 조금.

137) 백중날. 불가佛家에서는 이날을 큰 명절로 치고 있었음이 『동국세시기』에 기록되어
있다.

138) 곧 백중, '중'은 '종'이 변한 말.

139) '벌여', '늘어놓아'의 뜻. 양주동 교수는 이것이 국창가요國唱歌謠 그대로가 아닌 후인
後人의 시문時文에 의한 개찬改竄으로 보고 있다.

140) '니믈' 목적격으로 쓰고 있으나, 고어에서는 '~과'와 '~을'이 구별 없이 쓰였다.

願을 비옵노이다

아으 動動 다리

八月ㅅ 보로몬

아으 嘉俳나리마른

니믈 뫼셔 녀곤[141]

오ᄂᆞᆯ낤 嘉俳샷다[142]

이으 動動 다리

九月 九日애

아으 藥이라 먹논 黃花[143]

고지 안해 드니

새셔 가만ᄒᆞ애라[144]

아으 動動 다리

十月에

---

141) '가노니', '가고서야'의 옛말.
142) 가위답도다.
143) 노란 국화.
144) 시절이 저물었어라.

아으 져미연[145] ㅂ 룻 다호라

것거 ㅂ 리신 後에

디니실 ㅎ 부니 업스샷다

아으 動動 다리

十一月ㅅ 봉당[146] 자리예

아으 汗衫[147] 두퍼[148] 누워

슬홀 ㅅ라온뎌[149]

고우닐 스싀움 녈셔[150]

아으 動動 다리

十二月ㅅ 분디남ᄀ[151] 로 갓곤

145) 얇게 썬.
146) 방과 방 사이, 혹은 툇마루 앞 토간土間.
147) 손을 감추기 위하여 두루마기나 여자의 저고리 소매 끝에 흰 헝겊으로 길게 덧대는 소매.
148) 덮고.
149) 쓸쓸하여라.
150) 이별하고 홀로 감이여.
151) 산초山椒나무, 여대麗代엔 이 나무로 저를 만들어 썼던 습속이 있었다.

아으 나를 盤잇[152] 져[153]다호라

니믜 알픠드러 얼이노니[154]

소니[155] 가재다[156] 므르ᅙᆞᆸ노이다.

아으 動動 다리

—「동동」

152) 진상반進上盤.
153) 젓가락.
154) 얼려놓으니.
155) '손이', 곧 객客
156) 가져다가.

조선인들의 노래와 산문

뿌리와 샘물의 신화구조 — 「용비어천가」

　「용비어천가」는 그 '어御' 자 때문에 왠지 문학 작품으로서 대
중과 친숙해지기가 어려운 것 같다. 제목에서 풍기는 인상은 시
라기보다 거룩하고 큼직한 옥쇄가 찍힌 문서를 연상케 한다. 따
지고 보면 문학처럼 반권위주의적인 것도 없다. 그렇기 때문에
임금은 물론 고명한 학자들보다도 우리가 고전 작품의 세계에서
허물없이 친하게 지내온 그 작자들은 천한 기생이거나 야인들이
대부분인 것 같다.

　일상인들의 생활감각과는 다른 왕가의 사적을 적은 노래란 점
도 있지만, 전체가 125장이나 되는 긴 노래이고, 또 조선 초의 언
어로 써진 것이라 비록 한글로 되어 있긴 하지만 외국말을 대하
는 것처럼 생소하다. 그래서 다른 고전 작품보다도 한결 담이 높
아서 「용비어천가」를 끝까지 다 읽은 사람보다는 1장과 2장 정도
만 알고 있는 사람들이 더 많은 것 같다.

그러나 「용비어천가」는 여러 가지 면에서 중요한 의의를 지니고 있다. 세종대왕을 흔히 '발명의 대왕'으로 알고 있지만, 사실은 발명보다도 실행을 했다는 점에서 높이 평가될 분이다. 한글을 만드시고 또 궁정악을 정리하셨다. 여기서 그치지 않고 창안하고 정리한 문자와 악기를 사용하여 시와 노래를 편찬하셨다. 그것이 바로 「용비어천가」이다. 이를테면 명검을 만든 사람이 반드시 명검술사는 아니다. 거꾸로 명검술사가 명검을 만들 수는 없다. 만드는 자와 쓰는 자는 서로 다르기 마련이지만 세종대왕은 이 둘을 함께 지니신 분으로 한글과 음률을 만들고 또한 쓰신 분이다.

「용비어천가」는 한글로 쓰인 최초의 문학 작품이다. 한글을 처음 만들고, 그것으로 처음 시를 쓴 것이다. 물론 세종대왕이 직접 쓴 것이 아니라 한글과 마찬가지로 집현전 학사들이 지어 올린 것이지만 시의 발상과 그 완성은 역시 세종대왕의 구상에 의해 이루어진 것이라고 보아야 할 것이다. 특히 한글은 다 아는 이야기이지만, 그 음악 부문은 그때까지 궁정에서 사용한 악기들의 음이 제대로 맞지가 않았다. 음의 기준이 없었던 것이다. 우리의 악기들은 중국 것을 받아들인 것인데, 송악宋樂부터가 그랬던 것이다. 피리의 구멍 간격을 휘종徽宗의 손마디에 맞추어 뚫은 것이 송나라의 대성악大晟樂이었으니 그 음률이 엉망이었다. '기하학에는 왕도王道가 없다'는 말이 있는데, 중국의 절대 군주 앞에서는 음에도 왕도가 있었다고 볼 수 있다.

그래서 세종은 도량형기와 마찬가지로 음에도 객관적인 규준이 있어야 한다는 것을 느끼고 악기의 소리를 정리한 것이다. 그리고 또 악보가 문자보文子譜로 되어 있어 역시 애매했기 때문에 아주 독창적인 정간보井間譜의 정확한 기보 방식을 만들었다. 문자를 만들고 악기를 고르게 해서 이것을 실천으로 옮겨 한글로는 시를 짓고 그 소리로는 노래를 만들어 이룩한 것이 「용비어천가」라는 대작이다. 제작 연도에는 여러 설이 있지만 착수하기로는 세종 27년 4월일 것이고 완성된 것은 29년 2월, 그리고 책으로 간행된 것은 동년 10월일 것이다.

책을 찍어서 550권을 신하들에게 나누어주었다는 그날이 결국 「용비어천가」가 한 작품으로서 탄생된 날이 될 것이다. 여요가 밑에서 만들어져 왕실에까지 올라간 노래라면 「용비어천가」는 위에서 만들어져 밑으로 내려간 노래라 할 것이다. 우리의 고전 문학을 귀족 문학과 민중 문학으로 나누어본다면 이 「용비어천가」는 귀족 문학의 대표라 할 수 있다. 그러나 좀 더 깊이 파고들어가면 그렇게 간단치가 않다.

「용비어천가」는 왕실의 사적을 노래한 것이고, 이태조의 조선 건국을 합리화할 목적으로 써진 것이라 하지만, 오히려 그런 창작 동기 때문에 그 내용은 신화, 설화적 요소를 많이 지니게 되고 그 결과로 민속문화적 문학 원형을 담고 있다.

제1장에 이 노래를 지은 창작 동기와 의도가 명백히 드러나 있다. 즉 "해동 육룡六龍이 나라샤, 일마다 천복天福이시니 고성古聖이 동부同符하시나"라고 되어 있다. 해동은 우리나라이고, 여섯 용이라고 한 것은 이성계의 4대조 할아버지까지 소급해 올라가서 목조穆祖·익조翼祖·도조度祖·환조桓祖 그리고 이태조와 태종 여섯 임금을 가리킨 것이다.

물론 진짜 임금은 두 사람 태조와 태종이고 나머지 네 사람의 선조는 조선 개국을 한 뒤 추봉한 것이다. 이 여섯 분의 지난날 사적을 보면 '고성古聖과 동부同符한다'는 것, 즉 중국의 역대 제왕의 일들과 일치한다는 것이다. 제왕은 사람의 힘으로 되는 것이 아니라 천명을 받는 일이므로, 옛날 중국의 제왕이 나라를 세우던 때 일어난 일과 이성계의 그것이 일치된다면 조선왕국은 무력으로 고려왕조를 쓰러뜨린 것이 아니고, 하늘의 뜻으로 나라를 열게 되었음을 증명하는 것이 되는 까닭이다. 그 때문에 이 용가는 이행대회二行對回로 먼저 행은 중국 제왕의 사적을 그리고, 뒤행에는 태조와 태조의 선조들 사적을 적었다. 이러한 시 형식은 1장에서 밝힌 대로 '고성과의 동부'를 증명하기 위해서 고안된 것이다.

바로 이 점에서 '고성의 사적'을 문학적인 관점에서 본다면 신화와 설화의 원형(archetype)이라 할 수 있다. 이 원형에 맞추어 조선 건국의 주인공인 이성계의 이야기를 노래 불렀기 때문에,「용비어천가」는 자연히 신화(설화)구조를 갖게 되고, 그 흐름은 고대의 영웅 서사시와 비슷한 것이 되었다. 조선 건국의 정치적 합리화가 오히려 풍부한 문학성을 갖도록 그 방향을 유도하게 된 것이다. 태조만의 이야기를 적지 않고 4대까지 거슬러 올라가 선조들 이야기와 결합시킨 것은 영웅 탄생설화와 동일한 신화구조를 갖게 되는 요인이 된다. 그야말로 "고성이 동부하시니"가 아니라 신화비평을 하는 연구자들에겐 「용비어천가」야말로 '원형과 동부하시니'가 되는 것이다. 신화시대에 있었던 『삼국유사』의 그 건국설화 같은 것이 수천 년 뒤 유교 문화권의 왕가 엘리트 문화 속에서 또다시 부활하게 된 것이다.

그렇다. 고려를 뒤엎은 이태조의 혁명을 합리화하려는 의도 밑에서 이 「용비어천가」가 쓰이지 않았더라면, 신화·설화적인 신비한 화소話素들로 이 노래가 메워지지는 않았을 것이다. 딱딱한 이태조의 역사적이고 실제적인 치적만 나열되었을 것이다. 그런 관점에서 제2장의 그 유명한 "뿌리 깊은 나무는 바람에 아니 움직이므로 꽃 좋고 열매가 많나니, 샘이 깊은 물은 가뭄에도 그치지 않음으로 내에 이러 바다에 가느나"라는 것을 읽어보면 한층 더 뜻이 명확해진다.

"로마는 하루아침에 이룩된 것이 아니다"라는 속담을 이용해서 말한다면 아름다운 서시는 조선 개국이 갑자기 이루어진 것이 아니라는 것을 암시하고 있다. 원인이 있어야 결과가 있다. 이태조가 조선국을 연 것은 깊은 나무 뿌리가 있었기 때문에 비로소 얻어진 열매요, 깊은 샘이 있었기 때문에 도달한 바다라는 것이다.

그 뿌리와 깊은 샘을 말하기 위해서 태조에서 거슬러 올라가 4대조 할아버지 때부터의 이야기가 나오는 것이다. 서정주의 「국화 옆에서」는 뿌리 깊은 나무와 동일 원형에 속하는 발상이라는 것을 알 수 있다. 국화의 개화를 설명하기 위해서 이 시인은 봄의 소쩍새와 여름의 먹구름, 천둥을 이야기하고 있다. 이것은 과학적 인과율이 아니라 신화적 인과율에 속하는 탄생 원형의 하나다. 조선 개국을 국화의 개화로 볼 때 이태조의 고조할아버지가 전주에서 관기의 일로 태수의 압력을 받아 강원도 삼척으로 가고, 거기서도 또 못 살아 북쪽 함경도로 가고, 다시 또 바다 너머로 이전을 하는 고난의 유랑생활이 바로 국화꽃을 피우기 위한 소쩍새의 울음, 여름의 그 먹구름과 천둥에 해당되는 부분이다. 서정주는 국화를 "먼 먼 뒤안길에서 이제는 돌아와 거울 앞에 선 내 누님같이 생긴 꽃이여!"로 표현하고 있다.

사람으로 치면 국화는 젊은 날의 산전수전을 다 겪고, 그 고뇌를 극복한 여인의 미다. 「용비어천가」에서도 조선 건국을 의인화한다면 이성계의 가계처럼 먼 뒤안길에서 산 선조들이 이제는 그것을 다 극복하고 의젓하게 돌아와 자신의 얼굴을 들여다보는 여인처럼 그려져 있다. 고난의 시련이 국화를 피운 원인이 되었듯이 이성계의 선조들이 끝없이 변두리로 밀려 살았던 사적이야 말로 조선을 개국시킨 원인이 된다.

그러니까 결국 주周나라 건국설화든 조선조 건국설화든 신화 구조로 볼 때 천지창조를 한다든지 나라를 창조한다든지, 위대한 창조에는 반드시 그에 선행되는 수난이 따른다는 고사의 원형이 있다는 말이다. 그러한 구조분석으로 「용비어천가」를 보면 제3장에서 26장까지 태조 이야기는 영웅 탄생설화의 경우 태어나기도 전에 있던 여러 가지 신비한 예표의 부분에 해당되는 것이라고 할 수 있다. 그리고 또 그러한 원형은 서정주의 현대시 같은 데서도 되풀이되어 나타난다는 것이다.

그런데 왜 하필 나무와 샘에 비유했을까? 산문적인 뜻만 가지고 본다면 기초가 튼튼해야 무엇이고 완성되고 영원할 수 있다는 이야기지만 문학에선 그런 뜻보다는 그 이미지에 더 많은 의미가 내포되어 있다. 우리는 단군신화에서도 나무를 보았다. 신단수 밑에 환웅이 내려왔다. 나무는 수직 자세를 하고 있어서 하늘과 땅을 잇고 있다. 천지를 결합시키는 사다리다. 그리고 샘이 나물의 원형적 이미지는 여성인데 그것은 땅이다.

북부여의 건국설화에 주몽 어머니 유화柳花는 수신하백水神河伯의 딸(냇물)이었다. 또 혁거세의 알영閼英 부인은 우물에서 나왔다. 물은 나무와 달리 수평으로 흐른다. 나무는 양이고 수직이고 하늘을 향해 오르고 있으며, 물은 음이며 수평이고 땅을 향해 스며든다. 그래서 뿌리 깊은 나무와 샘이 깊은 물을 합치면 하늘과 땅, 남자와 여자, 수직과 수평, 양과 음, 즉 우주와 나라가 되는 것이다. 앞에서 이미 말한 적이 있지만 '王'이란 글자는 천·지·인의 세 차원을 가로로 나타난 삼三 자를 세로로 연결한 것이다. 천·지·인을 결합시키는 것이 왕이기 때문에 왕은 하늘과 땅을 이은 나무요, 땅의 물에서 하늘의 구름으로(수직으로) 올라가는 용이다.

제27장에서 89장까지는 태조를 주인공으로 하여 여러 가지 공적, 인격 등 영웅적 행동을 그린 것인데, 비록 단편적인 연결이요, 서사적 맥락보다는 중국 제왕들의 사적과 일치시키기 위한 구성으로 짜여져 있기는 하나 영웅 서사시의 성격을 지니고 있다.

크게 나누어보면 이성계의 어렸을 때부터의 무용담, 그때는 고려이겠지만 외부의 적을 물리친 국가에 대한 공적, 그리고 백성을 생각하는 덕망 등이고, 그때마다 천우신조의 기적 같은 일들이 배경을 이루는 것으로 되어 있다. 국문학에서 이와 같은 영웅 서사시적인 작품은 이규보李奎報의 「동명왕기」 정도다. 여기에서 우리가 느낄 수 있는 것은 이성계가 무인이었기 때문에 힘을 예찬한 것들이 많지만 단순한 활쏘기, 말타기, 칼 솜씨 등 담력 면에서만 뛰어난 것으로 그려져 있지 않고 동시에 문文의 요소, 덕에 대한 인격적인 면도 강조되어 있다는 점이다. 서양의 기사를 중심으로 한 영웅담과는 그 점에서 판이하게 다르다.

힘, 폭력으로 제왕이 될 수는 없다. 힘만 있고 덕이 없는 서양의 영웅들이 동양 문학에 오면 모두 '적'이 된다. 그러나 서양의 서사시도 육체적인 힘의 영웅으로부터 점차 윤리적인 영웅으로 내면화해가고 있는데, 버질의 『아이네이스』가 바로 그렇다. 일일이 그 예를 열거할 수 없지만 27장에서 89장까지 이성계의 사적을 나열한 것을 분석해보면, 첫째 이성계는 유년 시절 때부터 육체의 힘이 초인적이었다는 사실에서부터 시작하고 있다.

27장에는 당태종의 활이 보통 것보다 갑절이나 된 것처럼 이태조의 활은 힘이 갑절이 들었고, 그 화살도 특별히 길고 무거웠다는 것을 노래 부르고 있다. 이성계가 어렸을 때 그 아버지 환조를 따라 사냥을 나간 적이 있었다. 환조가 태조의 활과 살을 보고 "이것은 사람이 쓸 수 없다"라고 던져버렸는데, 이때 노루 일곱 마리가 나오는 것을 보고 태조는 잇달아 쏘아 죽였다는 것이다.

신화나 설화에서 활은 곧 왕의 상징이다. 주몽도 '활 잘 쏘는 사람'이라는 뜻이었다. 「용비어천가」에선 이태조가 활로 짐승을 잡고 왜적을 쏘는 이야기가 여러 번 나온다. 그리고 태종이 왕위에 오르기 전의 이야기에도 활을 쏘아 태조를 기쁘게 하는 이야기가 나온다.

그런데 이 활은 단순한 무기나 무술을 뜻하는 것이 아니라 신화적 의미로 볼 때는 좀 더 깊은 뜻을 지니고 있다. 구름을 뚫고 뻗쳐 내리는 햇빛은 화살과도 같다. 화살은 햇빛처럼 빠르게 허공을 날아가고 곧게 흐른다. 그래서 희랍신화의 아폴로 신은 태양신이며 동시에 궁신弓神이 되는 것이다. 태양은 활, 태양빛은 화살과 대응관계가 있기 때문이다. 태조가 어렸을 때 화살로 노루 일곱 마리를 쏘아 맞히고, 한 화살로 까치 다섯 마리를 잡았다는 것은 궁술에서 그치지 않고 원형적인 이미지로 볼 때 태양, 즉 왕을 상징하는 것이다. 왕이나 초인적 영웅은 천자로서 하늘이나 태양과 관계가 깊다. 혁거세의 알, 해모수와 일광 등 『삼국유사』에 나오는 건국설화의 왕들은 모두가 태양 상징을 지니고 있다. 그런 원형이 「용비어천가」에서는 '활'로 변용되어 나타나 있다.

영웅 이야기에는 활로 짐승을 잡는 이야기가 많이 나온다. 그런데 그 활이 '인간의 것'(보통 것)과는 달랐다는 것에서 그 태조의 활이 신화소를 지니고 있다는 사실을 알 수 있다. 역사적 인물로서의 이성계가 문학성을 지닌 「용비어천가」에서는 신화적 영웅으로 그려져 있다. 역사와 문학의 본질적 차이를 이해하는 데도 「용비어천가」의 의의는 크다고 본다. 뿐만 아니라 영웅(왕)을 일상적인 세속인과 구분하여 신성성을 주기 위해서 신화(설화)에서는 보통 인간과 다른 표적을 신체적인 것에 부여한다. 「용비어천가」의 경우에서는 대이상大耳相, 즉 이성계의 귀가 보통 사람보다 큰 것으로 되어 있다(29장). 부처님의 귀, 유비의 귀는 모두 보통 사람보다 크다. 이 점에 있어서도 이성계는 신화적 영웅의 원형성을 지니고 있다.

그러니까 「용비어천가」에서 이성계의 무용담은 단순한 역사적인 영웅으로서가 아니라 서사시의 특성인 신화적인 영웅으로 그려져 있어서 그 노래 역시 역사보다는 신화적 구조분석을 통해서 비평될 수 있다는 말이다. 그렇다면 전체의 그 「용비어천가」의 신화는 어떻게 되어 있는가. 해동육룡이란 말부터가, 말하자면 왕을 용이라는 신화적 언어로 부른 것부터가 이미 그러한 구조를 예시하고 있지만, 전체 구조를 보면 더욱 그것이 명확해진다.

역사는 '속俗의 시간'이고, 신화는 '성聖의 시간'이다. 속에서 성으로 가는 것은 마치 문지방을 건너듯이 이곳에서 저곳으로 가는 것이다. '생과 사', '속과 성', '아이와 어른' 이렇게 대응하는 이 두 세계 사이에는 깊은 단절이 있다. 그러니까 신화의 구조에서는 이럴 경우 반드시 단절의 그 문지방을 통과하고 넘어가는 상징이 여러 형태로 나타난다. 『성서』에 나오는 좁은 문, 무당이 작두날을 타고 접신하는 것, 죽으면 건너가야 하는 레테 강 등의 상징이 모두 그것이다. 「용비어천가」의 경우를 보면 이성계가 일상인(백성)으로부터 왕자의 세계로 들어가는, 즉 단절을 뛰어넘는 통과제례적인 상징이 여러 군데 나타나 있다.

30장에는 이태조가 어렸을 때 사냥을 나갔다가 큰 표범과 만나는 이야기가 나온다. 급해서 활을 쏠 수 없어 피해 달아나는데 앞에 깊은 못이 있고 살얼음이 져서 건널 수가 없었는데, 하늘에서

이 얼음을 굳게 해줘 말을 탄 채 무사히 그 못을 건너갔다는 것이다. 또 31장의 석굴 낭떠러지 이야기, 34장의 홍건적과 싸울 때 밤중에 말을 타고 성벽을 뛰어넘는 이야기들도 모두 마찬가지다. 일일이 이 예를 열거할 수 없지만 「용비어천가」에는 이렇게 막다른 한계에서 그것을 건너가거나 뛰어넘는 설화소를 많이 찾아볼 수 있다. 이것은 결국 범인으로부터 초인이 되는, 말하자면 '이곳'에서 '저곳'으로 나가는 영웅설화의 원형적 구조라고 해야 할 것이다.

그리고 천지창조에서 볼 수 있듯이 혼돈의 세계가 점차 질서 있는 세계로 옮아가서 우주가 생겨나는 신화구조의 단계를 「용비어천가」에서도 찾아볼 수 있다는 점이다. 「용비어천가」에서 이성계는 첫 번째 단계로 동물을 퇴치하는 이야기가 나온다. 노루를 잡고 숲속의 담비 스무 마리를 잡는다(32장). 짐승을 잡는다는 것은 자연을 다스린다는 것이다. 서양의 설화에서 영웅이 용을 사냥하여 죽이는 상징성과 동일한 것이다.

두 번째 단계는 홍건적이나 여진적, 왜적들을 죽인다. 동물(자연)에서 적(인간)으로 차원이 높아진다. 숲을 기다리고 사회를 다스리는 단계다. 마지막 단계는 신화와 백성을 다스려 한 나라를 형성한다. 혼돈에서 우주로 나가는 신화구조처럼 동물과 적병을 죽이고 국가를 창조하는 과정은 역시 그와 동일한 구조를 갖고 있다.

그러므로 이성계는 힘의 영웅으로부터 점차 성인과 같은 정신의 영웅으로 발전하여 「용비어천가」의 50장부터는 무덕武德이 심덕心德으로 옮겨 백성을 사랑하는 마음이나, 무력이 아니라 슬기(60장)로 왜군을 치는 이야기가 나온다. 그리고 80장부터는 문덕文德, 학문이나 예술의 이야기가 나오고, 89장부터는 사냥을 하더라도 함부로 살생을 하지 않았다는 성인으로서의 이성계 상이 부각되어 있다. 어느덧 영웅은 성인으로 변모되어 있다. 그리고 그것을 통해서 한 인간이 완성해가는 단계와 왕도의 차례를 읽을 수 있다. 그런 점에서 육체적인 힘 위주의 서양의 영웅 서사시와 다른 특성을 찾아볼 수 있을 것 같다.

너무 비약하는 감이 있지만, 단군신화와 「용비어천가」에 나타난 조선 개국설화를 비교해보면 표면은 다르지만 그 구조적 의미는 똑같다. 이성계의 선조들은 고향인 전주를 떠나 끝없이 변방지역으로 유전하여 적도赤島로까지 간다. 이것은 곰이 웅녀가 되기 위해 다른 무리로부터 떨어져 동굴 속으로 혼자 들어가는 것과 같은 것이다. 떠남과 그 어둠의 고난을 치르고 곰이 웅녀가 되어 단군을 낳은 것처럼, 4대 동안의 배회와 수난(동족으로부터의 이탈과 고립)이 이성계를 낳는다. 그런 점에서 단군신화와 「용비어천가」는 동일구조다. 하늘의 도움을 받는다는 것은 환웅桓雄에 속하는 이미지다.

그런데 「용비어천가」를 크게 세 가지로 나누어보면 ① 조선조

건국 이전의 이야기, ② 이성계의 건국과 그 초석을 쌓은 태종, ③ 앞으로 올 왕가의 후손들, 즉 미래의 임금에 대한 충고로 되어 있다. 즉 과거, 현재, 미래다. 다른 말로 하면 어거스틴의 시간에 대한 정의처럼 기억(과거)이 기대(미래)로 연결되는 시간이다. 문체도 달라진다. 110장부터는 으레 끝에 가서 "······이 뜻을 잊지 마르소서"라고 되어 있다. 마지막 125장을 제외하고는 계속 그렇게 되어 있다.

결국 「용비어천가」의 독자는 왕들인 셈이다. 왕실 문학이요, 장차 그 사직을 지켜나갈 임금들의 커리큘럼이라고도 할 수 있다. 그러나 좀 더 그 뒤에 숨겨져 있는 구조적 의미를 파악하면 「용비어천가」는 한 왕가를 뛰어넘고, 보편적이고 영원한 문학적 상상력인 신화의 시간 속에 살고 있는 가장 향기로운 원형의 언어, 한 떨기의 시들지 않는 꽃이다. 뿌리 깊은 나무, 샘이 깊은 물, 그것은 다름 아닌 「용비어천가」 자신이 지니고 있는 문학적 원형성인 것이다.

향내 묻은 나래의 언어 — 「사미인곡」

우리나라 말에 가락이란 말이 있다. 영어의 '리듬', '멜로디', '하모니'를 총칭하는 뜻을 가지고 있는가 하면, 단순한 노랫소리만이 아니라 구체적인 물체로부터 심리적인 운동까지도 나타내는 말이다. '엿가락' '떡가락'이라고 할 때는 눈으로 볼 수 있는 구체적인 사물의 길이와 가늘고 굵은 것을 나타낸다. 그런데 노랫가락이라고 할 때는 눈으로는 볼 수 없고, 귀로만 들을 수 있는 소리의 고저·장단의 한 단위를 뜻하는 말로 쓰인다.

시각이든 청각이든 다 같이 감각이지만 가락은 또 이 감각을 넘어선 심리, 마음의 리듬까지도 나타낸다. 그래서 엿가락, 노랫가락이란 말이 '신가락'이란 말로 되기도 한다. 일에 가락이 오른다는 말도 있다. 그래서 민족성이란 말을 순수 우리말로 옮긴다면 '민족의 가락'이라고 말할 수 있을 것이다.

우리 '민족의 가락'이 제일 두드러지게 잘 드러나 있는 것이 가사 문학이라 할 수 있다. 가사 문학 자체가 말의 가락으로 된 문학이기 때문이다. 옛날 시가는 반드시 노래에 맞춰 불려진 것이었다. 시조만 해도 그렇지 않은가! 그런데 말이 음악에서 독립되어 말만의 가락(언어의 음악적인 호흡) 자체로 독자적인 시가 이루어진 것은 가사 문학이 아닌가 생각된다. 물론 가사 문학도 처음에는 노래로 불려졌을 것이다. 그러나 가사 문학은 노래에서 낭독으로, 읊는 문학으로 정착된 형식으로 봐야 한다.

노래의 가락이나 말의 가락이나 그리고 신가락이나 각기 종류는 달라도 공통적인 상관성은 있는 것 같다. 그런데 우리나라 가락의 특성은 3박자가 주된 것이라고 한다. 일본·독일은 2박자다. 통속적으로 말한다면 노래의 장단을 말로 나타낼 때 우리는 '니·

나·노'라고 하고, 일본은 '초이·나·초이·나'라고 한다. 니나노는 3박자, 초이·나는 2박자다. 가사문학의 주된 가락은 3, 4조와 4, 4조다. 우리 민족의 가락이 3박자의 호흡이란 것은 틀린 이야기가 아닐 것 같다.

어느 음악가의 이야기를 들어 보면, 호전적인 국민은 2박자이고 평화로운 민족은 3박자라는 것이다. 독일 민요는 2박자가 많고, 오스트리아는 3박자로 되어 있는 게 많다는 것이다. 사냥꾼과 전사들은 뛰면서 산다. 그것이 2박자다. 그러나 농경민은 모를 심거나 벼를 베는 것을 보더라도 한 발짝 걷고 몸을 구부려 심고, 또는 일어나 한 발짝 걷고 구부려서 베고 하니까 3박자 호흡으로 생활하게 된다.

박자만이 아니라 우리나라의 가사 문학은 형식 자체도 전송가戰頌歌 투의 서양 발라드와는 전혀 성격이 다른 장시라 할 수 있다. 가사 문학은 쉽게 말해 긴 시이지만 서사성보다는 서정, 서경 또는 관념적인 뜻의 세계를 서술하고 있다. 뛰어다니며 쓰는 시이거나 돌아다니며 기록하는 문학이 아니라, 한곳에 앉아서 또는 유유히 소요하면서 읊는 노래다. 그래서 그 가락이 유장하다.

한 번 그 가락을 들어보자. 가사 문학의 가장 높은 봉우리요, 동시에 우리나라 문학의 상징이라 할 수 있는 정철鄭澈의 「사미인곡思美人曲」을 놓고 이야기해보자. 가사 문학은 여말 나옹화상懶翁和尙에서부터 기원을 잡지만 보통은 「상춘곡」을 그 효시로 삼고 있다. 그리고 송강·노계·고산孤山에서 절정을 이루고, 그 뒤에는 불교가사·내방가사 등으로 분화되어간다.

초기에는 형식이 짧았지만 후기에 올수록 길어지고 내용도 교훈적인 것이 많아진다. 이렇게 가사 문학을 굽어보자면 그중 제일 높은 봉우리 하나가 우뚝 솟아 있는데, 그것이 바로 「송강가사」라는 것은 누구나가 다 일치하는 견해다. 「송강가사」 중에는 「사미인곡」, 「속미인곡」을 으뜸으로 평가하고 있는 것 같다.

지봉芝峯 이수광李晬光은 "우리나라 노래로는 정철의 작품이 가장 뛰어나 「관동별곡」, 「사미인곡」, 「속미인곡」이 후세에 성행했다"라고 평했으며, 『동국악보』와 『순오지旬五志』에서는 「관동별곡」이 악보의 절조라고 칭찬했다. 『구운몽』의 작자 김만중은 전후 사미인곡을 굴원屈原의 「이소離騷」에 비견했으며, 그 종손인 북헌 김춘택金春澤도 "그 문사文辭는 우아하고 완곡하고, 그 가락은 비장하나 단정하여 거의 굴원의 「이소」에 짝할 만한 작품"이라고 평가했다.

인조 때의 김상헌金尙憲 같은 분은 어찌나 송강의 가사를 좋아했던지 비복婢僕에까지도 음송시켰다는 말이 전해지고 있다. 그런데 왜 그 가사가 뛰어난 것인지 구체적인 분석 평가를 내린 것은 별로 없다. 현대에도 그저 유명하고 훌륭하다는 말뿐 문학적인 연구가 인상비평과 주석의 범주 밖으로 나가지 못하고 있는 아쉬움이 있다.

「사미인곡」은 송강이 쉰 살 되던 을유년에 사헌부, 사간원의 논척論斥을 받고 창평昌平에 돌아가 있던 시절에 쓴 것이다. 그래서 이 가사는 연군지사로 풀이되고 있다. 여요 「정과정鄭瓜亭」에서도 언급한 적이 있지만 귀양 간 신하가 임금을 그리워하는 심정을, 홀로 있는 아내가 남편을 그리워하는 입장으로 비유한 노래다. 그래서 이러한 연군지사는 그것이 러브 송이면서도, 애정이 아니라 충성을 나타낸 것으로 읽고 있다. 충심으로만 볼 때 문학적인 맛은 반감되어버린다. 학교에서는 아예 「사미인곡」을 가르칠 때 그 가사에 나타난 '임'을 곧바로 '선조', '나'를 '정철'이라고 해석한다. 배우는 학생으로서도 어리둥절할 것이다. 가사에 나오는 여인을 성전환시켜서, 그리고 연령 쉰 살로 늙게 해서 감상하게 되기 때문이다.

「사미인곡」 같은 연군지사는 우선 나타난 그대로, 즉 연시로 읽어야 한다. 의도보다도 작품 자체의 현상적 의미를 파악해야 될 것이다. 그렇지 않다 하더라도 작품이 지니고 있는 수사적 특성과 전체의 구조적인 의미를 밝혀내는 일이 앞서야 한다.

「사미인곡」은 다른 여요 때부터 내려오는 연시와 마찬가지로 '만남'과 '이별'이라는 모티프를 지니고 있다. "이몸 삼기실제 님을조차 삼기시니"의 첫 번째 서두는 탄생의 의미부터가 임과 깊이 결합되어 있다. 존재의 의미 자체가 임과 떠나서는 성립될 수 없다. 모든 가정과 원망은 이 첫 줄 '이 몸이 생겨날 때 임을 따라 생겨났다'는 데서부터 비롯된다. 그것이 바로 연분이고, 그 연분은 인간의 힘으로는 어찌할 수 없는 운명적인 만남이다.

모든 시가 예술이 그렇지만 정철의 「사미인곡」이 우리에게 감동을 주는 것도 대위법을 쓰고 있기 때문이다. 탄생은 만남이다. 그런데 탄생 옆에는 죽음이 있고 만남 곁에는 이별이 있다. 이 모순하는 대칭 속에서 움직임이 시작되는 것이다.

같은 것끼리만 있으면 행이든 불행이든 정지된 것으로 굳어버린다. 「사미인곡」은 만남과 연분의 사랑, "나 ᄒ 나 졈어있고(젊어있고) 님 ᄒ 나 날 괴시니(사랑하시니)"의 기쁨과 행복감 바로 뒤에 "늙거야 므스일로 외오두고 글이ᄂ고"의 한숨이 짝을 이루고 나타난다. '젊다'는 '늙다'로, '사랑'은 '그리움'으로 대치되는 것이다. 사랑의 천국은 이별의 지옥으로 바뀐다. "엇그제 님을 뫼셔 광한면(선궁)의 올낫더니 그더딕 엇디 ᄒ야 하계(속계)예 ᄂ려오니"가 바로 그것이다. 연시든 충성가든 인간의 삶 자체는 이렇게 '행·불행', '만남·이별', '건강·병', '부귀·가난' 등의 생사 대응의 의미를 포함하고 있을 때 리얼리티를 갖게 된다.

그런 모순과 부조리의 감정이 가장 잘 나타나 있는 것이 계절이다. 봄과 가을의 대응, 여름과 겨울의 대응이 그러하다. 하나는 진進하고, 또 하나는 퇴退한다. 하나는 열리고 하나는 닫힌다. 하나는 덥고 하나는 춥다. 생도 사랑도 이 4계를 살고 있는 것이다.

「사미인곡」이 장시 가사가 된 그 형식의 필연성도 사랑과 생을 그러한 4계의 순환으로 그리려 했기 때문이다. 봄의 기쁨이나 가을의 비탄, 여름의 열정이나 겨울의 냉엄 등에서 어느 하나만을 골라 노래 부르려 했다면 단시가 되었을 것이다. 4계를 모두 그리려 했다는 것은 생의 전 구조를 그리려는 욕망이고, 그러한 욕망을 나타내자면 춘하추동의 순환구조를 모두 그려야 한다. 그래서 이 가사는 장시가 될 수밖에 없다.

어떤 절망이나 고통도 순환하는 구조에다 놓고 보면 희망이 움트게 된다. "쥐구멍에도 볕 들 날이 있다"는 속담도 그렇고, 속된 표현에 "세상은 돌고 도는 것"이라는 말도 그렇다. 그것은 모두 순환구조에서 희망을 발견하려는 표현의식의 산물이다. 겨울이 가면 다시 봄이 온다. 생의 의미도 그렇다면 헤어짐의 고통 뒤에는 만남의 기쁨이 오고, 죽음 다음에는 재생의 빛이 있을 것이다.

"무심흔 셰월은 믈흐르 듯 ᄒ 는고야, 염냥(4계)이 쌔룰아라 가 는 듯 고텨오니, 듯거니 보거니 늣길일도 하도할샤"라는 구절이 그러한 순환구조를 직접적으로 나타내주고 있다. 이 구절이 끝난 다음에 임을 그리워하는 마음이 춘하추동의 순서를 따라 전개되어간다.

여0요의 「가시리」에 보면 임을 향하여 "가시난 듯 돌아오소서"라는 것이 있다. 그리고 「사미인곡」의 바로 그 구절에도 '염량炎涼이 때를 알아가는 듯 고쳐오니'라는 것이다. 생을 순환하는 질서로 볼 때 떠나는 것은 곧 그렇게 다시 돌아오는 것이다. 언제나 계절은 가는 것처럼 그렇게 고쳐 다시 온다. 모순하는 것들은 순환 속에서만 조화를 이룬다. 임도 계절 같은 것이라면 떠난 뒤에는 반드시 재회의 날로 돌아오게 될 것이다. 그랬기 때문에 반대어가 여요나 「사미인곡」에서는 동의어처럼 '듯이', '처럼'으로 동질화되어 표현된다. 참 묘한 표현이 아닌가. "가시는 듯 돌아오소서", 그러니까 슬기로운 자는 어둠 속에서 빛을 본다. 눈물 속에서 웃음을 본다. 그것이 현자이며 시인의 감성이다. 바로 「사미인곡」의 봄조에 나타나는 매화가 그렇다. 눈 속에 꽃을 본다.

"격셜을 혜텨내니 창밧긔 심근 미화 두세가지 픠여셰라" 즉 임을 잃은 외로운 여인이 눈 속에서 매화를 보는 마음, 그것은 바로 이별의 눈물 속에서 사랑의 만남을 발견하는 설렘이다. 그래서 이 여인은 이 꽃을 꺾어 임에게 보내려고 한다.

「사미인곡」은 단순히 사계절의 통일성만이 아니라 계절마다 님에게 무엇을 바치려는 일관된 이미지의 흐름을 갖고 있다. 장편 시이고 자유분방한 격정을 노래한 것이지만, 이 시에 질서감이 있는 것은 각 시구마다 그러한 라이트모티프를 지니고 있기 때문이다. 봄에는 매화꽃을 꺾어 임에게 바치려 한다. 여름에는 원앙 비단에 5색실로 임의 옷을 지어 바치고, 가을에는 달을 따다가 임이 있는 봉황루에 부쳐드리겠다고 한다. 그리고 겨울에는 그 추위 속에서 봄볕을 임 계신 데 쬐어드린다는 것이다.

임에게 바치는 것들은 매화이거나, 금의錦衣이거나 달이거나 양광陽光이지만, 시적인 메타포로 볼 때는 곧 임을 그리는 추상적인 자신의 마음을 구상적인 것으로 나타내 보인 것이다. 시는 감정을 언제나 이러한 객관적 상관물을 나타낼 때만이 리얼리티를 갖게 되고 감동을 주는 법이다. 그리고 그 물건들은 각기 계절의 특성을 나타내는 의미이기도 하다. 임을 그리워하는 시름과 그 외로움은 변화가 없는 것이면서도 계절에 따라 그 성격과 의미는 변화를 갖는다. 즉 추상적인 마음을 눈으로 볼 수 있는 구상적인 사물로 보여주고, 변화 없는 감정을 변화 있게 표현한 기법이다. 이것만 가지고도 정철이 뛰어난 시인이라는 것을 알 수 있다.

그리고 또 하나의 특징으로 임에의 그리움을 무엇인가를 임에게 주고 싶다는 것으로 표현한 것은 '나'와 '임'을 동질화하려는 욕망이다. 우리가 남을 사랑할 때 선물을 주는 것은 반드시 물질적인 유혹으로 상대방의 마음을 끌어보자는 것이 아니라, 그보다 선물한 물건을 임이 지닐 때 임은 자기와 상징적으로 한몸이 되는 동질화의 충족을 주는 것이다. 크리스마스 선물의 의미를 「사미인곡」에서 정철은 벌써 실천한 셈이다.

그리워하는 나와 그리움의 대상이 되는 임…… 「사미인곡」에서는 그것이 어느 한쪽으로 치우치지 않고 전면적으로 그려져 있다는 것도 정철이 대시인이라는 것을 느끼게 하는 점이다. 가령 겨울 대목을 살펴보자.

처음에는 "쇼샹남반도 치오미(추위가) 이러커든 옥누고쳐야 더욱 닐더 므슴ᄒ리”라고 임이 추위에 떠는 것을 걱정하면서 ‘봄볕을 부쳐내어 임 계신 데 쐬고저’라고 한다. 그러나 임만 걱정하는 것이 아니라 바로 그 뒤 행에서는 청등을 걸고 전공후鈿箜篌를 놔두고 꿈속에서 임을 보려고 기대어 있는 자신의 외로움, 그리고 원앙금침의 싸늘함을 탄식한다.

　‘이 밤은 언제 샐고!’라고 탄식하는 것이다. 가뜩이나 겨울밤은 길고 길다. 기다리는 자의 밤은 더욱 길다. 그것을 아무 꾸밈없이 직설적으로 그냥 일상어의 독백체로 ‘이 밤은 언제 샐고!’라고 써놓고 있다. 한국 시가에서는 이렇게 평범하고 비시적인 말을 불쑥 씀으로써 시적인 표현 이상의 시적 효과를 주는 것이 많다. “날러는 어찌 살라 하고⋯⋯”라는 「가시리」의 표현도 마찬가지다.

　종행을 읽어보자. 연모의 정이 ‘병’으로 표현되고, 그 병이 ‘죽음’으로 발전하는 상상력으로 뻗어간다. ‘그래서 차라리 죽어져서 범나비나 되오리라, 꽃나무 가지마다 간 데 족족 앉으다가, 향 묻은 나래로 임의 옷에 옮으리라, 임이야 난 줄 모르셔도 나는 임을 따르리라’라고 끝맺고 있다.

　춘하추동 자연의 순환이다. 이것이 좀 더 높은 생명의 순환으로 옮겨지면 탄생·젊음·늙음·죽음—그리고 다시 재탄생으로 이어져 순환한다. 재생은 현실이 아니라 상상적인, 시적인 순환구조에서만 가능해진다. 「사미인곡」의 끝은 바로 자연의 계절 순환을 생명적 순환으로, 시적인 구조로 옮겨놓은 것이다.

이 시를 분석해보면 맨 처음이 탄생이었다. "이몸 삼기실
제……"로 시작된다. 그러다가 "나ᄒ나 졈어 잇고"가 나오고 그
다음 "늙거야 므스일로……"라는 말이 나온다. 탄생과 젊음과 늙
음이다. 끝행에는 그것이 병病·사死로 이어진다. 그런데 죽고 난
다음에 범나비가 된다는 것은 그래서 꽃나무 가지마다 앉는다는
것은 재생의 이미지다. 그리고 그것은 봄의 이미지와 얽힌다. "어
와 내병이야 이님의 타시로다"와, "출하리 싀어디여(죽어서) 범나
븨 되오리다"의 그 병과 죽음은 범나비의 재생과 봄으로 이어져
임 곁으로 가서 재회한다. "향므든 ᄂᆞᆯ애로 님의 오시 올므리"라
는 것은 임과 자신의 결합, 동질화다. 그것도 향내로 연결되는 결
합이다. 참으로 아름다운 재생의 이미지다.

그러므로 이 「사미인곡」을 읽을 때 사람들은 무의식적으로 슬
픔과 외로움과 병으로 가득 찬 현실, 죽음으로 이르는 절망 속에
서 희망의 재생감을 맛보게 되는 것이다. 시적 상상에 의해서 구
제되는 것이다. 그것이 시의 감동이며, 구제이며, 초월이다.

그토록 긴 쓰라림과 그리움은 '향 묻은 나래'가 된다. 시는 바
로 우리들 인간에게 '향 묻은 나래'의 상상을 불러일으키는 것이
고, 그래서 그것이 애인이었든 군주였든 진리였든 자신이 찾고
구하는 대상과 하나가 되는 재생의 공간을 주는 것이다. 어찌 선
조宣祖만을 두고 한 소리이겠는가. 시가 울리는 곳에 '병'과 '사'는

사라지고 지극히 그리운 것과 향내로 결합된다. 이미 외롭지가
않다. '시'는 곧 '사미인'이며 시의 마지막은 그 미인과 한 몸이
되는 것이다. 그것이 바로 향 묻은 나래 정철의 시적 언어가 되는
것이다.

이몸 삼기실제[157] 님을조차 삼기시니
흔성 緣연分분이며 하늘모를 일이런가

나흔나 졈어[158] 있고 님흔나 날 괴시니[159]
이무 음 이스랑 견졸이 노여[160]업다

平평生싱애 願원호요딕 흔딕녜자[161] 호얏더니
늙거야 므스일로[162] 외오[163]두고 글이(그리)는고

---

157) 태어날 때, 생겨날 때.
158) 젊어.
159) 사랑하시니, 총애하시니.
160) '외'의 변형. 진실로, 전혀.
161) '녜'는 행行·정征의 고어.
162) 무슨 일로.
163) 외로이 떨어져 있는 것. '외'는 고孤·비非의 두 가지 뜻이 있다.

엇그제 님을 뫼셔 廣광寒한殿뎐[164]의 올낫더니

그더듸[165] 엇디ᄒᆞ야 下하界계에 ᄂᆞ려오니

올적의(저긔) 비슨머리 얼킈연디(헛틀언디) 三삼年년이라(삼년일세)

연脂지粉분 잇ᄂᆡ마ᄂᆞᆫ 눌위ᄒᆞ야 고이ᄒᆞᆯ고

ᄆᆞᄋᆞᆷ의 ᄆᆡ친실음 疊텹疊텹이 ᄡᅡ혀이셔

짓ᄂᆞ니 한숨이오 디ᄂᆞ니 눈믈이라

人인生ᄉᆡᆼ은 有유限ᄒᆞᆫ ᄒᆞᆫ듸 시름도 그지업다

無무心심ᄒᆞᆫ 歲셰月월은 믈흐ᄅᆞ듯 ᄒᆞᄂᆞᆫ고야

炎염凉냥[166]이 ᄣᅢ를아라 가ᄂᆞᆫ듯 고텨오니

듯거니 보거니 늣길일도 하도할샤[167]

東동風풍[168]이 건듯부러 積젹雪셜을 헤텨내니

窓창밧긔 심근梅ᄆᆡ花화 두세가지 픠여세라

ᄀᆞᆺ득[169] 冷ᄂᆡᆼ淡담한듸 暗암香향은 무ᄉᆞ일고

164) 천상天上에 있는 한 선궁仙宮. 광한궁廣寒宮이라고도 한다.

165) 그 덛에('덛'은 '사이'). 그때에.

166) 무덥고 서늘함. 즉 계절을 말한다.

167) 많고도 많구나. 고어의 '하'는 대大·다多의 뜻이 있다.

168) 봄바람을 말한다.

169) 가뜩이나, 더구나.

黃황昏혼의 둘이조차 벼마티[170] 빗최니

늣기는 듯 반기는 듯 님이신가 아니신가

더梅민花화 것거내여 님겨신듸 보내오져

님이 너를보고 엇더타 너기실고.

곳디고 새닙나니 綠녹陰음이 졀렷는듸

羅나幃위[171] 寂젹寞막ᄒ고 繡슈幕막[172]이 뷔여잇다

芙부蓉용[173]을 거더노코 孔공雀쟉[174]을 둘러두니

굿득 시름한듸 날은엇디 기돗던고[175]

鴛원鴦앙錦금 버혀노코 五오色싴線션 플텨내여[176]

금자히 견화이셔[177] 님의 옷 지어내니

---

170) 베갯머리.

171) 비단으로 만든 포장.

172) 수놓은 장막.

173) 부용장芙蓉帳·연꽃을 수놓은 비단장.

174) 공작새를 그린 병풍.

175) 지리하고, 길었던고. '돗'은 조동사 두의 아어雅語 '도·돗'이니 '하도다'의 도와 같다.

176) 풀어내어.

177) 겨누어내어. 즉 치수를 재어내는 것.

手슈品품¹⁷⁸⁾은 ㅋ니와¹⁷⁹⁾ 制졔度도도 ㄱ줄시고¹⁸⁰⁾

珊산瑚호樹슈 지게무히 白빅玉옥函함의 다마두고

님의게 보내오려 님겨신ᄃᆡ ᄇ라보니

山산인가 구름인가 머흐도 머흘시고¹⁸¹⁾

千쳔里리萬만里리 길흘(희) 뉘라서 ᄎ자갈고,

니거든¹⁸²⁾ 여러두고 날인가 반기실가.

ᄒᄅ밤 서리김¹⁸³⁾의 기러기 우러녤(녈)제

危위樓루에 혼자올나 水수晶정簾념 거든말이(마리)¹⁸⁴⁾

東동山산의 ᄃᆞᆯ이나고 北북極극의 별이뵈니

님이신가(님인가) 반기니 눈물이 절로난다

淸쳥光광을 쥐여내여(픠여내여) 鳳봉凰황樓누의 븟티고져

樓누우희 거러두고, 八팔荒황¹⁸⁵⁾ 다비최여

---

178) 솜씨.

179) 커녕, 그만두고의 뜻.

180) 규격이 맞는 것.

181) 험하기도 험하구나.

182) 이르거든, 가거든.

183) 서리 올 무렵.

184) 걷으면서 하는 말이.

185) 팔방八方의 황원荒遠한 곳. 온 세계.

深심山산窮궁谷곡¹⁸⁶⁾ 겹낫ㄱ티 밍그쇼셔

乾건坤곤이 閉폐塞식ㅎ야 白빅雪셜이 흔빗(비)친제

사름은 ᄏᄂ니와 ᄂᆞᆯ새도 긋쳐(처)잇다

瀟쇼湘상南남畔반도 치오미¹⁸⁷⁾ 이러커든

玉옥樓누高고處처야 더욱닐더 므슴ᄒ리

陽양春츈을 부쳐(처)내여 님겨신ᄃᆡ 쏘이고져

茅모簷쳠¹⁸⁸⁾ 비쵠히ᄅᆞᆯ 玉옥樓누의 올니고져

紅홍裳샹을 니믜ᄎᆞ고¹⁸⁹⁾ 翠취袖슈ᄅᆞᆯ¹⁹⁰⁾ 半반만거더

日일暮모修슈竹듁¹⁹¹⁾의 혬가림¹⁹²⁾ 하도할샤

댜ᄅᆞᆫ히 수이디여 긴밤을 고초안자

靑청燈등 거ᄅ(론) 겻ᄐᆡ 鈿뎐箜공篌후¹⁹³⁾ 노하두고

ᄭ움의나 님을보려 ᄐᆞᆨ(톡)밧고 비겨시니

---

186) 깊은 두메와 어둑한 골짜기.

187) 추위가.

188) 띠풀로 이은 집 처마.

189) 걷어차고.

190) 푸른 소매.

191) 긴 대. 가느다란 대나무.

192) 여러 가지 생각. '혬'은 혜念·思慮의 동명사. '가림'은 차遮의 뜻. 즉 생각이 혼란해짐을 말한다.

193) 전라鈿螺로 장식한 공후. 현악기의 일종.

鴛鴦衾금도 추도출샤[194] 이밤은 언제샐고

하ᄅ도 열두 ᄍᆡ 흔 돌도 셜흔날
져근덧[195] 싱각마라 이 시름 닛쟈ᄒ니
ᄆᆞ옴의 ᄆᆡ쳐이셔 骨골髓슈의 ᄶᅦ텨시니[196]
扁편鵲쟉이 열히오나(다) 이병을 엇디ᄒ리
어와 내병이야 이님의 타시로다
출하리[197] 싀어디여[198] 범나븨 되오리라
곳나모 가지마다 간ᄃᆡ죡죡[199] 안니다가[200]
향ᄆᆞ든(퇸) ᄂᆞᆯ애로 님의오시 올므리라
님이야 날인줄 모ᄅᆞ셔도 내님조ᄎᆞ려 하노라

—「사미인곡」

194) 차기도 하구나.
195) 잠깐 동안, 어느덧.
196) 뚫어 들었으니.
197) 차라리.
198) 죽어지어, 새어 빠져서의 뜻도 있다.
199) 가는 곳마다.
200) 앉았다가.

동양의 아침

첫 번째 유럽을 보았을 때 나는 놀랐었다. 두 번째 유럽을 보았을 때는 그냥 덤덤했었다. 그런데 세 번째 유럽을 방문했을 때는 실망과 고통뿐이었다.

지난해 동안 나는 파리에서 머물며 좀 더 서가 문화西歐文化의 깊숙한 안방에까지 접근할 수가 있었다. 우리에게 있어 가까이가 볼수록 멀어지는 것이 바로 서양이요, 멀리 떨어져 갈수록 가까워져 가는 것이 곧 동양인 것 같다. 이 역설 하나를 얻기 위해서, 나는 파리에서 그렇게도 애를 많이 썼던가 보다.

그러나 반년 가까이 이방異邦의 거리에서 방황했던 것을 결코 후회하지는 않는다. 왜냐하면 분명히 나는 서가의 어둠 속에서 먼동이 트는 동양 문화의 가능성, 내일에의 그 잠재력을 발견할 수 있었기 때문이다.

아직은 서양에 있어서 동양이라고 할 때, 중국반점의 '찹수이' 정도밖에 생활화된 것이 없지만, 날이 갈수록 동양의 빛은 서구의 강철 문화에 녹색의 채색을 더해갈 것이다.

원래의 계획으로는 본격적인 서구의 문명비평文明批評과 동양 사상의 탐구를 시도하려 한 것이지만 발표 지면이 일간신문이었고, 또 공백기에 학생들의 방학숙제처럼 밀린 일들이 많아 몹시 분주했기 때문에 이런 형식의 글이 되고 말았다. 또 한두 해 살다 보면 서가의 도시들이 생각나게 될 것이고 언젠가는 다시 짐을 꾸리게 될 날이 올 것이다. 그때 또 한 번 글을 쓸 것이라고 자위하면서 이 작은 책을 부끄러운 마음으로 엮는다.

그러나 꼭 밝혀두고 싶은 것은 어디까지나 내가 본 것은 동양의 '아침'이지 '대낮'은 아니었다는 점이다.

동양은 아직도 깊은 잠에 빠져 있으며 반달이 밑처럼 먼지가 깔려 있다. 동양 문화의 대낮을 보기 위해서 앞으로 또 서양에 가봐야 할 것이다(『서양에서 본 동양의 아침』의 단행본 간행사의 서문).

* 이 책은 한국문화와 한국인의 잠재적인 힘을 살펴본 글들을 한데 엮은 것으로 Ⅰ·Ⅱ장은 『서양에서 본 동양의 아침』 범서출판사의 단행본에서, Ⅲ장은 『한국과의 만남』(삼성출판사) 가운데 「신라인들의 노래」, 「고려인들의 노래와 산문」, 「조선인들의 노래와 산문」에 수록되어 있던 글을 각각 옮겨온 것이다.

한국 고전문학을 보는 시각

『고전의 바다』와 『고전을 읽는 법』을 중심으로

성기옥 | 국문학자

1

필자의 이어령 체험—그 첫 체험은 고등학교 2, 3학년 때의 일로 기억된다. 예닐곱 살 위의 삼촌께서도 문학을 좋아했던 관계로 당시 필자는 삼촌의 서가를 뒤지며 삼촌이 빌려온《현대문학》《자유문학》《사상계》 등의 잡지나 소설책을 열심히 탐독했고, 그런 가운데 이어령 선생의 첫 평론집인 『저항의 문학』도 접할 수 있었다. 그 이전《경향신문》을 통해 벌였던—이 무렵 아버님께서는《경향신문》의 정기구독자였다—김동리 선생과의 논쟁 덕분에 '이어령李御寧'이라는 이름 석 자를 기억하고 있던 터라 호기심이 발동하여 곧바로 통독하며 감탄을 연발했던 기억이 지금도 새롭다.

당시 문단 상황의 특수성이나 비평사적 맥락에 무지하고, 문학에 대한 이론적 관심조차 지니지 못했던 일개 고등학생으로서 감탄의 수준이래야 뻔했다. 현란한 문체에 매혹되지 않을 수 없었고, 현란한 지성에 빨려들지 않을 수 없었고, 종횡무진으로 엎어치고 되짚는 현란한 비판 정신에 넋을 놓지 않을 수 없었던 그 생생한 감동! 전체를 관류하는 내밀한 비평 정신을 건져 올리지 못한 채 그 현란한 무늬에만 심취하였대도 한 문학 소년의 감성을 통째로 들쑤셔놓던 그 충격은 오랫동안 필자의 뇌리에 각인되어 있었다. 그 뒤《경향신문》에 연재된 에세이『흙 속에 저 바람 속에』를 놓치지 않고 찾아 읽으면서도, 한국 문화를 진단하는 예리한 시각에 혀를 내두르긴 했으나 감동의 일렁임은 첫 체험만큼 크지 못했다. 20대의 청년기로 접어들어 때마침 증보신판『저항의 문학』(1965)이 예문각에서 새 단장으로 출간되자, 없는 용돈을 털어 곧바로 구입했던—그때 필자는 전방의 일등병 군인이었다—기억도 새롭다. '이어령' 하면 으레 떠오르는『저항의 문학』. 첫사랑의 기억이 지워지지 않듯 문학에의 눈뜸과 더불어 만난 감동 역시 그렇게 각인되어 있다.

늦바람이 불어 남보다는 훨씬 뒤늦게 학문을 하리라 결심한 후, 그동안 지녔던 현대문학에의 관심을 접고 고전문학에 뜻을 두었던 그 시점에 다시 선생을 만났다. 필자가 여기서 다룰 이어령과 장덕순·정병욱의 대담집『고전의 바다』와의 만남이 그것이다.《한국일보》를 통해 매주 한 차례씩 1976년 6월부터 10여 개월에 걸쳐 한국 고전작품을 순례하는 기획기사로 연재된 이 글—연재를 마친 그해 1977년 11월 현암사에서 책으로 묶어 출간된다―역시 독자들에게 큰 반향을 불러일으켰다.

당시 고전문학이 실증적·역사적 연구에 치우쳐 개별 작품의 의미 해석에 등한했던 상황에서 새로운 시각으로 고전 작품을 하나하나 해석해나간 것이 독자들에게는 신선한 충격이었으리라. 《한국일보》를 구독하지 않았던 관계로 이 연재물을 보기 위해 매주 가판대에까지 나가 구입했던 필자 역시 그러한 독자 중 하나였던 셈이다.

그러나 『고전의 바다』를 통해 선생과 접한 필자의 느낌은 감동과 충격이기보다 차라리 의아함과 호기심이었다. 한국 문학 내지 문화에 대한 관심의 폭이 끝간 데 없이 넓고 광활하다는 것은 익히 알고 있었던 바지만, 그러한 관심의 촉수가 고전 작품의 해석에까지 뻗치리라고는 미처 생각하지 못했기 때문이다. 40대에 접어들면서 왜 그는 한국의 고전문학에 관심을 두는가? 고전 작품을 통하여 그는 무엇을 발견하고 의미화하려는가? 이뿐만 아니다. 한국의 현대문학 내지 문화에 서릿발 같은 비판의 칼날을 들이대던 젊은 시절의 그 도전적 눈길을 접고 지극히 따뜻한 애정의 시선으로 고전 작품을 바라보는 태도의 변화 역시 흥미로웠다. 40대의 장년으로 접어든 나이 탓일까? 아니면 다른 무슨 이유가 있을까?

전공을 고전문학으로 바꾼 시점에서 바라본 필자의 개인적 호기심이 발동해서였지만, 그것이 단순한 호기심만은 아니었던 것 같다. 20여 년을 훨씬 넘긴 지금, 고전을 보는 선생의 시각을 검토하려는 이 시점에서 떠오른 것 역시 이런 의문들이었기 때문이다. 직관을 중시하는 선생의 흉내를 내어 직관적으로 떠올랐던 이런 의문의 해명을 이 글의 화두로 삼지 않을 수 없는 까닭이기도 하다.

2

『고전의 바다』(현암사, 1977)는 총 38장으로 구성되어 있다. 이 가운데 서론에 해당하는 제1장 '고전을 어떻게 볼 것인가'와 마무리에 해당하는 제38장 '고전문학과 오늘의 문학'을 제외하면 작품론은 모두 36장으로 이루어져 있다. 거론된 작품들도 고조선부터 조선 후기에 이르기까지의 신화, 향가, 고려가요, 가전체, 고전수필, 시조, 고전소설, 민속극 등 거의 모든 장르에 걸쳐 있어 작품론의 범위 역시 방대하다. 한국 고전문학의 전 범위에 걸쳐 '고전'이라 칭할 만한 대표적 작품을 망라하려는 야심 찬 기획 의도가 역력히 내비친다.

대담은 향가 작품이 중심인 제9장까지를 장덕순 선생과 함께, 고려가요 이하 38장까지의 나머지 부분을 정병욱 선생과 함께 진행했는데, 주로 선생이 사회자로서 대담의 화제를 이끌어나가는 형식으로 이루어져 있다. 1년여에 이르는 장기간에 걸쳐, 책 한

권을 이룰 만큼의 방대한 작품론을 대담 형식으로 풀어내고 있는
점은 이전에도 유례가 없을 뿐 아니라 앞으로도 있기 힘든 드문
예라 아니할 수 없다.

그러나 대담으로 이루어진다는 바로 이 특이한 형식으로 말미
암아,『고전의 바다』를 통해 선생의 고전 해석론을 살피기에는
사실 많은 어려움이 따른다. 대담의 형식이 견해가 다른 두 대담
자의 주장을 적극적으로 내세우는 토론의 형식이 아니라, 바람직
한 고전의 의미를 찾기 위해 서로의 의견을 보완하고 조정해나가
는 합의의 형식을 취하기 때문에 더욱 그러하다. 주로 선생이 사
회자로서 대담의 화제를 이끌어간다고는 하나, 막상 어느 것이
선생의 견해이고 어느 것이 다른 대담자의 견해인지를 판별하려
고 하면 쉽지가 않은 것이다.

이런 난점을 피하기 위하여 필자는 대담 형식의『고전의 바다』
보다 차라리 선생의 단독 저술인『고전을 읽는 법』(갑인출판사, 1985)
을 주텍스트로 삼고 싶다.『고전의 바다』에서 피력한 자신의 견
해를 간추려 정리하고 보완하여 펴낸 저서가 바로 이『고전을 읽
는 법』이라 할 수 있기 때문이다. 이 책의 후기에서 선생은 이렇
게 말한다.

이 글들은 원래《한국일보》에 장덕순, 정병욱 교수와 함께 나눈 대화
『고전의 바다』시리즈를 다시 손을 대 서술체로 바꿔놓은 것이다. 그래

서 더러는 문장이 거친 부분도 있고 장덕순, 정병욱 교수의 의견이 섞여 있는 부분도 있다. 그리고 4장 「조선조의 시가와 산문」은, 『이어령 신작 전집』 가운데 『한국인의 생활과 마음』에 수록되어 있던 것을 옮겨온 것이다.

— 『고전을 읽는 법』 후기

선생 역시 대담의 형태로서는 자신의 생각을 일관성 있게 드러내는 데 일정한 한계가 있음을 일찍부터 느끼고 있었던 듯하다. 그리하여 1차로 『고전의 바다』에서 다룬 조선시대의 작품 몇 편을 재서술하여 『한국인의 생활과 마음』에 수록하고, 이 작업을 본격적으로 수행하여 펴낸 것이 『고전을 읽는 법』으로 보이기 때문이다. 『고전을 읽는 법』이 『고전의 바다』에서 피력한 선생의 견해를 기초로 한 저술이라면 이를 주텍스트로 삼는 것이 더 효과적일 것임은 더 이상 설명이 필요 없을 것이다. 장덕순, 정병욱 선생의 의견이 섞여 있다는 것 역시 그러하다. 다른 분의 의견 수용이 그 의견에 전적으로 공감하지 않고서는 불가능하다는 점에서 자신의 견해와 다를 바 없기 때문이다.

『고전을 읽는 법』이 『고전의 바다』에서 다룬 작품 가운데 일부만 선별하여 자신의 견해로 정리한 저서라는 점 역시 유의해 볼 만하다. 『고전의 바다』에서 다룬 총 36개의 작품론 가운데 22개의 작품론만 정리, 수록하고 나머지 3분의 1을 상회하는 14개의 작품론을 제외시키고 있음이 예사롭게 보이지 않기 때문이다. 까닭은 이들 제외된 작품론이 집중적으로 조선시대의 작품에 치우쳐 있으며, 그 가운데서도 국문소설 작품에 편중되어 있는 점에 주목해서이다.

  고려시대까지는 18개의 작품론 가운데「단군신화」단 1편만 제외하고 있음에 비해, 조선시대의 작품론은 18개 가운데 5개만 다루고 13개를 제외하고 있다. 그리고 이들 제외된 13개의 작품론 가운데 9개가 『홍길동전』, 『구운몽』, 『심청전』, 『춘향전』 등의 국문소설 작품론이다. 더욱이 제외된 다른 작품론들은 제외될 만한 타당한 이유를 짐작할 수 있기도 하다.「단군신화」(제2장)는 선생의 다른 저서『한국인의 신화』(1972)에서 다룬 바 있기 때문에, 나머지 조선시대의 시조(제22장)·사설시조(제23장)·규방문학(제36장)은 개별 작품을 대상으로 한 순수한 작품론이 아니기 때문에 제외한 것으로 짐작되기 때문이다. 그러나 국문소설 작품론의 경우는 사정이 다르다.『고전의 바다』에서 이들 국문소설이 대단히 큰 비중을 차지하고 있는 만큼,『고전을 읽는 법』에서 역시 중요한 비중으로 다루어지리라 생각하는 것이 일반적 기대일 것이다. 그럼에도 유독 국문소설 작품만 제외하고 있는 것은 다른 무슨 특별한 이유가 있어서일 것으로 보지 않을 수 없게 한다. 의도적으로 제외했을 가능성이 짙은 것이다.

  이런 점에 유의하고 보면『고전을 읽는 법』에서 작품론으로 다론 작품들이 거의 모두 상대적으로 길이가 짧고 구조가 복잡하지 않은 비교적 단형에 속하는 작품들이라는 사실이 주목된다. 우선 시가 작품이 압도적으로 많다. 22개의 작품론 가운데 상대 시가 1편, 향가 4편, 고려가요 9편, 가사 1편, 악장 1편 등 16편이 시가 작품이다. 시가 문학이 지닌 특성 때문이기도 하겠지만 장형에 속하는 작품은 「용비어천가」 단 1편뿐이다. 뿐만 아니라 나머지 6개의 산문 작품론은 역시 모두가 단형에 속하는 작품들만 대상으로 하고 있다. 이규보의 수필과 2편의 가전체 작품은 물론이거니와, 3편의 한문소설인 김시습의 「이생규장전」과 박지원의 「호질」, 「허생전」이 모두 단편소설적 성격을 지닌 단형의 작품들이다. 그리고 보면 제외시킨 9편의 국문소설 작품들은 길이나 구조상 전형적인 장편소설에 해당하는 작품들이다.

왜 하필 장편의 국문소설 작품만 제외했는지를 추정하기란 쉽지 않다. 그러나 모든 공직에서의 은퇴를 선언한 최근의 인터뷰 기사를 보면 그러한 까닭을 대강이나마 추정해볼 수 있지 않을까 한다. 은퇴 후 할 일을 묻는 한 인터뷰에서 선생은 이렇게 말한다.

내가 해야 할 일이 있어요. 내가 아니면 안 되는 일이 있습니다. 이 세상에 남아 있는 고전 중의 고전으로, 언어의 영원한 지적·창조적 소산물들, 이상李箱의 「날개」, 『춘향전』, 『심청전』 이런 명작들을 내 입장에서 해설하고 비평하는 책을 쓰는 겁니다. 한 작품에 책 한 권씩, 그걸

출판사와 계약했어요.

─「오효진의 인간탐험」,《월간조선》, 2001년 7월호

일생의 마지막 과업을 한국 문학의 고전을 재해석하는 데 두
겠다는 이 말에서 고전을 중시하는 선생의 태도가 그대로 드러
난다. 더욱이 다른 인터뷰 기사를 보면 고전문학에서 현대문학에
이르는 고전 명작의 재해석을 20~30권 정도로 기획하고 있다고
하니(《경향신문》, 2001. 7. 16.) 선생의 마지막 과업이 얼마나 방대하고
비중 큰 작업인지 짐작하고도 남음이 있다. 70 평생 문학을 떠나
서 활동한 적이 한 번도 없었다는 인터뷰에서의 고백이 실감 있
게 와닿는 순간이기도 하다.

그러고 보면 1970년대 『고전의 바다』에서부터 구체화된 한
국 문학의 고전에 대한 선생의 관심은 1980년대의 『고전을 읽는
법』에서 제외한 장편의 국문소설 작품들 역시 제외시킬 만한 이
유가 있었던 것으로 볼 수 있겠다.

『고전을 읽는 법』의 한 장으로 다룰 작품이 아니라 한 권의 책
으로 다루어야 할 작품들, 성급한 해석보다 두고두고 분석하며
따져야 할 '고전 중의 고전'들─『춘향전』, 『심청전』 등이 포함된
이들 장편의 국문소설 작품들을 차후의 과제로 미뤄두었으리라.
그런 의미에서 『고전을 읽는 법』은 또한 선생의 초기 고전관을 살
필 수 있는 과정적 자료로서 의의를 지닌다고 할 수 있을 것이다.

3

이어령 선생이 한국 문학의 고전을 보는 시각은 『고전의 바다』를 시작하면서 장덕순 선생과 대담한 서장, 그리고 이를 자신의 말로 바꾸어 정리한 『고전을 읽는 법』의 서장에 집약적으로 응축되어 있다. 다소 좀 길긴 하지만 논의의 편의를 위해 아래에 그 첫머리를 인용한다.

(1) 한국 문학의 고전에 대해서 생각할 때마다 「용비어천가」의 그 유명한 첫 구절이 떠오른다. "뿌리 깊은 나무는 바람에 아니 움직일새 꽃 좋고 여름 하나니, 샘이 깊은 물은 가뭄에 아니 마를새 내에 이러 바다에 가느니……" 모든 나무가 다 열매를 맺는 것이 아니고, 모든 샘물이 다 바다로 가는 것은 아니다. 즉 문학 작품이라 해서 모두가 고전으로 남는 것은 아닐 것이다. 바람과 가뭄을 견뎌낼 만한 깊은 뜻을 지닌 문학 작품만 이 열매를 맺고 또 광활한 바다로 나갈 수 있다. 그런 비유를 통해서 보면 이제 앞으로 이야기하게 될 한국 문학의 고전이란 곧 바다에 이른 샘물들의 이야기라고 할 수 있다.

(2) 문학은 한 사람의 마음이나 상상력과 같은 샘물에서 생겨나는 언어이다. 그러나 그것은 시대라는 '냇물'의 언어에 통합되어 흘러간다. 그러다가 결국에는 한 개인이나 시대를 넘어서 더 큰 '바다'로 나가 부패하지 않는 불변의 물, 한계와 형태가 없는 무한의 물이 된다. 고전은 이렇게 언어가 개성이나 시대성이라는 한계를 벗어나 영원하고 무한

한 바다의 언어로 확대된 것이라고 정의할 수 있을 것이다. 그리고 앞으로 따져야 할 것은 깊은 의미를 지닌 언어(샘물), 가뭄을 타지 않는 언어가 과연 어떤 것인가를 밝혀내는 작업이 될 것이다.

(3) 문학은 개성에서 생겨나지만 개성 이상의 것으로 되어야만 정말 오래 남을 수 있는 생명력을 지니게 된다. 이 말을 바꾸어 말하면 고전 작품 속에는 개인과 시대와 지역을 초월한 넓고 깊은 한국인의 사상이 담겨 있다는 뜻이 된다. 그것도 일시적인 유행 사조가 아니라 끝없이 되풀이되어 나타나는 문학의 원형 같은 것이어야 한다. 이 원형(archetype)이란 말을 머리 교수는 '영원의 지속성'으로 풀이하고 있다. 아주 옛날 사람들에게 흥미를 준 것처럼 지금 우리들에게도 여전히 감동을 불러일으키는 어떤 테마가 있다면 그것은 개인의 체험이 아니라 인류의 기억에 깊이 뿌리를 내려 육체의 조작에 각인되어버린 원형적 체험을 지닌 것이라는 이야기다.(『고전을 읽는 법』의 서문 첫머리 : 번호 부여 필자)

「용비어천가」 제2장의 비유를 통해 실마리를 풀어내는 선생의 고전관은 겉보기에 지극히 교과서적인 당위론으로 점철되어 있는 듯 보인다. 옛 작품이라고 모두 고전이 되는 것이 아니라 '바람과 가뭄을 견뎌낼 만한 깊은 뜻을 지닌 문학 작품'만이 고전이 될 수 있다는 (1)이나, 고전이 개인이나 시대를 넘어 영원하고 무한한 '깊은 의미'와 '생명력'을 지닌다는 (2)와 (3)의 고전론은 주변에서 우리가 늘상 들어온 고전의 정의와 별반 다르다는 느낌을

주지 않는다. 제1급의 위대한 작품으로서 고전이 지닌 초시공성
超時空性 문제야 어제오늘 강조되어온 화제가 아니기 때문이다. 그
러나 자세히 뜯어서 읽어보면 선생의 고전관이 교과서적인 일반
적 고전론에 기초하고 있지 않음을 간파할 수 있다. 그것은 특히
고전의 초시공성 문제를 구체적으로 해석해내고 있는 (2)와 (3)의
진술을 통해 살필 수 있다.

우선 (2)에서 우리는 문학(고전)의 초시공성이 '개성이나 시대성
이라는 한계를 벗어나' 획득되는 것으로 파악하는 선생의 시각에
서 그러한 기미를 포착해낼 수 있다. 개성이나 시대성을 '한계'로
인식한다는 것, 이 한계의 '벗어남'을 통하여 고전의 초시공성이
획득된다는 것─여기서 우리는 문학이 역사적인가 초역사적인
가라는 해묵은 논쟁을 떠올리지 않을 수 없다. 고전의 초시공성
을 해석함에 있어 선생은 이미 한 관점을 선택하고 있는 것이다.
그것은 '시대를 믿고서' 획득되는 것이 아니라 '시대를 벗어나'
획득된다. 영원하고 무한한 고전의 '깊은 의미'란 역사의 너머에
자재自在하는 '존재의 의미'와 같은 것이다. 다른 글에서 선생은
이렇게 말하고 있다.

다른 말로 옮겨보면 문학적 의미란 '도구의 의미'와 구별되는 '존재
의 의미'에 속하는 것이라 할 수 있지요. 같은 사물이라 해도 도구의 의
미는 뚜렷한 목적을 가지고 있습니다. 망치는 못을 박기 위해서 있는

것이고, 칼은 자르기 위해서 있습니다. 목적이 분명하니까 그 기능이나 의미를 풀이하고 평가하는 것도 단순합니다. 그러나 자연물은 그렇지 않거든요. 길가에 우연히 굴러 있는 그 '돌'은 무엇을 위해서 있는 것은 아니지요. 그냥 존재하고 있을 뿐예요. 존재한다는 것, 그 자체가 의미의 총체를 이루는 것이지요. …… 도구란 무엇일까요? 기능을 다하면, 말하자면 목적을 완수하면 도구는 그 가치를 상실하고 맙니다. 일시적이지요. 문학이 만약 망치나 호미 같은 도구라면, 한 시대나 한 사회의 요청에 따라 존재하게 되는 것이므로 시대와 사회가 바뀌면 자연히 그 언어의 기능도 사라지게 되지요. 만약 문학의 의미가 도구적인 것이라면 고전의 가치란 존재할 수가 없을 거예요.

—『고전의 바다』 마지막장 「고전문학과 오늘의 문학」

칸트 미학의 무목적의 목적성이 떠오르고 그에 따라 예외적 천재성론이 연상되는 대목이다. 개론서적 논쟁의 용어를 빌린다면 문학의 교시적 기능보다 쾌락적 기능에 주목하고 예술 자체의 미적 독자성을 옹호하는 입장에서 고전을 바라보고 있는 것이다. 고전의 의미는 시대나 사회적 의미를 뛰어넘고 구체적 삶으로서의 역사적 의미를 초월하는 곳에 자리한다. '불변', '무한', '영원'이 강조되는 고전의 초역사적 의미—바로 이 역사의 너머에 숨겨져 있는 불변의 영원하고 무한한 의미를 찾아내는 것이 곧 선생의 뜻 둔 고전 해석의 궁극적 목적이라 할 수 있겠다.

그런 의미에서 (3)은 이 고전의 초역사적 의미가 구체적으로 어떤 형태의 옷을 입고 우리 앞에 놓여 있는가를 밝힌 대목이라 할 수 있다. 우선 선생은 일시적인 유행 사조가 아니라 끝없이 되풀이되어 나타나는 '영원한 지속성'으로서의 문학의 원형에 주목한다. 그러나 여기에서 선생이 강조하는 원형은 통상적으로 말하는 신화비평 내지 원형비평적 개념의 원형과는 다른 성격의 것으로 보인다. 선생이 주목하는 것은 끝없이 되풀이되어 나타나는 인류 보편의 신화적 모티프나 집단 무의식의 원형이 아니라, '개인과 시대와 지역을 초월한 넓고 깊은 한국인의 사상'이기 때문이다. 다시 말해 선생은 고전을 통해 끝없이 되풀이되어 나타나는 한국적 사유의 원형이나 불변의 구조를 밝히고자 한 것이다.

　　줄여 말한다면 고전을 보는 선생의 시각은 교과서적이기보다 오히려 특수하다. 우리는 고전이 지닌 가치의 초시공성을 고전이 산출되고 향유된 특정의 시대나 사회적 문맥 속에서 입증해내려는 역사적 해석의 시각도 공존하고 있음을 안다. 또한 끝없이 되풀이되어 나타나는 한국적 사유의 원형이나 불변의 구조에 주목하기보다 시대나 문화적 패러다임에 따라 달라질 수밖에 없는 변화의 역동성에 주목하는 연구도 공존하고 있음을 안다. 실증성을 중시하는 대부분의 고전 연구가 그러한 시각의 단적인 예가 될 것이다. 물론 선생 역시 자신의 시각이 지닌 이런 특수성을 익히 알고 있었다. 알고 있는 정도가 아니다. 자칫 이런 시각의 접근이

초래할 위험성까지도 숙지하고 있었다.

옛글이기에 문화인류학의 지식을 조심스럽게 적용시켜보고 시간 속에서도 그것들이 멸하지 않는 영원한 구조가 대체 무엇인지를 밝혀보기 위해 공시적 방법으로 그 작품들에 접근했다. 위험한 모험이고 동시에 힘이 부치는 일이었지만, 누군가 꼭 치르지 않고서는 넘어설 수 없는 벽이기에 감히 나 자신이 스스로 나서본 것이다.

─『고전을 읽는 법』 후기

이런 시각의 선택은 아마도 역사적 의미의 해석으로 경도된 전통적 고전 연구에 대한 불만에서 비롯되었을 것이다. 고전의 참다운 의미는 오히려 이들 전통적 고전 연구가 쳐놓은 역사적 해석의 울타리 너머에 존재한다고 믿는 선생의 입장에서 보면 그러한 불만은 당연한 것일 수 있다. 이로 보면 이런 시각의 선택은 선생에게 있어 필연적이 아니었나 한다. 그런 까닭으로 '위험한 모험이고 동시에 힘이 부치는 일이었지만, 누군가가 꼭 치르지 않고서는 넘어설 수 없는 벽이기에 감히 나 자신이 스스로 나서본 것'이라는 선생의 말에는 아무도 돌보지 않고 버려둔 폐허에서 보석을 캐내려는 개척자적 외로움이 묻어나기도 한다.

어쨌든 향가, 고려가요를 비롯하여 22편의 고전 작품을 다루고 있는 『고전을 읽는 법』에서 선생은 이러한 해석의 시각을 일관되게 견지하고 있다. 우선 선생은 스스로 밝힌 바처럼 작품의 초역사적 의미를 끌어내기 위해 공시적 방법에 주로 의존한다. 따라서 작품이 산출된 당대의 사회적 상황이나 문학사적 맥락 따위는 관심 밖의 일이고, 관심은 오직 시간을 뛰어넘어 통시대적으로 공유하는 미의식이나 사유의 구조를 발견하고 의미화하는 데 두어진다. 그리하여 한 작품의 초역사적 의미를 부각하기 위해 끌어들이는 작품들 역시 동시대든 앞뒤 시대든, 동양이든 서양이든 시간적 선후에 상관없이 종횡무진으로 넘나든다. 그야말로 공시적 방법을 철저히 견지하고 있는 것이다.

물론 작품의 올바른 이해를 위해서 필요할 때면 선생 또한 당대의 역사적 상황에 주목한다. 「제망매가」의 죽음을 이해하기 위해 불교적 죽음의 문제를 논하기도 하고, 「정과정곡」의 정치적 알레고리를 이해하기 위해 작품 생성의 역사적 배경을 끌어들이기도 하며, 「공방전」의 돈에 대한 부정적 시선을 이해하기 위해 사농공상으로 대변되는 당대 사회의 계층성을 문제 삼기도 한다. 그러나 선생이 이를 거론하는 것은 해석의 직접적 단서로 삼기 위해서이기보다 차라리 이들에 함의된 제한된 역사적 의미를 뛰어넘기 위해서이다. 「제망매가」의 죽음은 불교적 의미의 죽음을 넘어 인간의 기술 문명 발전에 경종을 울리는 보다 근원적인 죽음의 도道 문제로 확대된다. 「정과정곡」에서는 연주지사로서의 정치적 알레고리로만 해석해서는 안 될 부정의 대상으로서 창작 상황을 끌어들인다(이러한 해석의 논리는 그대로 「사미인곡」에까지 연장된다).

「공방전」 역시 그러하다. 돈에 대한 부정적 시선이 오늘날 화폐경제시대에 던지는 의미와 한계를 설명하기 위한 수단으로서 당대의 계층성 문제를 끌어오고 있을 뿐이다. 시간에 대한 관심은 다만 역사 너머로 관류하는 불변의 의미 찾기를 위한 방편에 지나지 않는다.

뿐만 아니라 선생은 한국적 사유의 원형이나 불변의 구조를 밝히기 위하여, 비교문화론적 방법을 여기서도 효과적인 수단으로 원용한다. 선생의 글들은 거의가 현란함으로 가득 차 넘치는 특징을 지니고 있다. 그리고 이 현란함의 배후에는 거의 언제나 동서양 문화를 무시로 넘나드는 광대무변의 해박한 지식이 자리하고 있다. 이런 지적 현란함이 수사적 현란함과 한데 어울려 교직해내는 도도한 물결을 만나면 대개의 독자들은 넋을 놓고 빠져들게 마련이다. 고전 작품론이라고 해서 어찌 이런 현란함이 퇴색될 수 있겠는가. 여기서 역시 동서고금의 문화를 종횡무진으로 넘나드는 선생의 해박한 지식, 거의 모든 작품론에서 빠지지 않고 원용되는 예각화된 비교문화론적 시각이 고전 속에 잠재된 한국적 사유의 깊이를 떠받치는 든든한 논리적 후원자 구실을 한다. 서양 문학에 비해 볼품없고 왜소해 보이기만 하던 작품들이, 비교문화론적 시각에서 조명한 선생의 현란한 해석을 통하여 마침내 세계와 어깨를 겨룰 깊고 심중한 의미의 당당한 고전으로 상승하게 되는 것이다.

4

　그렇다면 선생은 왜 하필 남들이 돌보지 않는 이런 시각과 방법을 선택하여 고전에 접근하는가. 논리적 해명을 하기에는 필자의 힘에 부치는 일이므로 지금까지 『고전의 바다』와 『고전을 읽는 법』을 살펴오면서 받은 인상에 의존하여 이 문제에 접근해 보자. 우선 가장 먼저 떠오르는 것이 선생의 글 전반에서 묻어나는 고전에 대한 관심의 특수성이다. 한국의 고전에 대한 선생의 관심은 문학적 관심보다 차라리 문화적 관심에 가깝다. 고전을 통하여 선생은 한국 문학을 보기보다 한국 문화를 보려 하기 때문이다. 문학으로서의 심미적 원형 발견보다 문화의 배면을 관류하는 한국적 사유의 원형 발견에 오히려 더 큰 관심을 보이는 것도 선생의 이런 문화적 관심과 무관하지 않을 것이다. 선생에게 있어 한국 문학의 고전은 문학의 테두리에 갇히기를 거부하는 한국적 정신문화의 응결체로서 의미를 지닌다고 할 수 있다.

　시야를 확대해서 보면 한국의 고전에 대한 선생의 이런 문화적 관심은 1960년대 이래 지속적으로 천착해온 한국 문화의 정체성 발견 작업의 연장선상에 있다. 1963년 저 유명한 『흙 속에 저 바람 속에』로 촉발된 한국 문화의 정체성 발견 작업은, 잘 알

다시피 그 뒤 『한국과 한국인』(1968), 『한국인의 신화』(1972)에서부터 『신 한국인』(1986), 『그래도 바람개비는 돈다』(1992)를 거쳐 최근에 이르기까지 지속적으로 수행해온 선생의 주된 과업에 속한다. 고전의 문화적 관심 역시 이런 맥락에서 이해될 수 있을 것이다. 선생이 고전에 관심을 두게 된 것 자체가 한국 문화의 정체성을 발견하려는 과제 수행의 일환으로 볼 수 있기 때문이다. 『삼국유사』를 비교문화론적 시각에서 분석한 『한국인의 신화』는 그러한 관심의 첫 결실이며, 이에서 촉발된 관심의 확장이 곧 『고전의 바다』라는 대담집으로 이어져 『고전을 읽는 법』에서 정리되기에 이른 것이다. 고전의 해석을 위해 원용한 방법론 역시 그러하다. 공시적 방법, 비교문화론적 시각은 고전만이 아니라 한국 문화의 정체성 발견을 위한 일련의 모든 저술들에 공통적으로 원용된 방법론이라 할 수 있기 때문이다.

이와 관련하여 빠뜨릴 수 없는 중요한 사실이 한 가지 더 지적될 수 있을 것이다. 선생의 저작물 거의 모두가 그러하지만, 한국 문화의 정체성 문제에 접근하는 선생의 시선은 언제나 현재적이다. 선생이 그토록 오래 정체성 문제에 매달려온 것도 기실은 근대사회로의 진입과 더불어 방향감을 상실한 한국 현대 문화의 좌표 설정을 위해서라고 해도 지나친 말은 아닐 것이다. 한국 문화를 바라보는 선생의 시선이 초기의 비판적 시선에서 애정적 시선으로, 다시 최근 들면서 미래를 향한 기대의 시선으로 바뀌어 가고 있는 현상도 이와 무관하지 않을 것이다. 비판적 시선으로 한국 문화의 현상을 진단하고 애정적 시선으로 한국문화의 정체성을 찾아내어, 기대의 시선으로 한국 문화의 바람직한 방향을 설정하려 해온 것이 그동안 선생이 쏟아온 한국 문화론의 전이력이라 할 수 있겠기 때문이다.

고전에 대한 문화적 관심 또한 이의 연장선상에 있는 만큼 고전을 바라보는 선생의 시선이 현재적임은 두말할 여지가 없을 것이다. 시선이 현재적이므로 선생이 발견하고자 한 고전의 무한하고 영원한 의미 또한 현재적 관점에서 판단한 현재적 가치로서의 무한, 영원일 수밖에 없다. 다시 말해 고전의 초역사적 의미이든 고전을 통해 찾아낸 한국적 사유의 원형이든, 이들의 가치를 영원하다고 믿는 가치판단의 근거는 언제나 현재적 가치에 기초를 두고 있다. 따라서 선생은 현재적 가치를 제일의 선善으로 두는 절대론의 입장에서 한국의 고전을 해석하고 있는 셈이다. 현재적 가치 중심의 절대론적 입장에서 보면 시간은 별로 큰 의미를 지니지 못한다. 역사란 단지 오늘의 국화꽃을 피워낸 토양에 지나지 않는다.

고전문학 연구자들이 선생의 고전 연구에 별다른 관심을 보이지 않는다는 이동하의 지적(「이어령론」, 『한국문학 속의 도시와 이데올로기』, 태학사, 1999)도 선생의 이런 시선과 무관하지 않을 것이다. 역사를 중시하는 고전문학자와 현재를 중시하는 선생 사이에 놓인 거리는 관점의 차이 때문에 일반 독자가 생각하는 것 이상으로 멀리 떨어져 있다. 이동하 말대로 고전문학자들이 선생을 평론가로밖에 보지 않는다면 이 역시 현재를 중시하는 선생의 고전 접근 태도에 기인된 문제일 것이다.

그러나 필자는 여기에서 선생의 고전론에 대하여 객관적 평가를 내리는 따위의 섣부름을 저지르지는 않을 것이다. 필자의 관점이 선생과 달리 역사를 중시하는 고전문학자의 입장에서 있어 그런 것은 아니다. 어느 쪽 관점이건 각기 지향하는 나름의 가치를 지니고 있으며, 그런 의미에서 선생이 거둔 성과는 고전문학자의 연구와 다른 측면에서 높이 평가해야 마땅하다는 것이 필자의 개인적 생각이다.

선생의 고전론에 대하여 필자가 평가를 유보하는 데는 더 중요한 다른 이유가 있다. 그것은 선생의 고전론이 완결의 단계에 와 있다기보다 차라리 새로운 시작의 출발점에 서 있다는 사실 때문이다. 2항에서 말한 대로, 고전론은 모든 공직의 은퇴를 결단한 지금부터 본격적으로 전개될 선생의 마지막 과업으로 남아 있다. 그런 의미에서 필자가 다룬 선생의 고전론은 초기의 고전관을 살핀 데 지나지 않는, 과정적 의미로서의 의의를 지니는 데 그치리라.

—「한국 고전문학을 보는 시각」, (2001)

성기옥

서울대 대학원을 졸업하였다. 주요 논문으로는 「공무도하가 연구」가 있으며, 『한국문학개론』, 『한국시가율격의 이론』, 『한국고전여성작가연구』(공저) 등의 저서가 있다. 울산대 국어국문학과 전임강사를 거쳐 이화여대 국문과 교수를 역임했다.

이어령 작품 연보

문단 : 등단 이전 활동

「이상론–순수의식의 뇌성(牢城)과 그 파벽(破壁)」	서울대《문리대 학보》3권, 2호	1955.9.
「우상의 파괴」	《한국일보》	1956.5.6.

데뷔작

「현대시의 UMGEBUNG(環圍)와 UMWELT(環界) –시비평방법론서설」	《문학예술》10월호	1956.10.
「비유법논고」	《문학예술》11,12월호	1956.11.
* 백철 추천을 받아 평론가로 등단		

논문

평론·논문

1.	「이상론–순수의식의 뇌성(牢城)과 그 파벽(破壁)」	서울대《문리대 학보》3권, 2호	1955.9.
2.	「현대시의 UMGEBUNG와 UMWELT–시비평방법론서설」	《문학예술》10월호	1956
3.	「비유법논고」	《문학예술》11,12월호	1956
4.	「카타르시스문학론」	《문학예술》8~12월호	1957
5.	「소설의 아펠레이션 연구」	《문학예술》8~12월호	1957

6. 「해학(諧謔)의 미적 범주」	《사상계》 11월호	1958
7. 「작가와 저항 – Hop Frog의 암시」	《知性》 3호	1958.12.
8. 「이상의 시의와 기교」	《문예》 10월호	1959
9. 「프랑스의 앙티 – 로망과 소설양식」	《새벽》 10월호	1960
10. 「원형의 전설과 후송(後送)의 소설방법론」	《사상계》 2월호	1963
11. 「소설론(구조와 분석) – 현대소설에 있어서의 이미지 《세대》 6~12월호 의 문제」		1963
12. 「20세기 문학에 있어서의 지적 모험」	서울법대 《FIDES》 10권, 2호	1963.8.
13. 「플로베르 – 걸인(乞人)의 소리」	《문학춘추》 4월호	1964
14. 「한국비평 50년사」	《사상계》 11월호	1965
15. 「Randomness와 문학이론」	《문학》 11월호	1968
16. 「최남선의 「해에게서 소년에게」 분석」	《문학사상》 2월호	1974
17. 「춘원 초기단편소설의 분석」	《문학사상》 3월호	1974
18. 「문학텍스트의 공간 읽기 – 「早春」을 모델로」	《한국학보》 10월호	1986
19. 「鄭夢周의 '丹心歌'와 李芳遠의 '何如歌'의 비교론」	《문학사상》 6월호	1987
20. 「'處容歌'의 공간분석」	《문학사상》 8월호	1987
21. 「서정주론 – 피의 의미론적 고찰」	《문학사상》 10월호	1987
22. 「정지용 – 창(窓)의 공간기호론」	《문학사상》 3~4월호	1988

학위논문

| 1. 「문학공간의 기호론적 연구 – 청마의 시를 중심으로」 단국대학교 | 1986 |

단평

국내신문

| 1. 「동양의 하늘 – 현대문학의 위기와 그 출구」 | 《한국일보》 | 1956.1.19.~20. |
| 2. 「아이커러스의 귀화 – 휴머니즘의 의미」 | 《서울신문》 | 1956.11.10. |

3. 「화전민지대 – 신세대의 문학을 위한 각서」　　　《경향신문》　　　　　1957.1.11.~12.

4. 「현실초극점으로만 탄생 – 시의 '오부제'에 대하여」《평화신문》　　　　　1957.1.18.

5. 「겨울의 축제」　　　　　　　　　　　　　　　《서울신문》　　　　　1957.1.21.

6. 「우리 문화의 반성 – 신화 없는 민족」　　　　　《경향신문》　　　　　1957.3.13.~15.

7. 「묘비 없는 무덤 앞에서 – 추도 이상 20주기」　《경향신문》　　　　　1957.4.17.

8. 「이상의 문학 – 그의 20주기에」　　　　　　　《연합신문》　　　　　1957.4.18.~19.

9. 「시인을 위한 아포리즘」　　　　　　　　　　《자유신문》　　　　　1957.7.1.

10. 「토인과 생맥주 – 전통의 터너미놀로지」　　　《연합신문》　　　　　1958.1.10.~12.

11. 「금년문단에 바란다 – 장미밭의 전쟁을 지양」《한국일보》　　　　　1958.1.21.

12. 「주어 없는 비극 – 이 시대의 어둠을 향하여」《조선일보》　　　　　1958.2.10.~11.

13. 「모래의 성을 밟지 마십시오 – 문단후배들에게 말《서울신문》　　　　　1958.3.13.
한다」

14. 「현대의 신라인들 – 외국 문학에 대한 우리 자세」《경향신문》　　　　　1958.4.22.~23.

15. 「새장을 여시오 – 시인 서정주 선생에게」　　　《경향신문》　　　　　1958.10.15.

16. 「바람과 구름과의 대화 – 왜 문학논평이 불가능한가」《문화시보》　　　　　1958.10.

17. 「대화정신의 상실 – 최근의 필전을 보고」　　　《연합신문》　　　　　1958.12.10.

18. 「새 세계와 문학신념 – 폭발해야 할 우리들의 언어」《국제신보》　　　　　1959.1.

19. *「영원한 모순 – 김동리 씨에게 묻는다」　　　《경향신문》　　　　　1959.2.9.~10.

20. *「못 박힌 기독은 대답 없다 – 다시 김동리 씨에게」《경향신문》　　　1959.2.20.~21.

21. *「논쟁과 초점 – 다시 김동리 씨에게」　　　　《경향신문》　　　　　1959.2.25.~28.

22. *「희극을 원하는가」　　　　　　　　　　　　《경향신문》　　　　　1959.3.12.~14.

　　* 김동리와의 논쟁

23. 「자유문학상을 위하여」　　　　　　　　　　《문학논평》　　　　　1959.3.

24. 「상상문학의 진의 – 펜의 논제를 말한다」　　《동아일보》　　　　　1959.8.~9.

25. 「프로이트 이후의 문학 – 그의 20주기에」　　《조선일보》　　　　　1959.9.24.~25.

26. 「비평활동과 비교문학의 한계」　　　　　　　《국제신보》　　　　　1959.11.15.~16.

27. 「20세기의 문학사조 – 현대사조와 동향」　　《세계일보》　　　　　1960.3.

28. 「제삼세대(문학) – 새 차원의 음악을 듣자」　《중앙일보》　　　　　1966.1.5.

29. 「'에비'가 지배하는 문화 – 한국문화의 반문화성」《조선일보》　　　　1967.12.28.

56. 「半島性의 상실과 회복의 역사」   《한국일보》 광복50년 신년특집   1995.1.4.
특별기고

57. 「한국언론의 새로운 도전」   《조선일보》 75주년 기념특집   1995.3.5.

58. 「대고려전시회의 의미」   《중앙일보》   1995.7.

59. 「이인화의 역사소설」   《동아일보》   1995.7.

60. 「한국문화 50년」   《조선일보》 광복50년 특집   1995.8.1.
외 다수

외국신문

1. 「通商から通信へ」   《朝日新聞》 교토포럼 主題論文抄   1992.9.

2. 「亞細亞の歌をうたう時代」   《朝日新聞》   1994.2.13.
외 다수

국내잡지

1. 「마호가니의 계절」   《예술집단》 2호   1955.2.

2. 「사반나의 풍경」   《문학》 1호   1956.7.

3. 「나르시스의 학살-이상의 시와 그 난해성」   《신세계》   1956.10.

4. 「비평과 푸로파간다」   영남대 《嶺文》 14호   1956.10.

5. 「기초문학함수론-비평문학의 방법과 그 기준」   《사상계》   1957.9.~10.

6. 「무엇에 대하여 저항하는가-오늘의 문학과 그 근거」   《신군상》   1958.1.

7. 「실존주의 문학의 길」   《자유공론》   1958.4.

8. 「현대작가의 책임」   《자유문학》   1958.4.

9. 「한국소설의 현재의 장래-주로 해방후의 세 작가   《지성》 1호   1958.6.
를 중심으로」

10. 「시와 속박」   《현대시》 2집   1958.9.

11. 「작가의 현실참여」   《문학평론》 1호   1959.1.

12. 「방황하는 오늘의 작가들에게-작가적 사명」   《문학논평》 2호   1959.2.

13. 「자유문학상을 향하여」   《문학논평》   1959.3.

14. 「고독한 오솔길-소월시를 말한다」   《신문예》   1959.8.~9.

43. 「이상문학의 출발점」	《문학사상》	1975.9.
44. 「분단기의 문학」	《정경문화》	1979.6.
45. 「미와 자유와 희망의 시인 – 일리리스의 문학세계」	《충청문장》 32호	1979.10.
46. 「말 속의 한국문화」	《삶과꿈》 연재	1994.9~1995.6.

외 다수

외국잡지

| 1. 「亞細亞人の共生」 | 《Forsight》新潮社 | 1992.10. |

외 다수

대담

1. 「일본인론 – 대담:金容雲」	《경향신문》	1982.8.19.~26.
2. 「가부도 논쟁도 없는 무관심 속의 '방황' – 대담:金 璇東」	《조선일보》	1983.10.1.
3. 「해방 40년, 한국여성의 삶 – "지금이 한국여성사의 터닝포인트" – 특집대담:정용석」	《여성동아》	1985.8.
4. 「21세기 아시아의 문화 – 신년석학대담:梅原猛」	《문학사상》 1월호, MBC TV 1일 방영	1996.1.

외 다수

세미나 주제발표

1. 「神奈川 사이언스파크 국제심포지움」	KSP 주최(일본)	1994.2.13.
2. 「新潟 아시아 문화제」	新潟縣 주최(일본)	1994.7.10.
3. 「순수문학과 참여문학」(한국문학인대회)	한국일보사 주최	1994.5.24.
4. 「카오스이론과 한국 정보문화」(한·중·일 아시아 포럼)	한백연구소 주최	1995.1.29.
5. 「멀티미디어 시대의 출판」	출판협회	1995.6.28.
6. 「21세기의 메디아론」	중앙일보사 주최	1995.7.7.
7. 「도자기와 총의 문화」(한일문화공동심포지움)	한국관광공사 주최(후쿠오카)	1995.7.9.

8. 「역사의 대전환」(한일국제심포지움)	중앙일보 역사연구소	1995.8.10.
9. 「한일의 미래」	동아일보, 아사히신문 공동주최	1995.9.10.
10.「춘향전」과 '忠臣藏'의 비교연구」(한일국제심포지엄)	한림대·일본문화연구소 주최	1995.10.
외 다수		

기조강연

1. 「로스엔젤러스 한미박물관 건립」	(L.A.)	1995.1.28.
2. 「하와이 50년 한국문화」	우먼스클럽 주최(하와이)	1995.7.5.
외 다수		

저서(단행본)

평론·논문

1. 『저항의 문학』	경지사	1959
2. 『지성의 오솔길』	동양출판사	1960
3. 『전후문학의 새 물결』	신구문화사	1962
4. 『통금시대의 문학』	삼중당	1966
* 『축소지향의 일본인』	갑인출판사	1982
* '縮み志向の日本人'의 한국어판		
5. 『縮み志向の日本人』(원문: 일어판)	学生社	1982
6. 『俳句で日本を讀む』(원문: 일어판)	PHP	1983
7. 『고전을 읽는 법』	갑인출판사	1985
8. 『세계문학에의 길』	갑인출판사	1985
9. 『신화속의 한국인』	갑인출판사	1985
10.『지성채집』	나남	1986
11.『장미밭의 전쟁』	기린원	1986

에세이

소설

시

| 『다시 한번 날게 하소서』 | 성안당 | 2022 |
| 『눈물 한 방울』 | 김영사 | 2022 |

칼럼집

| 1. 『차 한 잔의 사상』 | 삼중당 | 1967 |
| 2. 『오늘보다 긴 이야기』 | 기린원 | 1986 |

편저

1. 『한국작가전기연구』	동화출판공사	1975
2. 『이상 소설 전작집 1,2』	갑인출판사	1977
3. 『이상 수필 전작집』	갑인출판사	1977
4. 『이상 시 전작집』	갑인출판사	1978
5. 『현대세계수필문학 63선』	문학사상사	1978
6. 『이어령 대표 에세이집 상,하』	고려원	1980
7. 『문장백과대사전』	금성출판사	1988
8. 『뉴에이스 문장사전』	금성출판사	1988
9. 『한국문학연구사전』	우석	1990
10. 『에센스 한국단편문학』	한양출판	1993
11. 『한국 단편 문학 1-9』	모음사	1993
12. 『한국의 명문』	월간조선	2001
13. 『뜻으로 읽는 한국어 사전』	문학사상사	2002
14. 『매화』	생각의나무	2003
15. 『사군자와 세한삼우』	종이나라(전5권)	2006

    1. 매화

    2. 난초

    3. 국화

    4. 대나무

    5. 소나무

| 16. 『십이지신 호랑이』 | 생각의나무 | 2009 |

희곡

대담집&강연집

교과서&어린이책

번역서

『흙 속에 저 바람 속에』의 외국어판

1.	*『In This Earth and In That Wind』 (David I. Steinberg 역) 영어판	RAS—KB	1967
2.	*『斯土斯風』(陳寧寧 역) 대만판	源成文化圖書供應社	1976
3.	*『恨の文化論』(裵康煥 역) 일본어판	学生社	1978
4.	*『韓國人的心』 중국어판	山佅人民出版社	2007
5.	*『В ТЕХ КРАЯХ НА ТЕХ ВЕТРАХ』 (이리나 카사트키나, 정인순 역) 러시아어판	나탈리스출판사	2011

『縮み志向の日本人』의 외국어판

6.	*『Smaller is Better』(Robert N. Huey 역) 영어판	Kodansha	1984
7.	*『Miniaturisation et Productivité Japonaise』 불어판	Masson	1984
8.	*『日本人的縮小意识』 중국어판	山佅人民出版社	2003
9.	*『환각의 다리』『Blessures D'Avril』 불어판	ACTES SUD	1994
10.	『장군의 수염』『The General's Beard』(Brother Anthony of Taizé 역) 영어판	Homa & Sekey Books	2002
11.	*『디지로그』『デヅログ』(宮本尙寬 역) 일본어판	サンマーク出版	2007
12.	『우리문화 박물지』『KOREA STYLE』 영어판	디자인하우스	2009

공저

1.	『종합국문연구』	선진문화사	1955
2.	『고전의 바다』(정병욱과 공저)	현암사	1977
3.	『멋과 미』	삼성출판사	1992
4.	『김치 천년의 맛』	디자인하우스	1996
5.	『나를 매혹시킨 한 편의 시1』	문학사상사	1999
6.	『당신의 아이는 행복한가요』	디자인하우스	2001
7.	『휴일의 에세이』	문학사상사	2003
8.	『논술만점 GUIDE』	월간조선사	2005
9.	『글로벌 시대의 한국과 한국인』	아카넷	2007

전집

지성의 숲을 걷기 위한 길 안내

34종 24권 5개 컬렉션으로 분류, 10년 만에 완간

이어령이라는 지성의 숲은 넓고 깊어서 그 시작과 끝을 가늠하기 어렵다. 자칫 길을 잃을 수도 있어서 길 안내가 필요한 이유다. '이어령 전집'의 기획과 구성의 과정, 그리고 작품들의 의미 등을 독자들께 간략하게나마 소개하고자 한다. (편집자 주)

북이십일이 이어령 선생님과 전집을 출간하기로 하고 정식으로 계약을 맺은 것은 2014년 3월 17일이었다. 2023년 2월에 '이어령 전집'이 34종 24권으로 완간된 것은 10년 만의 성과였다. 자료조사를 거쳐 1차로 선정한 작품은 50권이었다. 2000년 이전에 출간한 단행본들을 전집으로 묶으며 가려 뽑은 작품들을 5개의 컬렉션으로 분류했고, 내용의 성격이 비슷한 경우에는 한데 묶어서 합본 호를 만든다는 원칙을 세웠다. 이어령 선생님께서 독자들의 부담을 고려하여 직접 최종적으로 압축한 리스트는 34권이었다.

평론집 『저항의 문학』이 베스트셀러 컬렉션(16종 10권)의 출발이다. 이어령 선생님의 첫 책이자 혁명적 언어 혁신과 문학관을 담은 책으로

1950년대 한국 문단에 일대 파란을 일으킨 명저였다. 두 번째 책은 국내 최초로 한국 문화론의 기치를 들었다고 평가받은 『말로 찾는 열두 달』과 『오늘을 사는 세대』를 뼈대로 편집한 세대론 『거부하는 몸짓으로 이 젊음을』으로, 이 두 권을 합본 호로 묶었다. 베스트셀러 컬렉션의 세 번째 책은 박정희 독재를 비판하는 우화를 담은 액자소설 「장군의 수염」, 보카치오의 『데카메론』 형식을 빌려온 「전쟁 데카메론」, 스탕달의 단편 「바니나 바니니」를 해석하여 다시 쓴 한국 최초의 포스트모던 소설 「환각의 다리」 등 중·단편소설들을 한데 묶었다. 한국 출판 최초의 대형 베스트셀러 에세이 『흙 속에 저 바람 속에』와 긍정과 희망의 한국인상에 대해서 설파한 『오늘보다 긴 이야기』는 합본하여 네 번째로 묶었으며, 일본 문화비평사에 큰 획을 그은 기념비적 작품으로 일본문화론 100년의 10대 고전으로 선정된 『축소지향의 일본인』은 베스트셀러 컬렉션의 다섯 번째 책이다.

여섯 번째는 한국어로 쓰인 가장 아름다운 자전 에세이에 속하는 『하나의 나뭇잎이 흔들릴 때』와 1970년대에 신문 연재 에세이로 쓴 글들을 모아 엮은 문화·문명 비평 에세이 『현대인이 잃어버린 것들』을 함께 묶었다. 일곱 번째는 문학 저널리즘의 월평 및 신문·잡지에 실렸던 평문들로 구성된 『지성의 오솔길』인데 1956년 5월 6일 《한국일보》에 실려 문단에 충격을 준 「우상의 파괴」가 수록되어 있다.

한국어 뜻풀이와 단군신화를 분석한 『뜻으로 읽는 한국어사전』과 『신화 속의 한국정신』은 베스트셀러 컬렉션의 여덟 번째로, 20대의 젊은이에게 들려주고 싶은 말을 엮은 책 『젊은이여 한국을 이야기하자』는 아홉 번째로, 외국 풍물에 대한 비판적 안목이 돋보이는 이어령 선생님의 첫 번째 기행문집 『바람이 불어오는 곳』은 열 번째 베스트셀러 컬렉션으로 묶었다.

이어령 선생님은 뛰어난 비평가이자, 소설가이자, 시인이자, 희곡작가였다. 그는 남들이 가지 않은 길을 가고자 했다. 그 결과물인 크리에이티브 컬렉션(2권)은 이어령 선생님의 장편소설과 희곡집으로 구성되어 있다. 『둥지 속의 날개』는 1983년 《한국경제신문》에 연재했던 문명비평적인 장편소설로 10만 부 이상 팔린 베스트셀러이고, 원래 상하권으로 나뉘어 나왔던 것을 한 권으로 합본했다. 『기적을 파는 백화점』은 한국 현대문학의 고전이 된 희곡들로 채워졌다. 수록작 중 「세 번은 짧게 세 번은 길게」는 1981년에 김호선 감독이 영화로 만들어 제18회 백상예술대상 감독상, 제2회 영화평론가협회 작품상을 수상했고, TV 단막극으로도 만들어졌다.

아카데믹 컬렉션(5종 4권)에는 이어령 선생님의 비평문을 한데 모았다. 1950년대에 데뷔해 1970년대까지 문단의 논객으로 활동한 이어령 선생님이 당대의 문학가들과 벌인 문학 논쟁을 담은 『장미밭의 전쟁』은 지금도 여전히 관심을 끈다. 호메로스에서 헤밍웨이까지 이어령 선생님과 함께 고전 읽기 여행을 떠나는 『진리는 나그네』와 한국의 시가문학을 통해서 본 한국문화론 『노래여 천년의 노래여』는 합본 호로 묶었다. 한국인이 사랑하는 김소월, 윤동주, 한용운, 서정주 등의 시를 기호론적 접근법으로 다시 읽는 『시 다시 읽기』는 이어령 선생님의 학문적 통찰이 빛나는 책이다. 아울러 박사학위 논문이기도 했던 『공간의 기호학』은 한국 문학이론사에서 빼놓을 수 없는 명저다.

사회문화론 컬렉션(5종 4권)은 이어령 선생님의 우리 사회와 문화에 대한 관심을 담았다. 칼럼니스트 이어령 선생님의 진면목이 드러난 책 『차 한 잔의 사상』은 20대에 《서울신문》의 '삼각주'로 출발하여 《경향신문》의 '여적', 《중앙일보》의 '분수대', 《조선일보》의 '만물상' 등을 통해 발표한 명칼럼들이 수록되어 있다. 『어머니와 아이가 만드는 세상』은 「천년을 달리는 아이」, 「천년을 만드는 엄마」를 한데 묶은 책으로, 새천년의 새 시대를 살아갈 아이와 엄마에게 띄우는 지침서다. 아울러 이어령 선생님의 산문시들을 엮어 만든 『시와 함께 살다』를 이와 함께 합본 호로 묶었다. 『저 물레에서 운명의 실이』는 1970년대에 신문에 연재한 여성론을 펴낸 책으로 『사씨남정기』, 『춘향전』, 『이춘풍전』을 통해 전통 사상에 입각한 한국 여인, 한국인 전체에 대한 본성을 분석했다. 『일본 문화와 상인정신』은 일본의 상인정신을 통해 본 일본문화 비평론이다.

한국문화론 컬렉션(5종 4권)은 한국문화에 대한 본격 비평을 모았다. 『기업과 문화의 충격』은 기업문화의 혁신을 강조한 기업문화 개론서다. 『푸는 문화 신바람의 문화』는 '신바람', '풀이'라는 키워드를 통해 고금의 예화와 일화, 우리말의 어휘와 생활 문화 등 다양한 범위 속에서 우리 문화를 분석했고, '붉은 악마', '문명전쟁', '정치문화', '한류문화' 등의 4가지 코드로 문화를 진단한 『문화 코드』와 합본 호로 묶었다. 한국과 일본 지식인들의 대담 모음집 『세계 지성과의 대화』와 이화여대 교수직을 내려놓으면서 각계각층 인사들과 나눈 대담집 『나, 너 그리고 나눔』이 이 컬렉션의 대미를 장식한다.

2022년 2월 26일, 편집과 고증의 과정을 거치는 중에 이어령 선생님이 돌아가신 것은 출간 작업의 커다란 난관이었다. 최신판 '저자의 말'을 수록할 수 없게 된 데다가 적잖은 원고 내용의 저자 확인이 필요한 부분이 있었으니 난관이 아닐 수 없었다. 다행히 유족 측에서는 이어령 선생님의 부인이신 영인문학관 강인숙 관장님이 마지막 교정과 확인을 맡아주셨다. 밤샘도 마다하지 않으면서 꼼꼼하게 오류를 점검해주신 강인숙 관장님에게 이 지면을 빌려 감사의 말씀을 드린다.

KI신서 10651
이어령 전집 14

진리는 나그네·노래여 천년의 노래여

1판 1쇄 인쇄 2023년 2월 17일
1판 1쇄 발행 2023년 2월 26일

지은이 이어령
펴낸이 김영곤
펴낸곳 (주)북이십일 21세기북스

TF팀 이사 신승철
TF팀 이종배
출판마케팅영업본부장 민안기
마케팅1팀 배상현 한경화 김신우 강효원
출판영업팀 최명열 김다운
제작팀 이영민 권경민
진행·디자인 다함미디어 | 함성주 유예지 권성희
교정교열 구경미 김도언 김문숙 박은경 송복란 이진규 이충미 임수현 정미용 최아림

출판등록 2000년 5월 6일 제406-2003-061호
주소 (10881) 경기도 파주시 회동길 201(문발동)
대표전화 031-955-2100 **팩스** 031-955-2151 **이메일** book21@book21.co.kr

© 이어령, 2023

ISBN 978-89-509-3875-8 04810